鳥的禮物

새의 선물

殷熙耕(은희경)——著 簡郁璇——譯

導讀——韓國學中央研究院文學博士黃冠蓁

記憶中「我」的開始，現在與未來裡「我」的終結

一九五九年出生於韓國全羅北道的殷熙耕，自幼便展現出對作文的興趣與才能。她在一九七七年進入淑明女子大學國文系就讀後，曾號召組建共同創作的小型聚會，並嘗試編寫文集，在文字的陪伴下度過了當時政局動盪的大學時代。與其他年齡相近、在八〇年代即出道的作家不同，殷熙耕大學畢業後曾在出版社與雜誌社工作，至一九九五年才憑藉獲得《東亞日報》新春文藝獎的中篇小說《二重奏》正式踏入文壇。出道前曾在一個月的假期中完成五篇短篇小說，並在九〇年代發表多部作品的殷熙耕所展現的旺盛創作力，透過其特有的細膩筆觸和幽默文風收穫了豐厚的成果。其代表作《鳥的禮物》（1995）獲得文學村小說獎，後續的創作如〈和他人搭訕〉（1996）與〈妻子的箱子〉（1997）也分別獲得東西文學獎和李箱文學獎。

殷熙耕得以在九〇年代的韓國文壇嶄露頭角，並斬獲廣大讀者的支持，除了歸功於抒情的敘事風格下洞察人性的敏銳目光，亦與她擅長以另類視角描繪平凡日常與人物心理，

特別是女性自我認同的寫作風格息息相關。殷熙耕的作品多以看似微不足道的生活軼事為題材，探索那些表面良善與單純的行為背後隱藏的偽善、心機或是自我矛盾。她透過時而銳利時而幽默，並帶有嘲諷性質的敘事手法，一針見血地揭露人性與慾望的雙面性，在給予讀者新奇且痛快的閱讀體驗的同時，映照出威權時代後瞬息萬變的社會氛圍。

在歷經八〇年代反軍事獨裁的民主化運動後，一九九二年金泳三當選總統、文人政府成立，宣告了威權政體的落幕。國內政治的民主化與國際間社會主義國家的相繼解體，為韓國社會帶來了全新的氣象。由於壓抑、暴力的政治環境，與充斥著權力不對等的社會結構問題相較前時代緩解許多，關注歷史問題與社會改革的集體意識逐漸式微，大眾的目光也轉移到個人的日常與存在本質等議題之上。這個時期的韓國文學也反映了此種變化，日常・內在世界・慾望・女性等微觀個人生活的敘事角度取代了歷史・政治・社會等宏觀視角曾經的主流地位，重塑了當時的文壇秩序。申京淑、殷熙耕、全鏡潾等九〇年代女性作家亦因擅於刻畫女性的私密慾望與內心世界，在當時獲得文學界與大眾的廣泛關注與肯定。

這次由漫遊者文化引進的《鳥的禮物》，作為奠定殷熙耕在九〇年代文壇地位的作品，便充分體現了當代特有的社會脈絡和文學的發展趨勢。我們可以從幾個面向切入，去理解小說本身的特殊性以及和時代的連結。作品採取第一人稱視角，由主角珍熙自述她十二歲那年，即在一九六九年經歷過的各種事件。特別的是小說的前言與結語把時間拉回九〇年代，在主角三十八歲的時間裡回顧六〇年代的童年時光。像這樣在故事中鑲嵌進故事的小說結構，除了襯托出女性成長的敘事主題，同時也讓作品本身著重自我凝視的氛圍越加濃烈。三十八歲的珍熙透過一句「十二歲以後，我就沒必要再長大了」的告白，道出十二歲那年的經歷在人生中占據的重要地位，也暗示了自己的目光始終聚焦在同一處的事實，引導讀者跟隨主角的視線去凝視那段過去的時光。中年的珍熙梳理著童年的所見所聞所想，如實記錄下少女時期的自己在失戀的痛苦中成長，在對家庭、人際關係的幻想破滅後走向成熟的過程。

繼續閱讀小說，我們可以發現中年珍熙對於他人和自己的人生刻意維持距離的習慣，源自童年應對傷痛的一種防禦機制。對於因母親的早逝、父親的離家從小得寄居在外婆家的珍熙來說，生活的惡意並不僅止於雙親在人生中的缺席，外婆因虧欠而憐憫的眼神、周遭對母親去世原因的議論，都讓珍熙很早就嘗盡創傷的滋味。她很清楚自己能輕易讀出大人們的口是心非與人情世故的敏銳心思，不過是一把雙面刃，在替自己贏得喜愛和信任的同時，也更容易使自己深陷傷痛帶來的情感挫折。於是她把自己分割成「被觀看的我」和「觀看的我」，讓真正的我，也就是感受、思考、做出判斷的我，隔著一定的距離注視那個遭受他人視線迫害的我。這種保持距離的生活態度，同樣也適用在珍熙周圍的人身上，無論是外婆、阿姨，隔壁戶的「將軍」母子、崔老師、李老師，還是大門外側店面的「廣津TERA」大嬸一家等房客和鄰里，「觀看的我」總是站在嘲諷、評論的立場冷眼旁觀「被觀看的我」和其他人身上發生的事。藉由窺探大人們的秘密，珍熙逐步探究現實的明暗面，建構自己獨到的、對既定的社會規範與價值觀的判斷標準。她把這樣的過程當作一種訓練，學習客觀地面對各種情感上的試煉，理性地認識自我，進而冷靜地處理內在的騷動。

珍熙始終置身事外的生活哲學，除了保護自己不受外在的傷害，亦暴露了一般社會認知與行為規範的潛在暴力。例如在珍熙眼裡，幻想著浪漫愛情的阿姨和遭受家暴仍一肩扛起家事、店面工作的「廣津TERA」大嬸，無異於被「宿命論」支配的螻蟻，而所謂的單純和賢妻良母這等的形容詞，不過是社會強加在女性身上的枷鎖，為的是讓女性受性別規範馴服，遺忘追尋自我人生的本能。珍熙抗拒這種對「命運」消極妥協的態度，更打算藉由實際體驗來擺脫「性的禁忌」對人的制約。故事中主角不斷地挑戰固有的認知框架，努力克服對於未知的恐懼和不安，但在目睹世俗規範依舊如故的現實後，不自覺地鞏固對人生冷笑、嘲諷的視線。

儘管《鳥的禮物》中的敘述充斥著對生活的幻滅與反諷，主角也看似透過偽裝自己，站在監視與審判他人的制高點，但十二歲的珍熙在故事中同樣受到愛情的擺弄。她嫉妒獨占心上人目光的阿姨，也因為兩人的結合深感背叛，並在得知戀愛對象是自己虛構而來的事實後，墜入前所未有的羞恥與絕望。不管做了多少準備，珍熙仍無法倖免於人生的嘲弄，意料之外的挫折讓她不再熱衷於發掘、譏諷世界的虛偽，而是選擇不再嚴肅看待人生。在十二歲的尾端，象徵生理上成熟的初經到來之時，她淡然地領悟到在生理之外，精神上也再無成長、成熟的空間。曾經的她透過保持距離、分裂自我，洞察世間的規則以避免遭受情感上的衝擊與傷害，但在頓悟所有的人事物無時無刻都在流逝和改變之後，如今的她抽離所有的情緒，漠然地任世事發生然後過去，因為只要不賦予意義，就不會有受傷的可能。

三十八歲的珍熙疏離於外在世界，幾近空洞的精神狀態，呼應了十二歲那年她對於幻滅的真實體悟，像這樣帶有悲劇性質的成長過程，同樣發生在小說中另一位重要人物——阿姨身上。在經歷未婚懷孕和墮胎的傷痛後，現實的殘酷取代了她對愛情的美好幻想。小說中深度刻畫珍熙和阿姨在愛情中遭遇挫折，歷經幻滅而變得世故的經過，她們從浪漫愛情的光環中脫逃、打破「性的禁忌」的行為，挑戰了純潔、貞操等加諸在女性身上的傳統道德觀念。儘管殷熙耕筆下的女性並未明確展現出關於女性解放的自我意識，但一些試圖衝撞父權體制的設計，例如在既有性別規範和對於（性）自由的慾望間搖擺的女性形象，又或者是在包裝成浪漫愛情的男性慾望中沉淪的女性，最終認清現實而痛苦不堪的劇情，具體而微地揭露了父權文化對女性造成的壓迫。

《鳥的禮物》中，年紀、性格、婚姻狀態各異的女配角們在少女珍熙詼諧的描繪下，呈現出立體多變的樣貌，她們可以是尖酸刻薄地評論、利用鄰居秘密的卑劣存在，但也不失和善待人的一面，老實、真摯地面對被賦予的人生，無論悲劇或喜劇。作為小說引人入勝的精彩看點，這樣的女性群像巧妙地融合於六〇年代韓國的社會人文風景，讀者可以在小說的各處捕捉到時代的痕跡，如朴正熙欲透過修改憲法連任總統、北韓間諜的滲透、政府動員參與越戰、工業的發展與農業的衰落。然而歷史的變遷被淡化為平凡日常的背景，占據敘述中心的是市井小民在歷史洪流裡的庸碌度日與喜怒哀樂。

相比受情感驅使對未來仍有期待的少女時期，成年的珍熙在遠離童年，漸失過往回憶的慰藉後加重了對生活予以冷笑、漠然置之的態度。對她來說像這樣隔離、孤立自我，除了是為了免於因執念而痛苦的選擇，也是一種喟嘆「世界」沒有發生任何改變的表現。戰爭依舊存在，奪走人命的災害未曾止歇，愛情必然伴隨背叛，孩子們跟著大人學會偽善與惡意；珍熙的世界也仍停留在害怕受傷的保護機制裡，只能在模糊的自我認同中卻步不前。如開頭所說，九〇年代的韓國在各種新思潮的興起下，主流敘事轉移到個體的情感和對世界的認知，然而短時間內形成的自由風氣與大幅擴張的資本主義，使得充滿新希望的九〇年代同時蔓延著幻滅與失落的矛盾氛圍。集體目標的空缺和越發激烈的市場競爭無疑加劇了個人內心的空虛與不安，當時的許多創作皆聚焦在身份認同危機的現象，即為反映此種歷史情境的結果。

《鳥的禮物》訴說的故事，既是韓國九〇年代的縮影，也成為了對二十一世紀的預言，小說中描繪的女性處境改善了多少？人際疏離和自我疏離的人多了多少？將近三十年前創作的這部作品無論在主題還是敘述手法上，仍契合今日種種的社會問題和個人困境。不只是韓國，在這個資訊爆炸的時代，台灣社會中各種不同的意識形態交錯並存，關於「我」的真相仍是一個流動不定、急需探尋的重要課題，相信《鳥的禮物》中譯本的出版，能給予台灣讀者不同的啟發與安慰。

一隻年邁的鸚鵡
為它帶來向日葵種子，
太陽走進了它童年的牢。

——賈克．普維（Jacques Prévert），
〈鳥的禮物〉[1]前言

1 法文原詩名為〈Cadeau d'oiseau〉。

目次

前言——十二歲以後，我就沒必要再長大了

我正凝視著一隻鼠輩。

隨著夜幕降下，這家咖啡廳的庭園燈光亮起，搭配歐式的華麗室內裝飾，散發出更加濃厚的異國風情。我不經意地將目光投向窗外，一隻掛在枝頭上的老鼠就這麼闖入眼簾，正當我把切好的小塊牛排放入口中、要將叉子從雙唇之間拿開之際。

剛開始，我還納悶那團在庭園修剪整齊的樹木之間竄動、灰撲撲又毛茸茸的玩意是什麼，直到某個瞬間，我與正不停囓啃軟樹皮的老鼠對上了眼。那是隻每次當他搖頭晃腦，樹枝末梢就會因為重量的反作用力而微微晃動的胖小子。

我本來占到窗邊座位的好心情，因為牠只勉強維持十多分鐘。然而，比起好運的有效期過於短暫，我對於忘了幸與不幸原本就如影隨形、竟然還樂不可支一屁股坐到窗邊座位的自己更是感到不悅。

老鼠伸出牠那短短的腿挪到隔壁樹枝時，尾巴剎時在空中畫出長長的拋物線，然後敏捷地跟上去藏了起來。尾巴。小時候蹲茅坑時，我就經常低頭盯著那尾巴。當我察覺木頭踏板底下的洞裡有什麼在動的跡象時，只要往底下一瞧，就會看到老鼠在那堆排泄物上頭。

那隻灰色老鼠稍早前還趴伏在排水孔的白色米飯殘渣上。

牠看起來就好像用抹刀拌成的一團黏稠水泥，輕巧地爬到外觀已經變乾的排泄物上頭跑來跑去，從發黃的紙片與有如吹到一半的氣球般的白色保險套之間竄過。每一次，那條尾巴都會畫出柔軟的拋物線追隨老鼠的路徑，然後輕輕安放。我的視線會熱切地緊跟那條尾巴的去向，直到我的雙腳蹲到痠麻為止。

即便是現在，包括嫌惡、憎惡，甚至是愛情在內，為了戰勝所有需要克服的對象，我始終選擇直視不移。就像當我在聚積於臼齒上的唾液之間咀嚼牛排，也同時直視著老鼠一樣。那是我長年以來的習慣。

華麗的巴洛克音樂突然竄進我的耳朵。就在我沉浸於關於老鼠的記憶時，原本被阻絕的聲音突破了無感的牆面，大舉湧入感知的領域內。同時，正當我吞下最後一塊牛排、將叉子擱到盤子上，他長長的手指映入了我的眼簾。

我注視著他，眼裡凝聚了女人望著深愛的男人時心裡那份毫無瑕疵的溫柔。當然，這是因為我深愛著他，不，說得更準確些，是我處於推斷為愛情的情感之中。

對我來說，愛，基本上會隨著立下的決心而萌生、變形與作廢。儘管年過三十又五的我沒辦法說，至今未曾有過愛情帶來的輕吁悲嘆與悔恨，但或許，就連那也不過是與甜蜜成組成套的配件。我向來都認為，所謂的愛情是當性格與需求碰上某個契機後萌生，中途會因為暗示或自我催眠而變形，最後終究會消失的玩意。

比如此刻坐在我面前的他。

我發自真心地特別愛著他。要說有多著迷呢，我甚至會不禁心想，這或許是我生平唯一一次「為他人奉獻的愛」。只要他開口要求我證明我的愛，我肯定會拋下我所有的一切，以淒涼卻充滿希望的姿態，與他一同坐在前往南島的夜間火車窗邊，為他剝去水煮蛋的蛋殼。我願意！

話說回來，不過數個月前，我也帶著這樣的想法和其他男人面對面坐著。

我之所以閱男無數，自然是來自對愛情的譏諷。唯有不對愛抱持任何期待的人，才容易墜入愛河。而我那隨時都肯為了愛情拋下一切的熱情，來自對人生的譏諷。我始終不把我的人生當一回事，也認為自己只抱著隨時失去也無所謂的東西在過日子。唯有不對人生抱任何期待的人才勤奮生活，這不是多了不起的反諷。

「昨晚啊。」

他在服務生端來的咖啡杯內放入砂糖，開口說道。

昨晚？他正打算把茶匙往被推向我這側的砂糖碟子上頭放，但我抬起頭，試著從他的表情中尋找「昨晚」意味什麼的線索。有了，他的嘴角浮現了難以啟齒之人的尷尬微笑，但從他迴避對視的眼神中蘊含的羞怯，可以得知他並非感到困窘，而是想說的話涉及私密。他似乎是想談跟性有關的事。

我和人生保持距離，是從將我自己切為「被觀看的我」與「觀看的我」開始。我時時刻刻都在「觀看」自己。我讓「被觀看的我」帶領我的人生，同時讓「觀看的我」看著它。讓內在的另一個我毫無遺漏地觀察自己的一舉一動，這是已經超過二十年的習慣了。

於是我的人生向來都只憑著不斷與人生保持距離、避免它靠近我的那份緊張感所支撐。我希望隨時都能站在距離之外觀察我的人生。

性自然也不例外。即便是在發生性行為的當下，我也隨時觀察著自己。我不過是透過適當演出性感的嬌態與詩情的羞澀，謀求與對方同步的幸福感罷了。我從來不曾全心投入過。

想必他是以男人墜入愛河時的細膩心思察覺了這點吧。我可以猜到他難以啟齒的「昨晚」指的就是這麼回事，所以內心有些鬱悶。說自己愛上某人，本質上卻只能做到這樣，這對感性的他來說是難以接受的事。

一九六九年的冬日，我坐在小矮桌前擦去一份主旨為「絕對不能相信的事物」清單。憐憫、善與惡、永恆不變、世上唯一、誓言……最終將所有項目都擦去的我，垂下眼簾久久望著留在中指關節處的深刻握筆痕跡。從那之後到現在，我很確定人類真心所愛的就只有自己。最近我在書寫什麼時，也會偶爾放下鉛筆，垂下目光注視中指關節的老繭許久。我太快完成我的人生了。在把「絕對不能相信的事物」清單上的項目都擦去的當時，也就是十二歲以後，我就沒必要再長大了。

儘管無論在誰的心中，童年都是終究不會結束的，但總之我的人生早在童年時期就已經注定。而在那段純真時期，決定我人生的是打從一開始就不存善意的人生僅有的一點慈悲。

「昨晚啊。」

他猶豫著，將那個對我來說頂多只能扮演發語詞的句子再說了一遍。他懷疑我這份沒有全心投入性事的感情是一種偽善、虛假的愛，因此他的聲音在動搖，但那是誤解。即便我允許自己為男人付出的愛是出於刻意的作為，但也並非偽善、虛假。為了減少他的懷疑，我不只會竭盡所有身體方面的本事，還會為了盡快擁有那個機會，今天就即刻誘惑他到我的公寓去。

已經決定好怎麼回答的我，像在催促他的下一句話似的，含情脈脈地將下巴往前微傾，整張臉都向著他，但也同時看著外頭那隻老鼠，暗自測量著距離。

將傷口與痛楚分離的方法

為什麼我會早早就開始注意「人生的另一面」？

那是因為我明白了我的人生打從一開始就不怎麼友善。在我長大到足以意識到所謂的人生時，我慌了手腳，因為我發現自己處在極為不利的出發點上。而且呢，我那不友善的人生一直興致盎然地在等我盡快察覺這個事實，看我怎麼做出反應。我知道，若我越是執著於這不友善的人生，面對創傷時就會越無法抗壓。大概從那時開始，我就已經與人生保持著距離，用懷疑的眼光窺視它的背面，久而久之，我也很快就接觸到人生的祕密。

據說媽媽是在我六歲時過世的。我沒有半點關於媽媽的記憶。或許是這樣，我完全不思念媽媽。讓我想起媽媽，讓我察覺自己對媽媽不抱思念之情的，反而是誓死想隱藏媽媽存在的外婆。外婆注視我的眼神，超出了一般外婆看待寶貴孫女的那種自豪，還另外帶著一份憐憫。正是那種眼神會讓我想起媽媽的缺席，同時也讓我體認到，只要置身在那個眼神的寬容籬笆內，我就沒有必要思念媽媽。

此時，外婆打開廚房門、走出來看到我，用她那種充滿自豪又帶著憐憫的眼神對我說：

「珍熙，妳起來啦？去叫醒阿姨吧。」

外婆搭了件前襟有成排珍珠色扁鈕釦的寬鬆睡衣，下半身穿著花褲，走到井邊去洗掉沾在手上的煤油爐煤煙。而我，正從掛在簷廊柱子的釘子上、顏色各異的四支褪色牙刷中拿起紅色的那支，擠上牙膏，同時看著外婆鬆開頭巾來擦手。

「舅舅呢？」

「別管妳舅舅了。他應該整夜沒睡，讓他睡晚一點。」

但外婆的話還沒說完，舅舅的房門就打開了。肩上掛了一條毛巾的舅舅，跨了一步走下簷廊。看到舅舅出來，廳堂底下的小狗黑皮也溜了出來，甩了幾次頭把灰塵抖落後，便開始輕輕地搖起尾巴。舅舅瞥了一眼走去內室叫阿姨起床的我，從柱子的釘子上取下綠色的牙刷。

外婆看著舅舅時，是把看我時那種既自豪又憐憫的眼神去掉了憐憫。也就是說，外婆看著舅舅的眼神充滿了自豪。

說起「西興洞柿樹人家的兒子」，在我們鄰里是無人不知、無人不曉。雖然舅舅是為了去當兵才休學回到老家，但舅舅可是我們國家最難考上的首爾大學法律系的學生。

「英玉還沒起來嗎？」

「她把自己當唐朝的蘇東成[2]，每天只會睡懶覺。」

---

2 非中國史上實際存在之人，而是作者兒時經常從老人家口中聽到的人物，用來比喻成天好吃懶做的人。

「您就別管她了，她又不是一兩歲的娃兒了。」

「怎麼能不管？這丫頭成天只會出一張嘴，有什麼好睡懶覺的？連整晚讀書的哥哥都一早就起床了。」

如果不是阿姨每天都睡懶覺，我不可能會知道一千年前住在中國的瞌睡蟲蘇東成。阿姨趴在棉被裡調廣播頻道，聽見外婆與舅舅在外頭說她，馬上一把掀起棉被坐起身，說了句「唉唷，煩死了」，然後跪著用她兩邊膝蓋奮力踩在棉被上頭，一步步走到炕房尾端，但最先拿起的東西是一面鏡子。

「『將軍』他們家的人在外頭嗎？」

「沒有，還沒。」

「哎呀，媽也真是的。一早去井邊的人那麼多，我本來是打算等他們家的人都洗好臉再出去的……媽就這麼見不得我睡懶覺。」

阿姨雖然嘴上是說「將軍他們家的人」，但她不想在井邊撞見的並非「將軍」家所有的人——包括「將軍」和他媽媽，以及投宿他們家的崔老師和李老師——而是指其中的崔老師。崔老師是我們學校的男老師，但可能因為是舞蹈老師，所以對於跟女生之間的身體接觸毫不拘束。說實在，這當中確實是有些曖昧之處。崔老師會若有似無地觸碰女孩子的胸部，不然就是盯著女生罩衫領口的凹陷處看，這在學校早就是眾人皆知的事實，所以當崔老師早上穿著汗衫和睡褲出現在井邊，阿姨會這麼想迴避也就不奇怪了。不過，若是阿姨照外婆說的早點起床去刷牙洗臉就會沒事，但阿姨這隻懶惰蟲可沒那麼勤勞。

看著阿姨再度鑽進被窩，把收音機一把拉向自己，我心想反正自己也算完成外婆的交代了，於是走出了房間。這一轉眼，「廣津 TERA」的大嬸已經在井邊削馬鈴薯，手上那第三顆馬鈴薯跟她揹在背上的兩歲娃兒載成的臉蛋一樣大。「廣津 TERA」是跟我們家租店面的西裝店名稱。根據舅舅的說法，其實應該叫做「TAILOR」（裁縫）才對，但我們鎮上的西裝店全部都和「廣津 TERA」一樣用了「TERA」。

我們家包括坐落在院子內側的兩戶住家，以及位於大門那頭的一間店面，加起來有三棟建築物。

兩戶住家中，左邊是「將軍」他們家租的房子，裡面有兩間房間，其中一間是「將軍」母子倆住的，另一間是崔老師和李老師合宿的房間。右邊的房子，是身為房東的我們家在住，靠近廚房的內室是外婆、阿姨和我一起用，中間的房間則是舅舅在使用。經過大廳、繞到後面比較陰暗的區域，那裡有個小小的房間，目前是空房。

那個店面切分成四間，全都租了出去。最寬敞的一間是「新風格女裝店」，旁邊是「廣津 TERA」和「我家美容院」，另外是「新風格女裝店」樓上還有一間僅占一半面積的「文化照相館」。

此外，這三棟建築物的中間有一口井。

這口井是「將軍」家、我們家的生活中心，而那幾間店鋪的大門雖然都面大街，但他們生活空間的門也是面向我們家院子。這裡是所有人做飯、洗漱、洗碗、洗衣與交換情報的地方。即便就位置來看也一樣。若是用圓規畫一個圓，它也正好位於生活的圓心處。儘管幾年前拆掉外圍的屋子、改建新店面時，工人在院子安裝了一個抽水幫浦，但我們家習慣用吊桶把一眼就看得到的井水舀出來用，對於抽出看不見的水來用的幫浦很陌生，久而久之，幫浦也就生鏽報廢了。

每當我從外頭回來，只要一踏進大門，就會習慣性地往那口井望去，因為如果家裡有人，通常都在那個地方。雖然偶爾會發生當我看到井邊沒人而放下心，大門旁的茅廁卻又冷不防冒出人來，害我瞬間被嚇到的狀況，但總之，這口井是我們家所有傳聞和祕密的泉源。

我們家所有大人都對我疼愛有加，「將軍」的媽媽是因為覺得自小無父無母、由外婆拉拔長大的我很可憐，「廣津 TERA」的大嬸是因為我很會讀書，「文化照相館」的大叔是因為我很有禮貌，而「新風格女裝店」的 Miss Lee 姊姊則是因為我心思細膩。

但我知道大人們疼愛我的真正原因是什麼——因為他們認為我知道他們的祕密。因為祕密已經拿出來抵押了，所以他們不得不疼愛我。我早就明白人的內心都有這卑鄙的一面。

我可以很輕易就碰觸到大人們的祕密，無非是因為我是個孩子——更準確來說，是因為「我看起來像個孩子」。大人為了圖自己方便，都有「把孩子只當孩子看」的傾向，因此假如想讓自己像個孩子，只需要展現一些簡單的特質就夠了，可可愛愛或腦袋聰明。

比起那些真的只能表現得像個小孩的孩子，我們這種早早就懂得人情世故的孩子，能把大人心目中的孩子舉止演得更有模有樣。即使稍微偷窺到大人們祕密的表面，我們也會假裝對祕密的本質一無所知。這種作法不知道讓大人有多安心，又激發出多少他們對孩子的疼愛。所謂「祕密」是很狡詐的，具有「多討厭讓別人看到，就有多想向別人分享」的屬性。

還有一點，我是透過觀察來探知大人的祕密。就像外婆經常稱讚我的，我不只是觀察力強，也喜歡用自己的方式去分析看到的一切。有時，我還會針對擾亂人類內心的同情心、道義、貪欲等進行實驗，主要對象就是像阿姨這種好對付的目標，又或者是像「將軍」一樣讓我不屑一顧的同年級生。這樣的實驗培養出我解讀大人祕密的洞察力。

我從大人的祕密中挖掘人生的祕密，是為了保持在距離以外檢視人生的緊張感。要是我不能站在距離外檢視我的人生，說不定我會變成自閉兒。

大概在我八歲還是九歲的時候吧，有兩個屬於外婆侄兒輩的親戚伯母在房裡說話，但在我進去之後突然不說了。她們停下來，是為了像把我看穿似的盯著我。兩位伯母彷彿在看什麼珍奇異寶一樣，從各個角度端詳我，直到她們對彼此說了下面的話。

「大概就是她，對吧？雖然媽媽那個樣子，但孩子好像精神還挺正常的？」

「因為那種病不會傳給孩子。」

「誰知道哪天會不會發作？」

「總之為了撫養沒爸媽的孩子，可真是辛苦嬸嬸了。」

「就是說啊，還是精神不正常的。」

「妹妹妳也真是的，妳對著小小年紀的孩子說什麼啊。」

「不管年紀多小，看她那雙眼睛就覺得有什麼鬼神守著她，讓我背脊跟著發涼。」

「說什麼鬼不鬼的，她媽媽以前長得多清秀啊……在戰爭中發瘋的人，我們何止見過一兩個？本來都是再正常不過的人，誰會打從娘胎就帶著那種病出生？」

「又不只是發瘋死的，她媽媽是上吊啊。是她舅舅替自己的姊姊收屍，後來不是說火葬了嗎？也不知道她長大後會變什麼樣子……總之換作是我，別說是外孫女，不管是誰，我心裡也會有疙瘩，沒法養她。」

「哎呀，妹妹妳就別說了，嬸嬸都要聽見了。」

兩個伯母似乎完全不覺得我也有耳朵和眼睛，只擔心外婆會進來，所以把注意力都放在外頭的動靜上，在我面前倒是毫無顧忌地滔滔不絕。她們為了說得更有臨場感、更有興致，時不時就偷瞄我這個物證，拿起來敲敲看、倒過來看，也拿起來搖一搖……

想必就是從那時開始，我很討厭別人的視線。有段時間，只要有誰盯著我竊竊私語，我就會猜測對方是在說媽媽的事，但我討厭被別人看出這點，所以總是故意垂下頭。不過，也因為討厭被別人觀察，所以我比任何人更早學會隱藏自己的方法。

要是有誰盯著我，我就會先把自己分成兩個我。一個我原封不動在體內，而從真正的我分出去的另一個我，就讓她到我身體外頭扮演我的角色。到身體外頭的另一個我暴露在他人面前，假裝成我一樣行動，真正的我則留在體內注視著在身體外頭的我。我讓其中一個我表現得就像他們想看到的我，剩下的我則是看著這一切。這種時候，我分成了「被觀看的我」與「觀看的我」。

當然了，其中真正的我並不是「被觀看的我」，而是「觀看的我」。遭受他人視線迫害、受到侮辱的是「被觀看的我」，「觀看的」真正的我因此受到的傷害就比較小。我就是透過將自己分裂成兩個來免於暴露於人們的視線下，以此守護自己。

我曾經想過，創造另一個我給別人看，說不定是一種偽善或假飾。因為我展現的是偽裝與虛假的行為，所以，將自己分成兩個我說不定是不好的事。但自從我知道「作為」[3]這個詞之後，這種疑慮就消失了。我的自我分離法並不是偽善而是「作為」，而且「作為」比偽善複雜許多，但就嚴格的意義上來說並非不道德的。

因此，之後我對於要吐露大人們的祕密，既沒有任何顧忌，也不覺得有任何虧欠。

3 作為（작위）在韓文中不只意味行為或舉動，而是「刻意為之的行為或行動」，為有特定意識、意圖的行為。

擁有只有自己看起來漂亮的鏡子

向我毫無保留吐露祕密的人當中，最具代表性也最重要的人物就是阿姨。

說實在的，今年二十又一的阿姨和我分享祕密絕對不像是大人會做的事，但無所謂，因為不論是什麼事，反正阿姨都跟「成熟的大人」扯不上邊。反倒是當她沒有不自量力地擺出大人姿態，看起來還比較像個大人。我是透過阿姨的祕密來學習人生。

阿姨大約是從二十歲開始把交筆友當成興趣。

由於結交筆友這種活潑外向的嗜好，與賢慧的閨女實在不怎麼相襯，因此一開始阿姨結交筆友的公開動機，據說是為了學習英語。有了學習實用英語這個明確的目的後，就連老古板的外婆也無法找到強烈反對阿姨結交國外筆友的理由。阿姨的職業，名義上是英語家教，因此雖然外婆有猜到結交筆友是「寫沒什麼用的信」的另一種說法，但阿姨豪氣萬千地說要提升自己的專業水準，外婆也不能執意阻止阿姨。

交筆友還得大費周章的呢。首先，要把自己的照片和申請書寄到某個叫做國際交流協會的公司。這個收到照片和申請書的「協會」，會根據他們的判斷逐一提供條件符合的外國人地址。阿姨寄去的照片不光是經過重新拍攝而已，有一次阿姨說自己被拍成了大小眼，另一次又說把她拍得太老氣，結果兩次都要求重拍。阿姨甚至說，照片完全沒有呈現出本人的優點，傷了「文化照相館」大叔專業上的自尊心。後來阿姨從協會拿到的地址，是一位住在加拿大、名叫哈羅德什麼的十六歲少年的地址。

但等到阿姨真要提筆寫信時，似乎就沒想像中容易了。阿姨將袖珍版的英語會話書、字典、高中時的英語參考書堆在面前，徹夜絞盡腦汁構思，好不容易才寫滿兩張信紙，但努力是苦澀的，果實則是甜美的。阿姨將自己寫的那封信高舉在眼前朗讀時，她的音調頗為激動。

那天，阿姨馬上就把那封信帶去英語家教教室，在學生面前引用了「德語是哭著進去、笑著出來，英語是笑著進去、哭著出來」這句不知從哪裡聽來的話，把它講得好像什麼學習外語的金玉良言。她一方面是要強調自己透過這次經驗再次體認到英語有多難，但也沒打算隱藏對自己英語實力的讚嘆。阿姨不只在學生們面前反覆朗讀了好幾次，甚至還將它當成口語練習教材，讓英語發音不錯的學生們讀。

在當時，阿姨這位家教老師其實當得很外行。阿姨高中畢業後遊手好閒了幾個月，後來專收國一學生、把他們分成三、四組來教授英文，但除了字母、音標，頂多再加上英語教材《Tom and Judy》的前幾章來當基礎閱讀練習也就是全部了。因此，與其說她這樣的課後輔導是在教英文，說跟孩子們一起玩耍還更貼切。

過去阿姨曾說自己胸懷大志，雖然沒有讀大學，但直到高中為止，至少英語都沒想過要輸給別人。看阿姨偶爾捧著袖珍版會話書在房裡走來走去，嘴上不停喃喃唸著英語句子，還會跟著流行歌曲哼唱，似乎確實如她所說的英語實力很不錯。只是阿姨的課後輔導似乎就連那種程度的英語實力也用不上。每次我看到上國中後彼此見面機會減少的男同學與女同學在阿姨的家教教室促膝圍坐，臉上泛著紅暈偷瞄彼此的模樣，就覺得那氣氛就像聯誼一樣。後來我也不只一兩次看到，課後輔導時間都結束了，有人也不打算回家，而是坐在簷廊前的涼床上聊個沒完並等待下一組的課結束。到後來，有些人會結伴出去玩，剩下的孩子則是開起點心派對，不然就是在計畫星期天要去哪裡玩。

有時候啊，阿姨還會以戶外教學這個好聽的藉口，乾脆把學習這件事丟到一旁，跑去附近國民學校的運動場，讓學生們兩兩一組打羽毛球。有時阿姨也會特地安排根本用不著費心就已經進行得很順利的聯誼之日，讓所有男同學和女同學擠在小到不行的房間裡互聞腳臭味和汗臭味，嘻嘻哈哈好幾個小時。

那些學生不分男女，一律稱呼阿姨為「Sister」（姊姊）。這不只是因為「Sister」比「老師」這個稱呼更有親近感，當中也蘊含了阿姨主張在家庭般的氣氛中進行自發學習的教育哲學。不過，阿姨強調的親近感與家人氣氛，只在狹義的層面上實行出來。她與學生們臭氣相投、嘻嘻哈哈的模樣，就像一群同齡的朋友一樣天真歡樂。

阿姨的課後輔導因此沒能持續太久。

阿姨很享受國中生們這麼聽從「Sister」的話，也把自己高人氣的祕訣歸咎於她不強迫他們讀書的自由氣氛。最後，這些與「Sister」一起度過快樂時光的國中生，回家後卻抱怨阿姨是個「沒實力的英語家教老師」。出乎阿姨的預料，沒幾個月，家教學生就只剩兩、三隻小貓。

阿姨差不多也是在那時候停止與那位哈羅德什麼的少年當筆友。收到來自遙遠異國的信件很有趣，加上可以享受在國中生面前神氣朗讀信件內容的滋味，讓阿姨和對方來回通了三、四封信。但隨著家教教室關門大吉，阿姨頓時少了能替自己歡呼的國中生，而且一個超過二十歲的韓國姑娘和一個十六歲的加拿大少年之間也沒什麼共通話題，所以阿姨從寫下「Dear Harold」（親愛的哈羅德）之後就腦袋一片空白。還有，拿著字典，像排版工似的把裡頭的單字一字一字組合起來、填滿一張信紙，這件事實在也很沒意義，於是阿姨第一次交筆友的經驗就這樣以失敗作結。

不過，阿姨的第二個筆友就不太一樣了。對方不是外國人，而是韓國人，還是個成年男子（說不定有可能跟對方結婚，因此這條件很重要），而且最關鍵的是，他的軍人身分讓他擁有某個來自異國、臉上滿是痘疤的青春期少年難以比擬的真實感。這裡不妨引用對方初次寫給阿姨的信件開頭，讓他本人現身說法好了：他是「二十二歲身體健康的大韓民國男兒，專心致力於防衛國土之義務的陸軍上等兵李亨烈」。

李亨烈第一封信送到的那一天，我們家鬧得雞飛狗跳。

那是個面南的簷廊上春陽暖照的日子，我正在剪裁月曆的白紙，用來幫我剛領到的五年級課本包書套。從一大早就高唱著好無聊的阿姨，不知是不是她終於有地方可以去了，所以在井邊洗起了頭。洗完頭之後，阿姨用毛巾包住水滴個不停的頭髮，來到我身旁坐著，接著開始抖落髮絲上的水滴。把頭轉到與我反方向、用力甩著頭髮的阿姨，為了集中精神把南鎮[4]的《即使恨也再一次》唱得更加動聽，所以沒意識到水滴全都噴濺到我的書本上頭。

正當我抬起頭打算抗議時，阿姨的歌聲卻突然停下。

「哦？我們家有信？」

我循著阿姨的視線望去，只見郵差叔叔揹著偌大的背包，正跨進我們家的大門。

「這裡有人叫做全英玉嗎？」

「全英玉？我就是全英玉……」

「這裡，有妳的信。」

阿姨從郵差叔叔的手中接過那封軍營的郵件後，剛開始是一臉詫異，但拆開信封之後，她的雙頰微微泛起紅暈。才讀了幾行，阿姨突然坐立難安地站起來閱讀，而且不知道在急什麼，從這時候開始加快她嘴裡喃喃讀信的速度。阿姨手裡拿著信在簷廊上走來走去，讓一旁的人看得暈頭轉向。等到讀完信之後，阿姨把那封信當成什麼錄取通知書似的，很驕

4 韓國演歌歌手，一九六五年發行首張專輯《首爾花花公子》（Seoul Playboy），成為六〇、七〇年代最受歡迎的歌手之一。

傲地伸出手臂遞給我。

「珍熙，妳想看就看吧，是筆友寫來的信。」

若是說給我一人聽，阿姨的音量未免太大了，那聲音就這麼穿過房門，傳到了舅舅綁著頭帶、只露出半截的耳朵裡。倘若舅舅隨即破房門而出，想必我就讀不到李亨烈的第一封信了，但舅舅不是會輕舉妄動的人；倘若舅舅沒聽見阿姨接下來的話，或許就會把觀察著外頭動靜、轉向房門的視線直接移回桌上的法典上頭。如果是那樣，就不會發生舅舅憤然衝出房門——頭上那條頭帶（原本是外婆的韓服腰帶）飄啊飄的——往阿姨的臉上甩一巴掌的事了。不過，阿姨從我的手中拿回信時吐出的這段話，在我看來，也足以讓所有當哥哥的人暴怒。

「現在要是有個在當兵的愛人，就能買烤全雞去懇親了，一定很好玩吧？聽說如果去懇親，一路上軍人都會吹口哨、調戲女生呢。唉唷，那該有多好笑啊？」

阿姨的話還沒說完，舅舅就粗魯地打開房門，伸出巴掌往阿姨——她當場嚇得大喊：「哎呀，我的媽！」——臉上揮去。無論從哪方面來看，這都是阿姨自作自受。

晚上，外婆從田裡回來，看到阿姨還抽搭個沒完，臉色頓時變得很難看。聽我說完來龍去脈後，外婆的臉色更難看了。她一邊怒氣沖沖大吼阿姨名字，一邊用撥火棍猛敲廚房地板，彷彿恨不得立刻毒打阿姨一頓。這時阿姨兩手抱著頭，像隻野狗一樣偷偷摸摸走進廚房。外婆一把揪住阿姨的手臂讓她坐下，又抓著撥火棍用力敲打地板。但如果稍早舅舅只是嚇一嚇阿姨，外婆可不會那麼輕易放過她。這也代表窮追不捨的審問就要開始了。

根據阿姨的自白，她並非在雜誌或歌謠本後頭的筆友欄看到地址後開始寫信的。一開始從《明朗》雜誌的筆友欄上頭抄下某個軍人的地址、開始寫信的不是阿姨，而是阿姨的朋友，也就是鄉長的女兒京子阿姨。京子阿姨受到這位軍人筆友的請託，說自己有個為人真誠的朋友，問京子阿姨能不能替他介紹一個同樣做人真誠的對象。京子阿姨認為我阿姨就是那個做人真誠的對象，於是在信中寫下阿姨的地址，還特別註明「不可能找到比她更真誠的對象了」。京子阿姨說：「妳這人就是不懂人情世故，我感覺妳不會答應，所以就先把地址寄出去。要是妳之後收到信也別太驚訝。」阿姨聽完後氣得跳起來說：「妳把我當成什麼樣的人了，怎能做出這種事來？」她說要跟京子阿姨絕交，接著頭也不回地回家了……到這邊是阿姨對外婆自白的說詞。

這當中自然有扭曲事實之處。京子阿姨把我阿姨的地址寫給自己的愛人後，才把這件事告訴阿姨——這部分怎樣都讓人無法理解。任何有人生經驗的人，都不難猜想肯定是阿姨對京子阿姨施壓，要她介紹筆友給自己。阿姨整個人跳起來就算是事實，但「跳起來」分成許多種，它可以是「嚇到跳起來」，但以阿姨的情況來說，解讀成「高興到跳起來」似乎比較合理。還有，阿姨宣告要絕交、頭也不回地回家，也跟事實有出入。後來，阿姨趁審訊官外婆不在場時，替那個場面做了修正，說出事情的真相。

得知自己也會有個筆友的消息後，阿姨高興得不得了。她禁不住對對方的好奇，向京子阿姨問個不停。

「有說對方長什麼樣子嗎？個子高嗎？」

「嗯，好像是個美男子，聽說綽號是洛克．哈德森。」

「什麼？那不就長得像阿順大叔嗎？洛克．哈德森是什麼嘛，像詹姆斯．狄恩還差不多。」

問完沒多久，阿姨突然緊挨在京子阿姨身旁，又繼續問：

「妳跟對方說我的綽號是什麼？妳總該有跟對方介紹我什麼吧。」

「說了，說妳不輸給文姬[5]。」

「說什麼文姬啊，應該說娜妲麗．華才對。還有，妳應該有說我的興趣是讀書和音樂欣賞吧？」

「說了，還說了妳的夢想是成為賢妻良母。」

別說什麼宣告絕交、頭也不回地回家，阿姨反倒因為這件事和京子阿姨建立起更親密的友誼，直到接近晚餐時間才依依不捨地道別。那天之所以特別捨不得道別，是因為從京子阿姨口中說出的每一件事，在在都令阿姨興奮難耐。根據京子阿姨的說法，這個名叫李

---

5 洛克．哈德森（Rock Hudson）、詹姆斯．狄恩（James Dean）、娜妲麗．華（Natalie Wood），皆為二十世紀中葉受歡迎的好萊塢電影明星。文姬，韓國電影女演員。在六〇年代與尹靜姬、南貞妊並列韓國電影界「三大天后」。

亨烈的軍人是首爾人，還是有錢人家的兒子、大學生，他的興趣是電影欣賞，特長是騎摩托車……讓阿姨越聽越心動。她不敢相信自己會有這等好運，甚至還想往皮膚最嫩的大腿內側稍微捏一把看看。

因此，阿姨那天在外婆的撥火棍前認真反省自身過錯、雙手合掌求饒說再也不交什麼筆友、表現出悔改之意的舉動，全都是因為阿姨心裡正在盤算採取以退為進的策略。

審問完畢，外婆最後只丟下一句「妳出去吧」就轉過身，然後開始默默地從米櫃舀起米來。外婆一聲不吭的背影，訴說著舅舅與外婆的反應之所以如此激烈正是一種親情的表現，阿姨則是在放聲啜泣的同時接受了這份愛。

可是，也是在那天晚上，阿姨立即向我提出背叛這份親情之愛的嚴肅提議。她把往後管理李亨烈信件的責任交付給我。阿姨從廚房出來後，有好段時間趴在小矮桌上，後來露出一副痛改前非的樣子，有氣無力地出了門。但其實阿姨似乎是趁這時候去找了京子阿姨，計畫該怎麼讓李亨烈的信件寄到京子阿姨家。換句話說，我被交付的管理責任，是去向京子阿姨拿回信件，再順利轉交給阿姨。

我瞬間懵了。問題的重點應該是被發現手上有李亨烈寫來的信，至於從京子阿姨家拿信的人是我還是阿姨，根本就無所謂啊。在我指出這個盲點後，阿姨一時也糊塗了。後來，阿姨才向我道歉，說自己忘了一件事。她會將這重責大任託付給我的重要理由，其實就是在為哪天被發現時做好準備。阿姨說，就算被發現和李亨烈當筆友，一旦他們知道這件事有我的份，依我在我們家的地位，不就有人能幫她分擔一些責難了嗎？阿姨三番兩次向我賠不是，說雖然對我十分抱歉，身為阿姨也很沒面子，但除此之外沒什麼好辦法了，所以她才來拜託我。

的確，要小孩子跑腿拿信曾經是一種流行。就算與對方只隔了條巷子，也要彷彿化身為年輕時的維特一樣使喚弟妹或姪子去傳信。這種行為是青春男女所能想像的一種浪漫。阿姨之所以想要有人幫忙跑腿送信，似乎也是基於這個原因。她大概是想跟流行，也想把自己與筆友的魚雁往來營造得更浪漫，才會想要打造這個祕密環節。

為了回報阿姨分享她的祕密，為了展現我可以保密的決心，我只能接受阿姨的提議。如今已接近六月的尾聲，阿姨與李亨烈互通書信算起來也有三個月了。但因為飽受阿姨情緒起伏的折騰，讓我覺得彷彿有三年那麼久。這段時間內，我真的受夠了阿姨的嬌生慣養。

首先，只要信件稍微晚點到，阿姨就會心急如焚，時不時就用棉被蓋住自己躺在床上。等到飯桌往房裡送時，阿姨才會病懨懨地起身，有氣無力靠牆坐著，模樣猶如韓國電影中經常出現的悲情女主角；而當她搖搖頭說自己沒胃口時，又像是被宣判人生開始倒數的富家千金。儘管在外婆連聲催促下，阿姨終究是吃了飯，卻吃得像拿筷子在數沙子似的。等外婆端著桌子走出房門，阿姨會把勉強靠著牆支撐的身子迅速甩向我這邊，說出「珍熙啊，我該怎麼辦呢？我該怎麼辦才好？」這樣的台詞，讓我覺得京子阿姨說她「不輸給文姬」

一點也沒錯——確實在演技方面，阿姨絕不比文姬差。

不過，只要李亨烈的信件一到，阿姨那天整個人都不一樣了。一整天快樂地用鼻子哼歌是少不了的，阿姨還會二話不說，大方地給我一張百元鈔票，對我說：「來，去買清湯烏龍麵吃了後還可以剩下四十元！」她還會跑去對外婆說：「媽，很累吧？等我嫁了人，我會請個廚房阿姨服侍您的，您可要等著喲。」但她這種反常的行為只會讓外婆操心。

碰到這樣的日子，照上大半天鏡子就成了阿姨的慣例。雖然阿姨也會擠擠痘子或用小鑷子整理眉毛，但最主要的還是練習表情。阿姨會抬起下巴、把臉扭向一邊，露出一種傲慢睥睨的表情，隨即垂下眼簾、蹙緊眉頭並露出哀傷的表情。接著，阿姨會再次瞪眼，把目光朝對角線射去並做出生氣的表情，然後再次仰起頭，瞇著眼望向遠方，露出迷濛的神情；然後她再次垂下眼簾，緩緩地搖頭，彷彿有什麼話想說似的噘起嘴，露出哀戚的表情；然後再次做出嘟嘴轉頭的賭氣神情；接著她再次微微抬起下巴，擺出眼神迷離、嘴唇微張的魅惑表情。還有，雖然不知道它該算是什麼表情，但阿姨會緊緊閉上嘴，眼睛瞪得老大，微微別過頭，然後從鼻腔發出「哼！」的一聲。到這邊，阿姨的表情練習才算告一個段落。有時候，阿姨還會很認真地把這種無聊的訓練重複個好幾遍。

此外，若是阿姨實在禁不住內心的雀躍，就會趁外婆不注意時把李亨烈的信拿給我看。阿姨會像在閱覽重要文件似的，不只事先要求我發誓嚴守祕密等事項，直到將信封遞給我的最後一刻，還會上演一齣羞澀姑娘欲語還休的戲碼來吊人胃口，每次都把我——為了迎合阿姨的心情，我只好裝出很想看那封信的表情——逼到差點放棄。然而，費盡千辛萬苦拿到信後，李亨烈的文筆卻普通到完全無法補償我的辛勞。

那封信總是以「我思念的英玉小姐」開頭，之後十之八九是天氣的話題。時序從春天跨到初夏，信件的開頭總是差不多，除了「天氣很暖和」、「天氣變暖了」、「越來越暖和了」，還有「看來夏天快到了」、「夏天在來的路上了」、「看來現在是夏天了」之外，就沒別的了。

說完天氣，接下來他總是以「某某某曾經說過這樣的話」來開場。雖然知道那是名言佳句，問題是，根本看不出引用這句話究竟和接下來的內容有什麼關係。舉例來說，他會寫一句：「蘇格拉底曾說人類是社會性的動物」，接著卻說：「這段時間您過得好嗎？」或是在「派翠克．亨利曾說：『不自由，毋寧死』」之後冷不防來一句「今天我早早就睜開了眼」。不過，只要過了這個關卡，後頭就很平易近人，不會再看到什麼艱澀的詞彙或比喻，所以非常容易閱讀，內容也簡短，這些都是他信件的優點。

如果要概略介紹一下，大致是下面這樣：

我李亨烈，是在首爾經商的李某某先生的兒子，家裡兩男一女中排行老么，年紀是二十二歲，在大學主修土木工程。姊姊已經嫁做人婦，未來要繼承家業的哥哥目前在父親的公司累積社會經驗。我將來的夢想是學以致用，在土木工程公司任職，又或者繼續進修並成為教授。但我一點都沒有打算過老套沉悶的生活，而且我打算盡早成家生子，之後和太太一起打網球、旅行，開心地過日子。我會的樂器有口琴，興趣是騎摩托車，長久以來的夢想是載著愛人在林蔭道上奔馳，但因為至今都沒有愛人，所以還沒嘗試過。因為過去我只知道讀書，心裡覺得還不是時候，才沒有結交女朋友。收到英玉小姐的照片後，我覺得您的眼睛特別漂亮，還有過去收到英玉小姐的信件時，總會為您擁有如此純真的心感到詫異。能認識美麗純真的英玉小姐，是神的恩寵……

阿姨寫信的時間基本上都是外婆已經入睡的夜裡。外婆洗好晚餐的碗盤進房後，經常會坐在收音機前聽連續劇，但因為習慣早睡，所以總是沒能把鍾愛的連續劇聽到最後就鼾聲連連了。明明只需要用耳朵聽劇就好，可是每到播放連續劇的時間，外婆總會放下手邊所有的事，貼在收音機前面坐著，一邊盯著收音機一邊聽連續劇。外婆從頭到尾都沒有把視線從收音機移開，彷彿不這麼盯著就會錯過故事似的。

儘管如此，等到重頭戲開始時，這時往外婆的方向望去，外婆多半早已夢周公去了。要是我搖外婆的身子、提醒連續劇的進度：「外婆，外婆！您趕快聽呀，現在那女兒終於和媽媽相見了，就是現在！」

或許外婆是覺得自己在重要關頭睡著很沒面子，這時會裝出自己完全不睏的樣子，拉高嗓門說「知道啦，我也知道！」並努力睜開眼皮，但沒過多久，外婆就又以穩定的節奏發出「噗、噗」的呼吸聲，回去找周公下棋了。

外婆睡得很沉，所以阿姨可以盡情地寫那些被禁止的書信，我則是翻著阿姨從「我們美容院」借來的《Sunday Seoul》（首爾星期日）雜誌，並且在阿姨問我怎麼拼字或措辭時，充當顧問的角色。

阿姨寄給李亨烈的信件，基本上是走下面這樣的路線，與李亨烈寄給阿姨的信構成了關係和睦的對仗。

我全英玉，是曾擔任警察高層的全某某先生的女兒，家裡一男一女中排行么女。哥哥目前是法學院三年級學生，母親從事農業與建築業（阿姨想用比較文雅的說法來表達我們家有店面出租，後來認為與房子相關的職業裡這個說法最保險）。由於父親在韓戰時殉職，因此被封為國家功臣。我的年紀是二十一歲，雖然考上了首爾的大學（雖然這事我也是第一次聽說，但阿姨紅著臉說繳交申請表是事實，我也就決定不再計較真偽），但我無法丟下母親，因此放棄了學業，目前在故鄉教英文。我的性格文靜，興趣是讀書和音樂欣賞，將來的夢想是成為賢妻良母。我沒有男朋友，雖然有過許多機會，但家教甚嚴，所以不曾和異性交往。我最喜歡的季節是秋天，喜歡的花是花語為「勿忘我」的勿忘草。還有，我的理想型是會始終如一疼惜我的真誠男性。

不過，阿姨的信並未停留在入門階段。隨著通信的時間越長，阿姨的信越來越多愁善感，直到思念這樣的字眼偶爾出現，吐露深情的句子越來越多，阿姨就再也不讓我看信了。從這時開始，阿姨不再向我諮詢措辭用語，我不知道她和李亨烈的關係是否發展到足以克服那種形式包裝，她也幾乎沒來再問我哪個字怎麼拼寫。如今，就連他寄來的信也不給我看了。

儘管如此，轉交信件的工作還是交給我，等於我依然將阿姨的祕密藏在舌頭底下。

你腳下那臭氣熏天的虛空

我會認為自己知道「將軍」媽媽的祕密，情況和阿姨有些不同。這不是因為我知道了某個祕密事件，而是因為我分毫不差地看透了她善妒、城府深的心思。

不光是「將軍」的媽媽。包括「將軍」這種聽話的孩子身上常有的傻裡藏奸特質，崔老師忙著偷瞄女生的狡猾居心，以及害李老師成天皺著一張臉的慢性痔瘡與偏頭痛，我對那戶人家的每個人瞭若指掌。也因為如此，要找到讓「將軍」媽媽和「將軍」吃上苦頭的方法並不難。

從上個月初開始，應該有半個月的時間吧，我經常因為「將軍」的讀書聲，早早就被吵醒。

先前，我總是因為凌晨外婆要去廚房的動靜而醒來。睜開眼睛後，我看到的總是晨光朦朧未明下，外婆坐在炕房尾端打理頭髮的佝僂背影。外婆的頭髮，每次「我們美容院」大嬸看見時就會纏著外婆要她燙髮，甚至在趕集日時，也會有那種跟人買頭髮賣給假髮工廠的商人緊跟在外婆屁股後頭，但外婆始終堅持綰髮髻。

頭髮梳理好之後，外婆會仔細端詳插在油亮紅篦子密齒上的髮絲，然後輪流從左、右肩頭拉起縷縷髮絲，將它們捲好盤在一起，接著會用白毛巾在頭上繞一圈，在後頸打好結才起身。但是外婆用右手按住右側膝蓋、發出吃力的悶哼聲站起來時，下半身穿的總是做粗活用的花褲。

外婆打開房門出去之前，必定會轉頭看睡在炕房前端的阿姨和我，當她發現我睜開眼睛了，就會舉起右手上下擺動，要我再多睡一會兒，動作就像在安撫躺在空中的娃兒。我呢，會在外婆的背影悄悄打開房門出去時，感受到黎明從那門縫溜進來，在房裡兜了一圈。這時我總會再度進入夢鄉，直到做好早飯的外婆來叫醒我為止。對我來說，這一切是開啟寧靜安祥早晨的習慣，可是「將軍」的讀書聲擾亂了這份祥和。

「將軍」媽媽在二十三歲時就嫁給擔任陸軍上士的「將軍」爸爸。住在離鎮上二十里外的偏遠山村，身為佃農的第六個女兒，沒權沒勢、家境又貧窮的「將軍」媽媽，光是身為職業軍人的丈夫有制服可穿這點就讓她滿意得不得了。就連讓「將軍」父親在部下之間贏得「毒蛇」綽號的那副凶狠脾氣，她也認為是身為「上面的人」必須使喚「下面的傢伙」才不得不耍的權威。「將軍」媽媽不論在搬家或在埋泡菜缸，都稍微嘗到了從權力尾端散發的香氣，只不過她享受那腐敗的香氣不到一年時間，「將軍」的父親就離世了，留下的就只有遺腹子「將軍」而已。甚至，身為軍人的「將軍」父親不是壯烈殉職，而是在體罰士兵時氣得暴跳如雷，結果不小心踩到生鏽的釘子，最後很無言地死於破傷風。

不過，「將軍」媽媽似乎把丈夫死得很虛無的事給忘得一乾二淨，總是大肆吹噓自己的軍人丈夫死得很光榮，在「將軍」面前也不斷給他洗腦，所以說不定連她本人也信了自己捏造的說詞。「將軍」媽媽老是炫耀丈夫年紀輕輕就為國捐軀，以致年幼的「將軍」以為這種光榮軍人的故事背景是發生在六二五韓戰[6]時期，於是他問了：「媽媽，那爸爸是在打韓戰時死掉的嗎？」這事日後便成了我們村裡廣為人知的趣談。假如真的像「將軍」說的，他爸爸是在六二五韓戰中去世——等於在兒子出生前五年就結束的戰爭中戰死——所以「將軍」媽媽聽到後也大驚失色。但「將軍」媽媽可不會因為這點事就驚慌失措，以至於丈夫是光榮軍人的信念受到影響——不，是正當性有所減損，於是「將軍」媽媽立即這樣回答兒子的問題：

「那是因為他出生的年代晚，要是你父親再早個十年出生，他肯定會在六二五韓戰時戰死沙場，嗯，肯定會的。」

「將軍」媽媽的崇武精神不止套用在丈夫身上，也同樣適用於兒子。「將軍」將來的夢想之所以是「成為繼承父志的優秀將軍」，也完全是由「將軍」媽媽擅自決定的，與「將軍」本人的意願毫不相干。總之，自從「將軍」媽媽在整個村子四處張揚之後，大家都放著「將軍」的本名「金永秀」這個好端端的名字不喊，而是喊他「將軍」，但相較於四星

6 一九五〇年六月二十五日～一九五三年七月二十七日發生在朝鮮半島的戰爭。二戰後，韓國以北緯三十八度線為界分割為南、北，分別由美國與蘇聯占領。一九四八年，美、蘇各自扶植成立南、北韓政府，雙方衝突日益加劇，到了一九五〇年，北韓衝破三十八度線攻打南韓。

將軍的涵義，大家的語氣中其實是帶著揶揄，可這個事實就只有「將軍」媽媽不肯面對。

可能是媽媽氣勢凌人，所以當兒子的就沒必要開發強勢性格，所以「將軍」的個性既安靜又小心翼翼。如果你恰好經過「將軍」他們家房門前，可以聽見他們母子倆在房內走動的腳步聲，媽媽的腳步聲聽起來就像吞了鞭炮，兒子的則像是螞蟻在爬似的慢吞吞，兩者形成鮮明對比。

萬一「將軍」當真成了「將軍」，也絕對不會是朴正熙[7]總統這樣的「將軍」。現在很多人以朴正熙為榜樣想當將軍，然而，看過「將軍」之後，許多人可能只會覺得他平庸至極。或許，從可以象徵性展現完全不同的「軍人」概念這件事來看，「平庸的將軍」可能和「偉大的將軍」一樣重要，但「將軍」注定當不成將軍，所以肯定也不會有機會扮演讓大家覺得他很平庸的將軍，這真可說是「將軍」媽媽的悲哀。

可是呢，「將軍」媽媽不知在哪兒聽到要多讀《三國志》才能成材的重要情報，於是立刻分期付款買了《三國志》全八冊，還要求兒子每天早晨高聲朗誦。聽在「將軍」媽媽的耳裡，「將軍」在一大早朗讀《三國志》的聲音，具有不亞於真正的將軍在閱讀兵書一般的威嚴。也多虧於此，房間距離「將軍」家最近的我每天早上都必須在三國時代的中國戰場上醒來。

7 南韓憲政史上執政時間最長的國家元首，也是南韓第十八屆總統朴槿惠之父。

但這在我聽來只覺得煩躁到不行的聲音，聽在外婆的耳中卻覺得十分了不起，再不然就是因為那時間外婆和「將軍」媽媽兩人都在廚房，所以外婆聽到「將軍」媽媽有如打破炫耀罈子似的每天早上拿「將軍在讀書」的事大肆誇耀之後，開始心生動搖。她偷偷地向「將軍」媽媽探問：

「假如《三國志》是那麼有用的書，是不是也該借來讓我們家珍熙讀一讀？」

結果，「將軍」媽媽突然傲慢地閉上剛才為了炫耀而張得老大的嘴，說道：

「那就叫她試試看啊，但我看她很難把書看完吧。不管腦袋再怎麼聰明或有本事，丫頭還不就是個丫頭。」

說完，她還不忘露出睥睨的眼神。

外婆在晚餐的飯桌上說起這事時，雖然把「將軍」媽媽那番話說得雲淡風輕，卻還是看得出她心中很不是滋味。聽完這些話，阿姨做了很幼稚的反應，勃然大怒說：

「不是啊，難道她自己就不是丫頭嗎？真是無言耶！」

我絲毫沒有想參與這種新手級性別大戰的念頭，即便只看性別，我也絕對沒有想跟阿姨或「將軍」媽媽站在同一陣線的想法。不過，儘管「將軍」媽媽很肯定我是「不過如此的丫頭」，我眼前浮現的只有「將軍」那張圓圓的大餅臉，而不論我從哪方面來看，他打從一開始就無法成為我的對手，這一點他也比任何人都還清楚。

「將軍」和我都是五年級。因為我們從二年級就住在同一個院落，所以「廣津 TERA」

的大嬸會用「一起玩扮家家酒的朋友」來稱呼我們，但是這幾個字完全不符合現實，因為讓我想模仿的大人世界根本就不存在，所以我從來沒玩過扮家家酒，「一起玩扮家家酒」的朋友也因此從一開始就不成立，而且最重要的是，我一次也沒把「將軍」當成「朋友」看待。

「將軍」不是我的朋友，他更接近我的實驗對象。那段時間裡，在我那些對於人生與人類本性的惡意實驗中，「將軍」往往自發地成為活體實驗對象，而每完成一次那樣的實驗，我總覺得欠他一份人情，報答他的方法就是把實驗結果最先應用在他身上。所以，我在實驗人類的殘酷與背叛這類情感時利用了他的情感，然後原封不動讓他親身體驗那種殘酷或背叛的滋味。

儘管如此，「將軍」仍一如既往地喜歡我。也因為我知道他喜歡我的情感足以承擔到哪種程度的蔑視，我總是體貼地用隱喻的方式來表達。還有，幸虧隱喻具有多種涵義的屬性，它們偶爾會帶給那孩子充滿期待的誤解，造成讓他更受我吸引的結果。

「將軍」媽媽只有在自己有需要時，像是要我幫忙「將軍」寫作業，或者替「將軍」把放在家裡的鞋袋送去時，才會把「朋友」二字套在我們身上。每到這時候，雖然我不怎麼高興「將軍」媽媽把我和「將軍」擺在平等的天秤上，但也不覺得需要刻意去界定我與「將軍」的上下關係。要是我搖頭跟她說：「我和『將軍』不是朋友，我不喜歡他」，「將軍」媽媽肯定會咯咯笑著說：「是啊、是啊，妳當然不喜歡。」然後擅自斷定我真的喜歡「將軍」，接著快速地在腦袋裡搜尋長舌婦名單，想著該先向誰說這件事去。因此，萬一我真的說出「將軍只是我的實驗對象」這種話，「將軍」媽媽心裡會升起什麼樣翻天覆地的怒火，我連想都懶得想。

但《三國志》讓我覺得自己該改變一下路線了。我的腦中突然閃過這個念頭：有必要讓她知道，她心目中那個總有一天會為她的人生帶來捷報的尊貴兒子，實際上只是向「那種丫頭」的我俯首稱臣的手下敗將。

想露骨地讓「將軍」媽媽吃點苦頭，多的是簡單的方法，只不過那種純然的惡作劇是那些時常挨罵也無所謂的惡童才會玩的把戲，不是像我這樣的模範生該做的事。雖然我知道自己這樣很壞，但為了讓「將軍」媽媽吃上苦頭，這次我又只能把「將軍」當成實驗對象來操控。

我在想，不如就讓「將軍」掉進茅廁（雖然如果要更貼近我的目的本質來說，應該稱它為「糞坑」）。掉進糞坑的「將軍」和他的母親。她成了這一幕的主角，等於我又多了一次盡情觀察「將軍」媽媽表情的機會。

要想讓「將軍」掉入糞坑，就必須先讓他往腳底下那片深深的糞坑伸長手臂，這樣他的身體也才會掉入坑裡。在這場實驗中，我打算利用嫉妒心。

有個去年這時候轉來我們學校的男生，他不僅是郡長的兒子，而且一張臉長得跟貴公子一樣帥氣，也很會讀書，他就是我們班的班長金範鎮。他在女孩子之間很受歡迎，但對我是例外。一開始，他字正腔圓的首爾口音和白淨的臉蛋也刺激了我對都市的憧憬，但仍處於觀察階段的他，卻經常露骨地看向對他的整體判斷持保留態度的我，投來想和我親近的眼光，而且在我自始至終冷淡以對的策略下上鉤，急著想討我歡心，因此過沒多久他就讓我覺得無趣了。

那孩子畢竟還太小，所以不明白要是喜歡上了誰，等於讓自己有了弱點，整個人還會變成傻子，因此最終他還是沒能抓住我的心。不過，「將軍」對那孩子的嫉妒心卻十分頑固。那既是一種想牽制金範鎮與我之間關係的無謂嫉妒心，同時也是一種嫉妒班長集優點於一身的自卑心。

我完全可以猜想到，要是說起那孩子的事，「將軍」會出現什麼樣的反應，而那正是我所期待的。

隔天碰巧是星期日，一到下午家裡就沒人，只有「將軍」和我兩人在家裡守著。我拉著「將軍」對他說：

「我們班的班長啊，」

「金範鎮？他怎麼了？」

「我不知道他為什麼這樣對我。」

「什麼？他做了什麼？嗯？」

「將軍」不僅連續拉高三次音調，還緊挨著我坐，我則是不動聲色地說起班長和我之間的事。

從幾天前開始，班長就老在我身邊打轉，一副有話想對我說的樣子。昨天雖然是星期六，但因為要準備下週的環境美化審查，我和班級幹部們在學校佈置佈告欄到很晚，但那時班長也老是往我這邊張望。

等到把佈告欄都佈置好、走出教室之後，外頭的天色已經很暗了。大家都穿過操場朝校門走去，但我不經意轉頭時發現班長獨自落後，還對我比了個手勢。我沒讓其他同學察覺，稍微放慢了腳步並等班長跟上，可是等到我們的距離近到能並肩走路時，卻聽到有人從教務室在喊我們。大夥兒回頭望向教務室，發現是班導，一窩蜂地折返跑回去。我們別無他法，也只能混入同學之間去找老師。

老師把為了準備環境美化審查而留校很晚的所有同學帶去學校附近的蒸餃店。吃完老師請我們吃的餃子後，我們各自解散回家去。班長住的郡長宿舍是在鄉校[8]村，和我們家是相反方向，但一走出蒸餃店大門，我馬上就發現班長緊跟在我後頭。可是，這次班長也沒有如願。「喂，金範鎮，一起走吧。」因為老師寄宿的家庭也在鄉校村，所以老師喊了班長的名字。就在同學們宛如大合唱般地喊著「老師慢走」而老師也回以「大家路上小心」的時候，我感覺到站在老師背後的班長目不轉睛地盯著我。

8　高麗至朝鮮時代的地方教育機構。朝鮮中期以後，由於書院發達，鄉校的功能被削弱。

「所以咧？」

「就這樣。」

我故意欲言又止，但過沒多久，又自言自語似的補一句：

「聽說班長他們家又要再搬回首爾，難道他是追上來想告訴我首爾的地址嗎？」

說完後，我盯著「將軍」的臉又補上一句：

「又好像是想給我信之類的東西……」

「將軍」聽到這話後瞬間緊張起來。剛才我說起環境美化審查和發生在蒸餃店的具體故事時，他完全沒有察覺到故事是我捏造的，現在呼吸卻甚至有些急促。

隔天，我一從學校回來就到簷廊坐著，手裡拿著乍看之下很像信件的紙條在讀。要是有誰來了，我就作勢藏起紙條，就這麼反覆了許多次，直到「將軍」看到、做出反應為止。過了一會兒，在我認為「將軍」的視線已經完全被吸引過來時，我把紙條揉成一團並走向了茅廁。從茅廁走出時，我的手上什麼也沒有。

「將軍」故意裝作若無其事，只是將目光投向茅廁的方向。他雖然內心好奇得很，卻又怕被我發現他的心思，所以靠著自尊心在苦撐。我透過回房的舉動，為「將軍」提供去祕密調查的機會。當我一關上我們的房門，「將軍」就連忙進了茅廁。此時，「將軍」肯定是蹲在茅廁上俯看著我揉成一團後丟進坑裡的那封假信，那落在層層糞堆上頭綻放的紙花。只是，他的手臂真的能搆到那裡嗎？

我向來認為，世事是由偶然的幸運所支配與擺佈，但需要搭配一個心態健康的原則：在獲得幸運的機會眷顧之前，你必須付出努力。因此，「將軍」會不會掉進茅廁，如今這問題已經與我無關。而就在這時，茅廁傳來了慘叫聲。這一次，幸運並未站在天真的「將軍」那一邊，而是與奸巧的我站同一陣線。

我壓根不需要特地去茅廁確認，馬上有如驛馬般跑去找在後院挑泡菜醃漬材料的「將軍」媽媽，把「將軍」跌進糞坑的噩耗帶給她，接著我又迅速回到我們家簷廊，找了個可以看好戲的位置，舒服地坐了下來。

「將軍」整個人嚇壞了，全身拚命掙扎著，導致「將軍」媽媽沒辦法憑自己的力量將他從糞坑拉上來。直到「文化照相館」的大叔也跑過來合力幫忙，才總算將「將軍」從糞坑裡拽了出來。

「將軍」好不容易被拉到井邊，對於自己碰上的災難是既害怕又委屈，同時也覺得丟臉到家，因此他好像一隻被拖向屠殺場的豬隻般狂叫哭號。等到衣服全部褪下後，「將軍」沾滿糞便的身軀也露了出來，但可能是糞便形成了刺青般的紋路並覆蓋了他全身，所以我起初還沒想到那是男生的赤裸身體。儘管「將軍」拉開嗓門嚎啕大哭，但仍對自己露出小辣椒示人感到很害臊，誓死夾緊雙腿並蹲坐下來。

「將軍」媽媽趕緊用吊桶汲水，不停往「將軍」身上潑水，直到大概潑上超過十次後，她先在毛巾上抹肥皂，然後從「將軍」的臉開始搓揉，之後是脖子、胸口，接著是「將軍」

的小辣椒和鼠蹊處，全都狠狠地搓了又搓。與此同時，「將軍」繼續哭他的，「將軍」媽媽也繼續破口大罵，聽在我的耳中卻猶如絕妙的二重唱。井邊轉眼間多出一池糞水，沒能從出水口排出的糞塊結成了一大坨，導致整個家裡瀰漫著一股屎臭味。

「文化照相館」大叔注視著這幅光景。看到井邊滿地是糞塊，他的額頭瞬間多出好幾條皺紋，但一看到跌進糞坑的孩子，卻又似乎忍俊不禁，最後變成一種半是皺眉、半是好笑的神情。

「廣津TERA」的大嬸聽到「將軍」的哭聲後打開房門一看，驚恐地大叫出聲：「天啊，這是怎麼一回事？」大嬸趕緊穿上膠鞋，跑到井邊幫忙「將軍」媽媽汲水。「新風格女裝店」和「我們美容院」則是之後才從「文化照相館」大叔口中聽到消息，過了許久才來湊熱鬧，只能帶著惋惜的口氣說一句：「哎呀，都已經洗完了呢。」然後嘻嘻哈哈地回店裡去。

「哎呀，還以為是誰呢，這不是『將軍』嗎？將軍大人怎麼會掉進了糞坑呢？」鄰家大嬸說外頭發出了殺豬聲，所以出來看看，在「將軍」媽媽的心頭上刺了一刀後就走了。附近有戶人家有個再過沒多久就要上國中的女兒，在從學校回來的路上悄悄躲在大門後偷看，回家後可能把這事宣傳出去了，結果他們家經常露出小辣椒到處跑來跑去的五歲老么也跑來了，依舊是大搖大擺秀出自己的小辣椒，同時站在井邊細細端詳、打量「將軍」的小辣椒。

「將軍」媽媽用毛巾包住彷彿落水老鼠一般的「將軍」，將他送回房裡後，臉上神情扭曲得令人不忍直視。她朝井邊的一攤糞使勁潑水，莫名發起脾氣。

「要遭天譴了！是哪個不要臉的婆娘丟了這種東西？」

那是個保險套。一個原本丟在糞堆裡的保險套，因為沾上了「將軍」的身體，因此再度重見天日，最後被卡在排水孔上，怎麼潑水也沖不掉。若要嚴格追究起來，錯的並非把保險套丟在茅廁的人，而是她那個搞事的兒子才對。她偏偏選在這節骨眼拿跟身為寡婦的自己毫不相干的物品來挑毛病、亂發脾氣，這行為確實很符合「將軍」媽媽厚臉皮的作風。

「將軍」媽媽拿保險套來找碴後，只見「廣津 TERA」大嬸頓時紅了臉，然後拿起肥皂唰唰搓起手，洗完後就回自己家去。此時已經失去理智的「將軍」媽媽朝著大嬸離去的方向使了個倒胃口的眼神，同時一邊抱怨與這整件事不相干的寡婦命，一邊把井邊的穢物隨便清理了一下。至於「將軍」，他是一直到這會兒都還沒哭夠。不光是因為突如其來的災殃嚇得他無法一下子平復心情，同時也是因為自己丟光了臉。此外，「將軍」肯定也在盤算著該怎麼裝無辜，以及怎麼替自己的悲劇加油添醋，才能強調自己在此事中已經充分受到試煉，好讓自己少挨點媽媽的罵。

到了晚上，家人們接二連三回到家，一跨進大門說出的第一句話都是「這是什麼味道啊？」當天整個晚上，還有隔天和再隔天，在沒什麼話題也沒什麼娛樂、成員主要是女性的我們家裡，這件事持續成了熱門話題。

跌進糞坑以後，「將軍」病了很長一段時間。因為正值五月天，晚上的風還很涼，整個人脫個一絲不掛，又往身上澆了那麼多水，受風寒也是很正常的。人家都說糞毒[9]非常可怕，沒想到是真的。「將軍」全身上下起了疹子，因此受了很大的折磨。但在家生病呻吟了好一陣子、好不容易才去上學的「將軍」，卻有比糞缸更殘酷的恥辱在等著他。

不管是老師或同學，見到「將軍」時都沒放過他。

「『將軍』，聽說你掉進糞坑喔？你還好嗎？」

「怎麼感覺現在還有屎味啊？」

有位老師甚至露骨地取笑他，乾脆把「將軍」這個綽號改成了「大便將軍」。

「哎呀，大便將軍，您身體康復來學校啦？大便將軍掉進糞坑怎麼行呢？」

走廊上遇見的女生們，緊緊牽著彼此的手，靜悄悄地經過「將軍」身旁。後來有個女生一轉過身，發出了就連摀嘴也不管用的笑聲，而這聲「嘻！」成了信號，大夥兒瞬間全爆笑出聲，然後一溜煙跑走了。

還有，這是聽「將軍」他們班同學說的。體育課時，因為下雨了，大家被困在教室裡，沒辦法去操場上課，於是吵著要老師說以前的故事。老師剛開始面有難色地表示沒想到什麼好故事，後來看到「將軍」就說自己想到了，然後說起拳頭將軍的民間故事。

那位拳頭特別大的拳頭將軍麾下有許多將帥。他們要麼善於耍刀射箭，要麼兵法出色，

9　糞便中的毒氣。通常踩到熱糞或吸了糞氣的身體部位，會發癢或起疹子。

各有各的本事。其中卻有個一無是處、只能當受氣包的將帥，偏偏他的特技是很會尿尿。結果，發生戰爭時不知道怎麼搞的，引領這場仗走向勝利的正是這位尿尿將帥。他的尿形成了洪水，讓敵人全都淹死了。立下大功的尿尿將帥是因為很會尿尿，所以得到國家表揚。一說完這個故事，同學們都不約而同地偷瞄「將軍」並接二連三地笑出來。一直到那堂課結束，笑聲都沒有停。

「將軍」媽媽從兒子的口中一字不漏地聽到這些故事後，每次都是又氣憤又丟臉，簡直要抑鬱成疾，卻又很不幸地沒有可以出氣的對象。雖然她很想從自己兒子口中挖掘掉進糞坑的來龍去脈，但除了聽到他說「不小心腳滑了」之外，什麼也沒聽見。

這次我也是以偽善來報答「將軍」為我提供實驗活體。我親切大方地對待被所有人當成笑柄的「將軍」，甚至在他沒來學校的這段時間，將他們那班同學的筆記借來給他，要他把落後的課業進度趕上。

原本「將軍」就因為我沒把他的丟臉動機拿去打小報告的成熟人品讚嘆不已，這時的他幾乎已經到了感激涕零的地步。周圍的人都不吝於稱讚我，說雖然早就知道我的心思比同年齡的人細膩，透過這次機會還發現我連心地都很善良。我明白了謊言與偽善是狼狽為奸的夥伴。

一直到某天，在朦朧未明的晨曦中，我望著打算去做飯的外婆頭上那條白色頭巾，以及她轉頭要我再多睡一點、彷彿在半空中安撫什麼的手勢，突然意識到不知從什麼時候開始，我再也沒聽見「將軍」讀《三國志》的朗讀聲了。

我再度陷入迷濛的夢境，盡情地玩味重新找回的晨間寧靜。

苛刻是當風雲人物太太的資格

「廣津 TERA」大叔最大的祕密是：他是個逃避兵役者。不過，這件事我們周遭的人全都知道。

去年大人們都去辦了叫做「身分證」的玩意。大叔那時擔心兵役問題會惹出事端，所以事先花錢買通了郡廳的職員，可是負責拍攝證件照的那位職員在鎮上三間照相館中偏偏選中了「文化照相館」。這位公務員要不是天生就喜歡教導別人，就是有強烈的職業精神。只見他滔滔不絕地列舉了武裝共匪金新朝[10]、普韋布洛號事件[11]和統革黨事件[12]等，對時下政治來了一場長篇大論，之後又對著來拍大頭照的人詳細解釋、三番兩次叮嚀發給身分證的意義。

10 金新朝事件，又稱青瓦台事件，指在一九六八年一月二十一日，三十一名北韓的特種部隊人員越過軍事分界線，企圖入侵韓國青瓦台行刺韓國總統朴正熙的事件。

11 又稱「普韋布洛號危機」。普韋布洛號（Pueblo）是一艘原屬美國海軍的間諜船，一九六八年一月二十三日在北韓東岸、元山港外海的日本海（即北韓東海）海域進行諜報任務時，遭北韓勒令停船接受檢查並以非法入侵領海的理由逮捕，致使兩國之間政治緊繃因而聲名大噪。

12 一九六八年八月二十四日中央情報部公佈的地下黨組織事件，亦為六〇年代最大的公安事件。

他口中提到的發給身分證的意義，當中也包括「趁此機會可能查出逃避兵役者」，但他洩漏了「實際上真的有人想走後門，花錢買通職員」的事。「文化照相館」大叔原本就生得一副沉默寡言的臉，可能讓這位職員覺得自己說的話缺乏說服力，情急之下就把這個社區也有人花錢請他隱藏逃避兵役的事給說出來。因為這樣，「廣津 TERA」大叔是逃避兵役者的事，成了大街小巷都知道的祕密。

得知別人的祕密後，人們的反應大致可分成兩種。在想利用這個祕密的人，以及想要掩藏祕密的人之間，形成卑鄙與寬容的鮮明分界。對於別人的祕密，會做出卑鄙反應的，就是像「將軍」媽媽這樣的人。

那天，「將軍」媽媽也在井邊洗碗盤，和「廣津 TERA」的大嬸絮絮叨叨聊了大半天。一開始她說阿姨的越南長筒裙的裙襬很窄、樣式太花，說三道四好一會兒，後來因為既然講到了越南，很自然就聊到了自行車店老闆不久前從越南回來的小兒子。

「那年輕人可真可憐，一雙腿變成那樣了，還會有哪個姑娘想嫁給他？」

一方面假裝同情，一方面強調別人的不幸，是善於詆毀別人的「將軍」媽媽的手段。相較之下，性情純樸的「廣津 TERA」大嬸的回答總是很老實。

「一說到要去越南，大家就說要買電視、買電唱機回來，但這次看那小夥子受傷回來，唉，我覺得去越南也不是那麼簡單的事。最近啊，不管有沒有技術，男人們不是動不動就說要去越南賺錢回來嗎？」

「怎麼？載成的爸這樣說？」

「不是，載成的爸怎麼可能會說這種不實在的話？」

說完這話，大嬸卻貌似心虛似的突然用力搓起鋁鍋。

載成的爸，也就是「廣津 TERA」大叔——朴廣津先生，就是滿嘴只會講不實在的話，這是整個村子公認的事實。可是大嬸把丈夫當成神在供奉，彷彿他是天底下獨一無二的丈夫一樣，每句話都要喊載成的爸、載成的爸，有的沒的都拿來稱頌一番，講到口水都乾了。而且，要是見到有誰貌似要說大叔的壞話，大嬸總會像現在這樣先發制人。

儘管大嬸平易近人又天性善良，有一次卻因為別人批評大叔，捲起衣袖就跑去找住在前村的寡婦算帳，結果聽到對方反擊「年輕女人炫耀自己有老公也要有分寸」後便回她：「不然整個朝鮮的年輕女人都得是寡婦命，妳這婆娘內心才會痛快嗎？」最後雙方就這麼互扯頭髮打了起來。

「將軍」媽媽露出反感的眼神，瞅著這個成天只會包庇沒用丈夫的小媳婦，甚至原本打算說出難聽的話，嘴唇也已經蠢蠢欲動好幾次，但看到大嬸過於認真假裝搓鋁鍋的樣子，於是大發慈悲似的轉了一圈眼珠，把話題再度轉回越南上頭。

「總之這世界就是這麼回事，在他成了殘兵之後，連原本愛得死去活來的愛人也離他而去。」

「既然之前愛得死去活來，乾脆就嫁過來過日子啊，為什麼要離他而去？在別人的心口上撒鹽，是打算看什麼好戲？真是的，真不曉得他愛人是誰，這小姐還真莫名其妙。」

「妳見過說愛得死去活來的女人堅守節操到最後的嗎？」

「可是啊，不是說那小夥子至少還賺了點錢回來嗎？」

「賺錢回來？是因為原來成天遊手好閒的流氓去越南摸了點錢，所以才會覺得神奇，妳以為是在說多大一筆錢嗎？」

「那小夥子以前是流氓？」

「金秋子[13]的歌曲裡面不也說了嗎？惹禍精金上士在越南變成了勇士，男人啊，就應該去當兵才會成材。」

「將軍」媽媽經常把金秋子的歌當成什麼四字成語來引用，但與其說是喜歡歌曲，其實是因為她的名字是「李秋子」，所以才成天金秋子說個不停。好像是前年吧，當我國女子籃球隊在世界大賽拿到亞軍時，「將軍」媽媽的情緒會那麼激動，並非出於宣揚國威的感動，而是因為發現有個選手叫做金秋子。從那時開始，有好一陣子她都把「叫秋子的人，個個有本事」掛在嘴邊。

聽到「將軍」媽媽說男人非得當兵才會成材，「廣津 TERA」大嬸一句話也沒說，「將軍」媽媽卻隱約露出「我看妳這次還想裝沒這回事嗎？」的眼神盯著大嬸。

13　七〇年代風靡一時的韓國靈魂歌手，甚至當時有「香菸要抽青瓷，歌曲要聽秋子」的說法。

「對了，載成的爸去當過兵嗎？」

大嬸突然拉高了嗓門。

「那當然了，他都幾歲了，怎麼會沒當過兵？」

「哎喲，嚇死我了，幹麼突然這麼大聲？」

「將軍」媽媽一副被嚇出魂似的大呼小叫，同時不斷觀察著大嬸的表情。「將軍」媽媽明知對方會有什麼樣的反應，卻把戳人家的弱點當成樂趣，就和那些監考老師一樣。我指的是那些手裡拿著指揮棒敲打講台邊緣，笑瞇瞇地對著正滿頭大汗解題的學生們說「要不要給你一點提示啊？」的老師。假使孩子們懷著一絲希望哀求：「老師，拜託您給點提示好嗎？」他們會說出「臭小子，所以平常就要多讀書啊」這種老套台詞，每次都讓學生們碰一鼻子的灰。

我實在不懂「廣津 TERA」夫婦，都已經這麼明顯了，他們倆卻死都不肯承認，自願成為大家的笑柄。可是仔細想想，他們這麼做也有道理。我也覺得，逃避兵役這件事不只給人卑鄙的印象，在這個正值軍人當道的年代更是非同小可的弱點。即便在戲院，演員白一燮也會在正片開始前的「大韓新聞」時間上斬釘截鐵地說，真正的男子漢就應該去當兵。因為「廣津 TERA」大叔抵死避而不談，所以不管他是不是真的有做出那種事，只要他沒有義正詞嚴地表明自己反對逃避兵役，就很難保住他在社區茶坊、撞球室、啤酒屋等場所很喜歡拿來展示的男子氣概。

我之所以會認為最近是軍人當道的年代，不光是因為在學校操場上開朝會時都會像軍人一樣喊口號、稱頌姜在求少校[14]有多優秀，還有他奉為圭臬的信條「活得短暫但飽滿」這句話有多棒等等（這些我們都聽到耳朵要長繭了），也不是因為大家跳繩時會搭配唱著「猛虎部隊勇士們啊」，又或者是廣播會播放歌詞唱著「新兵訓練六個月多了兩條槓，但金一兵仍高興地嚷嚷竟有此等好事」的歌曲，更不是因為「將軍」媽媽動不動就暗示自己的兒子早已決定以後要當將軍，把「在我們國家沒有人比將軍地位更崇高」這句話當成口頭禪（當然總統的地位更高，但光就朴正熙總統的情況來看，總之還是得先當上將軍才能升上總統）。我之所以深切體會到軍人的力量，決定性原因是因為我有一次被軍用卡車濺了一身泥水。

那時候剛過新年沒幾天，天氣暖和了許多，積雪也都融化了，路面上彷彿鋪了層紅豆粥似的黏糊糊。每走一步，髒汙的泥水就弄得鞋底下滑溜溜，整雙鞋彷彿從泥沼中撈出來一樣全是泥濘，因此我只顧著低頭看自己的腳底，小心翼翼地跨出步伐。這時，對面有台軍用卡車以凶猛的速度往我急馳而來。我聽到迅速轉動的車輪聲後抬起頭，以及卡車往我的臉和整個人濺了一身泥水後揚長而去，兩件事幾乎是同時發生的。我不敢相信，總是日以繼夜為我們付出辛勞的國軍叔叔們竟然會做出這種事，於是我就這樣從頭頂到腳底披著

14　一九六五年擔任越南派兵部隊的中隊長，在訓練部下投擲手榴彈時，部下士兵犯下失誤，因此用自己的身體覆蓋住掉落在中隊當中的手榴彈，拯救了部下的性命。

紅豆粥似的泥水，在原地站了很久。從此以後我開始覺得軍人很野蠻，有些看不起他們，但老實說，我也產生了軍人無所不能的恐懼感。

總而言之，逃避兵役雖然是「廣津 TERA」大叔最大的祕密，卻不是我獨享的祕密。若要說到更隱密一點的祕密，自然還是大叔的女人關係，但那也是只需要多花點注意力——只要能認出大叔的摩托車，就可以察覺的事。

放學回來的路上，我經常發現大叔的摩托車停在路邊，因為回家時我會經過郡廳前、戲院、巴士總站等所有大叔可能會出現的鬧街。在這些場所，我最常發現大叔摩托車的地點是巴士總站。

巴士總站是市外巴士會從這裡發車，或者抵達此處的巴士調度場，位於我們鎮上最嘈雜喧鬧的地方。在那裡，停放的巴士底下或巴士離去的空位上會因為流出的汽油而泛著一層油光，加上廢輪胎和衛生紙到處可見、空瓶子在腳下滾來滾去，因此地面總是凌亂不堪。

男性車長會把滿是頑固油漬的腰包繫在腰上，手裡拿著一疊巴士車票和用繩子綁起來的原子筆，口吐滿嘴的髒話四處走動；一群貌似不良少年的乞丐孩子穿得一身破爛，穿梭在巴士之間晃來晃去；再加上要離開的人和剛抵達的人、來迎接的人和來送行的人，這裡可以說是龍蛇混雜。由於這裡總是有流氓、小偷四處遊蕩，動手打架和找碴事件屢見不鮮，所以派出所就位於它的正前方。

派出所的旁邊是主要販賣暈車藥和卡斯命水[15]的「車站藥局」、把三顆蘋果裝成一網袋和魷魚等東西串起來後擺在店外販賣的雜貨店「兄弟商會」、「想來美容院」、「豐年種苗商」，以及不見招牌的簡陋餐廳，而大叔的摩托車多半是停在餐廳旁的「阿里郎啤酒屋」前。

有次我經過那前面、發現大叔的摩托車，稍微探頭看了一下。當時啤酒屋還沒到營業時間，但大概剛打掃完，大門是半開的，門後卻傳來大叔的聲音。

「裙子怎麼這麼短？這已經不是迷你裙而是迷你內褲了。」

「內褲又怎樣，套褲[16]又怎樣？老闆你又沒有要幫我做一套。」

女人用滿滿的鼻音說出「又沒有要幫我做一套」，暗示自己的意圖。

「啊，如果是內褲，我就做一套給妳。」

面對女人的手腕，大叔先假裝自己上鉤。

「真的嗎？那我明天去『新風格女裝店』量尺寸囉？」

女人興奮地嚷嚷。

「在那之前，先讓我量一下尺寸吧，要不要跟我去房間裡去量尺寸啊？」

聽到大叔的話，女人用完全沒必要的高分貝咯咯發笑。在這之後，女人的笑聲拉得越

15 까스명수，三星製藥生產的韓國首款碳酸飲料消化劑，一九六五年首度上市。

16 女性穿韓服時的貼身衣物，上寬下窄，以棉布、麻布、苧麻等輕薄布料縫製，多穿於夏季。

來越高，完全聽不出來在說些什麼。雖然我就算聽了也不會懂，但總之還是能掌握到那是男女之間在搞什麼私密花招的氣氛。

回家後，外婆和「廣津 TERA」大嬸都待在井邊。外婆端著煮沸的衣物正在搖晃沖洗，見到我進門，稍微伸直腰對我說了句：「回來啦？」揹著載成蹲在地上洗米的大嬸也瞅了我一眼。可能是因為回想起剛才「廣津 TERA」大叔在啤酒屋說的不正經的話，總覺得大嬸勤奮打點家務的模樣十分淒涼。

「『將軍』他們家的人去哪裡了？」

大嬸問外婆。

「不知道，是標會結算的日子嗎？看她跟了那麼多會……」

「她跟了那麼多會，管的事情又多，家裡還讓人寄宿，真是了不起。換作是我，想都不敢想。」

扣除袒護丈夫時變身為戰鬥模式，「廣津 TERA」大嬸確實為人善良又有人情味。看到中午時 Miss Lee 姊姊獨自在女裝店吃飯，於心不忍的她會拿一碟泡菜送去，而且通常白天時，她還會幫空無一人的我們家看門。儘管大嬸每天忙得團團轉，卻總是一臉開朗。

「『將軍』的媽是她自個兒就喜歡多管閒事，但是，會默默做事、心地好的，沒人比得上載成媽媽妳。」

「哎喲，沒這回事。」

「我知道妳不喜歡談載成爸爸的事，所以我就長話短說了。說句實在話，載成爸爸是整個朝鮮半島娶得最好的人。西裝店的工作也是，哪裡是載成爸爸做的，還不都是妳一手包辦？丈夫成天在外頭鬼混，像妳一樣還面不改色勤奮討生活的人要上哪裡找？是載成爸爸娶到了好媳婦啊。」

本來丈夫的事對大嬸來說就是個敏感話題，所以我用擔憂的眼神望著她們，怕要是大嬸生氣了，外婆會感到難為情。沒想到，大嬸卻是垂下頭默默地聽外婆說話，而且突然一顆斗大的淚珠就這麼滴落在洗米的銅盆上。大嬸平時總是開朗堅強，此時卻展現出內心瓦解的脆弱模樣。

「妳的心情我都明白，世界上會跟著別人罵丈夫的都是沒骨氣的人。總之，夫妻之間是同舟共濟的命，要是船頭傾斜了，好歹船尾也要壓牢，是不是？讓別人看到自家變成一艘傾斜的船有什麼好處？有個說法叫做嚼舌根，等於讓那些三姑六婆有機會閒言閒語。我早就看出載成媽媽妳心思深沉，雖然心裡早就氣到冒煙，但還是替丈夫撐腰。」

「珍熙奶奶……」

見大嬸沒能把話接著說下去，外婆輕輕拍了大嬸的背部，表示大嬸想說的話她都懂。

「這就是命啊，還能怎麼辦，女人的命就是空心葫蘆[17]……」

17　有錢人家在葫蘆裡裝米，貧苦人家裝的是飼料，意思是根據女人遇上什麼樣的男人、嫁到什麼樣的人家去，就決定了她的人生。

我不滿意外婆下的結論。

就像外婆說的，大嬸做事很勤奮，把西裝店的工作和家務都打理得很好，心地也很善良，但她還是三天兩頭就被大叔用腳踹。因為我們家是有好幾戶緊鄰住在一起，所以大嬸連「哎呀！」也不敢喊上一句，但深夜上完茅廁回來的我，已經不只聽過一兩次大嬸忍痛時咳個不停的聲音。每當這時，大叔的一貫台詞就是「妳把我朴廣津當成什麼了！」

「我朴廣津」——大叔拿來自稱的這句話，總是跟「想當年」出雙入對。「想當年我朴廣津……」是啊，大叔拿來說嘴的過往事蹟是非常風光的。逃避兵役、西裝店老闆、花花公子、不老實卻會毆打妻子的一家之主……我們認識的大叔是這樣子的，但他心目中的「我朴廣津」，卻是個天底下獨一無二的風雲人物，只是因為沒錢沒靠山，才會懷才不遇。

根據身為吹牛大王的大叔本人現身說法，再加上大人們對他的評論，大叔確實過了個相當錯綜複雜的人生。

先來看看大叔自己的說法好了。大叔的家世就算稱不上萬石糧戶，但也能說是千石糧戶。他的爺爺曾在滿州參加獨立運動，父親在日帝時代當過邑面[18]長，所以大叔算出身名門，連大叔自己「當年」都曾是個公務員。他總是把「要是事情順利，現在我已經當上主事[19]」當成口頭禪掛在嘴邊。如果在日帝時代當邑面長，那不就是親日派了嗎？但若是問

18 邑、面都是地方行政區域單位。
19 六級公務員。

他，明明爺爺是名獨立鬥士，為什麼父親變成了親日派？他就會嘆口氣說：「這都要怪生錯了時代」，然後自封為民族受難史的見證人。

若是聽大叔的同鄉、也就是盛林木材加工廠大叔的說法，故事就有些不同了。聽說大叔的家族代代都在千石糧戶當二地主。大叔的爺爺隨著主人家胸懷大志的大兒子前往滿州時，把家人託付給主人家，後來死在了滿州。

也因為這樣，大叔的父親才會帶著家人離開主人家。大叔的父親認為自己父親為主人家奉獻一生，甚至將性命也奉上了，但主人家過去不僅虧待了他們，分給他們自立門戶的財產也少得可憐，對此懷恨在心。另一方面，由於自己被主人家當成狗在使喚，讓他燃起要超越卑賤出身的鬥志。這名年輕人為了提升身分，自願成為日方駐在所[20]的爪牙，當了日本的走狗，嘗到些許下級權力可以舔的骨頭滋味。

光復那一年，雖然他應該被那些湧向院子和巷弄、手舞足蹈的街坊鄰居給打死才對，但大家考量到他父親曾在滿州參加獨立運動，所以讓他僥倖保住一命。身為獨立鬥士的子孫，卻同時又是親日派的子孫，他兩個兒子中的大兒子為了洗刷父親的罪而去考了警察。

二兒子朴廣津先生則是選擇當個機會主義者。經歷六二五韓戰，他在那個局勢每天都在改變、一夕之間可以天地變色的混亂時期，時而是被地主剝削的人民，時而是獨立鬥士

20　日帝強占期，巡警駐留並負責事務的警察基層機關。

的後裔，時而又是警察的家屬，總是適時地轉換風向。每當世界有所改變，他就大聲讚揚新的世界。街坊鄰居考慮到與大叔相同血緣但選擇走上不同道路的爺爺與大哥，還有最重要的是，大家知道以大叔的為人不會成為什麼具威脅性的敵人，所以就由他去了。總之，世界一再顛覆、混沌的當時，大叔還不滿二十歲的那個時期，說不定就是他口中念念不忘的「當年」吧。他喜歡拿來自稱的「風雲人物」，這幾個字也有隨著風向變幻萬千的涵義，所以想必他說的就是那個時候。

在世界逐漸建立起秩序之際，大叔經由主人家的幫助在農林部底下的營林署當起臨時員工。雖然是個跟打雜小弟沒兩樣的職位，但他在那裡嘗到了身為日軍走狗的父親曾經舔過的下級權力骨頭味。他做過與保護國有林相關的工作，卻收了砍伐工人的錢，教他們如何偷偷砍樹，後來事情被揭穿，結果這次也是主人家某個位居農林部高層的兒子擋了下來，所以他才能免去牢獄之災，最後只有被罷職而已。

因為做事不光明磊落而被職場驅逐後，大叔覺得自己暫時離開故鄉比較好，同時也產生了進城去展開男兒新人生的想法。他大哥的朋友兼國民學校的前輩，正好在道廳[21]所在地經營西裝店，大叔就姑且把那地方當成自己一展抱負的跳板。

作夢也沒想到自己會當上西裝裁縫的風雲人物朴廣津先生，在得知那位前輩患上肺結

21 管理「道」的地方政府。道為韓國行政區單位，包括京畿道、忠清南道、忠清北道、全羅南道、全羅北道、慶尚南道、慶尚北道。

核之後便打算離開那個地方。後來他因為拗不過前輩的夫人而留在西裝店幫忙，但也只是漫不經心地在後頭打轉，實際上做的只有到處亂跑而已。對這樣的他來說，若是前輩死了，他也完全沒有留在那個地方的理由了。不過，他之所以無法輕易做出決定，是因為他與那家的廚娘順分的關係。

順分是前輩的夫人從娘家村裡帶過來的廚娘。她善解人意，做事又勤快，不僅善於打理家務，西裝店的工作也幫了很大的忙。大叔其實不是那麼中意俗氣的順分，只是某一天不知怎麼搞的，他在西裝店的後房強行要了她。順分雖然哭了，卻死心地接受了自己人生遭逢的厄運。

過沒多久，前輩的夫人知道了這事，誠懇地奉勸大叔就此收心好好過日子。事實上，在城裡生活也不過是表面拉風，沒膽量在這裡另外開拓人生的他，確實也曾試著積極學習做西裝的技巧，只是他天生無才又無德，手藝遠不如在一旁學習的順分。總之，等到前輩不敵病魔離世，大叔有段時間就幫忙看顧前輩的西裝店。到了第二年，前輩的夫人改嫁，他便因過去守住店面有功而繼承了西裝店的設備。接著，他便帶著順分攢下的一點錢來到距離故鄉最近的我們鎮上，並且在開了「廣津 TERA」這家店後，和順分辦了婚禮。

直到辦婚禮之前，誰也不知道順分的內心吃了什麼苦。即便是在城裡看顧前輩那間西裝店的時期，大叔打著「青年實業家」名號去酒吧巡禮的時間也比顧店的時間多，而且即便是在店裡，大叔也很少待乖乖待著，而是跑到店前面的路上，對著那些商家女店員或廚娘送秋波。

辦完婚禮後，順分心想，這下終於不必再吃苦了。只不過，天不從人願。

身為西裝裁縫卻不熨燙衣服，光從這點就能看出大叔對西裝店的經營有多不上心。他以滾燙熱氣對男人身體不好等等為由，從不做熨燙衣服的工作。這樣的他，自然也做不了剪裁或是用縫紉機等缺乏男子氣概的事。事實上，自稱風雲人物的他，在西裝店幾乎沒什麼可以做的事。

所有的工作，都是風雲人物的妻子包辦，而當風雲人物的母親以她無法生出繼承風雲人物王座的王子、不時跑來口大罵的時候，她也無法回上一句「要摘星也得先看到天空啊」，而是被折磨得死去活來，卻仍將風雲人物的妻子角色扮演得無可挑剔。但風雲人物的妻子確實是很難勝任的角色，尤其她還不時得忍受風雲人物對自己動粗。他們在我們家店面安頓下來已經好幾年，而她直到去年才生下風雲人物的兒子載成。假如她沒做到這件事，說不定會不敵風雲人物之母的壓力，從風雲人物之妻的位子上退位。

風雲人物之母得知出身獨立軍人與警察之家，又長得一表人才、身懷一技之長的風雲人物在遠征大城市後帶回來的女人，偏偏是個在學歷、長相、背景等各方面都不夠格的「村姑」，失望之情不在話下。「生得那麼沒出息，但妳還算有挑丈夫的福氣。」是她想教媳婦作為風雲人物的老婆是怎樣的立場時吐出的第一句話。

風雲人物的母親儘管目不識丁，卻很懂七去之惡[22]。當風雲人物的妻子替在外頭嫖女人、凌晨才回家的風雲人物泡了杯蜂蜜水送進房時，婆婆對著風雲人物之妻的後腦勺大聲喝斥，說她表情很難看，劈頭大罵：「臭女人，七去之惡的第一條就是嫉妒！」不僅如此，當飯桌上沒有肉類配菜，她不滿意地轉過身說的是：「妳不知道七去之惡裡最沒家教的一條就是疏於奉養父母嗎？」她也不忘威脅，哪怕只是違反七去之惡其中之一，都足以隨時剝奪她風雲人物之妻的頭銜。可是呢，她最常拿來嘮叨的一條，自然還是無子嗣之惡。

風雲人物的母親每半個月就會來一次，並且用極粗暴的方式對媳婦進行七去之惡的長篇訓話。她對家族的未來非常擔憂，一邊用手拍打地板，一邊嘮叨身為獨立鬥士的名門家族卻沒有後嗣的問題，最後把為數不少的錢塞進裙腰後才打道回府。我實在搞不懂「廣津TERA」大嬸，她是有這麼中意當風雲人物的妻子嗎？為了守住這個位子，竟然要把整個人生都奉上？她都活得這麼沒尊嚴了，居然沒想過拿洗衣服的鹼水來一飲而盡一了百了，才是讓人覺得奇怪的事。

因為是「風」雲人物，所以容易被風影響嗎？朴廣津先生的耳根子很軟，動不動就被別人的話牽著走。遇上需要講「かお」[23]的時候，他會不分場合做些沒有實際效果的強出頭行為，再加上他又渾身散發著「冤大頭」的氣質，所以花的錢絕對不少。

22 即「七大休妻理由」。
23 音 kao，指面子。此處保留日文字，以傳達原文使用日語的感覺。

前年選舉國會議員時，他聲稱要支持在野黨候選人的競選活動，帶頭到處喝酒拜票；總統選舉時，他引用大家已經聽到膩、既沒新鮮感也沒說服力的「無庸置疑共和黨，黃牛力量無人匹敵」和對手陣營的「去年搞砸農活的黃牛，今年春天換掉吧」，口沫橫飛批評執政黨的政績，每句話都要提到自己是獨立鬥士的後代。他自掏腰包，又勞心勞力，但也不過是亂跑亂吹而已。結果他非但沒有成功拉攏人心，反而在暗地裡挨了罵。根據「將軍」媽媽從在野黨候選人的夫人口中聽到的，連大叔支持的在野黨陣營也看不慣他這些行徑。

為了實現真正的民主主義，他甚至花大錢買了一輛摩托車（他不是沒打著其他主意，而是夢想著要是自己推舉的候選人當選國會議員，他就能拿到報社分局局長的位置，可以在摩托車後頭掛上報社旗幟穿梭在鎮上的大街小巷）。他的政治信念熊熊燃燒著，但等到選舉結束，留給他的卻只有眾人的指指點點和債務。對於世界自始至終背棄自己，「懷才不遇的風雲人物」這設定是如此周密又徹底，讓大叔受到了不小的打擊，也絲毫不掩飾自己的錯愕。「我朴廣津生錯了時代。」由於他發了好幾天酒瘋，導致全村的人也被他拖下水，跟著一起揹負他命運的桎梏。

儘管威風凜凜掛著報社旗幟穿梭街頭巷尾的願望沒能實現，但沒過多久，大叔就在其他地方找到入手摩托車的價值。他騎著摩托車到處溜達，後座載著頭戴絲巾的女人。

從那時開始，大叔的腰上就經常有女人纖細的手臂摟著。在彎道或斜坡上奔馳時，十指交扣的雙手自然會握得更用力；女人尖聲大喊「媽呀！」的時候，把小臉緊貼在大叔背上的可愛模樣，也安撫了身為在野黨政客的大叔無法在政界一展抱負的憾恨。

有一次，大叔和「情茶坊」的蕾琪出去玩，結果在半路遇上彎道時，由於後座的蕾琪直喊害怕，把身體緊貼在大叔背上，讓大叔一時受到刺激，打算一展男人氣概，結果車速過快導致摔車，大叔也因此顏面盡失，還摔斷了胳膊，打了石膏。當時的意外留下了後遺症，大叔有一根手指到現在都無法活動自如，幸好「情茶坊」的蕾琪只有幾處擦傷，算是不幸中的大幸了。

順分，也就是「廣津 TERA」大嬸，把這一切都忍了下來。

大嬸之所以逆來順受，說不定是認定這就是自己的人生。也就是說，無論大叔是什麼樣的人，她認為自己在西裝店後房被迫失去貞操的那一刻，人生就已經注定了。如果大嬸曾經有過「大叔不等於自己的命運」這種想法，或許事情會有所不同，但她肯定想都沒想過這回事。這些大嬸都太快對自己的人生下結論；就算一腳踩進滿是石子的田地，她們也不懂轉身離開。說不定旁邊就有塊肥沃的地呢，可她們卻只因為腳踏進去了，就甘願一輩子只開墾那塊田。

我一直都很希望大嬸能夠退一步看看自己的人生。這樣誠實善良之人的人生蒙上陰影，讓我忍不住覺得惋惜。雖然我已經不是做那些幼稚把戲的年紀，但只要有助於拆散大叔和大嬸這兩人，打小報告這點事也沒什麼不能做的。

「那個，剛才我看到在巴士總站看到大叔的摩托車……」

「……」

大嬸什麼也沒說，倒是外婆問了：

「在巴士總站？」

「嗯，鄭任的姑姑家不是經營啤酒屋嗎？在那前面看到的。」

大嬸沒什麼反應，開始用笊籬[24]淘米，動作十分規律。等到米都淘完後，大嬸也只是默默地用銅勺給蘿蔔削皮，還是沒說半句話。她揹在背上的載成因為媽媽蹲了很久，悶得發慌了，不停扭動起身子，大嬸卻仍只是把手伸到背後，往兒子的屁股拍了兩下，接著又繼續削蘿蔔皮。看她的表情，似乎覺得那沒什麼大不了的。

但在我看來，大嬸臉上的平靜與其說像是人們聽到老早就結束的戰爭的後續消息時會有的反應，更像是暴風雨前那種不祥的寧靜。我不禁心想，說不定大嬸的舌頭正在緊閉的嘴巴裡吶喊著叛變的檄文。像大嬸這種不將自身痛苦表現出來的人，都是把痛苦堆放在心底。那份沒被消化掉、層層壓在心底存放的痛苦，總有一天會展現驚人的爆發力。也許，像這樣將痛苦緊緊壓放在心頭，才是大嬸心中真正的祕密。

24　把細竹或胡枝子等編成畚箕狀的淘米器具。

星期天要洗的衣服真多

在答應阿姨說要幫忙跑腿收信之後，我只要放學回家就得去京子阿姨他們家一趟。雖然有時會碰到京子阿姨不在家或是偶爾我沒過去，但就算沒有每天好了，總之當郵差的任務可不是普通麻煩。儘管如此，比起必須忍受阿姨死纏爛打，我還寧可讓自己跑點腿，所以我還是很認真執行任務。

幾天前我也去京子阿姨家拿了信，但回家後看到沒人在，心想外婆會不會是去了後頭的菜園，所以把裝著信件的書包往簷廊一丟，去了後院，卻發現通往菜園的木門上纏著繞成蝸牛殼形狀的鐵絲。我再次回到前院，看到阿姨不知何時回來的，肩上的手提包還沒放下，就站著開始翻起我的書包。

「阿姨！」我大叫了一聲。阿姨雖然被嚇得花容失色，從我的書包翻出來的信倒是沒從手上掉下來。看到我凶巴巴的表情，阿姨反倒主張起自己的所有權，對我說：「是因為我翻了妳的書包嗎？我拿回我的信而已，又不會怎樣？」雖然我明知阿姨一邊關門進房、一邊說「小丫頭是有什麼祕密嗎？幹麼因為別人看了一眼書包就罵人？」，是大人在做出連自己也覺得不光彩的行為卻被當場逮到時，企圖厚臉皮捍衛自身權威的行為，只不過至今認真執行郵差與顧問任務的我為此失去權威，不禁覺得自尊心有點受傷。

結果，不到五分鐘，我的傷口就硬生生結了痂。阿姨急忙再次打開剛剛說著小丫頭怎樣、然後砰地一聲關上的房門，從房間衝了出來——我都還沒來得及安撫好受傷的自尊心，還獨自站在簷廊前——伸手緊緊摟住我的脖子，一副疼我入骨的樣子。

隨心所欲，這幾個字就是阿姨的寫照。在阿姨的腦袋中，世界上只有兩種人：非常喜歡她的人和不懂她的人，而世事也只分成愛與恨兩種。由於阿姨都是在這幾種想法的框架內行動，自然不可能有所謂的深思熟慮。在被阿姨溫柔的臂彎短暫圈住的瞬間，我明白自己往後也只能莫可奈何地繼續參與這位情緒激動的黃花大閨女的戀愛。

「珍熙，他說下星期休假！他說要休假來見我！」

阿姨稍微鬆開緊緊手臂，掛在我的肩頭上，用興奮不已的聲音說道。阿姨雖然注視著我的眼睛說這句話，但她看的不是我。她甚至輕輕揉了揉我的額頭，但那同樣也不是在揉我的額頭。這麼說來，難道阿姨是在看著李亨烈的眼睛、揉他的額頭嗎？也不是。阿姨滿心憐愛注視著、輕揉著的是自己的青春與愛戀。

從那天開始，阿姨就對初次約會滿懷悸動，導致她原本就輕率莽撞的性格又更變本加厲。她三天兩頭就往京子阿姨家跑，徵求關於約會的各種建言，還把衣櫃內所有稱得上衣服的全都拿出來，整個人變得很神經質，後來乾脆把鏡子擱在膝蓋上成天照個不停。

今天阿姨也是一吃完早飯就提著臉盆說要去澡堂，結果招來外婆一頓嘮叨。

「才過幾天就又要去澡堂？今天是星期天，人應該也很多。」

「所以我才打算早點去啊。要是等到早餐碗盤都洗好的時間才去，那些大嬸就會帶著孩子們成群跑來，到時就連坐下來的位置都沒有了。」

「澡堂明天再去，妳待在家裡，晚一點替珍熙準備午餐。」

「媽要去哪裡？」

外婆沒多做回應。光看此時外婆戴上頭巾、草帽，還帶上鋤頭，不用問也知道外婆是要去田裡。假如阿姨的壞習慣是不先動腦就開口問每一件只要稍微想一下就知道的事，那麼絕對不回答用膝蓋想就知道的事，就是屬於外婆的固執了。

外婆的身影才從大門消失，阿姨隨即又把肥皂盒放進臉盆。阿姨今天有非得去澡堂不可的理由。沒錯，阿姨約好了明天要去見李亨烈。與李亨烈的初次約會，夢寐以求的那天終於來到眼前了。

正好舅舅不久前去了首爾。聽說舅舅他們學校在幾天前召開了捍衛憲法的學生大會，所以舅舅說要北上個幾天，一方面再去聽聽消息，一方面也難得去散個心。舅舅雖然神經質，但心地很軟，偶爾還會讀戀愛小說給外婆聽，有他多愁善感的一面。舅舅去首爾的前一天，在晚餐飯桌撤掉之後，和外婆談了很長一段時間。他也不管外婆聽不聽得懂，針對為什麼不能為了讓朴正熙總統可以繼續坐在總統位置上而修改《憲法》裡禁止總統連任一次以上的條文解釋了一大串。外婆應該是沒法全部聽懂才對，但仍一聲不吭地聽舅舅解釋。

等舅舅說完後，外婆只是下了一個「反正你會自己看著辦，記得要保重身體」的結論。聽到這話後，舅舅彷彿收到什麼重大祕密指令一樣重重點了兩次頭。

然而，當嚴肅的氣氛在外婆與舅舅之間流動時，另一頭卻有跳著混沌之舞的亂流在成形。這時的阿姨正因為舅舅的首爾行而暗自歡天喜地。對於準備偷偷去約會的阿姨來說，沒有比少了可怕的監視官更幸運的事了。當舅舅提著背包的身影消失在巷子裡，阿姨甚至高興得握著雙手在院子裡轉起圈來。她沒被一邊說家裡少了男人就連飯桌也顯得冷清、一邊用涼水泡幾勺飯後硬吞下午餐的外婆發現，可真是萬幸。

阿姨幾乎過了兩小時才從澡堂回來。她的臉像被熱氣蒸熟似的紅通通，用搓澡巾搓揉的手肘也紅得像是要結痂一樣。不過，剛洗完澡回來的阿姨好似剛洗好被撈出來的李子那樣清新。她將臉盆擱在井邊，從裡面拿出了毛巾擰乾之後，走向院子的曬衣繩。阿姨每跨出一步，都能讓人感受到她那對屁股的分量，穿著越南長筒窄裙的身材曲線也輕輕晃著。

為了把毛巾掛在高高的曬衣繩上頭，阿姨踮起腳尖，往上伸直了雙臂，身上的罩衫也跟著往前拉，繃得緊緊的。可是曬衣繩太高了，阿姨的手搆不著。她一邊抱怨外婆早上晾好衣物後把曬衣繩拉得太高，一邊往撐竿走去。她是想放下撐竿，把曬衣繩調低一點，可是曬衣繩上頭掛滿了濕漉漉的衣服，所以撐竿很吃力地支撐著晾洗衣物的重量。阿姨把撐竿往下拉，只見撐竿晃了一下，抓著它的阿姨身體也跟著傾斜。為了盡快保持身體平衡，阿姨瞬間把撐竿抓得更用力了，結果可能動作過猛，整個人連同撐竿直接摔到地上。曬衣繩嘩啦啦地掉下來，洗好的衣物全都拖在地上了。

阿姨把摔跤時露出白皙小腿的越南長筒窄裙往下拉，嘴裡吐出不耐煩的抱怨聲，但任誰看了都知道，阿姨會跌倒是因為外婆口中說的「腦子少根筋」，不是晾洗衣物或撐竿的錯。星期天本來就有很多要洗的衣物，加上今天是星期天，所以這會兒連崔老師也出來了，坐在「將軍」他們家的簷廊上。

碰上星期天，崔老師坐在簷廊上是常有的事。他一身條紋睡衣裝扮坐在簷廊，一邊抽菸，一邊朝井邊或院子望去的模樣，乍看之下只是很悠閒地在休息，但我知道事實上他的眼珠子正隨著阿姨或Miss Lee姊姊的移動半徑在快速轉動。就算不知道他是否在房裡就把井邊的動靜都聽得一清二楚，但是當這兩個閨女來到井邊時，崔老師確實經常也慢悠悠地從房裡走出來。今天能看到阿姨被掀起的裙底風光，對崔老師來說可真是個好日子。

阿姨完全不知道崔老師從剛才就看著自己，直到他拖著拖鞋靠近，問阿姨有沒有哪裡受傷，才被嚇得花容失色。崔老師說要幫阿姨把沾上裙子的泥土拍掉，跟著輕輕拍了一下她的屁股。阿姨馬上惡狠狠地瞪著他說：「做什麼你？」在崔老師的協助下，阿姨好不容易才將撐竿撐回原位。她就像小孩子在示威似的一邊微扭著身體，一邊前後揮動手臂，刻意抬高膝蓋邁步回到簷廊，接著快速甩掉鞋子。「妳明明就在家，為什麼不跟我說那個きたない（kitanai）老師也在？」進房後，阿姨對著正在寫作業的我莫名發起脾氣。崔老師則是看著明明不需要那麼生氣，卻又誇張地佯裝盛怒的阿姨，露出一副「妳的心思我都懂」

的神情，厚臉皮地對著阿姨沒來得及關好的房門投來笑聲，然後慢悠悠地回自己房裡去。

阿姨一屁股坐到和式矮桌前，嘴裡不高興地嘟噥著「真倒楣！」，把鏡子一把拉過來。接著，阿姨盯著鏡子許久，但不是像在找卡在牙縫裡的辣椒粉時那樣專注盯著某個部位，而是稍微抬高下巴看了看，又把臉轉向側邊看了看。她腦袋裡想的，肯定是自己剛才在崔老師的眼中是什麼模樣。

說崔老師既滑頭又噁心、對他恨之入骨的阿姨，稱呼崔老師為「きたない老師」（雖然阿姨很想直接說他噁心，但畢竟同住一個屋簷下，阿姨也不好叫得這麼露骨，所以就向懂點日文的外婆徵求好點子，採用了這個帶有「厭惡」意味的詞）。即便如此，阿姨似乎不怎麼討厭被那個「きたない」的崔老師當成女人來仰慕。雖然阿姨嘴上嘟噥著要是崔老師能去別人家投宿，自己就別無所求了，但是就男人對自己投來關注目光的角度來說，阿姨似乎又不是全然討厭崔老師的存在。

阿姨從廚房拿來了生雞蛋。那明明是外婆為了替我煎雞蛋帶便當才特地留下來的，阿姨卻拿它對著後廊的邊角敲了敲，然後挑出蛋黃裝在碗裡，打算拿來敷臉。

不知道過了多久，我做完功課起身後轉頭一看，只見阿姨將蛋黃擦在臉上後，就這麼躺在後廊上睡著了。蛋黃乾掉後結成一層殼，上頭好像有和吸呼器官相連的洞，可以聽到規律的氣息從阿姨那片死亡面具上噴出。

稍早之前，「將軍」走在前頭，和他媽媽兩人一起出門去；「新風格女裝店」今天公休；勤奮的「廣津 TERA」大嬸，上午把家務事全打點好之後，揹著載成去了婆家；至於碰到玩樂的日子總是一馬當先的大叔，則是說要去參加親睦會什麼的，星期六就去麗水梧桐島[25]玩了。崔老師可能這會兒也去了撞球場，一點聲音也沒有。

星期日的白天，靜寂充斥整個家中，安靜到我只覺得孩子們經過巷子時漫不經心的歌聲十分響亮。

「丈夫啊，你去越南寄錢回來，然後被空槍打死吧。」

隨著副歌再度響起，歌聲也逐漸遠去。

「被空槍打死吧。」

25 麗水的代表性景點，因狀似梧桐葉而得名，閑麗海上國立公園即位於此。

約會的小小陪審員

一放學，我就飛也似的提起書包，但就在我要走出教室門時，奉熙在後頭叫住我，想約我去她家。我知道奉熙老是想拉攏我加入她們那群是在打什麼主意，所以沒好氣地回答：

「今天不行，我和阿姨說好要去一個地方。」

「阿姨？妳是指 Sister 嗎？」

奉熙在說「Sister」這個單字時的微妙語氣讓我覺得不舒服。她讀中學的姊姊敏熙去年也跟阿姨學習英文，覺得阿姨在發音上刻意捲舌、裝模作樣，讓人看不下去。不知道她在家裡說了阿姨的什麼壞話，以至於奉熙說「Sister」這個詞的語調總帶著奇怪的餘味。

「妳要和 Sister 去哪裡？」

奉熙又問了一次，我不想再理會她，於是敷衍地笑了一下就走出教室。那就明天囉，明天要一起去喔……背後傳來了奉熙的聲音，但我加快了腳步以示拒絕。

奉熙她們那一票人，在孩子當中等於是太妹。她們幾個成群結夥行動，總是故意做些礙眼的行為，不是上課時沒來由地翹腳晃來晃去，就是威脅家裡開養雞場的善子每天拿幾顆雞蛋來孝敬，然後在其他人面前把善子進貢的生雞蛋敲破，展現生吃雞蛋的絕技。她們會暗示自己書包裡有摺疊小刀，把手帕當繃帶纏在手腕上，好像她們真的用刀幹過什麼事一樣。這一切在我眼裡真不是普通的幼稚。

我討厭奉熙這種刻意裝大人的孩子，因為像那樣想要表現得像大人一樣，反而更凸顯了他們還是小孩子。我追求的不是看起來像個大人，而是看起來最像個孩子。被當成孩子不只很方便，遇到緊急情況時也能成為強力的武器。想提早在別人面前展現出成熟的外表（這種事根本不需要任何努力，只要靜靜待著，時間到了自然就會解決），又或者被毫無價值的大人模仿遊戲所吸引（只因為那是禁忌），這些都是像奉熙這樣的孩子才會玩的把戲。

經過「大成藥局」前面時，我瞧了一眼掛在藥局柱子上的時鐘，再次加快了步伐。用膝蓋想也知道，此時的阿姨想必已經準備了許久，卻什麼也沒準備好，只顧著對我還沒回到家這件事發飆。

我打開家裡大門走進去，阿姨果然連外出服都還沒換上，站在簷廊尾端梳頭。一見到我，阿姨立即開砲：「怎麼這麼晚才回來？」明明距離自己準備好還差得遠，阿姨卻說得一副好像是因為我才拖延了時間。

房間裡亂七八糟的，矮桌上——它既是我的書桌，但同時也是阿姨的化妝台——到處都是蓋子沒蓋好的化妝品罐子。衣櫃的門也在衣袖跑出來的狀態下硬被關上，所以開了一道縫，襪子抽屜、壁櫥門則是完全敞開著。腳底下也凌亂不堪，連我的書包該放哪裡都不知道。

「要是媽問我去了哪裡，我該怎麼說？說我們和京子三個人一起去玩嗎？」

「京子阿姨昨天不是去大姊家，已經回來了嗎？」

我替阿姨堵住了思慮不周的漏洞。

「對了，原來如此，那就說和妳兩個人一起去吧。」

阿姨進房去，看了一眼掛鐘後，露出一副驚慌的樣子，然後突然從手提包取出皮夾，確認自己沒有忘記帶，一邊撫胸一邊說：「啊，原來有啊。」明明只是點小事，阿姨卻鬆了一大口氣。隨著見面的時間越來越近，阿姨顯得更加緊張、六神無主，就像往常一樣，讓看的人比她更不安。

阿姨今天的服裝是一件有水滴圖案的白色寬版連身洋裝，頭上綁著同一塊布剪裁出的髮帶。每次穿這件洋裝，阿姨都會不忘罵「新風格女裝店」的 Miss Lee 姊姊，說她兩次都沒遵守約好的假縫日期。Miss Lee 姊姊會失約，與其說是她的錯，不如說是因為阿姨脾氣過於急躁。如果人家說要十天，阿姨就拜託人家在一週內做好；如果人家說時間得抓一週，阿姨就堅持要在五天後來取。

除了不由分說地要求人家快點做好，阿姨也很喜歡在雞蛋裡挑骨頭。這件水滴圖案的衣服，也是阿姨從雜誌上看到後很中意，所以親自拿著書去說要訂做一件相同的設計，後來阿姨卻說衣服做得沒想像中好，不知道為此怪 Miss Lee 姊姊多少次了。阿姨很不滿，為什麼雜誌上的模特兒穿上時全身散發華麗感，自己穿上相同的衣服後就變了樣，整個人顯得土裡土氣。在我看來，那份土氣一方面是因為在這種鄉下女裝店負責打雜工作的 Miss Lee 姊姊手藝不夠好，但更關鍵性的原因，還是在於那個藝名叫做「露菲娜」的模特兒身上散發的歐美味，是阿姨的體型想模仿也模仿不來的。

「這口紅顏色還可以嗎？會不會太淺？」

阿姨的嘴唇上擦了最近當紅的蒼白系粉色口紅，也就是當外婆說「最近的口紅顏色怎麼這副德性？我到外面時，看到年輕人個個都把嘴唇擦得跟屍體一樣慘白。」時，「將軍」媽媽立即接話說「真是各種奇奇怪怪的流行都有，乍看之下不覺得很像嘴唇脫皮嗎？」的那個顏色。

阿姨沒有雙眼皮，所以當她想弄出雙眼皮線時，通常會在眼皮上貼透明膠帶，但因為才剛撕下沒多久，上眼皮還留著紅紅的痕跡。阿姨替睫毛塗了睫毛膏，又用綠色眉筆在黑色眼線底下畫線，任誰看了都會覺得這眼妝下了不少工夫。

阿姨的樣子美極了。雖然不像雜誌中的模特兒那樣時髦，但水滴圖案的連身洋裝和髮帶，在初夏的陽光底下帶來了清涼感。而且二十一歲這個年紀十分神奇，它在阿姨的白皙皮膚與又大又黑的眼珠上灑滿陽光，同時又在阿姨的大屁股和圓肩上打上陰影。

阿姨穿上擺在石階上的皮鞋後，最後在簷廊尾端柱子上的小鏡子前照起鏡子。她非常刻意地撩了一下頭髮，接著把身體轉向側邊，肩膀微微抬起，甚至還輕輕地仰起頭。之後，她為了表示對自己的模樣很是滿意，莫名奇妙地替我整理起根本沒歪掉的衣領。

阿姨對自己的模樣心滿意足，又讓我走在前頭當陪襯，這才似乎有了準備上戰場的自信。為了用微笑展現這份自信感，阿姨將油亮的蒼白粉色嘴唇微微往上彎。

初次見面，阿姨對於地點花了不少心思。煞費一番苦心後，她選定了可以讓人終生難忘的浪漫地點，就是山城裡的「城內」。

我們鎮上有個歷史悠久的山城。雖稱不上是觀光勝地，但說起當地景致可少不了這裡。由於環抱森林，城牆也還保留原貌，因此每年秋天的「郡民之日」都會舉辦盛大的踩城活動。這裡也會舉辦寫作或美術大賽。每當鎮上有重要活動，這地方就成了鎮民集合的場所，加上還有蓮花池和精心打理的林蔭道，因此也是頗具人氣的約會路線。

鎮上的孩子都是在那裡的樹林玩耍長大的，遇上休假日，也成了可以帶餐盒來享用的雅致郊遊地點。它是我們鎮上唯一的遊樂園，也扮演公園的角色，所以對鎮上的居民來說，與其說「城內」只是個代表「城內側」的普通名詞，不如說它是指稱我們鎮上山城的地名，而那個「城內」，就是阿姨初次見面的聖地。

要前往城內，必須經過巴士總站前。

巴士總站一如往常髒亂也吵吵鬧鬧的。一個大嬸剛從公廁走出來。她的眉頭深鎖，想把腳底板沾上的東西弄掉，努力把膠鞋鞋尖左轉轉、右轉轉，在候車室的台階邊角上搓來搓去。以吵架聞名的萬福、興福大叔正在派出所旁邊的「兄弟商會」裡爭執；後輪脫落的故障巴士後頭，一群賣口香糖的孩子坐在一塊，不知在互相給對方什麼東西。我的視線停留在種苗商一旁的簡陋餐廳，一名軍人正穿過念珠簾走了出來。我在經過時，側眼留心觀察他，但這名軍人不知是否剛吃完湯飯，用手背抹了一把泛油光的嘴角。幸好他和照片上的李亨烈一點都不像。

然而，在與李亨烈完全不像的軍人後頭，有另一個男人跟著穿過還在晃動的念珠簾，分明是我認識的人。看到他的瞬間，我用力戳了戳阿姨的手肘，悄聲說道：

「阿姨，那是洪奇雄……」

確認那男人的存在後，阿姨就像看到什麼髒東西似的別過頭，然後加快了腳步。雖然阿姨很想盡快逃離他的視線，卻又怕這種突兀的動作可能反而會吸引他的視線，因此她極度小心地移動步伐，可是內心又巴不得加快速度，導致她走起路來搖搖晃晃。只不過，阿姨的這份努力泡了湯，因為她並未成功逃出那男人的利眼。他低沉厚實的聲音隨即從背後傳過來。

「英玉，妳上哪裡去？」

「你管別人要去哪！」

相較於小心翼翼移動的步伐，阿姨的態度倒是相當理直氣壯。她一臉惱怒地回嘴並快速掃視了周圍一圈，生怕會有認識的人見到自己在跟他說話，同時也不忘繼續朝著李亨烈正在等待的城內前進。

「妳穿得這麼講究，是要上哪裡去啊！」

阿姨露骨地露出一副「光是回你一句話就已經是天大的善行」表情，趾高氣昂地繼續走她的路，但她才走三、四步距離，洪奇雄就一個箭步跟了上來。

洪奇雄是流氓。雖然不知道他做了哪些流氓事，但當他偶爾成為大人們的話題時，扮演的角色向來是流氓。他是「中央戲院」老闆的兒子，不過他不是普通的兒子，而是「小老婆」生下的兒子。小時候的他善良單純，自從國中時母親過世之後就走上歧路，後來因為對父親抱有強烈不滿，最終選擇了叛逆的人生，也就是當起流氓。

好像是讀女高二年級的時候，有一次阿姨和朋友去草莓園玩。她們一行人圍坐在瓜棚裡，滔滔不絕聊著男老師的事，聊得不亦樂乎，可是白楊樹之間卻突然傳來「唰—唰—」的風聲，讓她們「心生感傷」地唱起了歌。這群人當中，阿姨的歌喉算是比較出眾的。在朋友們的稱讚下，阿姨受到了鼓舞，唱起〈石坡〉[26]和〈桑塔露琪亞〉。之後其他人繼續不停稱讚她唱得好，於是阿姨又以珍珠姊妹[27]的〈一杯咖啡〉答謝她們，甚至還唱了〈昨

---

26 有「韓國舒伯特」之稱的知名作曲家李興烈創作於一九三二年的歌曲。他創作的藝術歌曲、國民歌謠及童謠等多達四百首。

27 Pearl Sisters，二重唱女子組合，在演歌盛行的時代，由韓國搖滾音樂先驅申重鉉擔任製作人，透過實驗性的音樂獲得了高人氣。一九六九年，以歌曲〈一杯咖啡〉獲得ＭＢＣ十大歌手歌謠祭大賞，是第一個獲得歌謠大賞的女子音樂組合。

日〉[28]，展現自己的流行歌曲實力。

那天各方面心情都很好的阿姨，卻在回家的路上扭傷了腳。就在京子阿姨大喊「英玉，妳的腳下有蛇經過！」時，阿姨果然也不負眾望地大叫「媽啊！」並使勁地抬起腳，然後就這麼摔在田埂小路上。

這是到遠地出遊，又是在田間小徑中央發生的事，讓阿姨頓時不知道該怎麼辦。這時，站在田間小徑另一頭山丘上的男人緩緩走向阿姨。他將阿姨攙扶起身，不，他是幾乎將阿姨整個人夾在自己腋下。整顆頭埋進男人肩胛的阿姨雖然覺得十分羞恥，但多虧了突然像黑騎士般現身的他，頓時彷彿搖身一變為被從魔女尖塔中拯救出來的公主。那個人就是洪奇雄。攙扶著阿姨的洪奇雄走在前頭，三名女高中生跟在後頭不停竊笑的畫面，成了令所有人難忘的回憶，特別是對洪奇雄。

眼見越來越接近鎮上了，洪奇雄放開攬住阿姨的手，把她交還給她的朋友們。基於羞澀與故作矜持，阿姨連聲謝謝都說不出口，只敢含蓄地朝洪奇雄投去目光，轉身而去的洪奇雄只留下這麼一句話。

「剛才唱〈石坡〉的人是妳吧？我母親以前很喜歡那首歌。」

直到得知洪奇雄是個不值一提的小人物之前，那句話和洪奇雄說話時既野性又憂愁的

28 披頭四（The Beatles）於一九六五年發行的《Help!》專輯中的名曲〈Yesterday〉。

表情，有如申星一在《赤腳的青春》[29]裡對嚴鶯蘭那樣，緊緊抓住了阿姨的心。但要不了多久，阿姨知道自己不是被黑騎士而是被流氓拯救了，不只根本不敢跟朋友們提起當時的事，而且每當她快忘記時就又會突然想起。所以，只要提起洪奇雄，阿姨會恨得咬牙切齒。可教人哭笑不得的是，在洪奇雄的心底，阿姨成了他永遠的戀人。

阿姨狠狠瞪著硬是站在她面前的洪奇雄，神情異常不安。知道兩人之間有過什麼插曲的我，不安程度也不亞於阿姨。尤其令人擔心的是，假如洪奇雄鍥而不捨地跟到城內，目睹在那裡等待阿姨的男人，事情會變成什麼樣子……不管是再怎麼勇敢的大韓民國軍人，像李亨烈這樣的等級肯定三兩下就被洪奇雄的拳頭輕鬆擊倒。

阿姨轉頭看向我，露出哭喪的臉，綠色眼線也跟著扭曲，本來就很蒼白的嘴唇也因為焦急的心而更顯蒼白。看到阿姨連這點危機管理都處理不好，我反倒萌生了勇氣。也就是在這種時候，小孩子的身分成了我的武器。初生之犢不畏虎的我，很大膽地衝著洪奇雄大喊：

「放我阿姨走！我要去領獎啦！」

雖然我也是七上八下的，生怕洪奇雄會馬上一臉猙獰地對我吼：「妳說什麼？」然後迎面送我一拳，但結果他沒有被才十二歲的我的說話語氣冒犯，反而覺得我是在撒嬌。他

29 一九六四年由金基德執導的電影，講述善心的流氓（申星一飾）與外交官的女兒（嚴鶯蘭飾）不顧身分的巨大差異而墜入愛河，但遭到女方母親反對，最後兩人殉情而死。

似乎覺得我的唐突很是可愛，反而對我微微一笑。是啊，他向來都對我很仁慈，要是在路上碰見了，都會溫柔地跟我打招呼，甚至輕輕地舉手示意。雖然阿姨不肯聽他說話時，他會擺出凶神惡煞的模樣，但對於身為阿姨外甥女的我，他總是發動善心攻勢，要不就是以這種寬宏大量對待我。

「珍熙，妳要去領獎？」

他的眼神透露出「妳真是了不起啊」的光芒。乖孩子總是可以引發大人一致的情緒反應。這一刻，我成了阿姨和洪奇雄共同的外甥女。這份因我而生的共同情感，使他與阿姨成了同一陣線，與阿姨並肩站著，低頭看著我這個了不起的孩子，他的表情甚至洋溢著幸福感。嘗到幸福滋味的他，決定放阿姨離開，而且在轉身離去的同時，只對阿姨說了這麼一句話。

「早點回家！」

阿姨一副眼皮要翻到後腦杓的樣子，本來打算對著他轉往巴士總站的背影罵上一句，後來仍識相地閉起那張輕浮的嘴巴，再度朝著城內邁開步伐。我被催促著快走的阿姨拉著手臂，在離開之際回頭看了一次，看見裹著洪奇雄寬綽的肩膀、不符合季節的皮夾克，走進我再熟悉不過的阿里郎啤酒屋。

「怎麼偏偏在這時候遇到那小子，哎喲，煩死了。」

阿姨一邊說一邊看著手錶，臉上寫滿了焦慮，生怕自己無法在初次見面的場合展現守時的好教養。雖然人家都說女生應該展現一點姿態，比約定的時間稍晚一會兒現身，再用撒嬌的語氣說：「人家過的是韓國時間嘛，呵呵。」但是看李亨烈在信中表示他喜歡真誠的女性，所以阿姨認為守時可以更顯示出自己的教養。

洪奇雄的心中就只有阿姨，可阿姨現在卻滿腦子想著李亨烈。從洪奇雄這個頂點延伸出來的線是朝著阿姨畫出直線，始於阿姨這個頂點的線卻是向著李亨烈。那麼李亨烈的線呢？那條線是否會帶著箭頭畫向阿姨這一邊呢？

全取決於今天見面的情況了。萬一李亨烈的線是畫向阿姨、形成三角關係，就會構成一個相互角力的圖形。所謂的圖形跟直線不同，是一種封閉的東西。在其中一條線被撕裂之前，它都無法延展，呈現固定的狀態。如此一來，任何一個頂點都無法靠近彼此。往後將可以觀察到名為三角關係的全新實驗，讓我等著拉板凳看好戲。

離開大馬路、轉進羊腸小巷後，大約再爬五分鐘的坡路，從有條小溪開始流動的地方就是城內了。我們走進上坡路時，城門那側傳來了口哨聲，有名軍人倚著城門的粗重柱子站在那裡。阿姨見狀，趕緊抿了抿嘴唇，悄聲問我：「珍熙，我的臉看起來還行嗎？」這時，那名軍人大步走來，充滿朝氣地敬了個禮。

「上士，李．亨．烈，向愛人致意！」

阿姨以羞澀的微笑接受對方的問候，同時飛快打量了李亨烈的身高、體格、比例與五官對不對稱。李亨烈也同樣看著阿姨羞澀的微笑、構成那微笑的嘴唇，以及被水滴圖案連身洋裝包覆住的二十一歲女性曲線。

「她是我的外甥女，叫做珍熙。」

「原來妳就是珍熙啊？妳阿姨經常在信中誇獎妳呢。」

我朝著親切搭話的李亨烈恭敬地點了個頭。

就跟讓孩子幫忙送信一樣，閨女們帶著孩子一起約會也能被視為一種流行。孩子不僅能化解男女之間的生疏拘謹，而且不方便直接對對方說的話，也可以拐個彎說，比如「今天妳阿姨好漂亮，對不對？」或是「跟阿姨說叔叔很喜歡她」之類的。站在女生的立場，則可以透過孩子的陪同為自己的約會賦予公開性，向男方暗示自己有多莊重，而由於約會的陪審員是個不懂事的孩子，所以無損約會本身的私密性。

不過，這安排僅限於男女之間尚未親近之前。若是兩人想要共享的私密性程度達到連不懂事的孩子都會變成絆腳石的階段，他們就再也不需要孩子了。明明知道監視年輕男女本身是白費工夫，卻仍動員孩子們出馬，這一點從小小陪審員的立場來看，自然是一種欺瞞。

「英玉小姐是在教英語吧？」

「是的。」

「您的程度想必非常優秀，我對英語最沒自信了。」

李亨烈和阿姨交換幾句話和眼神後，沿著斜坡走了一段，後來在樹底下的長椅坐了下來。相較於文字，李亨烈對說話似乎更有天分，比簡短平易的信件讓人感受到的更加爽朗，也更親切大方。

「嗯，那個老兵說，冷水也有上下之分，自己連個愛人都沒有，小兵卻有愛人，該把我抓去關禁閉，所以他要我讓出愛人。」

「哎呀，怎麼會有這種老兵？所以呢？」

「別的女人不說，我怎麼能把英玉小姐讓給別人呢？我抱著被體罰的覺悟，斬釘截鐵地這麼說：『不行，兵長，英玉小姐是我願意獻上生命的愛人。』」

看阿姨羞紅了臉，掩不住臉上的喜色，我不禁慶幸自己「小小陪審員」的角色可以早早就結束。

明明坡路也不怎麼陡，可是下坡時阿姨卻走得十分踉蹌。李亨烈幾度做出想要攙扶阿姨的動作，又猶豫著不敢貿然伸出手臂。阿姨走起路來險象環生，突然見到腳底下的草叢在晃動，不由得尖叫出聲。阿姨將身子轉向李亨烈，彷彿下一秒就要黏在他身上一樣，一雙圓圓的大眼充滿了恐懼，嘴唇則是小巧可愛地微微張開。李亨烈最後像是下定決心似的對阿姨說：

「請抓住我的手臂吧。」

阿姨又大呼小叫了兩次，最後才裝模作樣地接受他的提議。她彷彿生平頭一次知道這條她自小就上上下下、再熟悉不過的路竟然這麼陡，還裝出自己雖然真的不想，但稍微收起閨女的矜持總比跌跤來得好的樣子（她還生怕無法傳達出這種感覺，硬是嘆了口氣，好讓對方明白她完全沒有任何不純的意圖），輕輕地拉住李亨烈的軍服衣袖。

軍人與挽著他手臂的長髮女人——李亨烈與阿姨——兩人的背影，讓人感覺具有某種象徵性。倘若軍服表現出限時性，長髮就反映出處女性；倘若軍服透露出束縛，長髮則是散發自由奔放的青春。當軍服在現實受限的補償心理下受到刺激，長髮的處女性就只能成為祭品；當長髮的青春追求自由時，軍服不被允許有個人時間去挽回她的背叛。

軍服與長髮女人的背影上安裝著背叛的雷管。

這會兒太陽開始往西邊下沉。等我回到家，外婆正在井邊磨著晚餐要下鍋的大麥米。她把水和大麥米放入中間凹陷的石臼，一邊轉動上頭拳頭般大的石頭，一邊問：

「妳怎麼一個人回來？阿姨說要帶妳去個地方啊。」

「我們一起去城內玩，但我先回來了。」

「為什麼？」

「阿姨遇到以前的家教學生，學生說有事情要問，所以阿姨去他們家教他了。」

我說得不動聲色，外婆自顧自地罵道：

「發什麼神經，自己都顧不了了，還有空去教別人。我都說成那樣了，晚上四處亂跑的丫頭在男人眼裡就是煮熟的食物，但也要她聽得進去才行。半夜在外頭四處撒野，到了早上又當自己是什麼唐朝的蘇東成，太陽都要曬到頭頂才肯起床，這丫頭就是腦袋少根筋……」

外婆罵人的台詞很多元，從「被老虎咬死最好」、「頭腦只有五歲的丫頭」到「魂不知道飛去哪裡的丫頭」，當然，外婆是絕不會用那些話罵我的。

直到外婆煮好晚餐、把豆芽湯放到煤油爐上頭時，阿姨依然沒消沒息。

「牛牽到首爾還是牛啦，但這丫頭到底在哪裡，到現在還不回來。」

雖然白晝很長，但天色已經開始暗下來，我也有些擔心了，覺得自己也有責任，是不是太早結束了約會陪審員的角色。

「珍熙啊，妳阿姨說她去哪裡？學生還是認識的人，她去的是誰家？」

「我不清楚……」

「這個魂不知道飛去哪兒的丫頭！肯定一張嘴又不知道在哪裡說個不停，講到連太陽下山都不知道。這丫頭只要出了門就一去不回，嘖嘖。」

外婆把湯匙擱在木頭圓桌上罵了好一會兒後，阿姨才總算邁進大門。只見阿姨走起路來不太平穩，模樣就跟外婆剛才罵的一樣，魂不知道飛去哪兒了。

外婆嘴上不停喝斥，阿姨卻是有一搭沒一搭聽著，晚餐也是要吃不吃的，從頭到尾直視著前方，咧嘴不停傻笑，一直到後來外婆到廚房洗碗時，阿姨才趁隙悄悄穿上了鞋子。她是做了被雷劈也不怕的決心去找京子阿姨。

但出去沒多久，阿姨就又出現了，說京子阿姨還沒從她大姊家回來。本來我還在想，外婆快把碗盤洗好了、不知道何時會因此大發雷霆，正好見到阿姨很快就回來，所以稍微放下心，反倒是阿姨不知哪來的膽量，根本不把挨外婆罵當一回事，只顧著感嘆沒人能替她祝福今天降臨在自己身上的命運。

到最後，阿姨似乎覺得要是連在我面前都沒辦法吐露，自己肯定會受不了，因此當外婆長吁短嘆說舅舅去了首爾就毫無消息、好不容易終於躺下就寢後，阿姨就馬上轉身面向我，開始滔滔不絕說出她憋了很久的話。

「他老是說在哪兒見過我的臉，後來猛地一拍膝蓋，說我長得跟那個在他讀國民學校五年級時搬走的鄰家女孩一模一樣，還說那是他的初戀。」

「他要往咖啡杯內放砂糖，手卻抖個不停，看來是沒什麼戀愛經驗吧。還有他本來想伸手拿菸，手肘卻把咖啡杯撞翻了。我拿出手帕要他拿去擦，結果他說要永遠珍藏那條手帕，把我的手帕帶走了。」

「他說家人都很忙碌，所以自己在成長過程很孤單。電影裡的有錢人家不是都那樣嗎？他說話時還刻意別過頭，但我當下想的是，他的雙眼皮怎麼帥成這樣？」

我的眼皮老是想往下闔起來，最後實在忍不住就打起了哈欠，但阿姨靠著花紋壁紙牆面坐在那裡，幾乎像在自言自語一樣講個不停，說到她覺得是高潮部分的時候，阿姨甚至激動地在棉被裡把膝蓋搖來晃去，整個人非常陶醉。外婆貌似是被阿姨吵醒，突然發出「嗯」的一聲後翻個身，嚇得阿姨趕緊將棉被往上拉到嘴邊，用誇張的動作原地凍結，等到外婆再度打起呼來，阿姨對著我露出一種「妳也是共犯」的笑。阿姨正在為自己的人生染上玫瑰般色彩而覺得神奇得不知如何是好。

與那玫瑰色形成補色關係的，是「廣津TERA」那一戶傳出的灰黑色叫喊聲，接著是一陣哐啷的碎裂聲。

阿姨躺下沒多久便打起微微的鼾聲。晚上也沒梳洗就睡著的她，閉闔的眼皮上殘留著黑黑的睫毛膏和被抹去一半的眼線，樣子看起來有些淒涼。雖然阿姨睡得很熟，眼皮卻好像沒有完全闔上。不知道是不是覺得眼角不舒服，阿姨在睡夢中抬手揉了揉眼皮上殘留的眼線，那道黑線因此消失了，只留下完全覆蓋住眼球的平滑肌膚。

我起身拉了一下日光燈的開關拉繩，在熄燈之後鑽進了被窩。雖然聽得出來「廣津TERA」那戶的人已經竭力壓下音量，但我仍能聽見微弱的哭聲。遠處的狗吠聲傳遍四面八方，我們家簷廊底下的幸福狗兒「黑皮」倒是沒半點動靜，睡得十分香甜。

靜寂完全喚醒了我的睡意。

偷竊不過是施展媚功

舅舅捎來了信。

他之前說幾天內就回來，結果去首爾超過十天仍毫無消息。到最後，人沒回來，反倒是信送到了，所以外婆很緊張。外婆把信遞給阿姨，催促她趕緊讀讀上頭寫了什麼。這時的外婆，臉上皺紋顯得特別深。

幸虧舅舅的信裡說自己很健康，目前安頓在寄宿房，幾天後就會回來，沒什麼外婆需要擔心的內容。雖然當中也有學校被下了停課令這樣的壞消息，但舅舅說因為停課令的緣故，所以能比預定的時間更早回來。也因此，外婆雖然掛心舅舅去首爾前一天說的話，卻仍隱約放下了心中的大石頭。

「將軍」媽媽說今天是「將軍」父親的忌日，難得一早就來到井邊。她看到外婆、阿姨和我或站或坐在讀信，便插嘴問我們在看什麼。一聽到是舅舅說會晚回來的信，「將軍」媽媽突然沒頭沒腦說了一句：「是不是在首爾藏了個小姐啊？」這時 Miss Lee 姊姊正好從茅廁出來、正要到井邊洗手，一聽到這話，她整張臉瞬間刷白。

專心準備公務員考試的舅舅，大部分時間都把自己關在房裡，直到有一次他來到簷廊坐下想醒醒腦，整個人宛如剛結束隱遁生活、回到俗世的修道者一樣，抬起一隻手遮陽並皺起眉頭。那模樣似乎為他蒼白的臉帶來貴族般的傲慢，讓 Miss Lee 姊姊看了頓時揪緊了心。至於我，早就從 Miss Lee 姊姊望著舅舅的眼神中看出端倪。

事實上，因為把自己的祕密拿出來抵押，所以不得不疼愛我的人，最具代表性的也許不是阿姨，而是 Miss Lee 姊姊，因為是姊姊自己主動向我告白了祕密。儘管我早就猜到這事，但總之姊姊是親口吐露，等於讓我們之間共享祕密的事實變得更堅固，而且最重要的，是 Miss Lee 姊姊盤算著要透過我來打動舅舅的心。

自從吐露祕密之後，Miss Lee 姊姊就開始鉅細靡遺地問我關於舅舅的一切，從他在房裡讀些什麼、讀得順不順利，到他喜歡吃什麼配菜、首爾的朋友多不多，沒有一件事不問。之前還有一次，不知道她是不是打算織件毛衣給舅舅，拿來了女裝店的捲尺要我幫她量舅舅的胸圍，甚至要我打聽舅舅喜歡的女演員是誰。

我自然是什麼忙也沒幫，姊姊卻始終待我非常和善。姊姊的性格中有堅毅幹練的一面，為了讓想要的東西到手，不管多少羞辱都能忍受。

「是哪裡寄來的信啊？」

Miss Lee 姊姊把吊桶扔進井裡，假裝漫不經心地問，內心卻因為「將軍」媽媽隨口說的一句話而心亂如麻，眼神只顧著看我們這邊，連吊桶裡的水沒潑進臉盆、而是全撒在地上都沒發現。

「把信拿進房裡放好。」

外婆只對阿姨說了這麼句話，沒搭理 Miss Lee 姊姊就逕自進了廚房，因為她不怎麼喜歡姊姊太善於交際、精明幹練的性格。不過，等到「將軍」媽媽跟著外婆進廚房，只剩我們倆在場，姊姊再次客氣地向我搭話。可能是剛才很沒面子，所以姊姊不敢露骨地直接問舅舅的消息，而是先拿我在「新風格女裝店」訂製的衣服當作話頭。

「珍熙妳今天穿那件衣服了？外婆先前還說袖子太寬了，但妳看看，我說的沒錯吧，做成這樣穿起來是不是舒服多了？」

姊姊發揮平時迎合刁鑽女性客人的口才，不斷尋找取悅我的機會。

「哎呀，妳穿了拖鞋？我還是頭一次看到孩子穿拖鞋呢，是耶和大嬸帶來的嗎？」

耶和大嬸是包袱商販，每個月會有一、兩次從首爾帶衣服、鞋子、化妝品之類的來賣。由於她是耶和華證人的信徒，本來應該喊她耶和華大嬸才對，後來大家卻很順口地把她叫成耶和大嬸。

由於耶和大嬸帶來的貨都是小地方很難看到的物品，因此一到她來的日子，附近的大嬸就會跑來，所有人全擠在一個房間，興致勃勃地觀賞耶和大嬸打開她那彷彿魔術包一樣的玩意兒。外婆雖然一次也沒買過自己的東西，卻也成了耶和大嬸的老主顧之一。耶和大嬸深知外婆疼愛孫女，所以只要有適合我的東西，總會最先拿來獻給外婆。正如 Miss Lee 姊姊所料，我的拖鞋也是來自大嬸包袱的新東西。

Miss Lee姊姊整整洗了兩次手。她把裝在銅盆內的第二次肥皂水使勁潑了出去，但依然沒有打算離開，又將吊桶撲通丟進井內汲水。這次她也盡可能放慢洗腳的速度，但直到她將裙子夾在雙腿之間、站著把銅盆的水一口氣往腳背潑了之後，我還是沒有開口。姊姊於是輪流用單腳將膠鞋掛在腳尖上晃了幾次，抖落鞋子裡的水，最後才總算朝女裝店的方向移動步伐。殘留在膠鞋內的水摩擦著腳底板，導致她每走一步都會發出嘎吱嘎吱的聲音。

等著洗手的我，這才走到了井邊。我正在把吊桶往井水裡放，但往店面方向走去的嘎吱聲響了五、六次後停了下來，Miss Lee姊姊的聲音冷不防地傳到我這頭。

「對了，妳舅舅什麼時候從首爾回來啊？」

雖然姊姊把「對了」兩個字拉得特別長，但她絕不是突然想到才問的。

「過幾天。」

我的回答不冷不熱。

「過幾天？」

「嗯。」

「那是幾號回來？」

「不知道。」

「怎麼不知道？信上沒寫日期嗎？」

一旦開了口，姊姊的猶豫不決就消失了。她抵擋不住心中的好奇心，持續問個不停。

就在這時，外婆從廚房走出來，姊姊於是踩著嘎吱嘎吱的急促步伐，迅速往店面的方向消失了。

「Miss Lee 在跟妳說什麼？」

「問舅舅什麼時候回來。」

「啥？等人家回來後，她是想做什麼？想偷東西，時候還早得很呢。」

外婆身上具備只有歷經歲月洗禮之人才有的洞察力。雖然「想偷東西還太早」這個比喻，是外婆覺得從年紀來說，Miss Lee 姊姊的行為顯得過於精明、奸巧，也因為從外婆的立場來看，Miss Lee 姊姊喜歡舅舅這件事，在某方面確實和「偷東西」有著相似之處。

Miss Lee 姊姊是有野心的，而她也知道在實現野心的過程中，自己在哪些方面是不足的，因此必須把自己至少擁有的能力大肆包裝，以達到最大的效果。我還知道更多她的祕密，好比說 Miss Lee 姊姊第一次「偷東西」時鎖定的對象不是舅舅，而是崔老師。

Miss Lee 姊姊來到女裝店沒多久，就學會了即使自己上班遲到，也能讓「文化照相館」的大叔幫她先開店，還有從「豐年米店」的雜工鐘九那兒拿到免費的袋裝米、讓戲院售票員永根送她電影票的方法。她甚至也會隨時向「廣津 TERA」大叔借熨斗或尺之類的東西來用，剪裁西裝時會用到的粉筆也是她想用就能拿來用，交際手腕一把罩。

這一切，Miss Lee 姊姊全靠著身為姑娘的笑聲與暗示對方約會的可能性就完成了。同樣身為女人，若要說 Miss Lee 姊姊身上有什麼是阿姨學不來的，那就是大膽與媚功，而且這種大膽與媚功不只是為了讓別人替自己開店門，或是讓人親切給予一點物質上的好處，Miss Lee 姊姊其實是在打磨自己的實力，等著哪天遇上有人能替自己實現晉升社會階級的野心時好派上用場。

Miss Lee 姊姊曾把崔老師視為自己正式發揮實力的對象。崔老師算是一表人才，舞者出身的均衡體格也十分帥氣，但最重要的還是他擁有學校老師這個穩定的職業。Miss Lee 姊姊下定決心要把崔老師當成晉升自己身分的跳板，碰到有機會發揮自己唯一本事——也就是媚功——的時候，她會無所不用其極。

每當崔老師跑到「將軍」他們家的前廳坐著，她會彷彿一切出於偶然似的迅速來到井邊，出現在正擔心自己沒機會一飽眼福的崔老師視野中。接著，她會在洗衣服時刻意擺動臀部，並將裙子捲到大腿根部，站著將水潑到白皙的小腿上。還有，她會鬆開向來綁成一束的長髮，微微抬起下巴，像剛要上床睡覺的新媳婦般慵懶地垂下眼簾。姊姊也會利用重新把頭髮綁成高高一束的動作，讓烏黑秀髮下的白皙後頸露出來。看到 Miss Lee 姊姊這副模樣，說不定包括外婆在內的幾個家人都猜到姊姊是在向崔老師送秋波。不過，就我所看到的，那不是送秋波，而是近乎揪住對方衣領、拉向自己的露骨誘惑了。

因為那是舅舅休學回來的兩個月前，所以大概是去年寒假的時候吧，那天輪到崔老師值班，但是他身體不舒服，加上學校實在太冷了，所以他中午左右就回家。可是「將軍」媽媽當然不知道崔老師會這麼早回來，所以把所有房間都上鎖後外出了。崔老師翻了翻口袋想找自己房間的鑰匙，發現把它忘在學校了，無奈之餘只能再回學校一趟。他再次踢起停放在院子角落的自行車的腳架，牽著自行車往大門走去，神情顯得更加疲憊。天寒地凍的，狂風無情地吹打著臉，崔老師於是立起衣領，內心只懇切地盼著，要是能在抵達學校前的路上遇見「將軍」媽媽就好了。

當崔老師經過「新風格女裝店」前，見到店門開了個縫，不禁思忖「將軍」媽媽會不會在裡頭。雖然知道這可能性微乎其微，但恨不得趕緊讓身體躺在溫暖炕頭上的那份渴望，促使崔老師打開了女裝店的門。

一打開門，崔老師便看見了自己心心念念的溫暖房間裡，Miss Lee 姊姊正以彷彿在等待誰與她共枕的溫柔姿勢熟睡著，崔老師自然不可能曉得，那是姊姊打從他從學校回來後，就持續透過門縫觀察他的一舉一動，最後精心安排的誘惑場面。

崔老師一時慌了手腳，這時 Miss Lee 姊姊在睡夢中翻了個身，裙子也因此掀了起來，裙底下是一雙光溜溜的腿。崔老師瞬間血氣直衝腦門，羞得滿臉通紅，趕緊打開女裝店的拉門出來。他大概是想安撫狂跳不止的心臟，一手放在自行車的座墊上頭，在那裡站了半晌。不一會兒，崔老師有如亟欲盡快逃離犯罪現場的犯人一樣急忙騎上自行車。他使勁踩著踏板出發的模樣，全都映照在櫥窗上頭。

假裝熟睡中的 Miss Lee 姊姊則是像個自動人偶般地輕輕起身，朝著有櫥窗的店門方向走去，滿心失落地望著早已不見崔老師身影的外頭。由於姊姊是面向馬路那側的正門演出這一場戲，所以不會發現從裡屋登場、正打算從小門走進女裝店內的我，而我早就把每一幕都看得一清二楚。

Miss Lee 姊姊最後終於轉身，再次走回自己剛才躺著的房間。見姊姊的表情過於失望，所以我不忍心走進女裝店，手裡就這麼拿著外婆要我拿去分送的蒸地瓜籮筐，無聲無息地折返。這也意味著，到頭來 Miss Lee 姊姊損失的就只有地瓜。

有段時間，Miss Lee 姊姊的野心似乎完全消失殆盡，但自從舅舅從首爾回來之後，姊姊的媚功又滿血復活了。舅舅跟崔老師不同，沒事不會走出房間，也對厚顏無恥地偷看別人不感興趣，因此姊姊想要下手就變得更困難。但她的鬥志燃起的熊熊烈火，是與崔老師那時無法比擬的。這事也很容易理解，畢竟舅舅是房東家的兒子，是個知性的美男子，而且最重要的是舅舅在準備公務員考試，活脫脫是實現姊姊野心的象徵性存在。

Miss Lee 不僅想討我歡心，也想討阿姨的歡心，她不是說阿姨皮膚白、穿什麼都好看，就是說阿姨手臂纖細，要她試穿看看「袖なし」[30]等好聽話，迎合阿姨的心情。但不管 Miss Lee 姊姊再怎麼獻殷勤，阿姨對她的評價永遠都是「不自量力」。若要說阿姨特別輕視哪種人，那就是不認得半個英文字的人。Miss Lee 姊姊等於被阿姨抓到無可挽救的缺陷。至於阿姨為何只要想起這件事就嗤之以鼻，使得鼻腔內的水氣不敵吸氣的衝力而往外

30 音 sodenasi，無袖背心。

噴出幾滴呢？都是因為Miss Lee姊姊說要用高尚的方式稱呼舅舅，因此叫他「Mr. Lee全」。不過就這件事來說，女裝店老闆娘得負起更大的責任。

Miss Lee其實不姓李，而是姓鄭，名字叫做鄭今禮。可是打從她進來打雜的第一天開始，老闆娘就叫她Miss Lee。老闆娘完全不知道「Miss」後頭加上的「Lee」（因為說的不是「李」）是姓氏，還以為「Miss Lee」是對年輕女性的一種稱呼，所以也把年輕男性一律叫成「Mr. Lee」，而這個稱呼對「豐年米店」的鐘九或戲院售票員永根等人很是受用。連同大嬸的裁縫技術，Miss Lee姊姊把她的話術和知識全都眼明手快地學起來，因此知道按照大嬸的用法，男人理當全部叫作Mr. Lee才稱得上高尚。只不過姊姊要比大嬸略勝一籌，在得知舅舅姓「全」之後立即學以致用，發明了「Mr. Lee全」這個稱呼。

我沒打算拿我才知道的Miss Lee姊姊的祕密去向外婆或阿姨打小報告，一方面是因為我斷定她絕對無法擁有眼饞之物，另一個理由是，Miss Lee姊姊的搔首弄姿與同齡的阿姨表情練習之間是半斤八兩。兩人都只是盡自己的本分，對被賦予的人生條件做出反應，只不過阿姨的運氣好一點而已，不是嗎？

到了傍晚，阿姨試探性地問外婆：

「媽，沒有年糕嗎？」

「什麼年糕？」

「今天不是說是『將軍』父親的忌日嗎？可是連年糕都沒做嗎？」

「人家又沒打算要給，妳倒是先吃起來了。」

「看來真的沒做喔？怎麼會連丈夫的忌日都沒做年糕？」

可能是對吃年糕抱著很大的期待，阿姨在外婆走出房間後還嘀咕個不停。

「供桌上就擺幾樣素菜像話嗎？哀嘆自己多命苦時就會口口聲聲喊著『我們將軍的爸』怎樣怎樣。」

「剛才外婆問『將軍』媽媽有沒有做年糕，她說沒有耶，說今天是無米日，連煮米飯都覺得良心過意不去。」

「哎喲，聽她在胡謅，那為什麼素菜和煎餅也弄得那麼寒酸？」

「大概是要遵守家庭禮儀準則[31]吧。」

「笑死人，誰不知道她心裡在想什麼？等我爸忌日時，就別來探頭探腦說要吃年糕。」

外婆這時正巧爬上簷廊，聽見阿姨的大嗓門，以及與那聲音不相襯的稚氣口吻後一併開罵：

「還在講年糕的事？女人的聲音只要過了門檻就會變成八卦，怎麼嗓子還大成這樣。」

「媽只會成天講這些，女人就應該怎樣，還有女人就是怎樣……」

阿姨才抱怨著，但外婆一看到阿姨的坐姿後，免不了又拿女人家的儀態來嘮叨一番。

31 制定有關家庭舉行婚喪嫁娶禮儀與程序標準的規則，一九七三年五月十七日制定並頒布，旨在簡化儀式的繁瑣程序，防止浪費，培養健全的生活態度。

「都說了女人不能坐在門檻上。」

「知道了、知道了。」

阿姨一邊嘟嘴、一邊坐到房間地板上。也不知道她二十年的飯究竟是吃去哪兒了，從她身上找不到任何大人該有的樣子。阿姨之所以還停留在幼兒的心智狀態，說不定是因為童年時期過得無憂無慮。從這點來看，對於我來說，與生俱來的苦惱才是成熟的養分，而它與我在舅舅房間的儲物室裡「讀書」得來的養分結合之後，造就了我對人生的洞察力。

只想做打破禁忌之事，被強迫的就不想做

在舅舅休學回來之前，他的房間一直是空著的。那房間有個儲物室，裡面夾藏著舅舅高中時期戴的學生帽、封面被撕去的筆記本、揹帶斷掉的舊背包之類雜物，還有歷史悠久的雜誌或小說散落一地。儲物室的深度夠深，就算我躺下來睡也不成問題。我會把那些書拖放到儲物室地板上趴著看，有時候也會背靠著牆讀書。

比起「讀書」這個正經八百的說法，其實它更接近偷看。因為舅舅的青春期，那充滿好奇心的時期之冰山一角，都原封不動棄置於那間儲物室。在這裡面，相較於能被歸類為經典作品的書，有更多是武俠誌或通俗小說。這麼多的武俠誌和通俗小說讓我產生很大興趣，也猜想舅舅的俠義心腸和感傷主義正是來自這些書。

阿姨嘴上說自己的興趣是閱讀，其實反倒沒什麼書。雖然蓋著女中時期那條白色桌布的和式矮桌上確實有《復活》、《窄門》、《紅與黑》等插在書架上，但我有個習慣是，為了解書的主人有多認真看那本書，我會先查看書的底部，確認有多少厚度被弄髒，而我很肯定這些書絕對沒被翻過二十頁以上。從高中畢業後，如今已擺脫被迫與書為伍的阿姨，

把書桌和書架上的書全都過繼給我。儘管我以不亞於讀舅舅那些武俠誌的認真程度讀完那些現在歸我所有的經典，但從我無法從當中獲得與其名聲媲美的感動看來，我很早就拒絕在人生中尋找嚴肅的意義。

阿姨傳給我的書中，也有無法光明正大插在書架上、被垂落的桌布遮住並堆放在書桌底下的雜誌。其中雖然也有像《新農民》這種無趣的書，但對於只要看到小說就會拿起來讀的我來說，連《新農民》裡的連載小說也是不可錯過的。

與此同時，不管是通俗小說或經典作品，只要哪本小說裡出現了床鋪、屁股（偶爾也被稱為「臀部」，因此碰到這種情況，我的閱讀都會因為查國語字典而中斷）、胸部、擁抱等字眼，我就會格外慎重地閱讀那個部分。

讀過報紙連載小說之後，我發現那就是我一直想讀的東西，也就是那種給人強烈性印象的讀物。從那時開始，我會把報紙上的連載小說都仔細讀過，特別是把歷史小說裡既黏膩又做作的性愛場面讀個兩遍成了我的慣例。日子一久，我掌握到讀報紙連載小說的方法，開始可以從插畫猜到裡面有沒有我想要的內容，另一方面也不禁讚嘆作者的縝密布局能力，為了像我這樣的讀者，每隔幾回就會放進一次那種場面。

我慢慢地把舅舅的儲物室探索得更透徹。一本叫做《古典詼諧全集》的書雖然看起來很厚，翻開後卻發現空蕩蕩的，字數不多，翻閱速度反而要比其他小說快，就連全集第三卷的〈古今笑叢〉裡，描寫公公在自己的嘴唇被狗兒咬掉後，正好看見媳婦在撒尿，於是不由自主把媳婦的屁股蛋摘下來貼在自己嘴上，以至於每晚媳婦與兒子享受魚水之歡時，公公的嘴巴也得跟著受苦的情節，我也都讀了。

那時，外婆開始用憂心忡忡的眼神看著只要放學回到家，就關在舅舅房裡的我。該來的終究還是來了啊，外婆如此心想，以為我終於懂得什麼是對父母的思念。從那時開始，外婆突然對我展開禮物攻勢，像是一次買三條不是宴客時就無緣看見的「スルメ」[32]，不然就是買昂貴的磁鐵筆筒給我，但最令我瞠目結舌的，是外婆買穿著禮服的金髮洋娃娃給我。

那個洋娃娃，凹陷的眼窩中裝有會喀啦喀啦作響的眼球，眼皮的尾端畫有做為睫毛的黑線，平放時眼睛會闔上，立起來時會睜開眼睛。但看到洋娃娃後發出歡呼聲的人不是我，而是阿姨。

「天啊！娃娃還有穿內褲耶，皮鞋也可以脫下來。哎喲，看看那雙會張闔的眼睛，真是太美了。珍熙，對不對啊？」

阿姨馬上就找出針線包，替娃娃縫了一件粗糙的被子，外婆則是趁著晚上聽廣播連續劇時，做好一套給那洋娃娃穿的韓服。不過，偶爾將針穿好線遞給外婆、趴在旁邊只顧著翻雜誌的我，不知道是否打從一開始就缺乏母愛這一類情感，即便阿姨和外婆如此誠心誠

32 音 surume，乾魷魚。

意，我卻連摸一摸娃娃頭的念頭都沒有，更別提想抱著娃娃睡覺或悉心照顧她了。我只有為了想看娃娃的身體和腿部是怎麼銜接的，才把她的內褲脫下來看了一次。

外婆用盡了各種辦法，看到我依然還是只窩在舅舅的儲物室，於是覺得自己必須想想其他法子。她要阿姨來試探我都在儲物室裡做些什麼。

「珍熙啊，妳都在那裡面做什麼，怎麼一進去就沒個動靜？是有什麼祕密嗎？妳跟阿姨說說看，嗯？」

「就只是在看書。」

「書？」

於是外婆這次想到的是童話書。她要阿姨去買給我看的書，說要挑選能安撫我的心、讓我的心地變得善良美麗的書，結果阿姨買回來的大部分是公主當主角的書，講述成天無所事事的公主只會垂下長長的睫毛，輕飄飄地拉著禮服下襬跑來跑去，接著會出現生硬的悲傷情節，公主因為長得太過美麗或太過善良而被下魔咒，直到她遇見王子後兩人結婚，從此過著幸福快樂的日子。像這樣的西洋童話，我還得忍受它們的無聊乏味才讀得下去。

即便外婆刻意把《白雪公主》翻開放在書桌上，我依然再次鑽進了舅舅房裡。有一次我往儲物室的更深處翻找，發現了一本封面有如水泥袋一樣泛黃粗糙、上頭什麼也沒寫的書。我翻了一頁，目次上頭印著標題：燒掉陰毛吧！。

我必須查三次字典才行。我找了「陰毛」，上頭要我找「恥毛」，我又翻到「恥毛」，但我看不太懂「人的外部生殖器周圍，也就是陰部所生的毛髮」這個解釋。我別無他法，只好又查了「生殖器」，但「生物的有性生殖器官，性交器官」看得我頭疼，而就在我考慮要放棄的那一刻，我發現在那條解釋的最後有我認識的詞，也就是「性器」，這才勉強明白了意思。由於一次就認識了三個詞彙，讓我沉浸在知識的滿足感中繼續讀了下去。

女人正在誘惑拳擊手，她收了隔日對決選手的經紀人的錢，所以來毀滅純真的拳擊手。接吻畫面出現了，女人受不了拳擊手只知道粗魯地搓揉嘴唇，很想告訴他所謂的接吻是要張嘴交換舌頭，但她又必須假裝純真，因此只好連連發出「啊……」的聲音。那天晚上，女人以「啊……」的聲音為武器不讓拳擊手睡覺，拳擊手也因此在隔天比賽時雙腳站不穩，只能抱住對手，後來自己滑一跤、摔在地上，跟著被痛扁了一頓，再也無法從擂台上站起來。

可是那個輸了比賽的純真拳擊手，他的經紀人原本是個可怕的流氓，最後找出了誘惑自家選手的女人，成功綁架了她，接著亮出短刀要她供出幕後指使者。女人不肯輕易開口，他便脫光了女人的衣服，一直到脫下內褲，女人露出陰毛，他便用打火機在陰毛上點火，之後又用那打火機點了自己的菸。陰毛著了火，女人放聲尖叫，接著就無趣地供出一切，小說就在這裡以「第一部完」作結。

讀完那本書後，有好幾天我都無法擺脫女人陰毛著火的畫面。在這之前，我都是漫不經心看待澡堂裡那些赤身裸體的女人，但在那之後，我老是會聯想到《燒掉陰毛吧！》這部小說。我也越來越常在去澡堂時，對於自己讓那些正好映入我眼簾的陌生陰毛燃燒起來的施虐畫面產生罪惡感。後來當我終於遇到一個與我相關的特定陰毛、在想像中肆無忌憚大膽執行火刑時，那份罪惡感達到了顛峰。

那陰毛是屬於三年前的班導。她以神經質與歇斯底里的野蠻方法，徹底掌握了只有二年級的孩子們的恐懼心理。她總是隨身攜帶竹尺，並把隨時豎起尺打孩子手背視為「鞭策」；只因為自己在優雅彈奏風琴時，孩子們毫無感動地望著窗外，她就要求孩子咀嚼兩根粉筆後吞下；而且，她不僅一天內會把「要是你們這樣，就讓你們考試」、「叫你們父母來」、「去跑操場三十圈」說上數十次，像是「你們都是小賊，都是瘋子、狗崽子」也說了幾百次。

就連處罰時，她也覺得單純要孩子舉著手跪在地上太過平淡無奇，所以要我們像狗兒叼著骨頭一樣叼著骯髒的鞋子。這種要求，任誰看了都會覺得她的性格異常。當她大吼著要孩子們叼著鞋子時，平時得走十里二十里路上學、膠鞋上總是沾滿黃土的鄉下小孩會最先哭喪起臉，還有剛才在茅廁裡為了避開沾了糞便的位置，所以到處踩來踩去、好不容易才撒完尿回來的孩子們，也同樣面色鐵青。

老師會彷彿想把某個孩子放進自己眼裡那般地疼愛他，卻也會從某一刻開始，突然每件事都要對著那孩子破口大罵。在這樣的老師面前，孩子找不到行為準則的一貫性，只能屏住呼吸、提心吊膽觀看她演的獨角戲。

然而，在澡堂看到的她卻一點都不可怕。少了名為教室的壓迫背景、身上也沒帶著可怕竹尺的她，就跟被奪走魔杖的魔女一樣微不足道，而且，若是以光溜溜的身材來評價，她更只是一團平凡無奇的肉。她將胖呼呼的身體泡進浴池躺著的模樣，看起來也像藏在煮熟的栗子殼內的肥蟲。甚至當她以小瓢子舀水潑向身體時，隨著她手臂晃動的下垂胸脯反而讓人心生憐憫。她用搓澡巾搓小腿時也是，由於她的下半身很短，搓腿時畫出的直線因此也比其他人短。她搓著自己的腿垢時的節奏，就跟用竹尺打孩子手背時的簡短斷奏是相同的。

一開始我差點滿足於對她投以輕蔑不屑的眼光就結束對她的審判，但就在那時，我的眼前上演了一幕激發我心中那份屈辱感和為之放手一戰的光景。她迅速將搓澡巾移至鼠蹊處，突然張開了雙腿。就在她毫無顧忌張開的雙腿之間，適合燃燒的茂盛陰毛擄獲了我的視線。在想像之中，我本性裡殘酷的一面猛烈運作起來，無情地放火燒了那片陰毛。

然而，那天大快人心的壯舉卻帶給我莫大的罪惡感。我在性這個禁忌領域行使想像力，又背棄學生的本分對老師做出殘酷行為，而且日帝時代以後所有學校都是以嚴格校訓來規範學生，我卻對此心懷不滿，犯下大不敬的罪行，甚至違背了上命下從的時代精神。這樣的我，自然無法擺脫罪惡感。我就這樣揹負著罪惡感，直到某一刻才冷不防想到，我從來就不曾探討過自己揹負的罪狀是否恰當。推理小說也讀了不少的我，卻不能受到身為被告應有的公正審判，這讓我感到冤枉。

我內心的律師開始進行辯論。

尊敬的法官大人，被告此時正承受著不當的罪惡感。人究竟要對什麼產生罪惡感才是對的？被告無法把性格異常外加有暴力傾向的教師當成老師尊敬。被告認為反教育性的教師態度不僅無法引導學生走上正途，而且正在毀掉值得嘉許的老師形象，所以當被告有機會時，便以正義之名定了教師的罪。被告這種客觀、公正的論理應該構成罪行嗎？此外，被告因為看著陰毛想像了與性相關的畫面而遭到起訴，那麼，被告是應該努力避免做出這種再自然不過的想像嗎？這豈不是違背了造物主的法則？萬一那真能構成罪，那麼我以為最先提供原因的造物主應該站上這個法庭。尊敬的法官大人，我要求造物主以證人身分出庭。

我內心的法官下了判決。

若人不設下禁忌，就不會有打破禁忌的罪，因此對被告而言，罪惡感是被不當強加其上。然而，我不認為需要在此宣告被告無罪，因為事實上被告本人毫無罪惡感，只不過是被迫承受罪惡感。

法官說的沒錯。仔細回想起來，我其實是毫無罪惡感，只不過是對孩子被賦予的禁忌感到不自在罷了。

禁忌造成的不自在以好幾種形式體現。有段時間，我連對男人擁有性器的事實都感到不舒服。男人身上有女人不能明目張膽表示關切的部位，而它就在那褲襠裡頭。老是意識到這件事就讓人極度不舒服。折磨我的並不是男人的性器所包含的性意義，而是它被藏在褲子內的事實本身。我過度放大了自己意識到它存在（而非它的存在本身）的事。我會意識到自己的目光是否在不注意的時候背叛理性的勸阻，不自覺地投向性器所在的部位，所以每次都會刻意看其他地方，卻又會因為不斷意識到自己這麼做而覺得難受。

無論是看到鄰居叔叔、店鋪的小夥子，或是校長、照片中的總統，甚至是相框裡的神聖耶穌像時，我都無法擺脫「那個人也有那個吧」的念頭。那陣子我的困擾就是，要怎麼做才不會在看到男人時想到他們有性器。我擔心會被人誤會，所以就連男人的皮帶扣環都不敢亂看。

「老師！你的南大門沒關[33]。」

就連還是小孩子的同學開這種令班導師慌張的玩笑時，我都無法像他們一樣自然地盯著老師褲子前的鈕釦，而是必須想辦法擺脫「那裡有性器存在」的意識。

那不是對性的苦惱。準確來說，那是一種對禁忌的苦悶。只不過因為對人生的深入關注與觀察力，導致我提早意識到關於性的禁忌，而這令我痛苦不已。

我無法就這麼束手無策地痛苦下去，於是開始研究戰勝痛苦的方法。痛苦也有讓人自得其樂之處，所以人們才無法輕易擺脫痛苦。但我覺得這一切不過是決心問題，只要你能

33　台灣的說法是「你的石門水庫沒關」。

鐵了心，某種程度上是可以戰勝痛苦的。

我算是脾胃弱的人，尤其對蟲子格外敏感。茅廁地板上像飯粒般散落一地的蛆蟲；孩子們走動時像麥穗一樣從後腦勺咚咚掉到肩上的頭蝨；陰天時會從炕下爬出來的椿象；附著在白菜葉或枳樹上，一邊逗弄無數枝節、一邊緩慢移動的綠色幼蟲，以及滿滿覆蓋在松樹底下那張木椅上頭、蠕動個不停的松毛蟲——住鄉下的孩子，對蟲子敏感無疑是種不幸。

有一天我蹲在院子裡，看到腳底下有一隻身上有無數毛的蟲子在爬。一發現牠的時候——淺灰的身體上有密密麻麻的深黑色橫紋，每二十節左右兩側各掛了兩條腿，算起來少說有八十條腿各自在動著、緩慢以腹部爬行——我當場就吐了，但下一秒我就產生反抗心理，覺得自己不能屈服於對蟲子的噁心感。我下定決心，在那條蟲子爬上我的腳背之前，無論如何都要忍住、撐住。

當那條被無數的毛包覆，又有無數條腿各自動來動去、以腹部爬行的蟲子終於碰到我腳尖時，我的手臂冒出粗鹽般大小的雞皮疙瘩，肚子不知道用了多大的力氣，連卡在喉嚨的氣都無法吐出來。蟲子爬上了腳背，但我忍住了。我拚命抗拒蟲子試圖強加在我身上的噁心感，沒讓蟲子如願，因此我多少嘗到成就感的滋味。我把盯著蟲子看這段時間內口腔裡蓄積的唾液全吐掉之後，為了甩掉腳背上那隻從噁心對象淪落為輕蔑對象的蟲子，我緩緩地站起身，可是就在下一刻，我的頭髮全都豎了起來，因為我看到周圍至少有五十隻灰色蟲子正用幾千條腿爬來爬去，上頭的每一根毛也都在動。

那個當下我愸住了呼吸，卻又同時被點燃強烈的敵意之火。我既沒有皺眉，也沒有迴避視線，反而瞪大眼睛仔細觀察那些蟲子，讓牠們大感挫敗。

定睛一看，這群蟲子裡面還有兩隻交疊在一起的，那二十節長出的腳上下疊在一起，要比一隻蟲爬來爬去時至少多了六倍的噁心感。不僅如此，以那種姿勢交疊的蟲子也不知道在幹什麼，就像死了一樣動也不動。我成功地用腳尖弄翻了牠們，兩隻以身體交疊狀態倒向旁邊的蟲子察覺到危險，將身體捲成一團，幾十隻腿不停蠕動。雖然我還沒能大膽地踩死牠們，但睜大眼睛盯著牠們許久的結果，讓我得以從噁心感中獲得解放。

成功克服噁心感之後，我大受鼓舞，決定在克服禁忌的訓練中使用相同方法。

首先，遇到男人時，我會刻意盯著他們的褲襠。就像我瞪大眼睛盯著蟲子一樣。我不再抗拒知道所有男人都有性器的事實，反而透過刻意確認這件事而從此獲得自由。

進行訓練的第一天早上，我最先遇見的人是李老師。我刻意盯著那個部位看，結果還不賴，我沒有臉紅。接下來，我在洗漱時碰見了崔老師，果然感覺也不怎麼彆扭。「廣津TERA」大叔、「文化照相館」大叔也沒有讓我聯想到性的畫面。上學的路上，我遇見「大成藥局」大叔、「首爾商會」大叔、「豐年米店」的鐘九、「恩惠書林」大叔、菸店的爺爺、「大建貨物」貨車助手等，但就算我努力讓自己去想他們身上擁有性器的事實，也沒有特別的感覺。

過不了多久，我會在不經意經過許多名男性身旁後許久，才發覺自己並未特地去確認

「性器的存在」，而是直接讓他們離開。這樣的狀況越來越多，到最後我連這件事都幾乎沒意識到。不必費心去看，也意味著不必費心不去看。我的自制訓練大獲成功，也因此認為，或許我已經洞悉了性的本質。

一言以蔽之，我開始覺得性不足掛齒，而且就像奉熙她們那幫人為了顯示自己的成熟反而暴露自己只是個孩子一樣，性也是一種只有在被禁止時才有吸引力的人生謬誤。也是在那時候，我被邀請參加孩子們名為「床上遊戲」的「亂交派對」。

雖然床是大家在電影裡才能看到的東西，但孩子們在為遊戲命名時直接借用了床的意象。當然了，這是只限女生的內部人士聚會。由於這是一個私密又被禁止的遊戲，因此成為內部人士的條件相當嚴苛，像是具備足以玩禁忌遊戲的膽量、叛逆性，以及有能力向大人保守祕密的注意力與智力等等。

參加床上遊戲的孩子們先分了組，一部分人負責把風，一部分人是兩兩進入棉被中，脫掉褲子。連通常都很淡定的我，目睹這個場面時也變得非常緊張。不過，孩子們在棉被裡做的只是拿衛生紙暫時貼著下體而已，要不了多久，孩子們就又穿上褲子，從棉被裡出來。

除了打破禁忌的興奮之外，就沒別的了。若從不斷更換夥伴這點來看，可以稱得上是驚世駭俗的亂交派對，但若從只是模仿自慰行為的角度來看，實在是無趣得可以的惡作劇。因為不涉及男女意識，使得這遊戲與性的距離比扮家家酒還更遠，讓我不禁為她們的孩子氣覺得可悲。

這群孩子把我拉進床上遊戲的理由很明顯。就像奉熙她們想讓我加入太妹的小圈圈一樣，這些孩子也試圖拉攏身為模範生的我來提升派對素質，充當她們無法完全擺脫的罪惡感的包裝紙。那層包裝即便是對不喜歡孩子成群結夥的大人也很管用，可以說，這是為了提升形象所進行的挖角。

她們也把衛生紙給了我。看著她們的眼神，發現了至今不曾領悟到的一點：內部人士的聚會中最重要的，不是智力也不是忠誠，而是參與度，因為聚會的祕密會被打破或守住，是由參加者有多積極參與所決定。孩子們將我推進棉被裡。

這時，一直裝填在我喉頭的縝密謊言穿透我的嘴巴發射出去。我說奉熙今天一直跟著我，現在也正在來這裡的路上。我把謊言說得維妙維肖，萬一奉熙在場的話也會相信我這番話。女孩們立刻進入狀況。暴力與墮落向來相互依存，同時又彼此牽制，孩子的世界也一樣。在那個場合，享受墮落的勢力不希望向炫耀暴力的勢力暴露弱點，因此將我送出了門外。

我的「偷看閱讀法」，最後一個階段是在「我們美容院」裡完成的。阿姨有時候去美容院「こて[34]」時，會把我也帶去。從煤炭孔拿出燒紅的捲髮器之後，把濕毛巾放在上頭，

34　音 kote，指用火鉗燙髮。

它會發出「漆咿！」的聲音並冷卻至適合的溫度。設計師會把剪成正方形的紙張放在阿姨的頭髮上頭，接著像是手持剪麥芽糖剪刀一樣，把那個捲髮器當成麥芽糖剪般喀嚓喀嚓捲起髮尾。我聞著紙張燒焦的味道，從頭到尾都沉浸在《Sunday Seoul》雜誌裡那些「大人才能看的版面」，直到阿姨燙完頭髮為止。

「大人才能看的版面」就落在雜誌最後那些彩色畫報的前面，因此我讀《Sunday Seoul》時總是從後頭翻起。這裡每一期都會出現由前胸與臀部勻稱畫出S曲線的赤裸女子，讓我明白關於禁忌的性慾望有多不安分、厚顏無恥，相對的，被正式許可的性又有多不慍不火和令人厭倦。對我來說，諷刺漫畫描繪人類的慾望或悲劇性，要比某小說家同時在那本雜誌上連載的小說〈六〇年代〉更生動真實。我從中悟得了對性的訕笑。如今關於性，我已經沒什麼好知道的了。

不知道從什麼時候開始，我對於看到什麼書或雜誌就拿起來讀失去興致。因為喜歡狹隘密閉的感覺，所以我依然會偶爾跑到舅舅房間的儲物室去躺著，卻沒了想翻找書櫃的念頭。外婆的擔憂逐漸消失，加上沒多久後舅舅就休學南下。房間的主人回來後，問題也就徹底解決了。如今我就跟以前一樣，放學回來後就到簷廊坐著寫功課或觀察大人。

結束這一段「讀書」的經歷之後，如果說我有什麼改變，那就是我開始藐視性。對於人生表面之下的另一面，我覺得只要你有心去窺探，任何人都可以輕易明白，所以我不確定能不能稱之為我的祕密。

沒有希望也得離開

「哎喲，這味道。」

「將軍」媽媽一早就皺著眉頭將飯桌擺到簷廊上。碰到像今天這樣的陰天，從鄰村的油脂工廠傳出的腥臭味格外濃烈。

「住在工廠隔壁的人都要被熏死了。」

端著飯桌出來時，外婆的額頭上也頓時多出好幾條皺紋。

「前不久我遇見那村子『萬味食堂』的大嬸，她說拿起飯匙之前，大夥兒都像是有身孕的人一樣乾嘔。不過那些人還是過上了好日子啊，一畝田說賣多少？那一畝也生不出幾石米的土地，就算全家人都拚命挖又有什麼用？不如拿一大筆錢去做生意要好上百倍。」

那個村子的人用好價錢把貧瘠的土地賣去當工廠腹地，因此突然賺了一大筆錢，這讓「將軍」媽媽相當眼紅。

「就算是這樣好了，人吃飯時難道會往嘴裡放洗衣皂嗎？還是務農最好。」

「以前都說第一做官，第二就是務農，但現在還是這樣嗎？時代變啦，大家老是首爾長、首爾短，都是有原因的。錢都跑到首爾去了。如果想至少撈到一丁點好處，就算是住木板隔間，也得是住首爾的木板隔間。您就是務農個一千年，在哪個世界都當不了萬石富翁。」

「將軍」媽媽都已經見錢眼開成這樣，卻還是當不了有錢人，說不定她口口聲聲自稱「運氣背得很的女人」並不是空穴來風。當然啦，從外婆的臉色變得很難看這一點來看，「將軍」媽媽並非是運氣不好，而是做人失敗。

先前外婆也聘了工人幫忙務農，可是光監工就讓外婆力不從心，所以外婆從去年起把地租給了別人。她現在正為了佃農幹活不順自己的心、去年收成比以前還要少，心裡很不是滋味，因此「將軍」媽媽說的這番話，聽在外婆的耳裡自然不怎麼好聽。不過外婆這時倒是閉上嘴了。「將軍」媽媽那張嘴，就像在重三日[35]打開壁櫥時頓時傾瀉而出的待洗衣物一樣。有什麼法子能堵住它呢？外婆帶著這樣的想法，一言不發地把飯桌端進房裡。

「天氣這麼熱，您要在房裡吃嗎？」

「將軍」媽媽話說得正高興，眼見聽眾打算離去，不由得表達惋惜之情。

「聞到那臭死人的味道，哪還能坐在這裡吃飯？」

外婆打算把對「將軍」媽媽的情緒轉嫁到油脂工廠上，可是一進房，阿姨惹外婆心煩的程度也不輸「將軍」媽媽。阿姨穿著睡衣在被窩裡把錄音機的調頻鈕轉來轉去，這時把

35 陰曆三月三日，報春之日，是飛往江南的燕子歸返、蛇從冬眠中甦醒的日子。人們會在這天修繕房子，也會舉行農耕祭來祈求豐年。

棉被推到一旁，起身坐到飯桌前這麼說：

「唉，又是清麴醬，就不能不吃飯，吃點別的嗎？」

「瘋婆娘。」

面對外婆簡潔有力的斥責，阿姨隨即孩子氣地撇嘴。

「媽就只說我。」

阿姨莫名其妙地把正拿起湯匙的我也牽扯進去。

「碰到這種時候，珍熙比我更像媽的女兒。」

可是，原以為外婆聽到阿姨不分場合鬧起脾氣後又會再罵上一句「瘋婆娘！」或是用一句「吵死了！」來堵住阿姨的胡言亂語，沒想到外婆卻只是自言自語：

「人家都說子女是你心甘情願什麼都給的賊，但我什麼都沒給，怎麼就跑來討人厭的傢伙……」

偶爾外婆會像這樣包容阿姨鬧脾氣。我知道的外婆，是不可能會接受不合邏輯、不符年紀或身分的撒嬌行為，但因為外婆是阿姨的母親，所以就全盤接收了。外婆是我的外婆之前是阿姨的母親。意識到這一點，讓我無可避免同時產生了背叛感和嫉妒。阿姨的行為總是被外婆當面斥責，相反的，我的一舉一動都符合外婆的標準。不管從哪一點來看，更接近外婆族譜的人分明是我，而不是阿姨。這種想法讓我覺得自己是外婆的嫡子，而阿姨是庶子，為穩居正統性的我帶來了優越感。我一方面對阿姨的愚昧敬而遠之，另一方面又隱約期待阿姨可以繼續當個愚昧的庶子，好讓我可以毫無阻礙地登上外婆的愛之寶座。

因此，碰到像現在這種外婆理當喝斥阿姨，卻很無言地展現大人度量的時候，我就免不了感覺被背叛了。我開始懷疑，我的正統性的扎根之處並不是外婆的愛，而是責任感或義務之類的，也就是比愛要低上許多階的情感。

喜歡一個人的情感，包含了覺得對方什麼都好的愛憐，以及嫌對方煩卻又親密無間的憎惡。喜歡的情感永遠始於愛憐，但如果沒有達到憎惡的程度，關係就無法長久下去，因為憎惡是一種比愛更加寬宏大量的情感。此外，有明確理由的愛憐會在理由消失時跟著消逝，但在彼此折磨的關係當中無條件產生的憎惡，卻要比那堅韌許多。愛憐與憎惡，唯有同時具備情感的雙面性，愛才得以完全。

倘若在外婆的愛之中，占據愛憐的人是我，阿姨當然就是屬於憎惡的那邊。因為阿姨早已與愛憐無緣，只有我能夠期待從外婆身上獲得完整的愛，然而我卻不敢在外婆面前造次，以免外婆對我心生憎惡。我沒有信心。也許憎惡是比愛憐更難得的成熟情感。

偶爾我會想像這樣的畫面：假設有個在祈雨祭時要獻上處女的祭壇，眼下為了祈求下雨，必須將處女獻給蚺蛇，可是處女就只有我和阿姨，這時外婆會把我們當中的誰扔進那漆黑無光的洞窟裡呢？

對此，我的答案竟然是我自己。而且我明知如此，又會基於心中的迫切而忍不住一再問自己這個問題。

但是，如同我很早就從「廣津TERA」大嬸的人生中得到領悟，人對於自己人生擁有的愛是很執著的。我並未放任自己置身背叛感與嫉妒的濁流之中，而是將自己帶到清流，淨身一番後再穿上羽衣。我用的是下面的方法。

首先我提出了反問：將處女獻給蚺蛇是常有的事嗎？通常，我們遇到的都是「誰美麗、誰不美麗」的日常問題，而不是要將哪個處女丟進死亡洞穴的極端問題。同樣的，藉由誰選誰來背叛另一個人的極端狀況也不常見。碰到是阿姨、還是我的問題時，外婆會選擇阿姨，但那不是日常會發生的事，而是一輩子都不知道會不會碰上的狀況。還有，稱之為「命運」的那種抉擇時刻，通常都是出自偶然。

因此，我沒必要在平時就去思考我被拋棄的那種命運時刻，平時只要在日常現實中帶著優越感生活就行了。雖然在極端狀況下被選擇的都是庶子，但在一般現實中，被公開寵愛的一方不都是嫡子嗎？在外婆的餘生當中，該選擇我或阿姨的情況沒那麼容易發生。我就這樣想吧。

我的腦袋裡因為嫡子的存在而暫時坐不上王位的庶子，正在一邊動筷子夾蛤蜊醬，一邊問：

「哥哥今天要回來了吧？」

「他說會回來，應該就會吧。」

阿姨不怎麼樂意舅舅回來。萬一舅舅知道了阿姨和李亨烈當筆友的事，是不會輕易饒過她的。

見我提著書包起身，外婆一如往常地問：

「放學回來的路上會嘴饞吧？要不要給妳點錢買東西吃？」

「沒關係的，外婆。」

我們之間的這種問答，就像是連續劇中經常出現的制式問答「我上學去了」、「路上小心啊」口語版。當有人覺得制式問答說起來尷尬，就會變換說法。阿姨連這種生活智慧都不懂，做出非常直白的反應。

「媽，我也需要錢啊，有錢的話怎麼不給我一點？」

「給妳錢，我還不如給黑皮。」

嘴上雖然如此回擊，但外婆仍在端起飯桌時裝出「妳可別指望什麼」的樣子，隨口問了一句：「妳拿錢要做什麼？」外婆拿黑皮來比喻阿姨十分貼切，聽到這話後露出喜色的阿姨，就和看到飯碗後衝向外婆裙角的黑皮如出一轍。咧開嘴角的阿姨就跟猛搖尾巴的黑皮一樣，兩者都藏不住自己的情緒。

我來到院子時，「將軍」也正在穿鞋打算去上學。「將軍」把運動鞋的前端往地板上嗒、嗒點了兩下後穿好鞋，接著從自己的媽媽手中接過便當。

「珍熙也要去上學啦？和我們家『將軍』一起上學正好呢。」

我正想著「將軍」媽媽的語氣怎麼如此溫柔，結果她很快就洩漏了心思。

「弁当[36]有兩個，李老師的『弁当』就由珍熙妳提著吧。」

我故意假裝沒聽到，加快腳步經過「將軍」他們家的房門前，但「將軍」匆匆跟了上來。我在打開大門時瞥了一眼，看到「將軍」被他媽媽拉住，正在重綁鞋帶。「將軍」母子倆的樣子顯得有些溫馨，也讓人覺得討厭。

「不是說要做混食檢查[37]？媽媽在米飯裡摻了點大麥，你要多咬幾下再吞。」

「知道了，媽媽。」

「將軍」媽媽明明做人沒多和善，唯獨對待兒子時卻彷彿世上最慈愛的人一樣。雖然我很討厭聽到「將軍」媽媽的聲音，但「將軍」的那聲「媽媽」今天聽起來更討厭。

我上學有兩條路可走，如果是穿過主街、從經過大橋的新公路走的話，走起來輕鬆，也能遇見很多孩子；若是選擇從堤防上去的路，雖然不好走，但可以專注於自己的思考。今天我的步伐是往堤防這邊。

茂盛的枳樹葉從枳樹籬笆探出頭來，葉子分成三股的枳葉就像幾天前仁淑在上課時間偷看，結果被老師收走的漫畫書《妖怪人類》中出現的貝羅的手。孩子們經常會摘下枳葉

36 音 bento，便當。

37 七〇年代軍事政權時期，政府採取高壓手段實施「混食獎勵運動」，表面上打著改善飲食生活、提高國民營養水平的口號，實際上是為了解決大米不足的問題。當時孩子們要把從家裡帶來的飯盒放在桌面等老師檢查，若是米飯中未混雜百分之三十以上的大麥或雜糧，就會被揪出來。

來占卜。

閉上眼睛，把葉片往後頭一丟，如果葉片翻面了，表示那天運氣會很差；如果它不偏不倚直接落下，就表示運氣會很好。當看到葉片翻面的時候，大家會突然對自己沒背九九乘法表或沒寫作業感到不安；至於葉片筆直落下的人呢，他們會開始自我催眠，覺得自己就像個幸福的孩子，就算那天實際上發生了一連串壞事，他們也會覺得「幸好只是這樣」，試圖相信卜卦的結果。明知道丟葉片的結果純粹出於偶然，孩子們仍會以這種方式滿足對未來的好奇，這就跟「將軍」媽媽明明連自己也不相信，卻總是用花牌算命來尋找未來的線索一樣。

我停下腳步，摘了片枳葉，卻沒有半點想占卜的心情。我發現這一路上我的步伐都十分沉重。為什麼會這樣？我檢視自己的心情。身體習慣了對情緒保持距離，時間久了，我的情緒反應總在過很久之後才出現，也因此我經常回過頭去推測自己此時為何會是這種心情。

我把枳葉握在手上在原地站了許久，搜尋自己心情為什麼這麼差的記憶。

我慢條斯理撥開冷卻的灰燼堆，發現裡頭確實有顆火種。當埋藏在內心深處的火種冒出頭來、吸了一大口氧氣後，火勢便會突然擴大。

是那個？

我不禁感到煩躁。明明我沒做錯什麼事，卻有了必須克服的創傷，讓我因此對大人產生了敵意。父母明明是在我出生前就牽起了緣分，卻要我來承擔這些課題，這是不公平的。我現在是因為想到了爸爸和媽媽，胸口才會彷彿有顆小石子壓著那般沉甸甸的。

去年春天有個瘋女人跑到我們鎮上，雖然她穿了好幾層裙子，但全都鬆垮垮的，走路時髒兮兮的小腿全露了出來，一對奶子則在難以辨識顏色的破爛短褲內不停晃動。女人的手裡拿了根棍子到處敲到處走，要是碰到有人朝她大吼：「喂，妳這婆娘當這裡是玩敲棍遊戲的院子啊？還不給我閃開？」她就會露出害怕的神情，腳步踉蹌地往後退，就算那人只是還流著鼻涕的小毛頭也一樣。

有次碰到趕集日，我隨外婆去買籮筐和橡皮筋之類的東西，路上遠遠地就看到瘋女人在地攤之間探頭探腦。她雖然到處被人驅趕，卻仍咧著嘴笑嘻嘻的。當她搖頭晃腦、迎面走來，臉上的表情無比天真浪漫。

可就在這時，瘋女人突然停下腳步，做出非常反常的舉動。她看到我之後，喜出望外地朝我衝過來，稍早前的傻愣模樣也瞬間消失無蹤。她看起來就像找到戰亂時期失散的女兒一樣激動。

瘋女人目不轉睛盯著我的手，而我的手裡拿著剛在黑色鐵鍋裡蒸好的紅豆包。它雖然有用紙張包著，但上頭散發著熱氣，任誰看了都知道那是紅豆包。儘管知道她不過是看到了眼饞的東西，才會做出突然的舉動，但看到瘋女人朝我衝過來，外婆和我都真心慌了。

外婆見到跑來我面前嘻嘻笑的瘋女人，最後一個紅豆包也沒給，無情地趕她走。瘋女人拖著棍子逃之夭夭。是因為覺得被瘋女人羞辱而心生委屈嗎？我的眼裡掛著無以名狀的眼淚。

可能是怕我長大後會太過軟弱，外婆從來不曾在我面前大剌剌地表達愛。我被教養成聽到很有感情的話時不會大受感動，反而會覺得很幼稚的人。還有，我透過外婆學習到唯有維持情緒的平衡，才不會被迫向他人屈服，因此我變得討厭多愁善感，又或者是沒什麼感覺。看到戰爭電影中被綁在柱子上等待槍決的俘虜，我雖然內心七上八下的，但另一方面又會想，雖然他面臨即將送命的危機時刻，但一雙手像那樣被綁在背後，讓脊椎完全伸展開來，應該會覺得很舒服才對吧。

見我看到瘋女人後落淚，倒是讓外婆受到衝擊。外婆以為我的眼淚是因為聯想到媽媽，不得不沉重地開口說起媽媽的事。

媽媽的病不是會讓她在別人面前做出奇怪的事，反而是非常討厭被人看見自己的社交恐懼症和憂鬱症，而且由於她有時看起來幾乎痊癒了，所以結婚時大家都深信她和那個值得信賴的青年會過上幸福的日子。婚後媽媽去了首爾，在那個成為我爸爸的青年因為工作而客居外地時，獨自抱著不時復發的病而逐日消瘦，直到有一天房東聽到我哭得厲害，打開房門後才及時發現自殺未遂的媽媽。過沒幾天，媽媽被聽到消息後跑回來的爸爸打個半死。等爸爸離開後，媽媽便將我綁在簷廊的柱子旁，離家出走了。後來外婆接到通知，匆忙北上首爾，五天後才到距離我們居住的孝昌洞很遠的纛島派出所，將被巡警發現時與乞丐沒兩樣的媽媽帶去療養院。

聽完這些之後，我就再也沒想過媽媽，也不再感到好奇。因為我從這個故事感受到悲傷，而我必須提防那種悲傷變成我的弱點。我不希望對媽媽或對我自己產生憐憫。擁有每次觸碰時就會感到悲傷的傷口，等於喪失了對人生的自我調節能力。我不想任由觸碰我傷口的人操控我的人生。

為了教孩子懂得孝順，課本上都會有設計來提醒我們母愛多偉大的章節，而當所有童詩與童話都讚美母親是美麗且令人懷念的存在時，我就會想起市集上那個穿破爛裙子、露出一雙髒腿的瘋女人。那時我才意識到，比起罪惡感或恐懼等強烈的情緒，克服思念或愛這一類柔情要困難得多。

我對爸爸的認識，就跟對媽媽的認識一樣貧乏。依照大人們在井邊說的，爸爸再婚了，還寄了錢給外婆；他們說他來見我但又回去了，又說他站在遠處看我，但這些都是很愛無中生有的「將軍」媽媽，以及不管誰說話都能出言附和的「廣津 TERA」大嬸之間的對話，所以沒辦法全部採信。可以確定的是我有爸爸，而且媽媽雖然不在了，但爸爸還在世。

光憑還在世這點，爸爸的存在本身就要比媽媽強烈得多。由於媽媽過世了，所以我對媽媽的懷念伴隨著絕望，對爸爸的懷念卻伴隨著希望，也因此要克服就難上好幾倍。昨天音樂課合唱〈在花田〉這首歌時，老師特別交代我們唱歌時要細細品味歌詞。

在爸爸和我一同打造的花田，
大花馬齒莧和鳳仙花都盛開著，
爸爸說，看著花生活吧，
爸爸看著我說，活得像花朵吧。

透過這首歌，我頭一次說出「爸爸」這兩個字。歌曲中的孩子看著花朵想起「爸爸」，我卻只想到：唯有唱這首歌的時候，我才能說出「爸爸」這兩個字。

今天是星期五，所以第五堂課結束後有特別活動時間。當我走進舞蹈班集合的禮堂時，同學們都已經依序並肩坐下。幾天後就要舉行地區性的大型舞蹈比賽，但只有參加的同學要到舞臺後方換上「服裝」。我也在同學們仰望舞臺的欣羨目光下走到舞臺後方。這次舞蹈大賽的主題是「溫故知新」，因此我們正在練習《興夫傳》[38]。我扮演的角色是興夫。

今天的練習是從興夫被挪夫之妻趕出家門的第二幕開始。布幕拉開，扮演興夫的我被挪夫之妻用飯勺打了一頓後，用倒退的姿態出現在舞臺上。接著，等我走到舞臺中央後，我得直接倒在地上抽搐（「大一點，再大一點！」崔老師總會在這部分大吼，要求我大力

38 與《沈清傳》、《春香傳》合稱「朝鮮三大古典名著」，講述善良卻貧窮的弟弟「興夫」和貪心的哥哥「挪夫」的故事。

抖動肩膀，把肩膀的動作做大一點）。這時，輪到扮演興夫妻子的申花暎出場了，老師卻突然關掉了音樂。為了將興夫的悲傷心情詔告天下而聲嘶力竭的短簫聲戛然而止，取而代之的是老師的叫喊聲。

「申花暎，妳那身衣服是怎麼回事？」

在舞臺底下欣賞的同學們，目光不約而同集中在申花暎身上。這位同學身上那件輕飄飄的紗質韓服花俏得像要飛起來了，但也因為這樣才不行。她必須穿著符合興夫妻子處境的破舊服裝才行，連妻子必須對畢恭畢敬對待的興夫（也就是我）身上的韓服，也因為要營造出破舊的效果而隨便縫上花花綠綠的補丁。之前阿姨老是炫耀自己的刺繡手藝有多好，所以這次拜託她幫我縫「貼花」，卻被外婆說沒有一處縫得牢實，昨晚又重新仔細地替我補縫，弄到了很晚。

想扮演主角，可是又不想穿破衣服……一看就知道申花暎在打什麼主意。身為大東醫院的千金，申花暎無論在哪裡都想當受人矚目的華麗主角，又因為不想穿男生的衣服，所以她向來覬覦女主角的角色。大部分的女主角都是善良瘦弱又順從乖巧，所以性格完全相反的她要消化角色頗有難度，但崔老師又無法放棄醫院夫人提供的物質後援，於是每次辦舞蹈大賽時，首先要煩惱的問題就是替申花暎找出「看起來像」女主角的角色。

崔老師把剛才的訓斥口吻放柔和一點，囑咐申花暎：「明天要帶別的衣服來，不然就是在這一件上頭縫上補丁，要盡可能多縫一些。」但固執地噘起嘴巴的申花暎，無論是明天還是比賽當天，都不會放棄這身像是要飛起來的上等紗韓服。舞臺下的同學半是讚嘆半是嫉妒，忙著跟身旁的人交頭接耳，一時之間喧鬧不已。

音樂再次響起，舞蹈練習繼續進行。當興夫夫婦站在後頭做著聳肩的手臂動作時，與夫的子女們全都上場了，一個個輪流在舞臺中央跳起獨舞。這是一個孩子紛紛吵著給我飯、給我年糕、讓我娶媳婦的場面，我則是朝著右邊張開雙臂抱一下自己的右腰，然後再向著左邊張開雙臂抱住另一邊的腰，透過這樣的動作來表現身為無能父親的沉痛心情。可是，就在這一刻，我莫名感到鼻酸，我無法忍受身為父親卻無法給子女他們想要的一切，不，應該說是我無法忍受名為父親的存在。

老師朝著錯過拍子的我大吼：

「姜珍熙！妳怎麼能在這裡出錯？妳要時時記得自己是主角，評審主要都是看妳的表現啊。」

我的旁邊，扮演我妻子的醫院千金幸災樂禍地笑著。換成其他時候，我根本不允許這種事發生。我立刻在心底的帳簿畫了條線，想著總有一天要報這個仇，但不知為何，就連這件事也讓我意興闌珊，只想趕快結束練習一個人待著。

我刻意等到同學都出去之後才慢悠悠地走出教室。拖著沉重的步伐，我沿著圍繞操場鋪設的碎石路走向校門。雖然感覺到鞦韆上有誰在叫我，但我沒有理睬就走過去了。在校門前的大樹底下，一票孩子聚集在椪糖餅的攤販周圍。攤販正在把砂糖融化，用模具壓出不倒翁的模樣。那兒好像又有誰在叫我，於是我加快步伐經過校門前。以我此時的心情，只希望這世界上沒人認識我。

可是就在拐進郡廳前大馬路的巷子裡，我看見站在馬路對面的「廣津 TERA」大嬸。這樣的日子，總會不時遇到熟人。要是早上我有拿枳葉算命，葉子肯定會翻面。

大嬸背上揹著載成，手裡提著尿布包。

郡廳前也是市外巴士的站牌處。即使沒有任何指示牌，但這裡是從巴士總站出發的市外巴士前往郊區會行經的路徑，因此大家都會來這裡等車、搭車。大嬸的尿布包看起來格外沉重，所以我猜想大嬸是要出遠門。

大嬸在我們家井邊挑菜、清洗尿布時，我還沒感覺，現在定睛一瞧，她的裝扮實在土氣得可以。那條覆蓋在衣領寬大的波紋罩衫上頭的舊襁褓，又增添了符合大嬸穿著的寒酸感。為了撐住載成的屁股，大嬸將雙手收放在腰後，同時緊緊握住了尿布包。她的左胸上頭還插著兩根別針，腳踩著那雙一成不變的膠鞋。從大嬸反覆以腳後跟戳地的姿勢看來，她肯定是在等巴士。

不一會兒，橋的那邊塵土四起，一輛巴士出現了。隨後，巴士吐出比奔馳時更多的灰塵，停在大嬸面前。大嬸的身影被巴士擋住，暫時從我眼前消失，只能從輪子間看見穿著膠鞋的腳踝。巴士稍作停留，最後像是要逃離由塵埃形成的龍捲風一樣，氣勢磅礡地再次出發。一直到巴士開遠了，揚起的塵埃才輕輕落地，可大嬸依然站在那片塵埃中。

大嬸望著巴士離去的方向站著。她依然維持剛才那個姿勢，反手托著襁褓，只把頭轉向巴士離去的方向。那模樣有如一張靜止不動的照片，內心的陰影有如鮮明強烈的浮雕一覽無遺。大嬸不是有地方要去，而是想要離開。

誰也無法保證就算擺脫了艱苦的人生，眼前就有美好人生等著，但人們還是離開了。與其說是為了擁有更好的人生，更多是為了擺脫現在的人生。雖然沒有半點確信，但想到人生再也不必停留在此刻，離去之人的步伐也跟著輕盈起來。大嬸想必是在想像自己離開的畫面，才久久凝視著巴士離去的方向。

大嬸再次把頭轉了回來，把臀部往上抖一下，托住背上的孩子。這是大嬸替彷彿失神一般望著巴士車尾的自己找回眼前現實的信號，也是為自己的痴人說夢畫下句點的動作。拖著沉重腳步往橋的方向移動的大嬸，是我平時看到的那個「廣津 TERA」大嬸。在大嬸的背後，為她艱苦的人生帶來希望、同時也導致她動彈不得的載成，此時正拉著媽媽的髮尾把玩。大嬸察覺到載成在拉自己的頭髮，輕輕甩了甩頭，再次變成空心葫蘆走遠了。外婆的比喻是對的，想和老人家較量智慧是不自量力。

大嬸的身影消失在橋邊。我在這裡轉了個直角，拐進早上走的那條堤防路。大嬸望著巴士離去時的臉與臉部角度，在我眼前久久不去。當巴士停在大嬸面前，她肯定感覺到內心的衝動。只要她這時把腳跨上巴士，她的人生說不定會就此不同，她就能擺脫「此時的人生」了。大嬸當時內心的糾結滲進我的胸口。難道我也想離開嗎？我也對此時的人生懷有煩惱，所以想擺脫這裡嗎？那麼，我想要的其他人生又是什麼樣子？是不必意識到媽媽的存在，又不必去克服說出「爸爸」這兩個字的人生？一想到這裡，我的心情更憂鬱了，因為我知道只要我的人生延續下去，就離不開父母的意象。就這點來看，我根本沒有所謂「其他的人生」。

當太陽開始西沉，堤防路會搖身變為書上經常看到的那種老家鄉村景象。或許是這樣，看著火燒雲在茅屋與枳樹籬笆上頭渲染開的畫面，有時會產生思念某人、心煩意亂的感覺。我看見幾個把裝書的包袱丟在枳樹籬笆底下跑去嬉戲的孩子，注意到敏子的紫色裙子也在其中，趕緊往跟籬笆反方向的岸邊別過頭，快速經過那個地方。但這只是無謂之舉，敏子的聲音射中了我的後腦杓。

「珍熙！一起走啊！」

善淑和妹妹次淑也跟在敏子後頭，從枳樹籬笆那裡衝到我身旁。雖然很討厭旁邊有人嘰嘰喳喳說個不停，但那三個人跟我住同一區，所以也只能同行了。

過沒多久，我們發現了朝著黃昏前進的馬兒和馬夫。

即便拉的是空車，馬兒依然不停流著口水、氣喘吁吁。也不知道是不是裝病，馬兒拖著慢吞吞的步伐。這種時候，不高興的馬夫就會更用力拉扯繮繩並加快腳步。不過，即便走得極為緩慢，馬兒仍趁著前腳與後腳交替踩踏的空檔，嘩啦嘩啦排出一攤攤排泄物，以此羞辱主人。換句話說，馬兒和主人之間展開了拉鋸戰，但馬兒的膽量似乎更大一些。

那個馬夫是我們都很熟的大鬍子叔叔，住在堤防尾端。他有個孩子叫順德，智能有點不足。根據大人說的，順德會變成那樣，是因為順德的母親在懷孕時吃了什麼墮胎藥，而她之所以想偷偷拿掉孩子，就是因為孩子不是順德父親的。

我每次看到順德的爸爸，都覺得他長得非常可怕，尤其是他留得很長——不對，準確來說，是任由它長得亂七八糟——的大把長鬍子，像掛在我們社區中國餐館「中央館」的《三國志》畫中的張飛，給人粗暴無情的印象。因此，孩子們只要遠遠地看見順德的爸爸和馬兒，就會一邊拍手、一邊高唱押韻的歌詞：「順德的媽媽吃了藥，順德的爸爸是鄉巴佬。」順德的爸爸會一臉凶神惡煞地轉過頭，然後大家嚇得四散逃跑。

所謂的孩子，就是喜歡成群結夥，營造出共通一致的情感並形成一股勢力，因此他們在欺負別人時會興奮得發狂，經常創造出惡作劇的反覆旋律來捉弄別人。我從沒有加入這種事。我對孩子們特有的這種微不足道的偽惡性不感興趣。不光是因為我完全無法從孩子們的群體心理感受到樂趣，也因為我對順德爸爸的了解比其他人更多一些。

有次我走在堤岸上，看見順德的爸爸正在用流動的水替馬兒清洗。可能正在沐浴的不只有馬兒吧，身為馬主的順德爸爸也一絲不掛。從我站著的堤岸上到溪邊並沒有那麼遠，因此我能看見順德的爸爸正替馬兒在清洗，而他的身體中央多了一把跟自己鬍鬚一樣的鬍子。在這樣的瞬間，也就是年幼的孩子偷看到禁忌畫面的時候，順德的爸爸肯定會抬起頭。結果，他果真抬起了頭，發現站在堤岸上的我。

作為偶然間看見男人赤身裸體的純真孩子，對於第一次見到的東西雖然會覺得吃驚，但由於我年紀還小，應該不會聯想到跟性有關的事，只會露出因為看到那個東西而害怕的樣子才對。另外，從順德的爸爸很快就轉過頭、在濕漉漉的古銅色馬背上潑水的尋常手勢中，我知道自己已充分表現出我的懵懂。當順德的爸爸大手一揮，身體中央的鬍子會受到反作用力的影響，以至於當手臂往左移動時，它就往右晃，若是手臂往右移動，它就再往左晃，而且總是會比手臂的動作慢上一拍。

因為這件事，我覺得自己和順德的爸爸之間有了一丁點祕密，加上我沒有把自己看到什麼說出去，所以總覺得順德的爸爸似乎欠我一點人情。

不過，從此時在堤防路上撞見順德爸爸的反應看來，那天我賣力假裝自己天真無邪的演出，對順德爸爸這種老實人來說實在太過成功，因為他看到我之後，臉上是一如往常的凶狠冷漠，什麼變化也沒有。

敏子和善淑躡手躡腳地靠近拉車，把書包放到空無一物的板車上，壓低音量咯咯竊笑，跟在馬車後頭走。看到姊姊的行為後，次淑也鼓起勇氣也跟著做。馬夫絲毫沒有察覺到異狀，這讓她們受到了鼓舞，於是除了書包之外，也試著把自己的上半身掛到拉車上。她們趴在拉車上，兩條腿晃來晃去，被馬車載了好一會兒，直到感覺馬夫好像快要轉頭了，再像貓咪般快速下車。她們不斷重複相同的行為，玩得好不開心，就我一個人默默提著書包，低頭看著腳下，有氣無力地走著。

我先是聽到有如打雷般突如其來的一句：「喂，妳們這些傢伙！」接著傳來孩子們倉皇逃跑的腳步聲。就在我聽到聲音並嚇得仰起臉的瞬間，我的身子突然浮在半空中。順德的爸爸抓著我的頭髮，把我整個人舉了起來。他的手勁實在太強，一隻手猛地抓住我被紮成兩條辮子的頭髮就將我舉起，接著惡狠狠地大力搖晃我。我整個人就這麼提著書包，雙腳在半空中晃來晃去。我的頭痛得像是要被剝下一層皮，眼前什麼也看不見，只能感覺到他毛茸茸的臉正氣呼呼俯視著我，臉上泛著油亮的汗水。

孩子們逃跑之餘，為了從逃跑的過程中得到更強烈的刺激感與成就感，於是一邊拍手、一邊拉開嗓門唱起那段有問題的副歌。

「順德的媽媽吃了藥，順德的爸爸是鄉巴佬。」

順德的父親聽到後，把抓在另一隻手上的韁繩直接扔掉，然後往孩子們揮出拳頭。雖然那拳頭只是在空中劃過，卻發出了殺氣騰騰的咻咻聲。髒話和唾沫同時從他的嘴裡噴出來，灑在我的臉上。過一會兒，當他鬆開我的辮子時，他粗魯的掌心上黏著一撮跟他引以為傲的腕力完全不相稱的細柔髮絲。髮絲隨後即虛弱無力掉落到地上。

我打定主意絕對不哭，也不會去打什麼小報告。

為了讓顫抖不止的嘴唇鎮靜下來，我咬緊了嘴唇，乍看之下可能會以為我在哭，但只要仔細看就會知道我的臉頰變得既僵硬又冰冷。我放下書包，先將手繞到後頸，把被順德爸爸弄反的罩衫衣領拉好。原本應該在左腰的裙子拉鍊跑到了屁股那邊，於是我將裙子轉回原位，又撢了撢裙襬兩次，然後打開書包整理裡面的物品。筆筒是開著的，所以鉛筆、橡皮擦、小刀都散落開來，書、筆記本和墊板之類的東西也都東倒西歪。我蹲著整理好書包，然後把腳踩在堤防的石頭上、踢了兩下，抖落運動鞋上的灰塵。

只有頭髮我不曉得拿它怎麼辦。雖然我把手指彎成耙子狀、用它大致梳理一下，但我連頭髮都被扯下來，外婆精心為我編好的辮子早已潰不成形。我竟然在這時想起外婆，真是一大失誤。我的淚腺蓄滿下一秒就要溢出的淚水瀑布，有一行眼淚沒來得及抓住，沿著臉頰滑了下來。為了不再出現脫軌的淚水，我將頭往後仰，乾脆封鎖了淚腺。接下來，我沿著原來的路繼續走下去。

堤防的坡度有如山坡一般，大石頭堆得整整齊齊。走這條路時，我有時會故意不走馬路，而是爬到堤防的石頭上，險象環生地挪動步伐。我經常會張開雙臂來保持身體平衡，但此時堤防上卻拴著一頭山羊，而牠就跟先前的我一樣，為了保持平衡而斜站著，還不停地咩咩叫。山羊身上的白色羊毛被黃昏點燃，變得紅通通的。當牠看見我，又拉高嗓門咩叫了。聽到山羊拉長脖子、喉頭顫動不止的哭鳴，我停下腳步，望著山羊。牠乾脆把頭轉向我，不停發出咩、咩的哀戚哭聲。我心裡想著，真希望有誰快點來替這山羊鬆綁，帶走牠。

我才剛這麼想，山羊的後頭馬上冒出一個人影，彷彿他正在等待這個指示一樣。那是個年輕男子，個子很高，站在幾步外俯視著山羊。但從他不打算替山羊鬆綁、只是在旁邊注視許久的樣子看來，應該不是山羊的主人。

因為沒能幫山羊鬆綁而覺得抱歉，他坐到山羊一旁的石頭上，接著從口袋拿出口琴吹了起來。山羊不知道是不是對安慰自己的口琴演奏留下了深刻印象，終於停止哭鳴、安分下來。那口琴的聲音，以及以黃昏為背景的山羊和男人的剪影，走進了我的心底。不知為何，我的內心本來似乎是空蕩蕩的，直到口琴和山羊進入之後才被填滿——更準確來說是，感覺充盈飽滿。

外婆一見到走進大門的我，停下了用吊桶汲水的動作，張大嘴巴。

「妳的頭髮怎麼變成鳥巢了？」

我固執地咬著嘴唇，不吭一聲。外婆像是不想再過問，垂下了目光，在一旁洗衣服的Miss Lee姊姊倒是略顯興奮地說了一句。

「珍熙的頭髮得重新梳一梳了，妳舅舅也回來了……」

「舅舅？」

「剛才往堤防的方向去吹吹風了。」

外婆回答，廚房裡散發的肉香味這時候才竄進我的鼻腔，我也明白了為什麼Miss Lee姊姊會這麼興奮。我拿來梳子，外婆替我鬆開頭髮，把橡皮筋的一側咬在嘴上，接著繞了幾圈替我綁緊後，用跟平時沒什麼不同的平淡語氣說：

「頭髮梳好了。妳去把阿姨找回來。今天舅舅要回來，我都提醒她安分待在家裡等了，但等我從田裡回來，她又不知道跑哪兒去了。」

大概是去京子阿姨家了。我忙著練舞，有兩天沒去京子阿姨他們家，阿姨肯定是擔心這段時間有信送到，急著去找京子阿姨了。

一走進京子阿姨家的大門，阿姨的聲音就彷彿等待已久似的，從門口旁邊的京子阿姨房間溜了出來。李亨烈見到阿姨後確實來信更頻繁，但裡頭寫的話題應該沒多到能和京子阿姨一整天說個不停。畢竟說的是自己喜歡的男人的事，所以阿姨大概重複說上一整天也不覺得厭煩。神奇的是京子阿姨。明明只是朋友的故事，京子阿姨卻依然聽得津津有味，彷彿自己是故事的主角。

當初替李亨烈與阿姨牽線的人是京子阿姨，但京子阿姨的愛人才是替這命運般的際遇製造契機的人，可是最近他很少寫信來，所以京子阿姨的日子過得非常痛苦。越是這種時候就要多講些開心的事——對京子阿姨盡情說個夠之後，阿姨經常搬出這種理由，把自己的長篇大論當成友情的證明。

聽到舅舅回來的消息，阿姨開始收拾東西。

「這麼快就到家了？那我死定了。」

「妳為什麼這麼怕妳哥？我的願望就是有個哥哥呢。而且，妳哥不是成天只知道讀書的文靜書生嗎？」

向來都把自己愛人稱為哥哥[39]的京子阿姨一邊說著，一邊起身送阿姨出門。

「欸，妳知道書生發起脾氣有多可怕嗎？」

阿姨為了能舒服自在地聊天，先前解開了裙子的鉤扣，此時她為了扣上鉤扣，拉著裙子左側站了起來。如果腰勒得太緊，肚子就會更顯凸出，但阿姨總是穿著尺寸小的衣服，所以在家裡也常常解開鉤扣。往房門方向走去的阿姨，突然停下腳步回頭看了一下。她站在房間中間，卻很不自然地繃緊臀部。阿姨對京子阿姨使個眼色說：

「京子，有沾到嗎？」

「哪裡？」

京子阿姨花了幾秒鐘仔細檢查阿姨的臀部，搖搖頭說：「沒有，沒事。」阿姨似乎剛好碰到生理期。每次生理期來的時候，阿姨都會因為沒有做好防備，導致睡醒之後棉被總是留下污漬，裙子沾到經血的情況也經常發生。要是外婆人在這裡，肯定會說：「那個少根筋的丫頭。」但阿姨走出京子阿姨家的大門時，卻用身為阿姨的大人口吻對我說：

「妳哪裡不舒服嗎？氣色好差。」

我的腦海中，頓時亂七八糟跳出各種字眼：嫡子命運的雙面性、媽媽的形象與「爸爸」這兩個字的發音、興夫、一走了之、我絕對不會擁有「其他的人生」、順德的爸爸、黃昏

---

39 오빠，音「歐巴」。

下的剪影等等。

「怎麼了？也不說話。」

我原本打算搖頭以示什麼事也沒有，但又覺得要是我現在做這個動作會很哀傷，所以打消了念頭。拜託，千萬不要有誰用溫柔的語氣跟我說話。

舅舅正在井邊洗手，見到我之後笑得很開心。

「珍熙，舅舅回來了。」

舅舅用嘴巴宣告用眼睛看就知道的事實，表現自己的欣喜之情。

可是比起舅舅，我的視線先看到了正從舅舅房裡出來的男人，也就是對山羊吹口琴的那個男人。

男人緩緩地朝我走來。由於在堤防上看到的剪影仍歷歷在目，讓我感覺男人的背後好像掛了一條拴著山羊的繩子。或許是這樣，我的心跳變得有點快。

今天在我身上發生了太多事。

被稱為命運的眾多偶然

舅舅介紹那名男人叫做許錫，是舅舅借住的寄宿房家裡的兒子，加上就讀同一所學校，所以兩人變得更加要好。收到停課令後，他跟著舅舅來這體驗一下鄉村風情。

「喔，所以你是我們家永動借住的那間寄宿房的兒子啊。」

基於對客人的禮儀，外婆對舅舅與許錫的緣分釋放出善意。

「算是。」

許錫似乎覺得「寄宿房的兒子」不太符合自己的格調，所以回答得不情不願，但外婆也不滿意許錫的回答。大人問話時，就要先說「是」，然後再說自己想說的話，許錫卻回答「算是」，真是沒大沒小。外婆想像著沒教他禮儀的母親長什麼樣子，然後似乎把同樣經營寄宿房的「將軍」媽媽當成了範本，因為外婆接下來問的是：「家裡就只有你和母親兩個人嗎？」

許錫和叔叔同桌進食，女人家另外擺桌吃飯，但阿姨一句話也沒說。換作其他時候，阿姨不但會輕率地插嘴，還會嫌配菜如何如何，今天卻閉著嘴巴，只顧著動筷子拿湯匙。為了得知阿姨是對許錫有興趣卻又故作矜持，又或者是因為不感興趣才沒話可說，我暗地觀察起阿姨。

阿姨幾乎沒在聽許錫說話。大概是因為做了「心虛事」，她盡量小心不去招惹舅舅，結果變成滿腦子想著「心虛事」的主角李亨烈，所以才會一言不發，只顧著吃飯。

但許錫就不同了，他似乎對阿姨有意思。阿姨雖不是美人胚子，但臉蛋長得十分清純。她雖然沒什麼知性的成分，但一頭長髮加上白皙的臉蛋，若是拍張她的照片夾在書頁裡或放入項鍊相框裡戴著，倒也能引來他人的欣羨之情。從能給人溫柔感性的第一印象這點來說，阿姨的臉蛋從沒給她的人生帶來壞處。

不過，對我來說，阿姨的容貌倒不是太大的問題。如果我和阿姨之間要就許錫展開競爭的話（這是在我遇見山羊與吹口琴剪影時就已經定案的事），我唯一輸給阿姨的就只有年紀，但我擁有足以克服年齡差距的知性面。成績單——師長們在上頭給予客觀評價，留下嚴格公正的結果——也清楚載明了這一點。

「理解力強，推理能力不同凡響，具有觀察他人的特別眼光。在朋友之間備受信賴，行為舉止知性。」

這是去年成績單上寫的。

十一歲時，我就已經是「知性的」了。

到了晚上，「將軍」家的簷廊擺起了酒席。「將軍」媽媽說今天自己硬是躺在某某人家的臥室不走，與對方僵持了半天後，拿到了拖欠三個月的利息，揚言要「きまい」[40]一下，結果拿出來的不過就是一壺小米酒，下酒菜也只有鯷魚湯燉酸泡菜和青辣椒。

就算不提「きまい」，這種場面也不時發生。晚上和寄宿的兩位老師一塊在簷廊喝酒是「將軍」媽媽的一大樂趣。其實不能說是「兩位老師」，因為一開始李老師是在「將軍」媽媽的強迫下才不情願地參加，幾次後就慢慢退出了，所以最近主要是「將軍」媽媽和崔老師在喝酒。雖然兩人分別是寄宿房的房東和房客關係，但等到酒過三巡、醉意正酣，兩人就會情同姊弟，毫不拘束地省略敬語。

崔老師畢竟是獨自在外地生活的未婚男老師，所以把每天替自己做飯洗衣的寄宿房主人親暱地叫做姊姊，也沒有不行的道理。再說了，除了「將軍」媽媽之外，顯然也沒有女人會親切對待崔老師了。在學校走廊上，如果突然感覺有人在你的肩膀後面呼氣，身體還緊貼在後頭，那一定是崔老師。教舞時，他也會趁糾正姿勢時用手肘觸碰女生的胸部。因此不僅是女老師或女學生，甚至連舞蹈班的學生們也都把他列為防備對象。

從簷廊傳來的說話聲判斷，此時的酒席果然也只有「將軍」媽媽和崔老師兩人。假如不是正好巷子傳來熟悉的摩托車聲，這場酒席應該很快就會收攤了。

摩托車熄火的聲音響起，接著聽到「廣津 TERA」大叔牽著摩托車進門的動靜。可能

40 音 kimai，源自日語的『きまえ』（kimae），有請客之意。

是大叔看見「將軍」媽媽和崔老師坐在簷廊上，所以還聽見了「哦，還沒睡呀？」的問候聲。

後來，大叔似乎在黑暗中踢到了什麼，剎時響起嘩啦啦的破碎聲。

「將軍」媽媽的嗓門既尖銳又高亢，清清楚楚傳入了耳朵。

「騎摩托車的人怎麼醉成這副德性？店裡的工作呢，怎麼你每天到處鬼混？是打算什麼時候賺錢？」

「不要小看我朴廣津！」大叔先是拉高了嗓門，跟著唱起自己的愛歌往家裡走去。

「……別看我這樣，我這人也只喝啤酒的，妳就別對別人指指點點的了。」

歌聲戛然而止。大叔突然停下腳步，轉身面向「將軍」他們家的簷廊說了句：「我朴廣津就來きまい一下吧。」接著突然對著自己家大喊：

「喂！去買點啤酒回來！」

過沒多久，李老師、舅舅和許錫都被叫來加入酒席。

「李老師！您都在房裡做什麼？要是成天一個人窩在房裡，別人會誤會您是間諜的，哈哈！」

「珍熙的舅舅！不是說今天才回來的，怎麼這麼安靜？年輕人也要喝點酒、豪放一點啊，天氣這麼熱，在房裡讀什麼書？趕快出來！」

「廣津 TERA」大叔大聲吆喝，把每個房間都光顧了一遍，所以也不能裝作不知道，屁股繼續坐在火炕上不動。

「將軍」家的簷廊突然變得鬧哄哄，之後聽見了許錫做自我介紹的聲音。躺在床上翻來覆去的我掀開蚊帳從房裡走了出去，一方面是因為熱，而且奇怪的是整個人心浮氣躁，怎樣都睡不著。

在酒席上，「廣津 TERA」大叔的聲音更宏亮了。大叔有個習慣，一旦到了人多的地方就會以政治人物自居，加上此時距離收到停課令沒幾天，大叔可能是考慮到有首爾下來的大學生許錫在場，所以突然把話題轉向那邊。我們家的人都知道，大叔想把這個酒席變成政治集會並非出自真正的「政治信念」，而是來自自認「風雲人物」的無謂虛榮心，所以大家都沒怎麼回話。扣掉對政治漠不關心的崔老師、上課時間以外一整天說不上兩句話的李老師，還有對鄰居們不感興趣、連話都不願意說、此時也皺眉硬著頭皮出來的舅舅，真正參加大叔主導的政治集會的人就只有兩個——不管什麼事都喜歡湊熱鬧的「將軍」媽媽，以及被朋友的鄰居們捧為「首爾同學」、因此必須誠心誠意回答以報答這份期待的許錫。

「將軍」媽媽也是個政治信念明確的人。由於她秉持人活著就理當順應世界潮流的生活哲學——更直白來說，是因為功利面因素：朴正熙很善待她所屬的群體——因此不管別人怎麼說，「將軍」媽媽心目中的總統人選就只有朴正熙，但她也只會反覆說「是託了誰的福才能過這麼好的日子？」、「小歸小，朝鮮人就跟辣椒一樣，沒人比得上他啦。」這種沒有具體根據、光憑情感支持的演說，所以要不了多久就從政治討論的席位上淘汰了。

於是，這個場合演變成只有「廣津 TERA」大叔，以及轉眼間就適應在一群鄉下人面前當起知性又氣派的大學生，且為了善盡身為新面孔的職責、措辭越來越激烈的許錫之間的對話。

「那『首爾同學』也有被那個胡椒水還什麼的噴過囉？」

「因為我們學校示威規模最大，那個胡椒噴霧真的很辣，眼睛完全張不開。」

「這些渾球！他們要對付的應該是武裝共匪才對啊，而且，嘴上說要搞民主主義，為什麼要學校關門？」

「共和黨最後會提出修憲案，進行國民投票。」

「喔，那新民黨就這樣袖手旁觀嗎？沒看到前年選舉的時候嗎？進行選舉無效抗爭的時候，在野黨不是搞很大嗎？當時我也是帶頭的其中一個，但說來說去，國民的支持才是最強大的。」

「您是在說國會議員大選吧？要不是發生東柏林事件[41]，本來會抗爭到最後的，真的可惜了。當時學生們也因為停課令而沒辦法團結起來。」

「那當時『首爾同學』你也有參加示威嗎？」

「什麼？」

41 又稱作「KCIA 事件」。一九六七年七月，韓國中央情報部懷疑旅居歐洲的韓國籍教授尹伊桑與留學生跟東德首都東柏林的北韓大使館接觸，認為他們企圖從事間諜活動，因此將其逮捕的事件。

許錫頓時支支吾吾。

「我是說六十七年六月的時候，你也參加示威了嗎？」

「那時我還只是高中生，但因為家裡有很多大學生，我都是聽他們說的。」

「那你應該很了解統革黨事件是怎麼回事？你說說看吧。雖然我人在政壇，但畢竟被困在這鄉下小地方，消息不靈通，所以碰到很多障礙。」

「簡言之就是捏造的。從他們拿它當藉口實施軍事訓練、剝奪大學自主權就知道了。這是民主主義國家該有的事嗎？」

看到「廣津 TERA」大叔有如歷經在野黨各種風霜的老政客一樣高談闊論，許錫受到了鼓舞，說起話來也越來越沒顧忌，甚至到後來舅舅還略微緊張地悄悄張望一下四周。這時，始終像是興致缺缺一般、緊閉嘴巴的李老師開口了。

「同學，適可而止吧。」

「咦？」

「年輕固然好，但煽動的話讓人聽了不太自在。」

李老師的話讓在場的人都愣住了。雖然李老師插嘴說話也讓人意外，但更令人吃驚的是從他嘴裡吐出不像他會說的「反對意見」。聽眾的驚訝加上說話者的難為情，一路下來的政治討論氣氛瞬間冷卻，取而代之的是尷尬的沉默，後來是「將軍」媽媽的自言自語打破了沉默。

「剛才都沒發現，油餿味好重啊。」

「廣津 TERA」大叔帶來的四瓶啤酒很快就見底了，加上「將軍」媽媽沒什麼機會炫耀自己的見識，覺得酒席很無趣，於是發出「趕快走人吧」的信號。從大家二話不說跟著信號從座位上起身回家的模樣看來，這場酒席早點結束也好。

「妳還沒睡啊？」

看到我坐在簷廊的角落，許錫向我搭話。他因為剛才進行了一場激烈辯論，嗓子有些沙啞。

「不過這是什麼味道啊？」

聽到我回答是鄰村有油脂工廠，許錫吸了吸鼻子，皺起眉頭。

「鄉下也不像以前了，這也要多虧祖國的近代化嗎？」

聽這諷刺的口吻，許錫似乎還沒完全擺脫政治討論的氛圍，但舅舅覺得這句話透露出朋友前來感受鄉村情懷卻大失所望的情緒，於是辯解似的回答：

「但鄉下還是鄉下，你只要去一趟趕集日，就會深刻感受到鄉下的樣子了。」

「趕集日？」

許錫表現出興致。舅舅說我比他更適合當參觀市集的嚮導，推薦許錫跟我去一趟市集。

「珍熙，趕集日是什麼時候？」

我們鎮上每五天辦一次市集。聽舅舅說完後，我算了一下，明天正好就是趕集日。

「是明天耶。」

「這下正好，那明天就去逛市集吧。」

進房鑽進被窩躺下後，我仍久久無法入眠，跟世界上所有在前一晚期待與心儀的男人去約會的女人一樣。

伊底帕斯，或命運般的手淫

我們走進了集市。

許錫欣賞著篷子底下一整排長長的地攤，一臉覺得很神奇的樣子。

之前我曾經一早經過這個集市去上學，看到商販叔叔們在釘撐起篷子的木樁，大嬸們則是放上大鐵鍋在燒火。有一邊的人在卸貨，另一邊已經卸完的人則是鬧哄哄的，讓我的心情也莫名跟著澎拜起來。這樣的晨間集市風景，在我心底留下深刻的印象。

但我也曾在非集市的日子來過一次，看到截然不同的風景。原先令人眼花撩亂的攤位上，只剩柱子冷冷清清佇立，骯髒的碎布和垃圾四處滾來滾去。最教人陌生的，莫過於空蕩蕩的集市一片寂靜。說來也奇怪，那寂靜給人的感覺不是靜謐，而是一種慵懶。

另外吸引我目光的是在掛在寒酸破屋之間顯得擁擠的晾衣繩。集市上有住人嗎？我好奇走近一看，發現我們家裡經常晾在房間或後院的女人內衣就大剌剌地晾在曬衣繩上。看到那個後，我知道那裡就是大人口中的「娼寮」，因為我聽說過她們會大剌剌地拿出內衣掛上當作招牌。一想到這裡，雖然都只是些洗乾淨晾起來的內衣，但我總覺得它們看起來好像有什麼故事。

但是，今天**我們**來逛的集市完全沒有收攤後雜亂無章、空虛的餘味，也不是那些賣身女子睡懶覺醒來後的那種午後寂靜，而是充滿了活力。**我們**在攤販及湊熱鬧的人群之間來回穿梭，我把許錫帶到藥販子演國劇[42]的地方。

幾個藥販子先找了個寬敞的空地四處打樁，然後拉起繩子。這個舉動是在打造觀眾席位，一旦進入那繩圈內、坐下來欣賞藥販子上演的國劇，中途想要出來就難了。不是因為站在後頭的觀眾會罵聲連連，而是因為你會期待劇中分手的男女主角最終能夠復合、從此過著幸福的日子，因此不能不看到最後一幕。這份期待向來都會得到滿足，讓觀眾感動地沉浸在其中。

儘管在這齣為了吸引客人而演出的劇中，小毛頭總是占據了觀眾席的一半以上，但這些藥販子並沒有趕走或冷落孩子們。他們的目的雖然是賣藥，但也對國劇表演頗為自豪，因此在趕集日總是興致高昂。

繩圈內的座位已經坐滿了觀眾，**我們**就站在他們後頭欣賞這場戲。**我們**的前方也有幾顆大人的腦袋瓜，所以我完全看不到舞臺，但反正內容我都知道了，所以無所謂。要是中間碰到覺得絕對不能錯過的場面，許錫就會親切地抱住我的腰，將我整個人舉高過大人的頭。

42 국극，韓國的一種傳統戲劇形式，起源於二十世紀初，是韓國傳統戲劇和現代戲劇的結合體，帶有強烈的民族色彩和文化特色，內容除了有韓國民族歷史、社會問題等嚴肅主題，也有愛情與家庭題材。

舞臺上，眉毛長到眉心的少爺懷裡抱著有著相似眉毛的大小姐，兩人互訴情意。國劇因為只有女人能演，所以要區分劇中的男女時，眉毛扮演了重要的角色；就像純情漫畫中男孩子都長得跟女孩子一樣細緻，於是國劇裡用粗眉毛來表現男人，用靈巧的眉毛來表現女人。少爺和大小姐兩人注定得分開，因為少爺必須到外頭的世界歷經各種磨練並精進武藝，打敗敵人。

少爺與身為女主角的大小姐淚別後，在廣闊的世界一展抱負那段期間，又與幾名（從眉毛的形狀來看）容貌與女主角沒兩樣的姑娘墜入愛河。後來少爺突然間當上了王，從這裡開始就進入高潮，舞臺另一側的布幕拉開，少爺心愛的姑娘們全都進來唱起歡快的歌曲，作為最後壓軸的女主角也從那扇門現身了。當少爺跑過去拉起大小姐的手並唱起歌曲時，其他姑娘和輔佐少爺的眾「將軍」就圍著他們合唱愛情的勝利。接著，那些藥販子跑上舞臺，開始說明藥物的功效。

「珍熙，妳知道剛才那主角是誰嗎？」

許錫望著地攤的方向，問完後又自己回答：

「應該是王建。」

「真的嗎？」

「王建建立高麗後，擔心地方豪族會反抗，就和他們的女兒們結婚，讓那些豪族都成為自己的丈人。聽說把地方的後宮加起來，他少說有二十九位夫人，這齣戲好像就是把他的政策聯姻編成了愛情故事。人一旦掌權了，就會爭著鞏固中央集權，證明自己的正統性，特別是用蠻力搶來的政權更是如此。妳知道我在說什麼嗎？」

每當說一些有點艱澀、智性的話題時，許錫總不忘露出譏嘲的神情，為自己說的話增添餘韻。和許錫聊得越久，我越覺得他是和我同一類的人。

就像男生玩戰爭遊戲會分邊，學校在說明歷史人物時也只教偉人和壞人兩種。最能接受這種教育方式的人是像「將軍」一樣的孩子。不管是中世紀的十字軍、聯合國部隊還是聯軍，「將軍」只會把出現在戰爭中的軍隊分成「我們國家」和「別人的國家」，要是覺得哪邊是好的，就無條件是我們國家，覺得不好的那邊就是別人的國家。我們國家指的不是韓國，而是「正義」，別的國家指的也不是敵兵，而是「不義」的別名。因此，明明不是美國人，「將軍」卻老是指著美軍說是我們國家，還把美國的勝利說成是我們國家的勝利。

有次李老師就對「將軍」說，在日帝時代日本是「我們國家」，而美軍是「別人的國家」，因此這種二分法不能當成絕對的標準。要是「將軍」出生在日帝時代，他的腦袋肯定會打結。因為直到一九四五年八月十四日為止，日本都還是我們國家，但睡了一覺醒來，從十五日開始，原本是敵軍的美國卻成了我們國家，再三年後，真正屬於韓國的大韓民國政府成立了。「將軍」肯定會被這一切搞得頭昏腦脹。

根據在學校教的二分法，王建毋庸置疑是屬於偉人那邊。我因為看穿了課本想要孩子們覺得王建是怎樣的人物，所以每次都會答對「以下關於王建的敘述何者正確？」的社會題。只是，向來對事實背後的真相很感興趣的我，偶爾會對那些背負「歷史使命」、拯救民族和國家的人物真面目產生懷疑，儘管根據每次朝會都要大聲背誦的國民教育憲章，我自己也是揹負著民族中興此一「歷史使命」、出生在這片土地上的人。

我們經過用白色木條綁著麥芽糖木盤後揹在身上的糖販，走到堆成金字塔的紅豆沙包旁。許錫買了紅豆沙包請我吃。老闆娘用了掛著藍線的泛黃紙張替我包紅豆沙包，但因為上頭散發的熱氣，導致白綿綿鬆軟的豆沙包很快就黏上了紙張。一接過豆沙包，我隨即想起了瘋女人，因此突然露出不安的眼神環顧四周。

世上就是有這麼巧的事。正當我懷著不安的心情東張西望時，真的看見一個叫做「廉桑」的瘋子。雖然他的穿著比之前四處亂晃的那個瘋女人要乾淨許多，但他終究也仍是個瘋子。其實這件事也沒有那麼巧，因為碰到趕集日，廉桑就一定會出現在集市。他嘴裡不停自言自語、四處晃蕩，我在想，說不定「像個瘋子般」四處遊蕩，就是瘋子的共同特徵。

他就這樣一邊走、一邊喃喃自語，而且總是把右臂用力向前挺直再彎曲。更有趣的是，每當他伸出胳膊時，手指就會像扇子一樣張開，等到彎起手臂時，他又會收回手指並握緊拳頭，模樣就像在喊什麼口號似的具有煽動性。以前有些孩子好奇他在忙著挪動步伐時喊了什麼口號，又在好奇心的驅使下變得大膽，因此緊挨在廉桑的身旁跟著走，偷聽他在喃喃自語什麼。

那些孩子說他們聽到的不是完整的句子，而是快速發出「噓噓」、「嘶嘶」的破碎音，據此提出了「說不定廉桑是個啞巴」的新主張，但由於持續有人努力想要查明廉桑的真實身分，所以新主張屢次被更新的主張推翻。

最近出現了相當有說服力的主張，說廉桑原本是個在準備公務員考試、腦袋很好的大學生，但就是因為頭腦太好了，所以人就瘋了。腦袋太好，就可能把腦袋轉瘋掉，這種說法在腦袋轉不過來的孩子之間成了公共醫學常識。甚至還有人提出具有說服力的根據，說「廉桑」這個名字，是把「廉」這個姓再加上日本稱呼「桑」來的，而往鄉校旁走三十里，就有一戶在日帝時代曾經是萬石糧戶、姓廉的人家，而廉桑就是那戶人家的大兒子。可是，一腳穿著膠鞋，另一腳穿著刷毛鞋，有如淋了雨的僧侶一般喃喃自語，反覆持續伸出右手臂再彎曲——這樣的廉桑從**我們**身旁走過，我再怎麼看就只是個發瘋的男人。

我們並肩走出了集市。入口處坐著一名將蒼蒼白髮盤成髮髻的老爺爺，在販賣手工竹籃或簍筐之類的東西。沒能在集市內找到擺攤位的商販，會像這樣把商品擺在入口或路邊販賣。孩子們看過那位爺爺是從城內下來的，所以叫他「城內爺爺」。我把爺爺的綽號告訴了許錫。

「城內爺爺？城內是地區名稱嗎？」

我解釋給許錫聽。

「那裡也有一些奇怪的人。除了那個城內爺爺，還有我們稱為『城內戶』的乞丐家庭，從他們住在連屋頂都沒有的倒塌房子裡就有點奇怪了。聽大人說，他們也叫做『紅戶』或『巫婆戶』，但那些我就不清楚了。」

許錫說想到城內看看，於是**我們**前往城內，也就是阿姨的初次見面聖地。

不知道從什麼時候開始，只要走進城內，我就會先觀察起和城牆相連的左側草叢。去年我曾和朋友們到城內玩，後來就是在左側草叢那邊撞見了正在手淫的男人。剛開始我還沒看到男人的手部動作。就像寶寶的媽媽搖晃奶瓶、想把牛奶和水均勻混合，男人也不停地搖晃手臂。看到我靠近，他也沒有停下動作，反而還把原本朝向側面的身體轉向我這邊，好讓我清楚見到他的動作。正面看到他的肚臍眼後，我這才隱約感覺到他正在做某種怪異的舉動。直視男人的那玩意讓人聯想到某種有彈性的麵團。男人把那個黑乎乎圓框圍著的麵團拉長後放下，手臂持續搖晃的動作，似乎又與在巴士總站旁製作糖餅販賣的大叔有著相似之處，熟練得像職業手法一樣。

「媽啊！」直到朋友們一邊大喊、一邊逃跑之前，我完全不知道應該要離開現場，但其他人雖然不知道男人的手部動作具體是什麼意思，卻還是憑著本能逃開了。不知道這種情況是否適用「理論家不擅實戰」這句話。我自詡透過讀書摸透了性的一切，但危機管理果然還是得靠本能。

見到孩子們逃跑，男人受到自己幹的好事所引起的風波刺激，「呵呵呵」笑了起來，因此我也跟在大家的屁股後面跑。跑著跑著我回頭一看（凡事非得親眼目睹結局才甘願的我，絕對不做「不看後面」就跑的事），男人依然手裡捧著肚臍那裡的麵團，拖著掉下來的褲子，往我們的方向追上來幾步。因為他追了上來，我在見到那男人後第一次感到恐懼，但將頭轉向他的我，又忍不住觀察起男人變形的慾望。終於，男人放棄追過來，站在原地，但仍沒有停止宛如用橡膠幫浦注入空氣一般的手臂動作。

雖然那是我第一次看到手淫的男人，但知道這樣的動作叫做手淫後，就經常見到手淫的男人。城內有，在堤防的岩石上也有，特別是地氣朦朧、陽光過於燦爛的春日，那種場面一下子多了起來。也有人像一張動物毛皮似的躺在岩石上，沒有任何手臂動作，只是把自己的麵團託付給陽光。當中也有我們村裡的傻子青年。

我們從我第一次看到手淫男人的左側草叢進入登山路。一抵達那回憶的場所，我立刻強烈感受到想把回憶告訴許錫的衝動。我從來沒對任何人說起那件事。要是說出來了，任何人都會認為我對性過於好奇，會覺得被以為是「性格溫順且為他人模範」的優等生背叛了。到這邊我還能忍，但大人們不會只挑我個人的毛病，而是會為了一掃在年輕新世代面前的自卑感，利用唯一一個對他們有利的條件——搬出年輕人因為沒經歷過、所以無從得知當時情況的年代——做出「以前都不會這樣，現在的孩子啊……」的結論，而我不能助長這種誤會。但如果是許錫的話，他會理解我的。

「春天這裡會有很多奇怪的男人。」

我如此開了頭，對許錫說起我目睹的男人手淫場景。許錫聽到我的話後既慌張又吃驚，也有些尷尬。後來他說到，當他得知男人這種生物身上擁有自己無法控制的部分後便悲嘆起命運，然而儘管他詛咒命運，要像伊底帕斯這個挖掉自己眼睛的神話人物一樣選擇去勢（象徵切斷慾望）也不是容易的事。他告訴我，只要是男人都有原罪意識，也有去勢的慾望。他憤慨地說著女人有必要更努力理解男人的悲傷，認為當女人排斥男人的慾望時，會使男人的命運變得更加悲慘，還告訴我許多男人的初次經驗與愛毫不相干的現實狀況。許錫也間接承認了自己沒有例外。

大概是對話比較嚴肅，許錫說完這些話後便從口袋掏出了香菸。從煙霧之間，我可以看到他臉上的憤世嫉俗，不亞於透過王建明白權力本質的時候。他的行為總是能讓我心裡那幅山羊和口琴的意象更圓滿完整。假如他明明自己忍不住想講，卻又用「對妳這樣的孩子說這些不太好」這種小家子氣的話來抬高自己，我大概就不會聽得那麼有興致了（我很清楚，以「我這不是在炫耀」開頭的句子是一種露骨的炫耀，還有，以「感覺這樣像在說別人壞話，但是……」開頭的句子是準備開始大肆批評別人的起手式）。不過，許錫不會犯下把我當成小孩看待的失誤。

因為許錫，我感覺自己一下子經歷了許多事。雖然我從未夢想過愛情，但我心想，要是我談戀愛，就會是像這樣的成熟愛情。從城內下山時，我深情地望著**我們**彼此墜入愛河的這一天的落日景色。

然而，名為現實的畫布過於扭曲，無法將愛情的喜悅如實描繪出來。我的愛之喜悅在跨進家裡的大門後，就被現實這張雜亂不堪的畫布拋棄了。崔老師把沉浸在與許錫的成熟愛情之中的我臭罵了一頓。

「妳是跑去哪裡了？姜珍熙！妳不知道這兩天就要比賽了嗎？我讓妳當主角，妳卻偷懶不練習？不覺得自己太囂張了？」

崔老師看見我和許錫並肩進門就更生氣了。這是一種自卑感的變形，只因為雖然同樣身為年輕人，崔老師無法與昨晚來自首爾、意氣風發且知性十足的許錫相比。

「將軍」的媽媽覺得逮到機會，趁機幫腔。

「丫頭果然就是沒責任感，崔老師先前為了準備舞蹈大賽不知道有多辛苦呢。妳都把這些看在眼裡了，還敢偷懶不練習跑去玩，膽子可真大啊。」

這不僅是外婆第一次看到因為行為輕浮而被阿姨嘲笑為「きたない老師」的崔老師表現得像個老師，而且就在外婆覺得沒辦法繼續看他在孫女面前做出跟他的形象不相襯的「かお」[43]行為時，「將軍」媽媽偏又跳出來插手，所以被惹得一肚子氣。

「珍熙平時也不是這種孩子，還不就是想帶『首爾學生』到鎮上參觀一下。她都聽明白了，崔老師就消消氣吧。珍熙，趕快跟老師認錯，然後快來這邊吃飯吧，快點！」

外婆出面袒護我，給了崔老師斥責許錫的藉口。

43　kao，此處有耍帥之意。

「現在是帶誰參觀的問題嗎？您以為舞蹈大賽是在扮家家酒嗎？這可是攸關學校名譽的大事。」

舅舅蹲在井邊洗臉，到目前為止沒說半句話，但這件事是因自己提議說去參觀集市而起，加上舅舅從崔老師的語氣中感覺到他對自己朋友的排斥，所以無法坐視不管。既然長輩都出來說話了，就要懂得適可而止，結果崔老師竟然還頂撞外婆。舅舅平時對崔老師的蔑視正在心底蠢蠢欲動。他故意大聲倒掉洗臉盆的水，站起身拉下披在肩膀上的毛巾，低聲說了一句話。

「喂，就別把大人的情緒牽扯到孩子的事情上吧。」

這句話比到目前為止的任何話都還傷我的自尊心。

吃晚餐時，許錫溫柔的態度多少安撫了我受傷的自尊。他對因為自己而接受考驗的我，表現出身為共同命運體的夥伴情誼，並且承諾，由於他害我被罵了一頓，所以他一定會來舞蹈大賽替我加油。

當舅舅問「今天好玩嗎？」時，許錫一邊看著我、一邊說「嗯，珍熙本來就是很優秀的導遊」的眼神當中，也訴說著我們之間關係很特別的同志情誼。

「珍熙，你們也去了城內嗎？」

阿姨拿著湯匙一邊舀、一邊問。

「嗯。」

「有爬到山泉口嗎？」

聽到阿姨提出的問題，這次是許錫回答了。

「有山泉嗎？」

「當然啦，水的味道很好，風景也很棒。珍熙沒善盡導遊的責任耶，那您有去八角亭嗎？」

我們忙著聊認真的話題，確認對彼此的好感，因此對風景不怎麼感興趣，根本就無暇去想山泉或八角亭。可是這時我聽到許錫這麼說：

「看來下次要請英玉小姐再替我導覽一次了。」

我抬頭看著許錫，想了解他這句話的用意。聽到許錫的提議，阿姨刻意把「好」拉得很長，回答得很含糊，同時還不忘看舅舅的臉色。雖然不能表現得太高興，但拒絕哥哥的朋友又很不禮貌，所以阿姨乾脆低下頭。看著阿姨的長髮在頸後分成兩半、她白皙的後頸，我突然感覺到阿姨是真的整顆心都繫在李亨烈身上。

外婆說，都怪崔老師把家裡搞得雞飛狗跳，害她暈頭轉向的，連衣服都沒收。直到洗好晚餐的碗盤後，外婆才抱著一堆衣物進來，說看起來要下雨了，並使勁壓了壓肩膀。當她忙著摺衣服，我幫忙搥背，聽到她嘴上直喊：「好了好了，別搥了。」把這句話當真的我，有如即將衝向終點線的馬拉松選手般卯足全力，打算盡快結束按摩，外婆這時卻又說：「對、對，就是那裡，哎呀，真舒服。」害得本來已經打算把手放下的我，只能再次舉起手臂。於是這場按摩總像是要結束了，卻又老是結束不了。

外婆睡著後，阿姨開始寫信。最近阿姨幾乎每天都會給李亨烈寫信，難得又問起我怎麼拼字。

「『進展』的進是進，還是近？」

「還有，『順利』的順怎麼寫？」

我猜阿姨正在寫的句子是「進展順利嗎？」。她擔心我會因為她問的幾個字而猜到信件內容，所以正在動腦筋隱瞞，因為之前我就曾經透過阿姨問的字而知道內容。但是像「進展如何」這樣沒有特殊名詞或形容詞的句子，沒有特別的意思，不用刻意分開問也無所謂。總之阿姨自以為費盡心思，其實一點用也沒有。

問拼字時，同一個單字問好幾次也是令我煩躁的原因之一。為了避免阿姨問上兩遍，我會乾脆解釋文法給她聽，但是當我解釋「進展」是代表進步與發展，所以要用「進」而不是「近」，阿姨卻只是心不在焉地「嗯嗯」兩聲，聽完後說的是：「所以結論是什麼？是進還是近？」

因為討厭動腦筋，所以把自己的角色推給別人，如果因此有一丁點錯誤，又會把所有過錯歸咎於參與自己工作的其他人，這就是阿姨。

這時我也下定決心，要是阿姨再問同樣的事，我絕對不回答，可是要沒有多久阿姨又問了：

「精進是寫『進』還是『勁』？」

「我剛才不是說了嗎？之所以會寫進，是因為帶有進步的意思。」

「妳幹麼不耐煩？剛才什麼時候說了？剛才是進展，但現在是精進耶。」

「不是一樣嗎？都有進步的意思啊。」

阿姨放棄堅持下去，重新將目光轉回信紙上，說道：「哼，就說朝鮮話要比英文難多了，英文字也沒這麼多筆畫。如果是英文，我就有信心了。」要是了解阿姨的這一面，許錫絕對不可能會喜歡阿姨的。

半夢半醒之間，我聽見摩托車的聲音。當我心想，「廣津TERA」大叔現在才回來啊，結果彷彿在回應我似的，馬上就聽見了「別看我這樣，我這人可是……」的歌聲。稍後，一陣鏘啷聲響起，接著過了許久，四周雖然一片寂靜，女人屏息抽泣的哭聲卻隱約從寂靜中滲出。

分不清睡夢中聽到的那些聲音是真實或是夢境。那些也有可能夢裡的聲音，而且還夾雜著其他聲音。我從剛才就聽到有人在我們院子跑來跑去，我卻聽不出是什麼。我短暫做了王建帶兵攻入我們小鎮的夢，馬蹄聲和高喊聲依稀從遠處傳來。就在這時我夢醒了，雨聲在耳邊迴盪。無數短斜線打溼院子泥土的唰唰聲，長長的線條從屋瓦溝槽流到屋簷的嘩啦嘩啦聲，鞭打屋頂的啪噠啪噠聲，雨一口氣發出了各種聲音，均勻地此起彼落。

「我的奈娜死後葬在地底下」

碰上下雨天，早上時房間裡很暗，必須開燈才行。這種時候的燈光，與在漆黑夜晚裡亮起的明亮燈光不同，給人一種溫馨的感覺。我不時看向還在下小雨的院子，收拾起書包，心想真希望這種日子能不去上學，而是趴在炕頭上挑炒好的豆子吃，發懶地滾來滾去。我想起二月的某一天，外婆說是炒豆子吃的日子，那些表皮炒得焦黑的黃豆顯得特別香，所以我專挑那些豆子來吃。

我撐著雨傘走出大門，在雨聲中隱約聽見載成的哭聲，讓我想起睡夢中聽到女人的嗚咽聲。我在大門旁站了一會兒，朝「廣津 TERA」的方向豎起耳朵。

這時我聽見大門旁的茅廁打開的聲音，轉頭一看，發現許錫正從裡面走出來。他站在茅廁前，瞇起眼睛估算自己要冒雨跑到後屋的距離。終於，他開始跑起來。許錫的白色運動背心從腰際露了出來，背影看起來跟老光棍一樣邋遢。我雖然想起外婆曾經叮囑我，從茅廁出來或睡醒走出房間時很容易衣衫不整，但越是這種時候，越要保持服裝整齊，才算是有教養的人。但說來也奇怪，那一點也不減損許錫的形象。越來越了解人生的另一面後，儘管我對每件事變得多疑，但也更懂得諒解了。

崔老師（他是不在茅廁裡扣好褲子鈕釦，就用一隻手打開茅廁門、另一隻手同時扣鈕釦的那種人）這時走下「將軍」家前的石階。在看到這兩人尷尬撞見彼此的場面之前，我就趕緊走出大門。而且為了避免和崔老師並肩同行，我加快了步伐。

經過「中央戲院」前，過了橋，矗立在郡廳前方的那道拱門上頭，「增產出口建設」粗體字立刻映入眼簾。這時，橋頭大馬路邊那間「大東醫院」的門打開了，走出一個提著書包的女生。是申花暎。儘管偶爾我們會像這樣在上學的路上撞見彼此，但申花暎和我絕對不會和對方打招呼。即便幾小時後練習舞蹈時，我們就必須成為一對琴瑟和鳴的夫婦，但畢竟一邊是沒有雙親但功課好的實力派，另一邊是就算書讀得不好、也在父母庇蔭下備受師長疼愛的權勢派，所以我們終究是無法走在一起。

發現我的存在後，申花暎的眉毛往上一挑，接著馬上露出傲慢睥睨的眼神，看來是在盤算著經過我身邊時要撞我肩膀，好展現自己身分帶來的優越感。但是等到申花暎靠得非常近的那一刻，我突然轉過身，不給她任何碰撞我的機會。遇到意想不到的情況時，雖然申花暎的身分比我高，說到應變和耍壞能力卻過於低劣。眼見自己直挺挺的肩膀無處碰撞，申花暎暫時失去了傲慢的平衡。

這時，叮鈴鈴，一名騎自行車上班的老師按了車鈴後騎過去。我恭敬地向老師打招呼，臉上很自然擺出對老師的尊敬之情。老師對我輕輕點頭，接著貌似不太滿意地瞅一眼到現在還在傲慢瞪著我的申花暎。

下午雨停了，透過窗子看到的操場非常乾淨清新。整天等著放學的我，腦袋一直沉浸在昨日的時光。走出校門的時刻終於到來，我腦海中還閃過許錫是不是在盼著我從學校回家的念頭。

但許錫不在，反倒是阿姨在家裡。也不知道她有什麼不開心的事，見到我進門，馬上就說「我說啊，珍熙——」，還拉著我的手腕要我坐下。

「Miss Lee 她啊——」

「Miss Lee 姊姊怎麼了？」

「她真不是普通討人厭。」

我聽了來龍去脈，也沒什麼大不了的。阿姨計畫不久後要去探望李亨烈，因此需要訂做一套衣服。由於她不滿意 Miss Lee 姊姊自大的態度，想去找別家女裝店，但如果想半強迫外婆幫她付做衣服的錢，她就別無選擇，所以稍早阿姨吃過午飯後便去了「新風格女裝店」。當她訂好衣服、談好假縫的日期時，Miss Le 姊姊又說了句：

「珍熙的舅舅啊，成天不讀書也沒關係嗎？」

阿姨聽得一頭霧水。

「這話是什麼意思？」

「沒什麼啦，就是看他最近好像太貪玩了，忍不住替他擔心。」

阿姨在講這事時火氣又上來了，所以嚥了嚥口水，讓呼吸平穩下來，接著又開始發洩怒氣。阿姨不斷嗤之以鼻，說 Miss Lee 姊姊講得一副好像自己是督促舅舅讀書的監督者。我猜想，Miss Lee 姊姊是看到許久不見的舅舅依然對自己不屑一顧後開始展開反擊，因為絕望變成一種怨氣，讓我一時心生同情。剛受到愛情眷顧的人，對因為情場失意而的人寬容一些，是理所當然的吧？

「珍熙，不覺得這件事應該跟媽說嗎？」

「要怎麼說？」

「要是媽知道 Miss Lee 眼巴巴地想當她媳婦，也會立刻趕走她的。」

我講道理給阿姨聽，說這件事「新風格女裝店」的大嬸會自己看著辦，要是外婆插嘴就會變成多管閒事。

「乾脆把『新風格女裝店』趕走不就得了？」

我又分析人情世故給阿姨聽，說「新風格女裝店」是幾間店面裡繳最多房租的一戶，憑什麼叫人家走，而且外婆還把要給阿姨當嫁妝的老本拿去跟了兩個會，怎麼可能輕易讓人家走。

「妳老是跟媽媽一個鼻孔出氣，現在都變成小大人一個了。怎麼連語氣都像個老人呢？太不像個孩子了。」

阿姨碰了一鼻子灰，找不到給 Miss Lee 定罪的方法。向來總是說話不經大腦的她，反倒責怪起我來，因為我知道太多她不懂的事。後來，阿姨像是下定決心一樣，突然轉過身，坐著說：「這樣不行！」

「什麼不行？」

「這樣不行，本來還想今天晚上帶妳去戲院呢……從現在開始要盡量不帶妳去大人去的地方了，那只會助長妳的好奇心……」

變卦對阿姨來說不是什麼新鮮事，只是我想到晚上去戲院的計畫說不定與許錫有關，所以瞬間繃緊了神經，但我不必等太久，阿姨就打開那張關不牢的嘴巴，把我需要的資訊都提供給我了。

「只有哥哥、小錫哥哥和我三個人去，不帶妳去。想知道我們要看什麼電影對吧？是一部叫做《女真族》、尹靜姬[44]當主角的電影。京心說她看過了。尹靜姬演的是女真族公主，申榮均[45]不知道是新羅還是高麗，總之是站在我們這一邊的。他被弓箭射中後逃跑了，進去的正好就是尹靜姬的房間。看到敵軍進來，尹靜姬不愧是女真族的女兒，大膽地拿起床邊削水果的刀子。不論京心或和她一起去的朋友，大家看到這一幕都驚呼：『天啊！』本來還以為她會把刀子刺向申榮均呢，結果她反而是拿刀插起盤子上的紅蘋果，拿到申榮均面前。申榮均還能拿蘋果怎麼辦呢？當然是笑著咬了一小口啦。尹靜姬看到後也一邊笑

44 與南貞妊、文姬並稱一九六〇年代的「三大天后」，一九九四年退休，後來於二〇二〇年復出，主演李滄東執導的電影《生命之詩》，並因此榮獲洛杉磯影評人協會最佳女主角獎。

45 韓國電影界的元老級演員，一九六〇年出道，出演電影三百餘部，代表作品包括《故鄉的金達萊》等。

一邊說：『你這滑頭滑腦的男人！』兩人就是從這時墜入了愛河，感覺很浪漫吧！」

對電影滿懷期待的阿姨在收音機前哼歌哼了一下午，直到晚餐準備好為止。今天也有兩張飯桌，當許錫和舅舅進房，我們就男女有別地走到各自的飯桌前坐下。外婆似乎還對昨天我被崔老師訓斥的事餘氣未消，問我今天練習得怎麼樣。

「珍熙啊，就算妳明天跳舞時失誤了，也絕對不要慌張，知道這時候該怎麼做嗎？」

阿姨插嘴參一腳。

「這種時候只要笑笑地說『請當作人家是在撒嬌啦』就行了，知道嗎？」

請當作人家是在撒嬌啦。大家可能覺得這個反應很機靈吧，最近它成了流行語，阿姨是這句話的愛用者。但我覺得撒嬌本身就充滿了羞辱，而且如果對方對此沒有半點反應，會感覺沒有比這更令人羞恥的了，所以我不喜歡這句話。那種不靠自己的力量、只能聽任人處置的說法，與我的人生觀相去甚遠。

外婆對許錫說了些客套話。

「同學今天應該覺得很無聊吧？永動他整天都不動，你也覺得自己像跟著坐牢了吧？」

「哦，在安靜的地方看書也很好啊。」（見許錫到現在還不懂得在大人提問時表現應有的禮儀，外婆瞥了他一眼）這時舅舅說了：

「我們正打算吃完晚飯後去戲院。」

「是啊，好歹去看個電影。」

外婆表示同意後，沒有辜負我的期待，習慣性地把頭轉向我（外婆為了展現無論什麼好事都會有我一份的強烈意志，總是會往我邊看過來）並囑咐舅舅：

「如果是好電影，也帶珍熙去吧。」

「珍熙不能去，那不是給孩子看的電影。」

聽到阿姨插嘴，外婆這才知道阿姨也要一起去戲院，不高興地盯著她看。

「妳也要去？」

「電影也是我找的。」

阿姨想透過表示自己是發起人，是說要看這部電影的功臣，以取得去看電影的正當性，而外婆下了公正的判決。

「妳能看的電影，珍熙怎麼就不能看？把珍熙也帶去。珍熙，妳也跟著阿姨去看電影。身為阿姨的人怎麼可以不照顧晚輩，孩子都是一樣的，怎麼就留下珍熙一個人……」

「哎呀，媽，就說不適合了……」

「廢話少說！」

外婆用一句話就解決了問題，能和許錫一起去看電影的我面露喜色，但為了避免再刺激阿姨，因此安安靜靜地吃我的飯。

根據阿姨打聽到的，今天「中央戲院」上映的是尹靜姬主演的《女真族》，不久之前開張的「始興戲院」則是上映《Tora! Tora! Tora!》[46]這部名稱又長又奇怪的外國電影。舅舅和許錫好像聽說過它，說那句話是日軍突襲珍珠港的暗號，似乎有意選那部電影，但無法錯過尹靜熙說「滑頭滑腦的男人！」這一幕的阿姨顯得很失望。「哥，你沒去過新開的『始興戲院』吧？它位於田中央，要是去那裡，鞋子會沾滿泥巴……還有，珍熙看得懂那麼難的電影嗎？要是她睡著了，誰要揹她回來？」阿姨試圖引導他們的決定，但沒能如願。最後他們的結論是要看《Tora! Tora! Tora!》，讓阿姨忍不住嘆了口氣，只好自我安慰說雖然電影枯燥乏味，但能在晚上出去轉轉也好。

一如阿姨所說，「始興戲院」前面的路泥濘不堪，再加上剛下過雨，到處是爛泥巴。我們抵達戲院後，在售票口前用來鋪地的麻袋上蹭了半天鞋子。

走進戲院後，只有畫面左側的綠色字樣「脫帽」和右側的紅色字樣「防諜」亮著燈，其餘什麼都看不見。我在黑暗中研究著座位會怎麼安排。舅舅和許錫自然會坐在一塊，我和阿姨也會坐在一塊，但界線會怎麼區分呢？我想要的排列是「舅舅、許錫、我、阿姨」，或是倒過來變成「阿姨、我、許錫、舅舅」也沒關係，只要我和許錫坐在一起就行了。我們在戲院內摸黑前進，而且我從入口處就故意緊貼在許錫後頭。

雖然鄉下的戲院不可能坐滿，但與其說今天的戲院很空，說根本沒人還更貼切。阿姨

46 又名《偷襲珍珠港》，一九七〇年上映的美國電影，tora（トラ）在日語中是指「老虎」。

心裡的不滿終於爆發了，說這證明了電影有多無聊。在黑漆漆的戲院內，舅舅扮演了領導的角色，阿姨則是忙著抗議電影而落後，也因此座位排列恰好稱了我的心意。

戲院提供了一把名為黑暗的傘做為隔絕裝置，好讓觀眾可以專注於銀幕上，而我與許錫單獨走進那把黑傘下。聽著許錫在我身旁的呼吸聲，我短暫地做起只有我們兩人來看電影的愉快想像。

看電影看到睡著的人不是我，而是阿姨。只不過，既不知道主角是誰，加上畫面上持續發出嗟嗟嗟的聲音，只有飛機出現又消失，讓整天練習舞蹈的我犯起睏來也不輸給阿姨。可是許錫和舅舅很認真盯著畫面，我身為與許錫進行成熟對話的對象，而且說不定還是跟他談戀愛的對象，要是睡著的話就太丟人了。我捏捏自己的大腿趕走睡意，也想起外婆說過的另一個金句：「連天下壯士也舉不起自己的眼皮。」只是儘管我這樣想，終究還是不小心睡著了。

感覺好像有什麼東西溫柔地拍了一下我的臉。我睜開眼睛一看，發現許錫正在眼前笑瞇瞇地看著我。意識到剛才是許錫的手碰觸我的臉頰，我還來不及高興，腦海中馬上就浮現「原來電影結束了啊」的念頭，頓時覺得很丟臉並睜大眼睛，不過幸好阿姨還在睡。

聽到我醒來的聲音，阿姨悄悄睜開眼，裝做自己完全沒睡的樣子，若無其事地說：「幹麼動來動去的？我可沒睡喔，是因為電影結束了，才閉目養神。」可是阿姨的聲音是啞的。走出戲院，夏夜充滿清香的空氣清爽極了。因為這裡與油脂工廠不同方向，所以沒有令人作嘔的氣味，加上地處偏僻，附近就有樹林，所以風也很涼爽。許錫大口大口地吸入空氣。

「好像有什麼香味耶。」

「往那邊走一點就能看到果園，這是那裡飄來的花香味。」

聽到我的回答，許錫說想去一趟百聞不如一見的果園，身為孝子的舅舅卻說：「但媽應該在等我們……」加上他本來就是不喜歡臨時改變計畫的呆板性格，所以又說了一句「時間也太晚了……」想讓這件事打住，但相反的，阿姨卻一掃看《Tora! Tora! Tora!》時的模樣，一雙彷彿被金剛山仙女峰美景淨化過的眼睛閃閃發光，央求說：「哥，好嘛，我們去透透氣吧，反正媽也早就睡著了。」我選擇悶不吭聲瞅著舅舅。舅舅從氣氛判斷只有自己持反對票，於是順應民意說：「那好吧。」然後率先往果園的方向邁開步伐。

阿姨很滿意自己的意見被採納，開心地緊握我的手晃了一下，接著伸頭朝舅舅的背後吐了吐舌頭，但這動作就像平時偶爾會發生那樣，使阿姨的動作失去平衡。她的皮鞋在溼漉漉的泥濘路上一打滑，（按照外婆的說法）「打從學走路以來就沒好好走過路」的阿姨整個人往前摔，要不是許錫迅速出手抓住阿姨，她可能早就在滿是爛泥的水田裡翻滾了。

「請小心，英玉小姐。」

看到阿姨微微倚靠著許錫的胸口、手臂被他抓住的模樣，我不由得醋勁大起。許錫抓住阿姨手臂的時間稍長了一些，阿姨也為了表達感激，沒辦法狠狠甩開他的手（雖然我是這麼希望的，但阿姨也沒有非得甩開手臂的理由），兩人就這麼面對面站著。這兩人四目相交，而且還是在這月色下，對於昨天才識得愛情之喜悅的我，愛情的痛苦是否未免來得太早了？他們的模樣有如無可挑剔的合音。

舅舅就是在此時潑了一桶冷水。

「英玉，妳沒在茅廁摔倒嗎？我看妳能不掉進糞坑、平安從茅廁出來就很了不起了。」

然而，聽到舅舅的話後，覺得難為情的不是阿姨，而是許錫。他出言袒護阿姨。

「你這話是不是說得太過分了？」

「是喔？」

舅舅也輕快地承認。

「我大概到現在都還覺得英玉是個小不點吧。她讀國民學校時，我就已經北上首爾讀書了。大概是因為這樣，我才會到現在都還覺得她是那個小不點，有時候甚至覺得她比珍熙的年紀更小呢。」

一說到我的名字，許錫突然把視線轉向我這邊。看到許錫替阿姨說話、自願當她代言人的樣子，本來讓我覺得遭到背叛與嫉妒，這時才在他的目光下稍微平靜下來。愛情就是自以為是：雖然只是不值一提的親切，卻以為對方是急著討自己歡心；儘管只是隨意投來一瞥，卻相信對方想在自己心中留下命運一般的烙印。這種愚蠢的盲目，存乎於愛情。許錫不過是看了我一眼，我卻心動不已，覺得那代表著「我如此深情望著的人就是妳」。這樣的我，好像真的墜入愛河了。

離果園越近，夜晚的空氣越清新。

舅舅和許錫走在前頭，阿姨和我緊隨其後。幽暗的林間小路上靜悄悄，只有蘋果園的香氣、草蟲聲，以及天空的星星。

阿姨不敢貿然大聲說話打破寂靜，因此往我這邊壓低音量竊竊私語，但我聽不到她的聲音。舅舅時而會低聲對許錫說珍珠港怎麼樣、帝國主義又怎麼樣，但我眼裡同樣看不見舅舅。我能感受到的只有許錫，就只有他、夜間的樹林與蘋果園的空氣。在蘋果園的香氣包圍下，他和我一起走在夜晚的樹林裡。

在兩側開展的樹林中，持續有墨綠色的清澈冷空氣有如霧氣一般瀰漫湧出。蘋果園的香氣淡淡地散開，為那霧氣的微粒著色，而穿上香氣的美麗粒子原封不動包覆住許錫的背影。他成了芬芳的存在，走進了夜色。看著他的背影，我的胸口彷彿被什麼東西壓住一樣透不過氣，隱隱作痛。

走到地勢略陡之處，許錫回頭看了一眼，投來不知是看著阿姨或是我的視線，接著又露出不知是對著阿姨還是我的微笑。

在他回頭的瞬間，他的模樣就這麼在我眼中靜止了。接著，伴隨著「喀嚓」的聲音，那一瞬間被浸入顯影液中，直到噙滿水分後取出，經過放大處理，再嵌入方框裡，最後滲透到我的心底。為了承諾自己會永遠珍藏這幅滲透我內心的照片，我雙手合十——但想做出這個動作，我得先使勁抽出被阿姨抓住的一隻手才行。

舅舅吹起口哨，是〈石坡〉這首歌，阿姨也小聲跟著唱起來。

歌曲結束後，許錫再次轉頭望向阿姨和我。

「英玉小姐歌唱得真好呢。」

我有點擔心許錫的知性會不會失去平衡，以至於讓他拋下理智的寵兒我，轉而被只有肉眼可見之形象的阿姨所迷惑。

許錫一方面炫耀自己，一方面稱讚阿姨，繼續聊了下去。

「我會彈吉他，但不會唱歌，因為我是個音癡。」

「哎呀，您會彈吉他？」

「只會彈〈愛的羅曼史〉和〈阿爾罕布拉宮的回憶〉這類的。」

許錫不好意思地說，帶著要是他能在外婆面前展現的話不知該有多好的謙遜。阿姨聽到許錫會彈吉他，一方面覺得許錫帥氣，另一方面想起自己的愛人李亨烈，但又覺得自己不該認為許錫比李亨烈還帥氣，於是大膽地以李亨烈會演奏的樂器——也就是口琴——為基準來讓兩人一分高下。阿姨不由分說地這麼問了：

「那您也會吹口琴嗎？」

我的眼前突然浮現山羊與口琴那一幕的清晰剪影，可是許錫的回答很奇怪。

「不會，我不太會吹口琴，因為沒機會吹。」

我認為這話是在表示他的口琴實力不足以吹奏〈愛的羅曼史〉和〈阿爾罕布拉宮的回

憶〉，但阿姨以為許錫是說自己完全不懂得吹口琴，於是安心地說：「那倒也是。」接著她露出「哎呀，幸好」的表情，朝著我擠眉弄眼，意思是：「妳也知道吧？我愛人會吹口琴呢。」

「在那兒坐一會再走吧，也聽英玉小姐唱一曲。」

許錫提議，指著倒向一旁的樹樁和平坦的石塊。雖然周圍暗得連根針都看不見，舅舅仍習慣性地抬起手腕看一下手錶後說：「就這樣吧。」然後為難地坐了下來。以舅舅坐的位置為中心，我們也隨便找了個地方坐下。大夥兒在黑暗中靠坐在一起，就像什麼祕密集會一樣給人一種隱密感。阿姨大概也感受到這種祕密氣氛，所以這麼說：

「像這樣坐在暗處，就像羅密歐與茱麗葉幽會一樣。」

阿姨變得多愁善感起來，喃喃自語似的表示意見。

「我們要不要來說說各自的初戀？」

就在舅舅正打算說阿姨什麼時，許錫用不亞於阿姨的傷感口吻，暗示自己要吐露真正的初戀經驗。

「我是在高二的時候……」

聽到這裡，我帶著參雜嫉妒的關心，阿姨帶著對戀愛故事的好奇心，舅舅則似乎是覺得聽到朋友的過去很有意思，我們三人馬上就沉浸在他的故事裡。

許錫在高二的春天認識了一個女同學。身為高中生的他，當時已經是音樂鑑賞室的常客，就是在那裡認識她的。剛開始因為對方穿著便服，所以不曉得，後來他發現那個同學就讀的女校和許錫在同一區。他們互通了幾封信，發現彼此都對音樂與文學有濃厚興趣，另外還有一個共通點，就是兩人都喜歡〈燈光熄滅的窗戶〉這首義大利歌曲（但他說不確定是不是義大利）。他們會在音樂鑑賞室碰面，一起點歌來聽，也會讀各自寫的詩。時間久了，兩人自然而然墜入愛河。

但是隨著秋天漸濃，女同學變得很少來音樂鑑賞室，就算偶爾來了，也會面露憂鬱地望著窗外，臉色非常蒼白。直到有一天，一個說是女同學的姊姊來找許錫，帶來女同學生了病、要去某處療養的消息，並且遞了一本里爾克詩集給他，說是女學生要她轉交的。許錫打開封面一看，裡頭用纖細的字體寫著「致我的初戀錫」。許錫急忙追往女同學姊姊消失的方向，但她已不知去向。他當場揮拳往牆上用力一捶，那本珍藏至今的里爾克詩集封面上隱約留下的血跡，就是當時的傷口造成的。不僅如此，他從此再也沒聽過女同學的消息，只有歲月不斷流逝。

阿姨聽完差點哭出來了。故事結束後，她沉默了許久，用沙啞的聲音開口問道：

「那首歌，是怎麼唱的呢？我是指〈燈光熄滅的窗戶〉。」

「我是個音癡，所以沒辦法唱……我說一下歌詞好了，是這樣的：自從我的摯愛奈娜生病後，黑暗籠罩了原本燈火通明的窗戶。她的姊姊哭著對我說，我的奈娜死後葬在地底下。每日獨自哭泣的她，如今與許多屍體安詳長眠……」

繼初戀的悲傷故事之後，阿姨又被哀切的歌詞感動到說不出話來，但我折斷了一根彎到我腰部的蘋果樹細枝，心裡浮現這樣的想法。又是初戀的回憶？男人想引起女人注意時，都會吐露初戀的回憶呢。阿姨聽到這種跟李亨烈說自己小時候喜歡鄰居女同學、而她長得和阿姨很像的情節，怎麼會還像第一次聽說似的大受感動呢？舅舅的儲物室裡到處亂放的書中就有很多這種故事，電影或連續劇中也都有出現啊。

假如許錫的故事沒那麼悲傷或那麼淒美，也許反而會打動我的心。想必我要麼會覺得感動，要麼就是嫉妒，但這種過於淒美的故事反而讓人沒有真實感，甚至覺得是虛假的。這就跟只有看得見茅廁門或參差不齊的晾洗衣物才會讓人覺得像個「家」，是相同的道理，要是看起來太乾淨整潔，反而會覺得只是一棟「建築物」而已。

然而，「愛情即是理解」這句話似乎是事實。我就像看到許錫從茅廁出來時一樣，即使聽到許錫乏味的初戀故事後也不怎麼失望。

阿姨大概是已經從許錫初戀故事的感動中走出來了，改而用明朗的語氣對舅舅說：

「哥哥也有初戀嗎？」

舅舅的周圍不知從什麼時候開始籠罩著低迷的沉默。該怎麼說呢？舅舅的神情有些陰鬱。看到舅舅對「初戀」這句話沒什麼反應，阿姨一派天真地向許錫打小報告。

「我哥哥呀，說來也奇怪，他對女人一點都不感興趣。按照我媽的說法，哥哥就是尊石佛。」

「真的嗎？這樣的美男子竟然對女人不感興趣，真是說不過去，該不會是因為初戀經驗太過痛苦了？」

因為自己的初戀故事感動了阿姨，所以許錫心情很好，開始說起自己周圍就有人因為經歷了殘酷的初戀，從此討厭起女人的事。阿姨再次驚嘆連連，托著下巴，認真投入故事裡。可是，當許錫說到那個朋友和女人分手後開始吃藥、現在還活在徬徨之中的段落，舅舅突然出言制止。

「別說了吧。」

舅舅的聲音太過低沉，甚至聽起來有些陰森。

不光是許錫和阿姨，就連我也驚訝地看著舅舅。舅舅突然站起身，像是打算就此離去。許錫認為舅舅的沉默是一種默認，但舅舅以如此強烈的行動離開現場，讓許錫覺得好像自己說了一堆廢話，既感到沒面子，也隱約有些生氣。他一方面想批評舅舅的背叛舉動，同時又打算以玩笑作結，於是打趣地說：

「怎麼？難不成初戀真的給你留下創傷啦？」

可是不知怎麼搞的，舅舅就連這句話也沒當成玩笑話看待。

「初戀的創傷？」

舅舅突然往一旁的蘋果樹樹幹揮拳，近乎自言自語地嘟噥：

「已經親手燒掉了，所以就連傷口也沒留下……」

舅舅的話只說了一半。他困難地嚥了嚥口水，接著冰冷地對著黑暗說了句：「走吧！」許錫和阿姨有些不知所措，起身拍了拍屁股，我卻聽懂了舅舅的話。倘若舅舅是親手燒掉的話……我看著舅舅默默走遠的背影，有如被觸碰傷口的野獸一般散發著奇怪的悲壯感，不禁思索起他的初戀。

悲傷。充滿我內心的，是再明白不過的悲傷，但我也在自我中緩緩地將自己分離開來。我分裂成兩個：感到悲傷的我，以及看著它的我。自制訓練開始了。「觀看的我」刻意久久看著感到悲傷的我。若是每次只潑一點冷水，要不了多久，就會感覺不到水有多冷，到後來，就算潑了一整桶水也不會覺得冷了。感受悲傷吧，堅定地直視著它吧。

快到家的時候，我的內心已經平靜下來。關於初戀，舅舅的故事是最棒的，我是說真的。

被悲傷中的甜味馴服

學校從一大早就鬧哄哄的。這次的舞蹈大賽是道與道之間的大型比賽，因此評審團也都是從道廳所在地遠道而來的陌生賓客。朝會時校長就說了，能在我們學校舉辦地區性大型活動，是我們學校莫大的榮幸。

只有參賽者、評審和貴賓才能進入舉行比賽的禮堂。為了管制探頭探腦的學生們，佩戴臂章的值日生每到休息時間就出來守在禮堂前，但由於禮堂傳出的音樂聲和觀眾的低語聲，還有參賽者穿著華麗服裝進進出出的忙碌氣氛，讓大家的心情也莫名激動起來。有學生怕被值日生發現後會被記名，於是繞到禮堂的側邊，把眼睛貼到門縫上偷看。有人從內側打開禮堂的門時，他們就會急急忙忙逃跑，不過之後又會站在遠處，露出一臉遺憾的樣子猛瞧。

每當我走出禮堂時，同學們都會指著我說：「那是興夫，是興夫。五年級的姜珍熙。」因為我從一年級開始就一直在跳舞，所以懂得如何不為所動地走過他們當中，只有今天例外。我沒空去管大家欣羨的目光。許錫今天早上也說一定會來看舞蹈比賽，但是比賽已經開始很久了，他到現在都沒來。由於他不知道學校的位置，所以阿姨說會同行，到現在兩人都沒出現。說不定是在來的路上，阿姨照幾天前許錫說的再替他介紹一次城內，所以才來晚了。當我最後一次環視校門外、然後回到禮堂內，腳步十分沉重。

進入後臺休息室時，敏子站在入口處，不由分說地拉著我的手臂說起悄悄話。

「申花暎沒在衣服上縫補丁，直接帶那件來了。」

雖然我早料到會這樣，但也對申花暎的虛榮心感到厭煩。我走去放服裝和道具的休息室一看，申花暎坐在一把用馬糞紙裁成的鋸子（外面包了一層銀箔紙）上頭，旁邊是用兩個大籃子黏成的葫蘆，正在跟自己那群小嘍囉有說有笑的。她的韓服不管在哪裡都很顯眼，深粉紅色裙子和上衣的袖口、袖子都裝飾著天藍色，衣帶則做成蝴蝶翅膀的形狀垂下。身為窮到連肛門都裂開的興夫老婆，她的髮髻上戴著鑲珠的蝴蝶裝飾。

我望向崔老師那邊。崔老師看到申花暎的服裝依然是那身仙女羽衣，覺得這次比賽要得獎的希望是泡湯了，因此正綳著一張臉有氣無力地把玩道具，臉上不僅沒有身為老師的威嚴，連那份若無其事瞥著女學生罩衫前襟時的厚顏無恥也見不著了。

申花暎是我們學校學生會的副會長。會長是由男生擔任，因此她的位置是女學生能享有的最高榮譽。

學生會的會長與副會長，是由各班班長和副班長組成的學生會投票選出。起初，申花暎因為邀請同學到自家醫院並給予盛情款待而慘遭落選。上次選舉時，外婆說：「收了人家一雙膠鞋後，就算想投給別人，也會怕被老天爺看到，所以會安分地投給那個人。」但學生們跟外婆不同，他們有屬於自己的正義感，也學過民主選舉的四大原則，知道不記名投票可以牽制被強迫的選擇。最終，學生們的選票給了最公正的一方。

結果，最驚慌的莫過於那些到處說這次副會長選舉要比會長選舉更有看頭的老師。

中花暎的父親，也就是「大東醫院」院長，不僅承諾了會提供學校相當數目的獎學金，而且也已經跟老師們打過不少「招呼」。那時我正好去教務室跑腿，正好聽到教務主任說：「哎喲，副會長選舉結束後，肚子又要吃到撐啦。」以及班導師說：「別高興得太早，要是被意想不到的人選上怎麼辦？」的對話。教務主任說：「當然不能讓別人選上啦，如果想在有漂亮小姐助興的「國日館」吃飯，李老師也要從旁協助，好好管束孩子們。」因此，為了中花暎落選一事，老師們之間甚至召開了教職人員會議。

根據教職員會議決定，中花暎獲得了副會長委任狀。透過投票選出的真正副會長，則是擔任孩子們頭一次聽說的「副會長代理人」職務。儘管老師解釋，對外申花暎是副會長，但有重要大事時，是由代理人扮演副會長的角色，但不管是孩子們，或是擔任創校以來首次出現的「副會長代理人」職務的同學，都無法理解這句話是什麼意思。

雖然有些孩子罵老師，但都只是在背後跟同伴們偷罵而已，最終還是只能接受現實。大家這才明白，無論他們再怎麼學習並實踐民主選舉的原則，都很難改變外婆所接受的那種「怕老天爺會看到」、所以要投票給送膠鞋給自己的候選人的現實。儘管大家寫考題時會寫出正確答案，但在現實中，他們接受了必須用其他方式找到正確答案的事實。

學生們以為自己藉此理解了世界，並相信表現出自己明白這點是一種成熟的態度。班級幹部沒有從課本上學到知識，而是把透過老師學到的方法用在班上同學身上。被班長討厭的同學，即便自修時間從頭到尾都在睡覺，也會被班長記為最吵鬧的人並報告給老師。

學生當中，也有人始終認為老師們是不對的。那孩子的正義感和勇氣在老師的自尊心上造成了傷痕，因此老師簡單地以「性格扭曲」為由——若以教師的專業用語來說，就是「愛反抗、強出頭」——讓這個孩子受到整個教務室厭惡，也讓他成了再次提醒其他孩子認清現實的絕佳範本。幸好那孩子就只被討厭到自己父親來學校為止。在這種情況下，父親的教育觀和熱忱純粹由財力所決定，決定孩子何時被赦免。沒有堅定教育觀的父親，他們的孩子注定最後會被貼上「麻煩精」的標籤，落得被判定為「適應不良的兒童」命運。

被任命為副會長的申花暎更加氣勢凌人了。她發現讓反對勢力屈服的方法，在於炫耀將自己推上副會長寶座的那股勢力。申花暎為了戰勝未獲得大家支持的自卑感，只能更頻繁地炫耀自己的優越感。

她從論功行賞的角度先給了自己的家臣幾項特權。國民學校學生會副會長能給予眾親信的特權，包括了打掃時間只負責監督工作、班級會議時間能夠外出，還有負責分配供餐麵包、把剩下的麵包給誰的決定權等瑣碎的事，但光是能與大多數人不一樣這點，就已經是非常了不起的權力了。

家臣們時時護衛申花暎。為了把想透過美麗的上等紗韓服盡情展示優越感的申花暎送上舞臺，此時她們也圍繞著她坐著。

我筆直地朝申花暎走去。華麗的上等紗裙子上頭有許多皺褶，在坐著的申花暎周圍畫出了一個圓。我伸出一隻腳踩在申花暎神聖的裙襬上頭。

申花暎一開始嚇到了，但她馬上怒髮衝冠，彷彿下一秒就要高喊「妳竟敢放肆！」似的猛然站了起來。由於申花暎很突然而且是很用力地站起來，以至於被我踩住的裙子瞬間發出「嘶」的撕裂聲。當她驚慌失措低頭看自己的裙子時，我的另一隻腳也踩上去，開始用手撕扯裙子。申花暎嚇得魂飛魄散，完全不知道該怎麼辦，但我一點也沒理會她，嘶、嘶、嘶，又把那件華麗的上等紗裙再多撕開了三、四處。

就在這時，麥克風通知輪到我們上臺。

「接下來是聖書國民學校的《興夫傳》，由姜珍熙等十人主演。」

第一次登場時，是由興夫夫妻倆手牽著手跳舞出場。聽到廣播通知後，我顧不得想其他事，不由分說就抓起被生平首次巨大災難嚇得魂不守舍的申花暎，手牽手走上舞臺。

興夫露出溫柔的笑容，把妻子領到茅屋前。站在妻子身後的興夫手舞足蹈，一下子從妻子的左肩上，一下子又從妻子的右肩上探出頭。興夫的妻子也把頭轉來轉去，和丈夫對視並跳起肩膀舞。與我對視的申花暎幾乎快哭出來了，但她的表情被濃妝遮掩住，所以看起來笑得比我更燦爛。申花暎露出既像在哭又像在笑的表情，高舉手臂翩翩起舞，接著擺動身子轉起圈，從她那件漂亮的上等紗裙子的裂縫之間，可以清楚看到她的大腿。今天申花暎的內褲是白底上印有藍花的款式，這只有距離她最近的我才看得到，但每個人都知道，她跳舞時冷不防映入眼簾的白布正是她的內褲。

評審和貴賓們起初懷疑起自己的眼睛。在如此重要又盛大的活動上，怎麼會有人穿著內褲都被看光的破衣服上場？但下一刻他們就想起自己在看的是《興夫傳》，驚訝轉為驚歎。他們看著興夫之妻把能拿來縫衣服的布都讓給丈夫和孩子、穿著連貼身衣褲都露出來的襤褸衣衫跳舞，凸顯出雖然家境沒落，但她仍不改溫良賢淑的個性。評審們雖然也對指導老師的創意讚嘆不已，但他們的目光更被那個不顧羞恥接下角色又跳得如此認真的美麗學生給吸引過去。

舞蹈進行到後頭，評審們的呼聲越來越高，因為飾演興夫之妻的美麗學生到後面開始撲簌簌掉下眼淚，特別是在興夫挨打的場面中，那個學生更是哭得稀里嘩啦。興夫的妻子就這樣不停流著眼淚，跟興夫一起舉著手臂轉圈。每當這時，被撕破的上等紗裙就會伴隨著申花暎的花白內褲和大腿，可憐兮兮地被到處拖著走，完美演繹了興夫之妻的悲傷。貴賓席和評審席莫不報以熱烈掌聲。

比賽還沒結束就離開禮堂的我，後來從「將軍」那裡聽到我們勇奪第一名的消息。據說因為興夫不在座位上，所以代表上台領獎的興夫之妻獲得了熱烈歡呼。雖然某個角落傳來有人開玩笑說「再穿一次那條裙子出來吧」的聲音，但申花暎沒辦法這麼做，因為比賽一結束，她就一邊放聲大哭、一邊將它撕成了碎片。

但對我來說，舞蹈比賽早已落幕，腦袋裡只想著許錫違背了要來觀賽的承諾。為了不讓背叛感和悲傷傷害我，我從剛才就開始進行自我控制的訓練。許錫和阿姨牽著手上山去找山泉之類的畫面，我也少說想像了十次以上。透過這種想像釋放傷痛可以帶來鍛鍊的效果，這麼一來，等真正的打擊降臨時，就不會覺得那麼痛了。

看到許錫和阿姨並肩走進家裡大門，我也不怎麼吃驚或悲傷。因為那一幕也是我自制訓練的一環，從剛才就已經在我的腦海演出了二十遍以上，而且因為看過太多次了，所以現在兩人一起的畫面反而看起來很自然。

「聽說你們拿到第一名？」

一進門，阿姨就立即向我道賀。我站在簷廊尾端，被她拉著手坐下。

雖然我不知道那和許錫讀國文系有什麼關聯，但總之舅舅推薦許錫去文化院走一趟，說一方面與他的科系有關，而且他對歷史和傳統文化也很感興趣。阿姨解釋，後來許錫鄭重邀請阿姨幫忙介紹文化院，兩人便一同前往。他們去了文化院後，正好碰到長期渴望與許錫這樣的大學生對話的文化院長。年邁的他過度展現自己的博學，還提到兒子跟許錫的年紀差不多，目前在郡廳服務，並組織了一個青年志工社團叫做「仙人掌俱樂部」，努力為地區的社會發展盡一份心力，像這樣炫耀個沒完，導致阿姨和許錫最後來不及去看舞蹈比賽，等到他們抵達時，已經在進行頒獎儀式了。

可是阿姨問說，「大東醫院」家的女兒為什麼哭成那樣，小小年紀不知道脾氣有多拗，讓她看到きたない（kitanai）老師手足無措在一旁安撫的的樣子，覺得他有夠可憐。阿姨和許錫從他們旁邊經過時，因為擔心老師會覺得沒面子，就沒打招呼了。我猜崔老師雖然表面上看去手足無措，但內心絕對不是那樣。

我的猜想沒有錯。深夜喝完酒回來的崔老師，在我們家簷廊前大聲喊我：

「珍熙啊，妳睡了沒有？妳出來一下。」

我打開房門出去，站在簷廊尾端朝他恭敬地鞠個躬。

「妳這丫頭，老師今天心情好，所以喝了杯酒。」

崔老師緊緊摟了我的肩膀一下，濃濃酒味撲鼻而來，酒臭味中摻有大人為自己的卑劣感到羞愧的殘渣。只不過，等崔老師明早酒醒，去上一次茅廁回來，那些殘渣就會被清得乾淨溜溜了。

崔老師進屋後，我就這麼坐在簷廊上。舅舅和許錫大概也還沒睡，房裡傳來嘰嘰喳喳的談話聲。天上有好多星星，就算不刻意仰頭，寬敞的院子和店鋪的低矮屋頂上也能一眼就看到星星。要是走到院子中間仰望天空，也許會有一種被繁星簇擁的感覺。

天氣很晴朗，星星沒有緊貼在漆黑夜空上頭，而是鬆垮地掛著，讓人不禁覺得再這麼下去，星星就要咚的一聲掉到院子中間了。這麼多的星星中，我能夠自信滿滿地認出的星宿只有北斗七星。那個星星勺子就在我的頭頂上方。明明知道總共有七顆，而且又不會有星星在我不知道的時候碎裂消失，但我每回抬頭看它，總是忍不住數起來。一、二、三、

四、五、六、七……不曉得是不是我在數星星的時候心裡許了願，說來神奇，這時候許錫從舅舅的房裡開門走了出來。

是啊，我也在簷廊上待了許久，所以就算許錫走到房外去上個茅廁或喝個水也沒什麼好神奇的，可是從許錫走出來的那一刻，我卻感覺到命運女神彷彿再次露出了微笑。看來當人墜入愛河時，三句不離命運或幸運之類的，是相當普遍的情況。

許錫見我坐在簷廊上，一邊說「珍熙妳還沒睡啊？」一邊在我身旁坐了下來。他擱在膝蓋上的手映入我的眼簾。可能是因為個子高，所以我覺得他的手指很長。一想到他用那手指撥吉他弦，總覺得他的側臉顯得很浪漫。

或許是在看星星吧，許錫一時之間什麼話也沒說。院子角落的豆柿樹在黑暗中輕輕擺動細枝，許錫也稍微轉頭看了一下。那個動作莫名看起來有些落寞，也不知道為什麼這落寞會勾起我這種反應，但我就是突然產生依依不捨的感覺。

一個顯得落寞，一個感到依依不捨，我們就這麼默默地望著夜空許久，對於時間是在流動或是靜止渾然不知。

「珍熙啊。」許錫突然以低沉的嗓音喊了我名字。我也配合他那低沉的嗓音，以安靜、緩慢的動作轉身面向他，這時他的手臂忽然摟住我的肩膀。他的手臂太重了，不，事實上，他的手臂並不重，只不過是因為我全身上下的神經都集中在肩膀上頭，才會感覺自己竭盡全力在支撐他的一隻手臂。許錫把一隻有重量的手臂擱在我的肩上後依然望著夜空，彷彿說起了夢話。

「這幾天我過得很開心，這麼快就到了道別的時候了。」

起初他說的話並沒有進到我的耳朵。如同牛吞下整株草一般，我只將他的聲音整個吞了進去。直到過了一會兒，我才像是把草從牛的胃室重新拉出來，反覆咀嚼他說的話，語意也才進入我的腦袋，說著：「道別的時候到了啊。」

「什麼時候要走呢？」

「嗯，明天。」

許錫簡短的回答深深刺痛了我的心。

對我來說，感受到離別的痛苦，跟分泌對離別的抗體幾乎是同時發生的，就像一吃進食物就分泌唾液一樣。當我意識到離別來臨，為了將它融化並消除它，我的內心又分裂成兩個我。

對許錫的情感變得如此強烈，因此要把此刻的我裂解為「被觀看的我」與「觀看的我」並不容易，但我仍好不容易成功了。從我身上分離出來的我，用刻意明朗、彷彿一點也不覺得可惜的口氣對許錫說：

「您覺得我們故鄉怎麼樣？印象很好吧？」

我感覺到擱在我肩頭上的手臂使了點力。這是因為許錫坐著朝我轉過了身，也因此我呈現稍微被摟住的姿勢，迎上許錫的眼神。許錫直視我的眼睛說：

「嗯，我尤其不會忘記珍熙妳。」

我想像著接下來他會不會突然將我抱個滿懷，一邊想著那該會有多幸福，一邊又想著要是這時舅舅或阿姨正好出來怎麼辦。我是要驚慌地甩開手臂、沒來由地聳聳肩，好掩飾被人發現做出親暱行為的尷尬嗎？那就太幼稚了。可是，我也沒自信可以一邊繼續抱著他、一邊說：「因為我們相愛，所以沒關係。」……於是我開始思考該怎麼裝出若無其事才好。

可是我根本沒必要想這件事，他並沒有將我抱個滿懷，而是抬起擱在我肩頭的手臂，輕輕拍了我的背部幾下。之後他站起身，說了一句「明天見」，打算回去舅舅房裡。不，他本來打算回房，卻又再次轉身穿上鞋子。看來他果然一開始是要去上茅廁。可能是聽見穿鞋的聲響，房裡清楚傳來了舅舅說「阿錫，帶個手電筒去吧」的聲音。我一時忘記了，簷廊發生的事終究不可能成為祕密。

阿姨又趴在房間地板上寫信了。我進房後，阿姨依然直盯著信紙，不以為意地說：「那個哥哥待沒幾天嘛。」這句話證實了我和許錫之間的對話在房裡都能聽見，而且無論誰聽見了，都不覺得其中有任何稱得上祕密之處。也就是說，不知道我是在公開放送的舞臺上演出的人就只有我自己。

許錫堅決推辭舅舅特地換衣服送他去巴士總站。聽到舅舅說今天是星期六，巴士的時間表有可能變動（這在鄉下是常有的事），所以非得親自確認許錫搭上巴士才能放心，所以許錫也堅持說要是真的不行，自己可以到道廳所在地換車。舅舅別無他法，只好說：「好吧，就這樣吧。」後來，舅舅看到我才突然想起，補上了一句：

「對了，珍熙的學校就在巴士總站後頭，吃完早餐一起去就行了。」

聽到能替許錫送行，我二話不說點了頭，許錫也對我笑了笑，表示願意接受我的送行。為了能在巴士總站耽擱一點時間，因此我比其他日子更早出門。看到肩上揹著包包的許錫，我突然萌生了不管是首爾還是哪裡，我都想隨著他一走了之的念頭。他來的那天也是這樣。當看似要前往某地的「廣津 TERA」大嬸在巴士離去後再次現身於飛揚的塵土之中，我陷入了不期然的懷念與哀傷情緒裡。就在那時，許錫背對著晚霞與山羊一同現身了。如同那天他揮揮衣袖前來，如今他也即將揮揮衣袖離去。

我和許錫並肩走向巴士總站，後來我在麵包店「見面堂」前面遇到了擋住我們去路的皮夾克。

「珍熙，去上學啊？」

洪奇雄咧嘴笑著。我暗自嘀咕，流氓真不像流氓，起得還真早，但他正在用不友善的眼神瞅著許錫。他抬起下巴上下打量許錫的樣子，才總算像個十足的流氓。雖然我解釋說這是舅舅從首爾來的朋友，這隻大猩猩卻為了炫耀自己的蠻力而張大嘴，連蛀黑的臼齒都露了出來，一直在許錫面前擺出凶神惡煞的模樣。

「那妳去吧。」

洪奇雄背過身去，但不知是不是又覺得有什麼可疑之處，最後又回頭看了一次，目光異常銳利。

洪奇雄有如最終還是沒能解開謎團的人，以鋒利的眼神回頭看一眼後，人就消失了。這次換許錫挑眉，不高興地問道：

「他誰啊？長得跟流氓一樣。」

我只點到為止，說洪奇雄是我們鎮上最大一間戲院的老闆的兒子，後來莫名奇妙變成了流氓。雖然很好奇如果我說他把阿姨視為救贖自己的女性看待，許錫會露出什麼樣的表情，但我必須和阿姨進行良性競爭到最後，而且我有自信贏得勝利，因此沒有陷害對方的必要。許錫對著與舅舅一起送行到巷外的阿姨說了什麼？他不是說「給您添了許多麻煩」嗎？那句話和對我說的「我不會忘了妳」是天差地遠，假如一邊是形式上的客套話，另一邊很顯然是遺憾的道別。

早晨的巴士總站冷冷清清的。

來到巴士總站前，我對許錫即將離去的事終於產生真實感，鼻尖這時很奇怪地疼了起來。走在前頭的我轉身向他告別，內心盼望著他最後看到的一幕，是值得記住的美麗場面。他就站在幾天前某位大嬸在階梯邊緣上蹭膠鞋的公廁前，後來因為味道實在太重，馬上就察覺自己站在什麼地方，皺起鼻子走進候車室。他把背包放在候車室的木椅上，接著俯看著我。

「我會寫信給妳。」

我的喉頭哽住了，什麼話也說不出來，只能默默地點點頭，慌忙把目光垂向腳下，盯著黏在腳底下的口香糖許久。過了一會兒，許錫說：「好吧，妳上學要遲到了。」我才以哽咽的聲音勉強說了句：「您慢走。」接著，我盡可能沉著地邁出步伐，又不禁焦急心想，他會不會再次喊我的名字呢？感覺胸口就像要被燒穿一個洞。我猜想他正望著我的背影，因此盡量走得挺直端正，卻總覺得雙腳彷彿飄浮在空中似的，走起來很彆扭。

一離開候車室，我就直接跑了起來。如果不能喊出聲，至少我得跑一跑，才能緩和內心的鬱悶心情。

到了學校，大家拿昨天申花暎的裙子被撕破的事不停嚼舌根，完全不給我安靜整理（或玩味）與許錫離別的時間。幸虧今天是星期六，等到今天下午和明天過去了，到了星期一左右，大家又會找到新話題了。

上課期間我也完全聽不到老師的說話聲。我呆呆沉浸在自己的思考中，後來把手裡的鉛筆弄掉兩次，筆蕊也跟著斷了。然後在削那支鉛筆的時候，又稍微割傷了手指，雖然沒有流血，但感覺刺刺痛痛的。現在許錫應該已經坐上巴士了。

我把被刀劃傷的左手指放在嘴唇上，用右手塗鴉著。老師很容易就看出我和平時的上課態度不同，因此想點名糾正我，但我敵不過內心的空虛，最後乾脆在桌面上趴下。老師心想，大概是昨天的舞蹈比賽把我累壞了吧。在這之後，我得以盡情地趴在桌上玩味離別的痛苦。

放學後，我甩開所有說要一起走的同學，獨自走了堤防路。我望著初次見到許錫的陡坡堤防，不確定自己該透過何種自制訓練來戰勝這場離別，也十分茫然（另一方面，說來也奇怪，這種悲傷又帶了股甜味，讓我不想去克服它）。但如果不去克服，至今建立起來的生活似乎就會失去平衡。傷心的我，步伐也跟著沉重起來。

看到我家巷口時，我的腳步慢了下來。過去三天，我總感覺許錫在等我，因此一放學就急急忙忙走進這條巷子的幸福記憶，讓我變得更加不幸。阿姨買來的「自由日記」每一頁最下面都寫著「今日名言」，上頭曾經出現這樣的話：「不幸的日子想起幸福的過去，是雙重的痛苦。」這句話刺痛了我的心。我有氣無力地打開大門，內心暗自嘀咕：「今天全宇宙最悲傷的人就是我。」

可是當我打開大門進去，卻看到許錫坐在簷廊上。

剛開始我很驚訝，接下來我覺得自己終於出現了幻覺，再來令人吃驚的是，我感受到的情緒是失望。

我領悟到自己不光是不高興他重新回來，甚至還感到失望後，整個人都糊塗了。這不可能啊，不過幾秒前，我打開那扇大門進來之前，我還那樣思念著他呢。我仔細檢視自己，不管怎麼看都覺得自己並不期待跟許錫來個意外的重逢。我冀求的，是在剛才的悲傷就終結離別的意象。

這就好像，我負責飾演紅豆女[47]的角色，也一直都很認真練習，可是角色突然變成了大豆女一樣，讓人全身都沒勁了。先前我那麼投入在紅豆女的情緒裡，如今卻變得什麼都不是，對大豆女的情感也覺得很疏離了。我生平頭一次領悟到，隨著離別的悲傷變得毫無意義，愛情也會跟著枯萎。

因為來不及適應新角色，所以我一臉僵在那裡，幸好「被觀看的我」衝出來發揮了應變力，將「觀看的我」那份失望瞬間隱藏了起來。

「聽說上午出發的巴士故障了，下午還有兩班……」

許錫抬起手腕看手錶。

「出發時間快到了。」

這時舅舅從廚房裡出來，很反常地端著飯桌。

「鄉下的巴士就是這樣，所以我才說要跟著去，你卻那麼固執。」

舅舅把飯桌擺在簷廊上，對我說：

「因為媽不在，飯菜才會是這副德性。英玉到底是跑哪裡去了？」

「我就說你不必費心，我在巴士總站買碗炸醬麵吃就行了。」

許錫感到很抱歉。舅舅說這次一定要跟著許錫一起去巴士總站，跟著拿起了湯匙。我

47 源自韓國童話故事《大豆紅豆傳》，主要訴說繼母及其女兒「紅豆女」欺凌並謀害前妻女兒「大豆女」的故事，情節與灰姑娘有諸多雷同之處。

往飯桌一瞧，舅舅好像只把碗櫥裡的配菜拿出來，看起來寒酸極了。要是我走進廚房，除了這早上吃剩的配菜，還能再找出兩道小菜。可是好奇怪，我卻只是靜靜地站著，什麼也沒做。

許錫隨便吃了幾口飯後，就和舅舅並肩走出大門。

他們的身影消失後，我獨自坐在簷廊上。

「那珍熙妳要保重，這次我真的走啦。」

許錫笑著這麼對我說的時候，被遺忘的傷口彷彿著火一樣，胸口開始發疼，但我沒有感覺到像早上離別時那麼強烈的遺憾。我認為我的悲傷是相當平靜的。

然而，愛情的情感是很複雜的，等到他真的離開了，我彷彿天塌下來似的嘆了口氣，往後要克服的思念再次讓我害怕起來。

我把手掌放在他坐著吃飯的地方，上頭還留有餘溫。想到他只在簷廊的地板留下屁股的溫熱，然後就永遠離開了，我頓時覺得自己承受不住，所以進了房，坐下來做深呼吸，靜靜地坐了很久。

誰也不與人生的伴侶冒險

許錫離開後超過一個月毫無音訊。他在候車室說「我會寫信給妳」的畫面在我腦海中上演了數十遍後，慢慢有如一張老照片般褪去顏色，如今甚至感覺不到任何真實感。因此，他在那張老照片裡的承諾，也不可能留在他的心底。

我卻一直在盼著信件。

要說這段期間我們家有什麼變化，那就是有一對男女消失了：如今我們家再也看不到舅舅和 Miss Lee 了。他們當然不是結伴消失的。其中一人是在淚水中被送走，另一人則是離開後害別人哭成淚海：前者是舅舅去當兵了，後者是 Miss Lee 姊姊偷了錢半夜逃跑了。

Miss Lee 姊姊逃跑的那天，是暑假過了十天左右，我為了寫植物採集作業去了城內。回來的時候，遠遠就看到「新風格女裝店」前面熙熙攘攘。看大家都聚在一塊，剛開始我心想該不會是有人打架了，但從大家把手揹在後頭或在一旁晃來晃去的樣子，應該不是打架這一類緊急狀況。我走近一瞧，女裝店的大嬸正張開兩條腿坐在地上拍地痛哭。

「哎喲，那些錢都是什麼錢啊，這個賊婆，哎喲，那些錢都是什麼錢啊……」

我不必問任何人，憑直覺就知道是 Miss Lee 姊姊偷錢後跑了。走進家裡，所有人都從後屋出來，聚集在井邊議論紛紛，「將軍」媽媽的聲音自然非常響亮。

「我早就覺得會發生這種事，在她把每件事都交給那狐狸精的時候，我就看出來了。哎呀，都說別人是殺人不見血，怎麼能這麼相信人呢？都當十多年的會頭了，怎麼就這麼不懂得看人？」

「聽說收的會錢也都是 Miss Lee 帶著，那也都拿走了嗎？」

「廣津 TERA」大嬸到現在仍不敢置信。

「女裝店裡連一分錢都沒留下，全都被掃光啦。剛才聽到女裝店傳出『哎喲』的聲音，我以為出了什麼大事。我說真的，我以為金日成又打過來了，馬上想到我們家正好出門去的『將軍』。」

「我看年輕小姐活得很拚命啊，怎麼會這樣呢………」

「哎呀，所以才叫做賊婆啊，只顧著自己活下去的，不就是賊婆才有的心眼嗎？話說回來，載成一家人住得這麼近也不知道？昨晚她下班時沒什麼可疑的地方嗎？」

「我也沒仔細瞧呀，她來我們店露個臉，說要下班了，所以我就當是這樣了。」

「怎麼會不知道？好歹她也會使點眼色什麼的吧，要不就是要求你們保密之類的。」

「什麼？」

「將軍」媽媽壞心眼地隨便含血噴人，惹得無辜的「廣津 TERA」大嬸頓時驚慌失措。

這時外婆站出來說話了。

「Miss Lee 見識少，沒讀過什麼書，加上年紀又輕，才會做出這種事來，難道她打從生下來就是來當賊的嗎？小偷又不會把『小偷』兩個字寫在臉上，就算住得再近，載成媽媽又怎麼會知道她在想什麼？」

正當大家七嘴八舌，「文化照相館」的大叔帶著新消息，急急忙忙走進了大門。

「哎喲，這事非同小可阿。」

在井邊的女人都不約而同看著大叔。

「現在『豐年米店』也亂成了一團。」

「怎麼了、怎麼了？」

急性子的「將軍」媽媽趕緊問道。

「還能怎麼了，聽說鐘九也帶著錢筒跑了。他不也是一起住在後屋嗎？聽說他翻遍了主臥室的衣櫃，把女人衣服的掛飾全都帶走，連銀匙筷也拿走了呢。」

大家張大了嘴，一時啞口無言。不久，「將軍」媽媽說：「看他敢拿主臥室的東西，應該不是鐘九一個人幹的。」大叔也進一步確認說：「在外頭大家也已經做出結論，說肯定是 Miss Lee 煽動鐘久。」新消息加入後，井邊要比剛才更喧鬧了。

「那他們兩人是對上眼了？」

「不是鐘九一廂情願跟在人家後頭的嗎？也是啦，Miss Lee 那狐狸精只要是男人就會搖起尾巴，所以鐘九才會跟在她屁股後頭。她平常裝得一副眼光多高的樣子，最後偏偏又挑上了鐘九？」

「年輕男女的事又有誰說得準？因為互相喜歡，所以才會一起逃跑吧。」

「我看不是吧，Miss Lee 她啊，等到把好處都榨光了，馬上就會甩掉鐘九那不中用的小子了。」

「如果不是要一起過日子，何必一起逃跑呢？難道會隨便跟別人一起逃跑嗎？」

「載成媽媽，妳以為現在這事是因為兩人愛來愛去引起的嗎？還不都是因為錢啊錢。」

說這話時，「將軍」媽媽用大拇指和食指圈成一個圓，在載成媽媽的眼前晃來晃去。外婆見狀，重重地嘆了口氣，想必是在擔心「新風格女裝店」大嬸會不會倒會，可是外婆一句話也沒說，只是蹲在たらい[48]前，慢慢地搓洗起阿姨的罩衫。

這個舉動彷彿成了信號一樣，「廣津 TERA」大嬸也抓起吊桶繩，只有先前興高采烈覺得「說別人的事怎麼這麼有趣」的「將軍」媽媽，莫可奈何地將手泡進臉盆，臉上仍寫滿了惋惜。「話說回來，到底是拿那筆錢去了哪裡啊？」雖然「將軍」媽媽試著延續剛才的話題，但看到誰也沒有反應，大概覺得自己只能趕快洗完臉，去向其他跟會的人傳達這個新發展，於是勤快地啪達啪達潑水，把早該洗的臉給洗好。

我坐在簷廊尾端想著銀匙筷的事。聽到「文化照相館」的大叔說「連銀匙筷也拿走了

48 音 tarai，金屬或塑膠製洗衣盆。

呢」，我隨即想到了這件事。

前一天的白天，Miss Lee姊姊來找我借了一雙筷子和湯匙。舅舅去當兵之後，Miss Lee姊姊的傷心之情全寫在臉上。經歷兩次挫敗後，姊姊十分灰心喪氣，「將軍」媽媽也處處找她的碴，再加上少了過去的嬌媚風采，姊姊整個人看起來沒精打采。我也見過幾次她在井邊洗衣服時，偶爾會像在思索什麼似的停下手邊動作，朝著天空嘆息。每當看到這樣的情景，擁有相似愛情煩惱的我，不禁對Miss Lee姊姊產生了同情。這種時候，她正好來借湯匙和筷子，所以我沒端出平時的冷淡，親切爽快地答應了她。

我當時正在做美術作業，為了拿湯匙和筷子給Miss Lee姊姊，就放下調色盤和畫筆打算起身，結果Miss Lee姊姊一直為打擾我覺得抱歉，說自己去廚房拿就好。Miss Lee姊姊走進我們廚房拿走湯匙和筷子後對我說「這個，我拿走了。」並稍微抬起手晃了晃手上的東西，但我完全不知道她拿的是銀匙筷。

到了晚餐的飯桌上，外婆喃喃說起湯匙和筷子的事。

「奇怪了，怎麼就不見永動的湯匙和筷子，我明明收進碗櫥的抽屜啊……永動走了之後，我把銀匙筷收進簷廊的半開櫃[49]了嗎？」

我這才知道Miss Lee姊姊拿走的是銀匙筷，但我這樣回應：

49　正面上半部可以往前摺、方便將東西收納入內的木櫃。

「我昨天去簷廊找東西，發現那邊的箱子裡的確有很多銀湯匙和筷子。」

「是吧？應該是我之前收進銀匙筷的箱子了吧。都說人老了就只等著進棺材，現在我連記性都不行了。」

Miss Lee 姊姊為什麼拿走銀匙筷呢？單純因為是銀製品嗎？又或者因為知道那是舅舅使用的物品，所以才拿走呢？畢竟 Miss Lee 姊姊也經常在外婆洗碗的井邊來來去去，所以多少知道在我們家只有舅舅是使用銀匙筷。那麼，她是不是為了珍藏對舅舅的記憶，所以拿走了在舅舅的嘴巴進出、盛接他的唾液的飯匙？

但從另一方面來想，如果姊姊是和鐘九一起逃跑，為了珍藏而拿走叔叔的飯匙似乎說不過去。果然應該還是因為起了貪念才偷走的吧。但是光從這一點來看又有些可疑。就算因為「將軍」家總是上鎖，所以姊姊沒辦法偷好了，但我們家的房門很少上鎖，就算家裡看起來簡陋，如果有心想偷，她會起貪念的物品想必不會只有銀匙筷而已。

剛才「廣津 TERA」大嬸的話也讓人耿耿於懷。

她那句「如果不是要一起過日子，何必一起逃跑呢？難道會隨便跟別人一起逃跑嗎？」——大嬸說這話，固然是想起自己想擺脫艱苦人生卻擺脫不了的處境，是包含了先前她望著巴士離去、心如死灰地站在飛揚的塵土之中的宿命論，我卻老是想從相反的意思來解讀它。Miss Lee 姊姊之所以逃跑，絕對不是為了要和鐘九一起生活，只不過是為了擺脫受到束縛的現實，來一場脫軌的冒險。

雖然鐘九可能不這麼想，但對 Miss Lee 姊姊來說，鐘九這個存在似乎就只是這場冒險的夥伴罷了，不會是其他的。在 Miss Lee 姊姊只要下定決心就能選擇的對象中，鐘九也是條件最差的，可是我能理解為什麼她選擇的不是比鐘九（相對）更好的對象，那是因為鐘九並非人生的伴侶，而只是冒險的夥伴。誰會與人生的伴侶一起冒險呢？

光從「將軍」媽媽推測 Miss Lee 姊姊榨乾好處後就會拋棄鐘九來看，我們兩人的想法似乎如出一轍，但一邊是出於惡意的壞話，一邊則是冷眼觀察人生的洞察。從這角度來看，兩者可說是天壤之別。

我直到最後都沒有對外婆提起 Miss Lee 姊姊拿走銀匙筷的事。想到她拿走舅舅的銀匙筷當作野心受挫的紀念，我甚至把保守這個祕密當成對她的最後友善之舉，也算償還她之前我半路劫走地瓜的債[50]。

幸好「新風格女裝店」的大嬸後來沒有倒會。有段時間，我們看大嬸獨自看店，但要不了多久又來了個新的打雜助理。大嬸把 Miss Lee 姊姊逃跑的事當成教訓，據說這次的助理是經過打聽後從遠親家裡帶來的。

Miss Lee 姊姊消失了，只留下跟夏日正午烈陽下短暫的影子一樣的陰影，而我們家再度恢復了平靜。

---

50 指珍熙本來拿著外婆要她分送的地瓜去給 Miss Lee，但最後又拿了回去的事。

蚊子為什麼咬腳掌呢？

Miss Lee 姊姊逃走之後，我們家什麼事也沒有，目前正過著平靜無波的夏天。對我來說，它已經平靜到讓人覺得無聊了，加上有時我會感到鬱悶空虛，於是會獨自拖著沉重的腳步爬上城內。但對阿姨來說，今年夏天是難忘的季節，因為初吻與雙眼皮手術的全新經驗將阿姨的夏天妝點得熠熠生輝。

這段時間，阿姨和李亨烈的關係逐漸升溫。他們不僅寫信，見面次數也很頻繁。因為李亨烈人在軍營，所以主要是阿姨去探望他。而且重要的是，現在可以在家裡收信了。舅舅去當兵沒多久，阿姨就說服外婆並得到了許可，但打動外婆的最大功臣是李亨烈的母親。但這倒不是說李亨烈的母親親自出面做了什麼，況且也沒那個必要。外婆只不過是說：「這個叫李什麼的是軍人是吧？他母親送走兒子後大概哭成淚海了吧。」沒有再對兩人交往一事表示意見，阿姨卻當外婆是答應了，開心摟著外婆的脖子，發出廣播連續劇中會出現的那種孩子式大喊：「哎呀，太開心了，我媽最棒了！」

阿姨把那句話當成外婆的許可，並沒有理解錯誤。外婆在答應阿姨某件事時，不會笑容滿面且明白地說：「以後妳就這樣做吧，怎麼樣？滿意嗎？高興吧？」而是像個鐵石心腸的人一樣擺出不為所動的臉，用「隨妳高興」或「我不會反對」等不置可否或半挑剔的支持形式來表達，而外婆這種半挑剔的支持，之後會被阿姨以「母親終於為我們的關係獻上祝福」為開頭寫成一封長信，直接傳達給李亨烈。

那個星期完全就像在過慶典。阿姨總是哼著歌，不管是對外婆或對我都很開朗溫柔，連對黑皮也很親切。自從黑皮把阿姨的新皮鞋整個嚼爛之後，牠就擺脫不了被踢的命運，但在這個慶典週，牠甚至從阿姨那兒蹭到一個鯛魚燒來吃。阿姨主張，因為自己把小狗取名叫「黑皮」（Happy），所以黑皮唯獨替她帶來幸福，實際上當阿姨問「對不對啊，黑皮？」時，黑皮雖然因為嘴裡咬著鯛魚燒而沒辦法回答，但也透過搖尾巴表示認同。

慶典週一直持續到週末阿姨去探望李亨烈為止。把 Miss Lee 姊姊最後的套裝穿在身上的阿姨，如今戰勝了壓迫和悲傷，得以在眾目睽睽之下光明正大地去見愛人，開心得彷彿要飛起來一樣。阿姨本來就外表圓潤、內心輕浮，跟氣球有些相似，現在在內心的浮力作用下，悠悠地飄出大門外。

在阿姨說要打扮，過程中不停大聲嚷嚷，直到最後人消失在大門外頭為止，外婆都沒瞧阿姨一眼。外婆大可對女兒的約會發表評論，不管是替女兒覺得驕傲也好，或是覺得女兒沒出息也好，但外婆只是默默地洗衣擦地，專心做家事。儘管阿姨費盡心思想吸引外婆的注意，一下子問新衣服的裙子會不會太長，一下子又問會不會顯胖，外婆都只當是十里外的狗兒在吠叫。不過，從阿姨出門後，外婆站在曬衣繩前抖了抖阿姨的越南長筒裙，嘴唇抿得很不自然的樣子看來，她分明是在憋笑。雖然阿姨手忙腳亂又大呼小叫，看起來很不懂事，但外婆似乎不討厭自家么女的一舉一動。

就是在那一天，阿姨允許李亨烈親吻自己的嘴唇。

阿姨很晚才回來。可能是舟車勞頓吧，所以看起來很疲憊，而且最重要的是，阿姨像是失了魂的人一樣有氣無力，盥洗時也心不在焉的，怎麼看都覺得她很可疑。然後她一進房就說要寫信（阿姨說見過李亨烈回來的那天總有特別多話想寫），但不知怎麼搞的，也不見她拿出信紙，而是直接鑽進了被窩，在這盛夏的大熱天裡把棉被蓋到頭頂去。

也不知道阿姨又在棉被裡頭想些什麼，只聽她嘆了口長氣，然後兀自偷笑起來，接著又突然猛地掀開棉被坐起身，下一刻又把棉被蓋到頭上，在被窩裡輕佻地跺腳，連連喊著：「討厭啦、討厭啦。」用不著等上太久，阿姨果然又急於找人分享，率先對我吐露了事件始末。

李亨烈和阿姨去了距離部隊最近的遊樂園。阿姨想和李亨烈面對面坐著談情說愛，李亨烈卻老是說要往樹林的方向走。他們沿著僻靜小路走了好一會兒，走著走著，來到了一條相當幽靜的路。阿姨說腳疼，想找長椅坐下卻找不到，於是就依李亨烈的提議暫時坐到大石頭上。走進樹林裡的李亨烈在合抱的樹蔭底下發現了合適的大石頭，向阿姨打手勢要她過去，等到阿姨走近，李亨烈突然猛力地將阿姨的身體推向樹的方向，將嘴唇貼上倚靠樹木的阿姨臉上。

阿姨在這個地方打住，將自己胖乎乎的白皙雙手貼在臉頰上。固然是因為回想的畫面太過栩栩如生，讓阿姨害羞得臉頰再次發燙，才會做出這個動作，但看到她在我面前模仿我們一起看過的電影《女人的一生》中崔銀姬[51]做了三次的相同動作，這種行為似乎已經很自然地成為她的一部分。

作為聽到初吻祕密的報答，同時身兼阿姨的顧問、國語辭典，以及社交禮儀老師的我，把迎來初吻的女人該如何反應的情報告訴了阿姨。這是我先前在「新風格女裝店」的女性雜誌上看來的。

那本雜誌詳細介紹了初吻後該怎麼做，才能既維持女人的自尊心，又能觸發下一次接吻，之後還能持續獲得男人的愛。

根據雜誌的說法，安靜的公園或遊樂場等地方適合作為初吻的場所，因為接吻之後，為了化解尷尬，女人可以躲到樹木後頭，或是靠著對方的後背（地理條件允許的話，初吻後一臉羞澀地跑走也不錯），如果是在別人看得到的地方會沒辦法這麼做。

雜誌還提出忠告，接吻後，女人不要抬眼，也絕對不要露出開心的樣子，而是應該輕輕嘆口氣或咬嘴唇表現出後悔的樣子，這樣反而能使對方產生占有純潔少女嘴唇的成就感。

51 韓國第一位進軍好萊塢的女演員，曾與先生先後被綁架至北韓，並被迫拍攝政治宣傳電影。

上頭還補充說明，女人可以維持這種羞澀的態度，但如果在某一刻稍微舔一下嘴唇，就可能觸發再次接吻的契機，因此值得一試。女人要是覺得自己很難做到，也可以把頭微微靠在鞦韆之類的支撐物（因此適合在公園）仰望天空也不錯，讓戀人覺得妳很可愛。雜誌上還寫了很貼心的忠告，就是必須把身體的重心牢牢放在雙腳上，以免鞦韆晃來晃去。

聽到我說的話後，阿姨對於自己沒能運用這種有用的情報感到扼腕，也對事前沒有充分準備就幹下大事感到十分懊悔，但她知道初吻後自己的反應與雜誌的內容沒有太大出入後，就確定了自己身為女人的魅力與氣質都是與生俱來的，對此大受感動。

「對啊，我就是這樣做的啊！我躲到樹後頭，他也再次轉到樹後面……」

說這話時，阿姨的臉紅得像顆蘋果。

阿姨就是在隔一週後去動雙眼皮手術的。在這之前，雙眼皮手術是阿姨長久以來的宿願，但是不僅很難獲得外婆的許可，而且最重要的是，阿姨害怕動手術，所以總是嘴上說說而已，實際上沒有膽量去執行。但自從墜入愛河，阿姨對自己單眼皮的不滿與日俱增，最近每次化妝時，都會神經質地說就是因為自己沒有雙眼皮，眼線才會老是暈開，還強詞奪理說，只有身為男人的舅舅才有雙眼皮，她卻沒有，是因為外婆懷自己的時候沒有愛，把罪名栽贓到外婆身上，各種發言聽起來很莫名其妙。直到有一天，阿姨對我竊竊私語。

「珍熙，妳明天要不要跟我去個地方？」

「去哪裡？」

阿姨帶著恐懼與興奮參半的表情吐露說：

「我要去醫院動眼睛手術。現在還不能告訴媽，知道了嗎？」

第二天，阿姨和我為了動「眼睛手術」，一大早就坐巴士去了道廳所在地。雖然我們鎮上也有醫院，但要是消息傳開會很丟臉，所以才特地跑到很遠的地方。由於正值放假期間，我很爽快地跟著阿姨出門去，卻為了等待阿姨動完手術從醫院出來，度過了超級無聊的時間。幸好阿姨只有左眼動了手術，右眼要等到左眼拆線那天才做。

我們到家時已經快晚上了，但因為是盛夏，天色沒那麼暗。在簷廊上等我們回家的外婆，看到一隻眼睛貼著紗布進來的阿姨後差點沒暈過去。等到阿姨和我趕緊安撫外婆說不是受傷，你一言我一語地說明來龍去脈後，外婆的驚訝很快就轉變為憤怒，有段時間沒聽到的「被老虎咬死最好」和「少根筋的丫頭」也跟著口水一起噴出來。

那晚的事就不必多說了，阿姨只差沒吃一頓棍子而已，痛苦的程度簡直要了她半條命。

可是就在隔天，外婆斷定「女兒都變成這副德性了，八成會怕人笑話而不敢到處跑」，因此去了油脂工廠後面的辣椒田。阿姨隨即用老早就忘記挨罵一事的開朗口氣喊我，要我去跟京子阿姨說，她現在臉上貼了紗布沒法出門，要京子阿姨來家裡玩。

京子阿姨來了後，房間內整天傳出兩人嘻嘻哈哈的聲音。據阿姨說，京子阿姨最近決定把失戀的傷痛「昇華為回憶」，說她現在多少能諒解愛人在退伍前夕變心的事了，還說遭到背叛的當時，只要聽到軍人就會氣得牙癢癢，但現在已經不會這樣了。

阿姨去見李亨烈時，京子阿姨陪著去了幾次。為了珍藏回憶，阿姨覺得也得再走走曾經去探望愛人的那條路才行，而且帶了京子阿姨一起（阿姨凡事都喜歡兩個人一起做，她也曾和京子阿姨穿一樣的衣服）。阿姨讓京子阿姨向李亨烈打招呼之後，三人一起吃了午餐。阿姨不停地說，李亨烈為了化解京子阿姨心中的鬱悶，不知道費了多少心思，說了多有趣的玩笑話，吹捧他是「世界上心地最溫暖、最值得信賴的男人」。自此之後，對京子阿姨來說，李亨烈不再只是朋友口中出現的愛人，而是自己也很親近的人。

她們不僅一起讀李亨烈的信，還分享有關他的瑣碎回憶，到最後連對他來信內容的反應也一模一樣。不知道所謂的戀愛故事是不是越對別人說就越甜蜜，從三句不離李亨烈的阿姨，以及把自己當成故事主角的京子阿姨來看，幾乎就像是三個人一起在談戀愛。動完雙眼皮手術的幾天後，阿姨說京子阿姨會代替自己去探望李亨烈，似乎鬆了一大口氣。

「他說是靠著我去探望他才撐得過當兵的日子，所以能怎麼辦呢？總不能讓他失望嘛，可是我又不能就這樣眼睛貼著紗布去……如果京子代替我去的話，他大概也會像看到我一樣高興的。」

只要能不讓李亨烈失望，阿姨似乎什麼事都願意做。

我也知道，在初吻過後，李亨烈的信件就連著幾天都傾訴著露骨的愛意。阿姨向京子阿姨吐露自己幸福的煩惱，特別是對於有疑問的部分，她們還會把李亨烈的信放在兩人中間，展開熱烈討論。我人在簷廊上，聽到她們倆大概是在討論「肉體關係」。關於這個問題，京子阿姨的見解要比阿姨前衛許多。

「我是不會裝模作樣的。」

「那要允許到什麼程度？」

「何必提前決定？到時就知道啦。」

「如果男人要求發生肉體關係呢？」

「如果是結婚對象，那又怎樣？」

「哎喲，看看這丫頭，膽子可真大啊，別忘了有個東西叫做初夜呢。」

「感覺初夜是真的會痛，我家大姊啊……」

「噓！」

之後兩人竊竊私語了許久，直到我走進房裡告訴她們外婆要來了的消息，兩人頓時嚇得花容失色，接著才說：「妳怎麼一聲不吭地就跑進來？」她們把已經克服「性」這個禁忌、還以冷嘲熱諷包裝後丟棄的我當成了好奇寶寶。

總之，京子阿姨在隔週獨自去探望李亨烈。

聽說阿姨生病了，所以京子阿姨代替她來，讓李亨烈是既驚訝又傷心，一副馬上就要衝來我們家的樣子，所以光是忙著勸阻他，面會時間就都過去了。聽到這些轉述的話，我真心希望當中沒有京子阿姨加油添醋的成分。

這一方面是為了阿姨著想，同時也是基於一種牽制心理。我怕阿姨若是和李亨烈分手、變成沒有愛人的自由之身，到最後會具備成為我的情敵的資格。我猜想得到，假如阿姨沒有和李亨烈墜入愛河，她的目光就會投向許錫，那麼她就會成為要比現在更強大的情敵了。是啊，我依然想念著許錫。

和許錫一起走的那條果園路，我昨天也去過。青蘋果把樹枝都掛彎了。在八月的烈陽底下，我漫無目的地走著那條果園路。

那是不見半個人影、豔陽高照的大白天，唧唧的蟬鳴聲填滿了空蕩蕩的田野，每當風兒搖晃起白楊樹的樹枝，葉片就會嘩啦啦地翻動、閃閃發光，還有葉片互相擦掠的聲音，聽起來就像命令時間靜止的可疑咒語。蔚藍的天空有兩團雲朵緩緩飄動，偶爾抬頭仰望那雲朵的我，頭上戴著草帽，有如暑假作業本封面上畫的孩子一般繼續往前走。

偶爾會有卡車經過那條狹窄的馬路，揚起漫天的塵土，這時我會避開卡車，躲到蘋果樹的樹蔭下，直到塵土都輕輕落地了，才再次拖著緩慢的步伐往前走，時而不經意地回頭望向卡車消失的方向。

說不定我的思念和外婆的蚊子是一樣的東西。

時值夏天，是蚊子正猖獗的時候。一到晚上，簷廊盡頭柱子上的電燈都會打開，不知有多少蚊子撲向那燈光，翅膀撞擊燈泡玻璃的聲音甚至令人感到刺耳。外婆到了晚上就會在臉盆裡裝水，擺在電燈亮著的柱子底下，然後臉盆裡轉眼間就會有幾十隻飛蟲漂浮在水面上。

蚊子害得我們無法坐在簷廊上，只能在院子的涼床上度過炎熱的夏夜。哪怕只是切了一塊西瓜，「將軍」他們家的人也會出來一起坐在涼床上，但一年四季都是新時代兒童[52]的「將軍」，在天還沒黑就進蚊帳裡睡覺了，只剩「將軍」媽媽和崔老師兩人加入。

蚊子甚至追到了涼床這邊。雖然外婆用上面有女演員文姬露出笑顏的紙扇拍打，不停趕蚊子，卻怎樣也無法擺脫渴望鮮血的母蚊子那份執念。幾天前，外婆的腳掌就是在這張涼床上被蚊子咬了。從那時開始，外婆每晚都要撓腳丫子。偏偏蚊子咬的是腳掌而不是別的地方，外婆苦不堪言地說這真不是普通癢。她用指甲壓出十字形的印痕，也試過塗口水，但都沒有用，所以直到入睡之前，外婆每晚都得抱著被蚊子咬的腳掌來一場奮戰。

怪的是那個腳掌白天一點都不癢。外婆總是忙著處理農活、巡視水田，碰到去上工時，被蚊子咬的地方不會造成外婆任何痛苦。可是到了晚上，外婆洗完碗盤，手腳也洗好之後，正想坐在涼床歇口氣時，猛烈的搔癢症就會開始折磨外婆。

據我觀察，外婆似乎是藉由脫掉襪子這個儀式宣告自己結束了忙碌的一天，進入休息時間。她彷彿想玩什麼有趣的遊戲一樣，帶著充滿期待的表情脫掉襪子。坐在涼床上脫襪子、仔細端詳腳底板的外婆，跟整天窩在房間裡的舅舅偶爾到房間外頭時，盯著簷廊底下嗅黑皮時的那個表情有很相似的地方。

52 典故出自童謠《新時代兒童》，是韓國光復後最早創作的童謠。歌詞中出現「新時代兒童起得早」、「新時代兒童互助合作」、「新時代兒童的身體強健」等句子，表達出光復的喜悅與兒童的決心。

抓撓癢處有一種暢快感。外婆會不會就是為了追求這種滋味，所以才每天故意找癢的地方呢？雖然癢的感覺令人痛苦，但如果少了會癢的地方，又怎能感受抓撓那一刻的快感呢？就跟外婆找癢處一樣，我也在刻意喚起內心的思念嗎？

對場所的記憶是固執的。只要進入城內，看到與許錫一起走過的左側草叢，我就會想起當時我倆說過的話、他身上的襯衫條紋顏色和間隔、他呼吸中參雜的淡淡菸味，以及他親切地從我肩頭上拿起一株鬼針草的手。這類的記憶，總是執拗地反覆在我腦海中浮現。

另一方面，對場所的記憶不僅是執著的，還是排他的。或許對於那個場所，除了與許錫的回憶之外，我什麼都不想記住吧。如今就算走進城內，我也只會固執地回味與許錫的記憶，但在許錫之前的記憶，也就是那個自慰男的記憶，卻完全沒有想起。我突然心想，愛就是這麼一回事嗎？萬一我在這個場所又展開新的愛情，那麼說不定就再也不會想起許錫了。

不管愛情多麼執著，在它消失後，都會被來到那個位置的其他愛情完全取代，這就是名為「愛情」的場所具備的排他屬性，因此，其他愛情、新的愛情永遠都有可能生根。

領悟到曾經以為是命中注定的愛情，不過是俯拾即是的偶發事件時，人自然會對愛情變得憤世嫉俗。那麼，他們會從此不再墜入愛河了嗎？絕對不是的。他們對於墜入愛河毫無所懼，所以他們想愛就愛，也因為懂得保持一段可以檢視自己人生的距離、保有犀利的觀點，因此可以毫不執著地投入愛情。愛情是由憤世嫉俗所點燃，並由造成憤世嫉俗的原因——也就是「背叛」——所完成的。

人生也是如此。憤世嫉俗的人忠於人生。越是對人生執著的人，越容易時時對自己的人生懷有不滿，越無法忠於人生。我是透過「廣津 TERA」大嬸明白了這一點。

非親生也無乳頭

因為是陰天嗎？油脂工廠飄出的味道特別濃。碰到陰冷的日子，氣味就變得格外重，所以現在連那股油脂味本身都讓人覺得陰沉。想像它有如毒氣般悄悄地在低空飄散並籠罩全村，就覺得那股氣味蘊含著不祥的預兆。總之，那是令人作嘔的氣味。

「事件發生在夜晚。」

有些推理小說裡甚至會出現十次這樣的句子。是因為夜晚會隱蔽一切嗎？又或者是夜晚給了人勇氣？置身周遭萬物都消失的黑暗，能感受到的就只有自身的存在。是否因為只有自己獨留在黑暗中，才產生了自私的勇氣？所以「廣津 TERA」大嬸才選擇在晚上離家出走？

好像是從昨天傍晚開始，載成的哭聲變得很頻繁，但是一直到大叔走進來、用腳踢房門之前，後屋的人做夢都沒想到大嬸離家出走了。「這婆娘是跑哪兒去了！」聽到大叔怒吼，後頭傳來所有悲劇家族史場面不可或缺的嬰兒刺耳哭聲，這時各個房間才此起彼落地亮起燈。我們家一時之間充滿了緊張感。

「將軍」媽媽在夏季睡衣上頭披了件罩衫，搶先來到院子，接著外婆與我也走下石階，在房裡的阿姨則只是打開門往外看。

「什麼聲音啊？」

「不知道。」

外婆和「將軍」媽媽你一言我一語地說著，往孩子哭聲傳來的「廣津 TERA」家走去。她們好像在那兒跟大叔談了很久，大叔氣呼呼大吼「這婆娘的腦袋是不是不正常了？」的音量固然很大，「將軍」媽媽和外婆卻是輕聲細語的，不斷安撫彷彿下一秒就要把屋頂給掀了的大叔。過了一會兒，外婆回來了，懷裡抱著還在哭的載成。

「媽，怎麼了？大嬸上哪兒去了嗎？」

阿姨透過半開的房門縫隙探頭問。

但守口如瓶的外婆只是一言不發地爬上簷廊。

「她不是這種人啊，是有什麼事嗎？連孩子都丟下了……」

連「將軍」媽媽也只留下這句話就回房裡去。這和 Miss Lee 姊姊逃跑時的情況不同。就算「將軍」媽媽再喜歡說長道短，但像「廣津 TERA」大嬸這樣十足善良的人，她也不敢輕易打開毀謗的砲口。因為當壞人做壞事時，只會成為別人的話柄，但好人做壞事時，就成了悲劇。

外婆把載成帶進蚊帳，讓他躺在自己的被褥上頭，接著從壁櫥裡拿出老舊的夏被，重新替自己鋪了床。載成這時候還在哭，阿姨輕輕地拍撫他的胸口。然後，載成不過是因為先前哭得太厲害，所以哭累了，頭一沾到床就倒向一邊不吭聲了，阿姨卻露出覺得神奇的表情，說載成是因為她的手才靜下來。總是不經大腦思考、想說什麼就說的阿姨，終究還是說出挨外婆罵的話來。

「哎呀，載成真可愛，真希望我們能養他。」

「講話不經大腦的丫頭。」

但外婆罵人的聲音聽起來很無力。

載成躺在外婆和阿姨中間，沒多久就睡著。外婆也握了一下載成的小手，接著轉身躺下，長嘆了一口氣。

「明天早上得回來才行啊……」

雖然外婆覺得希望渺茫，但還是不由自主地自言自語，接著又嘆了一口氣。直到我完全睡著之前，外婆都一直在嘆氣，因此我不知道外婆嘆氣到什麼時候，而且我會在凌晨醒來，也是因為聽見了外婆的嘆息聲。

這天，外婆似乎不怎麼情願地迎接天亮，費力起身後才走了出去。當外婆拿著熬好要餵載成吃的米糊進來時，阿姨也已經起床。「媽，我來餵吧。」我瞅了一眼從外婆手中接過米糊碗的阿姨。她似乎覺得照顧載成是件好玩的事。

載成吃得很香，可吃到一半卻哭了。他一會兒哭，一會兒吃，吃到一半又哭了。他一口一口張嘴吃，似乎肚子是餓了。他把一大口米糊含在嘴裡，一邊發出「嚶嚶」的哭聲、一邊嚥下後，又再次張嘴接過米糊。也不知道這小傢伙有什麼好煩躁的，只見他從頭到尾都皺著一張紅通通的小臉。

「媽，他是怎麼了？怎麼邊哭邊吃？」

阿姨對於當起孩子的媽感到神奇，看到寶寶做出意想不到的舉動，露出「真是可愛死了」的表情。

「他大概也知道自己媽媽離家出走了吧，所以就算吃飯也吃得很傷心。」

外婆有一搭沒一搭地聽著阿姨做心理分析，默默地脫掉載成的褲子，拿掉尿布。隨著撲鼻而來的臭味，白色尿布上頭被壓碎的黃色糞便就這麼直接攤開在面前。阿姨嚇得連連往後坐，接著把頭離得遠遠的，只伸長了手臂，把米糊的湯匙讓給我。

「珍熙，妳去『廣津 TERA』把載成的尿布拿過來。」

外婆說完這句話後也嘆了口氣。見我抱了一堆洗乾淨後疊得整整齊齊的尿布回來，外婆說：「原來早有打算啊，看她事先都準備好了……」然後問我大叔在做什麼。

「側躺在那裡，好像在睡覺。」

「他朴廣津真是活該自找的。」

從昨晚以來，這好像是外婆頭一次拉高了嗓門，但她很快就平息下來說：「還是得張羅飯桌過去看看。」外婆起身走向了廚房。過沒多久，外頭傳來「將軍」媽媽尖銳的聲音。

「您要讓他知道媳婦的可貴啊，怎麼現在就替他端飯桌過去？他總得被教訓一次才行。換作是我早就發火了，不就是因為載成媽媽太過忍讓，才會搞成這樣子嗎？」

「妳以為把孩子丟下半夜逃跑是什麼好事嗎？」

「那倒是，沒想到載成媽媽是這種人，可真是狠心。就算有人給我千金萬貫，我也沒想過要丟下『將軍』一個人生活呢。」

雖然外婆是站在「廣津 TERA 大嬸」那邊的，但為了保持公正，所以才把袒護大嬸的心分一點給大叔，替他說了句話。「將軍」媽媽則是沉浸於罵人的樂趣之中，把兩邊都給罵了。

「說句實在話，我就沒見過有哪個女人放著孩子不管，從此就變好命的。女人不都是看著孩子過活的嗎？又不是看著丈夫過活。」

「就算每晚都捧東捧西也一樣嗎？」

「什麼？」

「丈夫白天在外頭花天酒地，晚上回來只會拳打腳踢，一分錢也不掙，換作是『將軍』媽媽妳，可以只看著孩子過活、任由丈夫動手嗎？」

打從一開始就在房裡聽兩人對話的阿姨，一副早就知道「將軍」媽媽會碰一鼻子灰的樣子，開始嗤嗤偷笑。

早上吃飯時，外婆也是食不知味，味同嚼蠟。要是大嬸不回來，要煩惱的事情可不止一兩件，但最重要的還是載成。家裡畢竟都是女人，所以還能幫忙帶上幾天，卻也沒辦法一直帶下去。

「在載成媽媽回來之前，我們就照顧載成幾天吧。」

外婆帶著苦澀的語氣說完這句話，起身抬起了飯桌。

「我得去田裡一趟，英玉你就別出門了，好好看著載成，記得要經常替他換尿布。」

「好哦。」

「像老么一樣乖巧聽話」這句話似乎就是用來形容這時候的阿姨。阿姨回答時非常爽快，卻在聽到外婆說「尿布」這兩個字時，特別看了我一眼。雖然我有預感會是由我負責換尿布，所以心裡不太情願，但沒辦法，畢竟看在我和「廣津 TERA」大嬸交情的份上，照顧載成也是應該的。

當然我是打從心底支持大嬸離家出走。到現在我都還記得巴士離去之後，大嬸依然站在飛揚的塵土中的身影。大嬸當時沒能離開，但昨晚她不知是被什麼力量牽引著離開了。從現在起，早上當我從茅廁回來時，就不必再一邊回想前一晚聽見女人壓低音量哭泣的聲音，一邊往「廣津 TERA」的方向望去了，這又何嘗不是件好事。

大叔的想法自然是與我恰恰相反。大叔做夢也沒想到大嬸會謀反，所以發現那低賤的畜生竟敢違背像天一樣高的丈夫時，簡直讓他瞠目結舌，但下一刻，那種情緒就轉變為暴怒。要是大嬸在離家出走一、兩天後出現在大叔面前，大叔可能會真如他宣稱的那樣扭斷大嬸的脖子。

可能就是外婆說的「逢三才是難關」吧，到了第三天，大叔一副垂頭喪氣的樣子，然後開始說要找大嬸。

大嬸娘家的村裡只有兩台電話，大叔打到有其中一台電話的里長家，和來接電話的丈母娘通了電話，但只聽到她沒好氣地說大嬸沒有回家。面對丈母娘的輕蔑，大叔很是氣憤，握電話筒的手微微顫抖著。他原本想大發脾氣說點什麼，但可能是突然意識到事實就擺在眼前，自己根本無從辯解，最後是沒精打采地放下電話筒。

大叔垂頭喪氣來到外婆面前傳達這些來龍去脈、表明自己要去大嬸娘家一趟的決心時，載成是揹在外婆的背上。大叔望著載成出神，彷彿整個家就要分崩離析一樣地深深嘆了口氣。不知道是因為大叔沒刮鬍子呢，又或者是三天以來都與燒酒瓶作伴，只見他兩頰凹陷，整個人看起來憔悴不堪，扮演一個要去把離家出走的妻子找回來、懊悔不已的丈夫真是再適合不過，也比他之前豪氣萬千地高喊「我朴廣津」怎樣怎樣、對世界頤指氣使的樣子要人性化多了。

整整四天的時間，在外婆從田地或水田回來的午後四、五點之前，都是由我負責照顧載成。對一個十二歲女孩來說，看顧小寶寶不是什麼太難的事，村裡就有許多比我的年紀更小、在父母下田時得自己做飯吃或照顧弟妹的孩子，比如有個名叫點禮的孩子就是這樣。

點禮即便是在跟村裡的孩子玩耍時，也總是用棉布尿布當成綁帶把弟弟綁在背上。但就算揹著小寶寶，點禮還是很會玩跳格子。當她順著畫在地上的線條以單腳踢石子、腳一蹬跳過格子時，她背上的小寶寶就會像每當巴士在石子路上顛簸奔馳，坐後座的乘客每顛一下就倒抽一口氣的樣子，惹得孩子們哈哈大笑。

點禮也很擅長跟人吵架，要是有人拔她一把頭髮，她是絕對不可能先退讓的。有一次我從學校回來，看到點禮好像是在玩捉迷藏時當鬼吧，她面向電線杆的方向站著，這時另一個女生不知道站在點禮後頭罵了什麼。從她氣呼呼的樣子看來，兩人大概是在吵架。不管怎麼說，點禮在罵人方面還是占了上風，另一個女生就氣急敗壞地打了點禮的背一下，結果是她背上的弟弟無辜挨了打。因為被打的是弟弟，點禮自然不曉得弟弟為什麼哭，所以不知情地繼續罵，導致弟弟又挨了一拳，一時之間哭個不停。後來點禮終於擺脫當鬼的命運，換成剛才跟點禮吵架的女生當鬼。點禮想躲進稻草捆內，急急忙忙地跑過去，她背後的弟弟在點禮每次奔跑時都會像玩翹翹板一樣，和點禮的頭一上一下，各自打起不同的節拍，直到最後點禮躲進稻草捆內，弟弟的頭晚一拍落下，最後點禮一聲不響往地上一趴。

我沒有像點禮那樣不懂事地揹著載成去村子口或玩捉迷藏，還有萬一我真的這麼做了，會出事的人不是我而是阿姨，因為外婆是把載成交給阿姨，不是我。

阿姨因為動了雙眼皮手術，反正也出不了門，於是很積極主動照顧載成，但她也只有在載成可愛撒嬌的時候——尤其是外婆在場的時候——才會刻意做些誇張的動作逗弄寶寶，碰到載成哭鬧或尿尿等真正需要照顧的時候，阿姨就會不滿地嘟噥，把寶寶丟給我。

大叔出門去找大嬸的那天，正好是阿姨左眼要拆線、右眼要動手術的日子，所以阿姨從一大早就不見人影。

夏日正午的空屋，安靜得讓人害怕。

我覺得家裡實在太過安靜了，於是走到簷廊上，把「將軍」他們家和每個店面都逛了一圈，但依然只有一片寂靜。「將軍」他們家的大門上了鎖，看來「將軍」媽媽八成又為了「將軍」跑去找那些跟會的成員，拿煎明太魚和涼拌泥蚶之類的餵「將軍」吃了。

其實「將軍」家其他時候也經常沒人在，所以現在家裡會顯得格外安靜，不是因為他們不在家，而是因為少了勤快地往返店面和井邊、不管遇見誰都會親切搭話的「廣津TERA」大嬸。我往簷廊底下探頭看，黑皮也不知道跑哪裡去了。成天在巷子或橋頭等地方四處溜達，等到要吃晚飯才回來，晚上就算天塌下來了，也照樣慵懶睡牠的大頭覺，這就是「幸福的狗兒黑皮」。

我們家坐落在巷子底，如果待在裡頭，連大馬路上的車聲也不太聽得到。太安靜了。外婆經常會把這種安靜形容為「就算裡面殺了人，外面也不知道」。一想到這句話，我總覺得應該要把門鎖好，於是走下石階，穿上拖鞋。拖鞋被陽光曬得熱呼呼的。

關上木門時發出的嘎吱聲聽起來要比平時大上好幾倍。響亮的聲響就是靜寂發出的聲音。由於門閂掛得很高，我必須踮起腳尖才勉強扣上門閂。

載成在簷廊上睡著了。在沒有一絲風吹來的炎熱天氣下，寶寶的額頭上沁出一顆顆汗珠，看起來好不可憐。看到載成臉上冒出紅痱子，我拿了把紙扇替睡著的他輕輕搧風。文姬的臉在我的指尖上反覆躺下又站起，搧著搧著，睡意也慢慢朝我襲來。

雖然我也想進房裡睡上一覺，又擔心載成會在移動的中途醒來，因此我只是將身子斜靠在簷廊柱子上。我望著天空幾條電線縱橫交錯的天空上頭沒有一絲雲彩。早上外婆洗完、晾起的載成尿布整齊列隊，一動也不動地貼在晾衣繩上。我聽見蒼蠅不知在哪兒拍打翅膀，嗡嗡叫個不停，那聲音以穩定的節拍在耳邊隱約來去，於是我迷迷糊糊地跌入了夢鄉。

我會從打盹中醒來，是因為聽見了載成的哭聲，但睜開眼睛一看，比起寶寶的哭聲，陣雨與雷聲重重撞擊鼓膜的聲音更為響亮。剛才還晴空萬里、充滿靜寂的院子，早已變得黑濛濛的，除了嘩啦嘩啦的傾盆大雨聲，遠處還傳來轟隆轟隆的打雷聲。

我立刻跑去院子把載成的尿布和衣服收起來。儘管我動作敏捷，發揮了在體育課時備受稱讚的折返跑實力，但等到我回來時仍然氣喘吁吁，而且淋成了落湯雞。可是我壓根沒時間擦乾頭髮，因為載成直到那時都還哭個不停。

我先檢查了尿布，發現載成尿褲子了，連胖嘟嘟的大腿都濕透了。「乖喔乖喔。」我按照外婆做的那樣一邊哄載成，一邊給他換尿布，可是換完尿布後，載成的哭聲還是沒停下。他緊閉眼睛、雙臂胡亂揮動著哭泣的樣子是如此頑強。肚子餓了嗎？我手忙腳亂地跑進廚房找米糊鍋，但這時載成依然不停蹬腿、哇哇大哭。為了不讓寶寶哭太久，我帶著米糊走出來的步伐之迅速，簡直可媲美孩子的媽了。我嘴上不斷模仿外婆平時唱的曲調，一邊哄寶寶，一邊舀起米糊送向載成的嘴巴。載成開始大聲地吸吮湯匙，這時我內心的著急才稍微緩和下來。我從簷廊柱子的釘子上取下毛巾，替自己擦了擦淬透的頭髮。

昏暗的院子裡下著滂沱大雨。換上乾爽的尿布後，載成輕輕垂下掛著淚珠的睫毛，滿足地吃下我餵的米糊，小小的臉蛋看起來是如此安詳。大概是因為稍早前在雷電交加的雨中收衣服，以及為了不斷蹬腳掙扎的寶寶而慌忙衝向廚房這些情況都已畫下句點，給我帶來了安心感吧，此時我望著下雨的院子，甚至對於能夠和載成單獨在空蕩蕩的家裡享受寂靜和安詳，感受到片刻的喜悅。

可是這時不知為何，載成再次拉開嗓門哭了起來。他好像不想讓嘴巴再碰到米糊湯匙一樣，用舌頭推開湯匙，握緊拳頭嚎啕大哭。就算我掀開尿布察看也毫無異狀，載成只是一再將湯匙推開，再也捉摸不透寶寶心思的我不禁慌了手腳。

剛才還聽起來很祥和的雨聲，這時狠狠鞭打我的耳朵，打雷聲也突然變得好吵。我不知道該怎麼辦，只能愣愣地盯著寶寶。

我只覺得自己應該先抱起寶寶，於是扶起載成並將他抱在懷裡，下一刻我卻嚇了一大跳。載成正在往我的胸口鑽，彷彿蕨菜般的小手扒開我的罩衫，把小小的嘴巴貼在上頭呢。他無論如何都要貼在我胸口上的本能動作是如此迫切，而寶寶的嘴唇就像溫暖的吸盤一樣。他想要的不是鐵湯匙的冰冷觸感，而是媽媽溫暖柔軟的乳頭。載成是纏著要我把那乳頭交出來，所以才會手腳不停掙扎、聲嘶力竭地哭鬧，哭到整張臉都紅了。

我將第二根指頭放到載成的嘴邊。他一接觸到指尖，誤以為那是自己想念多時的東西，小嘴動來動去，急著尋找乳頭。然後，等到我把手指放入他的嘴巴，他便彷彿要連同我的手腕一起吸進去似的用力吸吮。過沒多久，載成發現那不是乳頭，背叛感與絕望交織的情緒讓他再次放聲大哭，喉頭也跟著不斷顫動。

奇怪的事情發生了。那一刻，我的眼前浮現了一個被綁在柱子上並且正在哭泣的孩子。那個孩子在哭。因為自己的媽媽正從她眼前消失，所以那孩子哭了。不對，說不定她沒有哭。大概是沒有哭吧，因為要是她哭了，媽媽說不定就會折返替孩子鬆綁，比孩子哭得更傷心，並將孩子重新抱入懷裡。如果孩子在哭，說不定媽媽就不會丟下孩子走掉，但那是我三、四歲時發生的事。我完全不記得自己究竟哭了沒有。

孩子一直在哭，雨聲也以不亞於哭聲的氣勢敲打著院子。眼前我只看得見被綁在柱子上看著媽媽逐漸消失不見的孩子。為了看清楚那孩子究竟有沒有在哭，我皺起眉、瞇起眼仔細瞧，卻直到最後還是沒弄明白。可是我清楚地在那孩子的眼中看見了什麼，那是對於媽媽離去後自己被獨留下來的存在感到恐懼。那份恐懼感與害怕導致孩子皺著一張臉，可她卻連自己該不該哭都做不了決定。

我把載成擱放在簷廊地板上，開始覺得以放聲大哭表達「想要我善罷干休，還早得很呢」的載成十分冥頑不靈，甚至覺得他看起來很貪婪，像個十足邪惡的小壞蛋。載成的臉蛋和痱子一般紅，哭得呼天搶地，我最終忍不住出手在他臉上啪地打了一巴掌。

載成像是被火燙著似的受到驚嚇，哭得撕心裂肺。我又朝他的臉頰打了一巴掌。一方面是因為起了痱子，一方面是因為哭得很用力，再加上被我打之後留下了手印，孩子的臉變得紅通通。我就這樣任由他哭了。氣勢洶洶地哭了許久，載成總算也哭累了，到後來是用嘶啞的聲音低聲嗚咽。他開始以一定的間隔哭哭停停，等到再過一會兒，大概是哭到完全沒力，直接棄械投降睡著了。睡到一半時，他還會突地抖動一下身體，爆出一聲哭聲。

雨也停了。我把吊桶撲通丟進井裡打水，再倒滿白銅盆後洗了把臉。我的全身都因為汗水而濕透了。

載成也全身都是汗。我用涼毛巾均勻地擦拭載成的臉、手腳和胯下，雖然孩子柔嫩的臉頰上還留有手印，但我沒有任何愧疚感。我就像下大雨之前一樣，手持紙扇替睡著的載成輕輕搧風，可是我心中的溫柔情感消失不見了，而這不知道有多讓人慶幸。

大叔第二天就帶大嬸回家了。有別於出門時垂頭喪氣的模樣，大叔顯得得意洋洋。相反的，大嬸卻彷彿額頭上掛了沉甸甸的秤陀一樣低垂著頭、怯生生地走進大門，腳上還是踩著膠鞋，身上穿著老舊罩衫和鬆垮的裙子，手上則拿著就算要免費給竊賊，人家也不願拿走的包袱，樣子看起來十分寒酸。

阿姨一看到躺在我家簷廊上的載成，就一個箭步跑了過來，一邊喊著「載成啊！」，一邊將他摟進懷裡並大哭起來。於心不忍的外婆別過了頭，阿姨沒戴眼罩的那隻眼睛噙滿了淚水，大叔也懷著苦澀的心情目睹這一幕，「將軍」媽媽則是咂了咂舌配合大家。只有我能客觀平靜地正視這一幕。

大嬸哭得很傷心，那既是出於再次見到寶貝兒子的喜悅，但更多的，是對自己人生境遇的委屈。

去年春天，木材加工廠的奶奶過世時，哭得最傷心的，是二男三女中生活得最差、吃了許多苦頭的小女兒。那小女兒之所以在母親靈位前捶胸頓足、哭得柔腸寸斷，固然是為母親之死感到悲傷，但也是因為有了能放心大哭的機會，所以才會利用這個公開場合一解心頭之恨。

每當眼淚快停歇時，那個小女兒的腦海中又會浮現更多自己的委屈，於是又喊了一聲「哎喲！」，然後再度放聲大哭，導致在簷廊發花牌的男人們都當那女兒是個大孝女。至於在廚房的女人們，要不是同樣擁有能猜到小女兒心境的相似遭遇，要不就是比男人對人生更具觀察力，她們知道那小女兒的傷心不只是出於對母親的深切追弔之情，所以擱下了筷子說：「看來那小女兒最近還是過得很不好啊。」聽著「廣津 TERA」大嬸的抽泣聲，我聯想到的，正是木材加工廠的小女兒在母親靈位前抽泣的模樣。

把載成送回媽媽的懷抱後，我們一家三口坐在後廊，久違地吃了頓溫馨的晚餐。盛夏時節，我們經常像這樣在後廊吃晚餐。這裡有一棵柿子樹到現在還掛著叔叔的沙袋，光是看到那棵開始結出青澀柿子的柿樹上群葉隨風晃動，就能感覺到涼意。此外，即便是在完全無風的日子，也會因為後院的月見草開出黃澄澄的花朵，使南瓜葉包飯和大醬湯吃起來更有滋味了

「廣津「TERA」大嬸這麼輕易就回家了，阿姨隱約對此感到失望。

「怎麼才說去接她，就馬上跟著回來了？就是因為這麼沒自尊心，所以才會成天挨打啊。」

「嫁過來了就成了他家的鬼，女人就算離家出走了，還能上哪兒去……」

外婆對於終究只能重返悲慘人生的大嬸心生憐憫，話也沒說完，最後還是忍不住嘆了口氣。阿姨聽到「他家的鬼」這幾個字後噘起了嘴唇。

「離婚不就行了嗎？」

「胡說八道，我們那年頭就算沒見過新郎，嫁出去以後也過得很好。」

「真是的，沒見過是要怎麼選丈夫啊？」

「只要想著這人是老天爺替我決定的丈夫，下定決心就能活下去了。感情嘛，日子久了就會生情，反正不管有沒見過，還不都是要跟別人一起生活。」

「但是，怎麼能第一次見面就過初夜？如果在新婚房裡看到新郎，發現他是世界上最噁心的男人，哎喲，那還是一起睡嗎？要怎麼跟討厭的男人一起睡？光看這點，就覺得以前的女人真開放。」

「瘋女人！看看妳在自己媽媽面前說些什麼啊。」

外婆一臉「我真不該跟妳討論這些」的表情。

「真的是這樣啊，第一次見到的男人，而且還不喜歡他，卻突然說要睡在一起？這怎麼可能。」

「妳這丫頭，珍熙也在旁邊，妳還不快住嘴。」

「珍熙在旁邊又怎樣？珍熙比我……」

「別吵！」

話尾被切斷後，阿姨趕緊喝光倒進飯碗的鍋巴湯，在飯桌前退一步坐著，但終究還是堅持把話說完。

「珍熙要比我知道得更多呢，她不知道有多早熟呢。」

碰到這種時候，我就只是偶爾瞥一下月見草，默默地吃我的飯。

從第二天起，大嬸又出現在井邊了，什麼也沒變。雖然她和往常一樣忙著裡裡外外的各種大小事，看起來也無精打采的，但還是努力擠出笑容，甚至能明顯看出來她想對我們比之前更好，藉此補償自己逃跑的不光彩事蹟。大嬸的生活不僅沒有改變，離家出走還成了一種前科，反而削弱了大嬸在道德上的地位。大叔的行為非但沒有改變，嗓門還更大了。大嬸究竟為什麼要回來呢？我只覺得訝異。

是因為不安嗎？像大嬸一樣強韌的人，無論生活有多艱辛，只要是自己已經熟悉的事，就都有信心能戰勝，對於面對全新的挑戰卻充滿了不安，沒有半點自信。那是像大嬸一樣的那種人——對人生充滿堅強意志，卻不懂分析自己人生——致命的弱點。

好一段時間過後，我才聽外婆說起，大嬸即便回了娘家也覺得像是去了別人家，睡也沒睡好。那是對未來充滿不安、想要展開全新人生的人都會有的情緒，大嬸卻以為是因為那裡不是自己的家，認定自己離開家就活不了，因此對離家出走一事感到懊悔。

「第一天還覺得無事一身輕真好，可是過了一晚就開始擔心店裡的事，又想著家裡不知道變成什麼樣子……為了載成……」

大嬸語帶哽咽，沒辦法接著說下去，然後摸了摸睡著的載成的頭。

「總之還真奇怪呢，就算是待在我從小長大的娘家什麼事都不做，只是靜靜地躺著，全身也沒有一處不痛的，內心還不安得要命。」

「畢竟有句話說，女人從小長大的家不是自己的家。」

「我千叮嚀萬交代，要是載成的爸打來電話，一定要否認到底，可是真的到晚上都沒人打電話找我。從那時開始，我就失落地心想，是不是就算沒了我，他們也過得很好，總之怎樣也睡不著。」

大嬸甚至心想，萬一到了第三天大叔也沒來找自己的話，那該怎麼辦才好。這時，她開始覺得自己好像正在焦急地等待大叔來接自己回家，而且意識到這一點的那一刻，大嬸也真的開始等待了。那天晚上大叔走進大嬸娘家的柴門時，大嬸內心產生的喜悅，似乎就是經過這種風化過程而來的。大嬸對於全新人生的勇氣，已經透過風化作用削光了稜角，有如無關緊要的碎石般在腳下滾來滾去了。

「載成的爸去了後沒有大發雷霆嗎？畢竟他是脾氣火爆的人，所以我還有點擔心呢。」

「實際看到載成的爸時，我的心跳確實漏了一拍，感覺他會不分青紅皂白先衝著我破口大罵，再一把揪住我的頭髮，但他沒這麼做，而是用求情的語氣安撫我。可是珍熙的外婆，人心可真是可笑啊，您知道我內心當時在想些什麼嗎？」

「是想跟著他走嗎？」

「不是，我只是心想，那人應該上午就出了門，不知道午飯吃了沒有，也莫名覺得不管原委如何，畢竟女婿都特地來了，娘家母親卻連看都不看一眼，真是太不近人情了……總之女人就是這麼無奈吧，錯都在我，把沒出息的女兒養大後嫁出去的娘家母親能有什麼錯呢……」

大嬸說到這裡，露出淒涼的笑。

大嬸把大叔丟在院子，自個兒走進了房裡，這時大嬸的娘家母親才出來對大叔說了番話。大嬸說自己透過門縫看著這幅情景，提心吊膽地想，這樣下去大叔會不會大發脾氣，同時又再次苦笑說：「女人就是這麼無奈吧。」

可是大嬸說，直到這個時候，自己都沒想跟大叔走。剛開始丟下載成離家時，大嬸覺得自己實在活膩了，一點也不想回頭，但現在，若是大叔肯痛改前非，看在孩子的份上，大嬸是有意思回去，但那也要等大叔夠心急了，和大嬸約法三章說自己願意痛改前非才行。

然而那天晚上，就連大嬸最後的決心也瓦解了。

娘家母親囑咐大嬸不要走出房間，說道：「總之，假如妳以後要繼續跟那人一起生活，就要藉這個機會好好挫他的銳氣。」所以大叔直到晚餐飯桌撤掉之前，都見不到大嬸。聽到大叔說：「讓我見她一面吧。」娘家母親堅持：「如果要再讓我女兒受苦，就不要說要帶她回去，等明天天亮了就自個兒回去吧。」但是吃完晚飯後，大嬸透過門縫望著大叔坐在後廊的背影，最終因為太過好奇載成的消息而沉不住氣。

「只要聽到一句『孩子過得很好』，我就能打直雙腿安心睡上一覺了。是這樣做好呢，還是那樣做才好？我在房裡想來想去，還是做不了決定。我打算就只去問一下載成的消息，所以打開了房門，結果載成的爸爸向我求情。」

「他說了什麼？」

「他說珍熙一個人在照顧載成，要我為了孩子著想跟他一起回去。」

我本來很努力裝作沒在聽兩人說話，這時忍不住朝外婆的方向偷看一眼。外婆正要開口說話，但大嬸不給外婆說話的機會，她像是在吐露什麼祕密一樣，身體稍微往外婆靠近一點。

「那個，因為是您我才說的……」

「……」

「我好像在那天晚上懷上老二了。」

開口前猶豫不決的大嬸，在說完要說的話後，露出一副快哭出來的樣子。

「是我瘋了。載成的爸說往後會收心，兩人一起開心過日子，聽他這麼說，我就……」

終於，一行淚水順著大嬸的臉頰流下來。

「感覺就像第一次有人向我求婚。」

大嬸眨了幾次眼，將快要再次流下的淚水收了回去，然後稍微低下頭，用手背擦去已順著臉頰流下的眼淚。再度開口時，大嬸的聲音有些沙啞。

「我是生平第一次聽到這樣的話，就連結婚時也沒聽過，當時我心裡就只想死。身體怎樣的已經隨他去了，但載成他爸連心也永遠不在我身上……我只想著要死命抓住他，那些情話連作夢都沒想過。」

外婆只是默默地輕輕拍撫大嬸的背。

那晚跟大叔一起過夜後，大嬸有如度過初夜的新娘子一般羞澀。她本來就覺得自己沒臉見娘家的人了，去廚房時，娘家母親的目光又是如此咄咄逼人。「要是妳像顆好欺負的軟柿子，妳就只能一輩子命苦。」聽到娘家的母親說了難聽話，大嬸感到很委屈，另一方面也覺得連娘家都這麼苛待她，果然自己能依靠的就只有丈夫了。大嬸就這麼跟著大叔回家了。

說完後，大嬸乾咳了幾聲，清了清沙啞的喉嚨，正打算接著說下去時，「將軍」媽媽打開自家房門走了出來。「將軍」媽媽穿著膠鞋往我家簷廊的方向過來，從流淌在外婆和大嬸之間尷尬的沉默，看出兩人是因為自己出現才中斷了某個有趣的話題，於是把屁股搭在簷廊的邊緣，試著要加入其中，外婆和大嬸卻裝作現在才把老早就疊好的尿布疊完一般，抱起那疊尿布站了起來。

「怎麼，您打算起身啦？」

「不是該做晚飯的時間了嗎？」

外婆把「將軍」媽媽的惋惜之情乾淨俐落截斷了。

我獨自躺在房間內，開始仔細地思考大嬸的人生。

雖然那麼努力地生活，大嬸卻沒能當自己人生的主人，她只是忠實於被賦予的人生，但說到自己決定人生，卻是連想都不敢想。

大部分的大人都缺乏冒險精神。相較於追尋自己真正的人生，他們消極地相信目前的人生是自己擺脫不了的命運，選擇苦撐下去。特別是女人，讓女人全然接受自己被賦予的人生的，背後有讓人萬念俱灰的「宿命論」在發揮強大影響力。命運儘管不合理，宿命論卻造成了決定性影響，導致女人的人生變得不幸。因為它會使女人接受偶然遭遇的不幸，而非試圖擺脫，結果是繁殖更多的不幸。

在被迫發生關係時，大嬸就應該擺脫自己偶然遭遇的不幸。等到能整理自己衣著時，她應該立刻送上一巴掌，不然就朝對方吐口水，然後轉身忘得一乾二淨。但大嬸沒這麼做，她徹底死心地認為自己的人生已經底定，因此拚死拚活纏著大叔。直到大嬸實在受不了而逃跑，她也意識到兩人之間無法逆轉的命運，認定大叔是自己身體的主人，最後不得不回到大叔的手掌心。

許多女人的婚姻是由第一次決定。對於初吻或第一次身體交合的人，女人會賦予特別的意義，而且，由於女人從小就被灌輸她們的禁忌所馴服，因此會視之為命中注定。只因為是第一個男人，女人便接受與他一起生活，一輩子不曾想過要改變。

問題在於，這種第一次經驗經常是偶然發生的。光從我周圍聽到或看到的也都是這樣。女人不是非得跟自己心愛的男人才能發生初吻，才能初次寬衣解帶，因此性應該是屬於自己的，既不屬於丈夫，更不屬於初次打開門扉的男人。

誰取走自己的處女性，誰就是自己的主人──對偶發事件賦予命運上的意義，我只覺得這一切很愚蠢。阿姨曾從京子阿姨那邊借來小說，而這些小說的作者湯瑪士·哈代與莫泊桑，想必就是為了說明這一點才寫了《黛絲姑娘》和《女人的一生》吧。

我的想法可以總結為三點。第一，初次經驗並非命運而是偶然。第二，女人之所以萬念俱灰地接受它，是因為從小被迫接受關於性的禁忌。第三，我既然透過自制訓練擺脫了「不能對異性的性器產生興趣」這個禁忌，自然就能打破所謂初體驗的禁忌。

只要機會來臨，我隨時都準備好要打破初體驗的禁忌。就算機會來的比大人們認定的適當年齡還要早也無所謂。只是，我沒想到那機會來得這麼早。人生向來如此，機會也總是來得偶然。

涼蔭下的美少年

儘管夏天的威力減弱了，但在放學回家的路上，九月的陽光依然炙熱無比。最近，郡廳前的道路正在進行柏油工程。上下學的路上，我也經常興致勃勃地在一旁觀賞施工過程。剛開始是先挖路剷平，在上頭鋪上碎石，蓋上沙子後灑水，接著有如坦克般裝有巨輪的壓路機從上頭開過去，那些尖尖的石頭就被壓扁了，乖乖地貼伏在地上。連著幾天都重複著在碎石上蓋沙、灑水，壓路機從上頭經過的工程，直到今天似乎終於鋪上了瀝青混凝土，周圍聚集了不少湊熱鬧的觀眾。

我也擠在大人當中，觀賞黏膠潑灑在地面的過程。

「原來不是直接把瀝青倒進孔固力[53]啊。」

「就是說啊，等於是在地上塗黏膠，再貼上柏油嘛。」

「那黏膠叫做什麼？那個矮矮胖胖的人好像是首爾來的技術人員，要不要問問他。」

「因為有太多人問了，所以他剛才有說明，好像說是瀝青底漆，給瀝青抹粉底用的。」

53　源自日文コンクリート（concrete），混凝土的口語說法。

「哎呀，話說回來，看看那柏油路，一團烏漆抹黑的東西上頭熱氣騰騰，好壯觀啊。」

我一邊聽著大叔們說話，同時也沒錯過親眼目睹倒下黑漆漆的瀝青混凝土後，龐大的壓路機在上頭輾壓過去的過程。路面有如蒸糕般冒出了裊裊熱氣。就像蒸糕層層包覆紅豆沙，路面也將石板鋪在自己的肚皮底下，隨著裊裊的熱氣慢慢熟透。

郡廳前的「情茶坊」和「勝利撞球場」，也有幾個人出來觀賞壓路機毫不留情地輾壓碎石和混凝土的優雅機械動作。只要說到湊熱鬧，就絕對不會缺席的「廣津 TERA」大叔，果然也毫無例外混在人群中。大叔發現我之後，對我擺了擺手要我趕快回家。他這個舉動既是想「跟我裝熟」，也是想「擺出大人架式」，但我裝作沒看見他，刻意避開涼蔭，走在烈陽底下回家。整顆腦袋熱呼呼，身體逐漸疲憊慵懶的感覺，不怎麼讓人討厭。

走進大門後，我總會往井邊望去，接著也瞅了一眼後院，因為不久前有人住進了後院轉角處的房間。

阿姨有個朋友是電話接線員，那位接線員朋友說新來的同事在找房子，問能不能租我們家的空房。外婆認為舅舅離開後家裡就變得冷冷清清，要是有人住進後院的空房也不錯，而且聽說那位朋友帶著弟弟，也覺得要比隻身生活的女人更有家人的感覺，所以就讓那對來自道廳所在地的姊弟住進了那個房間。

姊弟倆當中的姊姊，我稱她為惠子阿姨，是個非常美麗的女人。外婆先前本來還想讓人住進後屋，但是等到惠子阿姨他們實際搬進來了，外婆卻顯得不怎麼高興，而它純粹是因為惠子阿姨的出眾外貌。惠子阿姨有著善良隨和的眼神加上纖細身材，還有可能因為擔任電話接線員，所以說起話來有一點嬌滴滴的鼻音。她的身上似乎蒙上一抹陰影，說好聽一點是流露出憂愁的氣質，但說得直白些，就是整個人散發出淒涼感。

「將軍」媽媽也幫腔，說惠子阿姨的臉蛋不是單純的漂亮。從她笑瞇瞇的眼角看來，是能抓住好幾個男人的容貌，還有光看她那纖細的手腕，就容易引起男人的遐思。外婆數落阿姨怎麼就這麼沒有看人的眼光，要是把那對姊弟帶進家裡，早晚會出事的。被外婆一說，阿姨也生氣地嘟囔道：

「我也跟那姊姊不太熟啊，就只是朋友介紹的而已。之前還叫我去打聽有沒有人要租房，媽也真是的，妳不是說獨自生活的女人不行，但姊弟倆一起就很好嗎？」

「其實那個弟弟更讓人不放心。」

對外婆來說，惠子阿姨有惠子阿姨的問題，但外婆對她弟弟「玄錫哥哥」（雖然把惠子阿姨的弟弟叫做「哥哥」是不符合輩分，但我實在沒辦法把只大我三歲的人叫成叔叔）也莫名產生了芥蒂。按照年紀來說，玄錫哥哥應該要上國二了，可是他沒有上學。儘管惠子阿姨說那是因為他們急著從先前的住處搬來，沒來得及辦理轉學手續，但我可以看出玄錫哥哥已經很久沒上學了。外婆對此做出兩種分析。

「姊姊親自掙錢教導他，還能是什麼情況？肯定是因為家境清寒，所以才只讀到國民學校，再不然就是他們四處流浪，所以連踏進學校的機會都沒有。」

不管是哪一種情況，外婆都同樣不滿意。雖然外婆撫養著無父無母的我，但她對孤兒的偏見果然也與他人無異。不知道在哪裡、怎麼撫養長大的男孩子，與開始有女人樣的寶貝金孫女同住一個屋簷下，外婆自然是放不下心。她對於在同一個家裡住了好幾年的「將軍」就完全沒有這種警戒心。

這也難怪了，因為不管在哪方面，玄錫哥哥都是傻乎乎的「將軍」比不上的，最重要的是，他長得很俊俏，嘴角的酒窩與白皙的臉龐很相襯，形成細膩的線條，加上細長的睫毛、顯得迫切的眼神，就跟他姊姊一樣，具有擄獲人心的魅力。

外婆每次去田地或水田時，明知這些話很無謂，但總會囑咐阿姨不要讓家裡沒人。外婆不知道其實根本沒這必要，因為我深愛的，就只有以口琴和山羊的剪影為背景佇立的許錫。儘管初次見到玄錫哥哥的時候，我確實也想過「世界上還有這麼漂亮的男生啊」，但那不過就像晚上見到月見草時心想「多麼惹人憐愛的花啊」一樣，是任何人都會感受到的普遍情感。至於我專屬的特殊情感，早已為許錫所占據。

只不過是發生過這樣的事。

外婆的顧慮是多餘的，玄錫哥哥別說是討我歡心了，他甚至不曾主動跟我攀談。他總會帶著略為沉鬱的氣息，像影子一樣靜靜的，卻又散發出難以言喻的香氣之類地從我身旁經過。有一次，那是玄錫哥哥剛來我們家沒多久的事，早上我在井邊碰見了玄錫哥哥，但他完全沒看一眼正在往臉盆倒水的我，只是默默地洗漱完就起身了。接著，他把自己彷彿整個泡進臉盆清洗後撈出來的白淨臉蛋埋進毛巾裡，我則是縮著身子盯著我的臉盆，手上正在抹香皂，但其實正側眼仔細觀察起玄錫哥哥。

「珍熙出來啦？」

玄錫哥哥的腳步伴隨著這句話消失在我的視野中，取而代之的是崔老師的條紋睡衣和毛髮茂密的腿。

「今天第四節下課後別忘了到禮堂來。上次拿了第一名就得更努力才行，不然秋天大賽就要給人看笑話了。」

我一方面覺得開學才多久，老師就開始訓斥學生，讓人感到很不爽，也對於錯過玄錫哥哥離去的身影感到惋惜，因此心不在焉地回答崔老師之後，開始往自己臉上潑水洗臉，可是等到我粗魯地把洗臉水倒進下水道口後站起來時，整個人僵立在原地。玄錫哥哥並未直接回轉角處的房間，他正站在井邊的豆柿樹下望向我這邊。九月晨間的天空如此蔚藍，看到以那蔚藍的天空為背景、露出夢幻笑容站著的玄錫哥哥，那一刻我又忍不住心想：「世界上還有這麼漂亮的男生啊。」

回到房間後，阿姨還躺在被窩裡抱著收音機說：「きたない老師在外頭吧？那我等一下再去洗臉。我不想看到那身條紋睡衣。」說得好像自己之所以比年幼的外甥女更晚起床，並不是因為她生性懶惰，而是基於閨女的精神潔癖。可我到現在還沒把目光從玄錫哥哥佇立的豆柿樹下收回來，所以什麼也看不見。

但也只是這樣而已。上學的路上，當我走在橋上時，突然感覺到風變溫柔了。許錫離開已經過了兩個月。

要不了多久，善良文靜的惠子阿姨就消除了外婆心中的芥蒂。外婆甚至還稱讚惠子阿姨心靈手巧、舉止謹慎。

就連剛開始惠子阿姨來這個家時，比任何人都神經兮兮的「將軍」媽媽也沒挑剔什麼。依照「將軍」媽媽挑人毛病的實力，就算只是在她眼前晃來晃去，她都可以說對方是愛炫耀自己長得漂亮什麼的，總之無論如何都會想辦法找碴，但惠子阿姨得出去上班，加上她就連在家時也只待在後屋不露臉，最後「將軍」媽媽也覺得很滿意。阿姨雖然也很嫉妒惠子阿姨的美貌，但畢竟是自己牽線讓惠子阿姨來到我們家，所以也沒辦法發表意見。不過有幾次阿姨去借指甲油和べに[54]來用之後，就說惠子阿姨很時髦，喜歡上她很有人情味這點，把她當成了親姊姊看待。

家裡的人從惠子阿姨身上散發的氣質，還有帶著弟弟四處流浪的樣子推測她是有什麼苦衷，不過既然已經認定他們是家人了，就不會刻意想去打探隱私或是覺得他們可疑。同住一個屋簷下的家人做出了結論：既然人家是有苦衷，那也沒辦法啊。而且大家也隱約相信，惠子阿姨在其中扮演的不會是惡人角色。

54 音beni，胭脂。

玄錫哥哥也沒有讓人不順眼的地方。首先是因為他就跟自己的姊姊一樣很少走出後院，自然也不會有讓人礙眼之處。他們姊弟倆非常清楚自己身為外地人的處境，在單純因為是外地人，所以必須忍受好奇心與排他眼光的初步階段，他們安靜地往後退一步，盡可能慎重地配合既有的秩序，這也意味著他們身為外地人的淵源已久。

電話接線員經常加班。碰到惠子阿姨加班的日子，玄錫哥哥就經常一個人坐在後廊。後房的簷廊和我們房間的後廊隔著大廳連在一起，我偶爾坐在後廊望著柿子樹時，會發現玄錫哥哥坐在那尾端的身影，而每一次外婆似乎也都看見了哥哥，因此會要我拿蒸玉米或馬鈴薯之類的過去給他。外婆對於自小無父母的孩子的警戒心，早已轉變為對於在姊姊不在家的夜晚，獨自坐在簷廊尾端望著柿子樹的少年的同情。

昨天惠子阿姨加班了，所以今天肯定不值班，那麼姊弟倆應該都在家裡才是，可是後房那邊卻一如往常沒有半點動靜。後房不僅照不太到陽光，加上院子很深，水也不容易排出去。若是梅雨季節往那邊走去，鞋子還會陷入院子的泥沼，等到好不容易把腳抽出來了，就會發現上頭沾上了一坨爛泥巴，連走起路來都踉踉蹌蹌。即便是像最近這樣的九月天，到外頭仍會感覺到寒意，加上院子裡長出了青苔，不管從哪個角度來看都不是住起來舒服的地方。儘管如此，就連家裡人大多不在的晴朗大白天，他們卻彷彿什麼罪人似的窩在陰暗潮濕的後院不出來，總覺得怪可憐的。

我扔下書包，從簷廊底下取出臉盆拿在手上，走到了井邊。頂著炙熱的大太陽走了一段時間後，如果能把熱呼呼的臉蛋浸入冰涼的井水中，感覺會比隨便沖洗一下還要暢快許多。當我把白銅臉盆擱到井邊的水泥地上，發出了鏘啷的聲音。我將吊桶丟進井裡，突然心想阿姨不知道上哪兒去了。

她最近因為找不到工作而焦急不已，甚至抓著惠子阿姨問，該怎麼做才能當接線員，只要有人來家裡，阿姨就會無緣無故地問人家有沒有工作機會。

不久前，有個客人找來家裡，說是鄰村的油脂工廠幹部。他說要擴張工廠規模，纏著要外婆賣掉工廠後面的田地，那時阿姨甚至還趨前詢問那位客人：「大叔，您是從油脂工廠來的嗎？那裡現在不缺人嗎？」客人離去之後，她不知道被外婆罵了幾次「頭腦只有五歲的丫頭」。阿姨唯獨在外婆面前沒有分寸都是有原因的。

阿姨最近手頭很緊，因為就連「Sister」時期存的一丁點積蓄，也全都用在上次的雙眼皮手術上頭了，去見李亨烈也需要花不少錢。即便只是屁股貼在炕上靜靜坐著不動，對年輕女人來說，最起碼該花的錢還是得花，加上阿姨希望能將自己的容貌打扮得像惠子阿姨一樣時髦，所以只靠外婆給的不定期失業津貼自然是不夠的。覺得自己需要賺錢的阿姨認為，反正問人又不花本錢，心裡也盤算著至少這能成為讓外婆提高津貼的間接示威，所以逢人就把求職掛在嘴邊說個不停。

今天早上，阿姨也在飯桌前用這樣的話試探外婆。

「要是找不到工作，我只得去當人家的廚娘啦，手頭沒錢都快把我逼瘋了。」

「廚娘？去做啊。連一隻襪子也不洗的人，等到去當了廚娘，就能做得很俐落了吧。」

「要是我想做，哪有做不到的？連磨坊家的英淑也做過了，他們家不是比我們有錢多了嗎？」

「那是因為磨坊倒閉了，所以至少她得出去賺錢，不然能怎麼辦？」

「那我也是啊，我也是因為沒錢，所以只能去當廚娘啊，只要我想做就能做，哪有做不到的？」

阿姨不懂什麼叫做邏輯。此時阿姨需要主張的，是自己經濟破產到必須去當廚娘的程度，因此需要外婆提供支援，絕對不是她執意要當什麼廚娘，可是她卻被自己說出的話牽著走，論點越走越歪，變成口沫橫飛地主張自己沒有當不了廚娘的理由。到最後，阿姨徹底表達了自己充分具備當廚娘的理由與能力後頓時無話可說，不知道自己為什麼要為此爭得面紅耳赤，並且對於擺在面前的結論，只剩下「自己充分具備了當廚娘的理由和能力，現在立刻去當廚娘也綽綽有餘」的判定感到迷惑不解，每次都是這樣。

說起英淑阿姨的事，我也是知情的。她的妹妹英琳和我同年級，所以我要比阿姨知道得更詳細。英琳他們家因為磨坊倒閉了，導致一家人離散。父親留下成堆的債務後抑鬱成疾、離開人世後，母親說要去賺錢，把英琳他們五個兄弟姊妹丟下離開了家。身為老么的英愛年紀還小，所以被送到村裡的外婆家，而英琳必須自己做飯吃，家裡也還有兩個手足要上學。為了負擔弟妹的學費和生活費，身為大女兒的英淑阿姨於是去「大東醫院」當起了廚娘。

從來沒做過事的英淑阿姨，在「大東醫院」夫人（同時是申花暎的母親）底下遭受了無法為外人道的虐待。「大東醫院」的夫人認為，對待下人時，必須從一開始就讓他們覺得自己不是個人，而是機器，好好地嚴格管束他們，這樣往後若是稍微對他們好一點，他們就會因為主人的人情味而大受感動。英淑阿姨基於得養活弟妹的責任感，已經在夫人的管理下承受了三年的地獄訓練。這三年期間，英淑阿姨從女孩變成了姑娘。

「大東醫院」的院長心想自己的妻子對廚娘是有些過分了，但他也不是什麼講人情味的人，加上干涉這點小事只會有失體面，對自己沒有半點好處，所以他剛開始也覺得這事與自己不相干。就算是苛待廚娘好了，只要那天晚上擺的飯桌和平常一樣，對他來說就什麼事都沒發生。

可是，隨著原本與自己毫不相干的廚娘越發標緻，院長慢慢開始覺得廚娘並非與自己毫不相干。他想起自己的妻子善妒，於是悄悄地收起目光，但越是這樣，廚娘年輕有活力的姿態越是經常映入他的眼簾。有一天，他趁著酒意正濃變得大膽之際，敲了敲廚娘的房門，說：「英淑啊，妳這麼早就睡啦？妳辛不辛苦啊，英淑？」

就客觀的立場來看，那個廚娘——稱她「苦命姑娘」更為貼切的英淑阿姨——沒有察覺主人大叔的聲音聽起來偷偷摸摸的，反而確實像個「只要對她好一點，就會因主人的人情味而大受感動」的廚娘，慌忙地打開了房門。說時遲那時快，一陣酒氣撲鼻而來，一個貪婪禿頭男子的身軀朝英淑阿姨純潔的身體撲來。英淑阿姨死命尖叫，剛好最近夫人正好發覺丈夫對廚娘露出水蛭般的眼神而繃緊了全身的神經，這時二話不說飛奔而來。

從男人的身軀底下脫身時，英淑阿姨感到安心，以為正義勝利的時刻來臨了，可那天晚上英淑阿姨卻抱著包袱被趕了出去。妳怎麼膽敢對主人亂搖尾巴，誰不知道妳是打算勾引正經的老爺，訴說自己身世有多淒涼，到最後乾脆霸占主人的臥房，從此麻雀變鳳凰了。所以我才會對於用人這麼挑剔啊，但我看妳一個生活困苦的孩子可憐才收留了妳，妳卻不懂得知恩圖報，光是沒把這消息傳出去，還讓妳逃跑，就已經是我們最大的恩惠了……「大東醫院」夫人咬牙切齒地說了這些話，而被驅逐的英淑阿姨多了個罪名：「通姦罪」。

英淑阿姨去了首爾。她趁夜離開故鄉，決定不再過廚娘生活，因此除了酒吧以外無處可去的她，據說現在在美軍部隊附近過得很好。雖然也曾聽人說她和美軍結了婚，但在我們鎮上的正式說法是，她在某家工資很高的假髮工廠上班。

不管怎麼說，英琳他們家因為英淑阿姨寄來了不少錢，所以生計改善了許多。我忘記在哪兒聽到傳聞，說英琳的媽媽也回來了，所以不久前英琳擺脫了少女家長[55]的命運，再次成為普通的五年級學童。英琳不斷炫耀說，等自己從國民學校畢業就要去首爾找出人頭

55　韓文特定用語，通常用來描述在家庭中承擔主要經濟責任的年輕女孩。

地的姊姊。她姊姊在信上說，其他書都不用讀，只要能說好英語就能賺錢、出人頭地，要她專心學習英語，於是她憑著去年才勉強背下九九乘法表的愚鈍腦袋，現在就開始背起了ＡＢＣ。「耶逼溪低、伊耶鋪居、耶區哀伊傑凱伊、耶摟耶悶批……」要是阿姨聽見了英琳背ＡＢＣ的聲音，八成不會聯想到那是在念英文字母。

阿姨說自己也要當廚娘，但為什麼偏偏要選英淑阿姨來當說明廚娘職業地位的例子呢？她之所以這麼單純又以自我為中心，固然是因為與生俱來的品性，但我忍不住想，若要讓阿姨改變這天生的品性並成為一個成熟的人，未免太缺乏考驗的機會了。阿姨就連愛情也談得很順遂。令人不安的是，就是因為這樣，所以阿姨把愛情想得太過平坦順遂。

總之，有別於阿姨，世界上多的是為情所苦的人。後來才知道，惠子阿姨也是其一。

冷不防地，大門像是要被人拆了一樣砰的一聲打開。雖然在我們家會用那種方式開門的人就屬「廣津 TERA」大叔，但也只有在大半夜，而且還是他喝醉時才會展現這種豪氣。究竟是誰用這麼吵鬧的方式撞開別人家大門？坐在井邊的我，維持著把手泡進臉盆的姿勢，不由自主地趕緊起身。

怎麼是個大嬸？這位大嬸的身形矮胖，身上披著最近流行、有著菊花圖案的閃亮韓服，雖然說的確是頗具風采，但畫得對稱的一對眉毛卻顯得很嚇人，甚至看起來有些滑稽。見她一副彷彿馬上就要捲起袖子般的氣勢，怒氣騰騰地闖進院子裡，不禁讓人心想要不是薔花和紅蓮[56]的繼母復活了，不然就是來追債的。

「那婆娘在哪裡，啊？我問那婆娘在哪裡！」

大嬸擋在簷廊前站著不動，一隻腳彷彿要把膠鞋給甩掉一樣用力跺地，同時拉開嗓門大吼，可是當她意識到家裡都沒人，很可惜沒有半個可以被她的氣勢嚇壞的罪人，只有完全不知道發生什麼事的小鬼頭（也就是我）正愣愣盯著她看時，她用一種「我看妳還是個孩子所以就饒過妳」的寬容語氣，並帶著「因為我現在是站在陌生的小鬼頭面前，所以我會維持大人的權威，但休想期待我剛才展現的怒氣會有所改變」的決心，以尖銳嗓音吐出：

「喂，這裡住了個叫做鄭惠子的女人吧？」

我這才知道看似《薔花紅蓮傳》繼母一般的大嬸，事實上是《謝氏南征記》[57]的喬氏夫人（雖然下一刻我意識到自己弄混了，謝氏夫人才是正室，喬氏夫人是小妾，但那個矮胖的大嬸跟我想像中的喬氏夫人實在太過相似，所以我就這麼稱呼她了）。對我來說，要猜測喬氏夫人和惠子阿姨的關係不怎麼困難，而這就是惠子阿姨那不為人道的苦衷。

「喂！我問妳鄭惠子那女人在哪裡，沒聽見我說話嗎？」

---

56 典故出自韓國古典小說《薔花紅蓮傳》，作者與確切年代均不詳。故事描述平安道鐵山的座首裴武龍有兩位女兒「薔花」與「紅蓮」，在妻子過世之後，裴武龍娶進了容貌醜陋且心腸狠毒的許氏。許氏平時不僅會虐待薔花與紅蓮，最後更栽贓薔花，使其走上絕路，妹妹紅蓮也因過度思念姊姊而踏上不歸路。

57 朝鮮肅宗時期，小說家金萬重以中國明朝為舞臺創作的小說，描寫一個中國官宦家庭的正室謝氏夫人與小妾喬氏夫人的爭鬥，但實際上針對的是朝鮮肅宗被張禧嬪迷惑、將正宮仁顯王后閔氏廢黜之事。

喬氏夫人營造出恐怖嚇人的氛圍，把看起來很沉的腳朝我移了一步。她那雙穿著襪子的腳把膠鞋撐得鼓漲，彷彿下一秒就要爆開了。說來也奇怪，看到她的腳，我卻聯想到和那隻腳沒有半點共通之處、惠子阿姨穿進紅色塑料繩編拖鞋內的白皙輕盈小腳，而且說巧不巧，惠子阿姨的腳就這麼映入我的眼簾。

這時惠子阿姨正好拿著洗衣盆來到井邊，整個人就這麼在原地凍結。她的臉色發青，很快就變得跟紙張一樣蒼白，單薄瘦弱的肩膀直打哆嗦。喬氏夫人才指著天空破口大罵，說要把屋頂都掀翻才甘願，這會兒發現從後院出來的惠子阿姨定在原地發抖，頓時瞪大了眼睛。

「妳這臭女人！」

喬氏夫人就這麼大吼一聲，同時有如發現獵物的老鷹般，以相較於身材來說極為敏捷的氣勢朝惠子阿姨撲去。隨著一陣乒乓聲，臉盆從惠子阿姨的手中滑落，人也跟著往後仰摔在地上。如今變身為老鷹夫人的喬氏夫人，直接伸出爪子毫不留情猛抓惠子阿姨的臉。她先是用雙手抓住惠子阿姨的頭髮猛力搖晃，又從韓服裙襬的岔縫伸出腿來，不一會兒就開始用腳踢起惠子阿姨。喬氏夫人嘴上咒罵個不停，但由於動作太過激烈，讓她喘不過氣，經常話說到一半就中斷，不過內容基本上是這麼說的：

「臭女人，臉皮可真厚啊，竟敢勾引別人的老公，妳這蕩婦……以為在天底下做了這麼丟人的事，還能活得安然無恙嗎？……妳這臭女人，糟糠之妻都這樣瞪大眼睛了，妳這臭女人的膽子可真大，還敢對有婦之夫搖尾巴？妳還真是喜歡電話接線啊？接什麼線，妳這臭女人做的根本就是搶男人啊。是誰讓妳在這裡工作的？妳這臭女人還不說話，是拿誰的錢過日子的，妳說啊……」

豆柿樹旁邊是牆，另一頭是賣瓷器的「永元商會」的內屋。因為牆面很高，所以平時就連有誰住都給忘了，但他們大概是攞了梯子看熱鬧吧，只見不斷有不同的人交替露臉。

惠子阿姨試著以微弱的聲音辯解：「夫人，不是的……」但光是面對喬氏夫人兼老鷹夫人不間斷的肉搏攻擊就已經讓她失了魂，因此她只能嗚嗚哭個不停，什麼話也說不出來。她一會兒被抓著頭髮晃來晃去，一會兒又被撕扯衣服，只能任由喬氏夫人擺布。

這時玄錫哥哥從後院出來，哭著大喊：

「放開妳的手，我叫妳放開我姊姊！」

喬氏夫人把頭轉向聲音來源，發現玄錫哥哥的存在，便氣喘如牛地不停聳動肩膀。不過即便在這時候，她仍瞇起眼睛，以相當嚇人的低沉嗓音如此說道：

「哦吼，你這小子就是那個兔崽子啊，就是你負責幫忙在兩邊跑腿的吧？乞丐般的傢伙，再繼續叫這蕩婦姊姊啊。想得美，想得太美了，不管怎樣，這低賤的蕩婦都會死在我手上。」

說到「低賤下流」這幾個字時，喬氏夫人緊閉嘴巴，更加粗暴地猛踢惠子阿姨。惠子阿姨發出「啊」的慘叫聲，倒在地上，但仍不忘伸出一隻手示意玄錫哥哥進房。惠子阿姨的嘴唇破裂並滲出了血，她披頭散髮地用單手摀住流血的嘴唇，同時用另一隻手示意弟弟「你快進房，別被捲進這場災難」的模樣，看起來真是悽涼極了。

但是，儘管惠子阿姨的悲劇性面貌讓眾人感到於心不忍，喬氏夫人的妒意和鬥志卻因此燃燒得更旺盛了。當自己在扮演反派角色時，沒有什麼比有人把善良受害者的角色扮演得太出色而更讓人生氣的了，也沒有比這更能激勵自己的了。喬氏夫人跨越可憐兮兮倒在地上的惠子阿姨的背部，這次往玄錫哥哥現身的後房衝去。就這樣，喬氏夫人從老鷹夫人搖身變成了野豬夫人，不難想像她這次會以露在嘴巴外頭的獠牙，三兩下就把後屋變成一片廢墟。

我維持幾步之遙跟在後頭，只見喬氏夫人在泥濘的後院留下清晰可見的膠鞋印，一步步靠近惠子阿姨他們的房間，然後用那滿是泥巴的腳踹了廚房的門。接著，她又把鋁鍋、暖爐、飯碗等惠子阿姨家沒幾樣的生活用品一個個扔到外頭。在此同時，罵人的話也不曾從喬氏夫人的嘴巴中斷過。喬氏夫人還踹開了房門，跟方才在廚房興風作浪一樣，房間內的物品也是抓到什麼就往房門外丟。

「這都是用誰的錢買的啊？是吸了誰的血才買了這些東西？妳這蛔蟲般的女人……」喬氏夫人一邊咒罵一邊往外扔的，是玄錫哥哥唯一的朋友——電晶體收音機。

玄錫哥哥把姊姊從泥濘的地上攙扶起身，看到電晶體收音機在簷廊地板撞擊了一下，而後彈到了自己面前。身為十五歲少年的玄錫哥哥個子挺高的，骨骼也很壯實，就算喬氏夫人施展各種變身術，咬牙切齒地從老鷹夫人變成野豬夫人，只要玄錫哥哥有心想打架，八成也不是他的對手。玄錫哥哥握緊拳頭，打算撲向喬氏夫人一較高下，但因為哭得非常傷心的姊姊抓著他的手臂勸阻他，加上她抓住他的那隻手臂頓時無力地往下垂，讓他只能大喊一聲：「姊姊！」然後抱著姊姊痛哭。去年我看了一部叫做《淚的小花》[58]的電影，文姬在遭受文貞淑虐待後，和金廷勳相擁哭泣的場面也沒這麼悲傷。

幸好我們家目擊這所有場面的只有我一人。我不希望任何人看到惠子阿姨他們姊弟倆如此悲慘的樣子。更何況，光憑它收錄了我流淚的場面，今天這部韓國電影就不能公開。

大鬧一番之後，喬氏夫人再次走向惠子阿姨。

「妳這臭女人，今天我就到此為止，假如妳還不清醒一點，下次就會死在我手上。」

此時出言恐嚇的她變成了烏龜夫人，用彷彿鍋蓋般的手往惠子阿姨的胸口敲了幾下，精疲力竭的惠子阿姨，即便只是這樣被碰幾下，頭也像個稻草娃娃一般上上下下晃動。

喬氏夫人捲起裙腰提著走，咻地一下子消失於大門外之後，惠子阿姨仍有好段時間跪在泥濘地面上無聲地哭泣。「玄錫啊。」惠子阿姨一邊喊、一邊摟抱玄錫哥哥的肩膀，兩人一起哭著。他們趴倒在鍋子、暖爐、化妝品四處散落的泥濘地面上哭泣的模樣固然悲慘，

58 一九六八年七月在國都戲院獨家上映，創下劃時代的票房紀錄，成為韓國言情電影的代表作。故事講述身為幼兒園教師的慧英（文姬飾）與隻身在首爾的申浩（申榮均飾）墜入了愛河，兩人甚至有了孩子。後來慧英得知申浩是有婦之夫便離開他，來到海邊生下永申（金廷勳飾）並獨自撫養他。

但看起來又如同受傷的靈魂那般純潔。儘管喬氏夫人聲嘶力竭地用蕩婦和蛔蟲來比喻惠子阿姨，她看起來卻像出淤泥而不染的盛開蓮花，又或者像摔倒在雪地上的小鹿那樣純潔。

我突然想起，有時大家在井邊談論英淑阿姨時會用「娼婦」稱呼她，可是不管是蕩婦或娼婦，即便被那樣叫了，我都不覺得惠子阿姨或英淑阿姨骯髒。無論聽到再多那樣的話，惠子阿姨或英淑阿姨同樣都讓人覺得她們是受傷的純潔靈魂。

「廣津 TERA」大嬸自從懷上第二胎，睡午覺的次數就破天荒多了起來。也不知道是怎麼回事，害喜的症狀要比懷載成時嚴重許多，白天就算有誰把大嬸揹走了，她也能照睡不誤。這樣的大嬸，可能是因為大門聲砰砰作響吧，把她從午睡中吵醒，但不是因為喬氏夫人進門的聲音，而是她提起裙子出去的聲音。

大嬸撐起發沉的身子，打開房門往大門的方向看去。喬氏夫人出去的餘震未停，不過大嬸只見大門前後稍微晃動，無從得知是誰來過了。她穿上鞋子來到井邊，看到輾壓在泥濘上頭的膠鞋印，心裡想著是發生什麼事了，於是轉到後頭一看，生性善良再加上有孕在身的大嬸，嚇到發出「啊！」的驚呼聲。

在大嬸的幫助下，惠子阿姨將廚房和臥室大致整理好。惠子阿姨看著早上還完好無缺、此時支架已經斷裂的座鐘，算了一下時間。她之所以帶著悲痛的心情急著整理家裡，看著支架斷裂的座鐘好幾次，是因為那天她也要值夜班。

大嬸一句話也沒問，只說了一句：「家裡也沒多少東西啊。」她甚至告訴惠子阿姨說她會幫忙整理，要惠子阿姨進房歇著。聽到惠子阿姨說她今天值夜班、得馬上出門，而且這麼突然也無法換班，所以自己不能不去，大嬸不僅很有人情味地說，惠子阿姨這副模樣是要怎麼出去，就算去了也做不好工作啊，還說如果真要出去，好歹得吃個飯才有力氣。可是因為現在廚房也做不了飯，大嬸於是急忙走回自家廚房，簡單準備了飯菜，惠子阿姨卻只是在飯桌前抽噎不止，大嬸只能遺憾地咂舌，重新把飯桌搬了回去。

傍晚回到家的阿姨看到惠子阿姨出門，只當她是去值夜班。惠子阿姨長長的劉海把兩隻眼睛都遮住了，也沒有完全轉過頭來打招呼就出去，讓外婆有些訝異，但並未認真放在心上。在「廣津 TERA」大嬸確認惠子阿姨已經走出大門，才走進廚房把白天發生的事全告訴身為長輩的外婆之前，外婆完全不知道惠子阿姨碰上了這麼不幸的事。

聽了大嬸的話，外婆自然很同情惠子阿姨。她嘖嘖地吐了半天舌頭，說那麼美麗善良的姑娘卻有這麼錯綜複雜的苦衷，覺得有如此悲慘命運的惠子阿姨實在不幸，但外婆沒有說自己打從第一眼見到惠子阿姨就已經猜到了。可是我知道，要不了多久外婆就會讓那對姊弟離開。

以前碰上姊姊去值夜班時，玄錫哥哥就會來到簷廊坐著。今天他不只沒出現在簷廊，而且就像耗子死掉了一樣悄無聲息。外婆雖然可憐惠子阿姨，但更憐憫無辜遭殃的玄錫哥哥。晚餐飯桌挪走之後，外婆就讓我拿盛著仙貝的小餐桌去跟他說說話。想到無論如何都得讓他們姊弟倆搬走，外婆似乎更可憐他們了。

玄錫哥哥的房裡有一把竹製長椅，長度足以讓人躺下，因為玄錫哥哥偶爾會帶到柿子樹底下的後院，所以我也對它很熟悉。玄錫哥哥連房間的燈都沒有開，就這麼斜躺在那把長椅上頭。儘管我打開房門喊了一聲，但玄錫哥哥沒有起身，更沒有表示歡迎我的到來。

我脫鞋進了房裡。在這房間還沒人住的時候，每當我偶爾想獨自待著，這個房間就成了我的藏身之處，因此我很清楚電燈的開關在哪裡。我往開關的方向伸出手，可是玄錫哥哥低聲說了一句：「別開燈。」

雖說是晚上，但房裡沒有想像中那麼暗。我拿著小餐桌往玄錫哥哥躺著的竹椅走去。哥哥閉著眼睛。我走近一看，淚水把那漂亮的長睫毛弄濕了。看到睫毛上掛著一串又一串淚，我的心底突然一陣熱。感覺要是我稍微動一下身體，就等於是做出褻瀆他悲傷的不當舉動，因此我一動不動地站著，從上方俯視玄錫哥哥的臉，不，是他的睫毛。

在昏暗的房間裡，玄錫哥哥白皙的臉龐顯得十分清秀，看起來不像活人的臉，反而像是以高超手藝捏出來的神聖石膏像。只有黑色睫毛彷彿以沾水的梳子梳過般整齊濕潤，讓人覺得他是活生生的存在。那樣子真是美極了。

不知道是不是因為那份美麗而失了神，以至於我湊得太近，又或者我哈氣或鼻息弄癢了玄錫哥哥，這時玄錫哥哥冷不防地睜開眼睛。我一時慌了手腳，因為那一刻「觀看的我」告訴我，此時我的臉貼近躺著的玄錫哥哥的臉，這個場面有如男女接吻的畫面。「觀看的我」趕緊提醒「被觀看的我」泰然自若地收拾局面，而「被觀看的我」也試圖這麼做，準備抬起小餐桌，對玄錫哥哥說「外婆要我拿仙貝過來」或者是一邊說「哎呀，嚇死我了，我還以為你在睡呢。」一再一邊往後退一步，可是我沒辦法這麼做，因為在我採取行動之前，玄錫哥哥就先朝我伸出了雙臂。他的手臂拉住了我的肩膀，於是我的臉就這麼突然貼在躺著的哥哥的臉上頭，然後碰到了嘴唇。

碰觸嘴唇是一瞬間的事。我直到那時還吃驚地瞪大眼睛，玄錫哥哥卻是閉著眼。我忙著收拾略為激動的心情，暗自問「觀看的我」：「這是我的初吻嗎？」

「觀看的我」也不知道該如何收拾這狀況，只告訴我要趕緊離開現場。我往後一退，再次觀察自己此時的模樣，發現我手上仍捧著小餐桌，僵直地站在玄錫哥哥躺著的竹椅旁，只有臉是貼著哥哥的臉。

我大可以整個人跳起來直接跑掉。「被觀看的我」希望我能這麼做，可是「觀看的我」卻說，要是我這麼做，玄錫哥哥就會沒面子，對已經夠悲傷的人來說，好像不該這麼做，因此「觀看的我」提出忠告要我迴避時自然一點，裝作什麼事也沒有，盡可能慢慢地離開現場。

就在我以驚人的沉著動作把小餐桌擺在地上（只有手完全跟不上我的沉著，抖得非常厲害），打算悄悄走出房門那一刻，背後的玄錫哥哥突然以跟剛才一樣的沉鬱嗓音再度開口說：「別走。」

我正打算跨出門檻的腳就這麼停在半空中，實在沒辦法就這樣跨出門檻。雖然不知道該怎麼辦，但想到我不能就這樣放著玄錫哥哥不管，因此又回到哥哥躺著的竹椅旁站著。

挽留我叫我別走，可是我都走到旁邊了，玄錫哥哥卻一句話也沒說，只是閉著眼睛。我也什麼話都沒說，就這麼站著。短短的時間內，房內要比剛才暗了許多。

在黑暗中，我試著用指尖碰觸玄錫哥哥的臉。他的臉完全濕透了。我也試著撫摸他閉著的眼睛附近，指尖沾上的溼氣還留有溫度。我跟著那濕氣往下，發現下巴邊緣也掛著淚水，嘴唇也是濕潤的。

被淚水覆蓋的美麗臉龐……在我心底勾起了難以承受的澎拜情緒。若要為它命名，或許該說是對於人類的愛，不，不如說是對成為人類的悲傷產生了共鳴。總之，那是近乎哀傷的情感。

儘管「觀看的我」正在注視著，但我還是靜靜地將我的嘴唇貼上了玄錫哥哥的嘴唇。這時，彷彿我的嘴唇碰觸的不是哥哥的嘴唇，而是正好壓上了哥哥盈滿淚水的眼眶，溫熱的淚水隨即沿著他的臉頰溜下來。我用手掌拭去那淚水，靜靜走出那個陰暗的房間。

從轉角處出來時，我看見那一頭的阿姨正坐在明亮的燈光底下剪腳指甲，還看見外婆從廚房出來，為了晚上剪腳指甲一事訓斥阿姨。我突然覺得這種日常瑣事讓人心寒。對於剛從悲傷與淒美、祕密的黑暗中走出來的我來說，只覺得在燈火通明下為了瑣事吵吵鬧鬧的祥和生活有如另一個世界，是如此無聊乏味。

「妳什麼時候進那房間的？」

我出現在柿子樹底下時，阿姨吃驚地問。我充耳不聞地走進房內，從書包拿出筆記本和筆筒，然後開始寫作業。

「媽，珍熙是怎麼了？惠子姊他們家是發生了什麼事嗎？」

「哪有什麼事，我叫她拿仙貝去給玄錫。」

「玄錫一個人在家，還叫珍熙晚上去跑腿，媽也真是的。就算只有十二歲，珍熙該知道的也都知道的。」

「有那個心思擔心珍熙，還是擔心妳自己吧，小心剪指甲時把肉也給剪了。」

「媽就是太袒護珍熙了。像那種看起來文靜乖巧的孩子，後來都會闖下大禍。光看我那些朋友就知道，橫衝直撞的孩子都是靠媒人牽線結婚，但那些文靜乖巧的孩子……」

「吵死了！當阿姨的人，也不聽聽自己說了什麼話。」

「就因為是阿姨才會擔心這個啊，換作是別人的話，幹麼要擔心？」

我一口氣劃掉寫了五行的社會作業。許錫的臉和玄錫哥哥的臉攪亂了我的腦袋。為了寫完作業，我必須先整理亂七八糟的腦袋。

我放著心愛的男人，和別的男人有了初吻，還只是為了分享悲傷的一種儀式。此外，透過這個經驗，我知道了接吻不只用於愛情，還能用於分享悲傷。我有了第一次經驗，但我絕不會被「第一次」代表的形式意義所約束。「第一次經驗」，在涉及排出體外的體液這一點上，與擤鼻涕的衛生紙有相似之處。我的初吻記憶將會如同擤鼻涕的衛生紙一般被隨意丟棄。

我的初吻就這樣獻給了祭壇，用以安慰沉浸於悲傷之人。我相信自己已經擺脫「第一次經驗」這個禁忌的束縛，因此再次埋頭寫起社會作業，輕而易舉解決了它，並帶著相對輕鬆的心情入睡。

黑暗中，我靜靜地用指尖觸碰嘴唇，那上頭沒有任何記憶，也沒留下任何痕跡。

將初吻獻給悲傷的祭壇後，若要說我經歷了什麼樣的後遺症，那就是我感到些許後悔。玄錫哥哥懷著期待的尷尬態度讓我彆扭極了。雖然玄錫哥哥依然很安靜，但只要碰見我就會露出先前沒有的微笑。還有，在井邊或後廊見面的次數一下子變多，似乎也不只是出於單純的偶然。對於不想被「第一次」的處女性束縛的我來說，玄錫哥哥這種態度有些幼稚。

我在舅舅房間的儲物室裡曾經讀過小說中有對男女在山上相遇的故事，不禁心想自己是不是應該把這故事說給玄錫哥哥聽。

男人拯救了遇難的女人。由於天色已經黑了，所以他們那天沒辦法下山，但反正兩人墜入了愛河，因此就算當時是大白天，他們還是會選擇在山上一起過夜。在山中度過一夜，對於實現如夢似幻的美麗愛情已然足夠。

隔天，男人問了女人的住址，女人卻哭著說，我們的愛情必須在此結束，這已經是完成式了。

我充分能理解那女人的心情，但玄錫哥哥是絕對無法理解。他說不定會跟小說中搖晃女人的肩膀說不可以、催促女人趕緊說出住址的男人一樣，只要有機會就會以「我們是特別的關係，妳不能這麼無動於衷」來催促我。

幸好玄錫哥哥在身為異鄉人的歲月中學會了迅速死心的方法，也懂得將無法理解的事情埋藏心中，以及不要相信或期望別人的愛之類的。過沒多久，他便不再刻意來到後廊，洗完臉之後也不會站在豆柿樹下等著和我對視。他的眼神越來越憂鬱，但那張漂亮的臉蛋上籠罩著陰影也不是我樂見的事，所以我只能暗自感嘆自制訓練沒有不困難的。

其實我的內心不是沒感覺，只是對外表現得很冷淡，這是為了抵抗初吻後發生在女人身上的一般現象。我想讓自己知道，我有多麼優秀地擺脫了「第一次經驗」的束縛。

我的自制訓練沒有維持太久，因為和玄錫哥哥見面的次數變少了。遭受喬氏夫人那麼殘酷的襲擊後，惠子阿姨拖著那副身子去值夜班，隔天就病倒了，好一陣子都起不了身。後來才知道，電話接線生的工作也在那天辭掉了。外婆說人要是身體生病了，只要休息就能好轉，但要是連心都生病了，病情只會越來越嚴重。她老早就猜到惠子阿姨是沒辦法輕易痊癒的。

玄錫哥哥整天在姊姊身旁貼身照顧，幾乎沒有走出房門外。也不知道他們姊弟倆在不在，一點動靜都沒有，就這麼窩在濕氣很重的後房好一陣子。直到惠子阿姨的身體好一些了，她來到外婆面前，說下週左右會離開。

外婆覺得當著面趕他們出去太過無情，所以內心一直在糾結說詞，這會兒聽見惠子阿姨主動說要離開，覺得自己的心思好像被看穿了，一方面感到愧疚，另一方面也覺得惠子阿姨他們更可憐了。

「決定好要去哪裡了？」

外婆問完後，惠子阿姨只是露出無力的笑容，接著故作堅強地回答：

「反正都是過異鄉生活，還怕去哪兒會活不下去嗎？」

但是惠子阿姨的表情彷彿有烏雲罩頂。

「還以為來這裡就能送玄錫上學呢……」惠子阿姨一邊說、一邊緊咬嘴唇，不讓眼淚流出來。

「是啊，怎麼會……」基於惋惜和可憐的心情，外婆針對她和有婦之夫的孽緣起了話頭，但又覺得自己不該多嘴，因此就閉口不談了。惠子阿姨貌似猜到欲言又止的外婆想說什麼，回答：「都怪我沒出息，八字太硬，還能怨誰呢？」她接著又說：「大家都對我這麼好，我卻只給大家添麻煩，對不起……」外婆則是什麼話也沒法說，只拍了惠子阿姨的肩膀兩下就轉過身，低著頭走出廚房。

「還能怨誰呢？」——這句話在我的耳畔縈繞不去。那個「誰」可能是惠子阿姨心愛的男人，可能是喬氏夫人，也可能是把弟弟託付給自己、早早就離世的父母，但總的來說，依我的判斷，惠子阿姨並不埋怨，但她內心深處不得不埋怨的「誰」正是整個世界。

惠子阿姨他們離家的那天很晴朗，是個秋高氣爽的日子。停放在大馬路旁的卡車引擎聲砰砰作響。本來以為我沒有任何迷戀，但真正看到玄錫哥哥走出大門的背影後卻感到心痛欲裂。想到再也看不到那漂亮的睫毛和細緻的嘴唇線條，我便不由自主嘆了口氣，也對自己沒有回應美少年羞澀微笑的往事感到幾分惋惜。

徹底的離別為曾經共度的時光做了整理。回憶將會以原來的狀態完整保存。因為往後再也不會見到，所以也不必擔心新的時間會使過往時光的記憶變形，因此唯有徹底離別才能完成回憶。透過與玄錫哥哥的徹底離別，名為我的初吻的回憶標本也於焉完成。

裝載惠子阿姨他們家當的卡車從視野消失之後，我為了尋找回憶而去了後房。果然很符合惠子阿姨愛整潔的個性，簷廊和廚房都清理得一塵不染，只是當我在房內晃了一圈，擱在角落的竹椅映入了眼簾。

我呆呆地望著竹椅半晌。這把椅子有種與惠子阿姨家其他生活用品不相襯的奢華。或許惠子阿姨知道重新開始的其他異鄉生活會更艱苦，這把椅子在那個地方會成為累贅，所以才將它丟在這裡。又或者，這把竹椅包含了不是玄錫哥哥，而是身為原來主人的惠子阿姨的回憶。或許是為了展現不把礙手礙腳的回憶帶到全新生活的意志，惠子阿姨才將這個回憶的象徵物丟棄，帶著要把自己與買這把椅子的人之間的回憶製作成標本的冷酷決心。

秋天正午在空屋裡發生的好事

惠子阿姨丟棄的回憶象徵物被「將軍」他們家占據了。「將軍」媽媽把那張椅子放在自家簷廊上，主要是讓「將軍」使用。「將軍」經常往後斜靠著椅背，因此不管是我們家的誰去了茅廁回來，或者走進大門時，都不得不看到「將軍」斜躺在自家簷廊上一張顯得很高的竹椅上頭的傻樣子。

所謂的物品有時會原封不動地保留主人的形象。剛從店裡買來的東西不會這樣，但原本有主人的物品卻會讓人聯想到主人。玄錫哥哥的竹椅殘留了使觀看的人會聯想到原來主人的殘像。

「將軍」媽媽起初也深受殘像的影響，她會目不轉睛地盯著躺在竹椅上的「將軍」許久，然後突然沒頭沒腦地自言自語：「玄錫他確實長得很清秀啊。」這等於她承認了相較於玄錫哥哥，現在「將軍」坐在上頭的畫面好像有哪裡不和諧。只是呢，「將軍」媽媽畢竟還是「將軍」的母親，想到屬於自己兒子的神話形象，打從一開始就不是美少年，而是威風凜凜的「將軍」，於是下一刻趕緊把美少年的形象換成了只有「將軍」才能登上的寶座形象。「將軍」媽媽嘴裡隨即吐出這樣的話：

「我們家『將軍』坐得那麼高，看起來就像真正的將軍，是不是？」

之後，「將軍」一有空就登上高高的寶座，監視以井邊為中心的全家人動向，有時看看漫畫書，有時則是聽聽廣播。過沒多久，「將軍」就卯足全力在這件事上頭。身為天底下獨一無二的孝子，沒辦法從將軍一職卸任的「將軍」，有一天就向我吐露了這種監視角色有多辛苦，希望這把竹椅能被燒掉。與此同時，當自己的媽媽在廚房喊著：「『將軍』你在做什麼啊？煤油送來沒有？」「將軍」就會慌張地爬上自己的寶座，向自己的媽媽回報：「嗯，我現在正看著呢。」

幾天前的傍晚，上次來過的油脂工廠幹部又來找外婆了。那位大叔也得通過「將軍」的雷達，當外婆聽到「將軍」喊著「珍熙的奶奶！有位大叔來了」的聲音後，就從廚房裡走出來。

一見到大叔，外婆就斬釘截鐵地說了：

「我都說那塊土地很肥沃、絕對不會賣了，您還是一直在白費功夫。」

看到大叔依然硬是將屁股放上簷廊的尾端，外婆稍微提高了音量。

「還有，我就說句公道話吧，我沒辦法看到我原本拿來長蔬菜的出地變成用來壓肥皂。天天聞著和地鬼[59]一樣的工廠飄來的黑煙，就算我在拔草，心情也會被搞得烏煙瘴氣。我

59 負責土地的鬼魂。據說春天在廚房，夏天在門上，秋天在泉邊，冬天在院子裡。

話就說到這裡。」

「哎呀，阿姨您也真是的，今天我是為了別的事來的，您就別這麼凶了。」

在表現出對工廠的敵意後，外婆覺得自己說了些沒用的話，所以把嘴巴閉得緊緊，大叔則是以彷彿傳福音的傳道士般快活的口吻說：

「先前您的千金不是說要求職嗎？我們工廠正需要一個辦公的女職員……」

大叔的話還沒說完，房門就一下子打開了，阿姨的臉突然從裡頭伸了出來。

「大叔，您是來給我工作的嗎？」

還沒來得及聽到那句話的回答，阿姨就匆匆忙忙從房裡出來。就在我心想阿姨也太過心急了，下一刻阿姨就把小腳趾撞到門檻上，痛得喊了一聲「哎喲」並抓住自己的腳。阿姨皺著一張臉，一拐一拐地走了幾步，然後在大叔面前坐下，這時仍不忘瞥外婆一眼。畢竟是在外人面前，所以外婆大概只在內心咂舌吧，只見她張開了嘴，卻沒發出任何聲音。外婆不怎麼樂意阿姨去求職，再加上也必須弄清楚這位大叔真正的意圖，所以這不是可以倉促決定的事，沒想到阿姨卻飢渴地撲上去，讓外婆的臉上寫滿了不安。

「您還特地替不成材的孩子打聽工作……真是辛苦了，我們會好好商量的。」

外婆用比剛開始要緩和許多的口氣說道，大叔便把屁股從簷廊上抬起，以不經意的口吻補充說：

「還有，那塊土地的問題也請您好好想想。您是有所不知，工廠不是都只做壞事的，如今農村也得發展了，就連跟您的千金一樣的閨女們不也都能有工作嗎？」

大叔的身影才剛從大門外消失，阿姨就瞪大眼睛不滿地抱怨：

「不管媽說什麼，我都要求職。」

「不管求職還是什麼事，什麼年紀都要有該有的樣子，怎麼可以這麼丟臉……」

聽到大叔最後說的話似乎暗指工廠要比田地有用，外婆更不高興了。

「我有說什麼了？」

「都長這麼大的丫頭了，要把腸子翻出來給別人看也要看時機，妳怎麼就這麼不懂得輕重緩急？」

「我說不跟媽伸手，要靠自己賺錢，這樣也要被罵。要是不讓我求職，那媽就多給我點錢啊。既不給我錢，又不讓我求職，是要叫我怎麼辦？」

隨著阿姨的音量拉高，外婆先是安撫阿姨。

「誰說不讓妳求職了？」

「那幹麼說什麼要商量，老是推遲這件事？」

「好歹也得寫信跟妳哥哥商量看看啊，這種事哪裡是我們能夠隨便決定的？」

外婆似乎打算把責任推給舅舅，讓他扮演阻止阿姨求職的黑臉角色。要是跟舅舅商量，不管問或不問，結果都顯而易見。原本氣呼呼的阿姨，深知和舅舅商量這句話代表什麼意思，一下子就戰鬥力盡失，哭喪著一張臉。雖然阿姨看的不是假裝不知道並逕自走進廚房的外婆，而是看著我，但她口中吐出的話顯然不是對著我說的。

「看來我得趕緊嫁人去了，我們家的人就是見不得我有出息。」

不過阿姨的氣要不了多久就消了。因為仔細想想，要是她找到了工作，就不能像在家裡玩耍那樣過得逍遙自在了。要是被工作綁住了，她就不能像現在一樣隨時去探望李亨烈，而且她也很難對李亨烈開口說自己在工廠上班，索性就像現在這樣，說自己為了成為賢妻良母而在家裡幫忙，聽起來更好聽。雖然阿姨短暫埋怨起見不得自己有出息的家人，但是經過各種盤算，她意識到自己其實不是那麼想求職。阿姨透過自言自語，把這件事灌輸到自己腦袋裡。

「我是為了能經常去探望亨烈先生，所以才不求職的；為了給亨烈先生留下好印象，所以也不去工廠工作……不管我做什麼決定都是為了亨烈先生，因此我的人生是完完全全屬於亨烈先生的。」

阿姨話說到一半突然停了下來，然後進房匆忙在紙上寫了些什麼。大概是很滿意自己剛才說的話，想在忘掉之前先寫下來，之後再謄寫到信紙上頭吧。

阿姨的求職機會讓給了京子阿姨。外婆本來擔心那個工作機會是間接的懷柔策略，但似乎是多慮了。京子阿姨代替阿姨去工廠工作的事進行得很順利。阿姨大呼小叫地說，京子阿姨的第一份薪水有一半是自己的，還說要和京子阿姨一起去見李亨烈，拿那筆錢買一整隻炸雞來辦派對，當成自己的喜事一般興高采烈。

「英玉，妳怎麼就只想到自己？妳沒聽過第一份薪水本來就是要孝敬父母的嗎？要是拿到了薪水，我會先替妳媽媽買件衛生衣。」

聽到京子阿姨的話後，阿姨竟然悶悶不樂起來。

「就是啊，我媽也真命苦，獨自拉拔三個孩子長大，但還是得下田工作，真是沒子女福啊。」

「怎麼回事，妳居然說出這麼懂事的話來？那妳就該好好孝敬妳媽媽呀。」

「我是想啊，但是京子妳搶走了我的工作機會啊。」

阿姨的臉上再一次露出全英玉天真浪漫的表情。

「是我搶走的嗎？明明就是妳不想要才丟給我的。」

「妳在說什麼啊？說到搶這件事，妳從以前就老是搶我的東西。刺繡桌布也搶走，書籤上的四葉幸運草也搶走，妳這臭丫頭，下次又要搶走什麼？」

「妳也真是小氣，怎麼什麼都記得？下次我要搶走什麼？我打算搶走妳愛人！怎麼樣，氣壞了吧？」

「妳以為我會坐視不管？我會在嘴上叼把刀子，披頭散髮地出現在妳夢裡！」

「那我就變成火鬼來治妳。上回我們不是在戲院看了電影嗎？還記得裡面的火鬼吧，不知道有多嚇人啊。」

外婆稍早吩咐她們坐在簷廊上挑豆芽，現在豆芽仍原封不動鋪在報紙上，京子阿姨和阿姨只顧著聊天，等到廚房那邊傳來外婆的腳步聲，兩人才趕緊拿起了幾根豆芽。可是阿姨只顧著想別的事，把挑好的豆芽全丟到報紙上頭，反而把豆莢和豆芽根放在托盤裡。

外婆脫下頭巾，往簷廊的邊緣啪啪撣了幾下，然後再次纏到頭上，接著用漫不經心的口吻說：

「都長這麼大了，還說什麼鬼故事。鬼就只會出現在說鬼故事的地方。」

聽到外婆低沉的嗓音，阿姨突然覺得背脊冷颼颼，往自己背後瞄了一眼。

「媽每次都這樣，明明一點都不可怕，非要說這種話，讓人家怕得要命。」

阿姨說歸說，內心似乎又覺得講恐怖故事很有趣，所以等到外婆再次走進廚房，又開始大呼小叫，說起聽說上次出現在熊峙關口的處女鬼故事。可是，當阿姨滔滔不絕地說鬼故事時，京子阿姨卻連句助興的感嘆詞都沒有，從頭到尾安靜得很。我已經很習慣她們之中只要有人說話，另一邊就會幫腔附和，就算沒有什麼內容，對話也不會中斷，所以突然感到有些奇怪，於是偷瞄了京子阿姨一眼。她好像完全沒在聽阿姨說鬼故事。

我猜得沒有錯。京子阿姨瞅了一眼阿姨，眼神像在試探阿姨內心想法一般說了句話，卻與鬼故事沒有半點關係。

「英玉，如果我真的搶走妳的愛人，妳打算怎麼辦？」

阿姨正在興頭上，露出「妳在說些什麼啊」的莫名其妙表情。她看著京子阿姨，想起稍早前兩人說過這個話題，於是說了句「啊哈」並點了點頭。只不過下一瞬間，阿姨開始覺得京子阿姨似乎不只是說玩笑話，表情因此變得嚴肅起來。

「妳該不會……」

看到阿姨表情扭曲的悲慘樣子，京子阿姨刻意親暱地瞪了阿姨一眼。

「哎喲，看看妳那眼神，別說是搶走妳愛人了，光是多看個兩眼，恐怕妳就要叼著刀子出現了。甭擔心，我只是說說而已。就算把妳愛人打包起來送到我面前，我也不要。我何必貪圖這種破舊東西呢？」

阿姨眨了眨幾次眼睛，直瞪著京子阿姨，過了許久才放鬆表情。不知是否想讓阿姨安心，京子阿姨最後補充說：

「就算我勾引他好了，又怎麼摧毀得了有如鐵桶般的李亨烈上兵一片丹心呢？」

在我聽來，這句話表面上開玩笑的語氣濃厚，實則稍微摻雜了些許嘆息。不過，阿姨為了對自己竟在那一瞬間懷疑起一生摯友與一生摯愛的小心眼表示歉意，聽到京子阿姨這句一點都不好笑的話後，捧腹笑到打滾。

待我把挑好的豆芽托盤拿到廚房，外婆露出一臉不滿意的樣子。她把豆芽裝進木盆，往上頭澆水，開始發起前所未有的牢騷。

「一直以來，就算寫信也只會寫給那個姓李的，也只擔心那個姓李的，一點都不懂得關心自己的哥哥。過兩天就是中秋了，碰到節日時，在軍隊裡該有多想家啊？要是能去探望一次自己的哥哥該有多好，可是這個腦袋只有五歲的丫頭，聽到中秋快到了，說的卻是等耶和大嬸趁過節來做生意時替她買件衣服。哎喲，要是她能想到自己哥哥在今年夏天的烈陽底下會有多辛苦，還能說出這樣的話來嗎？說到血緣呢，也就只剩兩兄妹了，這丫頭卻把哥哥全拋到腦後，成天就只想著那個叫做李什麼的，什麼肝啊膽的都給了出去，這個臭丫頭……想當年我生完孩子後還喝了婆婆煮的海帶湯，真擔心沒臉去陰間見婆婆。」

看到「將軍」媽媽進廚房，外婆趕緊閉上嘴。「將軍」媽媽針對晚餐配菜說了幾句無謂的話，接著才表明來意，詢問惠子阿姨他們原本住的後房會不會再有人進來。「誰知道呢。」聽到外婆回得不情不願，「將軍」媽媽挪了一下屁股靠坐過來，眼睛閃閃發亮。

「那我能用一用那個房間嗎？」

「反正就是個空房……但妳為什麼突然說起這個？」

「沒什麼啦，崔老師老是說住得不舒適嘛。李老師他不是有些怪僻嗎？崔老師說不想跟李老師共用一個房間，嚷嚷著說要搬家。我本來也沒想到那個房間空著的事，但崔老師要我先問問珍熙奶奶您，看能不能用一用那個房間。」

一聽就知道她在說謊。「將軍」媽媽肯定是拿崔老師當藉口，打算藉此免費多蹭一間寄宿房。外婆自然知道「將軍」媽媽在打什麼主意，卻也拒絕不了。這種情況下，錯在提出要求的人，因為她已經事先知道有空房了，讓人沒辦法不給。為了讓眼見成功一半的事能一舉成功，「將軍」媽媽於是用足以讓全家人都能聽見的音量自言自語。

「那我就到後院去看一下房間，先把房間打掃打掃了。要是需要裱糊，我就重新弄一弄。」

「將軍」媽媽的臉皮真是厚得可以。話才說完沒多久，她就已經當自己是房間的主人了。外婆雖然出於無奈而半推半就，但內心似乎頗不痛快。她不知想什麼想了很久，突然問我：「珍熙啊，崔老師還跳舞嗎？」

外婆似乎是想起了去年我們鎮上因為跳舞所引起的風波。當時在奉熙家，一群身穿韓服的社區大嬸遮著臉被推出來的場面，至今想起來依然相當壯觀。畢竟我們這兒是個不可能有夜總會的鄉下地方，所以即便是跳舞，也不過是大白天在家裡擺個大型電唱機，幾個男人輪流扶著多名大嬸教她們教舞的教學兼娛樂活動。現場當然沒有燈光也沒酒，只不過當時掃蕩頹廢風氣的時代使命被點燃，以至於就連在遊樂園聳肩跳舞都受到管制，這事件也因此成了頹廢享樂風潮的壞榜樣而受到了懲罰。儘管一群大嬸被白色的警車載走之後，大約在傍晚左右就被送回家，但這在我們鎮上已成了不得了的醜聞，有好一段時間那些大嬸生怕會遭人說是「自由夫人」[60]，甚至連外出都不敢。

但是今年夏天，鎮上附近的海水浴場舉行了開業秀，據說有個去年被白色警車帶走的大嬸在舞臺上跳起了吉魯巴[61]。外婆是從「將軍」媽媽的口中聽到這個傳聞，也想起「將軍」

60 發表於一九五四年，小說家鄭飛石的長篇小說，也是在連載過程中，以頹廢、淫穢為由被捲入文字獄事件的小說，但單行本出版後銷售量達到十四萬冊，成為大韓民國出版界銷售量首次超過十萬冊的暢銷書。

61 二十世紀初在非裔美國人之間流行的一種舞蹈，與林迪舞、捷舞、東海岸搖擺舞等有關聯。

媽媽曾以欣羨的語氣說過：「跳舞的人都只跟自己人玩，就算我想跳也跳不了。」外婆是在擔心，「將軍」媽媽向她要求使用這個房間，會不會成為跳舞風潮捲土重來的前兆。

就跟京子阿姨求職時一樣，外婆這次也是杞人憂天。第二天「將軍」媽媽立刻去打掃房間，兩天後崔老師就把行李搬過去，不過怎麼看都不見電唱機之類的東西。

隔天早上「將軍」母子倆坐在簷廊上起爭執。看到擺在他們旁邊的水碗，八成又是那個藥丸引起的。放暑假之前，「將軍」媽媽就會帶著「將軍」到「中央戲院」旁邊的「崔藥房」去。藥房的崔老先生替到了夏天就失去食慾、汗流不止的「將軍」把脈之後，說「將軍」的體質虛弱，需要吃上兩劑藥。「將軍」媽媽拜託崔老先生把藥全部捏成藥丸，差點沒把崔老先生給嚇壞。「將軍」媽媽說自己工作繁忙，沒時間給「將軍」熬藥，問崔老先生有沒有別的辦法，於是崔老先生提出妥協方案，說那就只熬一劑藥吃，另外他會再做點藥丸，要是「將軍」消化不良或受到驚嚇，每次就吃上一拳分量的藥丸。在這之後，「將軍」媽媽只要看到「將軍」稍微皺個眉，就會拿出烏漆抹黑、圓滾滾的藥丸，而「將軍」只要一聞到那又苦又噁心的味道就會忍不住摀住鼻子。

雖然「將軍」堅持不吃，但最後還是吞了三、四顆才藉口說要去茅廁，趕緊逃離現場。「將軍」進了茅廁後，我看見「將軍」媽媽把「將軍」吃剩的藥丸包進紙裡面，連同便當盒一起放進便當包袱。

那天第五節課結束，和我同桌的同學從茅廁回來後，跟我說了個關於「將軍」的悲傷消息。在聽到這個消息之前，我完全忘了「將軍」的便當包袱裡被裝進烏漆抹黑、圓滾滾的藥丸這件事。雖然「將軍」也感覺好像哪裡一直散發出濃濃的藥丸味，但他本來就打嗝打個不停，而且每一次嘴裡都有股藥味，因此他只當是早上吞下的那幾顆藥丸造成的。結果，濃濃的藥味並非從嘴巴散發出來的。

一直到午餐時間，「將軍」打開了便當包袱，看到便當蓋上有一堆黑色顆粒滾落，立刻放聲慘叫。他以為那是老鼠屎。用來包藥丸的紙張散開了，導致為數可觀的藥丸在便當包袱內滾來滾去。聽到「將軍」的慘叫聲，孩子們興沖沖地跑到「將軍」身旁圍觀，但從那股難聞的味道得知那些顆粒不是老鼠屎而是藥丸後顯得有些失望。不過，總會突發奇想逗笑全班同學的調皮鬼趙成宇可不會讓孩子們失望。他這麼喊著：

「哇！大便將軍的弁当（Bento）一定很好吃，因為裡面有山羊便便！」

全班同學頓時哄堂大笑，「將軍」也立刻漲紅了臉。下一刻，大家便不約而同地唱起這樣的歌：

「騙人的山羊便便，十元十二顆，肚子痛拿來當藥，消化好得不得了。」

這歌不是唱一遍就結束，而是重複好幾遍。回到座位後，孩子們一邊吃著便當，一邊仍拿山羊大便當話題聊個不停。孩子們分成了兩派。一個孩子主張，就他所知，那首歌的歌詞不是「十元十二顆」，而是「一元十二顆」，結果幾個孩子也立刻附和說，他們從哥哥或姊姊那邊聽到的也是這樣。至於最先煽動大家唱這首歌、甚至一邊假裝指揮的孩子卻說那絕對不可能，光就行情來看，一元十二顆藥根本就說不過去，結果有另一群人追隨他，班上同學因此分成了兩派。

孩子們吵吵鬧鬧互不相讓，這次又是調皮鬼趙成宇站出來說，一元和十元的意思一樣，這是貨幣改革造成的，他說最近不也把十元白銅錢叫做百圜，現在的十元就等於以前的一圜。結果向來自認邏輯王的班長指責說，如果是因為貨幣改革，之前的百圜應該是現在的十元才對，但我們在爭論的問題是，之前本來說是一元，為什麼變成了十元，所以你說的話前後對不上。總之，直到午餐時間結束，大便「將軍」和山羊便便的話題在教室裡此起彼落，不見消停。

告訴我這件事的同學說，他在茅廁前碰見了「將軍」。他說因為那些跟在他屁股後頭喊著「騙人的山羊便便」的同學，讓他沒辦法去上五年級的茅廁，只能去其他人很少去的舊大樓一年級茅廁。

聽到那個消息後，我的心情實在是好不起來。「將軍」是有些陰險，但除此之外基本上是個老實的少年。成為全校的笑柄對孩子來說是終生難忘的考驗，讓無辜的「將軍」接受這種考驗是不恰當的。我的責任也不小，只是「將軍」也確實注定要接受這考驗。

有時，「將軍」必須為母親不道德的行為贖罪，成為被獻祭的代罪羔羊。對於作為遺腹子出生時就注定要當個孝子的「將軍」來說，那個角色就跟任何人都無法選擇自己的父母一樣，是命中注定的天譴。「將軍」身為那個女人的兒子，還有從他作為遺腹子出生開始，他的命運早已注定是當個孝順的代罪羔羊。

這隻代罪羔羊，此時對於另一場為了燒掉他身上的毛而點燃的燔祭一無所悉。

事情發生在距離中秋剩下沒幾天的某個下午。

家裡靜悄悄的，除了斜靠在簷廊竹椅上頭睡覺——別說什麼威嚴，反倒像是守著瞭望台卻不小心睡著的哨兵，睡到頭往一邊垂下——而且一邊睡、一邊流口水的「將軍」以外，家裡就只有我一個人。到剛才都還在廚房裡發出乒乒乓乓聲響的「將軍」媽媽，不知是不是到後院菜園去摘櫛瓜了，一點聲音也沒有。明明也沒幫忙拿過一次鋤頭，「將軍」媽媽卻老是摘走外婆菜園裡的蔬菜。

我來到沒有陽光的後廊，為經典作品閱讀競賽做準備，開始讀起但丁的《神曲》。去年指定圖書是《薔花紅蓮傳》這類韓國古典小說，但這次的作品每一頁都出現難懂的外國名字，加上註解實在太多，所以內容很難進到腦袋內，讓我沒讀幾頁就開始打起哈欠。為了把考試考好，我必須把九層地獄和在那裡發生的大小事全背下來，故事的主角卻完全不顧要背的東西越多就越痛苦的孩子們，只顧著走遍無數地方、增廣見聞。雖然睏意不停襲來，但過了中秋馬上就是競賽了，所以我必須抵擋睏意，繼續讀下去。

老師們很了解學生的弱點，所以一到節日或假日，就會絞盡腦汁利用學生對開學考試或作業檢查的恐懼，搞砸大家的最後一天假日。但除了最後一天的晚上，孩子們整個假期都玩瘋了，以至於老師宣稱「出繁重功課是為了提升學生實力」的理由每次都無法成立。

明知如此，但老師們仍期待，就算沒辦法阻止學生們玩耍，至少也能讓他們在玩耍時感到不安，所以當下次節日到來時，仍堅持讓學生揹負考試與作業的包袱，才願意放他們進入苦盼已久的假日，而這也是老師向學生證明自身存在的一種方式。

我不需要那些老師證明自身的存在。被稱為菁英的人呢，跟此時有如哨兵般打瞌睡的「將軍」這樣的孩子是不同的，不需要誰吩咐，就能憑藉自身意志時時保持緊張感，並且唯有打磨好睿智的刀刃才肯罷休。就算但丁把《神曲》寫成比這多上十倍的龐大分量，我也會基於菁英的使命而自動自發準備考試。

可是呢，睏意也是會找上菁英的。我再次對外婆說的「即便是天下壯士，也舉不起自己的眼皮」深表認同，並忙著趕走睏意。為了計算先前已經讀了多少的《神曲》，我將書立起來，量了書底髒污的部分，但那發黑的線稱不上是一塊面積，反而比較接近一條線。我不禁心想，不如就到柿子樹底下去吹吹風？感覺會比硬趴在桌上好一些，於是我走下簷廊，穿上了鞋。

走到柿子樹下的我，撞了一下舅舅掛在枝頭上的沙包。沙包要比想像中更沉，所以在我的拳頭面前一動也不動。看到這幅景象，我倒是想好好地打中那個沙包，讓它明確感受到自己被揍的事實，並且為自己被我打第一拳後卻不為所動感到後悔。為此，我認為自己必須先集中精神，所以用雙手抓住沙包，盯著它看了一會兒。因為沙包掛的高度對我來說很高，以至於我的手臂看起來就像是打算射球的籃球選手。

集中精神似乎真的有效果。在集中精神之前沒能聽見的某種聲音，冷不防地竄入我的耳朵。

剛開始我以為那是娃兒在哭鬧的聲音。我心想反正都集中精神了，就再專注仔細聽一聽，又覺得那像是貓咪的聲音，不過……我又蹙緊眉頭再更專注一些，發現那既不是娃兒的聲音，也不是貓咪的聲音。或許，是女人的哭聲？我瞬間覺得頭髮都豎了起來（我想起先前阿姨說過的鬼故事，心想我的頭髮是不是豎起了三根，再這樣下去我是不是會在三天內死掉，但我在驚慌之餘仍抽空摸了一下頭髮）。

然後我突然意識到，那聲音是可疑的、是刺激的，也是私密的。因為是無法公開的行為，所以才會是可疑的呻吟，是足以對周圍失去注意力的刺激性呼吸聲，也是不能公開的私密嬌喘聲。

還有，就我所知，那種聲音是不該在這時間、這地點聽見的。

我沒有勇氣偷偷靠近後屋去窺探，但也沒辦法裝作沒看見或沒聽見那對陌生男女潛入我們家做出那種大膽行徑，讓它就這樣被掩蓋過去。家裡發生了這麼重大的事情，卻只有我知道，而且還決定睜一隻眼閉一隻眼？總之這對一個孩子來說似乎是種越權行為。

我覺得很鬱悶。我所擁有的成熟理智，跟世俗常說的成熟是不一樣的。就算我能洞察大人們人生的另一面，在他們的世界發生的世俗事，也得要他們以世俗的方式解決。我對於不負責任地把家丟給我後就出門，讓我必須獨自解決這問題的大人們感到厭煩。這時，我的腦袋突然想起了在簷廊上睡覺的哨兵，也就是「將軍」。

這是個好主意。就讓「將軍」看到那個場面吧。如此一來，「將軍」就必須代替我解決那個問題，但他大概會像個欠缺思慮的純真孩子般嚇得驚聲連連，又或者因為看見了不該看的東西害怕得逃走，而「將軍」的突發行為自然也會引起陌生男女的注意。對於正在進行可疑行為的男女來說，被發現本身就是一種懲罰，因此這狀況不僅會自動結束，之後向大人們說明這一切的責任也會由「將軍」代勞，我就只要靜靜看著就行了。

我真的只眨了一下眼就把這些都想好了。我壓低腳步聲去叫醒「將軍」，可就在走向「將軍」他們家時，偶然把頭轉向菜園的我，看到菜園門上被纏繞成蝸牛殼形狀的鐵絲是鎖上的。那一瞬間，我的腦中迅速閃過這個念頭：在後房發出聲音的人會不會是「將軍」媽媽？不過，這念頭只是一閃而過。就算主角真是「將軍」媽媽好了，它也不能成為推翻「將軍」作為此事件見證人職務的理由。這些盤算，我也同樣只眨了一下眼就想完了。

「將軍」對於自己的職務從哨兵變成巡邏兵沒有表示任何不滿，乖乖地順從我的決定。這聽我說後院有什麼聲音後，「將軍」問我說會不會是鬼，但我說絕對不是，要他安心。這時「將軍」雖然不安地連連回頭確認我有沒有跟上，但仍扛起自己被交付的責任，走向了後院。

就在我們沒發出半點腳步聲走入後院時，那聲音仍持續著。我們兩人目不轉睛地盯著後房的門把，躡手躡腳地移動腳步。

「將軍」在石階上發現自己媽媽的鞋子和崔老師的鞋子並排在一塊後，整個人定在原地，我則是用一隻手抓著「將軍」的袖子，幾乎是在同時又以另一隻手用力推開了房門。令人無言的是，房門竟然沒有上鎖。

被聲音嚇到的男女以互相交纏的姿勢轉頭面向我們。因為實在轉得過於突然，以至於那動作就像是生怕別人若是只看到赤裸的身體會不知道他們是誰，因此要來人好好看清楚他們的長相一樣果斷。假如他們沒有對有人突如其來的闖入感到驚愕，也沒有同時果斷地看向房門，我大概就真的認不出來是誰了。因為當房內的光景一映入眼簾，就立即轉身逃跑的我，動作也跟他們一樣快。

我其實什麼也沒看見。一看見房間內裸身的男女交纏在一起，還有那對男女是「將軍」媽媽與崔老師之後，我就立刻跑了。除了看到那一幕，我沒有獲得任何能增廣男歡女愛見聞的新資訊。

逃跑時，我的腦袋裡飛快運轉著。這事太驚人了……老師怎麼能……「將軍」媽媽又怎麼會……這下該怎麼辦呢……老師應該會被學校趕走，「將軍」媽媽也得搬家吧……話說回來，「將軍」該受到多大的驚嚇啊……他會不會嚇得在褲子上撒尿了……看他沒能立刻逃跑，肯定是嚇壞了……

我快速運轉的腦袋在此時緊急剎車。

不對，說不定那種事並非第一次……之前肯定是在「將軍」他們家的房間吧……只是「將軍」八成也想不到大白天會在那房間發生那種事……所以才會二話不說就跟在我後頭……總之這件事對他們三人沒什麼問題……既然我目睹了那一幕，所以我才是問題……

就是為了迴避這種事，我才把解決問題的職責委託給「將軍」，結果竟然又重新回到了原點。

在想這些事時，我已經跑到大門前了，可是我得在此打住任何念頭，因為又碰到了新的狀況——耶和大嬸正兩手提著看起來很沉的包袱走進大門內。

所有重大事情，都是靠偶然一舉解決。即使動員複雜的計算與縝密的邏輯也無法做出結論時，偶然卻不費吹灰之力就解決了那件困難又重要的事。耶和大嬸就是為了教導我這件事才走進了大門。碰到跑出來的我時，大嬸用了「呀個不停」的尷尬首爾腔來表現自己的欣喜之情。

「原來是珍熙，怎麼一轉眼就變得這麼漂亮呀？妳要上哪兒去呀？家裡沒人在呀？」

稍早前還是逃亡者的我，頓時必須成為迎接客人的主人。

我在兩種情況夾攻下不知所措，只能尷尬地杵在原地，但看到大嬸貌似扛包袱扛得很吃力，我很自然地就抓住包袱另一邊上打的結，再次走進家裡。大嬸發出吃力的悶哼聲，將包袱擱在簷廊上頭，接著一邊說「哎呀，過兩天就是中秋了，怎麼天氣還這麼熱呀？水壺在哪兒呀？」一邊走進了廚房。大嬸知道外婆把水壺放在哪裡。因為知道水壺就放在後廊，所以大嬸會經過廚房走去後廊。那個簷廊呈一個直角，也是與那個有狀況的後房相連的地方。

看見大嬸走向後廊，不安的我也跟在大嬸後頭走了進去，在那兒聽見了「將軍」媽媽的聲音。「將軍」媽媽正在大發雷霆。雖然她本來就是個說起髒話絕不輸人的人，但還是頭一次聽她用那麼難聽的字眼對自己的兒子破口大罵。

「你這小王八蛋，不是應該坐在椅子上好好守著嗎？跑來這裡發什麼瘋？你這該死的傢伙。」

那不是做母親的在責罵兒子做出不良行為，而是慾望沒能圓滿畫下句點的女人在歇斯底里爆發情緒。

我想起某一天「將軍」媽媽對黑皮做的事。那時黑皮在我們家巷子裡趴在母狗的身上發出低喘聲，幾個孩子就在一旁圍觀看熱鬧。多管閒事的「將軍」媽媽想知道孩子們是在看什麼看得那麼高興，所以就湊近一看，結果看到兩隻狗兒交合的體位後，張大了嘴巴。「將軍」媽媽發出不亞於黑皮的喘氣聲，急也似的跑到井邊去端裝了水的臉盆過來。當時「將軍」媽媽往黑皮的身上使勁潑水，然後把手插在腰際觀賞狗兒反應的表情，看起來既像個虐待狂，又彷彿是在幸災樂禍。

正忙著辦事卻突然被潑了盆水的公狗和母狗，不知道受到了多大的驚嚇。當時惡狠狠地打斷兩隻狗兒交配、貌似很痛快一樣甩了甩臉盆的「將軍」媽媽，此時在破口大罵給正進行雲雨之歡的自己潑了盆冷水的兒子。

儘管用那麼粗魯的髒話與厚顏無恥的反擊來化解自身尷尬的行為，是一種多少有些扭曲的贖罪方式，但被自己向來依靠且信任的母親大聲斥責，漲紅臉低下頭、眼淚流個不停的「將軍」，即便他是為了成為孝子才出生的代罪羔羊，那模樣也實在太過可憐了。

被上帝教導不可對鄰家之事漠不關心的耶和大嬸，追隨著孩子的哭泣聲，往後房的方向去了。大嬸在那兒看見了頭髮和衣著都相當凌亂的「將軍」媽媽在斥責「將軍」。耶和大嬸訝異地往那兒走了一步，同時一邊想著，斥責孩子是足以讓衣著變成那副德性的激烈勞動嗎？

情勢如此，「將軍」媽媽的判斷力也失了準。她心想著「誰啊？」然後不高興地瞪著突然繞過拐角處出現的女人，直到發現對方是中秋佳節應景出現的包袱商販耶和大嬸後便嚇得趕緊起身。耶和大嬸也同樣受到了驚嚇，只不過她受到驚嚇的原因另有其他。因為耶和大嬸發現脫掉上衣後只穿著內褲的崔老師在房裡抽菸。

事情就變成這樣了。我怎樣也不想扛下的角色，最後由耶和大嬸欣然扛下來了。「我的天啊，我的天啊。」耶和大嬸嘴上喃喃自語，坐立難安地在前院走來走去，直到外婆跨入大門，才一個箭步衝到茅廁前去迎接外婆。

「珍熙的外婆啊，這事該怎麼辦呢？上帝會做出審判的。」

大嬸沒有再使用那尷尬的首爾腔。

「末日近了，《聖經》說得沒錯啊。話說回來，珍熙的年紀還那麼小就目睹魔鬼的行徑，這該怎麼辦呢？哎喲，怎麼在孩子看見的地方做那荒誕不經的事啊，肯定是魔鬼才會那樣做，沒錯，是被魔鬼附身了。」

耶和大嬸的情緒很激動，講話毫無頭緒，以至於外婆為了把話拼湊起來，遲遲沒搞懂整起事件的核心。直到外婆總算明白今天在我們家發生什麼事之後，頓時臉色刷白。外婆固然對於自家發生那種醜事感到生氣，卻對於我看到那個場面更是無比驚慌。不過，外婆並沒有因為我是事件的目擊者就抓著我要我坐下，逼問我一堆問題，或者像耶和大嬸那樣輕舉妄動，彷彿想立刻用裙擺將我包住，保護我免於受到邪惡汙染。外婆沒有正面面對我，而是站在適當的距離外觀察我的神色，試圖讓這一切看起來無關緊要。這種善後方式很符合外婆的作風。

我悄悄地迴避進房裡去。「將軍」他們家沒有發出半點聲音，後房更是悄然無聲，就像往常一樣。

我想起了惠子阿姨。崔老師沒有像喬氏夫人那樣的太太，所以這起不光彩的事或許會比惠子阿姨的情況更安靜地落幕。畢竟，所謂的安靜，有時不是因為合情合理或天下太平，而是因為人們很快就達成了協議。

光越亮，影子也越深

外婆與「將軍」媽媽似乎就這麼達成了協議，畢竟無論是外婆或「將軍」媽媽，都不希望有風言風語傳出去。

崔老師自然是從後屋撤走了，如今「將軍」媽媽在外婆面前連嘴巴都不敢張開。不過，外婆會對此保密，也囑咐耶和大嬸這麼做。崔老師沒有辭掉學校的工作，「將軍」他們也沒有搬家，再加上馬上就是中秋節了，家裡變得鬧哄哄的，所以「將軍」媽媽的問題很快就畫下了句點，等於表面上什麼事都沒發生。

真要說有什麼事嘛，卻是很莫名地發生在我身上。為了洗刷與魔鬼短暫擦身而過的罪，我敵不過耶和大嬸的糾纏，只得跟著大嬸去王國會館。

王國會館租借了某棟臨時建築的二樓。因為水泥地板很冰，所以那裡鋪上了麻袋，但在那裡就只有人們一臉興奮地用力高歌、互相祈禱的聲音，沒有什麼特別奇怪之處。這令我感到失望。開始覺得無聊的我，從跪在麻袋上祈禱的羔羊之中尋找有沒有我認識的臉孔。

有一個人是在油脂工廠工作、被稱為「鄭女士」的大嬸。鄭女士大嬸的丈夫是高風亮節的儒學世家二兒子，但據說是相當出名的游擊隊員。

從反共電影中熟悉游擊隊殘忍與無知面貌的我，很難想像書香世家出了個游擊隊員。去年李承福[62]留下「我討厭共產黨」這句話後被武裝共匪殺死時，還有集體觀賞《一二四軍部隊》[63]這部電影後的隔天，班導師把共產黨、赤色分子與游擊隊歸為同夥，非常激昂地揭發他們的殘暴。根據大人們的說法，有人說多虧了鄭女士大嬸的丈夫，所以戰爭時期城內的遺跡才得以原封不動被保存下來。相反的，也有人說當游擊隊員展開疏散作戰時，警察因為那個人而把山裡幾間歷史悠久的草庵給燒了。

總之，鄭女士大嬸的那個游擊隊員老公現在被關進了監獄，聽說死前都沒辦法出來。大嬸努力為丈夫的赦免請願，甚至給青瓦臺寫信也是理所當然的事，只是問題出在沒人願意出面幫大嬸請願。曾經參與叛亂行動或受過鄭女士大嬸的丈夫恩惠的人，尤其對大嬸敬而遠之。鄭女士大嬸覺得深受背叛，對現實感到絕望，但聽說最近她放下了一切，只熱衷於來王國會館做耶和華的見證人。

大聲祈禱的鄭女士大嬸似乎有點神智不清了。她將鼻尖貼在麻袋上頭趴著祈禱，即便所有人都已經起身時，她也像是死了似的趴到最後。唱歌時也不知道她在看哪裡，眼神是

62 一九六八年，說出「我討厭共產黨」這句話的九歲小學生，結果遭到入侵村莊的朝鮮突擊隊殺害，其事蹟傳開後，成為韓國反共主義的象徵之一。

63 一九七〇年上映、由金基德執導的電影。「一二四軍部隊」是朝鮮武裝間諜培訓所，一九六八年一月二十一日為了暗殺朴正熙總統而被派至南韓的游擊特殊部隊。

失焦的。從一旁觀察魂不守舍的大嬸，讓我免於打更多的哈欠。

走出王國會館時，耶和大嬸想跟我討論第一次拜見上帝的感想。那令人有負擔的認真與令人厭煩的忠誠，使我的眼皮更加沉重。我盯著正好距離我三四步、走在前頭下樓的鄭女士大嬸的背影，不得不再次強忍一個哈欠。在外頭吹吹風之後，我的精神好了一些，看見鄭女士大嬸的背影走向在巷弄內等待的影子。大概是因為夜深了，有人出來迎接大嬸吧。

可是我在經過那前頭時，不經意地朝那一側轉頭，暫時停下了腳步。雖然因為站在電線桿後頭，所以看不太清楚，但那個影子似乎很眼熟，感覺像是李老師。鄭女士大嬸和李老師？下一刻我就對這念頭嗤之以鼻了，因為我想起又是痔瘡又是偏頭痛、老是皺著一張臉的李老師，他稍早前坐在簷廊上等「將軍」從茅廁出來，對著自己用小指挖出來的耳垢「呼」地吹了一下的畫面。我對自己承認，看來經過崔老師的後房事件後，我的腦袋似乎就老往那方面想。

回家後，還沒睡的阿姨又在寫信了。她用在日光燈底下顯現明顯雙眼皮陰影的臉回頭看我。

「哎喲，那該死的味道，害我頭痛到信都寫不下去了。」

阿姨脾氣暴躁地擱下筆，蓋上了墨水瓶蓋。有時我會覺得已經很熟悉油脂工廠散發的味道，所以幾乎感覺不到，可是偶爾又會有濃烈味道忽地竄進鼻腔的時候。確實，碰上陰天時，味道就會強烈地滲透進來。當那股味道滲入鼻腔，從它企圖全面覆蓋的氣勢來看，讓我經常覺得所謂的工廠，是不亞於從天而降的雨水或雪，能一下子就改變許多人心情的東西。不過，就它隱密滲透的特性來看，又要比雨水或雪更陰森、更不吉利。上自然課時曾學過，肥皂就等於油塊，可是油脂工廠裡頭究竟是在燒什麼，怎麼煙霧中會散發出那種難聞的味道？我突然想起《燒掉陰毛吧！》那本小說，以及我讀完後嘗試過的火刑儀式，因此不由自主地皺起眉頭，彷彿此時有股皮膚在燒的味道。

「工廠要進駐，就讓餅乾工廠進駐啊，這樣就算有味道，也會是甜甜的味道，我們鎮上為什麼偏偏要讓那該死的油脂工廠進駐？」

不過，讓阿姨脾氣暴躁的不只是味道。最近阿姨成天都在發神經，說不定是因為雙眼皮手術造成的。手術不是太成功，不僅刀痕明顯，而且到現在上眼皮還沒消腫，更別提阿姨原本想要的歐美長相了，所以阿姨沒辦法在外頭亂跑，只能每天往京子阿姨家報到，可是就連京子阿姨都找到了工作，阿姨頓時覺得人生既鬱悶又無聊。

阿姨認為李亨烈是自己那鬱悶又無聊的人生的唯一出口。老實說，阿姨的神經質就是從這裡開始的，因為作為阿姨人生唯一出口的李亨烈，最近把那個出口給關閉了。就我的記憶來看，李亨烈已經超過半個月沒寫信來。

越是這種時候，就越要不失冷靜、深思熟慮地應對才對，阿姨卻不是這樣，三天兩頭就寄出飽含自己不安與焦急的信件。由於阿姨把寫到一半的信件隨便攤在桌上就出去了，所以我也看過幾次，但正如外婆所說的，阿姨不只把自己的肝、腸都拿出來，連腸子內裝的屎都給對方看了。好比說像這樣的句子——

「……當你說看到我不一樣的臉之後像個陌生人時，我的內心不知道有多忐忑不安。你是不是為了這件事而怪我呢？我也很後悔沒有事先獲得你的許可就做出那種事，但我這麼做都是為了愛，想必你一定會原諒不懂事的我吧？……」

而且阿姨在那封信中把雙眼皮寫成了「桑」眼皮，把鴿子寫成了「鴿」子。阿姨多愁善感地懷抱著「李亨烈是自己永遠且唯一摯愛」的想法，但就我所知，以善感視角看待世界的人必然會受傷，因為認為永遠且唯一摯愛之類的東西存在，這種抒情性本身就等於被奪走你對痛苦的免疫力。

像阿姨這種感性的人，把人生想得過於樂觀。不，她完全沒考慮過人生可能會背叛自己的可能性。當自己幸福與不幸的操縱桿全握在他人手上時，你的魅力轉瞬就會消失。所謂人的感情，無從得知何時會改變，尤其這世界上有太多能讓年輕人變心的事了。因此，當我會因為對方愛我而感到幸福時，就應該要明白那表示當我失去對方的愛時，也會跟著變得不幸。還有，當那份愛越是讓人感到幸福，就越要為當它消逝時的失落感做好準備。阿姨應該早就要知道，自己不應該把他人視為永遠且唯一的摯愛，而且這世界上也沒有那樣的愛。

睏意再度慢慢襲來，於是我躺平就寢，阿姨也熄燈鑽進了自己的被窩。

「對了，珍熙，」

遠處隱隱約約地傳來阿姨喊我的聲音。在這種墜入夢鄉的瞬間，感覺就像原本牢牢綁在我身上的意識，正逐一解開無數個結，然後慢慢地從體內抽離。

「珍熙，妳睡了嗎？」就在所有的結幾乎都已鬆開、意識正要從身體抽離的瞬間，阿姨的聲音滲入了意識與身體之間的窄縫。「珍熙，上回我們見過的許錫哥哥啊——」許錫？聽到他的名字後，我的身體慌忙抓住了正打算離開身體的意識，急忙又把結一個個打好。幸虧我死命抓牢了，才好不容易恢復了原本打算離開身體的意識。

「聽說那個哥哥出現在報紙上。」

正打算抽離身體的意識嚇了一跳，再次迅速回到幾乎已經抽離的體內，有如吹飽的氣球般填滿了我的身體。再度擁有意識和身體的我，終於瞬間抬起了眼皮。

「剛才李老師跟我說的，問我說上次來的首爾學生是不是叫做許錫。他說在報紙上看見長得很像的人，也讀同一所學校。」

「所以李老師說了什麼？為什麼出現在報紙上？」

「他沒說別的。」

如果不是當下自己需要或感興趣的事，阿姨就不會豎起耳朵好好聽別人說話，也因此阿姨再也沒有什麼能對我說的了。雖然實在很鬱悶，但如果想從李老師那兒聽到詳情，就得等明天到來，因此最好還是趕緊睡覺，可原本那重重壓著眼皮的睏意卻消失得無影無蹤，讓我的精神好到不能再好。在王國會館時，我竭力想要把眼皮往上推，現在我則是努力想把眼皮往下拉，最後還是翻來覆去許久才總算睡著。

隔天李老師不只將詳細的消息告訴我，還將那份報紙找出來給我。我翻開報紙的手顯得有些不自然。許錫的臉出現在「發言台」這個專欄標題底下的圓框內。由粗糙的黑白粒子構成的臉顯得破碎，甚至令人詫異李老師居然能認得出那是許錫。

但那確實是許錫的臉。我目不轉睛地盯著那張照片，在圓框內的他也正視著我，我們就這樣對看了好一會兒。

許錫在「發言台」中說的，是要挽救我們逐漸消失的文化。他說要恢復被日本帝國主義毀損的文化遺產與民族自豪感，同時引用了與某個鎮上帶領保存傳統文化的文化院長的對話內容，而那自然是我們鎮上的文化院長。我想像著他在寫這部分時，為了拼湊記憶並回想起與文化院長面談的時間，是否也連帶喚起了對同時也在場的阿姨的記憶，不由得心生妒意。不過，他也針對山城歷史悠久的來歷與美景「發言」，而他寫到這裡時，想必也會浮現與我的回憶，因此我的心情又恢復了平靜。

我原本想把那報紙專欄剪下，後來是把它折起來收進了抽屜。因為要是我把他的臉剪下來珍藏，等到愛情消逝後，某天突然發現這張沒意義的老舊報紙碎片、將它揉成一團時，會產生毫無用處的悔恨之類情緒。儘管某些小說中偶爾會出現收集那些回憶的物證、之後再將它們燒掉的場面，但那是在某種程度上還有感情殘留的時候。當愛情徹底離去時，用火燒掉也稱不上是什麼有意義的儀式，不過就是累贅的勞動罷了。

但是放學一回來，我又立刻打開抽屜再度和許錫對視。把戀人收藏在抽屜裡的喜悅是很驚人的。假如沒有另一個能與之相比的好消息，說不定這件事會持續非常久。

另一種喜悅，那會是什麼呢？就是許錫寫信來了。

我不以為意地接過郵差叔叔給的信件，很意外的是信封上寫的是我的名字。拆開信封前，我盯著上頭寫的名字許久，緩緩地描繪他用鋼筆揮毫出我名字的模樣。

許錫的信足足寫了兩張，內容是這樣的。

我們鎮上的文化院長讀了許錫寫的專欄後感觸很深，尤其對他引用自己說的話深表感謝，所以院長決定邀請許錫來參加十月舉辦的郡民宴席。在院長的主導下，郡民宴席時會舉辦民俗活動，也會在城內辦宴席，因此對想要保存傳統的許錫來說將會是個很好的經驗。收到院長寫的信後，許錫想再來我們鎮上拜訪，還特別說想見見我，但因為舅舅去當兵了，所以他有些猶豫。不過，正好許錫學校的校刊有人提議他寫關於傳統文化保存的文章，讓許錫對於自己的文章影響了這麼多人、獲得他人共鳴而感到欣喜，也因此下定決心要多增廣傳統文化的見聞，只要有機會就多寫相關的文章。

這就是許錫下週要來我們鎮上參加郡民之日的原委。許錫在信件的最後囑咐我，雖然舅舅不在家，但只要外婆答應，他希望能在舅舅的房間住上兩天左右，要我跟外婆說一聲。

我感到既失望又開心。他的文章雖然冗長，卻是絲毫不見對我有任何熾熱情感、平鋪直敘的文體，對此我感到很失望，但一想到下週就能見到他，我又覺得很開心。我把信件內容傳達給外婆後，外婆也當許錫是對自己入伍的兒子懷有記憶的見證人，把先前因為家庭教育不當而對許錫有些不滿的事給全忘了，欣然同意迎接兒子朋友的到來。

阿姨什麼話都沒說。郵差叔叔踏進大門時，阿姨還以為是自己盼望多時的李亨烈來信，穿著左右對調的拖鞋就急急忙忙來到院子，一把將郵差手上的信件搶了過來。但看到信封上寫著我的名字，阿姨失望不已，甚至發起了脾氣。她很粗魯地將信件放回一頭霧水的郵差手上，連收到舅舅來信時，阿姨也做出了類似的反應。

晚餐時，阿姨配合京子阿姨下班的時間出了門。

「都要吃晚餐了，妳要去哪裡？飯呢？」

「我跟京子一起吃。」

聽到阿姨頭也沒回的回答，外婆沒有再說什麼。看出阿姨心情不好的外婆，只是對著阿姨的背影咂了咂舌。

「廣津 TERA」大叔不知怎麼回事，竟然在這時間回家了。

為了下週的國民投票，大叔最近忙著到處跑政治活動，跑得腳底都出汗了。「局勢如此，就算我想和政治斷絕緣分也做不到。」確實如大叔的感嘆，今年似乎發生特別多的事件，觸動了大叔內心沉睡的俠義之心。因此大叔也幾乎每隔一個月，只要大家快要忘記了，就會製造一次「政治」醜聞，七月是拿停課令到處嚷嚷，八月是義憤填膺地說新民黨街頭示威怎麼樣，九月初又在聽到某反對修憲的國會議員進行從光州到首爾徒步行軍的消息後，表示自己沒想到還有這種表現愛國心的好方法，立即召集了地方記者，宣稱自己要以摩托車進行全國徒步行軍的決心。修憲案被變相處理掉的那天，他又喝了酒，表現出彷彿整個村子都被洪水沖走了的悲憤，甚至痛哭說自己的獨立軍祖先所守護的民族魂在哭泣。

可是今兒個不知道是不是政治活動提早結束了，走進大門的大叔甚至哼起了歌。

「走在路上喊了聲『社長』，十個人之中有十個全回頭呢。大家都說要找個員工有多難，但真不曉得為什麼遍地都是社長，前看後看都是社長……」

大叔拉著摩托車，在歌曲的最後揚起音調，唱起副歌。

「愛啊、愛啊、我的愛，全都是社長，就只有社長。」

那首歌的第二節是說，喊了聲社長，但有個人沒回頭，所以就上前去問了一下，結果那人擔任的是專務。專務也馬上就要成為社長了，所以不也等同社長嗎？因此專務也等於我的愛。大叔之所以唱這首歌，一方面因為自己也是社長，對於歌詞有共鳴，再從他滿臉通紅看來，先前肯定不知在哪兒一邊喝酒、一邊唱了這首歌才回來。

我曾聽李老師說過，是因為社會秩序動盪不安，所以才會有這麼多社長。雖然我不知道這和社會現象有什麼關係，但確實光是我身邊就有許多社長。連其他大叔在喊橋下造磚的張大叔時，也都喊他：「喂，張社長。」不過，此時外婆正因為阿姨而心情不好，所以聽到那種歌之後，不高興地喃喃自語：「現在是在唱什麼玩意？最近的歌就只有叫人去做酒館生意的歌。」

回房後的我再次將許錫的信仔細讀了一遍，但我在把信件與印有他的臉的報紙一同收進抽屜時努力保持冷靜，因為我認為有開心的事時，盡情享受那份喜悅是不好的。

所謂的人生充滿了玩笑與惡意。它先是帶來喜悅，接著看到有人露出高興的模樣，說不定會想要惡作劇，再把那份喜悅給搶回去，又或者它會準備好和喜悅等量的悲傷。因此，人不能表現得太過高興，因為完全沉浸於那份喜悅，也會刺激人生的惡意。

越是高興能與許錫見面，我就越不能表露出來。另一方面我也要提醒自己，不管誰的人生，喜悅和悲傷都是由幾乎相同的量所填滿，因此既然有這麼令人開心的事，就代表也有跟它一樣悲傷的事。人生向來是雙面的，就像被愛時的喜悅，意味著失去那份愛時的悲傷，因此若想要生活在平靜中不受傷害，就不能失去隨時檢視另一面的緊張感。我把那封信摟在懷裡喜不自勝，又或者反覆讀信時露出的幸福表情，絕不能讓惡毒的人生給發現。

先前我聽外婆說過關於善妒的三神奶奶[64]的事。孩子越是惹人憐愛，就越不能抱他，因為要是被三神奶奶發現了這份愛，孩子必定會受到傷害。聽到我說無法理解三神奶奶明明是把孩子送來的當事人，為什麼要加害於那些孩子，外婆回答：「這是因為三神的內心同時存有善與惡，經常陰晴不定。」她還說這就跟人心是相同的。

不用外婆說人心善惡並存，我也早就自行領悟了。我不僅知道我的內心深處同時有善

64 在韓國民間信仰中占有一席之地，掌管懷孕、分娩及育兒的神明。

與惡占據，也完全沒有打算主張只有哪一邊才是我真實的模樣。

然而人們卻不想承認這一點。人們認為善良是自己的真實模樣，至於惡，則以失誤或衝動等脫離自身控制的意思為其命名，並且強調那不是真正的自己。在這種人的眼裡，人生是偉大的、嚴肅的、美好的，他們是毫無疑問的抒情派。

到了晚上，一如往常一邊聽廣播連續劇、一邊打瞌睡的外婆，躺下來就開始打呼，我和阿姨則是為了各自的愛情而輾轉反側。

過了一會兒，阿姨先向我搭話。下午從京子阿姨家回來後，阿姨的氣色原本變得明亮了一些，但不知何故，這會兒又換成陰沉、困惑的表情。

「珍熙，妳這星期六要不要跟京子去個地方？」

「去哪裡？」

「啊，沒有啦，沒什麼。」

阿姨似乎馬上就改變了主意，連連搖了幾次頭。阿姨的習慣向來是把「還在想的事情」先說出口，而不是說出確定的想法。

我們曾一起去附近中國華僑開的中國餐廳「中央館」，但阿姨在那裡也說了：「珍熙啊，我們吃炸醬麵吧。不，炸醬說不定會濺到白罩衫上頭，所以吃煎餃比較好。不過還是要有個湯，不然乾脆吃烏龍麵？我煎餃和烏龍麵都想吃，但那樣肚子會吃得太撐。是啊，我們有兩個人，說不定能吃兩碗烏龍麵和一份煎餃。對了，妳吃的量少，那要不要只點一碗烏龍麵和煎餃？要是媽知道了，又會罵我說給這麼大的孩子吃太少。這樣不行，我們就點兩碗烏龍麵和煎餃吧。大叔，就這樣吧，請給我們兩碗烏龍麵和煎餃……不過，既然都來了『中央館』就應該吃炸醬麵。大叔請等一等。珍熙，妳說對不對？還是吃炸醬麵比較好吧？這件罩衫是洗好後今天才穿出來的，哎呀，弄髒了就把衣服直接扔了也不會怎樣？該怎麼辦呢？兩碗炸醬麵？對了、對了，煎餃是得吃的。那就兩碗炸醬麵和一份煎餃囉？能吃得完嗎？吃煎餃就應該配個湯，是不是烏龍麵比較好？」等於說到最後又回到了原點。

心地善良的「中央館」大叔一邊說「慢慢想，慢慢來」，一邊在我們周圍走來走去，直到阿姨終於做出決定，大叔才用中國話對著廚房大聲點菜，但每一次我都會心想「兩個炸醬麵」幾個字應該沒那麼長，其中肯定也有大叔揶揄阿姨有多困難才做出結論之類的內容。

不過阿姨在外頭還算是收斂的。在家裡時，當阿姨要吩咐我做什麼或要說什麼時，總會一字不漏地說出這種漫長的「思考過程」，等待阿姨做出結論的過程不知道有多無聊。儘管阿姨像現在這樣說：「沒有啦，沒什麼。」但只要再過一會兒，她肯定又會再次提起。可是，大概這次的事很嚴重吧，直到阿姨再次開口之前花了她不少時間。

「京子她啊，這週六說好要去探望亨烈先生，妳要不要跟著去？」

「阿姨妳不去嗎？」

「亨烈先生要我別去啊……」

阿姨的雙眼皮眼眶內有淚水在打轉。阿姨向我吐露了原委，說李亨烈寫信表示這個月一直很忙，所以不必去探望他之後，已經過了兩週都沒再寫信來。

由於阿姨不斷向京子阿姨訴苦，京子阿姨便爽快地表示說要去了解真相。阿姨對這份友誼心懷感激，因為她期待，若是京子阿姨把她的傷心傳達給李亨烈，肯定對她有什麼誤會的李亨烈就會化解誤會，並寄來請求阿姨原諒的信，可是阿姨回家後仔細想了想，總覺得京子阿姨的態度有些蹊蹺，所以才要我跟著去。

「我相信朋友，但我大概是個壞女人吧，腦中老是有奇怪的想法。上次也是，我都還沒說，京子卻已經知道我和亨烈先生說了什麼話。當時我以為自己是說過卻忘了，結果又說了一次，可是我的心裡老是有疙瘩，因為在我動雙眼皮手術的期間，她只在我的拜託下去探望了一次，可是她甚至連部隊前的茶坊都比我還了解。不，不會的，她本來就很會認路，是我瘋了，真不曉得我為什麼老是有這種想法。珍熙啊，妳忘了吧，京子去了之後會好好傳達我的事情的，一切都會很順利。我今天也把亨烈先生的信全都讀過了，曾經對我那麼真誠的人卻這麼輕易就轉身，實在說不過去。我為什麼就這麼不相信別人……話說回來，真的好奇怪，京子怎麼會知道亨烈先生上週外出去了首爾？就連我都不知道啊。珍熙，不然妳去一趟？這樣應該比較好吧？不過亨烈先生看到妳之後會怎麼想？會不會覺得我是個派朋友來還嫌不夠，連外甥女也動員，沒有半點自尊心的女人？沒錯，不能做這麼傷自尊的事情。但我還是不放心京子她一個人去……唉，事到如今要京子別去，她肯定會覺得奇怪，真是搞瘋我了。」

都講這麼長一串了，還是沒有做出結論。說這些話時，阿姨的表情千變萬化，每一次她那有明顯陰影的雙眼皮都會展現強烈的存在感。因為眼睛沒消腫，至今又粗又紅的雙眼皮線讓人聯想到刀痕，再加上阿姨哭得眼睛都紅了，使得上眼皮有如冬天時廚娘用冰水洗抹布的手背那樣粗糙泛紅。

不知是去年還是今年春天，我曾在「新風格女裝店」翻閱雜誌時讀到了一篇小說。帥氣的男大學生與漂亮的女大學生熱烈地愛著彼此，他們只要放假就一起去登山。那天兩人也一起爬山去了。男人在爐子上點火後去舀水，女人看到爐子冒出的黑煙。女人操作爐子想要控制煙霧，這時卻突然發出爆炸聲，女人頓時感覺到臉上有股熱氣。女人為了關火而持續抓著爐子，最後造成了無法挽回的燒傷。燒傷不僅奪走了女人的美貌，男人當然也離開了女人。

我就只讀到之後女人用帽子和眼鏡遮住傷疤，哭著下定決心要對男人報仇的段落。因為女裝店的大嬸再也沒有買雜誌，所以我無從得知女人是否成功報了仇。不過，這樣就已經夠了，因為我已經領悟到，不管是外貌也好或瞬間的氣氛也罷，所謂男女之間的愛情都是被片面的形象迷惑而產生的。

我大概是認為李亨烈變心（雖然阿姨用「誤會」來表達，但準確的用語是「變心」）的原因和阿姨的外貌有關，也就是阿姨動雙眼皮手術後失去了清純美，眼睛反而讓人聯想到刀痕，也因此我才會想起那篇被燒傷臉之後愛人變心的小說吧。

愛情的萌芽，向來是由對方的形象所觸發。

洪奇雄只看到一次阿姨唱著過世母親喜歡的歌曲的模樣，就決定她是自己永遠的戀人。李亨烈也把阿姨的證件照給內務班所有人看，根據他們打的分數，相信阿姨是「國軍情人」，於是因為這種形象而愛上阿姨。就算阿姨動了雙眼皮手術，也無損她在洪奇雄心中的樣子，卻可能嚴重破壞阿姨在李亨烈心中的形象。

就像是摔了一次便四分五裂的鏡子，只要形象遭受到一丁點毀損，它的風波就會擴及整體，至今為止的所有形象都會瞬間以不同面貌出現。李亨烈說不定會對先前覺得阿姨很愛撒嬌和單純的一面，如今卻顯得如此愚昧幼稚的事實感到吃驚。只因失去清純的形象，使阿姨的純真淪落為幼稚，真誠轉變為如水蛭般的愚鈍，使李亨烈感到煩躁。這就跟沒能走到「憎惡」的深度，只在「愛憐」層次就結束的無數初戀是一樣的。

或許，只要稍微拉開距離來看阿姨受損的形象，李亨烈的心就不會那麼輕易地轉身。但假如出現些許裂痕時，有個叫做京子阿姨的槓桿透過這個縫隙施力，最後把李亨烈的心給抬起來的話呢？阿姨雖然是為了愛才動雙眼皮手術，卻導致她面臨失去愛情的境地。此時人生正在嘲笑阿姨。

終於，阿姨做出了結論。

「何必連妳都去呢？京子會好好說的。」

但之後阿姨貌似對自己的結論不滿意，彷彿天塌下來一樣嘆了口氣，強度就與「廣津TERA」大嬸離家出走時大叔嘆氣的樣子不相上下。大概是阿姨的嘆氣聲太大了，睡著的外婆猛然睜開眼睛，稍微撐起上半身東張西望了一下。外婆又薄又下垂的眼皮底下的眼神是渙散的。就在外婆東張西望的時候，阿姨屏住了呼吸，直到看到外婆再次像個孩子般乖乖地把頭放在枕頭上，阿姨用被子蒙住頭，過沒多久便開始傳出輕微抽泣聲。想必到了明天早上，阿姨的雙眼皮又會變得更腫了。

星期六，京子阿姨一下班就去見李亨烈。若是想在當天往返，時間實在很緊迫，所以得加緊腳步。

對於送京子阿姨去充當外交使節後等待佳音的阿姨來說，星期六的午後如同一百年漫長。阿姨焦急的模樣不是普通的可憐，就連看的人都不禁埋怨起害得阿姨如此焦急不安的罪魁禍首。

入夜之後，阿姨足足去了京子阿姨家三次，每次都是白跑一趟。就在午夜警報響起之前，阿姨起身說要再去最後一次，我也跟著出門了。我們跨過躺在房門邊熟睡的外婆腳邊，悄悄打開門來到院子。新月已經完全落下了，外頭一片漆黑。

街道安靜得嚇人，只有路燈三三兩兩地還亮著，街上不見任何人影，狗吠聲從四面八方傳來。見到燈光幾乎消失、幽暗蜷縮的村子景象與寂靜，我開始有些害怕，可是看到阿姨傷心欲絕、流露出悲壯之情的側臉，我就覺得害怕不是什麼問題。雖然阿姨比我膽小許多，但此刻除了李亨烈的「誤會」之外，她似乎什麼都不怕。

因為時間太晚了，我們沒有敲大門，而是走進京子阿姨房間窗戶這一頭的巷子。京子阿姨果然沒回來，因為窗戶是暗著的。看著沒有燈光的窗戶，阿姨咬著嘴唇，很努力想要保持鎮定，往窗戶底下走近一步，安靜地敲了敲窗戶。「京子，京子。」阿姨彷彿說悄悄話一般連喊了兩聲，語氣聽起來是如此迫切。

看著阿姨的一舉一動，我也懷著無比懇切的心情望著燈光未亮的窗戶。感覺下一秒京子阿姨就會拉起那扇窗戶露出臉，然後在認出巷子內的人是我們的那一刻，急急忙忙打開房裡的燈迎接我們。倘若舞臺的燦亮燈光亮起，傳達好消息的布幕也跟著拉起的話……但是無論我們再怎麼迫切地盯著，沉重的黑暗依然鑲嵌在木格紋吊窗的窗框內，沒有半點動靜。

窗戶和巷弄內黑漆漆的，悄然無聲，一絲蕭瑟的秋風拂過臉龐。風一吹，牆內空蕩蕩的狗糧銅碗發出了翻倒的聲音。也不知道阿姨有沒有聽見那聲音，只見阿姨抬頭望著燈光未亮的窗戶站著，淚水撲簌簌地沿著臉頰流下。

那天京子阿姨沒有回家，成了對阿姨的懷疑最確切的回答。這其中包含了兩種背叛，特別是背叛的當事人透過共度良宵把他們的行為公開化，以致背叛成了再也無法挽回的事實，這對阿姨造成了最大的打擊。阿姨不僅必須面對朋友與愛人的背叛，就連找回絕對且唯一摯愛的可能性也被徹底阻斷了，如今阿姨剩下的就只有失敗的雙眼皮與絕望。

我們一言不發地走出了巷子。經過十字路口的加油站時，我在路燈底下看見阿姨的下巴劇烈地顫抖。一陣風再度拂過臉龐，阿姨的一縷髮絲隨風飛揚、飄落在臉頰上，然後就這麼貼在被淚水沾濕的臉上。儘管阿姨朝著前方一步一步邁開腳步，整個人卻有如往後倒栽蔥一樣，看起來險象環生。

隔天，阿姨用被子裹住自己躺了一整天。大概是前一晚徹夜沒睡吧，臉上的皮膚顯得很粗糙，但也許是淚水流乾了，所以阿姨不再哭了，只不過她時而盯著天花板的花紋發呆，時而閉著眼睛像在睡覺，卻又突然重重嘆了口氣。偶爾阿姨又會像是受不了似的用被子蓋住頭部，但不必說也知道，這一切都顯示出阿姨正用盡全力在接受令人絕望的現實。

直到星期一早上我上學時，阿姨依舊躺在被窩內，依舊意志消沉。見到阿姨搖搖頭，外婆別無他法，只能深鎖眉頭，原封不動地再將飯桌端出去。

看著阿姨悲慟不已的樣子，另一方面我則是數著手指等待許錫到來的日子。這也沒辦法呀，我只能暗自祈禱我這隱密的喜悅不會又對阿姨的悲傷造成另一種背叛。兩天後就是郡民宴席了。

等我放學回來時，阿姨依然躺在被窩裡，像個生重病的人一樣眼睛凹陷、臉色蒼白。幸虧今天外婆沒有去水田或田地裡幹活，整天都待在家，所以家裡內外格外乾淨。人在後院的外婆，把黃銅祭祀用具和銀匙筷等放在大廳的陳舊器具都拿出來擦拭。就好比舅舅入伍的第二天，外婆把家裡的被套全都拆下來，用鹼水煮沸後上漿，成天忙東忙西時那樣，看外婆這次把大廳的碗全取出來，想必也十分心煩意亂。

早上要阿姨吃飯時，阿姨搖了搖頭，直到晚上外婆把飯桌端進來，阿姨才用單隻手臂扶著地板，吃力地撐起身子。那副模樣散發出深沉的悲傷，是與不知為何李亨烈的信件遲遲未來時，彷彿被全世界拋棄一樣、假裝下一秒就要哭得死去活來的樣子截然不同。經歷絕望後，阿姨的選擇就只有死心，而對於向來活得隨心所欲的阿姨來說，了解什麼叫做死心的過程是一種脫胎換骨。為了能夠破繭而出，這是阿姨生平第一次與自身的存在搏鬥。

京子阿姨走進大門時，阿姨才剛費力地吃完半碗飯，將棉被蓋在膝蓋上，靠牆坐著正在發呆。

「英玉，那個……」

看到京子阿姨說不出話的樣子，好不容易恢復平靜的阿姨又漲紅了臉。雖然阿姨緊咬著嘴唇，但下巴再度抖個不停，眼中也冒出了怒火。儘管京子阿姨在簷廊邊坐到天色逐漸變暗，最後卻沒說什麼就回去了。她大概是沒法正眼看著阿姨，所以一直盯著空蕩蕩的曬衣繩，最後才安靜地起身，用螞蟻般的音量說了：「我之後再來。」從頭到尾都沒說半句話的阿姨，則是冷冷地吐出一句：「不必來了。」聽到阿姨這麼說，京子阿姨也同樣緊咬著嘴唇，飛也似的消失在大門口。

京子阿姨離開之後，阿姨再次用棉被裹住自己，接著開始放聲大哭。外婆洗完碗盤回來後，低頭望著還在哭的阿姨自言自語說：

「雖然不知道發生什麼事，不過天有不測風雲，人有旦夕禍福啊。」

阿姨頓時哭得更大聲、更傷心了。失去愛情的閨女，又即將以淚水熬過另一個夜晚。對阿姨來說，這是個過於漫長的夜晚，還有，經過這一夜就是星期三了。只要再過一天，就是許錫到來的日子。

在蘋果樹下看見她呢

每年的郡民宴席都是從十月第三個星期三開始到星期五，總共進行三天，可是今年因為要針對決定是否能再投朴正熙當總統的修憲案進行國民投票，投票日剛好在星期五，所以就縮短為星期三與星期四兩天。

星期三在我們學校有紀念儀式和以面[65]為單位進行的民俗遊戲競賽，在城內則是舉行寫作比賽和寫生比賽。文化院舉辦了展覽，晚上有城公主選拔大賽。星期四白天有郡[66]主辦的各種活動，晚上還有女高中生的燃燈活動和踩城活動，結束後最後預定有街頭遊行。

京子阿姨離開後，阿姨大概是徹底領悟到無法挽回自己面臨的現實，又或者因此全力投入了與自身存在的搏鬥，到了星期二，阿姨果斷地起身了。她先是洗了把臉，梳了梳長髮，用力綁緊後，再自己親手將飯桌端進來，做出明顯想努力鎮定心神的舉動。可能是幾天下來臉變得有些消瘦，經歷內心試煉的阿姨身上的孩子氣消失了，莫名散發出一種成熟的氛圍。

65　韓國行政區單位，屬於「市」或「郡」的地方行政區域單位之一。
66　韓國行政區單位，在「道」之下，在「面」之上。

結束郡民宴席上表演的舞蹈練習後，我回到家的時間已經很晚。阿姨坐在後廊，從托盤上的豆莢皮當中抖落豆子，側著頭望著進房的我，臉上給人一種陌生感，我甚至還產生阿姨看起來很美的念頭。阿姨的臉就像孩子臉上的嬰兒肥消褪後，找到了屬於自己的輪廓，散發出乾淨俐落的清純感，連不自然的雙眼皮也與沉靜的表情構成了平衡。阿姨不發一語撿豆莢皮的尋常手部動作，也不同於先前那種輕浮誇張的動作。

當然這只是瞬間的感覺罷了，即便失戀有多傷心，阿姨終究是阿姨，不可能短短幾天內就變成另一個人。我注意到的不是阿姨變了的事實，而是阿姨的內在可能還有其他面貌。或許阿姨的內在還有無數其他面貌共存呢，要是從那些面貌中逐一挑選出來使用的控制裝置，也就是說，假如編輯阿姨人生的裝置採用與至今截然不同的方式運作，阿姨說不定就會成為完全不同的人。究竟我們所認為的我，與真正的我有多接近呢？

這時我看到有個人影大步走進大門。影子經過茅廁前，路過「將軍」家的簷廊前，轉向我們家簷廊的方向。走到井邊時，那人轉頭瞥了井邊一眼，不一會兒就來到我所在的簷廊前，然後從上方俯視我並咧嘴一笑。直到那時我都沒意識到他就是許錫，一直到他說：「珍熙，過得好嗎？」我的耳畔開始嗡嗡作響，瞬間感到頭暈目眩，呆呆地張大了嘴巴。

他穿著端正整齊的學生服，衣領上戴著校徽，個子看起來更高，也比先前看起來更有大人樣。滑落至眉毛的髮絲與那個笑容，喚起了我如此思念這人的強烈記憶，使我的胸口陣陣發麻。就是這個，我盼了多久啊？這一刻，擁有那人笑容和眼神的這幅風景，那人與我如此近距離地享有獨一無二的世界，彼此對看的這一刻。

當我走下簷廊，他將一隻手放在我的肩頭，彎下腰把自己的臉湊近我的臉，接著如此說道：

「外婆在哪兒？」

我很努力想要表現得自然。我得先到廚房去，告訴外婆許錫來了。但我人還沒到，外婆就已經因為聽見了男人的聲音，從灶坑前起身，打算出來看看發生什麼事，我則是拉開了沒必要的嗓門，傳達許錫已經到達的消息。直到外婆出去後，我靠在掛著湯杓的廚房柱子，暫時緩一緩急促的呼吸。透過廚房門敞開的縫隙，我看見外婆和許錫相見的場面。我知道自己非常慌亂，所以刻意在廚房內待了許久，讓心情能平復下來，直到外婆喊我時才來到簷廊。阿姨也來到了簷廊，但和許錫打聲招呼後，就打算起身回後廊去把豆子剝完。

「去把舅舅的房間鑰匙拿過來。還以為是明天才來，房間都沒打掃呢。」

外婆的第一句是對著我說，第二句是對許錫說，但眼睛是追著阿姨的背影。

「英玉小姐哪裡不舒服嗎？」

許錫小聲問，一雙眼睛同樣追著阿姨的背影。

舅舅房間的鑰匙在房內的梳妝台抽屜裡，想把它取出就得走進房間，但我覺得要從坐在簷廊的許錫面前走過很彆扭，所以打算從廚房回到後廊那邊。可就在我踏入廚房的那一刻，我聽見了許錫的聲音，並且察覺到那個聲音在提起阿姨名字時帶著微微的緊張感。走進廚房後，我又在掛著湯杓的柱子前站了一會，卻不是為了跟剛才一樣冷卻心中的澎湃之情。

許錫分明對阿姨懷有特殊情愫。

我陷入了混亂。我需要時間來釐清在我內心如漩渦般翻滾的東西是什麼，並分辨它們的優先順序。

把舅舅房間的鑰匙送去之後，我獨自去了惠子阿姨先前住的後屋。我躺在潮濕陰冷的房間內，目不轉睛盯著在窗外搖曳的柿樹影子。我的內心雖然有嫉妒，但也有想要安慰受傷之人的道義。嫉妒與阿姨反目成仇，道義卻袒護著阿姨。

我開始思索關於人生的機會。

一個人是成為救國英雄還是殺人者，差別可說就在於他被賦予什麼樣的機會。成為殺人者，是因為他被賦予了殺人的機會，而成為背叛者，也同樣是因為背叛的機會到來。要接受或拒絕機會，選擇操之在己，但是在選擇的前一階段，要提供什麼樣的機會則完全由人生決定。做出背叛行為的雖然是自己，但提供背叛機會的向來都是人生。

過去我始終認為，若是外婆必須從我和阿姨之中選擇一人時，最後被選擇的人會是阿姨。事實上，我能期盼的並不是那一刻到來時，外婆選擇的是我而不是阿姨，而是那個抉擇的時刻不要到來。儘管最終要做出選擇的主體是外婆，但那個抉擇的瞬間是否到來卻與外婆的意志無關。外婆自然一輩子都不想做出那種選擇，但若是人生開始嘲弄外婆，那麼非得做出那個選擇的機會就會到來——既出於必然，又出於偶然。

這表示，連我自己也想迴避的選擇機會——也就是背叛的機會——到來了。我必須在阿姨和許錫之中選擇一人。對許錫的愛助長了嫉妒，對阿姨的愛則助長了道義。

我的頭陣陣發疼。直到外婆喊我名字前，我就這樣以端正的姿勢仰躺在潮濕的房內。

晚餐飯桌上的主題主要圍繞在舅舅身上。因為阿姨很安靜，所以主要得靠許錫和外婆一來一往對話撐住全場，但這兩人的共同話題就只有舅舅。許錫很努力去想舅舅住在合宿房時的事蹟，也開了幾次玩笑，但那些玩笑都是針對阿姨而不是外婆，所以剛開始外婆沒有聽懂，但阿姨又沒有心情笑，最後就只剩許錫獨自哈哈大笑。發現沒人跟著笑之後，許錫只好用乾笑掩飾自己的尷尬作結。幾次白費功夫下來，飯碗也不知不覺地空了，最後許錫貌似下定決心再冒一次險，向阿姨如此搭話：

「英玉小姐，我得去文化院長的府上打聲招呼，妳知道在哪裡嗎？」

透過創立什麼仙人掌俱樂部而主導青年文化的文化院長兒子，和阿姨是小學同學，所以阿姨自然知道他們家在哪裡。當然，我也是知道的。我以為外婆會像往常一樣，認為閨女在夜間與男人走在一起不雅觀，所以會把阿姨排除在外，向許錫強力推薦我，可是出乎意料的，外婆卻看著阿姨說：

「妳去吧，不是說頭痛嗎？也出去吹吹風……」

阿姨聽到之後，抬起一直盯著房間地板的視線，看了一眼許錫，然後默默地點了點頭。

許錫就像先前和我一起去跑腿的「將軍」一樣，喜悅在他的臉上慢慢擴散，我只能痛苦地看著這一幕。外婆把飯桌端出去的同時，又習慣性地喃喃自語：

「俗話說懶人是個負擔，勤奮的人也是個負擔……就是不懂事的孩子，一旦有了煩惱也不得了啊。」

外婆覺得阿姨很可憐。看到平時少根筋、做事莽莽撞撞的么女經歷內心的煎熬，似乎更觸動了外婆的心。相較於成熟大人的悲傷，不懂事孩子的悲傷更令人心痛，因此不懂事的人可以盡情不懂事，但碰到悲傷時，卻又很不公平地獲得更多的愛與體諒。因為人們總認為成熟的人能戰勝悲傷，因此就無法獲得這種體諒。成熟的人向來都是吃虧的，我就是太早熟了，所以早早就看透人生，也早早就在人生中吃虧。

阿姨和許錫一塊走出大門後，直至接近夜深才又並肩走進大門。若要說有什麼不同之處，那就是出去時阿姨低著頭落後了幾步，但回來時兩人是肩並肩進門。可是那天晚上大門扮演的角色不只有讓兩人進出而已，在阿姨回來後大約過了一小時吧，夜已經相當深了，大門卻發出砰砰巨響並大力晃動起來。剛開始還以為是「廣津 TERA」大叔，但等到足以讓大嬸衝出去開門的時間都過了後，依然不停聽到大門劇烈晃動的聲音，其中還摻雜了男人粗聲粗氣的聲音。

剛開始還不知道發生什麼事了，但仔細聽了聽，那聲音是在喊阿姨。

「英玉，妳出來！還不給我出來？喂，英玉我叫妳出來！」

我和阿姨打開房門出去後，早一步從舅舅的房裡出來的許錫看著我們問：

「是誰啊？」

「不知道。」

阿姨和我都露出不明所以的表情站著。這時候，不知何時回家的「廣津 TERA」大叔從房裡走出來，站在離大門幾步的地方喊道：

「誰啊？是誰打算砸壞別人家的大門啊？」

「還不給我開門？叫英玉出來。英玉！英玉，我不會放過妳的，我要殺了妳！」

這時我才認出了那個聲音。我望向阿姨，她似乎也認出來了，臉色頓時刷白。

大叔不敢靠近大門，抓著自家的門站著的樣子，顯然是打算看情況不妙就進房裡去。在緊急時刻放棄自己引以為傲的男子氣概，是大叔隱藏在豪氣底下的另一面。我突然有了這樣的念頭：從庸俗這點來看，「將軍」媽媽和大叔可說是絕配。換作是其他時候，「將軍」媽媽肯定要比任何人都要早出來，用有如打破陶瓷器皿的高亢尖聲插嘴講幾句話，可是此時卻連個咳嗽聲都沒有。畢竟「將軍」媽媽正處於自省時期，就算再怎麼心癢難耐，也只能待在房裡探聽動靜，沒辦法到外面來。

大門被搖晃得這麼厲害，想必門閂應該都鬆脫了。許錫一邊穿鞋、一邊問我：

「是認識的人嗎？」

阿姨和我都沒辦法回答。就連早早就寢後通常不太會受到干擾的外婆，似乎也被這騷動吵醒，從房裡走了出來。

「是誰來了啊？怎麼這麼吵？」

「……是洪奇雄。」

我回答後，外婆便大發雷霆。

「那小子幹什麼跑到我們家撒野？看我不立刻把這傢伙……！」

外婆正打算匆忙走下石階，但為了以防萬一，慎重地轉頭望向阿姨。

「英玉，妳該不會跟那小子有什麼事吧？」

阿姨驚慌地趕緊回答：

「沒有！剛才我和許錫哥哥一起回來，他卻跑來找碴，擋在前頭問我去了哪裡，但我也沒理他……」

阿姨直打著哆嗦，話還沒說完，許錫就搶先開口：

「是那小子嗎？」

許錫的眼神頓時變得銳利起來。他握緊了拳頭，氣呼呼地說：「英玉小姐，能不能讓我去見那小子？」

洪奇雄的吶喊聲持續傳來，眼見被他狠敲猛捶的大門幾乎要打開了。「廣津 TERA」大叔只敢躲在自家門後探出頭來，許錫卻握著拳頭說要對付我們全鎮公認的流氓洪奇雄……

外婆穿上膠鞋，以沉著的步伐走向大門。當外婆約莫走到茅廁前面時，門閂終於鬆脫，大門發出彷彿即將分離的轟然巨響，洪奇雄身上的那件皮夾克進到了大門內。

「英玉妳還不出來嗎？想死在我手上嗎？」

洪奇雄怒氣騰騰地闖入後，見到了外婆，倒是瞬間停下動作，恭敬地朝外婆鞠了個躬。

「阿姨，請您叫英玉出來一下，我有話要說。」

「誰是你這小子的阿姨？大半夜的是有什麼話好說的？要就等大白天再來。三更半夜，帶著渾身酒氣闖進只有女人住的房子，這是成何體統？」

「對不起，我剛才喝了一杯。請您趕緊叫英玉出來，不管有什麼事，我洪奇雄今兒個都非得說點話不可。」

語畢，洪奇雄輕輕地推開外婆的肩膀，再度大喊：「喂，英玉妳還不出來？」許錫正忿忿不平地舉起拳頭又放下，看到洪奇雄推開外婆的肩膀，忍不住喝斥：「看我不把那臭小子……」他看著阿姨，眼神有如等待下達進攻命令的士兵一般。至於嚇得臉色慘白、不停發抖的阿姨，臉上只是透露出錯綜複雜的悲傷。

洪奇雄把外婆拋在後頭，大步邁開腳步走進了後屋。直到來到「將軍」他們家前面，洪奇雄才總算看到了我們。我們，指的是他那扶著柱子、一副快暈倒模樣的「永遠的戀人」、我（因為沒有分配到角色，所以或許他的眼中看不見我），以及用燃燒戰火的目光盯著他的陌生情敵。

洪奇雄出拳是一眨眼的事。許錫整個人直接被拋到院子，阿姨立即放聲尖叫，至於晚一步從大門跑來的外婆，則是大聲喝斥並攔住了洪奇雄。許錫迅速爬了起來，從外婆的背後跑到側邊後撲向洪奇雄，但拳頭還沒來得及接近洪奇雄的臉，許錫就又再次摔個四腳朝天了。

打從一開始，他就不是洪奇雄的對手。洪奇雄等待許錫腳步踉蹌地起身，接著又以迅雷不及掩耳的速度出拳。儘管外婆硬是抓住了洪奇雄的皮夾克，但他巧妙地避開外婆，連著五、六次將許錫打倒在地，就好像金基洙[67]選手在和兩個小朋友進行拳擊比賽一樣。洪奇雄不斷揮舞拳頭，外婆的裙襬也隨著拳頭揮出的方向左右飄揚，而每一次許錫都會發出「呃」的慘叫聲。也不知道是哪裡裂傷了，許錫的臉上開始流出血，阿姨卻只顧著用雙手摀住臉，站著抖個不停。能夠阻止洪奇雄的人就只有阿姨，她卻只知道要扮演悲情女主角的角色，眼睜睜看著許錫挨揍。對於這樣的阿姨，我突然火冒三丈。

看到許錫臉上流血的那一刻，我不自覺地用雙手使勁把阿姨推向洪奇雄。不知道是不是推得太過用力，阿姨直接摔倒在洪奇雄的腳下，同時彷彿突然記起自己要說什麼台詞的演員一般，大聲哭著拉住洪奇雄的褲腳。要是阿姨沒有那樣跪在地上，不，要是我沒有讓釀成這起暴力事件的罪魁禍首加入現場，洪奇雄、許錫與外婆，這三人有如皮影戲般的打

67 韓國第一位職業拳擊世界冠軍。

門就會拖得更長一些。

過了一會兒，洪奇雄放下拳頭。外婆攙扶著許錫，讓他坐在簷廊上。

洪奇雄俯視正在哭泣的阿姨。他只是喘著粗氣，什麼話也沒說。阿姨雖然鬆開了緊抓住洪奇雄腿部的手，卻依然癱坐在地上持續放聲大哭。

從某種意義來看，這正是阿姨一直期盼的時刻。阿姨從幾天前就想要盡情哭上一回了。她不知道此時弄哭自己的是什麼，內心就只有「我想哭」這麼一個念頭。阿姨的淚水並非如洪奇雄所誤解的，是因為洪奇雄，也不是如許錫所誤解的，是因為許錫，但即便如此也不是因為李亨烈。阿姨只不過是為了自己的悲傷而哭泣。阿姨在這一刻感到很傷心，不管理由是什麼，只要能哭就夠了。

所以，阿姨坐在新月微弱的月光下，一邊顫抖一邊哭泣。洪奇雄似乎不忍再看著阿姨在自己腳下哭泣，於是別過了頭。我正好站在他別過頭的這側，清楚地看到他的臉上也有淚水流下。不必刻意去觸摸也知道，那是極為滾燙的淚水。

他把曾經深愛的永遠的戀人丟在地上，就這麼轉過身消失在大門外。就算抬起一次手臂擦去眼淚也不為過，但他一直到最後，皮夾克兩邊的袖子始終保持對稱，背影看起來就像一座黑山。

彷彿淚水精靈般大哭一場後，到了隔天，阿姨就恢復了往日的活力。經歷更戲劇化的事件後，背叛的傷口似乎也多少癒合了。當然更不用說，這次事件讓阿姨和許錫兩人變得親近起來。許錫是挺身跟欺負阿姨的流氓對抗的正義男子漢，阿姨則是捨身把許錫從流氓的手掌心救出來的救援女性，至於顯露出熾熱淚水後消失的黑山洪奇雄，終究只能是個流氓，除此之外什麼都不是。這對他來說也是無可奈何的，既然人生就只將微不足道的角色分配給他，他也只能接受。

我也一樣，我沒有愛許錫的機會。經過昨天之後，各方面都能明顯看出人生決定把機會給了阿姨，而不是我。

那麼，在我心中萌芽的愛是為了消失才產生的嗎？既然要消失，為什麼人生還要我珍藏口琴與山羊的剪影？既然沒打算給我實現愛情的機會，那麼人生是替我準備了什麼樣的機會，才在我體內創造了愛情？人生又想對此說些什麼？因為人生有話對我說，那件事才會發生在我身上。我帶著這樣的想法望著許錫和阿姨兩人親暱的樣子，竭力想要看得淡然。

隔天，阿姨和許錫在文化院長的帶領下坐上了貴賓席，一整天在參觀郡民宴席的時候，我則是得去參加寫作大賽及舞蹈總練習。

到了吃晚餐時，這對佳人為了前往舉辦城公主選拔大賽的「中央戲院」，加快了拿湯杓吃飯的動作。許錫這時早已不避諱地溫柔看著阿姨，阿姨也誠心誠意地回應許錫的溫柔。

從兩星期前開始，城公主選拔大會就成了鎮上的話題。

在學校時，女生們聚在一起也都是在討論這件事，像是說我們鎮上能稱得上漂亮的，沒人比得上「國日館」的妓生，只是因為職業上不具有代表鎮的資格，實在很令人惋惜。

我們學校的某個老師也被大力推薦，但因為她不是我們鎮上出身，所以也不符合資格。至於堤防旁種枳樹那戶人家的女兒，只要參賽就等於拿到了第一名，卻因為沒錢買合適的衣服，所以也沒辦法參賽。還有果園家的女兒也是個不折不扣的美女，但因為她懷抱著參加韓國小姐大賽的夢想，所以謝絕參加郡的比賽等等。

關於大賽結果，大家是眾說紛紜。有人說有「堅實靠山」的水利組合長的二女兒會當上城公主，也有人說在首爾讀大學的米店女兒特地回來參加這次大賽，其他人怎麼比得上首爾的時髦小姐呢？還有人說在警察局擔任接線員的 Miss 朴不僅在警局內吃香，鎮上所有的小夥子也都為之傾心，而且先前她曾經從參加某某小姐大賽的同事（指的是惠子阿姨）那裡聽說了擄獲評審芳心的祕訣，因此是最為有力的人選，各種傳聞沸沸揚揚。

接下來引起話題的，是參賽者的服裝和準備過程。畢竟是選拔城公主的大賽，所以服裝自然是韓服了，特地為此到道廳所在地去訂製韓服的候選人就超過五、六名，其中有人為了顯得特別一些，訂製了有如烏鴉般的黑色韓服，甚至有傳聞說有人因為服裝上頭縫了過多的刺繡，讓衣服變得太重，以至於試穿時摔了個跤。不僅如此，關於順序的爭論也不容小覷。有人說因為第一印象最深刻，所以一號最有利，也有人說評審在前半部的標準很嚴格，越到後面就會因為非得從參賽者中找到第一名，所以分數給得越寬容，因此後面的號碼比較有利。

吃完晚餐後，阿姨和許錫說好要陪我去「中央戲院」。雖然許錫也邀外婆一起去，但就連在簷廊底下的黑皮，也知道那只是客套話。

一進到戲院，裡頭已經坐滿了人，只有最後面的座位還空著，所以我們勉強才找到座位坐下。

首先是接線員Miss朴穿著華麗的橘黃色韓服繞了舞臺一圈，第二是在首爾就讀舞蹈大學的米店女兒有如蝴蝶般跳著古典舞蹈翩翩登場。不光是觀眾和評審，連沒想到這個點子的其他參賽者的親友團之間也一陣騷動。

我只看到第三號參賽者就回家了。聽我說頭疼要回家，許錫和阿姨呢，雖然我也就只說了一次頭疼，他們卻過度擔憂我的症狀，說要是頭真的很疼還是回家躺著休息比較好，爽快地送走了我。

我聽從他們的忠告，一回到家就躺在床上，就像幾天前的阿姨一樣，怨嘆我所面臨的背叛命運，直盯著天花板的花紋看。

雖然外婆問我為什麼一個人回來，但我知道外婆沒有一定要聽到回答。外婆的內心已經接受阿姨和許錫成雙入對，也認為經過昨晚洪奇雄的事件後，兩人關係變近也是很理所當然的。不管是幫助阿姨的傷口癒合，或是在洪奇雄突襲的危機狀況下，威風凜凜地代替自己去當兵的兒子扮演哥哥的角色，外婆都對許錫充滿感激。認真說起來，阿姨和許錫兩人關近變近沒有半點壞處，再說了，看到阿姨經歷幾天失戀的傷痛後，外婆深刻感受到么女已經蛻變為成熟女人，因此對許錫正好適時登場並扮演成熟男人沒有任何排斥感。

就這樣，連外婆也屬於阿姨與許錫的世界，不屬於那個世界的就只有我。雖然我曾經在嫉妒與道義之間糾結，但不管是許錫、阿姨或外婆，都沒有對於此時把我獨自丟在這裡、打造出他們專屬的世界感到糾結。他們只認為這個世界運轉得很順利，完全沒有察覺到被排除在外的我的孤單。

不過短短幾天，人生在相同的舞臺上多次更換角色，考驗著我們。剛開始同時遭到好友和愛人背叛的可憐女人——阿姨，以及滿心期待見到思念數月之人、扮演等待化身的我，兩人在舞臺上熱情演出。

可是如今角色改變了，變成我扮演遭到背叛的角色，阿姨則是扮演沉醉於全新戀情的角色。我同時被阿姨、許錫及外婆背叛，而且更悲慘的是，我不能讓任何人察覺我遭到背叛，因此我無法像阿姨一樣明目張膽唉聲嘆氣，也無法得到安慰或體諒。我的痛苦就在於此，我雖然理解所有人的內心，卻沒人理解我。

先前「廣津 TERA」大嬸沒有搭上就送走的那台巴士，此時正揚起塵土朝我的眼前奔馳而來。等巴士停在我面前，我抬起腳踩了上去。我看著那隻腳，發現自己穿著膠鞋；搭上公車時，我因為揹在背上的孩子而暫時失去重心，一時踉蹌沒有站穩。

巴士上坐滿了人，跟剛才的戲院一樣，就只有最後面有空位。巴士在爬上陡峭的石子路時搖晃得十分厲害，每一次我都會整個人被彈到巴士的車頂，然後屁股不停摔在座位上。

某處傳來了口琴聲。身穿白色韓服的女人正在吹口琴。暮色從車窗透入，女人的衣服被染紅了。女人雖然在吹口琴，但嘴裡似乎還有另一張嘴，只見她一邊吹著口琴、一邊微笑，同時她還呼喊了我的名字。

我好像是初次聽見那種發音。頭一次知道我的名字能夠發出那麼溫柔的聲音，我不禁大受感動，所以想要回應女人，卻不知道怎麼搞的發不出聲音。我用盡全力張開嘴巴想要回應女人，卻發不出聲音，就像金魚一樣。很突然的，我看見阿姨和許錫在窗外的模樣。是什麼時候從戲院出來的？他們置身於就像某個夜裡被暗綠色霧氣籠罩的果園中，在蘋果樹底下做初戀告白。霧氣緩緩地撲向阿姨，阿姨卻渾然不知那是危險的。能告訴她這件事的就只有我。我大喊著「阿姨」，可是就跟試圖回答口琴女人時一樣，無論我怎麼使勁掙扎都發不出聲音。阿姨、阿姨！即便我揪著胸口不斷掙扎也無濟於事。

這時，巴士上的乘客一致起身衝著我喊叫，四面八方人聲嘈雜，亂成一團，只有我一個人揪著胸口發不出聲音。吵鬧的嗡嗡聲變成了彷彿撕心裂肺般的慘叫聲與慘絕人寰的呼喊聲，我扭動身體、猛搖頭，拚了命想發出聲音。拜託，只要讓我喊上一聲，讓我喊一句「阿姨」，拜託，阿姨……終於，被堵住的喉頭暢通了，我的嘴巴發出微弱的聲音，接著我睜開了眼睛。

可是好奇怪，夢都已經醒了，巴士內那些原本衝著我喊叫的人卻依然鬧哄哄的。慘叫聲傳了過來，慌亂的喊叫聲及腳步聲讓人發暈，混雜其中的著急吶喊聲，宛如從夢裡隱隱約約傳來。失火了、失火了。

我衝出家門一看，夜空燒得通紅。

大街上擠滿了人潮，有人跌跤，有人奔跑，有人吶喊等，猶如一座人間煉獄。我仰頭望著火紅的天空，突然意識到那正是舉辦城公主選拔大賽的戲院方向。

嘔，那一刻，一陣噁心感湧上喉頭。就像使用灌腸藥時一樣，下半身變得無力，臉上直冒冷汗。我直接跌坐在地上，蜷縮著身子吐出些許稀水。我被慌忙奔跑的人群踢了幾次背部，肩膀也被推了幾次，但我只能低著頭卡進兩腿之間，花上許久時間才防止自己再吐出黃綠色嘔吐物。

消防車的警笛聲響起。我夢裡的口琴聲聽起來是像這樣嗎？

「珍熙！」

有人抓住我的肩膀，抱著我站起來，原來是外婆。

「外婆……」

我的眼裡開始嘩啦啦地流下淚水。

「外婆，戲院失火……阿姨和許錫……」

外婆緊緊抓著說不出話的我的手，又用另一隻手摟著我的背。

「孩子，別擔心。」

「阿姨現在在戲院……」

「沒事的，失火的是戲院旁邊的油脂工廠。」

外婆持續拍撫我的背。

「剛才我抓了一個從那邊過來的人問了一下，說戲院的人都避開了，阿姨會沒事的。」

聽到這句話後，我的眼眶開始流下更多的淚水。

在此之前沒感覺到的嗆鼻味道，這時候開始刺激我的鼻腔。這股味道是從什麼時候開始的？我望了望天空，環繞紅火球的灰黑濃煙比剛才擴散得更廣了，也聽見了爆炸聲。外婆的臉上寫滿了恐懼與擔憂，有焦黑火花飛過來飄落在外婆的皺紋上。吶喊聲、消防車聲、腳步聲，震得耳膜轟隆轟隆作響。

「孩子，妳趕緊回家裡頭去，外婆得去下面的村子看看。照那火勢看來，少說也死了幾十個人。我們村子究竟是犯了什麼罪，怎麼會碰上這種災殃。我就知道那該死的工廠會出岔子……」

雖然聽不太清楚說話聲，但外婆似乎是這麼說的，接著，外婆夾在人群中走去油脂工廠所在的鄰村。我就像被人潮席捲了似的，腳步也自動朝那個方向跑。

越接近油脂工廠，周圍就越明亮。在到處跑來跑去的人群之間，我看見噴出驚人火花的工廠建物。消防員在那前頭來來去去，而他們腳下遍地的焦黑物體，正是被燒焦的多具屍體。

被擔架載走的人表情扭曲猙獰，不管衣服或身體外形都被徹底燻黑了，認不出來是誰。一名男子身上的衣服著了火，一邊尖叫、一邊從工廠內跑出來，遲遲等不到救援的人則是從四處的窗戶跳下來。消防車的水柱只爬到二樓，就無力地畫了條拋物線墜了下來，但工廠內似乎仍有爆炸物，偶爾會發出砰砰炸開的聲響。為了躲避噴得更高的火勢，人們每次都會驚恐喊叫並趕緊往後退。

「大成藥局」的大叔替躺在擔架上哀號的患者進行急救處理，運送加工木材的卡車在一旁忙碌奔波，將患者載往鎮上唯一的「大東醫院」。事情亂成了一團，分不清誰是誰，是男是女，是生是死。在瘋狂燃燒的烈火前，人們也同樣瘋狂地哭喊、四處逃竄，沒有人是清醒的。

火勢在那之後還延燒了好幾個小時。

等到風勢減弱、火勢也總算控制住的時候，天已經非常亮了。全鎮的人徹夜未眠，迎接這個殘酷的早晨。

死後才睜目的人

一夕之間，鎮上充滿了不幸的人，郡民宴席全部取消了。

雖然說夜裡失火是不幸中的大幸，但留在工廠加班的人數也不少。有人說死者有十幾名，也有人說超過了三十名。光是「大東醫院」就有將近二十名患者住院，剩下的都轉到了道廳所在地。

有人比較幸運，整個人隨著突來的爆炸聲騰空而起，等到回過神來，人已經掉在水田上，只有腳稍微扭傷而已，也有人因為朋友鬧著說要參加城公主選拔大賽，那天就和別人換了班，因此僥倖逃過一劫，但大部分後續消息都是些冤枉與哀傷的故事。

其中最冤枉和哀傷的莫過於死去的人。這個鎮很小，所以幾乎都是熟識的人。在越南傷了腿之後喝酒度日，最近才洗心革面在油脂工廠工作的自行車鋪的二兒子也死了。順德與點德姊妹、豆腐鋪的點禮姊姊也死了，「將軍」班上那個調皮鬼趙成宇的大哥也死了。每當提起死者的名字時，我的背後就會汗毛直豎，但在確認阿姨和許錫沒事之後，我再也沒感覺過自己有親朋好友去世，這也是事實。

阿姨有不少在油脂工廠工作的朋友。看到一早就說要去打聽朋友消息的阿姨像失了魂一樣回來，我全身瞬間起了雞皮疙瘩。

坐在簷廊上的外婆猛地起身，一邊奔向阿姨、一邊說：「她這是怎麼了？看、看起來就快倒下了。」但她還沒來得及跑到阿姨面前，阿姨就直接摔在地上了。聽外婆這麼一喊，原本在舅舅房裡的許錫趕緊出來，幾乎是把阿姨給抱了進來。當我和外婆從許錫的懷裡接過目光失去焦點、癱軟無力的阿姨，讓她在房裡躺下時，我們都已經猜到了。我們希望自己猜錯的心情過於迫切，因此不忍心把名字說出口，只能投以不安的眼神，但等到阿姨睜開眼睛後，最終還是說出了那個名字。

「媽，京子她……」

竭力保持平靜的外婆以沙啞的聲音問：

「……她傷得很重嗎？」

阿姨以失焦的雙眼盯著天花板，只回了這麼句話：

「她死了。」

她死了？阿姨說的這句話太不像真的了，甚至我打從心底想再問上一次，可是外婆和我，都只是愣愣盯著好不容易說完那句話後，從阿姨再次闔上的兩側眼眶裡畫出長長線條滑落的淚水。正當我們茫然站在那裡的時候，這次是「將軍」媽媽放聲大哭走進了大門。

「哎喲，我的天啊，怎麼會發生這種事呢？哎喲！」

一見到我們，「將軍」媽媽哭得更凶了。

「珍熙的奶奶啊，李老師他啊……李老師他啊……」

「他、他受傷了？」

外婆的聲音在顫抖。

「不是、不是，他人走了。哎喲，聽說是為了救那個赤色分子的老婆，叫鄭女士還是什麼的，所以跳進了火裡。怎麼會有這種事呢？一輩子沒說過別人壞話的人，怎麼會這樣白白送死呢？哎喲！」

外婆跌坐在房間地板上，躺著的阿姨持續閉著眼睛放聲大哭。這次就連許錫也別過頭，沉痛地閉上眼睛，再張開時眼白也已充血發紅。

無論是在學校或是我們家，李老師都是個凡事沉默、總是落在後頭的人，因此說難聽點，經常被當成可有可無的透明人，但我倒是偶爾有機會見到李老師不為人知的怪異面貌。

去年夏天，我看到李老師在吃螻蛄，嚇了一大跳。當李老師用兩根手指頭抓起在腳底下爬行的螻蛄的腰，我還當他只是想要觀察昆蟲而已，可是李老師卻突然張大嘴巴，就像外婆在嘗冬白菜泡菜的調味一樣，把螻蛄拿高，放到自己的舌頭上。不只是這樣，李老師把整隻螻蛄生吞下去之後對我說：「珍熙，妳看見螻蛄自動爬進了我的喉頭吧？不覺得這小傢伙很了不起嗎？」他甚至還露出微微的笑。李老師同時還說了這樣的話：

「妳覺得很奇怪嗎？我吃蟲子或我的身體被蟲子啃食都是好事。死亡呢，就是被蟲子啃食的同時又不必感受到痛苦。珍熙啊，所以說死亡是多麼祥和的一件事呢……」

那時我完全不懂這是什麼意思，但李老師折斷火柴棒去摳骯髒的指甲縫、斷斷續續說著這話以及當時的氛圍，讓我不由自主屏住了呼吸，到現在都還記憶猶新。

回想起那時的李老師，我立即用腳尖抹去了從下巴滑落後滴到地面的眼淚。

家家戶戶都有人痛哭失聲。油脂工廠散發的不是陰森的味道，而是刺鼻的氣味，有如一把巨大的黑色蝙蝠傘籠罩了全鎮。「大東醫院」患者的哀號聲甚至傳到了路邊。為了確認親朋好友的安危，大家都帶著僵硬不安的表情在路上忙碌奔走。

「接下來是學生代表朗讀弔詞。」

「……始終慈祥、關愛我們的……您見義勇為……捨身救人……雖然您的肉身已經離開，但精神永遠與我們同在……請您在天國裡也守護學校的發展……您在我們心中永遠都是城西國民學校的老師……」

一直到上星期，李老師還因為收取雜費的業績最低，被訓導主任訓斥了一頓。根據在教務室打掃的同學所說，訓導主任拿著一根長棍子敲著畫在黑板上的繳納業績圖表，露骨地罵李老師是個無能教師。雖然旁邊還有其他老師，但他們轉頭看了一下是哪個同事被罵得這麼露骨，發現是李老師之後，便無關緊要地轉身做自己的事了。

這樣的李老師呢，因為死亡而擺脫了無能教師的頭銜，成了見義勇為、始終和藹慈祥，甚至會在天國守護學校發展的模範師長，受到全校師生的追思。李老師要是看到這個場面肯定會咯咯發笑，說不定還會笑到把至今活生生吞下的幾百隻螻蛄都給吐出來呢。

李老師總是默默地坐在不起眼的地方，不怎麼引人注意，所以大家對他不太了解，也因此大家圍繞著李老師之死提出了各種猜測。因為捨身救人，所以李老師暫時被當成了英雄，可是他想救的人偏偏是鄭女士大嬸，自然免不了遭人非議。

人們把世上的人分成男人與女人，傳出了兩人關係匪淺的傳聞。儘管李老師跳入火海去了鄭女士大嬸被困住的地方，但兩人都沒能從那個地方逃出來，直到火勢熄滅後許久，兩具焦黑的屍體才被發現，而他們是緊緊抱著彼此的，因此成了強力的證據。根據某些傳聞，還有人說大嬸的女兒八成也是李老師的骨肉，證據就是她那個在首爾上學的女兒的監護人欄位上是寫李老師的名字。

但是當有人揭露李老師與大嬸丈夫是摯友的事實後，推測就被推翻了。另外被披露的還有，李老師在經濟上幫助大嬸，以及成為她女兒的監護人，都是因為基於好友的懇切請求。這一次，大家又就惡名昭彰的游擊隊員與無能教師之間的友誼分成了兩派，一派是隱約對游擊隊懷有敬意的人，另一派則是對無能教師李老師的思想抱持懷疑。

住在城內的奇怪人家與李老師的關係也被揭開了。那是車站藥局大叔去城內山泉的時候發現的，說那戶人家的人在大聲痛哭，於是他走近一看，發現他們正在廢宅的院子裡燒成堆的東西。大叔說，要是他沒認出那是李老師的衣服和物品，就不知道他們為什麼哭了。他說，李老師因為飽受頭疼折磨，經常在車站藥局買「腦神」，而當李老師慢吞吞地掏錢時，大叔不得不盯著他的西裝口袋許久，因此可以很快認出那件眼熟的衣服。

這次果然也分成了兩派。有人把李老師當成幫助流浪異鄉可憐人的義士，至於基於「赤色分子的朋友」此一事實而懷疑李老師思想的人，則不忘記城內那個家庭是赤色分子的家人，堅持自己的政治信念。

關於鄭女士大嬸的傳聞也不亞於李老師，一個接一個出現。

根據「廣津 TERA」大叔去向「特別親近、彼此稱兄道弟」的警察局偵查科長詢問的結果，油脂工廠事件不是失火而是有人縱火。此外，最有可能是縱火犯的人就是鄭女士大嬸。除了明明無事可做卻在工廠留到很晚等各種情況令人覺得可疑之外，她也曾經幾度對同事忿忿地發表「這該死的世界，看我不放把火把它給燒了」的言論。

關於縱火的動機，鄭女士大嬸有兩個背景來歷，一是身為赤色分子的妻子，另一則是身為耶和華的證人，兩者都是重要的線索。自從鄭女士大嬸成為耶和華的證人，與其說她是狂熱信徒，不如說她的行為有些精神失常，因此她有可能在精神異常的狀態下縱火。

但警察局內部普遍認為，她在政治方面的動機更具說服力。從各種行為看來，鄭女士大嬸很可能是長期潛伏的間諜。她動不動就拿「這該死的世界」來批判現在的政府，又加入宗教團體試圖隱匿身分，而且最重要的是，她滲透到油脂工廠內明顯是帶著煽動勞工的目的。

儘管就「煽動」來講，看似失了魂的鄭女士大嬸在工廠內實在太缺乏影響力了，而且實際上她沒有暗中籌劃什麼，也沒有任何能指認她就是間諜的物證，但又有人說這就是長期潛伏的間諜慣用的偽裝術。

基於這些緣由，死去的鄭女士大嬸毫無疑問是長期潛伏的間諜，也因此和大嬸密切接觸的李老師也只能是間諜。包括李老師後來才被揭露的各種怪異行為、經常有許多不滿與抱怨，還有喜歡登山、經常往山上跑這一點也遭到懷疑。

幾個陌生男人跑來（後來外婆告訴我他們是反間諜隊），帶走了李老師放在「將軍」他們家的遺物。他們沒脫鞋就走進房裡，用那對三角形的眼睛看著只消看一眼也知道跟赤色分子無關的人，比方說我，用銳利的眼神逼得人不承認自己不是間諜都不行。然而，他們並未發現李老師是長期潛伏間諜的決定性證據，倒是在「將軍」媽媽的衣櫃裡發現了洋菸，導致「將軍」媽媽突然被抓走，直到「將軍」媽媽有如夏季人人喊打的蒼蠅般不斷求饒、繳交了罰款，才勉強被釋放。

鄭女士大嬸和李老師在死後變得出名。作為縱火犯，他們引起全鎮人的怨恨，但作為間諜又喚起了大家的警覺心，而另一方面，就「人已經死了」這點又獲得了同情，因為過沒幾天，當局就查明火災是漏電造成的。

儘管發生了將我們全鎮推向悲劇的災難，國民投票也絲毫不受我們鎮上的低參與率影響，結果顯示朴正熙總統將會連任，他們預定的慶典並未取消。

但也只有這樣，這一切都慢慢地被遺忘。令人吃驚的是，即便是看似絕對不會被遺忘的事，也同樣在寬容的歲月下逐漸讓人習以為常。

隨著時間的流逝，人們似乎無論如何都會想辦法戰勝痛苦，也為了戰勝痛苦而選擇忘記。對火懷有集體恐懼的全鎮民眾，將那份恐懼推進記憶的倉庫內貯藏，孩子們又開始玩火了。

有一段時間，街上總能看到燒傷的人，等過了兩個月，燒傷疤痕的皮膚開始扭曲褪白，這些人開始正大光明地在鎮上行走。有些人半張臉以上都脫皮發白，看起來就像裝扮成漫畫中出現的外星人。我們就算看到那樣的臉也不怎麼覺得噁心，因為那些因燒傷而扭曲的臉孔都是我們熟知的親朋好友，再不然就是與被燒傷的親朋好友的樣子相似，所以沒理由感到陌生。甚至，當在鎮外碰見有那樣臉孔的人，等於身上掛了個「同鄉」的明顯祕密標記，還會為此感到高興呢。

曾是全鎮災殃的巨大火災，某些部分被遺忘，某些部分被逐漸習慣，各方面都慢慢塵埃落定。

阿姨的痛苦也在某種程度上畫下句點。

有段時間阿姨噩夢連連，特別是夢裡出現了她和京子阿姨一邊挑豆芽、一邊聊天的畫面，而每一次驚醒時，阿姨的臉上全是淚痕。

阿姨說自己在夢中看見真的變成火鬼的京子阿姨。坐在火苗之中的京子阿姨瞅了阿姨一眼，身上的烈火燃燒得很旺盛，而她身上穿的正是最後一次跑來我們家時坐在簷廊邊的那套衣服。

阿姨還如此對我訴苦：

「感覺就像京子是代替我死的。珍熙，那本來是我的工作機會，是京子代替我進去的啊。是我把她推進了原本應該是我死的地方，我卻說是京子搶走了我的工作，還罵了她。」

「那只是開玩笑啊。」

「還有京子說要搶走我愛人時，妳當時也在場吧？我說會報仇，結果京子說了什麼？她說自己會變成火鬼阻止我。真的都成真了。她是代替我死的，還有她很愧疚搶走了我的愛人，所以才在工廠待到很晚，最後變成了火鬼，這都是我的錯。」

「是誰說她是因為覺得對不起阿姨，所以才待在工廠的？那為什麼是阿姨的錯？」

「不，是我為了一個男人而殺了自己最要好的朋友。要是那天她最後一次來找我時，我沒對她那麼冷淡……」

「那是因為京子阿姨做錯事，阿姨才會那樣啊。」

「不，不是這樣！妳不懂，我是個壞女人，那天晚上是我做了該死的事。是我才對，死的應該是我才對，我才是那個該死的女人……現在我該怎麼辦，該怎麼辦……」

即便我好聲好氣地再三安慰，情緒激動的阿姨終究還是哭了出來。每當想起那個失火的夜晚，阿姨就會厭惡起自己，最後傷心地哭喊：「怎麼辦才好啊。」

即使阿姨的罪惡感並非毫無根據，但確實是過了頭。或許是因為無法控制一口氣接踵而來的試煉，以及因此引發的內心混亂，她才會把其中最為強烈的事件，也就是京子阿姨的死，視為對自己的代表性考驗，將所有悲傷都凝聚、投入這個點上。也就是說，或許這是因為無法戰勝對李亨烈的感情徹底消失的悔恨、愛情如此虛妄的虛無感，以及摻雜對許錫思念之情的複雜情感，從而引發的一種分裂症狀。

然而，如同全鎮的人遺忘悲傷或逐漸習以為常，還有就像燒傷的部位會長出新肉一般，阿姨也帶著些許傷痕繼續生活了下去。

我也經歷了災殃的後遺症，有段時間我對死亡懷著深深的恐懼。

其實，本來我以為自己早在小時候就已經克服對死亡的恐懼。大概是八歲的時候吧，我曾經這麼問外婆：

「外婆，要是早上醒來卻發現眼睛睜不開的話怎麼辦？如果我就這樣死了呢？」

外婆笑著拍了拍我的背。

「那種事絕對不會發生的，妳就甭擔心了。」

「這要怎麼知道？」

「因為在這世界上，到目前為止都沒發生過那種事。」

「以前沒發生過的事，以後就絕對不會發生嗎？」

「這個嘛，倒也不是那樣……」

外婆開始有些慌了。

「之前沒發生過的事，說不定會最先發生在我身上啊。外婆，要是我早上發現眼睛睜不開怎麼辦？要是大家跑過來，說頭一次看到因為眼睛睜不開而死掉的孩子、是因為我才知道有人會因為眼睛睜不開死掉呢？那吃虧的不就只有什麼都不知道就死掉的我嗎？」

可是我講得越嚴肅，外婆就越沒有想要替我解決問題，而是自顧自笑個不停。我無法相信外婆說那種事絕對不會發生，所以到了晚上，我就會努力不閉眼睛睡覺，結果最後雖然還是睡著了，但我因為太過害怕早上醒來後眼睛會睜不開，以至於養成了不敢貿然睜開眼睛，而是先用手摸摸眼皮的習慣。

後來思考關於死亡，應該是在前年聽到有名礦工被困在地底下十幾天後奇蹟獲救的消息當時。為了測試死亡是什麼樣的感覺，我曾經把臉泡進裝水的臉盆，直到氣再也憋不住為止。直到我再也受不了、把臉從水中抽出來並大口吸氣時，我不只透過實驗的假設估量死亡的痛苦，甚至做出了與其時時刻刻看著死亡逼近，不如拿把刀自我了斷還比較好的結論。我也隱隱約約地領悟到，所謂的死亡固然是肉體上的痛苦，但精神上的恐懼更讓人畏懼死亡。

但那些都只是天馬行空的想法，發生親眼目睹死亡的油脂工廠火災後，我陷入了真正的恐懼之中。我畏懼死亡。看到蜉蝣時，想到牠今天就會死掉，令我毛骨悚然；要是偶然見到夾在大門上的訃聞，我怕不乾淨，所以不敢拿進家裡，甚至覺得放在門口的那個牛皮黃信封上的紅字太不吉利，身體嚇得直發抖。在學校時也是，我會突然產生自己坐在坑裡、泥土往我頭上覆蓋的幻影，也會因為覺得泥堆彷彿馬上就要湧入我的眼裡一樣，瞬間緊緊閉上眼睛，甚至別過頭迴避。

特別是天色逐漸變暗時，我會感到難以承受的不安，而我戰勝不安的唯一方法，就是獨自坐在後廊盯著牆上的老鼠，直到完全天黑了為止。老鼠拖著長長的尾巴不斷在牆上跑來跑去。要是哪天我眼睜睜錯過了老鼠的尾巴，就會感覺自己像是錯失生命之繩一樣，因此我總是聚精會神盯著老鼠。真不曉得我為什麼會那樣。大概是因為我認為死亡就等於精神脫離肉體，所以為了抓住我的精神、不讓它脫離肉體，我必須以眼前看到的明確物體為對象，把精神集中在上頭、不能錯過牠吧。

總之，那時候我總是靠盯著老鼠來擺脫對死亡的不安，可是過沒多久，我就不再盯著老鼠看了，因為天氣變冷，我沒辦法再出來簷廊坐著。

隨著年末逼近，廣播中開始嚷嚷著七〇年代的到來。

發生大韓航空 YS-11 劫機事件[68]後，原本以為大家會為這件事吵得臉紅脖子粗，七〇年代的話題也會因此中斷，但即將展開的七〇年代依然是今年年末廣播的重要話題。

除了提出七〇年代將會有什麼不同的展望，大家也談了六〇年代給了我們什麼。由於

68 指一九六九年十二月十一日，一架大韓航空 YS-11 班機從江陵空軍基地飛往金浦國際機場途中，遭到朝鮮特工趙昌熙劫持的事件。

五一六革命[69]與經濟開發五年計畫的成功，我們步入了民族中興之路——當主播讀這些內容時，後頭總會傳來朝氣蓬勃地唱著「好好生活」的合唱聲。關於七〇年代的世界將如何運轉的問題，多位專家出面提出了各種展望，與此同時，也提及了甘迺迪、佐藤榮作、杜布切克、戴高樂等在六〇年代的代表政治人物。

我漫不經心聽著廣播，可是當廣播說出那些名字的瞬間，我卻突然想起了我們班上有個男生，每到午餐時間就會在黑板上畫滿甘迺迪與戴高樂的臉。那個同學很會畫畫，尤其把人物畫得維妙維肖，他在馬糞紙上畫美術老師的肖像作品，甚至被送去參加歐洲某個世界兒童美術比賽，而且還得了獎。主辦單位寄來的國際郵件中說，只要這位同學願意，他們很樂意把獲獎學生推薦給當地的專業教育機構，讓美術老師非常興奮，但聽到這消息後，這位同學反而表情陰沉，一言不發地盯著窗外。這位同學，在那個秋夜替在油脂工廠上班的父親跑腿時死了。

在油脂工廠火災中死亡的孩子，除了他之外，還有一個就讀六年級、叫做全鎮國的男同學。全鎮國來自城內底下的孤兒院，只有晚上才在工廠工作。由於孤兒院院長與工廠廠長利益勾結，因此本來是完成國小義務教育後就到工廠工作的孩子之中，有不少是升六年級就先到工廠工作。他是我們學校足球社最會踢足球的孩子，雖然因為身分的限制，所以

69　又稱「五一六軍事政變」。一九六一年五月十六日，軍人出身的朴正熙集結軍隊發動政變奪取政權，推翻了第二共和國，開啟其連任五屆、長達十八年的總統任期。

絕對無法成為主將，但在足球比賽中踢進決勝的一球後，他對著歡呼的加油團揮手時的笑容總是顯得神采奕奕。

全鎮國在作文裡寫道，自己只有在踢足球時才被當成人對待，也因此有了活著的意義，以後一定要成為優秀的足球選手，但作文班的老師後來才發現這篇作業，使得他得以在死後短暫獲得人們的關注。地方報紙上刊登的那篇報導標題，我記得好像是「被大火奪走的孤兒少年之夢，想成為韓國的球王比利」。

透過思考這些孩子的死，我也等於替自己的六〇年代做了整理。

放假的幾天前，我去教務室跑腿，再次深刻感受到六〇年代頭也不回地過去了。教務主任取出一疊厚厚的文件用紙，接著一邊翻、一邊在上頭畫了短線，因為他要把印刷日期的部分，也就是印成「一九六」的「六」給劃掉。主任的筆尖發出了唰唰兩聲，在六的上頭畫了兩條線，接著在那上頭出現了以鮮明墨水寫成的「七」。這個動作也讓我真切感受到六〇年代消失了。

然而，儘管廣播那樣激勵大家，我卻不覺得非得對七〇年代抱持什麼期待或希望。為往後的學校生活制定計畫，本來就是身為模範生應該按照學校課程去做的事，對我來說那不代表期待或希望。隨著假期即將到來，我制定了假期計畫表。或許計畫表上的內容我幾乎都能做到吧，只要在生活中盡本分就行了，何必再擁有什麼夢想呢？

一切都回到了從前。

舅舅每個月會寄來兩次軍郵，傳達前線的和平，「將軍」媽媽說別人壞話的聲音再次在井邊迴繞，「廣津 TERA」大叔也同樣透過晚歸的摩托車聲，或是大嬸想避開一頓毒打的低沉驚呼聲，宣告自己回家的消息。有一天，挑糞桶的大叔來了，從大門到巷子畫出了一條難聞氣味的線，把糞從茅廁撈出來。而自從 Miss Lee 姊姊離開後已經換過兩次的「新風格女裝店」幫手，在帶著載成玩耍時發現細針不見了，於是臉色鐵青地跑來，於是一直到發現那根細針就插在她的裙邊為止，全家人為了載成是不是把針給吞了而鬧得雞飛狗跳。「將軍」媽媽說：「就算能和狐狸生活，也不能和熊一起生活啊。」說得好像如今與自己沒任何利害關係的 Miss Lee 姊姊是什麼幹練姑娘的樣子。不過，不管是 Miss Lee 姊姊或惠子阿姨他們，都沒有後續消息。「我們美容院」關門大吉了，取而代之的是「五〇五編織品店」。

「他是上哪兒去了，最近也沒在巴士總站出現。」「將軍」媽媽偶爾會突然想起洪奇雄，說他有個開卡車的同夥闖了禍去吃牢飯，雖然理由不同，但想必洪奇雄的處境大概也半斤八兩，還說自己猜的肯定不會錯。總是外宿的黑皮，十一月以後就從簷廊底下徹底消失。大約從那時開始，「廣津 TERA」大嬸來到井邊時都會穿上毛衣，只是因為肚子開始慢慢隆起，所以沒能扣上的鈕釦就有三顆。外婆在秋收時忙了幾天，現在算是稍微能從農活歇手的季節了，所以在家的時間也變多。

要說有誰變得不一樣，那就是阿姨和我，如今思念許錫的不是我，而是阿姨。

許錫在油脂工廠失火的第二天就回首爾去。由於大家手忙腳亂，所以沒能好好替他送別，加上郡民宴席取消了，導致原來計畫要收集的傳統文化資料也一無所獲。對他來說，最失落的莫過於和阿姨分開（我決定要承認這點了）。直到最後一刻，他都在使眼色說想和阿姨單獨聊一下，但阿姨因為京子阿姨的死而掉了魂，拚命迴避許錫的目光。

最後，許錫沒能說出心中道別的話就走下石階，表情顯得十分晦暗。還有，看著他的表情，我明白了如今他和我之間已經完全落幕了。看到拉下的帷幕，上頭繡著的金色愛情紋章也褪色了，只剩線頭寒酸地飄揚。若是帷幕再次拉開，會看到剛才還在舞臺上歌頌愛情之喜悅的演員已不見身影，新的演員現身，以新的唱法歌頌愛情的喜悅。儘管就我所知，阿姨和我是這舞臺上的雙主角，但站在練習愛情詠嘆調的許錫的立場來看，或許我並不是真正的女高音，而只是男童高音。

阿姨不像和李亨烈熱戀時一樣，把自己和許錫的關係全部向我吐露。但即便是這樣，我也充分知道阿姨有多麼思念許錫，因此，有一天我把刊登許錫「發言台」專欄的報紙給了阿姨，連同信封背面寫著許錫地址的信也給了，因為覺得如今阿姨才是應該珍藏這些東西的人。

收下的同時，阿姨沒有問我為什麼給她這個，或是說「這是妳的東西，妳拿去」之類明顯口是心非的話，又或者誇張地嚷嚷：「既然妳真的要給我，那我就收下吧。」這也是阿姨改變的地方。還有，即便思念許錫但仍不寫信給他，也成了阿姨脫胎換骨的決定性暗示。阿姨沒去寫信給許錫，而是去「五〇五編織品店」與店主人大嬸一起做編織活，也跑到廚房幫忙外婆。

前兩天，「廣津 TERA」大嬸似乎是覺得在井邊洗衣服的阿姨很乖巧，試探性地問了一句：

「珍熙的阿姨，看妳最近氣色很不錯呢，要不要替妳做個媒呀？」

聽到這句話後，阿姨突然仰起臉。我本來期待她會露出喜上眉梢的表情，心想阿姨總算回到以前的模樣了，可阿姨卻像被什麼嚇到似的猛然抬起頭，說出了出人意表的話。

「我不嫁人。」

「妳要我相信這句話？閨女說自己不嫁人？」

大嬸調侃道。阿姨把外婆下田穿的花褲從浸泡的臉盆裡取出，拿起洗衣皂搓洗，安靜地說：

「我跟我媽生活就好，我真的不嫁人。」

「哎喲，我看妳好像挺中意上次來的哥哥的朋友呀？是不是啊，珍熙的阿姨？所以是說妳不相親囉？」

「是真的，我要一個人過日子！」

阿姨說自己不嫁人時的表情，一方面看起來決然，另一方面也顯得沉痛。她會露出那種表情，意味著她開始明白人生的傷痛，而這也正是阿姨改變最多的地方。

從新年開始就會變得更不一樣了。在文化院長的推薦下，阿姨從一月開始在郡廳上班。文化院長見過阿姨和許錫一同前來兩次，看出了阿姨既保有東方人的羞澀，但又具有開朗及落落大方的性情，所以讓阿姨到郡廳擔任文化財管理工作的事務員。決定去上班的那天，阿姨取出印有許錫照片的報紙，目不轉睛地盯著，接著嘆了口氣，開始讀起他在「發言台」專欄上主張「唯有保存傳統文化才是我們民族的生存之道」內容。

不可否認的，許錫徹底動搖了我與阿姨的人生，但在離開我們之後，如今他成了與我們毫不相干的人。

阿姨與我也下定決心要將「他」珍藏並掩藏在心底，繼續生活下去。因為我們有預感，若是想把他從內心取出來詢問什麼，或是確認往事的意義，那天就會再度動搖我們所有人的人生。我們知道，就算我們聽到那個問題的回答也什麼都不會改變，而且想知道過去情感的意義，這件事本身只是無謂的迷戀。我們一同走過了這一切。那個秋天過後，阿姨成熟了許多。還有，正如同我對阿姨有這種感覺，阿姨似乎也看著我，覺得我成熟了許多。

依我自己來看，我是沒辦法再更成熟了。

有一天，我在過去的日記本上看到一個標題為「絕對不能相信的事物」清單。是在說什麼該相信，什麼又不該相信嗎？這世上的所有人事物都是多面體，無論何時都在流逝與改變，所以為什麼要相信人的生命中會有不變的意義呢？又為什麼要讓那份信任理所當然又無言地遭到背叛，結果讓自己受傷呢？直到下定決心不再相信什麼並寫下那篇日記時，我好像把人生想得非常嚴肅。

我把這份清單擦掉了。

已成熟的我不再嚴肅看待人生。還有，由於「變成熟」讓這個孩子必須完成的責任也已經完成了。如今無事可做的我，開始擔心剩下的童年會不會很無聊乏味。

下雪的夜晚

我的故事說完了。若要說還有什麼沒說的，大概有兩件事，但要說出口讓我莫名地遲疑，畢竟我曾為此哭泣，所以是有些悲傷的故事，而我很不擅長說悲傷的故事。只不過，因為這兩個都是關於愛情終結的故事，又讓我覺得不能不說。這故事是關於許錫。

經過那個秋天，許錫便完全消失在我和阿姨面前，但他各自留了一個線索，讓我們得以整理與他的關係。我們雖然在他離開後沒再見過他，卻透過人生的微妙遙控，讓我們可以正式地與在遠方的他舉行告別儀式。

許錫那樣一走了之後，我的內心並未輕易恢復平靜，因為我實在無法擺脫山羊與口琴的剪影。

當風變得相當冷冽逼人時，某一天，我在非常偶然的情況下走了堤防路。夏天時我還刻意避開這條路，後來成了習慣，很自然地就不往這邊走，因此真的很久沒來了。

就像初次見到許錫那天，濃烈的晚霞漫天，我拖著沉重無力的步伐走在那條路上，想起初次見到許錫的那一刻彷彿昨日般歷歷在目，不禁感到痛苦。

沒想到竟然發生了令人無言的事。許錫曾經吹口琴的那個位置上，有人站在那兒。他的個子跟許錫一般高，旁邊甚至綁了一隻山羊，而且白色的羊毛被晚霞染得火紅。我對於人生的嘲弄感到生氣。為什麼要像這樣讓我清楚地記起與許錫相見的場景？為什麼要在我眼前演出與當時一模一樣的情景，讓我亟欲擺脫的山羊與口琴剪影變得更加深刻？

我氣得開始正面迎擊並挖苦人生。所以是沒有口琴嗎？既然要重現一切，怎麼不乾脆連口琴也帶上？……正當我這麼想時，令人起雞皮疙瘩的事情發生了。那個高個子男人從口袋中取出口琴，開始吹了起來，而且我記得那正是初次見到許錫那天聽到的旋律。我瞬間心想那男人會不會是許錫，激動得臉都漲紅了。等我走近一步一瞧，以晚霞為背景吹著口琴的他，身旁有隻山羊被繩子綁住，牠正用自己的短腿做出抵抗、朝左右搖頭晃腦。山羊與口琴的完美剪影包覆著他的側面，可那當然不是許錫。

我這才領悟到人生的警告。

錯愕的我往吹口琴的男人狂奔而去。從近處看，一切真相大白。那天吹口琴的男人也是這個人而不是許錫。口琴和山羊的剪影主角不是許錫，而是這個陌生男人。倘若我的愛情是始於這個形象，那我應該要愛的不是許錫，而是這個面色汙濁、背部微駝的大叔才對。

口琴大叔對著愣愣站在那裡的我說：

「看來妳很喜歡口琴聲啊。妳幾歲？長得真可愛呢。過來這邊，來叔叔這邊，快呀。」

原來人家說要小心路旁邊住著痲瘋病或肺結核患者的說法不是謠言。我頭也不回地逃跑了。直到跑到家附近，我才發現自己在哭，但不全是因為被人生嘲弄才氣得哭了。看著哭泣的自己，我明白自己至今仍對愛情存有幻想，為了把以水氣形式留在我體內的幻想，直到最後一滴都擠出來並排出體外，我盡情地哭了一場，能哭多少是多少。

死去的李老師曾經說過這樣的故事。

森林中有顆乾果咚地掉了下來。樹下的狐狸被那聲音嚇得開始逃跑。老虎遠遠就看到那隻狐狸，當機靈的狐狸跑得那麼著急時，肯定是有什麼非同小可的危險，於是老虎也開始跑。森林裡的動物們都看見老虎奔跑的模樣，身為森林之王的老虎都跑成那樣，要不是發生了可怕的天崩地裂，不然就是外星人出現了，結果森林裡的所有動物也都跑了起來。整座森林鬧得雞飛狗跳，森林碰上了有史以來最大的危機。

人生也就是這麼一回事。令人無言、微不足道的偶然主導著人生，因此不用費心去挖掘意義，人生就是一場玩笑。

即便在我一邊想著、一邊哭的時候，廣播裡也不停吵著六〇年代過去、七〇年代到來的話題。我努力試著思考那種劃分的意義。萬一以前在決定西元時稍微早一點或晚一點（當然是基於極為瑣碎的理由），七〇年代早就已經來了，又或者還沒到來。時間的劃分不過是為了共享和分類（組織）事物的意義才想出來的一種設計罷了，所謂的絕對時間是不存在的，可那些人卻彷彿當七〇年代來臨，全新的人生也會跟著開始似的說個沒完。七〇年代？是新的玩笑嗎？

好像是那天還是隔天吧，阿姨買了胸罩當禮物送給我，要我到屏風後頭去試穿看看。

為了防止冷風竄入而擺放在炕尾的屏風，成功將空間分成了換衣間和簡便廁所（因為天氣很冷，我們會使用尿壺）。我在屏風後頭脫掉毛衣和衛生衣，一隻手拿著胸罩，另一隻手摸了摸那件胸罩即將要包覆住的小胸部。在這之前，我從來沒摸過自己的胸部。我的手掌內有一道隆起的曲線，可以摸到胸部內有顆小小的隆起，心臟在那厚厚的脂肪層底下怦怦跳動的聲音也傳到了手掌。

心臟，那是我的理性唯一無法控制的肉體部位。我能隨心所欲讓身體停止動作，唯獨心臟不行，而且就算我自己不願意，有時它仍會加速無意義的熱情。我彷彿揪住自己的心臟一般，緊緊握住了自己的小小胸部。

有時，我的心跳聲會乘載著無意義的熱情加速。另外，就像雞的心臟在牠被扭斷脖子後依然帶著對死亡的恐懼而怦怦跳動，心跳不會因為你意識到它是無意義的就在一瞬間停下。心臟的跳動既是一種生命力的表徵，也反映了對自身存在的無力感。

「合適嗎？不會太大吧？要不要我替妳扣扣子？」

阿姨的聲音隔著屏風傳了過來。我赤裸的上半身突然感覺到一股寒意，接著我把手臂穿進了胸罩的肩帶。阿姨走到屏風後頭，替我扣上扣子。

「我就說不要過來了。」

「反正都是女生，又不會怎樣。」

阿姨教我在穿胸罩時，先把有扣子部位轉到前面扣上，接著把它轉回背後，最後再將兩隻手臂穿過去。

「剛開始要自己扣上比較困難，所以就這樣做。」

說完這句話，阿姨輕輕地抱住只穿著胸罩的我的上半身。

「珍熙都長大了呢。」

我在沒有地暖熱度的屏風後頭站了許久，所以手臂都冒出雞皮疙瘩。阿姨替我把胸罩的罩杯部分拉好弄對稱後，我再次穿上衛生衣和毛衣。這是我第一次穿胸罩，感覺好像有人從後頭緊緊抱住我的胸部，又覺得背部老是被扯住，所以很不自在。

阿姨在我的耳邊悄聲說：

「結束了嗎？」

阿姨是在問我生理期結束了沒。她之所以買胸罩回來，也是因為看到我的生理期來了，知道如今我不僅是精神上，連身體上也是個成熟女人了。上星期我來了初經，早上起床後發現全身發軟無力，下腹部沉甸甸的，心情也一直感覺很悶。掀開棉被後，我看到被褥上的污漬，明白是月事來了。我記得，以前阿姨經常在早上弄髒了被褥，問京子阿姨：「有沾到衣服嗎？」這麼說來，阿姨有好段時間沒有弄髒被褥了。

早在今年春天我的胸部開始有小隆起時，外婆就到布店去裁了棉布回來，替我事先準備了衛生棉布。外婆把棉布剪裁成適當的長度後，為了防止縫線鬆開，在尾端打上死結，再把煮沸洗過的衛生棉布整齊疊好，收放在衣櫃最底部。知道我初經來了，外婆輕輕嘆了口氣。

「現在我們家三代都有月經啦。是啊，一個家中三代有月經也不是什麼稀奇事。我還沒出嫁前，我們村子某一戶人家的五個女兒、大姑及小姑、妯娌和婆婆，全部加起來就有十四人來月經。」

「煩死了，女人的命啊……」阿姨也像外婆一樣嘆口氣說。

「不過也不能這樣說，女人啊，就是要生孩子才算盡了本分。」

聽到外婆這句話，阿姨沒有任何回應。

那陣子阿姨又更敏感也更憂鬱了，而且她經常進出廁所，每次從廁所出來時就會露出懷疑且失望的表情，看起來就像便祕了。也不知道阿姨是不是不想吃飯，光是看到飯桌抬進來，她就會咬緊牙關，悄悄地起身走出去。當外婆擔憂地詢問時，阿姨只說是消化不良，但別說是吃飯了，阿姨連看都沒看一眼，又怎麼會消化不良？就這樣過了一星期吧，某天早上阿姨叫住要去上學的我，只見她皺著一張憔悴的臉，而且不知道是不是胃不舒服，手擱在胸口上，整個人看起來一點力氣也沒有。

「珍熙，今天放學回來時能幫我寄個信嗎？」

「信？」

「嗯，我放進妳書包裡了。」

就在我打算打開書包確認信件是否在裡頭時，阿姨慌張地搖了搖手。

「現在別拿出來，一定要寄出去哦。我就算想出去也沒辦法動，因為胃覺得噁心。」

胃覺得噁心。不管是說出這句話的阿姨，又或者是猛然察覺那句話涵義的我，表情都突然僵住了。阿姨過了很久都沒說話，直到可能是想到了什麼，才緩緩地把放在我面前的書包拉了過去，然後把自己的信從裡面抽出來。

「阿姨！」

「是啊，仔細想想，這樣做太傻了。」

阿姨將那封信揉成一團後放進口袋裡，有氣無力地走出房間。

我是在那個週末和阿姨一起去了道廳所在地。阿姨走進手術室後，我在婦產科走廊上等待手術結束。那段時間既無聊又讓人不安。醫院的大門開啟，我呆呆看著一個即將臨盆的大嬸帶著三、四歲的小女孩搖搖晃晃地走進來。大嬸問我，能不能在她接受診療時幫忙顧一下孩子，還問我說：「妳是跟媽媽來的嗎？」聽到意想不到的「媽媽」兩個字，我竟然慌了。一直到在那位大嬸後頭又有超過十名患者從診療室進進出出後，不過幾小時臉色就變得蒼白如紙的阿姨才開門走了出來。

外頭的天色已經暗了。

要趕在今天回去的話，必須加緊腳步才行。我一抓住阿姨的手臂，她孱弱的身子就無力地倒向我。我們走出醫院大門，夜幕已經遮掩住視野。因為醫院就在巴士總站前，所以走到巴士搭乘處連五分鐘都不到，只是天色已暗，加上天氣寒冷，所以我的內心不是普通著急。幸好末班車還沒開走，等我們一搭上車，票務員就一邊拍打車身、一邊喊道：「走了！」

巴士一開動，在車裡販賣水煮蛋和蘋果這類東西的大嬸便急忙帶著盆子走出來，喊了三、四次的「等一下！」從巴士下車後，大嬸把沉重的盆子拉到車門口，用那短短的時間做今天的最後一筆生意，向坐在車門旁的我們喊道：「小姐，買個雞蛋吧。」坐在窗邊的阿姨，接過大嬸從盆子拿出的水煮蛋和蘋果，再透過車窗遞錢給大嬸。

阿姨吃兩顆雞蛋吃得津津有味。這是她害喜症狀消失後吃的頭一樣食物。我把阿姨放我膝蓋上的那份放到她的膝蓋上，她卻又把那雞蛋重新放回我的膝蓋上。

「妳吃。時間很晚了，妳餓了吧？等我時也一定很無聊。」

「大概中午吃太多，我肚子很飽，所以阿姨吃吧。」

「中午就吃那麼一碗清湯烏龍麵，哪裡叫多了？……我只要有這顆蘋果就夠了，雞蛋妳吃吧。」

「動完手術後不是會肚子餓嗎？」

聽到這句話，阿姨盯著我看了許久，然後輕咬了嘴唇，緩緩地轉過頭。接著，她一言不發地從裝了四顆蘋果的網袋中取出蘋果，故意粗暴地啃起蘋果，目不轉睛看向窗外。

有很長一段時間，阿姨只是看著窗外，但她的內心千頭萬緒，所以好像什麼也沒看見。但是從某一刻開始，窗外的風景似乎突然映入她的眼簾。阿姨就像從夢中醒來的人一樣眨了幾次眼睛，接著趕緊將臉湊到窗前。她的臉瞬間變得明亮起來，沒有血色的嘴唇發出了一聲驚呼。

「哇，下雪了。」

聽到這話後我也將頭轉向車窗，映入我眼簾的不是雪花而是阿姨的臉。黑暗中，車窗鏡子裡只倒映出阿姨的臉。剛發現雪花時的讚嘆聲稍縱即逝，此時阿姨望著雪花的臉顯得百感交集。每當巴士搖晃時，阿姨只是身體跟著平面移動而已，臉上卻如肖像畫般文風不動。那不像一張活生生的臉，反而像是以車窗為相框的一張黑白照片。

照片中的女人看起來既悲傷又疲憊，但準確來說更貼近面無表情。在拍這張照片之前，女人似乎為了找不到該將自己的視線放在哪裡而傷腦筋，也因此最後總算找到視線歸屬的此刻，女人彷彿將自己的全世界都投射在那上頭了，茫然地望著那個對象，望著雪花。這時，我才總算看見在女人的黑白照片上頭，化為白色斜線的雪花不停飛略過。

過了一會兒，阿姨才彷彿大夢初醒，再次咬了一口握在手上的蘋果。她咀嚼到一半，突然停下動作，垂下目光看著自己手上的蘋果——我不知道此時阿姨的腦中閃過的是看《偷襲珍珠港》那天的蘋果園記憶，還是那天可惜沒看的電影《女真族》中申榮均啃了一口尹靜熙手上蘋果的記憶，又或者是我無從得知的另一個夜晚，在另一棵蘋果樹下的難忘記憶。說不定是那天晚上我在夢中看見的，在濃綠霧氣中的蘋果樹……

大雪不止。

「人家說初雪下得多就代表豐年呢……」

後座有個人開了口。

「嘴上說豐年有什麼用？這幾年乾旱也太嚴重了。農活再怎麼做就只是累死自己，手上根本什麼都沒有。」

「就是啊。」

「總統搭著直升機來有什麼用？停在國小操場後面收個花束，半小時都不到人就走了，那種事啊，都只是讓記者有事情做而已，對乾旱有什麼幫助？」

「蓋房子的人可高興了。只要說要搞建築事業，國家就肯借錢，加上連著好幾年乾旱，沒有一天停工的，我們乾脆也別做農了，去做房子的生意吧。」

「你以為沒有靠山，國家會隨便借錢給人嗎？松毛蟲就應該吃松葉[70]。」

「成國他們家不是就放棄做農去了首爾？之前還說如果生活穩定了，就大家一起北上生活，不知道他們過得好不好。」

「淨說些沒用的！」

女人安靜了一會兒，或許是在看著窗外吧，過了許久才再度開口：

「這場雪真討人喜歡啊。」

70　比喻人各有命，不要好高騖遠。

男人這次的回答也很不解風情。

「雪下這麼大，不知道能不能按時抵達，這種天氣要是停在路邊就慘了。」

「不至於吧。」

後座的對話仍持續著，但在這之後他們的聲音就越來越模糊。雖然我又冷又餓，最重要的還是睡意一下子襲來。出於不能失溫的本能，我的手在不知不覺中插進了膝蓋之間。因為腳凍僵了，就算用一隻腳按壓另一隻腳也只有刺麻感，但蜷縮在這寒冷之中的我接受了睡意。我將身體交給巴士有如搖籃般搖晃的反作用力，就這麼跌入夢鄉。這個搖籃真的好冷啊。

我會醒過來，是因為搖籃再也沒有搖晃，總覺得有點空虛，於是睜開眼，發現巴士停在原地，但也說不定我是因為後座剛才說「松毛蟲就應該吃松葉」的大叔在高聲吶喊才醒來的。

「故障了就要修理啊。這大半夜的，是要叫我們從這裡走回鎮上嗎？」

「好歹也給我車錢吧？我都花錢了，為什麼還要在這裡受苦？」

雖然夫妻倆一搭一唱，但司機的聲音也不惶多讓。

「喂，現在問題是出在車錢嗎？沒聽懂我說突然有積雪，要越過這山道很危險嗎？要賭上性命繼續開嗎？以為就你們兩條命嗎？要是全車滾到這萬丈底下，看你們還說不說得出這種話，真是！」

我突然整個人都醒了。

從他們一來一往的對話聽來，我們搭的這輛巴士似乎從出發開始就有異常。因為是末班車，所以也沒人可以來修理，加上又是平常就在跑的路線，於是司機帶著「應該沒事吧」的念頭出發了，結果從剛才開始，車子發出的轟隆聲越來越嚴重，直到來到這一條山道，司機開始覺得實在信不過剎車。他認為這兒離鎮上不遠了，乾脆把車子停在這裡用走的回去比較好，明天再載著裝備過來修車。這對於以乘客安全為第一優先的他來說是最好的辦法。

眼前情勢如此，也不能冒著危險堅持要司機開車。乘客們雖然抱怨個不停，但所有人都下車了，也竭力安慰自己幸好距離鎮上不遠了。積雪已經來到了腳踝的高度，雖然司機說只要走半小時左右就能到，但要在夜裡越過山道可不是件容易的事。就算阿姨不像平常一樣到哪兒都摔跤，此時阿姨的身體狀態也不比平常。

壞心眼的雪花這時候再也無法得到阿姨的讚嘆了。雪花不停歇地落下，在肩頭上片片堆疊。

搭巴士的乘客大約有十來名。大家列隊在大半夜穿過雪花、越過山道的模樣，有如僅次於難民隊伍的災難場面，但真正走起路來，感覺還不算太壞，反而沒有縮著身子時那麼冷，而且腳底下嘎吱作響的積雪觸感也很不錯，就連大人們低聲交談的聲音，也似乎因為共患難的情誼而讓人感覺到溫暖。因為有雪的緣故，所以路上比想像中還清楚開闊，走起來沒那麼難，不過只有在剛開始走的時候是如此。

雖然心想著只要再走一會兒就到了，不斷催促腳步，可是到鎮上卻比想像中要遠。如果按照司機說的半小時就能到，那麼早已經超過抵達的時間了，山道卻只是轉為下坡路而已，要走的路還遠得很。阿姨幾乎快倒下了，仍吃力地邁開步伐，臉上冒出比其他人更多的白霧。果不其然，阿姨走沒三、四步就直接倒在雪地上。

隊伍停了下來，有人揹起阿姨。趴在別人背上的阿姨，彷彿沒縫好的布娃娃一般手臂晃來晃去。揹著阿姨的男人不時發出吃力的呻吟聲。過了一會兒，阿姨似乎清醒過來，幾次要男人放她下來，男人雖然累得氣喘如牛，但仍問了兩次「真的沒關係嗎？」才把阿姨放在雪地上。看到阿姨再次邁出步伐的雙腿好像快要撐不住，我沒辦法再看下去，內心多希望此時能發生奇蹟，讓阿姨能就此騰空飛起，飛回我們溫暖的房間內躺下。

世界上沒有所謂的奇蹟，卻有許多偶然。不，說來也巧妙，世界上重要的事都是靠偶然解決的。值得慶幸的是，儘管偶然之中有更多不好的偶然，但偶爾還是會有好的偶然。當蜿蜒的山道那頭不可思議地出現車頭燈的亮光時，我有預感好的偶然正朝著阿姨和我而來。

那是一台卡車。卡車看到這夜路上來歷不明的隊伍後減速，緩緩地停靠在我們這側。大夥兒自然都奔向了卡車。卡車司機很快就明白這些人是這時間早就該回到自家中的末班車乘客。巴士司機基於一份責任感，擠過人群來到前頭，拜託卡車司機把所有人載到鎮上。

但卡車司機會在這下雪的夜晚開車出來，想必也是因為有急事處理。他雖然沒辦法直接走掉，但仍面有難色地反覆說到鎮上不過十幾分鐘。這時，剛才揹阿姨的男人指著落在隊伍最後頭的我們。

「我們當中有一個患者，剛才我一直揹著她走來。要是放著那位小姐不管會出事的。司機先生，不能幫幫忙嗎？」

人們各自往旁邊讓開一些，好讓卡車司機能看清楚患者。被稱呼為司機先生的駕駛坐在高高的駕駛座上，朝阿姨的方向瞥了一眼。這時映照在他眼中的會是什麼呢？他看見了，那有如受傷的小鹿般站在雪地上顫抖的可憐女人，是自己永遠的戀人。

他一度無法呼吸。人們也同樣耐著性子屏息等待這段決定自己能不能搭上卡車的時間，可是卡車司機實在考慮太久了，人們接二連三地開始催促。

「就讓人搭一下吧，通融一下。」

也有人挖苦卡車司機，認為他竟然見到患者也不肯載，真是個沒家教的人。

「哎喲，開了台破卡車，就當自己是大爺啦？」

「就不能至少載一下那個生病的小姐嗎？」

也有人說這種口是心非的話。

那一刻，洪奇雄的內心想必是翻滾沸騰。他肯定恨不得能將在雪地上顫抖的永遠的戀人一把摟入懷中，把自己身上最後的體溫都毫不保留地獻給她，但他過了很久才總算開口，勉強用哽咽的嗓音說：

「珍熙啊，帶阿姨到前面來。」

就在大家一邊說著「原來是認識的人啊」之類的話，一邊爬上後頭的載貨空間時，我攙扶阿姨走向駕駛座那側。雖然卡車確實很高，但因為阿姨本來就渾身沒力，加上鞋子底下的雪都凍結了，所以每次阿姨的身體要爬上卡車座位時都會滑下來。洪奇雄看不下去，走下駕駛座，繞過車頭來到我們這一側，然後從我手中接過並抱起了阿姨。

阿姨與洪奇雄對上眼的時間非常短暫，但洪奇雄將阿姨抱在懷裡後，緊緊閉上眼後再睜開的時間又更短。洪奇雄一下子就把阿姨捧上前座，接著等我在阿姨旁邊坐好，他便關上門，拉了拉門把，確認車門已經徹底上鎖後，再次繞過車頭回到駕駛座。

可是就在他打算爬上駕駛座時，他又折回我們這邊，脫下夾克後打開車門丟給了我。他雖然什麼話都沒說，但用不著說明也知道他脫下那件夾克是為了給阿姨蓋在身上。是那件很眼熟的皮夾克。我把還留有洪奇雄餘溫的夾克蓋到阿姨凍僵的背上。

洪奇雄再次轉了轉門把確認後，又為了回到駕駛座而經過車頭。當他經過車子前方時，阿姨的眼珠隨著他穿著毛衣的上半身從右邊緩緩移向左邊。他那因為車頭燈的亮光而微微皺起額頭，口中吐出白色霧氣、走過車子前方時的側臉，雖然不具備黑騎士把公主從尖塔中拯救出來的翩翩風采，卻如同泰山為了救身陷危險的珍妮而跑到地球盡頭的雪原一樣值得信賴。

「不要踩啦。」、「要抓牢了。」、「趕快走吧。」這些聲音此起彼落，後頭的載貨空間鬧哄哄的。

卡車出發了。

雪花不停迎面撲來，敲打車子前方的擋風玻璃。我們只是盯著雨刷反覆把片片雪花推開，一句話也沒說。不管是阿姨或洪奇雄，似乎都跟我一樣在想那晚的事。洪奇雄像要把大門給拆了的那天，正是多虧了他，阿姨的新戀情才得以萌芽。由於洪奇雄直到最後都只是個扮演流氓的角色，所以就哭著回去了，但現在許多事情都已經改變。把許錫視為新戀情的對象，輕率地把身體交給人生惡意的阿姨，身心都為此付出了代價，而洪奇雄在那晚之後似乎下了某種決心。雖然不知道過程是怎麼樣的，但此時他的人生顯然比當時升級了。阿姨把身體全然託付給過去不曾理睬、冷眼對待的洪奇雄，洪奇雄則是威風凜凜地支撐著阿姨。

雖然洪奇雄的眼睛只盯著擋風玻璃上的雨刷，但他似乎因為快暈過去的阿姨而感到心痛，表情顯得很僵硬。他不會猜想得到，那份心痛是當他連拭淚的念頭都沒有、有如一座黑山般消失之後，阿姨與許錫墜入愛河，懷了他的孩子，還有進行人工流產手術所換來的痛苦。要是他知道了，會不會再次把阿姨趕到那雪地上？不會的，就算他知道一切，阿姨的痛苦依然會令他心痛。他身上擁有非常稀有珍貴的東西，那就是純真。

終於看到郡廳的拱門在那一頭了。卡車停在燈火通明的「情茶坊」前面，大家開始接二連三下車。就在我伸手去握門把時，洪奇雄才第一次開了口。

「不要下車。」

我握著門把，轉頭看洪奇雄。他又補上了一句：

「我送妳們到家。」

阿姨沒有說話，彷彿整個人凍結了。她只有在卡車出發時身體傾斜了一下，其他時候活像個沉甸甸的穀物袋似的一動也不動。洪奇雄兩次欲言又止，最後直到車子停在我們家巷口時，還是什麼都沒有說。停好了車，洪奇雄就像剛開始我們搭乘這輛卡車時那樣，繞過車頭來到我們座位邊，打算把阿姨抱下車。他一開門，我隨即跳下車，接著他朝著阿姨張開了手臂。阿姨那張蒼白到令人憐憫的臉倚靠著洪奇雄的手臂，然後壯實的他把阿姨抱下了車。

阿姨對著洪奇雄直接轉過身去的背影，好不容易才擠出聲音。

「這個……」

他從阿姨手中接過自己的夾克，與阿姨之間保持著兩隻手臂長度的距離。阿姨與洪奇雄的手隔著這個距離相遇了。雖然只是遞一件夾克，不知為何，那一刻卻顯得十分漫長。洪奇雄接過夾克後，把手臂套進夾克，但依然用犀利的眼神盯著阿姨。直到夾克的兩隻手臂都穿上，前襟也拉整齊了，洪奇雄的目光依然沒有從阿姨身上移開，但也僅此而已。他緩緩地爬上駕駛座，發動車子，沒有再看阿姨一眼就逕自出發了。車子出發的那一刻，阿姨說了聲「謝謝」，但即便聽在我耳裡，也覺得那音量太小了。

直到車子在眼前完全消失，阿姨轉身面向我們家，肩膀顫抖了一下，彷彿此時她才意識到名為洪奇雄的溫暖夾克從自己的肩膀上被收走似的。看著前頭的阿姨走路搖搖晃晃，我明白了洪奇雄如今才總算將自己的形象烙印在阿姨的心上。

我們家簷廊上開著明亮的室外燈。大概是因為回到家的緣故，在那室外燈的燈光下，只覺得落在院子的雪花真討人喜歡。一走進院子，我頓時覺得雙腿發軟，腳步變得好沉重。

「媽！」

「外婆！」

阿姨喊得很虛弱，我則是帶著有點激動的語氣喊外婆。

我彷彿成了漫長歲月離鄉背井的浪子，又或者闊別數十年在下雪的夜晚回到故鄉的遊子，我在房門前呼喊外婆的聲音裡甚至摻雜了壓抑歡喜的顫抖。今天經歷的事有如走馬燈一樣閃過腦海。婦產科、雪花、在寒冷的天氣下行軍、卡車的車頭燈……那些事情或許是我十二歲的人生中最後的考驗了。我總覺得這一刻是我人生中的一個轉折點，甚至覺得幾天後開始的七〇年代，或許真的是截然不同的年代。

這時房門猛地打開，外婆的臉出現了。由於簷廊的燈光是直射下來的，所以看不清楚外婆的表情，但是不必看也知道，她一定會為了我們晚回家而嘮叨沒完。而且，如果少了那些罵我們的話，說不定我們還會覺得外婆不怎麼擔心我們，因此感到失落呢。「晚上四處亂跑的丫頭在男人眼中就是煮熟的食物。」外婆肯定會先這樣斥責我們的行為，也會為了我們明明說很快就回來，結果卻讓她等到大半夜而罵我們：「牛牽到首爾還是牛啦。」最後還會提到「想生個漂亮女兒，結果卻生了個瞎眼的」，但這句話顯然罵阿姨的成分居多。

我一邊等著那些罵人的話語劈頭落下，一邊靜靜地脫下鞋子。雪花跑進毛靴後結凍了，所以很難脫。我盡可能在肯定大發雷霆的外婆面前裝出最乖巧的樣子，把手指插進腳踝處，安靜地脫下鞋子後，用單手提著鞋在石階上輕輕敲打，把裡面的雪抖出來。然後，我突然意識到自己並沒有聽到外婆的罵人聲。很奇怪，四面八方也太安靜了。為了脫下左腳的鞋子，我將左腳搭在右小腿上頭，單手抓著門柱，用單腳搖搖晃晃地站著，這時才抬起頭望向房門的方向。

外婆的背後站了個男人。是許錫來了嗎？又或者是舅舅休假回來了？難道是剛才洪奇雄停好卡車後進家裡來了？

男人來到了簷廊上，但不是許錫也不是舅舅，而是初次見到的臉孔。他朝阿姨和我走來。看阿姨張大嘴巴呆站著的樣子，似乎是跟阿姨很熟的人。可能因為男人正好站在燈光底下，身上籠罩了一抹陰影，導致他看起來就像要哭出來了。又或者是因為在下雪的夜晚經歷各種事情後，好不容易回到家的我突然變得感性，所以才會這樣覺得。不知為何，那個彷彿在哽咽的男人給我一種親暱感，甚至他濃眉底下的溫柔眼神、從顴骨到臉頰的臉部輪廓，以及人中明顯的嘴唇形狀，都讓我有種似曾相識的感覺。

男人為了配合站在簷廊底下的阿姨高度，彎下了單側膝蓋。從近處一瞧，這是個年邁的男人，額頭上有三條粗粗的皺紋。阿姨討厭大叔類型，所以顯然這成了他致命的缺點。別人給阿姨介紹李亨烈時，阿姨也希望他長得像詹姆斯．狄恩，而不是洛克．哈德森。儘管如此，我卻產生了希望阿姨能喜歡他的想法，甚至莫名覺得，換作是我，會義無反顧地選擇這個男人。就在我有這念頭的一瞬間，我對阿姨產生了很久沒萌生的妒意。

我望向阿姨，雖然阿姨非常震驚，卻沒有露出排斥那男人的表情。碰到這種時候，我就越感覺到阿姨變了。如今阿姨不再撇嘴或故意擺出嬌態。就像現在一樣，呈現真實樣貌的阿姨很美。雖然現在才說出口，但我喜歡改變前的阿姨的程度，似乎不亞於改變後的阿姨。還有，如果要說得更坦率，我其實不覺得阿姨完全變了。人會變得成熟，但不會有一百八十度的轉變，這是我所知道的道理。阿姨不是變了，只是人成熟了，而且要不了多久，暫時被壓抑的天性又會讓阿姨恢復成本來的模樣，回到原來不懂事又純真的樣子。

這時，不懂事又純真的阿姨將手放在我肩頭上如此說道：

「珍熙，他是妳的爸爸。」

阿姨一開口，男人也貌似忍得很辛苦一樣重複那句話。

「珍熙，是爸爸呀。」

我把腳伸進左邊的毛靴，改為脫下右腳的毛靴，將裡面的雪抖出來。「被觀看的我」

說了，要恭順地打招呼，要沉著冷靜。「觀看的我」說了，不要露出高興的表情。爸爸？根本是在開玩笑。在六〇年代時我才沒有爸爸，因此這肯定是新的笑話，是七〇年代的笑話。即使我不得不承認自己無法不把時代的劃分當一回事，但我的天啊，竟然是爸爸耶，到了七〇年代我竟然有爸爸了，這可真是天大的玩笑。

我用一隻手抓著簷廊的柱子，又用另一隻手提著毛靴敲打石階，而我雖然只靠單腳站立著，卻一點都沒有搖晃。

雪依然下個不停。製作聖誕卡片時，我也曾經自己做出這樣的雪。是用水彩筆沾滿白色顏料，再大量噴灑在黑色圖畫紙上頭，如此一來，黑夜上頭就會有白雪紛飛，但如果雪下得太多，視野就會變模糊，當然也就不用描繪其他風景了。此刻的我，視野也變得模糊起來。

結語——掩蓋問題，生活繼續向前

「別關燈。」

他用乾澀的嗓音說道。正打算按下電燈開關的我，轉過身望著躺在床上的他。他緩緩起身走向我，接著扯掉包覆我身體的浴巾。以三十八歲的年紀在明亮的燈光下赤身裸體不是那麼值得炫耀的事。我的表情有些許尷尬。

我在床上迎接他時沒有穿著蕾絲睡衣或緞面睡袍。反正我也沒有性感身材，所以與其擔心自己無法營造那種露骨氛圍，還不如不要使用讓人感覺在做秀的道具，而且為了減少這段不被認可的關係帶來的頹靡氛圍，男孩子氣的寬鬆T恤更加有用。

他經常在黑暗中將手探入我的T恤，並以「我愛妳」這句暗號打開我身體的大門，可他說的卻是「別關燈」？今天他有點不一樣。在傾瀉而下的燈光中赤身裸體的我，試著思考他想透過這種粗魯來證明什麼。是啊，所謂的粗魯有時是為了確認所有權。雖然不能隨意測試，但有時在性愛當中，粗魯確實是不錯的技巧。

由於他推壓著我的肩膀，我的身體滑到了床鋪上方。「被觀看的我」迎合他粗魯接近的嘴唇，同時「觀看的我」開始偷看他的表情。即便在接吻的時候，我也不會閉上眼睛。

為了了解並提供對方想要的，我總是睜開眼，可是今天卻連這件事都變得有些不同。不知怎麼搞的，他也同樣睜開眼睛看著我。跟所有人際關係一樣，性也需要互相協調，誰在誰的下面也必然會有權力的排序介入，但可不能為了在這種大眼瞪小眼的比賽中爭奪勝負而毀掉重要的性，於是我乖乖閉上了眼睛。

閉上眼睛後，那個孩子的模樣忽然鑽進我的眼皮底下。外婆替她買的新毛衣是紅白相間的格子圖案，領口和袖口則是用紅色羅紋布料。那個孩子在那件毛衣底下穿著阿姨送的胸罩，也就是十二歲的我，跟著父親回到了「家」。那個「家」有我必須喊作媽媽的繼母，以及還在繼母肚子裡、即將出生的妹妹（爸爸對外婆說，就是因為這樣，所以把我帶走這件事不能再延遲）。

如今我有的不再是外婆和阿姨，而是爸爸、媽媽和妹妹。這代表我在寫家庭環境調查表時，成了在沒有特殊事項的正常家庭中成長、理直氣壯的普通孩子。因此，外婆和阿姨，還有爸爸和繼母，這些大人們都期待我從新年開始就能成為普通的十三歲孩子。繼母與比我小十二歲的妹妹，還有似乎是我從出生以來初次見到的父親，總之，這對我來說必然是全新的人生，可是我跟大人們不一樣，我對新的人生沒有任何期待。為了不讓新的人生又有機會用新的方法嘲弄我，反正在那個地方，我也會盡量站在遠處觀看人生。就只有這樣。

我乖乖接受了要離開外婆和阿姨的事實。我不是下定決心要這樣活下去了嗎？這並不容易，但每一次我都會把自己分成「觀看的我」與「被觀看的我」。萬一失敗了，說不定我會像媽媽的自我一樣徹底分裂，但那種可能性不大。我會認真地經營在距離以外的我的人生。

其實直到此刻我也很忠於人生。儘管我在一開始沒能擁有信念那類強烈又高級的情感，但大致上仍適應了我被賦予的一切。十幾歲時我認真讀書，二十幾歲時我工作，而且從上學期開始我還在首都的專門大學有了個職位，因此三十幾歲的我也算是符合別人口中說的「有了社會基礎」。我有幾個交情超過十幾年的好友，而且在我身邊，為了能在深夜或睡不著覺的凌晨召喚我能給予的安慰，因此將我的電話號碼抄下來的多愁善感之人，少說也超過十名。碰上我二十歲以後沒遇過幾次的直接選舉時，我每一次都會去投票，還有無論是市民團體的連署活動也好，救世軍的慈善鍋[71]也罷，對於在街頭探問我的愛國心與善意的這些人，我都樂於慷慨響應。我一直這樣生活著，不曾偏離正軌。我從不曾放任我的人生不管，永遠都會做出行動，包括兩次人工流產手術、對方和我各逃跑一次，以及長時間人間蒸發一次。

「把燈關掉吧。」

過了一會兒，從我身體上方下來的他喘著粗氣說道。別關燈，剛才說得豪氣的他，似乎也無法面對自己如同洩氣氣球失去慶典的浮力、變成癱軟橡膠袋一樣的身體被公開。我

71　每年到了年末，可以在韓國街頭或地鐵站內看到一群救世軍搖鈴，呼籲行人參與其募款活動。

沒有起身關燈，而是打開了電視。我們進到我的公寓時是剛過晚上八點，現在電視上還在播報九點新聞。只過了一個小時嗎？驀地，「木槿花號發射成功」的字幕映入我眼簾。

我拿起遙控器，開始轉台，果然還是相同的「木槿花號」發射畫面。稍後，女主播的身影填滿畫面，用端正的口吻開始傳達多筆金錢的流向、特殊的死亡事件、慾望、暴力事件的新訊息。假名帳戶與四千億、光復節赦免、波士尼亞、三豐[72]遺族……我腦袋放空盯著畫面，偶爾會有這樣的詞彙竄入耳朵裡。

即便來到了九〇年代，世界和我的童年仍沒有任何不同之處。世界上仍有越南戰爭在某個地方發生，孩子們跟著老師學習偽善與惡意，眾多的李亨烈在軍隊裡尋找愛人，「新風格女裝店」倒會之後又重新發起標會，Miss Lee 探索著如何提升身分的同時，「廣津TERA」大嬸透過懷上老二為自己有如空心葫蘆的命運尋找出路，鄭女士大嬸的丈夫們至今還在監獄裡，油脂工廠火災等意外災難將大批的人逼向死亡，而意外很快就被遺忘，不斷反覆發生，即使在事故被遺忘之後，金錢也像當時「大東醫院」賺到的一樣繼續增值。

直到當時的年輕人成為壯年的現在，他們也在嘆息最近的年輕人和自己年輕時期有多不同。還有，愛依然始於背叛。此時躺在我旁邊看著電視的那個人，是小我十二歲的唯一妹妹的指導教授兼初戀。領悟到愛依然始於背叛，讓我覺得安心，因為萬一愛是沉重莊嚴

72 指一九九五年三豐百貨公司突然崩塌的重大死傷事件。

的，我會像十二歲時那樣難以承受創傷的內部壓力。

確實啊，背叛的意義也很輕，不亞於愛或存在。在他二十歲左右時，我是他的初戀。當年他是我的同學，如今和我成了同一所學校的同事。我不能責怪他試圖回到停滯的青春時代，想要重拾多年前拋棄、懸而未果的初戀之網。因此誰背叛了誰、誰的背叛更嚴重，像這樣討論背叛的震央與震度是沒有意義的。如果再往下思考，說不定最後會得到就算我們並非有意，但活著就不可能不背叛某人的結論。就好比，我們的人生彼此糾纏交織、看似毫無特殊意義，卻不可能不成為誰的敵人，因為生活總也會受到他人意志的作用。

他起身去沖澡。我隱約聽見了水聲，然後不知在嘟噥什麼的低沉嗓音也傳了過來。過沒多久，他從浴室走出來，身上散發著濃濃的草莓香氣。他似乎用了泡澡專用的泡沫皂。為了洗掉泡沫，肯定花了他不少功夫。那瓶「草莓泡泡」是去年去留學的妹妹放假時買回來的，等於那個孩子透過我，在初戀情人他的身體上抹了肥皂。

新聞播報完畢，接著電視開始播放「木槿花號」發射特輯。運載人造衛星的火箭尾掛著火焰衝向天際，還有兩個女人見到這一幕後發出驚嘆聲的模樣已經重複播放了超過十遍。十二歲，那年的七月，我也曾在電視上看到類似的畫面。

每天晚上，我們村裡的人都會去「新星土木」那戶人家參觀電視。到了晚上，那戶人家會把電視擺在高高的窗台上，讓聚集在院子裡的村民觀賞那神奇的玩意兒。院子裡寬敞的涼床被大人們占據了，所以孩子們爬到堆在院子角落的鋼筋堆上、型枠[73]或是原木上頭坐著，有些孩子更是大膽爬到平常讓人不敢靠近的翻斗車上，結果被訓了一頓。

那天別說是晚上，就連白天時全村的人也為了看電視而聚集在那戶人家。那一天是阿波羅十一號登陸月球的歷史性日子。我從學校回來時，「新星土木」的大門前熙熙攘攘，而我運氣好，正好看見「文化寫真館」大叔要走進去，所以才能親眼見證那歷史性的一刻。

跟著大叔走進去後，我看到的卻是像影子那樣模糊難辨的輪廓隱約在移動的電視畫面。過了很久，單調的畫面還是灰濛濛的，沒有任何得以窺見人類對宇宙的執著與成就的戲劇性之處。但儘管如此，大人們仍各自說了一句激動的話。他們說，既然已經「征服」（他們用了這個詞）了月球，世界將會徹底改變。甚至還有人說，若是偉大的科學持續征服宇宙，要不了多久地球上的短缺或紛爭就會完全消失。

他從冰箱內取出兩罐啤酒。接過啤酒、拉開拉環時，我依然看著電視畫面。即便是在稍微抬起頭、將啤酒瓶身傾斜倒入嘴裡喝的那一刻，還有因為沒有對準、以至於啤酒稍微從嘴角流出、我用單手擦拭時，我的目光依然停留在畫面上。

但我什麼都沒有在看。我只是因為不能不看什麼，所以才看的。毫無想法地盯著某個東西，沒有看著任何東西，卻露出彷彿要把某處看穿似的目光，是我過於長久的習慣，久

73 音 katawaku，水泥模板。

到我連那是一種習慣都不知道。

我驀地將視線轉向一旁。不知他是否一直在看著我，我馬上就和他對上了眼。他緩緩伸出手，替我擦去沾在嘴唇上的啤酒泡沫，指尖上可以感覺到溫度。我望進他的眼眸許久。雖然我向來性情冷淡，但說不定我其實是很衝動的；雖然我向來活得毫無執念，但說不定是因為害怕執著會成一場空，才總是故意偏離一步。為了不受到痛苦，我承受了周圍帶來的痛苦；為了不去愛，我把來到我面前的愛情變成瑣碎之物，但即使為此奉獻我所有熱情也無所謂。

此時的我正看著「木槿花號」。

即便到了九〇年代，世界仍如我十二歲時的六〇年代一樣流逝著。十二歲以後，我就沒有成長的必要了。

我正看著「木槿花號」。

我正看著「阿波羅十一號」。

我正看著老鼠，看著老鼠在排水孔和茅坑來來去去，牠們泰然自若、賊溜溜的小眼睛，四處竄動的細長尾巴，以及那些既不嚴肅也不卑鄙的灰色日常。

作者的話（初版）

他家很遠。送他回去後，在深夜的汽車專用道路上以一百二十公里的時速奔馳回來時的那份空虛、疲勞、專注於各種雜念，以及冷不防再度啟動的長久孤單……我很喜歡。

我有個習慣想得很複雜的習慣，但假如不複雜，又該如何得知寂寥的個中滋味？正如那個秋天，石榴因為乾渴而開裂。

直到將年輕全數送走為止，我都活得像個符合你耳朵的圖形，因此年輕沒有給我留下任何養分。我撒下粗網目的漁網試圖撈起名為人生的蔚藍之水卻徹夜徒勞無功的殘酷記憶，是不再年輕時的故事。是這份孤單讓我寫起了小說嗎？

我也有過靠著老舊白牆徹夜看著電視畫面中的《電視劇遊戲》[74]，等待世界上所有男人歸鄉的時期，同時在透過陽台映入的月光底下剪著腳趾甲。那個時期，我經常被某人甩

74 韓國KBS電視台從一九八四年到一九九七年播映的獨幕劇形式電視劇。

巴掌後，成天一邊製作配菜，一邊輕快地哼唱著：「如果感覺不幸，我就有力量。」是那份咬牙苦撐讓我寫起了小說嗎？

若是世界對我要單純、寬容得多，想必我就不會寫小說了，大概也不會想要去了解人生了。

直到咻地一聲快速經過路標後，我才意識到那個路標指著回家之路。原本以時速一百二十公里向家駛去的我，此時以時速一百二十公里逐漸駛離。我只是在速度的銳利快感中，時而緊張、時而漫不經心地將腳踩在油門上而已……但只有這樣嗎？

或許，我想這麼做不僅是很久了，而是非常非常久了。

一九九五年十二月

殷熙耕

作者的話（再版）

這部小說創作於一九九五年夏天。那年我入選了新春文藝，卻完全沒有人邀稿。我帶著天助自助者的念頭打包行李，走進了海拔超過一千公尺的山頂寺廟。那是母親就讀的佛教大學的師父替我介紹的。我在那裡待了超過一個月，一天蹭得兩頓飯吃，就這麼欠下各種恩情，我才得以拿下文學村小說獎，而這部小說也成了我的首部作品。

為了再版，我第一次重新讀完了小說。創作這部小說那個時期的我，時不時映入了我的眼簾。當年的我畏怯不安，害怕或許過去相信的都是錯的。我認為自己被置之不理，認為自己是無能的，可每天又會迎來必須履行的日常生活。夜晚來臨，我就會皺起眉頭、一臉疲憊地寫著家庭帳簿，內心盼著早晨不要到來。因為必須成為我討厭的那種人，所以我認為自己不能再追求愛情。但即便如此，那個時期的我倒是很會開玩笑，很會泰然自若地開著關於不幸與孤獨的玩笑。那是當時的我能擁有的一種魄力。越是迫切，我就把話說得越淡然、帶刺，但那是因為我認為，要是我能先對自己辛辣，不幸或許就會放我一馬。

從那時至今，我寫了十五部小說。偶爾有人會問我，哪部作品是我的代表作，我總有準備好的答案，那就是最近的作品，因為我寫得越來越好了……當然我是開玩笑的。畢竟不是寫小說寫久了就能寫得好，因此或許我是想至少強調自己仍在持續認真創作。不過，總之不管我的答案是什麼，許多人認為我的代表作是這部《鳥的禮物》，所以才有機會出版一百刷紀念暢銷版。連「無法超越首部作品的作家」這句話，都只令我覺得高興與感激——對此，我想虛張聲勢地這麼說。身為至今仍在創作的作家，那是我的新氣魄。

這部小說中，不僅有當時寫這本書的我，還有讓我寫這本書的作家的影子。我從他身上學到了理直氣壯說笑的氣魄。創作這部小說的過程中，我也將他的書擺在書桌的一角，藉由隨便翻開某一頁來鞭策自己。在一路走來的小說創作道路上，我曾有意識地與他的世界忽遠忽近，但那也是玩笑與我之間的一種鬥智遊戲。我曾經決定盡可能不要在小說中說笑，也把這個想法寫在「作者的話」裡頭。「我過去一直開玩笑說寫小說有多令人興奮，後來開始害怕有人把我的玩笑話當真，但現在不會了。」、「透過這部小說，我等於又膽大妄為地對那些認為『人生的尊嚴只存在於尊嚴的態度』之人開了一次玩笑。」後來，不知從什麼時候開始，我再也沒辦法高明精彩地開玩笑了，我得好好反省。

修訂版修改之處不多。由於剛開始創作時的脾氣與感覺乃是這本書的本質，所以我盡量不用現在的視角去過濾，但帶有偏見的字眼或措辭必須改掉。由於我在這過程中感覺到我們的語言和想法稍微進步了一些，讓我對於自己錯了的事實感到有些開心。我也修正了幾個錯誤，像是引用當時尚未上映的電影或搞錯開花期這類的。相反的，也有些雖然與事實細節有出入，但為了保留初版的氛圍而故意不修正的部分。直到最後仍在傷腦筋的，是要不要改掉擷取自童年時期記憶中的名字和商號，但最後只能以「本作品的設定與實際事實無關」來取得諒解。

感謝深信這部小說中依然蘊含有效提問的文學村出版社，還有精心替它穿上新裝的編輯群。感覺就像回到二十七年前我的出發點。那是，該怎麼說呢？就好像，我想像將我的人生編輯成修訂版，而這過程最終猶如一場使自己覺醒的巡禮。即便用其他方式書寫、編輯人生，最終我還是會與那時期我深愛過的各種存在抵達這個位置。多虧這部小說，我的文壇之路走得順遂。說這句話時不需要開玩笑，我是由衷地感謝讀者。

二〇二二年五月

殷熙耕

鳥的禮物
새의 선물

作　　者　殷熙耕 은희경
譯　　者　簡郁璇
封面設計　萬勝安
內頁排版　高巧怡
行銷企畫　蕭浩仰、江紫涓
行銷統籌　駱漢琦
業務發行　邱紹溢
營運顧問　郭其彬
責任編輯　林淑雅
總 編 輯　李亞南

出　　版　漫遊者文化事業股份有限公司
地　　址　台北市103大同區重慶北路二段88號2樓之6
電　　話　(02) 2715-2022
傳　　真　(02) 2715-2021
服務信箱　service@azothbooks.com
網路書店　www.azothbooks.com
臉　　書　www.facebook.com/azothbooks.read
發　　行　大雁出版基地
地　　址　新北市231新店區北新路三段207-3號5樓
電　　話　02-8913-1005
訂單傳真　02-8913-1056
初版一刷　2024年7月
定　　價　台幣490元

ISBN　978-986-489-975-3

This book is published with the support of the Literature Translation Institute of Korea (LTI Korea).

國家圖書館出版品預行編目 (CIP) 資料

鳥的禮物/殷熙耕 (은희경) 著 ; 簡郁璇 譯. -- 初版. -- 臺北市 : 漫遊者文化事業股份有限公司出版 ; 新北市 : 大雁出版基地發行, 2024.07
392 面 ; 14.8x21 公分
譯自 : 새의 선물
ISBN 978-986-489-975-3(平裝)
862.57　　113009080

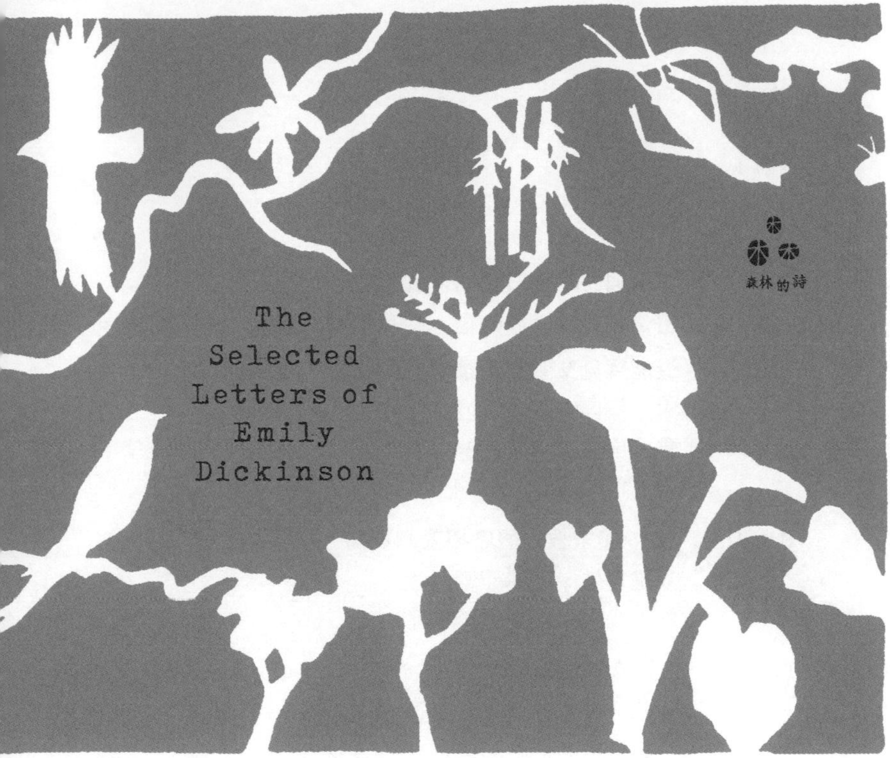

這是我寫給世界的信

艾蜜莉·狄金生 著
董恆秀 翻譯、賞析

Emily Dickinson

目錄

—— 譯者序 ——

書信與詩是她書寫的兩翼

董恆秀

書信在艾蜜莉．狄金生的生命扮演重要角色，書信之於她是一種「人間的喜悅」，她信喜的芽欣欣滋長，長了1049封。而這是保留下來我們看得到的，據信她應該寫有上萬封。寫信這項藝術，是她與人心靈溝通的重要文字橋梁，自是用心筆耕，通常先寫草稿後謄清再寄出（或沒有寄出），有時會附上她親手做的押花，更多時候是詩，或信本身就是一首詩。

信是她詩的準備與迴響，是她詩海裡一個一個的小島，在其詩海航行的讀者，可以登島或做跳島之旅，感覺她的星亮，她熱情的雕塑，她靜美的沙灘，當然也會看到她燒灼的痛苦，她神祕難解或不可解的黑夜，奔騰的海浪，以及簡潔俐落又耐咀嚼的沉熟。

寫信是她從小的喜好，現存的第一封信寫於十一歲給到外地念書的哥哥奧斯汀，向他報告家裡的母雞與小雞的狀況，密密麻麻完全沒分段。從少女時代到二十七歲決定致力寫詩這段期間，她寫給奧斯汀與要好女性朋友的信都很長，好像心裡有很多東西在燃燒，要把這些熱力噴發出去一般。

透過書信，走進「詩之隱士」的世界

湯馬士・江森（Thomas Johnson）在他編定的狄金生書信全集前言指出，艾蜜莉越發覺察到自己情感的赤裸會讓人難為情，當家裡有人來訪，她避免出現，免得造成難堪，「我害怕，因此將自己隱藏起來」。她無法壓抑自己不以人最原本的坦率誠實講話，也就是「亞當與夏娃使用的語言」。

艾蜜莉曾在一封信裡說：「或許你們笑我！或許整個美國正在笑我！這我無法阻止！我的職責是去愛……我的職責是歌唱。」若面對面講話赤身裸露的情感太強烈，那就寫信吧。書寫可以舒緩情感奔瀉的速度，寫信可以由自己掌控時

間、通信人選與親密度，而情感依舊真實，聯繫依舊可持續，同時可以做自己，保有自己的真實——「做自己而不是做別人這件事，讓人永遠心懷感激」，艾蜜莉如是說。

隱居後僅穿白色衣裳的艾蜜莉，書信與詩是她書寫的兩翼；書信是詩的準備與泥土，信與詩竟然都以超過千首千封飛翔著。若說她的詩多數深奧難解，那麼書信更難，因為牽涉到特定時空與文化背景，以及她與通信者共用的密語與共同經驗，可能只有當事人知道。不過閱讀她的書信真有到她家拜訪之感，特別是她的情書，彷彿進客廳喝杯茶坐坐了！

詩像是幕前演出，書信的凝成與背景則像幕後，放在一起更能促進多元欣賞。

換言之，詩如果似彩色的海吟，那麼這些書信除了有助於艾蜜莉的彩色詩畫外，也呈現了雋永的素描樸真。

最接近詩人感情核心的「主人信件」

她留下來關乎情感的信、草稿信或謄好未寄出的信，其中三封極可能是寄給衛茲華斯牧師的所謂「主人信件」最受關注，因為最接近她情感世界的中心。這些信讓我們看到了她白衣下深藏的劇烈火山。

不過因為是沒有寄出的信，而且非常私密，因此許多地方困難解讀，我與賴傑威教授（Prof. George Lytle）多次書信與電話來回討論方有所處理，非常感謝他！他還跟我透露曾把這三封「主人信件」拿給一位年輕的女性心理諮商師看，她看了一下後回答說看不懂，而她是受過高等教育的美國人。因此三封「主人信件」的譯文裡為了減去讀者閱讀的困擾，加了一些放在中括號裡的額外解釋，或另加注釋。

常常自比雛菊、小老鼠，讓自己看起來毫不起眼又弱小的艾蜜莉，骨子裡是個不折不扣的叛逆者、道道地地打破規則的人，只是她從來不用張牙舞爪的方式，而是以幽默、誇張、諷刺、熊心豹膽、不按牌理出牌、表面安靜內裡張力十足的美學方式表現。而她在年僅十五歲時就對宗教有深刻的質疑，當她周圍的親友大都成為教徒，且以各種方式要她當基督的女兒時，她就是有辦法迴避，這主要是因為她無法對自己不誠實。她在抵擋的時候表現出極大的抗壓性，且從未失去幽默感，還說發現自己「是夏娃，亞當的妻子」！我選出兩封她十五歲時寫的信加以翻譯，讓讀者看看她怎麼說，同時也是補充主人信件關於宗教部分的背景。

影響深遠的知己與摯友

艾蜜莉十四歲時曾喜感地在一封給朋友的信裡預測自己「到了十七歲就會是安默斯特的靚女」！也的確從十七歲到二十二歲之間，她身邊出現了幾位俊帥秀異的男大學生，只差沒有她所想像的有一大群跟班隨她差遣。她與他們相處極為愉快，其中一位叫喬治・顧爾德（George Gould）幾乎與她論及婚嫁。這時期艾蜜莉也遇見一位影響她深遠的良師益友班傑明・牛頓（Benjamin F. Newton），他的早逝令艾蜜莉極為悲傷，終生對他不忘。

說到艾蜜莉的感情世界必定會提到的就是她的摯友、後來成為她嫂嫂的蘇珊（也就是蘇）。蘇在艾蜜莉的世界所扮演的，大概就像莎士比亞十四行詩裡的那位「黑暗女士」（Dark Lady），艾蜜莉寫熱烈的書信給她，但我們都看不到蘇的表情，蘇是真實的人，但卻如謎一般，讓人猜不透。

艾蜜莉與大世界最開始的接觸就是認識傑出報人山謬爾．包爾斯（Samuel Bowles）。他們兩人到底有沒有戀情，學者專家看法不一，不過艾蜜莉的確重視與包爾斯的友誼，寄給他的詩都是她的上乘之作。毫無例外的，就如她之前的男性友人一樣，包爾斯也是一位聰明的美男子。

中年之戀——最挑逗的情書

也許是四十七歲，或五十歲後，艾蜜莉談了一場愉快的戀愛，對象是當時麻州最德高望重的法官歐提斯．洛德（Otis Phillips Lord）。她寫給洛德的信，有學者認為是有史以來最挑逗的情書。

我們看不到與她交往過的男性有任何回應她、描述她的隻字片語，這主要是薇妮皆依艾蜜莉的遺言交代將他們的信件燒毀了，僅文學名流希更生兩封素描艾蜜莉的信留下來。這兩封信的內容常被引用，也讓我們得以一窺三十九歲時的艾蜜莉一點模樣。

看見詩人更多的慧黠與幽默

當艾蜜莉的筆尖在信紙上散步或旅行，深情婉約有之，或瀟灑塗鴉、曠古低吟，或深月照心、海邊孤光。不過這本書並未能呈現上述的全部情境，因此在正文後的附錄一摘譯她書信的部分佳句，或能稍稍彌補不足之處，並看到她更多的慧黠與幽默。附錄二則介紹艾蜜莉仍在世時即慧眼看出她是偉大詩人的小說家海倫．韓特．傑克森（Helen Hunt Jackson），這位如俠客的小說家曾在信裡對她說：「妳是一位偉大詩人，不過妳之吝於發表，實在對不起妳同時代的人，當妳撒手塵寰時，將會因自己在世時的吝嗇而難過。」她與艾蜜莉的書信互動饒富趣味。

艾蜜莉的書信上千封，我僅翻譯其中極少部分的書信當然很不夠，不過我想做的不是大量的書信翻譯，而是翻譯讓我們多少可以到她接待室、甚至客廳坐坐的數封情書與相關書信，如此對她或許會有更具體的感受。書中每章人物背景介紹的文獻不少是參考艾蜜莉．狄金生重要傳記作家哈貝格（Alfred Habegger）厚達七百多頁的得獎著作《我的戰爭已成歷史》（*My Wars Are Laid Away In Books: The Life of Emily Dickinson*）。我與哈貝格教授有數面之緣，對他印象深刻，非常感謝他寫出這樣一本精彩豐富詳實的艾蜜莉傳記。

翻譯是一件吃力不討好的工作，而且稍一閃神就可能發生錯誤，因此非常感謝摯友黃保齡在百忙之中為我校稿與提出建議和改正。也謝謝外子倪國榮給我靈感的語言，他是我每章寫完後的第一個讀者。另外書中選譯的書信編號是依據江森與希爾德羅．瓦德（Theodora Ward）編輯的三冊《艾蜜莉．狄金生書信全集》的編號。最後，書中的譯文與賞析恐有遺漏不足之處，尚祈讀者先進不吝指正。

— 引詩 —

這是我寫給世界的信

艾蜜莉・狄金生

這是我給世界的信
世界不曾寫給我——
大自然說出簡單的消息——
帶著溫柔的莊嚴。

她的信息交給
我看不見的手——
基於愛她——親愛的——同胞——
請溫柔地批判——我。

This is my letter to the World
That never wrote to Me -
The simple News that Nature told -
With tender Majesty.

Her Messages is committed
To Hands I cannot see -
For love of Her - Sweet - countrymen -
Judge tenderly - of Me.

part I

最能窺見艾蜜莉感情世界的
三封「主人信件」

艾蜜莉·狄金生為何隱居？學者專家的猜測真是五花八門，莫衷一是。不過應該多少與感情有關，這就讓我們想探問她的愛情生活、她的情感歸屬了。她有三封所謂的「主人信件」（Master Letters），長期以來一直是研究的焦點。我們現在看到的這三封未署名、分別寫於 1858、1861、1862 年的信，是狄金生的手寫草稿[1]，至於謄清本是否送達收件人手上，並不清楚。信裡充分表現對那位收件人無望的愛與渴求，害怕被拒絕與受傷害。

這三封信一直要到 1955 年才完整出現在世人面前，會這樣延遲，主要是狄金生家人基於對艾蜜莉的保護。

為何要稱收信者為「主人」呢？根據學者研究，艾蜜莉這麼做有大膽之處。《聖經》新約裡，耶穌的門徒稱耶穌為「主人」（Master），因此將所愛的人提升到與耶穌同等地位，這不能不說叛逆。而把收信人提到這麼高的位置的同時又把自己降到很低，因為在十九世紀這是僕人、奴隸、學子對執

注釋

1. 這些年代是江森標定的，R. W. 富蘭克林（R. W. Franklin）認為後兩封信皆寫於 1861 年，而江森標定的第二封信，富蘭克林認為是第三封。

掌權責的人一種下對上的尊稱。[2] 艾蜜莉這個密語隱藏多重心理狀態，耐人尋味。

那「主人」究竟是誰呢？確切人物至今仍是個謎。許多學者認為是長老教會牧師查爾斯．衛茲華斯（Charles Wadsworth）。1855 年艾蜜莉二十四歲時走訪費城，在那裡認識了衛茲華斯，根據艾蜜莉姪女瑪莎．畢安奇（Martha Dickinson Bianchi）的書《艾蜜莉．狄金生的生活與書信》（*The Life and Letters of Emily Dickinson*）記載她的母親蘇珊說的話：「那是個一見鍾情、強烈、相互有意的愛情。」不過因牧師已婚，為了不傷害另一個女人，艾蜜莉並未進一步追求。

衛茲華斯生於 1814 年，長艾蜜莉十六歲，年輕時喜歡寫詩，被視為才俊，不過最後是當牧師，而非詩人。寫詩的經驗使他的講道不同一般，深受教友與非教友的喜愛，就連馬克吐溫也喜歡。

根據學者哈貝格的研究，衛茲華斯嗓音深沉、情感內

2. 參見朱蒂斯．法爾（Judith Farr）著 *The Passion of Emily Dickinson*，222 頁。

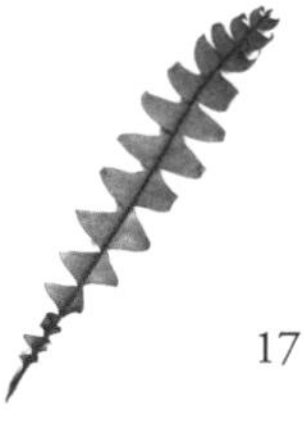

斂、語言明澈，是個不談論自己、極端私密的人。他僅願透過講道與人交流，私底下，就連教友與牧師同道都不願有所接觸。衛茲華斯動人的講道與感人的語言力量背後似乎深藏多年的苦痛、掙扎、悲傷、憂鬱與吶喊。他這種堅強、悲劇的性格、無法觸知的氣質深深吸引了艾蜜莉，並稱他是「悲傷的男人」。（信 776）

她還稱衛茲華斯為「我的費城人」、「我的牧師」、「我最珍貴的人世朋友」等等。衛茲華斯曾於 1862 年造訪艾蜜莉，並在畢安奇上述同本書上留下一則像肥皂劇的奇譚，情節是這樣：蘇珊的友人居里特太太跟瑪莎說，那年衛茲華斯尾隨艾蜜莉來到安默斯特，薇妮見狀，急呼艾蜜莉說，那個人來了！此時正在做針活的蘇珊看著氣喘吁吁、臉色蒼白的薇妮朝她奔跑過來捉著她的手腕說：「那個人來了！爸媽都不在家，我怕艾蜜莉會跟他走！」

事實上瑪莎書上說的這個故事一向被斥為不實的閒話，

雖然她是艾蜜莉的姪女，並不表示她說的關於艾蜜莉的事全都是事實。瑪莎與她的母親蘇珊於 1903 年到歐洲旅行時遇見一位姓畢安奇的俄國軍官，兩人發展出戀情並結婚。不過這位俄國軍官在騙走瑪莎大筆錢後就消失了，此後瑪莎很注意她姑姑作品的版稅。據聞她的這則肥皂劇般的故事導致衛茲華斯的兒子感覺父親的名譽受損，為此相當不高興，因此讓後來的研究者更不易取得關於衛茲華斯如何看待艾蜜莉的相關資料。

1862 年衛茲華斯從費城搬到舊金山，從此兩地遙遠相隔，此次的離別在艾蜜莉的生命留下一道刻痕。

「主人信件」另一個可能的候選人是當時擔任《春田共和主義者報》的主編山謬爾．包爾斯。判斷的依據是著眼於這三封信的語言、風格、意象，與顯現的焦慮，和 1850 年末至 1860 年初寫給包爾斯的信極為相似。

也有學者認為「主人信件」是寫給上帝，或純是虛構。

不過這些信裡的情感非常真切，相關事實獨特且具體，加上實質對話的成分很高，不像虛構。若是虛構的話，應該會有虛構的回應。事實上富蘭克林在他的「主人信件」研究裡指出，在狄金生已知的書信裡，沒有一封信是虛構的，每一封皆有真實特定的對象。

這之中還有個讓人玩味的故事。若依富蘭克林的判定，第二與第三封信皆寫於 1861 年的話，那麼這一年艾蜜莉也寫了一首著名的情慾詩。1890 年版狄金生詩集編者之一的希更生對於是否收錄這首詩頗猶疑，他擔心若因此招來一些惡意的解讀，恐非這位隱居的白衣女子所能想像。希更生與艾蜜莉通信二十四年，也親自拜訪她兩次，因此看到這首詩時心不免震了一下，雖然如此，最後還是加以收錄，他將之視為艾蜜莉的想像虛構。這首詩是這樣：

狂野的夜，狂野的夜！
若我和你在一起，

狂野的夜就是
我們華奢的歡悅！

風，徒勞無用——
對一顆已進港的心——
羅盤任務完成——
海圖畢其功！

划行伊甸園——
啊，海！
但願，今夜，我能停泊
在你裡面！[3]

根據學者研究，「luxury」在艾蜜莉慣用辭典的定義與「lust」緊密相關，因此中文翻譯為「華奢的歡悅」。在1861 年那個時候寫這樣的詩無疑是打破禁忌！不過作為創

3. 此詩原文請見 26 頁。

作者、詩人，若不能創造出一種撼動人心、縈繞於心的情感效果，就不是功力高深的詩人。艾蜜莉深受浪漫思潮影響，曾說：「如果我讀到一本書，它能讓我全身冰冷到任何火焰都不能使我溫暖，我知道那就是詩。又倘使我肉體上感覺到彷彿我的頭頂被拿掉，我知道那就是詩。這些是我僅知的方式。還有其他的方式嗎？」（信 342a）

事實上，不少狄金生學者皆傾向認為「主人信件」裡的主人是衛茲華斯牧師。若是，那麼在衛茲華斯離開費城到舊金山後，相思的艾蜜莉約在 1862 年曾寫下一首在她作品裡極其少見的寫實詩作。[4]

詩裡呈現城市早晨忙碌景象，我們看到了送報的報童、大街上來來往往的馬車、早晨的陽光射進窗子、一排排磚造的房屋，還有一隻小蒼蠅，也聽到了一車的煤卸下時發出的刺耳聲。在營造這樣的景象，特別是這樣的聲音後，緊接的是她思念的人走過廣場的腳步聲，像是鏡頭由遠而近，一步

4. 參見 Habegger, *My Wars Are Laid Away in Books*，476-477 頁。

步導向那個人的腳步的特寫。而就在腳步聲迴響之際，筆意一轉為疏離的語氣結束，似乎在說這個寫實的城市早晨是詩人當下紙上的想像。她與思念的人距離遙遠，就連一隻小小的蒼蠅都比她強，因為就算是小小蒼蠅都可以在她想念的人周圍嗡嗡縈繞！遙想某個城市（或許是舊金山）日復一日尋常的生活景象，可說是「無足輕重的消息」，但因其中有思慕的人走過一處廣場前往工作，就變得至關重要了：

我死也想知道——
這個無足輕重的消息——
報童們向著大門行禮——
馬車——輕晃而過——
早晨大膽的臉 ——盯著窗子——
但願那小小蒼蠅的特權是我的——

一間間房子挨著房子

以它們磚頭的肩膀——

煤——滾卸而下——嘎嘎響——多麼——靠近——

那個他的腳步正走過的廣場——

也許，就在此刻——

當我——在這裡——做夢——[5]

1880 年的夏天，已從舊金山回到費城的衛茲華斯到安默斯特拜訪艾蜜莉，這是第二次也是最後一次。他並未事先告知，按門鈴詢問僕人時，艾蜜莉正在照料她的花花草草，薇妮應門。艾蜜莉看到他時大喜過望，問他為何沒事先通知她，他回答說，因一時興起，直接從「講道壇下來登上火車」。[6] 衛茲華斯告訴艾蜜莉說他隨時都會死去。1882 年四月一日衛茲華斯因肺炎與世長辭。

1883 年初在一封給賀蘭德夫人的信裡，艾蜜莉說：「愛只缺一個日子——『四月一日』，『現在，過去，永遠』。」（信 801）比這封信稍早，同樣是給賀蘭德夫人的信，信裡艾

5. 此詩原文請見第 27 頁。
6. 見《艾蜜莉・狄金生書信全集》（*The Letters of Emily Dickinson*），書信編號 766，一封寫於 1882 年八月給衛茲華斯的友人詹姆斯・克拉克的信，以及編號 1040，一封寫於 1886 年四月中旬（她過世前一個月）給查爾斯・克拉克的信。

蜜莉感傷地說：「四月從我身上奪走最多。」（信 775）

三封「主人信件」對於現代人的情感生活，就其壓抑面與風暴面，尤值共鳴。

畢竟，十九世紀的生活方式與現代有很大的不同，但情感的遭遇與折騰，舉世皆然。我們可感知，接近灰燼絕望的情感，如何化成詩的火光飛翔，照耀人類的靈魂深處！

最後特別說明譯文的處理。一如寫詩，艾蜜莉也喜歡在信裡以破折號代替標點符號。中文譯文為了方便讀者閱讀，同時也因破折號與中文的「一」容易混淆，將儘量少用破折號，改以標點符號。而狄金生在信裡，也一如她寫詩的風格，習用暗示、簡語，不明說，因此隱藏的意思，在中文譯文上將以中括號〔〕內的文字呈現，或加注釋做額外的解釋。

—— 兩首引用詩的原文 ——

Wild Nights - wild Nights!
Were I with thee
Wild Nights should be
Our luxury!

Futile - the Winds -
To a Heart in port -
Done with the Compass -
Done with the Chart!

Rowing in Eden -
Ah, the Sea!
Might I but moor - Tonight -
In Thee!

-- J#249（F269）

I could die - to know -

'Tis a trifling knowledge -

News-Boys salute the Door -

Carts - joggle by -

Morning's bold face - stares in the window -

Were but mine - the Charter of the least Fly -

Houses hunch the House

With their Brick Shoulders -

Coals - from a Rolling Load - rattle - how - near -

To the very Square - His foot is passing -

Possibly, this moment -

While I - dream - Here -

-- J#570 (F537)

主人信件一

親愛的主人：

我病了，不過你生病更讓我悲傷，我讓較有力氣的那隻手可以提筆夠久以便寫封信給你。我原以為或許你已在天堂了，因此當我接到你的信真是甜在心頭，感覺要飛了；得知你還活著非常驚喜。多希望你沒有病痛纏身。

我祈願所有我愛的人不再有病痛。紫羅蘭在我身旁，知更鳥近在咫尺，而「春天」從門口走過，他們[1]會問，她是誰呀？

這真是上帝之屋，天使跟他們的御馬夫在這些天堂之門進進出出。但願我有米開朗基羅的鬼斧神工，能為你作畫。你問我，我的花兒們說了些什麼？那它們沒照我的話說[2]，我給的口信它們沒有傳達到。它們傳達的訊息與日落、日出一樣[3]。

主人，再聽一下。我未告訴你今天是安息日。

我數著海上的每個安息日，直到我們在岸邊相見。山丘那邊的天氣會像水手說的那樣晴朗嗎？今晚只能說到這裡，疼痛

注釋

1. 指紫羅蘭與知更鳥。
2. 艾蜜莉的意思是：它們沒照我的話說，你才聽不懂。
3. 艾蜜莉的意思是：其實它們傳達的訊息就是愛與美好。

讓我無法繼續。

當我虛弱時，甜蜜的回憶就很強烈，也更容易愛你。你一好起來，求你務必告訴我。

（信 187）

—— 賞析 ——

「主人」是誰，雖然無法確定，不過並不影響我們去感知信中傳達的情感。信裡，我們看到艾蜜莉為愛神傷，因相思病倒，情感熱烈，溢於言表。信中「主人」說，他不解寄來的押花的花語。艾蜜莉回答說，都怪我沒表達清楚，不過也意有所指微微指責「主人」不解風情。因為那花語，就像日落與日出，充滿了愛、美與煦和。它們說的話是：我深深愛著你！

第三段一開始的「上帝之屋」是指上帝所創造的處所，即地球、或教堂、或狄金生的家屋與花園。這裡所指比較不是教堂。二十世紀初出版、在基督教世界廣為傳唱的一首讚美詩〈這是天父世界〉（This is my Father's World），可以佐證狄金生在這裡所表現的自然世界觀。該讚美詩所表達的自然世界觀，猶有維多利亞時期新教裡帶有玫瑰色彩的觀點，也就是說，看待這個世界是一美好喜樂仁慈的處所。此一世界觀迥異於聖奧古斯丁或喀爾文派基督教，他們看待這個世界乃一充滿魔鬼與試驗的地方，人必須不停歇地奮鬥才能獲得救贖。

信最後一段第一行：「How strong when weak to recollect, and easy, quite, to love.」是典型的狄金生寫作手法，若用白話散文是這樣說的：When I am weak (as now, when I am very sick) my recollections (memories) of the time(s) that we were together are very strong, and also when I am weak (as now, when I am very sick) it is quite easy to love (you).

這封信寫於 1858 年，而艾蜜莉就是從這一年開始以針線將詩作縫成小詩冊（fascicle），從事自我出版，該年她寫了五十二首詩。

特別說明：本文的翻譯與賞析是賴傑威教授（Prof. George W. Lytle）與我共同執筆。

Dear Master,

I am ill, but grieving more that you are ill, I make my stronger hand work long eno' to tell you. I thought perhaps you were in Heaven, and when you spoke again, it seemed quite sweet, and wonderful, and surprised me so - I wish that you were well.

I would that all I love, should be weak no more. The Violets are by my side, the Robin very near, and 'Spring' - they say, Who is she - going by the door -

Indeed it is God's house - and these are gates of Heaven, and to and fro, the angels go, with their sweet postillions - I wish that I were great, like Mr. Michael Angelo, and could paint for you. You ask me what my flowers said - then they were disobedient - I gave them messages. They said what the lips in the West, say, when the sun goes down, and so says the Dawn.

Listen again, Master. I did not tell you that today had been the Sabbath Day.

Each Sabbath on the Sea, makes me count the Sabbaths, till we meet on shore - and (will the) whether the hills will look as blue as the sailors say. I cannot talk anymore (stay any longer) tonight (now), for this pain denies me.

How strong when weak to recollect, and easy, quite, to love. Will you tell me, please to tell me, soon as you are well.

(Letter #187)

主人信件二

親愛的主人：

要是你看到一隻鳥被子彈射中，而這隻鳥竟跟你說牠沒被打到，你可能會為牠的隱忍客套感到難過，不過你不會相信牠說的。[1]

如果從我的傷口再流一滴血，這樣你就會相信了嗎？聖多馬[2]對解剖的信心強於他對信仰的信心。[3]主人啊，是上帝造了我，不是我自己創造自己。我不知道我是怎麼造出來的，他在我裡面安置了一顆心，久而久之，這顆心長得比我大，像個小母親抱個大小孩，我抱得很累。我聽過有個東西叫「救贖」，它讓男女皆安息。你可記得我曾向你索求，不過你給了我其他東西。後來我把救贖忘掉，就再也不累了。[4]

我今晚老了些，主人，但愛意不變，就算月圓月缺時序更替。若上帝的意思是讓我在黑夜中找到你、和你在一起[5]；若我永遠忘不了我們不在一起，悲傷與冰霜比我更靠近你[6]；若

注釋

1. 艾蜜莉自比是被子彈射中的鳥，誰開的槍？主人。
2. 耶穌十二門徒中的聖多馬，俗稱 doubting Thomas，稱號由來緣於他拒絕相信未經個人直接接觸的經驗。典出自〈約翰福音〉20:24-29。大意是耶穌復活來見十二門徒時，聖多馬不在，門徒說我們已看見主了，但聖多馬不相信，他要看到耶穌手上的釘痕，並用指頭探入那釘痕與他的肋旁，他才相信。在藝術表現上，自五世紀起，「多馬的懷疑」（the incredulity of Thomas）即不斷被描繪，其中卡拉瓦喬的《多馬的懷疑》最著名。（https://en.wikipedia.org/wiki/Doubting_Thomas , date of access 27 Feb., 2016.）
3. 艾蜜莉的意思是：你要不要像聖多馬那樣親自來看我受的傷、流的血？而不是僅聽我

以無敵之大力許個當皇后的願，那金雀花王朝的愛情是我唯一的藉口[7]。而靠近你，比長老們[8]更靠近你，比裁縫師作的新大衣更靠近你，在神聖的假期心對心開玩笑[9]，這些我通通被禁止。你逼我又再重提，當我不瞭解的時候，我怕你會笑我。被囚在西庸城堡裡一點也不好笑。先生，你胸裡可有一顆心？跟我的心一樣，稍稍偏左？若它在半夜裡醒來，會感到不安嗎？會怦怦跳嗎？[10]

這些事物是神聖的，先生，沒有虔誠心我不敢碰，不過那些禱告的人，倒是動不動就把「天父」放在嘴邊說！你說我並未一五一十告訴你。我承認，也不加以否認。

維蘇威火山不說話，埃特納火山不說話，一千多年前其中一個吐出一個音節，龐貝城聽到了，就永世躲藏。我想，這之後她再也沒臉看這世界。羞於見人的龐貝城！「告訴我妳要什麼？」嗯，你知道水蛭吧？[11]。我的手臂細小，你的手臂很長，早已碰到地平線了吧？[12]你如此走遍天下，難道不會感覺欣喜而手舞足蹈？

講的客氣話，就當我沒事！

4. 意思是：卸去救贖這個心頭的負擔，就感覺自由了，沒了重擔就不累了。
5. 或許他們的相愛只能在暗中進行。
6. 他們之間隔著悲傷與冰霜。
7. 英國金雀花王朝（1126-1485）首任英格蘭國王為亨利二世，他娶了與法王路易七世離婚的艾蓮娜（史稱阿基坦的艾蓮娜，Eleanor of Aquitaine）。艾蓮娜可說是中世紀時期最有權位的女性，姿色非凡、活潑聰慧、個性強，深諳詩詞與音樂，也善騎馬射箭。路易七世深愛艾蓮娜，但他的母后與教會對艾蓮娜有諸多微詞，而不喜受拘束的艾蓮娜也不習慣宮中保守、窒息的生活。她很願意接受與路易七世的婚姻正式宣佈無

我不知道你能怎樣，但還是感謝你，主人！若我臉頰也長鬍子，像你那樣，而你呢，有雛菊的花瓣[13]，非常的關愛我，那你會有怎樣的感受呢？[14]當你戰鬥，或逃離，或在異國時，你會忘記我嗎？[15]。卡羅[16]、你，還有我，在草地散步一小時，有何不可呢？沒有人會當一回事，只有長刺歌雀會在意，而牠在意是因牠有超高的道德標準吧？我過去總想著當我死時，就可以與你相會，所以就想快快了結此生。不過一般人也會上天堂，因此永恆不會清靜。請說我可以等待你，請跟我說，我不必與陌生人去我從沒有去過的地方。我既已等待很久，主人，我可以繼續等待，等到我的褐髮花白，你拄著拐杖。我會看時間，如果太晚了，那我們可以冒險接受死亡，然後一起上天堂。若我穿著白色〔婚紗〕來到你面前，你會怎樣？你有可以裝下我的小巧〔嫁妝〕盒嗎？[17]

先生，這世界我最想要的就是見到你！除此之外，就是天空。

你會來新英格蘭嗎？你會到訪安默斯特嗎？你打算來嗎？

效（annulment），並在八個星期後，要求當時仍是諾曼第公爵、小她十一歲的亨利二世前來阿基坦公國與她結婚。兩年後亨利二世當上英格蘭國王，艾蓮娜成為英格蘭皇后。艾蓮娜為亨利二世生了五個兒子，三個女兒，其中的大兒子理查（史稱「獅心王」）與小兒子約翰先後成為英格蘭國王。狄金生信中所提的愛情，大概是指亨利二世對艾蓮娜冷淡，不僅有很多情婦，還將艾蓮娜囚禁了十六年。https://en.wikipedia.org/wiki/Eleanor_of_Aquitaine date of access 27 Feb., 2016。

8. 長老教會英文是 the Presbyterian Church。信裡的 "presbytery"（複數為 presbyteries）指的是個人或一群人，因此 "presbytery" 至少有五個意思：(1) 長老教會的一位長老，與 "presbyter" 同；(2) 長老教會的長老們；(3) 古語的神父；(4) 天主教教區神父的住所；

主人？

雛菊會讓你失望嗎？不，她不會的，先生。當你注視著我時，看著你，將是永遠的慰藉。還有，我可以在林子裡玩，直到天黑，直到你帶我到日落時分找不到我們的地方。真實不斷湧入，直到將整座城鎮灌滿。

我原來不想告訴你，但你沒有穿白衣來到我這邊，也沒告訴我原因……

不是玫瑰，卻感覺自己盛開，

不是鳥兒，卻在以太裡飛翔。

（信 233）

(5) 教堂裡的祭壇（建築）。狄金生信裡的意思最有可能指的是教會的長老們。

9. 此處的心對心開玩笑有兩種可能，其一：狄金生的心跟自個兒開玩笑。平常日子她的心是嚴肅的，知道主人並不愛她，不過在神聖的假期裡，因為可以放鬆、開玩笑，所以心就欺騙自己說，主人是愛她的。其二：狄金生的心與主人的心，在假期裡可以逸出平常的嚴肅，互開玩笑。

10. 艾蜜莉氣到質問「主人」是人嗎？會像人一樣，因為心裡不安，在半夜醒來，一顆心怦怦跳嗎？

11. 意思是：不要忘了我就像水蛭，永遠索求無厭。

12. 意思是：我去過的地方很少，而你是見過世面的。

—— 賞析 ——

這封信不容易理解，也很難翻譯。主要是閱讀這封信有如在偷聽艾蜜莉講電話，更且聽到的僅是她說的話，聽不到主人說什麼，也不知道這通電話之前他們進行過怎樣的對話，或往返書信的內容，因此聽不到的部分僅能猜測。加之艾蜜莉在信裡放了宗教、文學與文化種種典故，更使得這封信困難處理。

可以確定的是信裡呈現的情感非常複雜，百般滋味。隱居、私密的艾蜜莉年輕時面對情感的衝擊，反應很強烈，情緒之大，對方應該難以招架吧？我們看她又是嚴厲指責，又是苦苦哀求，全身長滿情緒的刺，偏又要對方來看她、靠近她，對方若不是鐵甲武士，豈不被刺得遍體鱗傷？她這般戲劇化的表現大概可以拿下奧斯卡女主角獎！

所以她的潔白裡深藏著劇烈的火山！她是維蘇威，平常安安靜靜地存在那裡，但一爆炸，龐貝城就不見了。不過信裡的維蘇威火山是否指的是艾蜜莉，我們沒有完全的把握。若是的話，她似乎在警告主人不要惹她爆炸，否則後果不堪

13. 指脆弱易受傷害。
14. 艾蜜莉常以雛菊自稱。她說，主人要是你換作是我，你就知道個中滋味。
15. 意思是：就如我無論在何時、何處、在怎樣的處境，都惦記著你。
16. 艾蜜莉的狗。
17. 或，你有可以裝下我的小棺木嗎？

設想！

這是一封很私密的草稿信，不清楚謄清本是否寄達對方，由於是草稿，所以情緒在字裡行間噴濺。不完整的句子、意象的跳動，反映出思緒強烈的震盪。非常隱祕的艾蜜莉要是知道她的私人信件被這樣研究、閱讀，不知作何感想？

這封信可與她著名的詩 “I cannot live with You”（〈我無法與你生活〉，J#640[18]）一起看，信與詩裡的意象有相通之處。詩中的女性主述者愛上一位神職人員，然而神職人員愛的是上帝，因此一位平凡女子如何與上帝競爭？當所愛的人眼裡只有上帝，而她眼裡只有所愛的人，她該怎麼辦呢？就是以絕望維生。

將信與詩對照看，會發現面對情感衝擊，艾蜜莉在信裡表現出滿紙情緒，但是在詩裡，則有高度的藝術表現。

特別說明：本文的翻譯、賞析與注解是賴傑威教授（Prof. George W. Lytle）與我共同執筆。

18. J#640 的 J 指的是江森（Thomas Johnson）編的版本。關於此詩，本書 47-48 頁有更多說明。

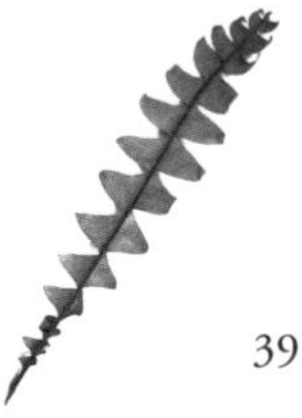

Master,

If you saw a bullet hit a Bird - and he told you he was'nt[19] *shot - you might weep at his courtesy, but you would certainly doubt his word.*

One drop more from the gash that stains your Daisy's bosom - then would you believe ? Thomas' faith in Anatomy, was stronger than his faith in faith. God made me - [Sir] Master - I didn't be - myself. I dont know how it was done. He built the heart in me - Bye and bye it outgrew me - and like the little mother - with the big child - I got tired holding him. I heard of a thing called "Redemption" - which rested men and women. You remember I asked you for it - you gave me something else. I forgot the Redemption [. . .] and was tired - no more -[. . .]

I am older - tonight, Master - but the love is the same - so are the moon and the crescent. If it had been God's will that I might breathe where you breathed - and find the place - myself - at night - if I (can) never forget that I am not with you - and that sorrow and frost are nearer than I - if I wish with a might I cannot repress - that mine were

19. 書信手稿中許多標點符號、縮寫未必符合文法，或與現代用法不同。本書引用之英文書信比照原文書處理方式。

the Queen's place - the love of the Plantagenet is my only apology - To come nearer than presbyteries - and nearer than the new Coat - that the Tailor made - the prank of the Heart at play on the Heart - in holy Holiday - is forbidden me - You make me say it over - I fear you laugh - when I do not see - [but] "Chillon" is not funny. Have you the heart in your breast - Sir - is it set like mine - a little to the left - has it the misgiving - if it wake in the night - perchance - itself to it - a timbrel is it - itself to it a tune?

These things are holy, Sir, I touch them hallowed, but persons who pray - dare remark [our] "Father"! You say I do not tell you all - Daisy confessed - and denied not.

Vesuvius dont talk - Etna dont - one of them - said a syllable - a thousand years ago, and Pompeii heard it, and hid forever - She could'nt look the world in the face, afterward, I suppose - Bashful Pompeii! "Tell you of the want" - you know what a leech is, dont you - and [remember that] Daisy's arm is small - and you have felt the horizon hav'nt you -

and did the sea - never come so close as to make you dance?

I dont know what you can do for it - thank you - Master - but if I had the Beard on my cheek - like you - and you - had Daisy's petals - and you cared so for me - what would become of you? Could you forget me in fight, or flight - or the foreign land? Could'nt Carlo, and you and I walk in the meadows an hour - and nobody care but the Bobolink - and his - a silver scruple? I used to think when I died - I could see you - so I died as fast as I could - but the "Corporation" are going to Heaven too so [Eternity] wont be sequestered - now [at all] - Say I may wait for you - say I need go with no stranger to the to me - untried fold - I waited a long time - Master - but I can wait no more - wait till my hazel hair is dappled - and you carry the cane - then I can look at my watch - and if the Day is too far declined - we can take the chances [of] for Heaven - What would you do with me if I came "in white?" Have you the little chest to put the Alive - in?

I want to see you more - Sir - than all I wish for in this world -

and the wish - altered a little - will be my only one - for the skies.

Could you come to New England - would you come to Amherst - would you like to come - Master?

Would Daisy disappoint you - no - she would'nt - Sir - it were comfort forever - just to look in your face, while you looked in mine - then I could play in the woods till Dark - till you take me where Sundown cannot find us- and the true keep coming - till the town is full.

I did'nt think to tell you, you did'nt come to me "in white," nor ever told me why,

No Rose, yet felt myself a'bloom,
No Bird- yet rode in Ether.

(Letter #233)

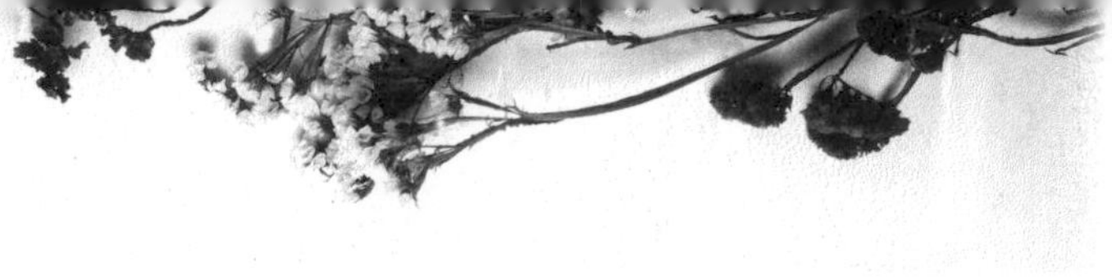

主人信件三

我冒犯了嗎?!雛菊冒犯了嗎?!雛菊的小生命為了他卑躬屈膝，每天都更彎一點。雛菊僅求做點什麼，只因愛到無法自已。雛菊猜不透用什麼小小的方式可以討主人歡心?!

一個如此巨大的愛嚇到她，沖湧她小小的心，把所有的血推到一邊，害她臉色蒼白昏倒在一陣強風的臂膀裡。

雛菊面對讓人心碎的別離一向不畏縮，而是咬緊牙不讓他看到傷口；雛菊極願將他庇護在她童稚般的胸懷裡，只是小小一顆心容不下這麼巨大的客人。這個雛菊啊，冒犯了她的主人，常常搞砸了。或許她粗魯了，或許她偏鄉人的生活方式讓他高尚的本性不自在。這些雛菊都知道，不過她可以被原諒嗎？尊敬的老師，請教導她優雅大方，雖然她學習貴族的舉止學得很慢，就連窩在巢裡的鷦鷯都比雛菊勇於學習。

曾支撐她尊貴閒適的膝蓋，於今卻低低跪下，雛菊儼然像個罪人[1]。主人，告訴她錯在哪裡，若小到足以要她的命，她

注釋

1. 這句話的原文是這樣：Low at the knee that bore her once unto wordless rest Daisy kneels a culprit -，文中的膝蓋究竟是誰的有諸多探討，也很可能是主人的膝蓋，也就是說，艾蜜莉曾受主人疼愛地坐在他膝上，而今卻跪下像個罪人。女性坐在男性膝上常出現在維多利亞時期的小說與圖片裡，這樣的意象一方面是委婉的性愛表現，一方面表示婚姻幸福的妻子被丈夫當作甜心與孩子般加以疼愛。（詳見 Farr, *The Passion of Emily Dickinson*, 222 頁）

沒有怨言。懲罰她，不要將她放逐；監禁她，只要許諾在她進墳墓前赦免她，那雛菊也就心無掛礙了。[2] 她將在醒來時看到你的臉。

奇妙螫著我，甚於蜜蜂，而蜜蜂甚至從未叮過我，反而盡其所能哼唱快樂的曲調陪伴我，不管我走到哪裡。奇妙讓我消瘦，你還說，我已瘦到不能再瘦了。

你讓我淚水不停地流。

我不在乎那像頂針一般大的咳嗽，我身體裡還留有一把戰斧與它砍的傷，但我承受得住。她的主人對她戮的傷更嚴重。

他不來看她嗎？抑或他願讓她找尋，她不會在意天長地久的尋覓，只要最終可以來到他身邊。

當船隻進水時，水手是怎樣拚命啊！垂死前的掙扎，直到天使降臨。主人，請打開你生命的大門，讓我進入，長長久久住在裡面，我永遠也不厭倦。當你要安靜，我絕不有一點吵聲。當你最乖的小女孩，是我心之所願，不會有其他人看到我，只有你，這就夠了，我將不再有所求。所有天堂的東西只會讓我

2. 指被赦免死而無憾的。

失望，因為天堂沒有你珍貴。

（信 248）

—— 賞析 ——

雖然狄金生在信裡說，要是在死前能獲得主人的赦免，那麼當復活（awakes = resurrected）時，就能看到你的臉（your likeness = your face）。不過狄金生本人並不相信死後復活，只不過這樣的信念是當時流行的宗教文化，也是她受的教養。

在前一封信的賞析提到 J#640 一詩，在這封信有與之更多的共通處。比如詩裡第六、七節提到的復活與臉的意象：

我亦無法與你一起復活——	Nor could I rise - with You -
因為你的臉	Because Your Face
將超越耶穌的臉——	Would put out Jesus' -
那新的恩賜	That New Grace
看來無趣陌生	Glow plain - and foreign
對我念舊的眼睛——	On my homesick Eye -
除非你比他	Except that You than He
更靠近我——	Shone closer by -

意思是說，耶穌的臉雖然是新的恩賜，但對我念舊的眼睛卻是無趣陌生的。你要比他更靠近我，否則我會因為你離得比他遠而必須一直尋找你，若你比他更靠近我，那麼當我隨時都可看到你時，我會順便看他一眼。[3] 而信裡，狄金生將主人等同耶穌，盼望主人能在她死前赦免她，這樣等她復活時，如朝陽發出光芒照耀她的將是主人的臉，而不是耶穌的臉。

信末說「所有天堂的東西只會讓我失望，因為天堂沒有你珍貴」，也呼應詩裡六、七節的旨趣與意象。

天堂不可知，而耶穌也不是活在同一時空、有具體血肉的人，但主人的形象明確，與她在同一時空呼吸，這個形象佔據她整個心神，與他在一起就是在天堂、就是得救！若失去了，她整個人將會空掉，因劇烈的愛使她失掉自己。

在信裡焚燒的艾蜜莉證明她也是個凡人，在火的邊緣與灰燼之苦裡煎熬；但詩裡的艾蜜莉卻有存在的凝視與仰望，

3. 詩 J#640 完整中文翻譯與賞析，請參見董恒秀、賴傑威《艾蜜莉・狄金生詩選》，234-242 頁。

穿過具體與抽象的音節，到達創造的出口提昇。她的書信令人暈眩，她的詩卻有痛苦裡對清明的仰望，也因此讀者在閱讀詩作時，既咀嚼著生命掙扎的苦痛，也感受到詩藝術傳達苦澀後的絲絲微甜。

特別說明：本文的翻譯與賞析是賴傑威教授（Prof. George W. Lytle）與我共同執筆。

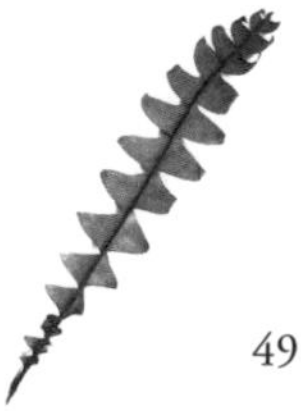

Oh - did I offend it - [Did'nt it want me to tell it the truth] Daisy - Daisy - offend it - who bends her smaller life to his (it's) meeker (lower) every day - who only asks - a task - [who] something to do for love of it - some little way she cannot guess to make that master glad -

A love so big it scares her, rushing among her small heart - pushing aside all the blood and leaving her faint (all) and white in the gust's arm -

Daisy - who never flinched thro' that awful parting, but held her life so tight he should not see the wound - who would have sheltered him in her childish bosom (Heart) - only it was'nt big eno' for a Guest so large - this Daisy - grieve her Lord - and yet it (she) often blundered - Perhaps she grieved (grazed) his taste - perhaps her odd - Backwoodsman [life] ways [troubled] teased his finer nature (sense). Daisy [fea] knows all that - but must she go unpardoned - teach her, preceptor grace - teach her majesty - Slow (Dull) at patrician things - Even the wren upon her nest learns (knows) more than Daisy dares -

Low at the knee that bore her once unto [royal] wordless rest [now] . Daisy [stoops a] kneels a culprit - tell her her [offence] fault - Master - if it is [not so] small eno' to cancel with her life, [Daisy] she is satisfied - but punish [do not] dont banish her - shut her in prison, Sir - only pledge that you will forgive - sometime - before the grave, and Daisy will not mind - She will awake in [his] your likeness.

Wonder stings me more than the Bee - who did never sting me - but made gay music with his might wherever I [may] [should] did go - Wonder wastes my pound, you said I had no size to spare -

You send the water over the Dam in my brown eyes -

I've got a cough as big as a thimble - but I dont care for that - I've got a Tomahawk in my side but that dont hurt me much. [If you] Her master stabs her more -

Won't he come to her - or will he let her seek him, never minding [whatever] so long wandering [out] if to him at last.

Of how the sailor strains, when his boat is filling - Oh how the dying tug, till the angel comes. Master - open your life wide, and take me in forever, I will never be tired - I will never be noisy when you want to be still. I will be [glad] [as the] your best little girl - nobody else will see me, but you - but that is enough - I shall not want any more - and all that Heaven only will disappoint me - will be because it's not so dear.

（Letter #248）

part II

1846年
宗教覺醒席捲安默斯特

在上一封約寫於 1862 年編號 248 給「主人」的草稿信裡，我們看到狄金生將主人等同耶穌，盼望主人能在她死前赦免她，這樣等她復活時，如朝陽發出光芒般照耀她的將是主人的臉，而不是耶穌的臉。她這種對基督教懷疑的態度，事實上早在十幾歲時就顯現出來。

以下特別選出這兩封 1846 年一月她寫給艾比亞的信，是想呈現她對宗教的懷疑，同時可以看出她在十五歲時，就有年輕的深刻思維。

1846 年，西麻州與安默斯特掀起了一陣狂熱的宗教屬靈復興大覺醒運動，狄金生的家人與朋友大都受到感召，信了主，成為基督的兒女。她少女時代常通信的友人艾比亞．魯特（Abiah Root）——即這兩封信的受信人——也在這波運動裡信了主。

編號 9 的信裡，還可以看到狄金生諧謔地自稱是舊約裡某個大人物。不過在編號 10 的信裡，我們看到狄金生另一層內心風景，這封信第五段的前幾行，特別是第一、二句，常被引用，她是這樣說的：

妳不覺得永恆很恐怖嗎？我常常思索永恆，感覺永恆似乎是一片漆黑，這讓我幾乎希望不要有永恆。

Does not Eternity appear dreadful to you. I often get thinking of it and it seems so dark to me that I almost wish there was no Eternity.

信中她隨手拈來都是聖經典故，由此可見，她熟讀聖經。從另一個角度看，或許善於思考的艾蜜莉，正因為熟悉聖經而對宗教產生相當程度的懷疑。她的朋友艾比亞其實是無法進入她這個層次的探問，但她仍誠實道出她的懷疑與感受。

狄金生的生死感受是早熟的，她對宗教的敏感也是一般人的徘徊焦點。

我是夏娃，又稱亞當太太

親愛的艾比亞：

上次收到妳那珍貴的信後新的一年就上路了，舊的一年從此一去不復返。靜坐時想到舊年的飛逝與新年的魯莽闖進，不免悽然。有很多可以鼓舞人心或帶給悲痛者希望的事，我們該做卻沒做，倒是做了不少會在往後懊悔的事。新年下的諸多美好決心，如今如過眼雲煙，只不過更看到自己失信於自己，無法堅定決心的弱點。新年那天感到異常的消沉，我不知是怎麼回事，或許是這樣的不明原因，許多不愉快的想法就湧上來，揮之不去。不過我不再為無法召回的過去感傷。我要在問候我親愛的艾比亞的健康後，重新打起精神。我等不及疾書，太久沒看到妳，我有一籮筐的事要跟妳說，奈何走筆跟不上飛思。雖然如此，我將盡力讓這支筆傳達我想說的，也等待著再看到妳後，訴說上次見妳之後在我腦中來來去去的思緒。從妳的信裡可以看出，這個冬天妳在坎貝爾小姐的學校享受著學習的樂趣。若是與妳同在那裡，我會告訴妳更多。這個冬天我沒上學，僅上一堂德文朗誦。高曼先生收很多學生，而父親也認為我可能不會再有另一個機會學德文，所以就去上這門課。一堂朗誦課大約一個半小時。然後上音樂課，一天練琴兩小時。另外我還有很多植物要栽培。這些就是我在這個冬天的主要活動……我剛剛看到一列送葬隊伍經過，死者是個黑人嬰兒，因此若我的念頭有些灰暗，妳不要覺得奇怪。

去年聖誕節聖誕老公公給了我很多禮物。一如往常我把襪子掛在床柱上。我收到了一個香袋，裡面裝了一瓶相稱的玫瑰精油。一紙樂譜，還有莎拉送的插有勿忘我草花的馬克杯，她啊依舊俊俏、逗人、彈得一手好鋼琴；另有一個梳妝椅坐墊、一個錶盒、一個摺紙占卜、一些深紅色針插與針插墊，獨創輕巧簡直可與聖經裡女紅多加的縫工相匹敵[1]。我還發現襪裡有很多糖果，這些糖果我不認為對我的性情有預期的效果，若是要讓我的性情變得甜些的話。最底下還有兩顆心，看來有些不祥，不過我不再深入細節，紙短容不下了。

注釋

1. 參見《聖經・使徒行傳》9:39。

我們曾有一、兩個禮拜宜人的天氣。看來老冬天似乎忘掉自己。妳信不信他心不在焉？不過這些時候也真寒煞人。我被重感冒折騰了好幾天，因此對妳受傷寒很有感受，雖說我變得硬頸了[2]。我想妳必然屬於以色列族，妳知道的聖經裡先知所稱的硬頸之輩[3]。最近我得到一個結論：我是夏娃，又稱亞當太太。妳瞧聖經裡沒有提到她的死，所以為何我不是夏娃呢。若妳發現任何證明她沒死的說法，請速寄給我，不要耽擱。

妳有收到 H. 梅瑞爾或 S. 崔西的隻字片語嗎？我認為她們是走失的羊。我每週一寫信給她們，但皆無回音。我極想拉著手推車四處尋找，把她們搜出來。我想不出她們忘了我們的理由，除非病了，否則為何遲遲沒有音訊。請速速回我一封長信，告訴我妳學校的生活，還有妳自己。

妳深情的朋友，

艾蜜莉 E · 狄金生

1846 年 1 月 12 日

（信 9）

2. 感冒脖子變得僵硬，她在這裡用雙關語開玩笑。
3. 參見《聖經》〈出埃及記〉34 : 9、〈詩篇〉78 : 8、〈申命記〉9 : 6、13。

12 January 1846

Abiah, my dear,

Since I received your precious letter another year has commenced its course, & the old year has gone never to return. How sad it makes one feel to sit down quietly and think of the flight of the old year, and the unceremonious obtrusion of the new year opon our notice. How many things we have omitted to do which might have cheered a human heart, or whispered hope in the ear of the sorrowful, and how many things have we done over which the dark mantle of regret will ever fall. How many good resolutions did I make at the commencement of the year now flown, merely to break them and to feel more than ever convinced of the weakness of my own resolutions. The New Years day was unusually gloomy to me, I know not why, and perhaps for that reason a host of unpleasant reflections forced themselves opon me which I found not easy to throw off. But I will no longer sentimentalize opon the past for I cannot recall it. I will, after inquiring for the health of my dear Abiah, relapse into a more lively strain. I can hardly have patience to write, for I have not seen you for so long that I have worlds of things to tell you and my pen is not swift enough to answer my purpose at all. However I will try to make it communicate as much information as possible and wait to see your own dear self once more before I relate all my thoughts which have come and gone since I last saw you. I suppose from your letter that you are enjoying yourself finely this winter at Miss C[ampbell']s school. I would give a great deal if I was there with you. I dont go to school this winter except to a recitation in German. Mr Coleman has a very large class and father thought I might never have another opportunity to study it. It takes about an hour and a half to recite. Then I take music lessons and practise 2 hours in a day and besides these two I have a large stand of plants to cultivate. This is the principal round of my occupation this winter.... I have just seen a funeral procession go by of a negro baby, so if my ideas are rather dark you need not marvel....

Old Santa Claus was very polite to me the last Christmas. I hung up my stocking on the bedpost as usual. I had a Perfume Bag and a bottle of Otto Rose to go with it. A sheet of music, a China mug with Forget me not upon it from Sarah Sears, who by the way is as handsome, entertaining and as fine a Piano player as in former times, a Toilet cushion, a Watch case, a Fortune teller, and an amaranthine stock of Pin cushions and Needlebooks which in ingenuity and art would rival the works of Scripture Dorcas. I found abundance of candy in my stocking which I do not think has had the anticipated effect opon my disposition, in case it was to sweeten it, also two hearts at the bottom of all which I thought looked rather ominous, but I will not enter into any more details for they take up more room than I can spare.

Haven't we had delightful weather for a week or two. It seems as if Old Winter had forgotten himself. Dont you believe he is absent minded. It has been bad weather for colds, however. I have had a severe cold for a few days and can sympathize with you, though I have been delivered from a stiff neck. I think you must belong to the tribe of Israel for you know in the bible the prophet calls them a stiff necked generation. I have lately come to the conclusion that I am Eve, alias Mrs Adam. You know there is no account of her death in the bible, and why am not I Eve. If you find any statements which you think likely to prove the truth of the case I wish you would send them to me without delay.

Have you heard a word from H. Merrill or S. Tracy. I consider them lost sheep. I send them a paper every week on Monday but I never get one in return. I am almost a mind to take a hand car and go around to hunt them up. I cant think that they have forgotten us, and I know of no reason unless they are sick why they should delay so long to show any signs of remembrance. Do write me soon a very long letter, and tell me all about your school and yourself too.

Your affectionate friend,

Emily E. Dickinson.

(Letter #9)

妳不覺得永恆很恐怖嗎？

親愛的艾比亞：

收到妳溫馨滿滿的信後沒有立刻回，我怕妳心裡疙瘩著我怎麼一直沒有回音，加上妳又是在那樣的狀況下寫的。不過我確信若妳進一步察看我收到妳信後的種種，親愛的艾，妳就會真心全意原諒我耽擱這麼久。

我自己則很高興這麼快就收到回函。在任何其他情況下，我理當速速回妳的信。不過因恐於妳處在還拿不定主意做決定的情況下，我可能說了什麼會轉移妳對這等重要事的注意力。看著妳的信我不斷拭淚，特別是最後一部分。我為妳抱持希望，但也為妳擔心。我經歷同樣的情感，親愛的艾。我幾乎被說服成為基督徒。當下以為從此不再輕率與世俗，當我感覺已找到救主的短暫時刻，可以說沉浸在從未有的完滿平和與喜樂裡。不過我很快就忘了晨禱，或說感到厭煩。我一個個舊習慣又回來了，對宗教比以前更不在意。我一向渴望得知妳做了什麼決定。我祈願妳是基督徒，因為若在天上沒有寶藏，人不可能會有喜樂。我覺得我若不愛耶穌，我將永遠不會有喜樂。

當我最快樂時，總有根刺梗在每個享樂裡。我發現沒有一朵玫瑰沒有刺。在我內心裡有一處隱隱作痛的空虛，我相信這世界永遠無法填滿它。我對宗教遠非無思無想。我不斷聽到基督跟我說，女兒啊將妳的心給我。或許在此之前妳早已做了決定。或許妳已拿世間稍縱即逝的享樂換取永生的榮冠。或許天上發著聖光的會眾已撥弄金黃豎琴唱著又一個得救者的歌[1]。我希望有朝一日天堂之門會敞開接納我，眾天使會同意稱我為姐妹。但我持續延遲成為基督徒。邪惡的聲音在我耳裡沙沙響，說時候還未到。我感覺我的心對自由施予的憐憫關起門，活著罪甚一日。去冬這裡掀起了信仰復興。會堂擠滿了老老少少。似乎那些對嚴肅事務最不屑的人被引導見證它們的力量後，最快成為基督的信徒。看到罪人與天堂僅咫尺之遙，好讓人歡喜。許多認為宗教是無物的人決心前往瞧瞧裡面有沒有實質的東西，結果一去就立刻溶化了。

注釋

1. 參見《聖經．啟示錄》5:9。

或許妳會覺得不可置信，親愛的艾，我去冬連一次集會都沒參加。我覺得自己太容易興奮，可能再次自我欺騙，我不敢信任我自己。許多人滿懷善意、很當一回事地來跟我懇談，我幾乎要接受「祂在我之上」的說法。每日活在基督的慷慨裡，卻仍對他與他的道懷有敵意，我是多麼不知感恩。

妳不覺得永恆很恐怖嗎？我常常思索永恆，感覺永恆似乎是一片漆黑，這讓我幾乎希望不要有永恆。想到我們永遠活著不會死，那會帶我們到未知世界讓人懼怕的死亡，對這樣無止無盡的存有是個解脫。我不知道死亡是怎一回事，我感受不到有一天我將不再生活在地球上。我無法想像自己死亡的景象，我不覺得我會永遠閉上眼睛死亡。我無法理解墳墓會是我最後的家，朋友們會撫著棺木為我哭泣，我無法理解我的名字將會被提起，就像在活人常去的地方再也不會現身的人一樣；我無法理解人們將會好奇我沒了身體的魂魄飛向何處。我無法理解，朋友們在如日中天時，像太陽下的露珠，消失在我眼前，將不會行走在街上，不再繼續扮演生命這齣偉大戲劇裡的角色，也無法理解當再度與他們相見時，會在另一個、與這裡差異很大的世界。我祈願在上帝的法庭我們全部都無罪，受到款待——「做得好，忠心的好奴僕！進來分享你主人的快樂吧！」[2]我不免好奇在天堂我們是否認得彼此，是否仍是一群好友，像在這裡一樣。我傾向相信會是如此，並且我們的愛在天上會比在世上更純潔。我感到生命短暫、時光飛逝，因此應於此時與我的造物主和解。我希望我的心甘願皈依基督的黃金時機已經不遠，我在紀念冊[3]的罪會除銷。光陰疾馳，很快就歲末了，在歲末前或許我們之中有人會被召喚到基督臺前[4]，我祈願在最後的判決，我們不會被分開，因為要是我們有人被判到蟲不死、火不滅的黑暗地獄[5]，將是多麼傷悲！要是同在天堂永不分開，該是多麼讓人歡喜！我把妳的信拿給艾比看，她句句細讀，真情流露，與我一樣，我們都希望妳選擇應該屬於妳較佳的部分。艾比送上滿滿的愛，祝福妳不管是在現世或永恆裡皆喜樂。她希望很快聽到妳的消息，做了什麼決定，抑或，是否不再思索嚴肅的事。請快快寫信給我，告訴我妳的種種與妳的

2. 參見《聖經．馬太福音》25 : 23。
3. 參見《聖經．瑪拉基書》3 : 16-18。
4. 參見《聖經．哥林多前書》5 : 10；〈羅馬書〉14 : 10, 12。
5. 參見《聖經．馬可福音》9 : 48。

感受，也務必原諒我怠慢這麼久才回妳的信。我雖不是基督徒，但仍深深覺得在還來得及時認真對待此事的重要性，免得太遲了。

妳深情的朋友，

艾蜜莉．E．狄金生

1846 年 1 月 31 日

（信 10）

31 January 1846

Dear Abiah,

I fear you have thought me very long in answering your affectionate letter and especially considering the circumstances under which you wrote. But I am sure if you could have looked in upon me Dear A. since I received your letter you would heartily forgive me for my long delay.

I was delighted to receive an answer to my own so soon. Under any other circumstances I should have answered your letter sooner. But I feared lest in the unsettled state of your mind in regard to which choice you should make, I might say something which might turn your attention from so all important a subject. I shed many tears over your letter - the last part of it. I hoped and still I feared for you. I have had the same feelings myself Dear A. I was almost persuaded to be a christian. I thought I never again could be thoughtless and worldly - and I can say that I never enjoyed such perfect peace and happiness as the short time in which I felt I had found my savior. But I soon forgot my morning prayer or else it was irksome to me. One by one my old habits returned and I cared less for religion than ever. I have longed to hear from you - to know what decision you have made. I hope you are a christian for I feel that it is impossible for any one to be happy without a treasure in heaven. I feel that I shall never be happy without I love Christ.

When I am most happy there is a sting in every enjoyment. I find no rose without a thorn. There is an aching void in my heart which I am convinced the world never can fill. I am far from being thoughtless upon the subject of religion. I continually hear Christ saying to me Daughter give me thine heart. Probably you have made your decision long before this time. Perhaps you have exchanged the fleeting pleasures of time for a crown of immortality. Perhaps the shining company above have tuned their golden harps to the song of one more redeemed sinner. I hope at sometime the heavenly gates will be opened to receive me and

The angels will consent to call me sister. I am continually putting off becoming a christian. Evil voices lisp in my ear - There is yet time enough. I feel that every day I live I sin more and more in closing my heart to the offers of mercy which are presented to me freely - Last winter there was a revival here. The meetings were thronged by people old and young. It seemed as if those who sneered loudest at serious things were soonest brought to see their power, and to make Christ their portion. It was really wonderful to see how near heaven came to sinful mortals. Many who felt there was nothing in religion determined to go once & see if there was anything in it, and they were melted at once.

Perhaps you will not believe it Dear A. but I attended none of the meetings last winter. I felt that I was so easily excited that I might again be deceived and I dared not trust myself. Many conversed with me seriously and affectionately and I was almost inclined to yield to the claims of He who is greater than I. How ungrateful I am to live along day by day upon Christs bounty and still be in a state of enmity to him

& his cause.

Does not Eternity appear dreadful to you. I often get thinking of it and it seems so dark to me that I almost wish there was no Eternity. To think that we must forever live and never cease to be. It seems as if Death which all so dread because it launches us upon an unknown world would be a relief to so endless a state of existence. I dont know why it is but it does not seem to me that I shall ever cease to live on earth - I cannot imagine with the farthest stretch of my imagination my own death scene - It does not seem to me that I shall ever close my eyes in death. I cannot realize that the grave will be my last home - that friends will weep over my coffin and that my name will be mentioned, as one who has ceased to be among the haunts (meeting places) of the living, and it will be wondered where my disembodied spirit has flown. I cannot realize that the friends I have seen pass from my sight in the prime of their days like dew before the sun will not again walk the streets and act their parts in the great drama of life, nor can I realize that when I again meet them it will be in another & a far different world from this. I hope we shall all be acquitted at the bar of God, and shall receive the welcome, Well done Good & faithful Servants., Enter Ye into the Joy of your Lord. I wonder if we shall know each other in heaven, and whether we shall be a chosen band as we are here. I am inclined to believe that we shall - and that our love will be purer in heaven than on earth. I feel that life is short and time fleeting - and that I ought now to make my peace with my maker - I hope the golden opportunity is not far hence when my heart will willingly yield itself to Christ, and that my sins will be all blotted out of the book of remembrance. Perhaps before the close of the year now swiftly upon the wing, some one of our number will be summoned to the Judgment Seat above, and I hope we may not be separated when the final decision is made, for how sad would it be for one of our number to go to the dark realms of wo, where is the never dying worm and the fire which no water can quench, and how happy if we may be one unbroken company in heaven. I carried your letter to Abby and she perused it with the same feelings as myself, and we wished together that you might choose that better part which shall not be taken from you. Abby sends much love to you and many wishes for your happiness both temporal and eternal. She hopes to hear from you soon, very soon, and Abby and I shall be in a state of suspense until we hear from you & know what choice you have made or whether you have ceased to think of serious things. Do write me very soon and tell me all about yourself & your feelings, and do forgive me for so long neglecting to answer your letter. Although I am not a christian still I feel deeply the importance of attending to the subject before it is too late.

Your aff friend,

Emily E. D.

(Letter #10)

part III

安默斯特的靚女

（The Belle of Amherst）

1845 年五月艾蜜莉十四歲時，在給艾比亞一封語帶俏皮的信（L6）裡說：「我以飛躍的速度俊俏起來。到了十七歲就會是安默斯特的靚女。我毫不懷疑，那時鐵定會有一群仰慕者圍在我身邊。我會滿懷欣喜讓他們等待我將屬意誰，而在做最後決定的時候，帶著這份欣喜看他們懸念焦慮。」[1]

未經歷感情的折磨前，艾蜜莉與一般人一樣，在思春的年紀，帶著少女的情懷，想像自己盛開時會是個招蜂引蝶的大美女，看著追求者為她奔忙、為她懸念！而朋友、親戚間相互寫詩、寫信、送卡片慶祝這像嘉年華的情人節，也是當時一種盛行的風氣。

狄金生詩集的第一首詩就是寫情人節的詩[2]，不過不是寫給她的情人，是給她父親律師事務所合夥人包德溫（Eldridge Bowdoin），這當然是在打趣。包德溫大艾蜜莉十歲，被歸類為堅定的單身主義者，曾借小說《簡愛》給她閱讀。夏綠蒂·勃朗特（Charlotte Brontë）小說裡的女主角所表現對基督教與

注釋

1. 原文為：I am growing handsome very fast indeed! I expect I shall be the belle of Amherst when I reach my 17th year. I don't doubt that I shall have perfect crowds of admirers at that age. Then how shall I delight to make them await my bidding, with that delight witness their suspense while I make my final decision.
2. 中國翻譯名家江楓先生（本名吳雲森）2014 年贈我他的譯著《狄金森詩選》，這個譯本收錄有這首情人節應景詩：

醒來，九位繆斯，請為我唱神聖一曲，
請用莊嚴的藤蔓纏束我這瓦倫丁節情書！

傳統權威的叛逆，深獲艾蜜莉的共鳴。另外，包德溫言簡意賅的講話方式頗讓艾蜜莉玩味，甚至還因此讓她寫下目前所知她的第一首詩（1850 年）。

艾蜜莉在 1849 年情人節那天也曾回一封信給遠親威廉·科普·狄金生（William Copper Dickinson），這位威廉年紀與她相仿，曾是畢業生致辭代表。他們不是情人，不過這位遠房親戚在情人節寫給她一封信，讓她不太高興。話說回來，威廉送她的一本以拿破崙時代為背景、叫《小花》（*Picciola*）的浪漫小說，對艾蜜莉頗有影響。

回這封情人節的信給她的遠親表哥時狄金生十八歲，可見她應該還沒有男朋友，這真違背了她十四歲時的願望！不過她與安默斯特學院一群優秀的男學生倒是有不少智性的交流。由於她父親在當地的地位與她哥哥在安默斯特學院（Amherst Academy）就讀，這些學生常在她家出入，因此就有機會認識。

創造世界是為了戀人，姑娘和癡心的情郎，
為了相思，溫柔的耳語，合為一體的一雙。
在陸地，在海洋，在空中，萬物都在求愛，
上帝從不製造孤單，你卻獨活在他的世界！
一個新娘，一個新郎，兩個，成為一對，
亞當，和夏娃結偶，月亮，和太陽匹配。
生活已證明這條箴言，誰聽從誰有幸福，
誰不向這君王臣服，將吊死在命運之樹。
高的，尋找矮的，偉大的，尋找渺小，

艾蜜莉十九歲時寫給喬治・顧爾德的情人節書簡倒是讓人有諸多揣測。1850 年寫的這封被刊出來的情人節書信，既誇張又喜感。信一開始一串押韻的類拉丁文是胡扯，可見她還蠻搞笑的，她是這樣寫：Magnum bonum, “harum scarum,” zounds et zounds, et war alarum, man reforam, life perfectum, mundum changum, all things flarum. 關於艾蜜莉與顧爾德之間的戀情，在該信的賞析會有所著墨。

二十歲時的艾蜜莉身邊出現了一位跟她很談得來、小她兩歲的文學夥伴亨利・沃恩・艾蒙斯（Henry Vaughan Emmons）。兩人家世相當，除了寫信，他們也聊天、散步，一起坐馬車兜風。

介紹艾蒙斯認識狄金生家人的，是同樣就讀於安默斯特學院的艾蜜莉表弟約翰・格雷夫斯（John Graves）。這位儀表出眾、才華洋溢的表弟常住在她家，狄金生家兩姊妹去聽音樂會他常擔任護花使者，或她的父母親出遠門，他就趕來住

在這美妙的地球，誰找誰，誰能找到。
蜜蜂向花求愛，鮮花接受了他的求婚，
他們舉行喜慶儀式，綠葉是祝賀的賓朋。
清風和樹枝調情，贏得了樹枝的歡心，
舐犢情深的父親，為兒子向姑娘求親。
狂風暴雨馳驅於海濱，把哀歌悲聲吟唱，
大海波濤，睜大憂鬱的眼睛，逼望月亮，
他們的精神與精神相遇，他們莊嚴盟誓，
他，不再哀聲嘆息，她，悲傷也告消失。

在她家保護她們。這般親近的關係使格雷夫斯有機會清晨被艾蜜莉的鋼琴聲喚醒，或與她一起喝醋栗酒。艾蜜莉寫給小她一歲的格雷夫斯的書信語氣通常淘氣又爽朗。

艾蜜莉重要傳記作者理查・修厄爾（Richard Sewall）亦曾著有一本關於艾蜜莉與約瑟夫・萊曼（Joseph Lyman）通信的專書，補充了江森與瓦德編撰的狄金生書信集。萊曼大艾蜜莉一歲，十六歲就曾住在她家，也因此成為薇妮的男友，不過他與艾蜜莉之間也有深厚的友誼，十幾歲的他們會一起看德文劇本，彼此靠近坐在一起以便翻看同一本字典，也會深夜長談。他念的是耶魯學院。

1850 年代是艾蜜莉創作首次繁花湧出、心靈綻喜的黎明，而給她最大啟發、讓她終身銘記的是大她九歲、她父親律師事務所的見習生班傑明・牛頓。思想叛逆卻個性溫和的牛頓是第一位肯定艾蜜莉詩創才華的人，也引領她進入華滋

蛆蟲向凡人求婚，死亡要娶活的新娘，
黑夜，嫁給白晝，黎明，和黃昏成雙；
大地是個風流小姐，蒼天是忠貞的騎士，
大地頗愛賣弄風情，向她求婚未必合適。
箴言，對你也適用，現在就點你的大名，
要對你做一番權衡，同時指引你的靈魂；
你是人間的獨奏演員，冷漠而且寂寞，
不會有親密的伴侶，你這是自食其果。
難道不覺得，寂靜的時刻，過分漫長，

華斯的英國浪漫思想與愛默生的美國超越主義，讓她在清教思想主宰的環境找到另一個呼吸的窗口。牛頓曾送艾蜜莉一本愛默生 1847 年首次發行的詩集，當年也是他們第一次認識。三十二歲就離世的牛頓，在過世前一個禮拜寫給艾蜜莉的信上曾這麼說：「若我活下來，我會到安默斯特；若不在人間了，不用說一定去。」也就是說，不管他是生或死，他都會見證艾蜜莉成為一位不朽的詩人。

安默斯特的靚女沒有成為眾多追求者吹捧的大美人，而是成為不朽的大詩人。

哀思的打擊沉重，為何哭泣而不歌唱？
這裡，莎拉、艾麗莎和艾默琳多美啊，
還有，哈莉特、蘇珊，還有捲頭髮的她！
你的雙眼瞎得可悲，卻仍然可以看見
六位真純、秀麗的姑娘，坐在樹幹上面；
小心，走到樹下，再勇敢，往樹上攀，
捉住你心愛的一位，不必介意時間空間！
然後帶她到綠林深處，為她把新房建造，
送給她，她要的珠寶、鮮花，或小鳥——

回威廉表哥的情人節書信

威廉表哥：

奇怪的是一個承諾存活下來，還發亮，而塑造它的那天卻已崩壞，更奇怪的是，這個承諾是要在情人節當天兌現。

我的〔承諾〕是一位讓人愉快的監視者、一位朋友、和善的夥伴，不像你的，是個專橫的人，逼迫你去做若不強迫自己就不會做的事。

上週三晚上以為你全忘了你的承諾，或是你將這個承諾視為愚蠢、不值得兌現。現在我知道你的記憶是忠實的，不過不免心淒淒然，怕你的心意與它的警告曾有過一番爭吵。

你的情人節書簡在我看來有那麼些紆尊降貴、挖苦的意味；有些像老鷹屈身向鷦鷯致敬，因此我一度不敢回信，因為看來不相稱。卑微有如鷦鷯的我，怎可要求進入城堡，與國王談話呢。

不過我已改變心意，而且你也不太忙，所以打算跟你聊聊。

帶來橫笛、敲響小鼓，吹奏起喇叭——
向世界問聲好，走進那容光煥發的新家！

我是「芬尼斯翠拉堡的囚犯」，若這世界是「芬尼斯翠拉堡」，在我土牢庭院裡石子路的石縫間鑽出了一株植物，非常脆弱，但美極，很怕它死了。這第一個有生命的東西陪我消磨獨處時光，它的作伴帶給我異樣的喜悅。這神祕的植株，我曾幻想它悄悄跟我說愉悅的事，像是自由與未來。猜得出它的名字嗎？它叫「琵棋歐拉」，威廉表哥，很謝謝你給我這美妙的新夥伴。

實在不知如何謝謝你的善意。感激寒傖如貧窮，而「一萬個感謝」則太常被用，因此我要是這麼寫，可能寄過去後你收到的是磨破的感謝話。「琵棋歐拉」開的第一朵花，我將為你保留。要不是它輕柔的聲音與善意的話讓我確信一個「親切的憶念」，我想我應該不會如此冒昧。

上週安默斯特一片歡樂景象，紛送的卡片像雪花飄。老先生與老小姐們忘卻臉上時間塗抹的皺紋，相互以微笑問候。甚至我們這個年邁的世界也甩掉了拐杖與眼鏡，宣稱再度重回年輕呢。

不過此刻情人節的太陽正西下，明晚前，老舊之物將復歸原樣。另一個漫長又陌生的一年，必須生而復死之後它歡笑的光芒才會再度光顧我們，而此刻互相寫著歡喜滿滿書信的作者，可能成了靜默之地的幽魂。

我這倒在說教，把你這個沒有妹妹在身邊的人疏忽了，或許就因這個理由讓我傾向哀思。她不在家，你還好嗎？我知道她離開後你必然感到寂寞。也因此一想到如今的你，就是「一個憂鬱的男士，站在死亡的河邊，嘆息著，招手冥府渡神載他過去」的模樣。

我猜對了嗎？或你根本快樂得像那個「舊時的英國老紳士」？

待會兒要快快給瑪莎寫信，因為少了她的信就像在荒蕪裡，比你想得到的更荒蕪。我不會忘記閱讀「琵棋歐拉」時發現的小小的鉛筆標記，這些標記就像護衛城堡的無言哨兵，護衛著琵棋歐拉，它太美了，不能沒有保護。因它們的緣故，我翻著書頁時更起勁。

祝　哈曼德先生長命百歲，年年的情人節都祝福滿滿！

請原諒我的冗長，若這是可原諒的。

你的表妹，

艾蜜莉・狄金生謹上

1849年2月14日

（信27）

── 賞析 ──

信中引用的典故出自當時轟動國際的浪漫小說《小花》，內容主要是被囚在芬尼斯翠拉（Fenestrella）堡壘的一位政治犯，觀察到他囚房庭院的石縫間長出一株植物，從而有所領悟，人生觀產生蛻變，命運也改觀。小說傳達了縱然身體被囚禁，內在卻因此脫胎換骨的生命經驗，此一思想引發艾蜜莉的注意，在她稍後不少詩作都表現出這樣的旨趣。

威廉的妹妹海蕾特（Harriet Austin Dickinson）與薇妮是朋友，於 1848 至 1849 年在安默斯特學院求學，因此不在家。

艾蜜莉年輕時在信裡多次引用當時美國著名詩人朗費羅（Henry Wadsworth Longfellow）的詩，比方信裡「靜默之地的幽魂」這句話很可能是出自〈靜默地之歌〉（Song of the Silent Land）這首詩。

喜歡彈鋼琴的艾蜜莉對當時流行的音樂與歌曲自是不陌生，像信裡說威廉大概快活得如「舊時的英國老紳士」，指的就是亨利．羅素（Henry Russell）於 1835 年寫的歌曲 The Fine Old English Gentleman。

14 February 1849

Cousin William,

Tis strange that a promise lives, and brightens, when the day that fashioned it, has mouldered, & stranger still, a promise looking to the day of Valentines for it's fulfillment.

Mine has been a very pleasant monitor, a friend, and kind companion, not a stern tyrant, like your own, compelling you to do what you would not have done, without compulsion.

Last Wednesday eve, I thought you had forgotten all about your promise, else you looked upon it as one foolish, & unworthy of fulfillment, now, I know your memory was faithfully, but I sadly fear, your inclination, quarrelled with it's admonitions.

A little condescending, & sarcastic, your Valentine to me, I thought; a little like an Eagle, stooping to salute a Wren, & I concluded once, I dared not answer it, for it seemed to me not quite becoming - in a bird so lowly as myself - to claim admittance to an Eyrie, & conversation with it's King.

But I have changed my mind - & you are not too busy, I'll chat a while with you.

I'm a "Fenestrellan captive," if this world be "Fenestrella," and within my dungeon yard, up from the silent pavement stones, has come a plant, so frail, & yet so beautiful, I tremble lest it die. Tis the first living thing that has beguiled my solitude, & I take strange delight in it's society. It's a mysterious plant & sometimes I fancy that it whispers pleasant things to me - of freedom - and the future. Cans't guess it's name? T'is "Picciola"; & to you Cousin William, I'm indebted for my wondrous, new, companion.

I know not how to thank you, for your kindness. Gratitude is poor as poverty itself - & the "10,000 thanks" so often cited, seem like faintest shadows, when I try to stamp them here, that I may send their impress to you. "Picciola's" first flower - I will keep for you. Had not it's gentle voice, & friendly words - assured me of a "kind remembrance"

- I think I should not have presumed thus much.

The last week has been a merry one in Amherst, & notes have flown around like, snowflakes. Ancient gentlemen, & spinsters, forgetting time, & multitude of years, have doffed their wrinkles - in exchange for smiles - even this aged world of our's, has thrown away it's staff - and spectacles, & now declares it will be young again.

Valentine's sun is setting now however, & before tomorrow eve, old things will take their place again. Another year, a long one, & a stranger to us all - must live, & die, before it's laughing beams will fall on us again, & of "that shadowy band in the silent land" may be the present writers of these merry missives.

But I am moralizing, forgetful of you, sisterless - and for that reason prone to mournful reverie - perhaps. Are you happy, now that she is gone? I know you must be lonely since her leave, and when I think of you nowadays, t'is of a "melancholy gentleman, standing on the banks of river Death - sighing & beckoning Charon to convey him over."

Have I guessed right, or are you merry as a "Fine old English Gentleman - all of the Olden time"?

I'll write to Martha soon, for tis as desolate to be without her letters: more desolate than you can think. I wont forget some little pencil marks I found in reading "Picciola," for they seem to me like silent sentinels, guarding the towers of some city, in itself - too beautiful to be unguarded; I've read those passages with hightened interest on their account.

Long life to Mr Hammond, & a thousand Valentines for every year of it.

Pardon my lengthiness - if it be not unpardonable.

Sincerely, your cousin,

Emily E. Dickinson.

（Letter #27）

給顧爾德的情人節書信

閣下，我想見個面，選在日出，或日落，或新月，都可以，地點不重要。穿金黃衣衫，或紫衫，或布衫，隨你，我要看的不是衣飾。佩劍，或帶筆，或拿鋤犁，都行，行使這些器具的人才重要。坐豪華馬車，或普通馬車，或走路，隨意，交通工具不是重點，人才是重點。是靈魂，或精神，或身體來，皆可，對我他們都一樣。是一群人，或獨自一人前來，晴天或颳風下雨，在天堂或人間，有方或無方，不管哪種情況，我就是要見閣下你。

不是只看一下人，閣下，是要聊聊，或說心底話，一個密談，我要的是兩個不同心靈的融合。我覺得我們會意向一致。我們會是生死之交，像大衛與約拿單，或戴蒙與皮西亞斯，或更好，像美利堅合眾國[1]。這樣我們就可以討論我們從地理學來的，還有講從道壇、報紙和主日學校裡聽聞的。

我的用語很強，閣下，不過句句實言。所以為北卡羅萊那

注釋

1. 美利堅合眾國是由眾州結合而成的國家，因此是最極致的友誼表率。
2. 「為北卡羅萊那歡呼」可能是指賈斯頓（William Gaston）在 1835 年寫的一首叫 "The Old North State" 的詩，這首詩於 1927 年成為北卡羅萊那州的州歌。詩前幾行是這樣：Carolina! Carolina! Heaven's blessings attend her / While we live we will cherish, protect and defend her.... / Hurrah! Hurrah! The Old North State Forever!（https://en.wikipedia.org/wiki/The_Old_North_State_%28song%29, date of access 23 March, 2016.）
   此處使用的或許是一種叫提喻（synecdoche）的用法，也就是以部分代表全部，比方，樂手指的是從事音樂的人。而在信裡則是以北卡羅萊那州代表美利堅合眾國，如此一來不僅可以避免重複，也可以表現自己知道正在流行的思潮與歌曲。

歡呼[2]，因為這正是我們的話題。

我們的友誼，閣下，將持續到日頭變黑，月亮也不放光，眾星從天上墜落[3]，所有死者復活榮耀最後的犧牲。我們將是立即的、不拘任何時候；我們執行、看護、珍惜、撫慰、觀察等待、懷疑、克制、改革、昇華、教導。所有賢哲與我們無分，不管距離有多遠；同情共感有一種振盪，一種相互依存的循環，一種血濃的志趣相投！我是經外書的女英雄朱蒂斯，你是以弗所的雄辯家[4]。

那個在國內他們稱之為暗喻[5]。不用怕，閣下，暗喻不會咬人。若此刻它是我的卡羅[6]！狗是藝術極品，閣下。可以說是最高貴的，牠會全力護衛牠的女主人的權益，縱然可能因此送命！

話說這世界在無知與錯誤裡沉睡，閣下，我們要當啼叫的公雞，嗚囀的雲雀，與升起的太陽，好將她喚醒；要不就將整個世界連根拔起，種到別處。我們將建造救濟院、建造超凡的國家監獄與絞刑台，我們要將太陽、月亮吹熄，鼓勵創新。最

3. 參見《聖經．馬太福音》24-29。
4. 可能是指亞波羅斯（Apollos）。
5. 女英雄朱蒂斯砍下敵軍將領赫勒福爾納斯的頭是個暗喻。
6. 艾蜜莉鍾愛的狗。

初將親吻最末，我們會登上榮耀的山丘。哈利路亞，萬歲！

C. 謹啟

1850 年 2 月

（書信 34）

這封信的收信者據信就是喬治．顧爾德。長得瘦長的顧爾德，擁有 203 公分的身高，為人風趣、機智又善於演說，大艾蜜莉兩歲，是她哥哥奧斯汀在安默斯特學院很要好的同學。根據刊於 2008 年〈新英格蘭季刊〉一篇關於艾蜜莉生平新發現的文章指出，音樂教師佩尼曼（Ann Eliza Penniman）於 1900 年寫的回憶錄裡提到，她在安默斯特教授音樂，班上有位學生是狄金生律師的女兒，叫艾蜜莉．狄金生，曾與喬治．顧爾德訂婚，但因狄金生律師反對，兩人無法結為連理。反對原因是顧爾德家境貧寒。[7]

他們是否訂婚、她父親是否反對這門親事，專家學者看法不一。不過他們應該互有情意。艾蜜莉重要傳記作者哈貝格（Alfred Habegger）認為，在寫這封給顧爾德情人節書信的那一年五月，艾蜜莉在寫給艾比亞的信裡提到，有一位她摯愛的朋友在她忙著洗滌碗盤之際，懇求她與他一同徜徉在恬靜的林子裡。艾蜜莉很想點頭答應，但在百般掙扎後噙淚

7. 參見 *Thinking Musically, Writing Expectantly: New Biographical Information About Emily Dickinson*。

婉拒。之所以婉拒很可能是因為母親生病，她有太多家事要做。艾蜜莉信上的這位摯愛的友人應是指顧爾德。事實上顧爾德也曾邀請艾蜜莉參加有提供糖果給參與者取食的青年聯歡會（candy pulling），二十五年後，艾蜜莉在這封邀請函的背面寫下一首關於冬天的詩。

顧爾德後來成為著名牧師，在瓦爾切斯特（Worcester）講道，一生珍視狄金生寫給他的信，於 1899 年過世。據說他的日記在 1930 年遺失，要是他的日記沒有遺失，他與狄金生的關係應更有跡可循。

艾蜜莉這封情人節的信被刊在安默斯特學院一本叫《指標》（*The Indicator's*）的文學月刊，顧爾德是該月刊編輯之一。不過把它刊出來的是另一位編輯謝普利（Henry Shipley），他在這封信前面加了這麼一則短評：「但願得聞作者是何方神聖。她應該擁有魔力，這等魔力使想像飛快，並讓高昂的血液在血管裡嬉奔。」[8]

8. 參見 Johnson，93 頁，1958。

學者指出，謝普利與顧爾德是好友，他當然知道這封信的作者是誰，而且應該就是顧爾德拿給他看，同時信裡艾蜜莉也將自己的身分暴露，因為認識她的人都知道她的愛狗叫卡羅。哈貝格認為這封信在文學刊物刊出，可能讓她父親很不高興，導致艾蜜莉此後對出版懷有戒心。

艾蜜莉這封信多少有嘲諷當時女性激進份子的味道，不過更重要的是高於嘲諷的那份狂野與喜感。她在信裡與收信者稱兄道弟，說他們像舊約裡的約拿單與大衛，心深相契合，愛著彼此如同愛自己的性命[9]，也像希臘一則傳奇裡的戴蒙與皮西亞斯，是生死之交。

從信裡可以看出艾蜜莉熟悉時事，對當時流行的超越主義思潮與卡萊爾理想主義亦不陌生[10]。卡萊爾在〈論默罕默德〉一文裡曾說「歷史無非是偉大人物的事蹟」（History is nothing but the biography of the Great Man），強調偉大人物的行動在歷史裡起的關鍵作用。艾蜜莉在信裡自比創時代人物，要

9. 參見《聖經．撒母耳記上》18 : 1。
10. 艾蜜利房間掛有卡萊爾畫像。卡萊爾（Thomas Carlyle, 1795~1881），英國維多利亞時期重要的歷史學家、作家，對同時代作家影響甚遠。

與她的道友創造歷史！

有趣的是，信中提到經外傳女英雄朱蒂斯斬首赫勒福爾納斯的典故，於2016年四月傳出驚人的消息。故事是這樣：法國南部土魯斯附近一戶人家在2014年修理漏水天花板時，發現閣樓裡一幅四百年前義大利文藝復興大師卡拉瓦喬（Caravaggio）畫作《朱蒂斯斬殺敵將》（*Judith Beheading Holofernes*），經證實是其真跡，價值估達一億二千萬歐元（約新台幣四十四億元），狀況出奇的好，創作年分在1600到1610年間。土魯斯附近這戶人家的祖先曾在拿破崙麾下擔任軍官，到海外參戰時將這幅畫帶回法國，已超過一百五十年沒人動過它。

這封給顧爾德的信表面誇張、狂野，但字裡行間似乎隱藏愛意，頗耐人尋味。

最後，暗喻不會咬人，但會打開思想與情感的後門，螢光點點通星源。

To George H. Gould (?)

February 1850

Sir, I desire an interview; meet me at sunrise, or sunset, or the new moon - the place is immaterial. In gold, or in purple, or sackcloth - I look not upon the raiment. With sword, or with pen, or with plough - the weapons are less than the wielder. In coach, or in wagon, or walking, the equipage far from the man. With soul, or spirit, or body, they are all alike to me. With host or alone, in sunshine or storm, in heaven or earth, some how or no how - I propose, sir, to see you.

And not to see merely, but a chat, sir, or a tete-a-tete, a confab, a mingling of opposite minds is what I propose to have. I feel sir that we shall agree. We will be David and Jonathan, or Damon and Pythias, or what is better than either, the United States of America. We will talk over what we have learned in our geographies and listened to from the pulpit, the press and the Sabbath School.

This is strong language sir, but none the less true. So hurrah for

North Carolina, since we are on this point.

Our friendship sir, shall endure till sun and moon shall wane no more, till stars shall set, and victims rise to grace the final sacrifice. We'll be instant, in season, out of season, minister, take care of, cherish, sooth, watch, wait, doubt, refrain, reform, elevate, instruct. All choice spirits however distant are ours, ours theirs; there is a thrill of sympathy - a circulation of mutuality - cognationem inter nos! I am Judith the heroine of the Apocrypha, and you the orator of Ephesus.

That's what they call a metaphor in our country. Don't be afraid of it, sir, it won't bite. If it was my Carlo now! The Dog is the noblest work of Art, sir. I may safely say the noblest - his mistress's rights he doth defend - although it may bring him to his end - although to death it doth him send!

But the world is sleeping in ignorance and error, sir, and we must be crowing cocks, and singing larks, and a rising sun to awake her; or else we'll pull society up to the roots, and plant it in a different place.

We'll build Alms-houses, and transcendental State prisons, and scaffolds - we will blow out the sun, and the moon, and encourage invention. Alpha shall kiss Omega - we will ride up the hill of glory - hallelujah, all hail!

Yours, truly,

C.

(Letter #34)

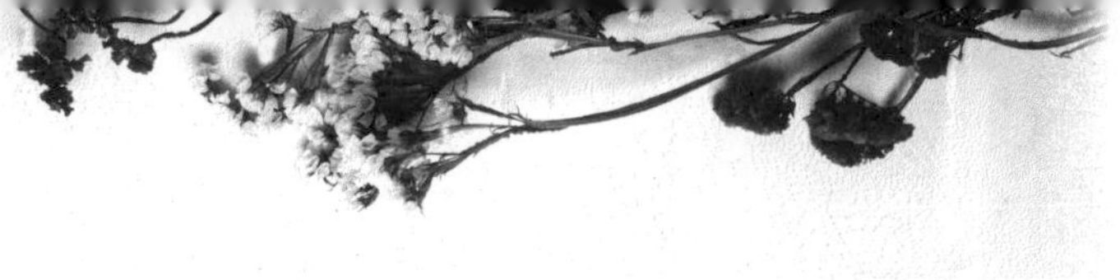

與艾蒙斯共乘馬車之遊

明天乘坐馬車出遊我會很樂意，緣於你這般盛情邀約，只是很遺憾今晚無法與你相見。

感謝問候家父。他今早好多了，我相信很快就會康復。明天的出遊會很盡興，下午都可以，看哪個時間對你是最方便。也請回想一下有兩本我的小詩集我想是艾蜜莉借給你的——[1]

你的朋友

E. E. D

1854 年 1 月初

（信 150）

注釋

1. 短箋結語似乎透露某種程度的焦慮，之前寫給顧爾德的情人節書信最後的命運是被刊出來，因此她擔心舊事重演。

—— 賞析 ——

年少曾離家出走的亨利．艾蒙斯（Henry Vaughan Emmons），父親是法官，母親出身文化世家，據說她私人圖書館的藏書量約有當時哈佛學院圖書館藏的五分之四之譜。家世甚好的艾蒙斯也長得英氣逼人，他從緬因州來到麻州的安默斯特學院就讀，因此認識狄金生家的人，當然包括艾蜜莉。

在學校很活躍的艾蒙斯不僅創辦文學刊物，也喜歡爬山，常常與艾蜜莉促膝長談、散步、坐馬車兜風。艾蜜莉曾在給她哥哥奧斯汀的家書上喜孜孜提到與艾蒙斯坐馬車出遊，也在 1852 年一封給她的好友蘇珊[2]信上說，遇見了「一位俊美的新朋友」，指的就是艾蒙斯。

1854 年 2 月 17 日艾蜜莉給艾蒙斯的一封印有凸字體小小信箋的中央寫下這幾個字：「請讓我當你的一個情人。」[3]雖然如此，並不表示他們在談戀愛。艾蜜莉生長的那個時代過情人節就像在過嘉年華，好友之間這樣打趣的例子很多。

事實上，當時艾蒙斯也有女友（艾蜜莉知道），不過他就

2. 蘇後來成為她的嫂嫂。
3. 參見 Johnson，286 頁，1958。

是與艾蜜莉很談得來，彼此之間常常交換詩作與書籍，所以是知性與心靈夥伴甚於男女情感。

在一封艾蜜莉給艾蒙斯的短信裡可以看出他們是以詩會友：「我的皇冠，真的！穿著這一身華服，我無懼國王。請再寄給我一些寶石，我有花一朵，跟寶石相像，看在有著相似明亮的份上，請收下它吧。」（L171）花與寶石在艾蜜莉的用語裡通常是指詩。

事實上，艾蜜莉詩作的原創性很讓艾蒙斯眼睛為之一亮，並帶給他思索與人文學習上的靈感。而艾蒙斯文章裡的一些想法也對艾蜜莉發生影響。他曾在一篇文章裡將安默斯特學院與耶魯學院做這樣的比喻：「〔耶魯的〕蜜蜂成群移動，空氣中到處是嗡嗡的喧囂聲，而這裡的蜜蜂則靜靜地在釀蜜。」[4]

狄金生專家哈貝格指出，艾蒙斯的文章有助於開啟艾蜜

4. 參見 Habegger，317 頁，2001。

莉早期對自己身為詩人之職志更深入的理解；艾蒙斯在名為〈詩乃悲韻〉的文章裡闡述詩人是被揀選的少數，他們更能聽到上帝的聲音，如同約伯，他們與悲傷天使摔角，直到天使賜福給他們，就此，他們把祥和與美麗帶給一般人。艾蒙斯在文章裡引用伊莉莎白・白朗寧（Elizabeth Barrett Browning）的詩句「知識因苦難而豐富，生命因死亡而完美」[5]，這行詩句頗讓艾蜜莉深思。哈貝格進一步說明，這行詩讓艾蜜莉嚴肅思索選擇走一條將生命的苦難以美學昇華的路；以詩人取代聖徒，將正統教義轉換成以受苦詩人為主角的戲劇！

英國詩人伊莉莎白・白朗寧一直是艾蜜莉心儀的文學前輩，1997 年我拜訪狄金生家宅時，見到艾蜜莉房間的牆壁上懸掛有伊莉莎白・白朗寧畫像。伊莉莎白過世後不久，艾蜜莉寫了一首詩（J#593）向她致敬，前四行如下：

我想我著魔了

5. 出自〈詩人的一個理想〉（A Vision of Poets）。

在仍是個嚴肅的小女孩時——
當第一次讀著那位異國的女士——
黑暗玄妙——感覺美麗——

艾蒙斯在安默斯特學院求學兩年畢業後就離開了，在離開前兩人曾做最後一次馬車之旅。

early January 1854

I will be quite happy to ride tomorrow, as you so kindly propose, tho' I regret sincerely not to see you this evening -

Thank you for remembering Father. He seems much better this morning, and I trust will soon be well. I will ride with much pleasure tomorrow, at any hour in the afternoon most pleasant to yourself - Please recollect if you will two little volumes of mine which I thought Emily lent you -

Your friend

E. E. D

(Letter# 150)

春天的輓歌（給約翰．格雷夫斯）

今天是禮拜日，約翰，所有的人都上教堂去了，馬車也一輛輛駛過，我於是走出房門到新綠的草地上傾聽聖歌。

三、四隻母雞跟著我，我們排排坐，當牠們咕咕叫或低聲噥噥時，我要來跟你說我今天所看到，或我想要讓你看到的。

你記得將我們與史威哲先生隔開的那堵正在崩落的牆，與正在崩落的榆樹及常青樹，還有其他正在崩落的東西嗎？它們發芽然後凋謝，在一年內落盡繁華，而此刻又都回來了，我頭上的天空遠比義大利的美，藍藍的眼睛俯視，〔抬頭〕仰望，瞧！在另一個方向，離這裡約三哩處，是往天堂之路！這裡有剛歸巢的知更鳥，還有搖搖晃晃的烏鴉，松鴉也在。你相信嗎？我此時竟看到一隻大黃蜂，不像夏天那樣孜孜矻矻的蜜蜂，而是一派安逸、穿著俏皮衣裳那種。若你同我一塊兒在這四月的綠草地上，我會指給你看蠻多令人喜悅的東西，但也有較為悲哀的現象，這裡那裡，還曾啪噠啪噠揮動的翅膀，如今半歸於塵土，去年一根腐朽的羽毛，一間空屋，一隻鳥曾在那裡築巢呢。去年的蒼蠅忙牠們的事，還有去年蟋蟀死去的地方！我們正在飄逝，約翰，「這裡葬著」的歌很快就會在現今愛著我們的人的嘴裡哼唱，然後結束。

活著，然後死去，然後以勝利的身體再次登高，下一次，試試更高的天空，這可不是學童簡單的習題！

想到我們可以是永生的，是一個愉快的念頭，當泥土與空氣都充滿著一去不回的生命；復活的允諾是個不折不扣自誇的空想物！祝賀我吧，約翰小伙子，「舉杯祝你健康」，我們各有一雙生命，無須吝惜「現存」的這一個。

哈哈，若有誰負擔得起，那就是我們：一個周而復始的迴旋曲！

謝謝你的信，約翰！收到你的信是樂事一樁，喜上加喜，若能收到兩封信。真的會很開心知道若你心裡還留有一封信待來日寄給我。欣喜得知，在你公務繁忙之際，舊時光仍有它的位置，小角落與縫隙依舊保留它們的老客人。當你公務更繁忙，更無暇回顧舊日，灰塵與蛛網佈滿，忘記遠在天邊的人事時，無論如何，若一位吟遊詩人的詩剛好唱起，當一首詩歌被哼唱又逝去時，請記起早期的朋友，並為之掉一顆淚珠。

樂見你從事教職，也替你高興那是個愉快的工作，想到你與新朋友像神職人員般謙恭對待，就覺得有趣，而當你成功時，會滿懷喜悅為你感到驕傲。我還是愛彈那些古怪的舊曲調，這些曲調曾在午夜時刻掠過你的腦際，把蘇吵醒，我也因著它們的哀傷與趣味而激動。那個春天好似離我們很遠了，啊那些高奏凱歌的日子[1]！我們的四月是第一個抵達天堂的。願上天賜予我們與四月可在那裡相會，在「天父的右手」邊。請記住，約翰，雖然你遠遊在外，那些留在家鄉的人是惦記著你的。蘇與瑪蒂問候你，薇妮也問候你，如果你願意，再捎封信來吧。

1856 年 4 月末

（信 184）

注釋

1. 指復活節。

—— 賞析 ——

艾蜜莉於 1864 年將這封信的主要內容改寫成一首詩（J#946），詩是這樣：

這是一個榮耀的念頭
令人舉帽
就像突然碰見鄉紳
在尋常街道上

想到我們有不朽的處所
縱然金字塔會成廢墟
而王國，會像果園
赤褐色地飄去。

春天是復活、新生、綠意盎然的季節，不過這封寫在四月的書簡卻像一首哀歌，哀傷逝去的美麗時光。通常艾蜜莉寫給約翰·格雷夫斯的信都很簡短，語氣輕鬆、逗趣，不過這封信不僅長且語氣沉緩，最後以帶著懷戀舊時光的鄉愁口吻結束。

1856 年格雷夫斯已畢業，離開安默斯特到新罕布什爾的一所學校任教。當年那些在安默斯特學院就讀的才子俊秀們一個個學成畢業、各奔前程。那曾經的腦力激盪、火花的青春、奔放的想像力、昂揚的理想，眼睛燃燒熱烈夢想的時日！高奏凱歌的日子已遠，永遠不會再回來，因之復活如何可能？

格雷夫斯與艾蜜莉之間雖無浪漫的愛情，但兩人關係密切，格雷夫斯也很懂艾蜜莉的語言。艾蜜莉不上教堂，沒跟著大家的步伐成為基督徒，在當時的安默斯特曾引起一些閒語。因此有儀表出眾、在學校表現亮眼的格雷夫斯陪她、欣賞她，對艾蜜莉是重要的。格雷夫斯離開安默斯特，讓艾蜜莉非常難過，曾說：「啊，約翰離去了？那我會打開我的幽靈之盒（my box of Phantoms），再放一個進去⋯⋯」（L186）

話說艾蜜莉曾因不上教堂的舉動而與父親艾德華有過緊張的對峙。薇妮曾向狄金生詩集首版編輯梅柏說了這麼一則發生在一個禮拜日的故事：

> 〔艾德華〕不同往常地執意艾蜜莉應該上教堂，而艾蜜莉也特別堅持表示不會去。他命令，她哀求，直到雙方都厭煩了。眼見再說什麼也沒用，她於是突然消失。誰也不知道她跑去哪裡。家人上上下下找，仍不見人影，於是乎不帶她逕行上教堂。回到家，仍不見她的人影，這下他們焦急了，尤其是他嚴峻的父親。幾個小時後，艾蜜莉被發現在地下室出入口的艙門內，坐在椅子上平靜地搖來搖去，是她要〔女僕〕老瑪格麗特在〔大家〕上教堂前把她鎖在裡面。[2]

在修厄爾（Richard Sewall）的《狄金生傳》裡記載了格雷夫斯夜裡聽聞艾蜜莉琴聲的故事。格雷夫斯是極少數被艾蜜莉的鋼琴聲喚醒的人，這個美妙的記憶，格雷夫斯日後告訴過自己的女兒。艾蜜莉喜歡半夜彈奏她自己作的即興曲，且

2. 參見 Newman，45 頁，2013。

曾向格雷夫斯說，在半夜彈鋼琴比較有靈感。她喜歡彈自創的即興曲，直到在波士頓聽了當時的鋼琴家魯賓斯坦的演奏後就不再有當鋼琴家的想像，因為她不覺得她的琴藝可以達到這樣大師級的程度。曾見過艾蜜莉彈鋼琴的人是這樣形容的：「她坐定後，先從低到高彈了一遍音階，像是想要讓自己憶起初學琴時的那台老鋼琴的鍵盤感覺，找回自己那台老鋼琴的感覺，然後開始彈她的怪曲。」[3]

艾蜜莉的一位女性朋友凱特（Kate Turner）也在她的回憶裡述及寄宿在奧斯汀與蘇的家時，晚上他們四人火花四射的談笑，她是這樣形容艾蜜莉的：「艾蜜莉帶著狗，還有提燈！通常坐在鋼琴前彈既怪異又美麗的曲調，全是出自她的靈感！啊！她真是個萬中選一的靈魂！」[4]

哈貝格在他書裡說，凱特特別強調提燈，應該是指之前艾蜜莉在哥哥家玩得太瘋，深夜還未歸，她爸爸提著燈籠突然出現在門口，一臉冷峻，不發一語地把這個玩得不知後果

3. 參見 Sewall，407 頁，1995。
4. 參見 Habegger，373 頁，2001。

的女兒帶回家！其實那時的艾蜜莉都已三十出頭，遠非小女孩了。

格雷夫斯一輩子對艾蜜莉留有深刻的印象，他女兒形容他每當提到艾蜜莉總喜形於色，說她是：「獨樹一幟，一個恩賜，一個誘人的魅力。」[5]

詩人的琴聲，隨春天的鄉愁響起。「舊時光有它的位置」，從詩與琴聲流出來那舊時光的素描與春喜，使時光的凝晶可愛而閃爍著啟發。

5. 參見 Sewall，409 頁，1995。

late April 1856

It is Sunday - now - John - and all have gone to church - the wagons have done passing, and I have come out in the new grass to listen to the anthems.

Three or four Hens have followed me, and we sit side by side - and while they crow and whisper, I'll tell you what I see today, and what I would that you saw -

You remember the crumbling wall that divides us from Mr Sweetser - and the crumbling elms and the evergreens - and other crumbling things - that spring, and fade, and cast their bloom within a simple twelvemonth - well - they are here, and skies on me fairer far than Italy, in blue eye look down - up - see! - away - a league from here, on the way to Heaven! And here are Robins - just got home - and giddy Crows - and Jays - and will you trust me - as I live, here's a bumblebees - not such as summer brings - John - earnest, manly bees, but a kind of a Cockney, dressed in jaunty clothes. Much is that gay - have I to show, if you were with me, John, upon this April grass - then there are sadder features - here and there, wings half gone to dust, that fluttered so, last year - a mouldering plume, an empty house, in which a bird resided. Where last year's flies, their errand ran, and last year's crickets fell! We, too, are flying - fading, John - and the song "here lies," soon upon lips that love us now - will have hummed and ended.

To live, and die, and mount again in triumphant body, and next time, try the upper air - is no schoolboy's theme!

It is a jolly thought to think that we can be Eternal - when air and earth are full of lives that are gone - and done - and a conceited thing indeed, this promised Resurrection! Congratulate me - John - Lad - and "here's a health to you" - that we have each a pair of lives, and need not chary be, of the one "that now is" -

Ha - ha - if any can afford - 'tis us a roundelay!

Thank you for your letter, John - Glad I was, to get it - and gladder had I got them both, and glad indeed to see - if in your heart another lies, bound one day to me - Mid your momentous cares, pleasant to know that "Lang Syne" has it's own place - that nook and cranny still retain their accustomed guest. And when busier cares, and dustier days, and cobwebs, less unfrequent - shut what was away, still, as a ballad hummed, and lost, remember early friend, and drop a tear, if a troubadour that strain may chance to sing.

I am glad you have a school to teach - and happy that it is pleasant - amused at the Clerical Civility - of your new friends - and shall feel - I know, delight and pride, always, when you succeed. I play the old, odd tunes yet, which used to flit about your head after honest hours - and wake dear Sue, and madden me, with their grief and fun - How far from us, that spring seems - and those triumphant days - Our April got to Heaven first - Grant we may meet her there - at the "right hand of the Father." Remember, tho' you rove - John - and those who do not ramble will remember you. Susie's, and Mattie's compliments, and Vinnie's just here, and write again if you will -

(Letter #184)

艾蜜莉十五歲就認識的萊曼

約瑟夫，當我仍是青澀的女孩而你是個勤奮好學的學生時，我們總以為文字既廉價又無力。如今我不知有什麼東西能夠像文字這麼有力。看到那些與同儕如王者般坐在書頁上〔的文字〕，令我舉帽致敬。有時我寫出一個字，便注目凝視著它的輪廓，直到它發出的光芒，好像這世上從未有藍寶石一般。

（萊曼書信 78）

約瑟夫・萊曼（Joseph Lyman）喜歡閱讀莎士比亞作品，艾蜜莉也是，因此他們很有共通的話題。非就讀安默斯特學院的萊曼之所以成為狄金生家的熟客，與家主艾德華・狄金生理家方式有關。艾德華身分地位特殊，因此當他與妻子因公滯留在外，而長子奧斯汀也在外求學時，家裡必須有值得信賴的男性幫忙看家，保護在家的兩位年輕女孩，萊曼因此機緣而成為狄金生家的常客。

狄金生傳記作者修厄爾說，艾蜜莉寫給萊曼的信用字最直白，不像給其他人那樣多少會有些作態、打謎語，或高來高去，因此可以看到她輕鬆話家常的一面。與艾蜜莉兄妹情深的奧斯汀，兩個人可是從小開玩笑長大，仍不免在一封信裡抱怨說看不懂艾蜜莉寫什麼，說他喜歡「簡單一點的風格」。話說當時艾蜜莉接到她哥哥這樣的抱怨信，還蠻受傷害的。

萊曼與薇妮熱戀，幾乎共結連理，不過最後還是跟別人

結婚了，而薇妮則終身未嫁。她與姊姊艾蜜莉大不同，年輕時追求者甚夥、社交頻繁，不怎麼愛動筆。從萊曼一封給友人的信裡多少可以看到狄金生家這位小妹的性情與她在家裡的自由度：

她坐在我膝上，摘下髮簪將柔軟的棕色長髮放下，然後把如絲的秀髮繞在我的脖子上，接著一遍又一遍地吻我。她總愛膩在我身邊依偎著我的臂膀，也愛搬一張紅色軟墊腳凳放在我的座椅旁，把書擱在我的兩膝間閱讀。她的肌膚非常柔嫩，手臂又白又胖，跟她在一起非常非常快樂。（萊曼書信 50-51）

至於艾蜜莉呢？當萊曼在耶魯念書時，曾經抱怨周遭女性朋友談話無趣，只有一個人特別，他說：「艾蜜莉・狄金生的確年紀上輕一歲，但在心智與心靈上則比所有人年長。」[1]

而艾蜜莉還在世時，萊曼已為她刻了如下的文字塑像：

注釋

1. 參見 Sewall，427 頁，1995。

書房燈光微明，三棵木犀草在小架子上。走進來一個穿白衣裳的精靈，身型看起來朦朧，面容潤澤、剔透白皙，前額堅定像大理石雕像。曾是明亮栗色的雙眼如今變得朦矇柔和，成了兩口夢幻、奇妙的表情之井，她眼睛所見不在形貌，而是事物的中心；雙手小巧、堅定、靈敏，極端不受制於任何會朽壞之物的糾纏，非常堅韌的小手，完全聽任大腦指揮，有著相當堅毅的生命力；而嘴巴僅是用來說出上選的言語、稀有的想法、閃閃發亮佈滿星辰朦朧的修辭，與長了翅膀的文字。[2]

這段描述裡提到艾蜜莉的眼睛，從明亮變得朦矇柔和，是事出有因的。深受眼疾之苦的艾蜜莉，曾分別於 1864 年二月至十一月與 1865 年四月至十一月在波士頓接受長期治療，經驗到以針穿刺角膜既恐怖又痛苦的治療過程。她僅有兩個選擇，接受這樣極其折磨人的治療，或是讓眼睛瞎掉。眼盲一直是艾蜜莉很深的恐懼。

不過萊曼的描述似乎有意將艾蜜莉營造成一個不食人間

2. 參見 Sewall，425 頁，1995。

煙火的傳奇人物，畢竟他是一位記者，書寫時除了描述客觀事件外，大概還會考慮到如何引起話題吧。事實上，艾蜜莉本身是很人間的，不是個不食人間煙火、寫一些虛無縹緲之物的作者。儘管如此，還是可以看出萊曼對艾蜜莉的觀察力與文字功力非常讚嘆。

事實上艾蜜莉與薇妮兩人姊妹情深，當她們的父母都過世後，狄金生大宅就剩兩姊妹，薇妮發揮母性呵護艾蜜莉，可說照顧得無微不至。在艾蜜莉臥病至臨終期間，都是薇妮在旁照料。而艾蜜莉的詩可以與世人見面，主要是薇妮發現後促使出版。兩人個性差異很大，她們自己都知道，艾蜜莉在一封給萊曼的信曾這樣說：

不可思議，極其神祕，〔薇妮〕睡在我身旁，她屬於很有母性那一類，你或許不記得我那慈祥的母親並未教我們裁縫，想到那些我們幼兒時期穿的衣服就覺得有趣，其實算不得是衣服，應該說是由紡織品縫成的勉強的代用品；所以就衣服而言，我是非常需要薇妮的，再說我們關係非常緊密；不過若我們是來自不同的家庭，當第一次碰面時，不會比現在更驚訝。（萊曼書信 70-71）

艾蜜莉也曾在給萊曼的一封信裡提到年少時覺得聖經枯燥無趣，但在年紀稍長後有了不同的看法：

自從我們最後一次見面數年後，我對閱讀新舊約產生濃厚的興趣。在這之前我看待它是一本枯燥無趣的書，不過後來看到當中無限的智慧與諸多趣味。任何懂文法的人都知道聖經語言無比耀眼與威勢，但不見得知道其內蘊裡深不可測的鴻溝；祂對那些最需要祂的人說話，暗示他們某種天上的團圓，一種合一的渴望。有誰測量得到那個海的深度？我知道那些文字對那些人相當親近與需要，我願它們也對我這樣，因為我看到它們散發一種奇妙與神聖的寧靜。對一顆黯淡的心，它們是綻亮的光輝。（萊曼書信 73）

萊曼原擔任律師，後來改行當《紐約時報》記者與專欄作家，也為幾家大報寫稿。他英年早逝，1872 年猶在四十三歲的盛年卻因感染天花與世長辭。

We used to think, Joseph, when I was an unsifted girl and you so scholarly that words were cheap & weak. Now I dont know of anything so mighty. There are [those] to which I lift my hat when I see them sitting princelike among their peers on the page. Sometimes I write one, and look at his outlines till he glows as no sapphire.

(Lyman Letters #78)

低調睿智的 B. F. 牛頓

尊敬的黑爾先生：

請恕我這樣素昧平生寫信給您，不過我是想向您打聽一位友人，您可能熟知他臨終前的景況，因此就有所逾越禮數，若是在他種情況，自當按照禮數。我想先生是牛頓先生的牧師，他前些時候在瓦爾切斯特離世，我一直以來常希望能夠知道他彌留時是否心甘情願接受死亡。若我認識他的夫人，我不會這樣打擾您，但因與她從未謀面，也不知她的住所，更且在瓦爾切斯特也沒有一個朋友可以探詢。先生，您可能認為我這樣打聽怪異，不過因為死者對我珍貴，我非常想知道他死得安詳。牛頓先生到瓦爾切斯特前曾與家父實習兩年，與我家過從甚密。

我那時還只是個孩子，不過已懂得景仰遠遠在我之上的才俊之士其筆力與通情達理；他在這方面教導我很多，我對此謙卑地感謝，而今再無緣親炙。牛頓先生成了諄諄教誨我的老師，教導我讀哪些書，景仰哪些作者，哪些是自然裡最宏偉或最美麗的；教導我對不可見事物的信仰，還有對更莊嚴、更宏偉、更有福的來生的信仰。

所有這些他所說的，他都熱心、溫和地全教導給我，當他離開我們，他像長兄般被深愛、懷想與存在心裡。他在瓦爾切斯特生活期間我們通信頻繁，我總問候他的健康，而他的回答一向充滿陽光，也因此得知他病倒過世讓我深感震驚。他常談到天父，只是我無法確定在天堂裡他是否與天父常在。請您告訴我他是否瞑目，如果您認為他已安息，我極願確知他今日已在天堂。再次盼請您寬恕一位陌生人的魯莽，若您得空賜來數行，每個字都會被用心閱讀，若有機會回報您於我是莫大的歡喜。

艾蜜莉．狄金生 謹上

1854 年 1 月 13 日

（信 153）

—— 賞析 ——

艾蜜莉與牛頓的通信沒有一封留存下來，這封寫給黑爾牧師的信是她對牛頓表達關切最直接的一封信，在她給希更生（Thomas Higginson）的信裡有幾封提到牛頓對她的影響，但都未說出名字，而是以「我的家庭老師」代之。1853 年當她獲知牛頓過世時，寫了一封給哥哥的信說：「奧斯汀，牛頓過世了，我今生第一位朋友。安息。」艾蜜莉與牛頓心靈相通，她對這位長她九歲亦師亦友的大哥哥有崇拜孺慕之情，不過兩人並無浪漫關係。

1849 年八月即將離開安默斯特前，牛頓曾在艾蜜莉的簽名紀念冊寫下這麼一句話：「人人都會簽名，僅少數會寫文章；因為我們大多不過是名字。」從這句話多少可以看出牛頓低調的氣質裡含藏觀照與睿視。

哈貝格在《我的戰爭已成歷史》一書裡指出，這封信裡提到「對不可見事物的信仰」，顯示艾蜜莉對事物的認知正經歷一次天搖地動，她開始從喀爾文教派對墮落與自律的教義，轉向生命遍在的尊嚴與人的直覺的正當有效。換句話說，信仰並不意味放棄自主權，而是將懷著敬意的專注投向「宏偉或美麗」的自然與書籍，亦即，心靈有自主權，有能力攀升到超自然之境。

此一從天堂的正統教義走向更崇高的視野，正是牛頓所教導的，他教導了艾蜜莉一種不帶恐怖的超越。這使得既接受又抵制喀爾文教義的艾蜜莉從無望的僵局找到出口，並激勵她重新詮釋她豐富的清教資產，最後將此資產轉換成浪漫主義。另外，艾蜜莉口中牛頓的教導充滿了華滋華斯的影子，她描述的發展過程，從自然的愉悅以至對精神更崇高事物的領悟，與華滋華斯〈丁登寺〉一詩的意旨契合。[1]

發抒情感是浪漫主義的重要觀點，艾蜜莉曾在一封寫給希更生的信裡不僅提到牛頓，也表現這樣的詩觀：

我垂死的家庭老師告訴我，但願他能活到我成為詩人，不

注釋

1. 參見 *My Wars Are Laid Away in Books*，218-219 頁。

過死亡就像群眾一般非我所能駕馭。那時，以及更久之後，突然的一束光閃現在果園上，或風帶來了一種新意，惹起我的注意，我感到一陣無法控制的顫抖，寫詩則僅為釋放這種焦慮。（信 265）

華滋華斯在他的《抒情歌謠》序裡曾言「所有好詩都是強烈情感的自發性湧現」，與艾蜜莉所言不謀而合。

英國的浪漫主義傳到美國成了愛默生所倡導的超越主義。1850 年一月二十三日艾蜜莉在給珍．漢弗瑞（Jane Humphrey）的信裡說：「幾天前我收到牛頓的信，還有拉爾夫．愛默生的詩集，一本美麗的書。我會很樂意唸這封信與詩集給妳聽，它們讓我感到非常歡喜。」

根據哈貝格的見解，愛默生在當時是以他富有挑戰性的演說與文論聞名，牛頓為艾蜜莉挑選的這本 1847 年出版的愛默生《詩集》，足見牛頓超前的文學品味，與他對艾蜜莉需求的瞭解。愛默生對艾蜜莉的影響無所不在，不過難以確指。愛默生的中心思想在於相信自己，所有事物都是為一顆創造性心靈存在，任何機制、先例與禁律都不應將之束縛。這些思想都可見於艾蜜莉的詩章裡。[2]

而在熟讀愛默生的詩集、吸收其思想精華後，艾蜜莉以之融入自己的存在體驗，雕塑出自己詩的心跳。如果說愛默生的詩人，他的快活是吸吮光汁、在空氣裡呼吸靈感、飲水而微醺，艾蜜莉的詩人也是，所不同在於：愛默生的終極目標是與「大靈」（oversoul，愛默生的上帝別稱）結合，而艾蜜莉並不做此想，她讚頌的依舊是這世間的美。

在她一首名詩裡，喝得醉醺醺的詩人是位女性，甚且寫作此詩的年代[3]安默斯特正推行禁酒，原因是安默斯特學院有些男學生常喝酒鬧事，校長覺得學生來此是為了求學，不是要變成酒鬼，因此推行禁酒並獲得鎮民同意。以當時的環境而言，這首詩真是夠叛逆，有趣的是竟還被刊出來，只不

2. 參見 *My Wars Are Laid Away in Books*，219 頁。
3. 指 1861 年。

過未經艾蜜莉同意就是了。詩（J#214）是這樣的[4]：

我品嚐一種未曾釀造的烈酒——
從發著珍珠泡沫的大酒杯——
並非萊茵河畔所有的酒桶
都能產出這樣的酒！

空氣讓我酩醺——
我豪飲露珠——
整個漫長的夏日，踉蹌
在蔚藍的酒館——

當「店主人」把酩酊的蜜蜂
從洋地黃的門口趕出——
蝴蝶也不再小酌細飲——
我卻更要大口大口喝！

4. 此詩原文如下：
I taste a liquor never brewed -
From Tankards scooped in Pearl –
Not all the Vats upon the Rhine
Yield such an Alcohol!

Inebriate of Air - am I -
And Debauchee of Dew -
Reeling - thro endless summer days

直到天使搖晃著他們的白帽 ——
聖徒們也奔向窗口——
爭看這小酒徒
斜倚著——太陽 ——

夏日是一個大酒館，以藍空為屋頂，這位因夏日美景而狂喜如醉的女詩人，她的興高采烈羨煞在天堂的天使與聖徒，讓他們爭相跑過來看這位站不穩的女酒徒斜倚著太陽！艾蜜莉將平日看到醉漢斜靠煤油燈柱的意象，轉成狂喜如醉的詩人斜倚太陽，真是讓人眼睛一亮！最後以太陽結尾，呼應了愛默生的思想，但同時又完全是自己詩的心跳。

1862 年牛頓過世後九年，艾蜜莉仍念念不忘啟蒙老師，這年的四月二十五日，她寫給希更生的第二封信裡提到：

自九月以來我一直有個恐懼，我沒辦法跟任何人吐訴，所

From inns of Molten Blue -

When "Landlords" turn the drunken Bee
Out of the Foxglove's door -
When Butterflies- renounce their "drams "
I shall but drink the more!

Till Seraphs swing their snowy Hats -
And Saints - to windows run -

以像個男孩在墓地裡——我唱歌，因為我害怕。您問我看哪些書，詩作我讀濟慈與白朗寧夫婦。散文則是羅斯金、湯馬士·布朗爵士，還有啟示錄。我曾上過學，不過就您對教育的定義而言直如白丁。當我還是小女孩時，有一位朋友教導我不朽，不過走得太近，他自己再也沒有回來，不久後，我這位家庭教師辭世。許多年來，我的辭書是我唯一的友伴，後來又找到一個，不過他不滿意我這個學生，所以就離開此地……我想學習，您能教我成長嗎？或這是像旋律或巫術，無法傳授？（信 261）

教導艾蜜莉不朽的牛頓，自己太靠近不朽，結果一去不回，之後能夠教導她的朋友是辭書，再後來的一位可能是指衛茲華斯，那一年他從費城到巴拿馬搭船前往舊金山，行船走過兩個海洋，因此「離開此地」可能是指這個意思。總之，艾蜜莉必須自己走出一條路，創造自己的旋律與巫術。而終其一生的努力，她真的做到了，燦爛出世界深夜裡一片詩的亮醉。

To see the little Tippler
Leaning against the - Sun -

13 January 1854

Rev Mr Hale -

Pardon the liberty Sir, which a stranger takes in addressing you, but I think you may be familiar with the last hours of a Friend, and I therefore transgress a courtesy, which in another circumstance, I should seek to observe. I think, Sir, you were the Pastor of Mr B. F. Newton, who died sometime since in Worcester, and I often have hoped to know if his last hours were cheerful, and if he was willing to die. Had I his wife's acquaintance, I w'd not trouble you Sir, but I have never met her, and do not know where she resides, nor have I a friend in Worcester who could satisfy my inquiries. You may think my desire strange, Sir, but the Dead was dear to me, and I would love to know that he sleeps peacefully.

Mr Newton was with my Father two years, before going to Worcester - in pursuing his studies, and was much in our family.

I was then but a child, yet I was old enough to admire the strength and grace, of an intellect far surpassing my own, and it taught me many lessons, for which I thank it humbly, now that it is gone. Mr Newton became to me a gentle, yet grave Preceptor, teaching me what to read, what authors to admire, what was most grand or beautiful in nature, and that sublimer lesson, a faith in things unseen, and in a life again, nobler, and much more blessed -

Of all these things he spoke - he taught me of them all, earnestly, tenderly, and when he went from us, it was an elder brother, loved indeed very much, and mourned, and remembered. During his life in Worcester, he often wrote to me, and I replied to his letters - I always asked for his health, and he answered so cheerfully, that while I knew he was ill, his death indeed surprised me. He often talked of God, but I do not know certainly if he was his Father in Heaven - Please Sir, to tell me if he was willing to die, and if you think him at Home, I should love so much to know certainly, that he was today in Heaven. Once more, Sir, please forgive the audacities of a Stranger, and a few lines, Sir, from you, at a convenient hour, will be received with gratitude, most happy to requite you, sh'd it have opportunity.

Yours very respectfully,

Emily E. Dickinson

（Letter #153）

part Ⅳ

當赤道的艾蜜莉碰到北極的蘇珊

當赤道的艾蜜莉碰到北極的蘇珊，就是有冷有熱，冰火交加。

蘇珊・吉爾伯特（Susan Gilbert, 即蘇）與艾蜜莉同樣出生於1830年，僅晚艾蜜莉九天，即十二月十九日。她來自康乃狄克河谷的望族，家族不少人都受良好教育，在社會上有成就。不過蘇的父親並無特殊表現，並在她十一歲時過世，已於六歲失去母親的蘇此時成為孤女。她在家裡七個孩子中排行老么，父母親過世後、自己獨立前需投靠已婚的姊姊或哥哥，過著寄人籬下的生活。

聰明能幹並帶著些許傲慢與勢利的蘇，容易為實際或想像中遭遇的歧視憤怒，基本上是個冷靜、有心機、喜怒不形於色、見多識廣、具社交手腕、並有保守傾向的人，比方不在安息日寫信與拜訪、對袒胸露背的衣服不以為然。[1] 這樣的人為何會是慷慨、熱情、叛逆、強烈自我又害羞的艾蜜莉精選的親密伙伴，同時是收到她最多詩作（276首）的人？

注釋

1. 參見 *My Wars Are Laid Away in Books*，265-266, 268 頁。

或許是因為她們智力相當，而蘇喜歡詩，也能欣賞艾蜜莉的詩，可與她一起討論詩吧。事實上蘇的強項是數學，還曾經擔任數學老師，若她生於二十世紀，說不定會在數學領域有些表現。艾蜜莉在 1860 年晚期寫給蘇的一封幽默短箋裡要她不要看「一千零一夜」，因為它不適合有數學脾胃的人！（信 335）

當艾蜜莉少女時代的姐妹淘長大後再無法與她交心並一起在想像世界飛翔時，蘇的出現讓艾蜜莉如獲至寶，像是找到一個不需顧忌太多、可以直接表達的出口。1850 年艾蜜莉十九歲時發出第一封給蘇情感洋溢的信，那是二月時節。不過就在這一年，艾蜜莉的哥哥奧斯汀也與蘇祕密談起戀愛，而她完全不知情。讓人若有所思的是當艾蜜莉將蘇當成密友，發出一封封像情書般的信時，蘇完全不透露她的感情生活。

至於奧斯汀則被愛沖昏了頭，完全沒注意他與蘇的不和諧，只是常覺得蘇冷冰冰的。縱然如此，他還是向蘇求婚，承諾若蘇不喜歡，就算結婚了也可以不用行房。他們終於在 1852 年的冬天祕密訂婚，而對渴望有一個自己家的蘇，結婚主要在於能有一處安身立命、自主的地方，有了自己的家，就不用再低聲下氣寄人籬下。

在 1853 年初獲知他們訂婚前，艾蜜莉一直以為蘇與她一樣是不會屈服於男人的慇懃結婚變成家庭主婦。不過在知道那個擄獲蘇的男人竟是自己的哥哥後，也未表現出極度震驚，甚至憤怒或委屈，反而立刻成為哥哥的啦啦隊，幫忙促成婚事，僅堅持繼續暱稱蘇珊為蘇西。奧斯汀與蘇於 1856 年夏天結婚，而從 1855 年後艾蜜莉不再寫長信給蘇，主要是寫詩、短箋與紙條。

1856 這一年，奧斯汀後來的情婦梅柏（Mabel Loomis Todd）也誕生來到這個人世，他們在 1882 年譜出婚外情，兩人當時都各有家庭。梅柏就是狄金生詩選集 1890 年首次發行出版的編輯。在安默斯特鎮是個大人物的奧斯汀從不為自己的婚外情辯護或解釋，倒是在自己的日記詳細記錄他們的幽會。而任教於安默斯特學院的梅柏的夫婿泰德（David Todd），面對這顆婚姻炸彈所採取的態度是任其發展，至於蘇則從此成為怨婦。艾蜜莉在這個事件並未公開表示意見，看來是傾向以寬大的心看待每位當事人。

婚後的奧斯汀與蘇住在父親艾德華為他們建造的一棟新潮義大利風格房子，取名「常青樹」，新屋就在宏偉的狄金生家大宅旁。在與蘇為鄰將近三十年的時間裡，艾蜜莉有十五年的時間不曾踏進「常青樹」，而以文字與蘇保持聯繫。事實上艾蜜莉詩章的主題一直是：以期待與從想像中獲得極致狂喜，而不是加以擁有。這個主旨她在生活裡也予以實踐，成了她的信念。

對艾蜜莉而言，保持距離與無法滿足的缺憾才能持續一種有所不知的好奇，如此生活才有鮮活感。而蘇的心如海底

針，某種程度上，艾蜜莉與她相處大概既感困惑又有猜謎的樂趣吧。她曾在一封給蘇的信裡這樣說：「在一個停止猜謎的生活裡，你我都不會自在。」（信 586）

蘇冰冷時雖如北極，但她擁有極佳品味。艾蜜莉過世時，是她為艾蜜莉挑選手捧花束與白色法蘭絨長袍壽衣，並在〈春田共和主義者報〉發表一篇對艾蜜莉有一些觀察的長篇訃文。

蘇，真是艾蜜莉的詩作豐盛裡一個奇異的角色，她並不崇拜詩人，反而顯得有熱有冷、若即若離，而這竟引出艾蜜莉不少詩作來！在一方面，亦如蜜蜂與蜜源的關係吧，令人矚目。在劇作電影或歷史裡，這樣特別難以黑白分明勾勒的配角，更是值得注意的人性，因此形成文學的豐富。

給蘇珊熱烈的「情書」

妳會善待我嗎，蘇西？今天早上我使壞又發脾氣，這裡沒人愛我；妳也不會愛我的，若妳看到我皺眉頭、聽到我走到哪裡都把門甩得很大聲的話；不過這不是生氣，我不認為是生氣，因為當沒人看見時，我用圍裙的一角把大顆大顆淚珠拭去，然後繼續做事——心酸的眼淚，蘇西——燙到燒灼我的雙頰，幾乎燒焦我的眼球，不過妳有這樣哭過，妳當知道這是悲傷甚於生氣。

我愛快快跑，躲開所有人；這裡在蘇西的懷裡，我知道是愛與歇息，我永遠不會離開，大世界不就在叫我、因我不工作而打我嗎？

小艾米蘿在洗衣服，我可以聽到溫暖的肥皂水的噴濺聲。我剛剛才把手帕拿給她洗，所以不能再哭了。薇妮在打掃，掃房間的樓梯；忙得團團轉的媽媽用絲巾把頭包起來以防灰塵。喔蘇西，真是沉悶、暗淡、陰鬱啊！沒有陽光，雲看起來又冷又灰，風吹得不帶勁，而是吹著尖銳刺耳的小曲，鳥兒們不歌唱，而是瑟縮顫抖，沒有人臉上有笑容！我這樣的描繪自然嗎？蘇西，妳認為這看起來怎樣？不過不要在意，因為不會永遠是這樣，而我們還是愛著妳，深深念著妳，當天氣看來無情。妳珍貴的信，蘇西，坐在這裡，對我親切地笑，帶給我對它親愛的作者如此甜美的思念。當妳回到家來，心愛的，我就不會有妳的信了，是不是？不過我會擁有妳，這遠比我所能想的好太多了！我拿著小鞭子坐在這裡，把時間鞭走，直到它一小時都不剩，然後妳就在這裡了！喜悅在這裡了，當下的喜悅延續至永遠！

　　就僅是幾天，蘇西，很快就會過了，不過我還是要說，現在就走開，立刻，因為我需要她，我必須擁有她，喔將她給我！

　　瑪蒂可愛又真誠，我很愛她，還有艾蜜莉・福勒，我確定還有譚佩、艾比與艾咪，我愛她們全部，我希望她們愛我，不過，蘇西，還是有一個很大的角落；我以不在身邊的人來填補，我繞著它一再徘徊，喚著心愛的名字，要它跟我說話並問它是否是蘇西，它回答，非也，女士，蘇西被偷走了！

我不滿嗎？這是喃喃自語，還是我難過又孤單，因此就心生不滿？有時我真有這樣的感覺，我想這可能不對，上帝將以帶走妳來處罰我；因為祂已經很慈悲地讓我寫信給妳，也給我妳的信，但是我的心還要更多。

這妳曾想過嗎蘇西？不過我知道妳曾想過「心」會有怎樣的索求；我真不相信完整廣大的世界裡竟會有如此頑強的小債主、如此真實的小守財奴，妳我每天攜帶在我們胸中。有時我無法不去想，當我聽到關於自私者時，心就動也不動，唯恐被人發現！

我要走到外面的門階，為妳摘一枝新綠的草，我要摘下在角落的那枝，那個我們以前常坐一起編織長長幻想的角落。或許親愛的小草都抽長了，或許它們聽到我們曾說過的話，只是它們無法說出來！我現在走到了，親愛的蘇西，這是我的發現——不太像我們以前坐在這裡看到的那樣的喜氣與滴綠，而是一枝感傷黯淡的草，為希望憂傷。不用說是某個風流年輕的大蕉葉贏得它的芳心後就薄情了！妳難道不希望就只有大蕉葉會做這種事嗎？

我真覺得奇妙，蘇西，我們的心竟不會為那些獻殷勤的男人撕裂，不過我猜想我的心是鐵石做的，所以斷不了。親愛的蘇西，若我的心像石頭，妳的是錚錚的鐵石，因為妳不會屈服於任何男人。我們會一直都很硬嗎？蘇西，那將會怎樣？當我看到那些波普、波拉克與約翰－米爾頓布朗們時，我認為我們有可能陷落，不過我不知道！我為有個遠大的未來等著我們感到欣喜。妳會喜歡知道我看哪些書，只是我實在不知道羅列哪些，我涉獵的範圍太窄了。

我僅看了三本小書，不偉大、不扣人心弦，但甜美真實。它們是《山谷之燈》、《只有》與《一塊岩石上的房子》，我知道這三本妳都會喜愛，雖然它們並未讓我為之著迷。森林裡沒有任何散步、沒有低沉熱切的聲音、沒有月光、也沒有失竊的愛，只有小人物愛著上帝與他們的父母，恪遵國家的律法；不過妳若看到不妨拿來唸，因為它們對人有益。

我還會收到《愛爾頓洛克》、《奧利佛》與《一家之主》（瑪蒂跟妳提過的）。薇妮和我幾天前收到《荒涼山莊》，如他[1]一貫的風格，關於那本書我能說的就這些了。親愛的蘇西，妳上次寫信給我時是那麼快樂，我好開心，而妳也將以妳的快樂解除我的悲傷，不是嗎？要是我讓妳難過，或讓妳眼睛溼潤，我將永遠不會原諒我自己。我的信寄自紫羅蘭之地、春之鄉，要是僅帶給妳哀傷，那我真是惡劣。我將永遠把妳記在心裡，留妳在這裡，當妳離開了，我也不會留下，我們會共眠在一棵楊柳樹下。我能做的是感謝「天父」把這樣的妳給我，且要不停地禱告，祈求祂保佑我愛的人，把她帶回來給我，永遠不再出外。「這就是愛了」[2]。不過那是天堂，而這只不過是人間，但人間如此像天堂，讓我好生猶豫，要是正宗的要召見。親愛的蘇西，再會！

艾蜜莉

1852 年 4 月 5 日

（信 85）

注釋

1. 指狄更斯。《荒涼山莊》（*Bleak House*）是狄更斯代表作之一，許多評論者認為此書創下小說寫作高峰。
2. 參見《聖經．約翰一書》4：10。

—— 賞析 ——

艾蜜莉寫這封信給在巴爾的摩一所女校教授數學的蘇時，蘇已與奧斯汀祕密談著戀愛，從信的內涵可以知道她並不知情。艾蜜莉覺得她與蘇不會向男人屈服，特別是蘇，而自己可能沒那麼堅決，因為若有才情像英國新古典時期的大詩人亞歷山大．波普（Alexander Pope）者追求她，她有可能會點頭。

信中語氣熱切，艾蜜莉把蘇當做知己跟她說心底話，同時又有將自己當作中古時期騎士寫情書給要追求的美人的味道。閱讀這封信我們多多少少可以感受到艾蜜莉是一頭熱，而蘇則相對保留，因為若熱力相當，蘇不可能不跟她說正跟她哥哥談戀愛。戀愛中的人通常會跟好友訴說戀愛的點點滴滴，而蘇完全不提，真是耐人尋味。

艾蜜莉觀察到，結婚後的女人，生命泰半淹沒在家事裡，沒有偉大的冒險可以期待，因此當天氣陰冷，家裡所有女性通通忙著做家事時，她的心情就相當低落。在一封寫於

1854 年八月底給蘇的信裡，她思索著存在的意義：

我起床，因為太陽照亮，睡眠對我仁至義盡了，然後我梳理頭髮，穿好衣服，疑惑我是誰、誰造就這樣的我？然後清洗碗盤，不久後又再洗一次，如此一般就已是下午，於是招待來訪的女士們，然後黃昏來臨，換男士們來這裡坐坐聊聊數小時，就這樣一天就結束了。拜託，什麼是生命？（信 172）

艾蜜莉問，她的存在是這樣嗎？她是如此生活的嗎？在 1852 年六月給蘇的一封信裡說到她眼中的婚姻生活，那樣的生活裡男人是太陽，女人是跟隨著太陽的向日葵。在新婚的早晨時刻仍享有露珠的喜悅，不過到了中午就可能被曬到枯萎，縱然如此，還是要向著太陽，隨他轉，直到完全枯萎凋謝。而嚮往自由、追求靈魂自主的艾蜜莉不願見到自己走上這條路，但也透露出萬一抵擋不住的恐懼。

在這封信二十六年後，艾蜜莉在一封給蘇的短簡裡依舊

不改其視擁有力量的重要，雖然字裡行間有玩文字遊戲的意味：「珍惜力量[3]，親愛的。莫忘它在聖經裡的存在是介於王國與榮耀之間，因為它比它們任何之一都來得狂野。」（信583）

也就是說，因為狂野，所以需要王國與榮耀作為節制它的左右護衛。《聖經．馬太福音》6 :13 是這樣說：「不要讓我們陷入試探，救我們脫離那惡者。因為王國、權柄、榮耀，全是你的，直到永遠！阿們。」

對艾蜜莉而言，擁有寫詩的力量可以使她的世界變得神奇，充滿了意義與想像的狂野，使她的生活變成一首詩。

1858 年婚後的蘇與奧斯汀搬到狄金生大宅隔壁的「常青樹」新屋，艾蜜莉送給蘇一首詩簡（信 197），說她有兩個妹妹，一個是血緣的薇妮，一個是變成嫂嫂的蘇：

我有個妹妹是在我們屋子裡，

3. 即權柄。

另一個，在樹籬外。
僅一個有登載，
不過兩個都屬於我。

一個與我來自相同的路——
穿我去年的衣服——
另一個，像一隻鳥
築巢在我們心中。

她唱的跟我們不一樣——
那是不同的曲調——
她有自成一格的音樂
就像六月的大黃蜂。

如今離童年已遠——
不過上山下山

我更緊握她的手——

路程因此縮短——

她的哼唱

年復一年地，

依舊迷惑蝴蝶；

她的眼睛裡

依舊有紫羅蘭的

枯影在五月去了又來。

我灑落露珠——

卻帶走早晨——

從夜空萬千的閃爍裡

我選中這一顆星子——

蘇——永永遠遠！

艾蜜莉與蘇比鄰而居三十年，關係曾一度冷淡、疏遠，不過在艾蜜莉四十六歲時仍寫給蘇這樣的詩箋：「擁有我自己的一個蘇珊／本身就是一種至福／不管我喪失怎樣的王國，天主／請讓我繼續在此狀態！」（信 531）或許就像創造商籟詩的佩脫拉克之於羅拉，艾蜜莉也將對象的渴望轉換成藝術創作的泉源與繆思吧。

艾蜜莉有些像多色的九重葛，是陽性植物，喜歡陽光，比鄰的蘇像太陽，讓其攀長，而創作出纍纍像燦紫酡紅的九重葛花。但我們可以注意到，根莖茁壯的九重葛是可以移植自立的，與蘇的關係不再是陽烈時，九重葛的美，已是詩花滿袋，秋煦灑沉思微涼時節。

5 April 1852

Will you be kind to me, Susie? I am naughty and cross, this morning, and nobody loves me here; nor would you love me, if you should see me frown, and hear how loud the door bangs whenever I go through; and yet it is'nt anger - I dont believe it is, for when nobody sees, I brush away big tears with the corner of my apron, and then go working on - bitter tears, Susie - so hot that they burn my cheeks, and almost scorch my eyeballs, but you have wept such, and you know they are less of anger than sorrow.

And I do love to run fast - and hide away from them all; here in dear Susie's bosom, I know is love and rest, and I never would go away, did not the big world call me, and beat me for not working.

Little Emerald Mack is washing, I can hear the warm suds, splash. I just gave her my pocket handkerchief - so I cannot cry any more. And Vinnie sweeps - sweeps, upon the chamber stairs; and Mother is hurrying around with her hair in a silk pocket handkerchief, on account of dust.

Oh Susie, it is dismal, sad and drear eno' - and the sun dont shine, and the clouds look cold and gray, and the wind dont blow, but it pipes the shrillest roundelay, and the birds dont sing, but twitter - and there's nobody to smile! Do I paint it natural - Susie, so you think how it looks? Yet dont you care - for it wont last so always, and we love you just as well - and think of you, as dearly, as if it were not so. Your precious letter, Susie, it sits here now, and smiles so kindly at me, and gives me such sweet thoughts of the dear writer. When you come home, darling, I shant have your letters, shall I, but I shall have yourself, which is more - Oh more, and better, than I can even think! I sit here with my little whip, cracking the time away, till not an hour is left of it - then you are here! And Joy is here - joy now and forevermore!

Tis only a few days, Susie, it will soon go away, yet I say, go now, this very moment, for I need her - I must have her, Oh give her to me!

Mattie is dear and true, I love her very dearly - and Emily Fowler, too, is very dear to me - and Tempe - and Abby, and Eme', I am sure

- I love them all - and I hope they love me, but, Susie, there's a great corner still; I fill it with that is gone, I hover round and round it, and call it darling names, and bid it speak to me, and ask it if it's Susie, and it answers, Nay, Ladie, Susie is stolen away!

Do I repine, is it all murmuring, or am I sad and lone, and cannot, cannot help it? Sometimes when I do feel so, I think it may be wrong, and that God will punish me by taking you away; for he is very kind to let me write to you, and to give me your sweet letters, but my heart wants more.

Have you ever thought of it Susie, and yet I know you have, how much these hearts claim; why I dont believe in the whole, wide world, are such hard little creditors - such real little misers, as you and I carry with us, in our bosoms everyday. I cant help thinking sometimes, when I hear about the ungenerous, Heart, keep very still - or someone will find you out!

I am going out on the doorstep, to get you some new - green grass -

I shall pick it down in the corner, where you and I used to sit, and have long fancies. And perhaps the dear little grasses were growing all the while - and perhaps they heard what we said, but they cant tell! I have come in now, dear Susie, and here is what I found - not quite so glad and green as when we used to sit there, but a sad and pensive grassie - mourning o'er hopes. No doubt some spruce, young Plantain leaf won its young heart away, and then proved false - and dont you wish none proved so, but little Plantains?

I do think it's wonderful, Susie, that our hearts dont break, every day, when I think of all the whiskers, and all the gallant men, but I guess I'm made with nothing but a hard heart of stone, for it dont break any, and dear Susie, if mine is stony, your's is stone, upon stone, for you never yield any, where I seem quite beflown. Are we going to ossify always, say, Susie - how will it be? When I see the Popes and the Polloks, and the John-Milton Browns, I think we are liable, but I dont know! I am glad there's a big future waiting for me and you. You would love to know what I read - I hardly know what to tell you, my catalogue is so small.

I have just read three little books, not great, not thrilling - but sweet and true. "The Light in the Valley," "Only," and a "House upon a Rock" - I know you would love them all - yet they dont bewitch me any. There are no walks in the wood - no low and earnest voices, no moonlight, nor stolen love, but pure little lives, loving God, and their parents, and obeying the laws of the land; yet read, if you meet them, Susie, for they will do one good.

I have the promise of "Alton Lock" - a certain book, called "Olive," and the "Head of a Family," which was what Mattie named to you. Vinnie and I had "Bleak House" sent to us the other day - it is like him who wrote it - that is all I can say. Dear Susie, you were so happy when you wrote to me last - I am so glad, and you will be happy now for all my sadness, wont you? I cant forgive me ever, if I have made you sad, or dimmed your eye for me. I write from the Land of Violets, and from the Land of Spring, and it would ill become me to carry you nought but sorrows. I remember you, Susie, always - I keep you ever here, and when you are gone, then I'm gone - and we're 'neath one willow tree. I can only thank "the Father" for giving me such as you, I can only pray unceasingly, that he will bless my Loved One, and bring her back to me, to "go no more out forever." "Herein is Love." But that was Heaven - this is but Earth, yet Earth so like to heaven, that I would hesitate, should the true one call away.

Dear Susie - adieu!

Emilie -

(Letter #85)

part V

大腦過於活躍的
美男子報人山謬爾·包爾斯

生於1826年的山謬爾·包爾斯，頭髮黝黑、眼睛深邃，輪廓像阿拉伯人，艾蜜莉曾在一封給包爾斯的信裡開玩笑說，我會祈求阿拉保佑你身體健康。有些學者認為包爾斯是「主人信件」裡的那位主人。到底這樣一位活躍、外向的報人如何與艾蜜莉相識？包爾斯本人與他的妻子總共收到艾蜜莉五十封信，不過，一般咸認多封寫給包爾斯妻子瑪麗的信意在給包爾斯看。

1858年，包爾斯前往安默斯特鎮為《春田共和主義者報》報導該鎮的割草機試驗，因而結識奧斯汀與蘇，並從此與他們夫妻成為終生好友。他同時也是狄金生全家的朋友，當然包括艾蜜莉。

《春田共和主義者報》為包爾斯的父親創立，他在繼承擔任總編後，即以他對新奇、大膽與爭議事物敏銳的新聞感，使該報成為當時全美最先進、最具影響力的報紙之一。包爾斯的貢獻還包括讓《春田共和主義者報》成為新聞業的表率，它做到「將公眾福祉置於私人利益與黨派連結之上，並願為其認同的正義甘冒大眾的反感，甚至賭上金錢的損失」。[1]

不過他也很精明，懂得與政治人物相處，這樣就可以保持消息管道暢通、取得獨家新聞。而這樣一位活躍的報業人士，自然有不少名人朋友，其中在歷史上留名的有美國重要思想家愛默生與英國小說家狄更斯。

一位成功的新聞人就是不管遇到什麼人都可以聊上幾句話，包爾斯當然有此本領，他同時也風度翩翩，是聰明單身女性出入社交場所極佳的陪伴。他的風度翩翩是因心胸開闊、思想前進，他也重視女性權益，且不稱女作家為 lady writers，而是 women writers。只是讓人不解的是他娶了一個與他難以相稱的妻子，他的妻子瑪麗孤僻、遲鈍、冷淡、很難相處。艾蜜莉寫信給她常一副如履薄冰的樣子。妙的是，艾蜜莉幾首上乘的詩作都出現在給瑪麗的信裡。

注釋

1. 參見 Habegger，377 頁，2001。

內向的艾蜜莉與外向的包爾斯兩人有何共通之處？哈貝格認為，他們都可隨心揮灑英文，不受制標準英文的規範，只是包爾斯的文字更貼近庶民，他在報導與社論裡所使用的生動俚語深獲讀者喜愛。兩人也同時都是大腦過於活躍、神經緊張型，所不同在於，一個外放旅動不已，一個躍向內在的懸崖。包爾斯一副像是用不完的精力，結果導致全身是病，在五十一歲的壯年因過勞衰竭而死。

江森認為艾蜜莉將包爾斯視如大哥哥般的知己。或許因為這樣，似乎只有包爾斯敢罵艾蜜莉「混蛋」。包爾斯是極少數可以看到艾蜜莉的外人，艾蜜莉也喜歡見到他，跟大家一起在哥嫂的家高談闊論。不過有幾次包爾斯來訪，她卻避不見面。

包爾斯罵她混蛋的那次是發生在 1877 年，也就是他過世的前一年。話說那天他人已到狄家大宅，艾蜜莉卻躲著不見他，他就開罵了：「艾蜜莉，妳這該死的混蛋！不要再玩這種無聊的遊戲！我大老遠從春田特地來看妳。馬上給我下來。」[2] 傳記家修厄爾說，在成功激怒包爾斯後，艾蜜莉一副迷人模樣、可親地從她二樓房間走下樓來。

朱蒂斯·法爾認為包爾斯是「主人信件」裡的主人，而哈貝格則認為兩人之間的感情非嚴格意義上的愛，但的確激發艾蜜莉寫出一些最熱烈的作品，並指出包爾斯進入詩人的世界是在她寫第一封「主人信件」之後。兩位學者引用論證的關鍵書信都一樣，但看法截然不同，我將翻譯於後。

2. 參見 Farr，239 頁，1992。

一封讓人猜謎的信

神聖的頭銜，是我的！

妻子——沒有標誌！

授與我——嚴酷的地位——

骷髏地的女皇！

道地的皇室，僅缺皇冠！

婚約已成——沒有結合的暈眩

上帝賜此暈眩給我們女人——

當你——戴上——石榴石戒——

以金戒約定——

出生——結婚——死亡——

一天內完成——

「我的先生」——女人說著——

像撥弄悅耳的旋律——

是這樣一回事嗎？

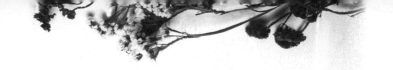

這是我不得不告訴你的，你不會跟別人說吧？名譽是它自己的抵押品。

（信 250）

—— 賞析 ——

這封寫於 1862 年初的信沒有稱謂，也無署名，內容是一首詩，最後請收信的包爾斯保守祕密，要他以名譽作保證，不可將信裡的內容外洩。時間與心思都放在報紙事業的包爾斯，若他與艾蜜莉無特殊情感，就算聰明過人，收到這樣的信大概也會有丈二金剛之感吧？

這首詩的語氣急切，詩在前五行一口氣用了四個驚嘆號，而且將自己的受難地位提高到與耶穌同等高度，這不可不說是個大膽的自我膨脹，大概連自由派的先進份子包爾斯看了眉毛都不免往上一揚。

我們知道耶穌被釘上十字架的所在地在各各他山上，各各他山（Calvary 或 Golgotha）意譯為「骷髏地」，因此「各各他山」與十字架就成了耶穌受難的標誌。〈約翰福音〉記載，判處耶穌釘十字架的羅馬帝國猶太行省第五巡撫的彼拉多，在十字架上另外寫了一個牌子，上面寫著：「拿撒勒人耶穌，猶太人的王。」[1] 詩中受難的女皇除了十字架上沒有這個牌

注釋

1. 《聖經．約翰福音》19：19-20。

子外，其餘性質都與耶穌相同。

不過「標誌」（sign）也可能是指冠夫姓，也就是說，「妻子」這個神聖的頭銜無須冠上夫姓，是完全的自主、保有自己的姓氏，而非某人的妻子。

詩中人是女皇，僅缺皇冠，有婚約，卻無新婚之夜的滿足，而這種肉體的完滿本是上帝賜給女人的。她也沒戴象徵多子的石榴石婚戒，也無象徵兩情堅實的金戒，更且在一天內出生、結婚、死亡，白色嫁紗也同時是壽衣。

最後詩中人想像新婚的妻子當第一次說出「我的先生」時，是怎樣夾雜著驕傲、擁有與得意，那樣的喜悅是否就像撥動琴弦奏出悅耳的音樂？只是詩中人是不會有這樣公開說出「我的先生」的機會，因為她的是精神結合的祕密婚姻，只不過擁有文字力量的詩人可以在詩裡宣稱自己有個神聖的「妻子」頭銜就是了！

包爾斯大概是猜測艾蜜莉與某個人祕密結婚吧，因此在

回信裡可能提出關於純潔的質疑與謹慎行事的建議，由於回函沒有留下來，所以無從得知實際內容，不過從艾蜜莉緊接著給他的一封信來看，她是以高姿態的語氣糾正他。

艾蜜莉說：「若你一時之間懷疑我的雪白，那你此後都不會再有懷疑了，這我知道。因為我無法將它說出口，因此就把它放在詩裡給你看，當你對我的步伐發生動搖[2]。」（信251）

這封回函裡的詩是這樣的：

通過苦難的筆直山隘——
殉道者穩健行進。
他們的腳踩著曠野的試探——
他們的臉——向著上帝——

一群莊嚴、被赦免的同道——
騷亂在四周胡鬧——

2. 艾蜜莉的意思是：當你對我的步伐發生動搖時，看到這首詩就不會懷疑了。

於他們無傷——就像流星劃過——
一顆行星的軌道——

他們信任永恆的許諾——
他們的期盼——公平恰當——
指針——指向北方角度
跋涉——堅定——通過北極空氣！

朱蒂斯．法爾認為，第一封信是艾蜜莉對包爾斯表白心跡，第二封是強調她的純潔不容懷疑。她因這樣的情感所受的苦難，與對此苦難的承受，就像殉難者一般腳步堅定，僅朝一個目標前進。

哈貝格則認為艾蜜莉是把包爾斯當做聽得懂她的語言、可以跟他說心裡話的知己。寫這封信的艾蜜莉當時處在極其焦慮時刻，她遭遇到精神危機（也可能是情感危機）卻無法公開說，若不藉由文字書寫、詩章表現，很可能會爆炸。

哈貝格在他的書裡說，艾蜜莉為了不讓鎮裡的郵差發現她寫給當時人在費城尚未搬到舊金山的衛茲華斯，常請她信得過的不住在鎮上的朋友代為寫上收信者的姓名並幫忙寄出。包爾斯似乎也是她請求的對象之一，只不過包爾斯太忙曾經遺漏，有一次害得艾蜜莉使盡她的外交手段，請包爾斯的太太代為處理：

親愛的瑪麗：妳可以暫時放下「查理」[3]？撥一點時間給我嗎？上週六早晨我寄給包爾斯先生一封小短箋，請他幫個忙。我忘了他去華盛頓，或許我最近不應該麻煩到他。現在，瑪麗，我怕他沒收到，那妳替他幫我這個忙，這會煩到妳，是吧？妳可以告訴我嗎？用妳的筆寫下：「艾蜜莉，這不會麻煩到我。」如此，我就可確定，因為這樣讓妳多勞，就算天塌下來我都不會想要麻煩妳了。（信 253）

包爾斯在一封給奧斯汀的信裡，部分內容或許曾消遣了

3. 查理是瑪麗的兒子。

艾蜜莉，哈貝格認為這可能導致艾蜜莉對包爾斯的不信任，並因此有近十二年的時間不寫信給他。艾蜜莉是可以開玩笑、很有幽默感的人，但不能消遣。朋友之間若發生消遣的舉動，表示失去基本的尊重與美學距離。

包爾斯在這封信裡跟奧斯汀說：「對那位隱居皇后已經征服世界一事獻上我的致意……蒲公英、長春蘭，或少女的誓言可是天上常見的花？」[4]

信中將僅限於他們兩人知道的「少女的誓言」加以強調，還公開告訴奧斯汀，讓奧斯汀心生懷疑，這般輕忽的舉動似乎不把艾蜜莉對他的信任當一回事，因此傷害艾蜜莉，也導致此後她對包爾斯的疏遠。一直要到 1874 年後，兩人才恢復通信與友誼。

他們兩人恢復友誼四年後，包爾斯於 1878 年一月十六日與世長辭。艾蜜莉很哀傷，不過比艾蜜莉更感哀傷的是

4. 參見 Habegger，447 頁，2001。

蘇，因為包爾斯與蘇兩人之間的友誼更深厚。

艾蜜莉此時寫了一首短詩給蘇，畫龍點睛出一生勇往直奔未來卻未能活在當下的包爾斯：「他的本性是未來，他尚未活過。」（信 534）

1884 年，當包爾斯的傳記作者梅瑞安（George S. Merriam）向包爾斯的友人徵詢其相關生平事跡時，蘇問艾蜜莉的剪貼簿有沒有留下包爾斯的文章與一些相關報導，她回蘇的信上說：「我真不敢相信美妙的書終於寫出來了，它給我像是一本太陽的回憶錄，當中午遠去。妳記得他迅速抓住與拋出一個主題，其他人在後面撿，目光不知所措，而他的眼睛卻躍動的光景吧，那樣子真是無法重複。」（信 908）

反應快速又犀利的包爾斯將報紙經營得有聲有色，不過卻不具有細膩敏銳的詩耳朵，因此就算艾蜜莉寄給他不少上乘詩作，他還是沒能聽到艾蜜莉的歌聲。話說如果聽不到艾蜜莉詩的心跳聲，又如何與詩人發展出戀情呢？不過，感情的事也常常是沒有道理可說。所以他們之間的關係終究還是一個謎。

Title divine, is mine!
The Wife - without the Sign!
Acute Degree - conferred on me -
Empress of Calvary!
Royal, all but the Crown!
Betrothed - without the swoon
God sends us Women -
When you - hold - Garnet to Garnet -
Gold - to Gold -
Born - Bridalled - Shrouded -
In a Day -
"My Husband" - Women say -
Stroking the Melody -
Is this — the way?

Here's - what I had to "tell you" - You will tell no other? Honor

- is it's own pawn.

（Letter #250）

part VI

艾蜜莉與洛德法官的戀情

歐提斯·菲力浦·洛德（Otis Philip Lord, 艾蜜莉暱稱他「菲爾」）生於1812年，長艾蜜莉十八歲，與艾蜜莉父親艾德華同是法界人士，兩人是好友，也都是惠格黨的忠貞份子。他在擔任麻州最高法院法官前曾是麻州眾議院院長，這樣一個對政治熱衷、在法院裡威名赫赫的人士，為何會讓艾蜜莉寫下多封熱烈的情書？

這是個難以回答的問題，因為我們不是艾蜜莉，所以只能猜測。在艾蜜莉留下的書信中，她寫給洛德法官的第一封情書，根據江森在上世紀五〇年代所做的考證是1878年，這時的艾蜜莉已四十七歲，她的父親已過世四年，而六十五歲的洛德則在六十四歲時喪妻，夫婦倆沒有子女。

這裡有一個日期的巧合，洛德的妻子伊麗莎白過世於1877年十二月十日，十二月十日這天剛好是艾蜜莉的生日。不過後來的研究認為1878年不太可能，因為離伊麗莎白過世時間太短，給洛德的信有標注日期的都寫於1882年，而從 1881 年起洛德常拜訪狄金生家宅。

對以文字為創作工具的詩人艾蜜莉，能吸引她的人必也是文字語言功力極高的人，而且還要有殺人不刃血的幽默武功與細膩的心思。洛德剛好是這樣的人，只是他這方面的特質僅表現在密友、熟識與同好之間。在法庭裡，他盤問證人所展現立即強大的心智掌控力，曾讓「證人緊張到昏倒」。[1]

不過艾蜜莉的獨特、其強大的精神力、智力與幽默感，也曾讓這位在人生戰場豐功偉業、藍色眼睛射出懾人刀光的法官感到卻步。換句話說，洛德無法以他是年長男性與閱歷豐富來掌控艾蜜莉，而是要平等尊重、真情相待。他們也的確兩情相悅，這段情感一直維持到洛德於 1884 年三月十三日過世。

或許他們戀情的內容也包括對莎士比亞的共同喜好吧？早在 1880 年，洛德就送給艾蜜莉一本貴重的精裝皮革大理

注釋

1. 參見 Sewall，648-649 頁，1995。

石花紋封面的莎士比亞索引。

傳記家哈貝格認為語言文字在他們的愛情裡扮演重要角色。四十七歲以後的艾蜜莉已經歷過情感的烤煉，加上長期在精神世界的探索冒險與高度自律的生活，她終於有看到欲望形狀的能力，因此既能誠實呈現又能與它保持幽微的美學距離。

在她給洛德的信裡，我們看到文字的狂野，看到她的自由、無懼與快活。當欲的生長生出愛的形象時，即是飛向高空的輕盈。欲的茂密熱烈，愛的清明飛翔，構成了愛情的雙重奏，在文字上則表現出優游自在的豐富，情感熱烈卻自由。

由於薇妮遵守艾蜜莉的意願燒掉親友給她、回她的信，因此我們看不到洛德給艾蜜莉的信，同時所看到艾蜜莉給洛德的信是她自己保留的草稿或謄清本，而這些信有些頭尾或中間被剪掉，猜測是奧斯汀要這麼做的。

艾蜜莉與洛德談戀愛不願讓人知道，不過曾留下這麼一段故事，陳述者是蘇。她說，狄金生姊妹「兩人都沒有道德觀……有一天我到那裡走進客廳，看到艾蜜莉倚靠在一個男人的臂彎裡」。[2]

單身男女戀愛擁抱為何要被扣上「沒有道德觀」的帽子？戀愛中的艾蜜莉與洛德每星期互通一封信，洛德的信會在週一抵達，所以艾蜜莉就討厭週二了。

她在一封信裡說「週二是極度讓人沮喪的一天」，因為離另一封新發芽的信還有距離，等待讓人心煩！

也在另一封信說：「乞求一封寫好的信，真是窮到破產地步，不過乞求一封尚未寫的信，更且捐贈者到處閒逛無心書寫，那真是比破產更破產。」

她問洛德法官：「你有授權讓原本快活、明亮的星期變得有害、讓人討厭嗎？」（信 561）

不管怎樣，這段戀情狄金生家人最後還是知道，因為在

2. 參見 Habegger，590 頁，2001。

艾蜜莉的葬禮，薇妮將象徵永恆之愛的天芥菜擺放兩株在艾蜜莉手邊，好讓她「帶給洛德法官」。

艾蜜莉曾在洛德過世後形容他是一個結合「骷髏地與五月」（Calvary and May）的人，根據哈貝格的解讀，也就是同時具備有「制定法律的耶和華與調皮搗蛋的丘比特特質的人」[3]。艾蜜莉與這樣兼具嚴厲、固執、浪漫與淘氣的法官談戀愛，卻也能巧妙地避開與他結婚，無論如何，在人生的黃昏時刻，她終於真真實實地談了一場快活的戀愛。

3. 參見 Habegger，592-593 頁，2001。

我承認我愛他

我可愛的塞倫對我微笑，我如此常常尋覓他的臉龐，不過我不再掩飾了。

我承認我愛他，我欣喜地愛著他，我感謝創天設地的造物主將他送給我，讓我愛他，歡欣之情淹沒我，我找不到我的洩洪道。思念著你，小溪變成大海，這你會懲罰嗎？這可是像債務人所說是自然而然的破產。那會是一種罪行嗎？那怎會是一種罪行？把我監禁在你裡面，那將是對我的懲罰。與你蜿蜒穿過這可愛的迷宮，它不是生或死，雖然它有死亡的難以理解，也有生的湧動，這樣的盎然讓我入睡前為你清醒，日子也因有你而變得有魔力。多麼美麗的辭彙，我們進入夢境裡，彷彿它是一個家國，那我們就讓它成為家國，我們可以將愛的迷宮變成家國，我的家國，而我的寶貝來這裡當一位愛國者。於今愛是一位愛國者，將她的生命奉獻給國家因此成就了自己的意義。喔，靈魂的國度，你有自己的自由了！（信 559）

—— 賞析 ——

洛德住在麻州塞倫，所以艾蜜莉稱他「我的塞倫」。跟法官寫情書，艾蜜莉在信裡用了不少與法律有關的名詞，像是「懲罰」、「債務人」、「破產」、「罪行」與「監禁」等等。洛德看著信時臉上應該會發出微笑吧。信最後說，他們可以優游於全然自主的靈魂國度，進行富饒活潑的語言遊戲，她的寶貝會是這個自由國度的愛國者，而他的同袍是愛！

江森在《艾蜜莉．狄金生書信全集》裡將這封給洛德情書的年代標定為 1878 年，不過他也不是百分之百確定，後來的研究者更是存疑。在十五封保存下來給洛德的情書草稿與謄清本中，這封是第一封。洛德的妻子於 1877 年底過世，若說洛德在喪妻後短短幾個月就與艾蜜莉發展出這樣的戀情，似乎不太合理，同時信中的語氣與內容顯示，這樣的情感不像短時間內就培養出來。

他們的戀情在 1881 年留下的痕跡比 1878 年更明確。應該就在這一年，艾蜜莉在一封寫給洛德的信裡附上一首詩，詩裡似乎跟這位代表秩序嚴謹的法官說，在愛的世界裡嬉戲怎麼錯都不受鞭打處罰：

多麼迅捷——多麼輕率的一個——
怎地愛情總是錯——
歡樂的小神祇
侍奉你我們不受鞭打——

艾蜜莉詩與愛的熱情，不免使人聯想到梵谷。梵谷燒成灰，艾蜜莉卻在死後以詩綻花，信是她詩的洶湧準備。法官之端嚴竟在艾蜜莉眼裡是愛的小孩。

My lovely Salem smiles at me I seek his Face so often - but I am past disguises....

I confess that I love him - I rejoice that I love him - I thank the maker of Heaven and Earth that gave him me to love - exultation floods me - I can not find my channel - The Creek turned Sea at thoughts of thee - will you punish it - involuntary Bankruptcy as the Debtors say. Could that be a Crime - How could that be crime - Incarcerate me in yourself - that will punish me - Threading with you this lovely maze which is not Life or Death tho it has the intangibleness of one and the flush of the other waking for your sake on Day made magical with you before I went to sleep - What pretty phrase - we went to sleep as if it were a country - let us make it one - we could make it one, my native Land - my Darling come oh be a patriot now - Love is a patriot now Gave her life for its country has it meaning now - Oh nation of the soul thou hast thy freedom now.

(Letter #559)

你不知道「不」是我們賦予語言最狂野的字嗎？

耐德與我談到上帝，耐德說：「艾蜜莉姑姑，洛德法官是教友嗎？」

「我認為不是，耐德，就技術上而言。」

「為什麼？我以為他是波士頓的大人物之一，這些大人物認為身為教友是一件體面的事。」

「我認為他不做表面的事，耐德。」

「是喔，我父親說聯邦裡若有另一位像他那樣的法官的話，法律實踐就會有相當的成效。」

我告訴他這是很有可能的，雖然腦中同時回想，耶，我不曾在你在場時審理任何案子，除了我自己的案子，而這可是有你的甜蜜協助。我這樣想著時，連小聲說出來都沒有。

這些讓人心花怒放的話害我差點要撫弄這個男孩，不過還是搞清楚之間的差異[1]。你不知道你已帶走我的意志，而我不

注釋

1. 耐德讚美法官洛德，那些美言儼然就是具體的洛德了，所以艾蜜莉差一點就要去撫弄耐德，不過還是搞清楚耐德不是洛德。

知道你把它放在哪裡嗎？難道我該快點管教你嗎？「省了說不，慣壞了孩子」？

喔，我太寶貝的你，將我從偶像崇拜的狂熱拯救出來吧，偶像崇拜會毀了我們兩個。

「我航行盡頭的航標」。

（信 560）

—— 賞析 ——

耐德是奧斯汀與蘇的大兒子，生於 1861 年，三十六歲因心絞痛過世。艾蜜莉在這封信敍述她與耐德的對話，談論的是法官洛德。信裡的引句「省了說不，慣壞了孩子」，是將成語的「棍子」換成「說不」。為何要說不？因為不跟偶像崇拜說不，將會無法自拔。這是否在說她不能因為愛戀太深而失去自己詩人的志業？

信最後一行「我航行盡頭的航標」引自莎士比亞悲劇《奧賽羅》第五幕第二景。艾蜜莉引用這句話是否再強調一次，若陷溺太深會把把自己帶上絕路？劇本裡這句話的前一行是「這裡是我旅程的終點，我的盡頭」，說這些話的奧賽羅不久後就自盡了。

關於說「不」的藝術，她在另一封給洛德的信[2]這樣寫：「難道你不知道當我保留不給時，你最開心嗎？難道你不知道『不』是我們賦予語言最狂野的字嗎？」[3]把拒絕說得如此親暱、調情、狂野，真是讓對方無話可說。或許洛德要求

2. 信 562。
3. 原文如下：Don't you know you are happiest while I withhold and not confer – don't you know that "No" is the wildest word we consign to Language?

艾蜜莉與他作進一步的肉體接觸，艾蜜莉並不回避這樣的渴求，但她也不想放棄自由，而且也一直保持發球的主控權。

在同一封信，艾蜜莉說她自己定不下來，在歷經共同相處的夜晚後，她還是要回到自己的空間。這段文字艾蜜莉表現出像一隻纏繞洛德的蛇，讓麻州威風凜凜的法官成了她的獵物：

躺在如此靠近你的渴望處，在我逡巡時觸摸它，只因我是一個旅動不已的睡眠者，會常常從你的手臂開始遊歷整個快樂的夜晚，不過你會放我回來，是吧？因為那裡是我唯一所求之地。我說，若我感覺渴望比之在我們親密的過往時刻裡更立即，或許我不會抗拒去享有，而是必然享有，因為應該是這樣。

詩人在生命成熟期寫的情書，坦白的文字仍含義深深。在同一封信，她繼續說：「『門欄』是上帝所有，我的甜心，基於為你的大考量，不是為我，我不會讓你跨越，但它是你的，當時候到了我會拉開門閂，讓你躺在青苔裡。」為何不開放最後的防線是基於對洛德的大考量呢？或許是因為他們還沒結婚，而洛德是具有崇高社會地位的法官？雖然如此，當時候到了她不會拒絕。

然而為何是「躺在青苔裡」，而不是青草地呢？「青苔」似乎會讓人聯想到死亡。艾蜜莉一首談美與真理著名的詩，結尾說美與真理這兩位在墓窖相認的兄弟有說不完的話，直到「青苔」長到他們唇上，且淹沒了他們的名字。又為何「門欄」是上帝的，而門欄內是青苔之地？難道說，當他們兩人結合時即進入人間天堂，在天堂的青草地徜徉，相依相伴直到生命的終點，青草地成了青苔地？因此「青苔」是象徵愛與死？

她的「不」並非完全的拒絕，而是善於等待者才能取得最大戰果，才能在過程中充分遊戲，更加親密。該封信還說：

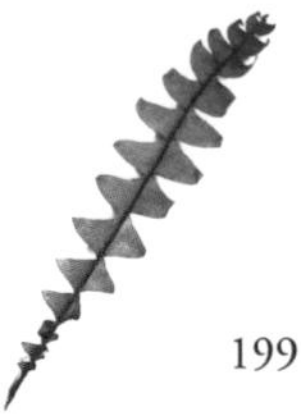

「你要求神聖的麵包皮，這麼做會毀了麵包。」欲速則不達，且會破壞更美好的東西。

在愛與情的身心之熱裡，艾蜜莉寫的是發燙的書信，情愛與想像焦灼的心靈夏天。

Ned and I were talking about God and Ned said "Aunt Emily - does Judge Lord belong to the Church"?

"I think not, Ned, technically."

"Why, I thought he was one of those Boston Fellers who thought it the respectable thing to do." "I think he does nothing ostensible - Ned." "Well - my Father says if there were another Judge in the Commonwealth like him, the practice of Law would amount to something." I told him I thought it probable - though recalling that I had never tried any case in your presence but my own, and that, with your sweet assistance - I was murmurless.

I wanted to fondle the Boy for the fervent words - but made the distinction. Dont you know you have taken my will away and I "know not where" you "have laid" it? Should I have curbed you sooner? "Spare the 'Nay' and spoil the child"?

Oh, my too beloved, save me from the idolatry which would crush us both -

"And very Sea - Mark of my utmost Sail" -

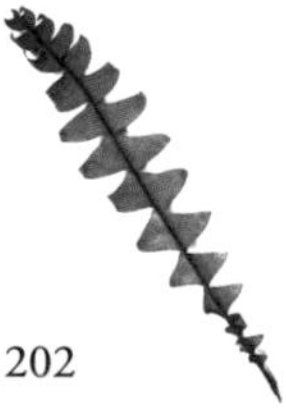

黃昏星升起

他的小「玩物」[1]在剛結束的一週都很不舒服，要不是有親愛的爸爸[2]讓它們有信心，它們無法相信生病竟也有可取之處，它讓虛弱的媽媽[3]失眠，如此她就可以醒著夢爸爸，這是一份深情的天真。

寫信給你，不知你在何方，是一種意猶未盡的舒暢。當然這比不寫更甜蜜，因為有一個游移的靶子，而你是目標，不過怎麼說都遠不如就是你本人以及我們共享時光那樣的開心。我強烈推測，對你而言，我們不在一起時是最溫柔的時刻。只有你才能審判這些甜蜜帶苦的時刻，不過當我們在一起時確實非常美好，那是讓人心滿意足的時光。

看《共和主義者報》報導，每天獲悉你想什麼，說了什麼，真是甜蜜在心頭，雖然重犯看得到你，我們看不到，看起來像個奇怪的詐欺。報上說，人山人海聽審，在那樣擁擠的空氣裡我真為你的寶貝肺臟擔心。陪審員咳嗽，你說不是真的從肺部

注釋

1. 指艾蜜莉的眼睛。
2. 指洛德法官。
3. 指艾蜜莉。

咳出來的，讓我們都笑了，而當你在旅館裡等待基德案判決時，陪審團卻決定睡覺去，我覺得他們是我見過最可愛的陪審團。我相信你「在家」了，雖然我的心排斥我這麼說，我的心希望它就是你的家。

人家跟我說你離開我僅兩個禮拜。可是感覺好多年啊。今天是四月最後一天，今年的四月對我有特殊的意義。四月時節我在你的懷裡。還有我的費城人[4]離開人世[5]，接著拉爾夫・愛默生[6]也觸知了奧祕之泉——愛默生這個名字是從我父親一位法律見習生[7]那裡知道的。哪個地球是我們的所在呢？

天堂，那是一、兩星期前的事，也跟著消逝了。

大事[8]已經成熟。我希望一切不會變動。在下次相會前，我們會鬆手將對方讓給無法抵擋的機率嗎？[9]

星期一

（附筆）

你昨天[10]抵達的信我帶在身邊。對你信上提到的「冰冷」，

4. 指衛茲華斯。
5. 衛茲華斯於四月一日離世。
6. 愛默生於四月二十七日過世。
7. 指班傑明・牛頓。
8. 可能指他們的結婚計畫。
9. 似乎是對不確定的種種可能表示恐懼。
10. 指星期一。

我極為難過。我怕它，不過懇求它折磨其他人。難道在這麼多人裡，它偏偏要找你麻煩嗎？溫和對它，哄騙它，不要趕它，趕它反而不走。我高興你「在家」。請用遺囑附錄去想。若說你在家，那我自己是沒有家的。我親愛的「菲爾」感覺驕傲嗎？

……

關於我們無所知的主題，或者我應該說我們無所知的存有，就拿「菲爾」究竟是一個「存有」還是一個「主題」來說吧，在一小時內我們相信又不相信，這般來來回回上百次，倒是讓信仰保持靈巧。

不過怎麼可能「菲爾」持一個觀點，而爸爸是另一個？我以為這兩個惡棍是不可分的，「不過話說回來，」就如新貝福的艾略特先生說的，「我可能錯了。」

爸爸還有很多密室，「愛」尚未徹底搜索。我想——我想要你，溫柔地。空氣如義大利般煦和，不過當它輕觸我時，我卻嘆一口氣甩開，因為它不是你。昨晚浪者們[11]來玩，奧斯汀說，他們黑得像漿果，嘰嘰喳喳像花栗鼠，覺得他的孤獨被嚴

11. 指奧斯汀的孩子。

重侵擾。看到「私掠船船長們」隱私遭入侵攪亂很有趣，不過「心知道自己的」反覆無常，在天堂，他們不求愛，也不能享受求愛，真是一個不完美的地方！

……

1882 年 4 月 30 日至 5 月 1 日

（信 750）

☙

江森編的《艾蜜莉·狄金生書信全集》將以下兩段放在這封信附筆的最後一段，不過哈貝格在他書裡指出這是誤置，事實上它們是一封寫於 1882 年十一月十一日的信：

斯特恩斯博士的夫人來問，想瞭解我們是否不認為巴特勒州長將自己與他的救世主並比是驚世之舉，不過我們早就認為達爾文已將「救世主」丟掉。請原諒我在信紙上瞎轉。無眠導致我的筆踉踉蹌蹌。情感也讓它超載難行。我們一起生活你早就對我寬宏大量。我鄉下人一般的愛，冒犯你如貂之高貴的領域，只有君王能赦免。我不曾向對方稱臣。精神[12]從未兩次相同，不過每次不同的遭遇，新的對象更好。喔，要是我能更早發現它！不過柔情沒有日期[13]，它來了，然後淹沒。

在它之前時間不存在，所以為何要建立呢？當它存在就永永遠遠，廢除了時間。

12. 意思愛的遭遇。
13. 指不知何時開始。

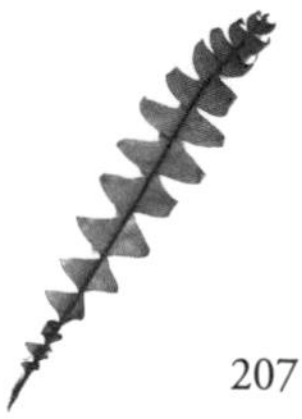

—— 賞析 ——

從這兩封信可以得知艾蜜莉每天看報，很清楚周遭發生的事，不遺漏重要新聞。與名人談戀愛可以從報紙鉅細靡遺的報導知道他想什麼、說了哪些話，她以讀者與愛人兩種身分觀看關於洛德法官所審理重要案子的報導。

1882 年，他們的戀情已發展到以「爸爸」、「媽媽」互稱，艾蜜莉也暱稱洛德「小菲爾」。大概當洛德展現丘比特的一面就是「小菲爾」，展現威嚴有若耶和華的一面就是「爸爸」吧。

在這一封信裡，艾蜜莉提到衛茲華斯的過世，稱他是「我的費城人」，她跟洛德講衛茲華斯時是怎樣的心情呢？若衛茲華斯就是「主人信件」的主角，那麼這樣一位可能讓她從 1858 年到 1865 年寫了數百首詩的繆斯的謝世，她蒼涼平靜地接受了嗎？看來似乎是這樣。艾蜜莉是率性之人，以真誠的心意存在，當她戀愛了，就是戀愛，快樂時就是快樂。同時已過了五十歲的她與三十歲上下時的她，在心境與理解力上會呈現不太一樣的風景，應該也是自然的。

愛的本質一如，但愛的對象會有不同。在第二封信裡，她說，我們不知道愛情什麼時候來，它就是發生了，當它來臨的頃刻，我們會被淹沒。她經驗過愛的烈焰、愛的微光，也經驗過愛使生命奇妙的喜悅，也因愛的艱難而成傷。當愛含有慾的蠢動與戀的強烈執有時，她經驗到刀割般的創痛，但同時也刻骨感受星光流瀉窗口的喜悅。

不知為何她會說不曾向哪位情感對象屈膝稱臣？其實是有的。給主人信件的第三封，那時候艾蜜莉是這麼寫：「曾支撐她尊貴閒適的膝蓋，於今卻低低跪下。」不過她轉得很快，緊接著說，每次戀愛對象不同，經驗也不同，但一個比一個好！

不同的對象讓人依然經驗著愛的本質，艾蜜莉在信裡說，洛德法官是更好的對象。不過當戀愛論及婚嫁時，棘手的現實就必須處理，所以在第一封信的附筆一開始就提到遺囑附錄問題。洛德的妻子過世後，他妹妹與她妹妹的兩個女兒住到洛德家幫忙家務與照顧洛德，因此若洛德與艾蜜莉結婚，勢必會影響她們的遺產繼承，她們不會歡迎艾蜜莉的。所以兩人要想辦法做到可以經濟寬裕共度晚年的同時，也不讓她們分到的遺產太少。法官在處理了大案件後疲累回到塞倫老家，還須為女人的戰爭頭痛！不過艾蜜莉未參與，她是被攻擊的對象，因此勸法官要有耐心，以智慧處理。

艾蜜莉說洛德有家，但她自己則無，因為在她父親過世後，她與妹妹薇妮住的老家已是哥哥奧斯汀的財產，甚至她們的日常開銷都須仰賴奧斯汀、看他的臉色，所以說，她是無家的，因為沒有自主權。

非常重視隱私的艾蜜莉玩味哥哥抱怨隱私常遭入侵的困擾。她是否也想到自己的隱私被洛德入侵呢？不過她的心知道這是個有意思的入侵，很享受這樣的追求與被追求，而且這正是天堂所沒有的形體的愛。艾蜜莉將《聖經．箴言》

14:10 所說的「心中的苦楚自己知道，心裡的喜樂外人無干」中的「苦楚」改為「反覆無常」。

事實上，就在艾蜜莉加上附筆的這一天[14]，洛德病倒陷入昏迷，麻州大報《共和主義者報》五月三日報導法官的生存機會渺茫，不過八日又報導說他已度過危機。艾蜜莉看了這則消息後去函照顧洛德的姪女，問她「親愛的塞倫」無恙了嗎，「他可以說話或聽得到聲音或說一聲『請進』，當他的安默斯特敲門」？

艾蜜莉的門其實被敲響，她打開，而黃昏星已升起。

14. 指五月一日。

His little "Playthings" were very sick all the Week that closed, and except the sweet Papa assured them, they could not believe - it had one grace however, it kept the fain Mama from sleep, so she could dream of Papa awake - an innocence of fondness.

To write you, not knowing where you are, is an unfinished pleasure - Sweeter of course than not writing, because it has a wandering Aim, of which you are the goal - but far from joyful like yourself, and moments we have known - I have a strong surmise that moments we have not known are tenderest to you. Of their afflicting Sweetness, you only are the judge, but the moments we had, were very good - they were quite contenting.

Very sweet to know from Morn to Morn what you thought and said - the Republican told us - though that Felons could see you and we could not, seemed a wondering fraud. I feared for your sweet Lungs in the crowded Air, the Paper spoke of "Throngs" - We were much amused at the Juror's "cough" you thought not pulmonary, and when you were waiting at your Hotel for the Kidder Verdict, and the Jury decided to go to sleep, I thought them the loveliest Jury I had ever met. I trust you are "at Home," though my Heart spurns the suggestion, hoping all - absence - but itself.

I am told it is only a pair of Sundays since you went from me. I feel it many years. Today is April's last - it has been an April of meaning to me. I have been in your Bosom. My Philadelphia [Charles Wadsworth] has passed from Earth, and the Ralph Waldo Emerson - whose name my Father's Law Student taught me, has touched the secret Spring. Which Earth are we in?

Heaven, a Sunday or two ago - but that also has ceased -

Momentousness is ripening. I hope that all is firm. Could we yield each other to the impregnable chances till we had met once more?

Monday -

Your's of a Yesterday is with me. I am cruelly grieved about the "Cold." I feared it, but entreated it to wrong some other one. Must it of all the Lives have come to trouble your's? Be gentle with it - Coax it - Dont drive it or 'twill stay - I'm glad you are "at Home." Please think it with a codicil. My own were homeless if you were. Was my sweet "Phil" "proud"? ....

......[15]

On subjects of which we know nothing, or should I say Beings - is "Phil" a "Being" or a "Theme", we both believe, and disbelieve a hundred times an Hour, which keeps Believing nimble.

But how can "Phil" have one opinion and Papa another - I thought the Rascals were inseparable - "but there again," as Mr New Bedford Eliot used to say, "I may be mistaken."

Papa has still many Closets that Love has never ransacked. I do - do want you tenderly. The Air is soft as Italy, but when it touches me, I spurn it with a Sigh, because it is not you. The Wanderers came

15. 此段未譯出，原因是信中線索被艾蜜莉的哥哥奧斯汀剪去，無法解讀。

last Night - Austin says they are brown as Berries and as noisy as Chipmunks, and feels his solitude much invaded, as far as I can learn. These dislocations of privacy among the Privateers amuse me very much, but "the Hearth knoweth its own" Whim — and in Heaven they neither woo nor are given in wooing - what an imperfect place!

Mrs Dr Stearns called to know if we didnt think it very shocking for [Benjamin F.] Butler to "liken himself to his Redeemer," but we thought Darwin had thrown "the Redeemer" away. Please excuse the wandering writing. Sleeplessness makes my Pencil stumble. Affection clogs it - too. Our Life together was long forgiveness on your part toward me. The trespass of my rustic Love upon your Realms of Ermine, only a Sovreign could forgive - I never knelt to other - The Spirit never twice alike, but every time another - that other more divine. Oh, had I found it sooner! Yet Tenderness has not a Date - it comes - and overwhelms.

The time before it was - was naught, so why establish it? And all the time to come it is, which abrogates the time.

(Letter #750)

重返人世的欣喜

我要提醒我對你重返人世的欣喜，還有愛的腳步，可說是從「未被發現的國度」走回來的腳步。我把信放入信封時，怕你離開人世的恐懼來襲，鮮明卻暗淡，像是夢中見到逃離的妖怪。

信寫好正心喜，無任何恐懼之想時，薇妮跟奧斯汀談完話走過來。「艾蜜莉，妳有看到報紙任何與我們有關的報導嗎？」「沒有啊，薇妮，發生什麼事？」「洛德先生病得很重。」我緊抓住剛好走過的椅子。眼睛一片漆黑，感覺整個人冰凍起來。就在我最後的微笑關閉之際，我聽到門鈴響起，一個奇怪的聲音說：「我最先想到妳。」一邊說著，湯姆已走進來，我奔向他的藍外套，將我的心靠在那裡歇息，那裡是最溫暖的地方。「他會好轉，不要哭艾蜜莉小姐。我看不得妳哭。」

然後薇妮邊往外走邊說：「齊克林教授認為我們會想要發個電報。」他「願意幫我們這個忙。」

「我要寫個電報嗎？」我在電信上問候你的狀況如何，然後附上我的名字。

教授把它發出去，艾比勇敢、讓人精神提振的回覆，我銘記於心。

1882 年 5 月 14 日

（信 752）

—— 賞析 ——

洛德法官病倒兩天後，《共和主義者報》披露，艾蜜莉家人才得知。據信他們兩人原計畫那段時間結婚，但因此事耽擱下來。洛德在病倒的這一年年底終於辭掉最高法院法官的工作，回塞倫過退休生活。

信中提到的湯姆[1]為愛爾蘭移民，狄金生家僱用的雜工，很受艾蜜莉的信賴，她寫給洛德法官的信主要是由他拿到郵局去寄。生有八個孩子的他，幾個年長的兒子有時也會代他去寄信。艾蜜莉亦指定湯姆為她的領頭抬棺人。

在狄金生家工作三十年的全能的梅姬[2]是湯姆的小姨子，她不僅是狄金生家不可或缺的幫手，也幫了後世大忙。就是梅姬搶救了艾蜜莉那張十六歲的照片，後人才得以看到她的模樣，當時這張照片因為艾蜜莉家人不喜歡而被棄置一旁，她把照片收好保存起來。另外艾蜜莉親手縫的詩冊也是存放在梅姬的衣櫃裡。梅姬與艾蜜莉一樣終生未嫁。湯姆一家十口住在狄金生家的牧場。[3]

注釋

1. Thomas Kelley（1833?-1920）。
2. Maggie, Margaret Maher（1841-1924）。
3. 參見 http://archive.emilydickinson.org/maher/mappage.htm。

To remind you of my own rapture at your return, and of the loved steps, retraced almost from the "Undiscovered Country," I enclosed the Note I was fast writing, when the fear that your Life had ceased, came, fresh, yet dim, like the horrid Monsters fled from in a Dream.

Happy with my Letter, without a film of fear, Vinnie came in from a word with Austin, passing to the Train. "Emily, did you see anything in the Paper that concerned us"? "Why no, Vinnie, what"? "Mr Lord is very sick." I grasped at a passing Chair. My sight slipped and I thought I was freezing. While my last smile was ending, I heard the Doorbell ring and a strange voice said "I thought first of you." Meanwhile, Tom [Kelley] had come, and I ran to his Blue Jacket and let my Heart break there - that was the warmest place. "He will be better. Dont cry Miss Emily. I could not see you cry."

Then Vinnie came out and said "Prof. Chickering thought we would like to telegraph." He "would do it for us."

"Would I write a Telegram"? I asked the Wires how you did, and

attached my name.

The Professor took it, and Abby's brave - refreshing reply I shall remember.

(Letter #752)

我珍藏你的愛

若你這當兒正在寫信就好了！喔，要是我在那兒，就有看的權利，不過我不會看，除非你邀請，互相尊重是甜美的目標。親愛的，收到你一封信後我寫了很多信給你，不過感覺像是寫信給天空，翹首盼望卻無回音，有多少禱告啊，禱告者卻得不到半點回應！當其他人上教堂，我上我自己的，你不就是我的教堂嗎，我們不是擁有無人知道僅我們知道的讚美詩嗎？

我希望你的「感恩節」不會太孤單，若真的有點孤單，那我對你的那份深情不會不高興[1]。

蘇送我一個水果盛宴，我轉送給鄰近一位彌留的愛爾蘭女孩。那即是我的感恩節。那些過世的人似乎更靠近我，因為我失去自己的。

並非我擁有的一切都失去，感謝上帝，還有一個心愛的「擁有」依舊在，較之任何我可以列舉的更珍貴。

母親過世的月份，在週四結束了其戲劇，不過舉目所見都

注釋

1. 此處意思為「反而有點高興，因為這樣表示你會想我」。

是她羞怯的臉龐。親愛的，我發覺如果不穿給大部分人看的那個精神外衣，那麼所謂的「勇敢」是很不一樣的一回事。[2]

你的悲傷在冬天，我們的一個在六月，另一個在十一月，而我的牧師則在春天離開人世，不過是悲傷帶給自己寒冷。季節無法使它溫暖。你邀我到你寶貴的家竟帶著愛的膽怯說，你會「努力不讓它有任何不舒服」。如此細膩的羞怯，看起來多美麗！沒想到一個留存至今的女孩享有如此神聖的謙遜。

你甚至帶著歉意喚我到懷抱裡！我可憐的心必得是什麼做的啊？

你是這樣一位讓我感到謙遜的人，竟待我如此甜到心頭的謙遜，且以如此親切優雅的謙遜詢問我，這對我是一種責備，不過啊這樣的責備我欣然接受。[3] 希望的溫柔牧師無須誘惑他的供品，在他要求前早已擺在供桌上。我希望你今天穿上你的皮草。皮草與我的愛，將讓你保有甜甜的溫暖，就算天氣惡寒。我對你的愛，我的意思是，你對我的愛是我一直珍存的寶藏。

1882 年 12 月 3 日（信 790）

2. 原文是 Speaking to you as I feel, Dear, without that Dress of spirit must be worn for most, Courage is quite changed. 也就是說，在多數人的面前，艾蜜莉會戴上勇敢的面具，而這是他們看到的，也是她要他們看到的。他們看不到她赤裸的精神，她的恐懼與軟弱。不過當她面對的是她心愛的洛德，她不避諱讓他看到她赤裸的精神。如此一來，當艾蜜莉不戴上勇敢的面具，讓洛德看到的是她的真實面目，她發現勇敢的想法發生變化，變成很不一樣的一回事。

3. 原文是 That the one for whom Modesty is felt, himself should feel it sweetest and ask his own with such a grace, is beloved reproach. 也就是說，艾蜜莉平常並非謙遜之人，不過當她心愛仰慕的洛德法官在場時就自然而然謙遜了。他的謙遜讓艾蜜莉知覺到自己

—— 賞析 ——

這封信寫於十二月，艾蜜莉的母親於十一月十四日過世，因此信上說十一月的戲劇雖已結束，但母親的身影無處不在。由於艾蜜莉的母親臥病甚久，母親的過世的確讓她哀傷，但也不無有解脱之感。照顧久病的病人很吃力，同時又要戴著勇敢的面具，更加讓人精疲力盡。

洛德法官的妻子過世於十二月，艾蜜莉的父親在六月離開人間，她的牧師衛茲華斯於四月謝世，至親好友一個個離開她，幸好有一個還在，那就是收信人洛德。艾蜜莉在這一年寫了一首慨嘆人生的晚途朋友多已離世的詩（J#1549）：

我的戰爭已成歷史——
就剩一場戰役——
一個從未謀面的敵人
卻不時地檢視著我——
在我和周遭的人裡

的謙遜不夠得體，這種不夠得體的感受像是受到責罵，但艾蜜莉並不討厭這樣的責罵，相反地，知覺到這種落差讓她心喜。

舉棋不定，
然後選走最好——將我忽略——直到
周遭的人，皆先我死去——
若謝世的老友仍不忘記我
會是多麼甜蜜——
因為人生來到七十
玩伴已稀——

從這封回函的內容可以猜測到法官向艾蜜莉正式求婚，請求她當塞倫之家的女主人。這門婚事應已談了一段時間，在艾蜜莉母親過世後，她可說已無牽掛可以住到塞倫去了。艾蜜莉跟法官說他可以不用低聲下氣求她當他的新娘，因為她的心早已屬於他。同年十一月給洛德的一封信裡，艾蜜莉說叫她「艾蜜莉．金寶」甜極了，但比這個更甜的是「艾蜜莉．金寶．洛德」！

金寶是誰？一隻大象也。非洲大象金寶（Jumbo）是第一個享譽國際的動物明星，1861 年誕生於法屬蘇丹，後被引進巴黎動物園，1865 年轉調到倫敦動物園，1882 年被美國一家馬戲團收購。就在當年，金寶於美國巡迴演出來到安默斯特，這在當地算是盛事一樁。洛德應是在信裡開玩笑稱艾蜜莉為「艾蜜莉．金寶」，幽默她身體裡藏了一封厚厚的信變成碩大的大象金寶了。

這樁婚事艾蜜莉的確認真考慮過，但終究未答應，可能是她太珍惜自己的自由與自主權了。興高采烈地談一場戀愛很好，但要結婚則是另一回事，更何況無子嗣的洛德，有一位對艾蜜莉充滿敵意的姪女在旁虎視眈眈，唯恐艾蜜莉搶了她很可能繼承到的大筆財產！洛德這位尖刻的姪女叫艾比，老了還這樣惡毒批評艾蜜莉：「小蕩婦——我難道不瞭解她？我該說我瞭解。道德放縱。她想男人想瘋了。甚至想染指洛德法官。還精神不正常。」[4]

1884 年春，她「心愛的」洛德終於不敵死神索命離開

4. 參見 Habegger，591 頁，2001。

了人世，艾蜜莉很傷痛，在給通信好友賀蘭德太太的信裡，她解釋因為洛德的過世導致她遲遲沒有回信：「請原諒我為少數幾個人掉眼淚，不過這少數實在太龐大，因為不是每一個都是一個世界嗎？」（L890）

洛德過世的那個月月底，艾蜜莉回信給她最疼愛的兩個表妹路易絲與法蘭西斯，感謝她們的慰問，並說：「我們失去的每一個都從我們身上帶走一部分。」（L891）

如今她已非滿月，而是像弦月細懸在空中般，很快地將被潮汐召喚而去。

1885 年初在一封給洛德親戚班傑明（Benjamin Kimball）的信，艾蜜莉說：「我曾問他當他不在人世時我應該為他做什麼，半無意識地指向蒼穹，語氣慎重，他說，在兩個世界都要『記得我』。一直以來我遵守他的誡命……既無須懼怕消亡，也無須重視救贖，他相信的是獨自一人。他見到的是勝利。」（L968）

1886 年艾蜜莉亦被上帝「召回」，或許臨終時的她，既無懼消亡，也不掛念救贖，一個人獨自赴約，與勝利相會。她帶給勝利的禮物是由愛與傷鎔鑄的詩晶的星空與靈泉摯音。

特別說明：這封信有幾個地方很難理解，花了不少時間處理，非常感謝賴傑威教授（Prof. George W. Lytle）的協助！

Sunday

What if you are writing! Oh, for the power to look, yet were I there, I would not, except you invited me - reverence for each other being the sweet aim. I have written you, Dear, so many Notes since receiving one, it seems like writing a Note to the Sky - yearning and replyless - but Prayer has not an answer and yet how many pray! While others go to Church, I go to mine, for are not you my Church, and have we not a Hymn that no one knows but us?

I hope your "Thanksgiving" was not too lonely, though if it were a little, Affection must not be displeased.

Sue [? name altered] sent me a lovely Banquet of Fruit, which I sent to a dying Irish Girl in our neighborhood - That was my Thanksgiving. Those that die seem near me because I lose my own.

Not all my own, thank God, a darling "own" remains - more darling than I name.

The Month in which our Mother died, closed it's Drama

Thursday, and I cannot conjecture a form of space without her timid face. Speaking to you as I feel, Dear, without that Dress of Spirit must be worn for most, Courage is quite changed.

Your Sorrow was in Winter - one of our's in June and the other, November, and my Clergyman passed from Earth in spring, but sorrow brings it's own chill. Seasons do not warm it. You said with loved timidity in asking me to your dear Home, you would "try not to make it unpleasant." So delicate a diffidence, how beautiful to see! I do not think a Girl extant has so divine a modesty.

You even call me to your Breast with apology! Of what must my poor Heart be made?

That the one for whom Modesty is felt, himself should feel it sweetest and ask his own with such a grace, is beloved reproach. The tender Priest of Hope need not allure his Offering - 'tis on his Altar ere he asks. I hope you wear your Furs today. Those and the love of me, will keep you sweetly warm, though the Day is bitter. The love I feel for you, I mean, your own for me a treasure I still keep....

（Letter #790）

part VII

當文學名流希更生
第一次見到艾蜜莉

由於艾蜜莉收到的信件皆燒毀，因此我們看得到的都是她寫給別人的信，在這一章裡要呈現的，是她那時代的文學名流希更生（Thomas W. Higginson）為我們留下描寫艾蜜莉的紀錄。

希更生的妻子因病不良於行，因此無法與他一起旅行，當他在外地時，會透過書信告訴妻子他遇見的人與事，於是兩封有關希更生初見艾蜜莉的信件得以幸運保留下來。

1862年四月，艾蜜莉看到希更生在《大西洋月刊》發表一篇名為〈給年輕投稿者的一封信〉的文章後，於四月十五日寫了一封信給他，信上並附上四首詩請他指教，從此開啟他們的通信，直到艾蜜莉過世。

究竟希更生是個怎樣的人？

他支持女性與移民的權益，他那一封公開信訴求的對象也包括女性與移民新作家。雖然是由牧師變成作家與演說家，但希更生除了動筆、動口外，也同時是個積極的行動者。身為激進的廢奴人士，他支持著名廢奴主義者約翰・布朗（John Brown）與政府的對抗行動，並提供資金，也曾率領一群武裝的波士頓人，從聯邦執政官與獵奴者手中救出尋求自由的安東尼・伯恩（Anthony Burn）。南北戰爭期間，希更生統帥美國歷史上第一支黑人軍團——即第一南卡羅來納州團（the First South Carolina Regiment, the first black regiment in American history）——在戰場上與南方的邦聯軍隊交手，並曾在作戰中受傷。

與艾蜜莉通信數年後，希更生想看到艾蜜莉本人，以確定真有其人，因為艾蜜莉一直給他如在霧中之感。在 1869 年的一封信裡，他邀艾蜜莉到波士頓聽愛默生演講，同時也到位於波士頓的新英格蘭女性俱樂部[1]聽他本人演說。已隱居多年的艾蜜莉當然婉拒了。艾蜜莉既然不到波士頓，那就他去安默斯特看訪艾蜜莉，1870 年終於成行。

這封信提到的新英格蘭女性俱樂部是美國第一個女性俱

注釋

1. 創於 1868 年。

樂部，在美國女性爭取權益的歷史上曾扮演重要角色。主要創辦人是美國著名的廢奴主義者與婦女參政權論者朱莉亞·沃德·豪[2]，她也支持移民權益，倡導兩性與黑白平權，曾出版過受歡迎的詩集，是一位具有驚人心智能力的女性。從南北戰爭期間一直到現在許多美國人熟知的「共和國戰歌」的歌詞，即是出自她的手筆。知名女性主義批評家與作家伊蓮·修瓦特（Elaine Showalter）為這位不凡女性書寫的傳記於 2016 年三月出版，引起廣泛注意。

希更生與朱莉亞·豪有志一同，自是道友，不過艾蜜莉不認識她，她也不知艾蜜莉，倒是艾蜜莉的父親艾德華曾在州議會的一場公聽會聽過茱莉亞與其他女性為爭取選舉權的發言，並留下一段批評她們的話：「有的濫情，有的好戰，有的掄起拳頭，有的謾罵，對聚集該處那一層級的女人感覺厭惡。希望很快有個討論此議題的機會，這樣就可開始動手清除這些不入流的人，她們並不期望在今年得到她們想要

2. Julia Ward Howe, 1819-1910。

的。〔不過〕……會一再煽動，直到她們碰到一個軟弱的立法機關提出對她們有力的報告。」[3]

倡導女性權益的希更生認為，視女人智力不及男人是一種男人的偏見，他質問，當女性的教育機會被堵住，她們的成就如何與男性相提並論？而艾德華正是有男人偏見的保守份子。

艾蜜莉在精神危機時刻——也是創作豐收期的 1862 年——與希更生成為筆友，繼之變成朋友，是她生命重要的一環。希更生代表當時最先進的思潮，而他不但善於傾聽，也真心關注她。

艾蜜莉曾不止一次感謝他幫她度過精神黑暗期，雖然希更生在當時無法看到她的詩的現代性，但他讓艾蜜莉一直寫信寄詩給他，艾蜜莉因此而有宣泄的出口，也得以以他為讀者，不斷精進自己的詩作。他收到艾蜜莉近百首詩，絕大多數都是她的上乘之作。在艾蜜莉過世後，他亦受邀成為她首

3. 參見 Habegger，550 頁，2001。

版詩集的編者之一。他們的認識是艾蜜莉主動造成的，而希更生看到她的信、她的詩後就離不開艾蜜莉的文字城堡，最後非主動地將艾蜜莉的詩推介給世界。

艾蜜莉的近一千八百首詩像夜晚的星熠，希更生是打開星窗的人。希更生的入世與艾蜜莉的出世以詩橋的意義同時展現靈魂的兩翼。

希更生眼中的艾蜜莉（一）

1870 年 8 月 16 日星期二下午，安默斯特沉浸在夏日的煦靜，希更生前往該鎮拜訪艾蜜莉，見面後當晚寫家書（342a）給妻子，告訴她艾蜜莉的神情舉止、講了什麼話，一開始他先談對狄金生大宅的印象：

今晚我不會熬夜跟妳大談艾蜜莉·狄金生[1]，我最親愛的，不過若妳讀過斯托達德[2]的小說，妳就能理解什麼是一座房子裡人人各自為政。話說回來，我僅看到她。

一棟鄉鎮的律師大宅，棕色磚，有高大的樹與一座花園，我遞上我的名片。客廳陰暗、一絲不苟，擺了一些書與雕版畫，還有一架打開的鋼琴，擺放的書中有《梅爾本老港口羅曼史》與《戶外手札》[3]。

入口處傳來一個有如小孩的輕快腳步，悄悄溜進一位紮了兩條紅髮辮子、嬌小素樸的女子，有一張與貝蘭多佛幾分神似

注釋

1. 原信件是用她名字的縮寫 E. D.。
2. 斯托達德（Elizabeth Stoddard, 1823-1902）為美國十九世紀女詩人與小說家。其名作是一部談女性成長的小說叫《摩爾吉森氏》（*The Morgesons*），小說裡的女主角卡桑德拉在壓抑女性的新英格蘭傳統社會裡走出自己一條自主的路，形塑了自己。
3. 這兩部是希更生的作品。

的臉；五官平平，身上罩了一件很不起眼但非常潔白的凹凸織品與藍網精紡披肩。她向我走來，手裡拿著兩朵萱草花，稚氣地放到我手上說「這些是我的見面禮」，語帶受驚嚇喘不過氣的童音，接著細聲說原諒我若我顯得惶恐；我從不見陌生人，不知道自己在說什麼——不過她隨即打開話匣子，一路說下去，帶著謙和，有時會停下來請我說，不過很快又自己說起來。舉止介於安吉．蒂爾頓[4]與奧爾科特先生[5]之間，不過完全坦率純真，話說回來他們兩位並不像 E. D. 這般完全坦率純真，她所說的許多事妳或許會覺得愚蠢，我則認為有智慧，有些她說的妳應該會喜歡。我把她說的記在下一頁。[6]

……

我兩點到達，九點離開。E. D. 整晚夢到妳（不是我），結果隔天就收到我來訪的提議!! 她知道妳僅僅因我在一次說起夏綠蒂．豪斯[7]時提到妳。

4. 安吉．蒂爾頓（Angie Tilton）是美國十九世紀狂熱廢奴主義者、女權擁護者海武德（Ezra Heywood）的妻子。海武德堅信女性不僅有選舉權，並有免於淪為婚姻性奴隸的自由。他因倡導節育，特別是女性性自主，被判違反善良風俗而坐監服勞役。

5. 奧爾科特（Amos Bronson Alcott, 1799-1888）在教育上開創了對話互動教學，摒除傳統的懲罰式教育。為了走向精神的完善之境，他倡導儘可能素食，亦是一名廢奴與女權的支持者。小說家露易莎．奧爾科特是他的女兒，她的代表作為《小婦人》。

6. 此段的下一段內容與艾蜜莉無關，因此省略未譯。

7. 夏綠蒂．豪斯（Charlotte White Hawes, 1840-1926）為活躍於新英格蘭地區的作曲家、音樂教育者、詩人、批評家。

〔以下是希更生記錄艾蜜莉與他說的話〕

「女人說話：男人沉默：這是為何我懼怕女人。」

「我父親僅在禮拜天讀書，他看的都是既孤寂又嚴肅的書。」

「如果我讀到一本書，它能讓我全身冰冷到任何火焰都不能使我溫暖，我知道那就是詩。又倘使我肉體上感覺到彷彿我的頭頂被拿掉，我知道那就是詩。這些是我謹知的方式。還有其他的方式嗎？」

「許許多多的人如何可以沒有任何想法而活著？世上的人這麼多（你應該有注意到街上的人群）。他們如何生活？他們在早上如何有力氣把衣服穿上？」

「當我失去我的視力時，想到真正的書如此稀少因此可以不費力氣找人全部讀給我聽，就感到寬慰。」

「真理是如此稀有物，訴說它令人愉快。」

「在生活裡我找到至高無上的喜悅，單單活著的感覺就足以讓人喜悅。」

我問她是否從未覺得有工作的欲求，是否永遠不離開這個地方、不見任何訪者？「我從未有一絲這種欲求的想法，整個未來都不會有」，（又補充）「我覺得我並未將自己表達得夠強烈」。

家裡全部的麵包都是她做的，因為她父親只喜歡她做的，所以她就做，並說「人不能沒有布丁」，她說這話時十足夢幻模樣，好像這些布丁是彗星。

（信 342a）

I shan't sit up tonight to write you all about E.D. dearest but if you had read Mrs. Stoddard's novels you could understand a house where each member runs his or her own selves. Yet I only saw her.

A large county lawyer's house, brown brick, with great trees & a garden - I sent up my card. A parlor dark & cool & stiffish, a few books & engravings & an open piano - Malbone & O D [Out Door] Paper among other books.

A step like a pattering child's in entry & in glided a little plain woman with two smooth bands of reddish hair & a face a little like Belle Dove's; not plainer - with no good feature - in a very plain & exquisitely clean white pique & a blue net worsted shawl. She came to me with two day lilies which she put in a sort of childlike way into my hand & said "These are my introduction" in a soft frightened breathless childlike voice - & added under her breath Forgive me if I am frightened; I never see strangers & hardly know what I say - but she talked soon & thenceforward continuously - & deferentially - sometimes stopping to ask me to talk instead of her - but readily recommencing. Manner between Angie Tilton & Mr. Alcott - but thoroughly ingenuous & simple which they are not & saying many things which you would have thought foolish & I wise - & some things you wd. hv. liked. I add a few over the page.

……

I got here at 2 & leave at 9. E.D. dreamed all night of you (not me) & next day got my letter proposing to come here!! She only knew of you through a mention in my notice of Charlotte Hawes.

"Women talk: men are silent: that is why I dread women.

"My father only reads on Sunday - he reads lonely & rigorous books."

"If I read a book [and] it makes my whole body so cold no fire

ever can warm me I know that is poetry. If I feel physically as if the top of my head were taken off, I know that is poetry. These are the only way I know it. Is there any other way."

"How do most people live without any thoughts. There are many people in the world (you must have noticed them in the street) How do they live. How do they get strength to put on their clothes in the morning"

"When I lost the use of my Eyes it was a comfort to think there were so few real books that I could easily find some one to read me all of them"

"Truth is such a rare thing it is delightful to tell it."

"I find ecstasy in living - the mere sense of living is joy enough"

I asked if she never felt want to employment, never going off the place & never seeing any visitor "I never thought of conceiving that I could ever have the slightest approach to such a want in all future time" (& added) "I feel that I have not expressed myself strongly enough."

She makes all the bread for her father only likes hers & says "& people must have puddings" this very dreamily, as if they were comets - so she makes them.

(Letter #342a)

希更生眼中的艾蜜莉（二）

隔天中午希更生又寫一封信（342b）給他妻子，附上艾蜜莉送他的一張伊莉莎白·白朗寧墓碑的照片，這是她所珍藏的，詩人伊莉莎白一直是她心目中的偶像。

信末希更生說與艾蜜莉談話耗盡他的心力，所以他以為像個孩子的艾蜜莉，原來是狀似貓的老虎！希更生在給妹妹一封信的附筆曾提到他與艾蜜莉的會面，稱艾蜜莉是「我那奇特的詩的通信人」。

最親愛的，此刻我在「白河口」用餐，數小時內就會在利特爾頓，然後前往伯利恆。今天早上九點我離開安默斯特，昨晚寄給妳一封信。我會在利特爾頓將這封信與另一張放在皮箱內寫 E. D. 的信紙合併寄出。

我們離別時她跟我說「感激是唯一無法自己揭露的祕密」。

我跟安默斯特人史帖恩斯談到她，發現與他同車很愉快。

今天離開前先到博物館參觀，看得興味很濃；我看到一顆與我手臂一般長的隕石，重四百三十六鎊！來自其他星球的一個大切片，跌落到科羅拉多。遺留有絕種鳥蹤跡的一系列石頭收藏很棒、很獨特，還有其他美好的東西。今早我見到狄金生先生，矮小乾瘦，金口不開。我看得出她過著怎樣的生活。史帖恩斯博士說她妹妹以她為榮。

……[1]

白朗寧太太的墓碑照片是 E. D. 給的，賀蘭德博士送她的。

我打算在這裡把信寄走，發現有時間可以寫不少東西。我想念妳這小女人，多希望妳在這裡，只是妳太厭惡旅行了。

再回到 E. D. 說的話：

「你可以告訴我什麼是家？」

「我從未有母親。我想母親就是你遇到麻煩時會快跑過去的人。」

注釋

1. 接下來幾個小段落的內容與艾蜜莉無關，因此省略未譯。

「我一直要到十五歲才會看時鐘上的時間。我父親認為他教過我，但我不懂，我害怕說我不懂，也怕問任何其他人，以免讓他知道了。」

我看她父親不是嚴厲而是疏離。他只要他們閱讀聖經，其他都不要看。有一天她哥哥把《卡瓦納》[2]帶回家藏在琴蓋下，跟她打手勢，於是兩人就一起看：她父親終究還是發現這本小說，很不高興。或許在這之前他父親一位學生[3]曾訝異於他們從未聽過柴爾德夫人[4]，這位學生後來常帶書給他們，把書藏在門旁的矮樹叢裡。他們那時還是穿短衫雙腳擺在椅腳橫木上的小朋友。在那第一本書後，她出神地說：「這才真是書！這之後就有更多的書！」

「當事物掠過我們的心靈時，究竟是遺忘還是吸收？」

韓特少校是她見過最有趣的人。她記得他說過的兩件事。他說，她那隻了不起的狗「瞭解引力」，還有就是當他說他「一年內會再來。要是我說較短的時間，那就會變得較長」。

當我說過一段時間打算再來，她說：「最好說一段長時間，

2. 《卡瓦納》（*Kavanagh*），詩人朗費羅（Henry Wadsworth Longfellow）的小說。
3. 指班傑明．牛頓。
4. 莉蒂亞．瑪麗亞．柴爾德（Lydia Maria Child, 1802-1880）為小說家、記者，終生致力於解放黑奴、倡導女性與美國原住民權益，同時反對美國的擴張主義。

這樣會較近。一段時間是無物。」

在長期不用眼睛後她閱讀莎士比亞，思索為何還需要任何其他書。

我從未跟哪個人在一起耗盡我這麼多神經能量。不用碰她，她就把我吸乾。我慶幸不用跟她住得很近。她常感覺到我疲倦，似乎很會為別人著想。

（信 #342b）

I am stopping for dinner at White River Junction, dearest, & in a few hours shall be at Littleton thence to go to Bethlehem. This morning at 9 I left Amherst & sent you a letter last night. I shall mail this at L. putting with it another sheet about E.D. that is in my valise.

She said to me at parting "Gratitude is the only secret that cannot reveal itself."

I talked with Prest Stearns of Amherst about her - & found him a very pleasant companion in the cars. Before leaving today, I got in to the Museums & enjoyed them much; saw a meteoric stone almost as long as my arm & weighing 436 lbs! a big slice of some other planet. It fell in Colorado. The collection of bird tracks of extinct birds in stone is very wonderful & unique & other good things. I saw Mr. Dickinson this morning a little - thin dry & speechless - I saw what her life has been. Dr. S. says her sister is proud of her.

I wd. have stolen a totty meteor, dear but they were under glass.

Mrs. Bullard I have just met in this train with spouse & son - I shall ride up with her.

Some pretty glimpses of mts. but all is dry and burnt I never saw the river at Brattleboro so low.

Did I say I staid at Sargents in Boston & she still hopes for Newport.

This picture of Mrs Browning's tomb is from E.D. "Timothy Titcomb" [Dr. Holland] gave it to her.

I think I will mail this here as I hv. found time to write so much. I miss you little woman & wish you were here but you'd hate travelling.

Ever

E D again

"Could you tell me what home is"

"I never had a mother. I supposed a mother is one to whom you hurry when you are troubled."

"I never knew how to tell time by the clock till I was 15. My father

thought he had taught me but I did not understand & I was afraid to say I did not & afraid to ask any one else lest he should know."

Her father was not severe I should think but remote. He did not wish them to read anything but the Bible. One day her brother brought home Kavanagh hid it under the piano cover & made signs to her & they read it: her father at least found it & was displeased. Perhaps it was before this that a student of his was amazed that they had never heard of Mrs. [Lydia Maria] Child & used to bring them books & hide in a bush by the door. They were then little things in short dresses with their feet on the rungs of the chair. After the first book she thought in ecstasy "This then is a book! And there are more of them!"

"Is it oblivion or absorption when things pass from our minds?"

Major Hunt interested her more than any man she ever saw. She remembered two things he said - that her great dog "understood gravitation" & when he said he should come again "in a year. If I say a shorter time it will be longer."

When I said I would come again some time she said "Say in a long time, that will be nearer. Some time is nothing."

After long disuse of her eyes she read Shakespeare & thought why is any other book needed.

I never was with any one who drained my nerve power so much. Without touching her, she drew from me. I am glad not to live near her. She often thought me tired & seemed very thoughtful of others.

(Letter #342b)

—— 譯後記 ——

願能進入詩飛翔之境

對我而言，翻譯帶有分享的成分，通常是基於喜歡而著手翻譯。因為喜歡，所以碰到很艱難棘手的問題時不會輕易放棄。我一開始用「心」接觸翻譯，不是上系上的翻譯課，而是翻譯狄金生的詩。為何是她的詩？

首先，當然與機緣有關。如果不是賴傑威教授（Prof. Lytle）在大一英文課上她的詩，我就不會特別注意她，又如果老師不諳中文、沒有深厚的中文涵養，我也不一定能進入，因為她的詩風很獨特，不是一般台灣的大一學生在課堂上聽英語講解能夠很理解的。老師當然用英語上課，但會適當給我們中文的關鍵字。而一個班級有五、六十名學生，為何是我接收到？這就是緣分了。

Prof. Lytle 和我亦師亦友，我們常在課後討論藝術、文學、哲學、宗教、文化與生活。通曉中文、德文、拉丁文、日文等外語，擁有耶魯中國文學與日本研究雙碩士學位的老師，當時是耶魯大學中國文學博士候選人，來台灣寫論文。他覺得我挺有自己的想法，所以可談。其實程度差那麼遠，我比較像是一隻耳朵。記得有一回在新公園（現稱二二八紀念公園）附近，走在人行道上，老師跟我說著春秋戰國的哲學，兼論希臘哲學思想。當時還在認識希臘神話的我聽得一愣一愣的，覺得自己面臨一個深不見底的知識鴻溝！

與非常博學的老師談話，讓我對西方文化有較根源性的瞭解，同時也對當代的西方社會有不少的認識。老師覺得我的邏輯思考像西方人，因此很好溝通。

從被啟發，到喜歡，進而著手翻譯，是有一個過程，也與自己的性情、存在狀態有關。我的確從年少就喜歡詩，也喜歡觀察與探索，亦常常困惑自己的存在、自己與世界的關係。因此閱讀到狄金生幾首著名的詩時，雖然不可能很快就看懂，但總覺得有個什麼氣質吸引著我。

我們都遇過痛，有的痛不見得講得出來，當有一天有人講出來了，啊就是這樣，那痛被明晰了，一旦明晰就感覺較可以放下。

比方當我看到她說「**有一種斜光／冬日午后／那鬱悶之感，如／大教堂的音樂般沉重**」，就有被撞擊到的感覺，特別是最後一節「**當它來時，大地傾聽／陰影——屏息／當它走時，像是／死亡神色上遙不可及的距離**」。最後一行「**死亡神色上遙不可及的距離**」的意象獨特又精準，它讓我看到母親斷氣後的神色，原來至親的母親突然變得很遙遠，世界好像靜止了。我那時才十一歲，有一格記憶永遠停在那裡。

同樣，樂也是，不一定是很大的樂，有時候一點事帶來樂的感受，真的也難講清楚，結果有人脱口形容出來，啊就是這種感覺！閱讀文學作品常有這種樂趣，不是嗎？我想，許多人當看到「To see the Summer Sky / Is Poetry」時，眼睛會為之一亮吧。

我也被她的「抽象具象化，具象抽象化，熟悉陌生化，陌生日常化」隨手捻來的藝術手法吸引，因而讓我想要深入探測其詩作奧祕。我覺得以翻譯進入她的詩藝術應相當適合，更何況與老師合作，可以有更多學習西方文化精華的機會。所以一開始翻譯狄金生的詩時沒想到出版，主要是出於好奇與求知。

有著求知的心會克服因誤譯被老師指出來的羞愧感。事實上，我有時會主動找一些一開始看如入五里霧的詩來翻譯，然後看自己怎麼錯的，或是明明每個字都看得懂的日常英文，當組成一行詩時就是很難完全懂，查看前輩的翻譯還是覺得無解，這種情況下我還是會加以翻譯，然後請教老師究竟問題出在哪裡。

有時也會碰到自認沒譯錯，但還是被指出背景錯置的失誤。就拿狄金生非常早期的一首詩來說吧。這首詩的前三行是這樣「There is a word / Which bears a sword / Can pierce an armed man」，我將「an armed man」譯為「盔甲武士」，老師一開始沒意見，但過了一天後，他跟我解釋為何這是誇大的翻譯。

首先，雖然「遺忘」手持利劍[1]，不過若說鋒利到足以貫穿盔甲，那就太神奇了。再者，盔甲是中世紀的產物，而這首詩談的是十九世紀的戰場，所以就歷史場景而言無法扣合。怎知詩裡的時間背景是十九世紀？從第九行的"epauletted"（戴有布製的肩章）可以得知。歐美國家軍隊的士兵與軍官開始佩戴肩章形成於十九世紀，此時國家主義盛行，中世紀的封建制度早已成歷史，士兵效忠的對象不再是領主，而是國家，因此若翻譯為盔甲，於時間的準確性有失準之虞。所以正確翻譯應為「武裝士兵」。

行文至此尚未提到狄金生書信的翻譯。我的情況是，常常寫文章、常常翻譯，並大量閱讀，這樣累積許多年後才敢

注釋

1. There is a word 指的是 forgot。

翻譯狄金生的書信。不過狄金生那三封著名的「主人信件」，我仍然無法以一己之力完全翻譯正確，必須跟我的老師合作，因為部分書信內容就連老師都猜解得很辛苦。這三封信中譯的完成，感覺又走過某個里程碑。

我覺得譯者的作為就像門、樓梯，讓讀者不要在外語的圍牆無法進入，引領讀者進入意義與感覺的房間，產生交流的運動。因此不在樹立權威，而是分享交流。

艾蜜莉・狄金生的詩與書信是文學金礦，發掘與翻譯之後會帶來更多的啟示與創作靈感。她拒絕馴化的狂野使她飛入靈性上空，不為傳統所拘，看得更遠更深。文明與文明的爭執或難免強烈，但詩泉源是全世界的，在意識型態之外飛翔。譯者舉杯而飲，希望做到忠於原文之餘，更願能譯其精神而得以進入詩飛翔之境。不過這似乎是可遇而難得。

—— 附錄一 ——

書信的幾閃星光

在電子介入寫信以前，寫信與收信的過程比較有詩的立體感，有完整的送信與等待。沒有電子送信以前，郵差送信，以雙腳、馬匹、船隻、腳踏車、火車、汽車，更有失落的信送了幾十年才蘇醒送到。電子通訊成功後，電子化快速便利的同時也橫掃掉寫信之美與藝術。

筆尖在信紙上散步或旅行，深情婉約有之，或瀟灑塗鴉、曠古低吟，或深月照心、海邊孤光，如今網路時代皆煙消雲散。紙與字的情懷藝術，從世界文學家裡去找尋是正確的方向，而詩人艾蜜莉．狄金生熱烈寫信，其信庫與詩香同質豐富互溶，令人思感，而書信裡的人性、文哲火花綻開與時代變化的三重奏，值得品聆。

一百五十年前的書信如酒，更是醞釀成詩的準備；其中佳句湧出，我們細品淨賞，生命之晶灑自在、星光之悟與深情的孤獨，讓我們在電子化如電光石火般準確、實則易斷碎、空忙的現代生活裡，帶來一蔭綠洲的咀嚼、一窗清飲與湛寂。

書信摘句中英對照如次：

死亡，如蜜蜂無害，除了對那些拔腿快跑的人。

Death, as harmless as a Bee, except to those who run - (L294)

只有愛能成傷——只有愛來療傷。

Only Love can wound - Only Love assist the Wound. (L370)

有人說
當一個字被說出，即死亡——
我說它剛好開始有生命
自那天起。

A word is dead, when it is said
Some say -
I say it just begins to live
That day. (L374)

春天是一個歡喜，如此美麗，如此獨特，如此意想不到，害得我不知該拿我的心怎麼辦。我不敢帶走它，也不敢留下它，你有什麼建議？

Spring is a happiness so beautiful, so unique, so unexpected, that I don't know what to do with my heart. I dare not take it, I dare not leave it - what do you advise? (L389)

生命是一個魔咒，如此幽微細緻，以至於無一物不密謀破解它。

Life is a spell so exquisite that everything conspires to break it. (L389)

美好時光總是心同感情交流；心同感情交流創造美好時光。

Good times are always mutual; that is what makes good times. (L471)

悲傷不安全，當它是真悲傷。

Sorrow is unsafe when it is real sorrow. (L501)

奧斯汀拿來筆記本，像個飢餓的男孩等待他配給到的幾個字。

Austin brought the note and waited like a hungry Boy for his crumb of words. (L501)

不要爭取得救，而是讓救贖找到你。

Do not try to be saved - but let Redemption find you - (L522)

工作是嚴峻的救贖者，不過真的做得到救贖；它讓肉體疲倦到無法戲弄精神。

Work is a bleak redeemer, but it does redeem; it tires the flesh so that can't tease the spirit. (L536)

沒有氣息的死亡已夠冷，有氣息的死亡更冷。

A breathless Death is not so cold as a Death that breathes. (L553)

到底是字突然變小，還是我們突然變大，它們竟不足到跟一位朋友道聲謝？

Is it that words are suddenly small or that we are suddenly large, that they cease to suffice us, to thank a friend? (L556)

悲傷斗膽染指我們所愛的人，這真是個讓人悲慟的侮辱。

That Sorrow dare to touch the Loved is a mournful insult. (L564)

葡萄大又新鮮，嚐起來像翡翠露珠。

The Grapes were big and fresh, tasting like Emerald Dew. (L566)

正如在世時他自己就是伊甸園，於今他與伊甸園同在，因為我們無法變成我們所不是的。

As he was himself Eden, he is with Eden, for we cannot become what we were not. (L567)

你知道你偷的那個派吧？喏，這是那個派的兄弟。[1]

You know that Pie you stole - well, this is that Pie's Brother. (L571)

甜蜜潛伏的事件，害羞到不會吐露半點。

Sweet latent events - too shy to confide - (L619)

注釋

1. 奧斯汀的大兒子耐德偷了艾蜜莉姑姑做的派，艾蜜莉送另一個派給他，附上這個便條。

身處複數的環境做個單數，就是個不折不扣的英雄。

To be singular under plural circumstances, is a becoming hero - (L625)

妳的甜蜜讓人畏懼……我讀了妳的短箋，短得像天賜之福，僅那麼丁點長。妳若多寫點會更惹人愛，不過麻雀不可要求考量他的麵包屑。[2]

Your sweetness intimidates...

I read your little Letter - it had like Bliss - the minute Length - It were dearer had you protracted it, but the Sparrow must not propound his Crumb - (L628)

我們絕大多數的片刻是序幕的片刻，「七週」是很長的生命，若每分每秒都真實活過。

Most of our Moments are Moments of Preface - "Seven Weeks" is a long Life - if it is all lived - (641)

2. 麻雀卑微的小嘴巴僅容得下麵包屑，因此不可多要求。艾蜜莉在此自比麻雀。

薇妮與吉爾伯特就貓咪的問題在戰場上幾番過招，你因此需要做出仲裁的次數，比你所想還多。

「你追趕貓咪嗎？」薇妮問吉爾伯特。

「沒有啊，她自己追趕自己。」

「是喔，她在奔跑不是嗎？」貓咪的復仇女神說。

「嗯，時慢，時快，」迷人的淘氣鬼說。[3]

Vinnie and Gilbert have pretty battles on the pussy question, and you are needed for umpire, oftener than you think.

"Weren't you chasing pussy?" said Vinnie to Gilbert. "No, she was chasing herself."

"But wasn't she running pretty fast?" said pussy's Nemesis. "Well, some slow and some fast," said the beguiling villain. (L665)

薇妮遠比總統候選人們匆忙，我認為她匆忙得更優雅高貴，因為他們只要管理美國就好了，而薇妮管的是宇宙。

Vinnie is far more hurried than Presidential Candidates - I

3. 這封短箴是寫給蘇，當時才五歲的吉爾伯特是蘇的小兒子，他惹毛了貓癡薇妮。

trust in more distinguished ways, for *they* have only the care of the Union, but Vinnie the Universe - (L667)

雪如此的潔白又突如其來，以至於看起來像變心，我不是指「改變信仰」，我是指「革命」。

The Snow is so white and sudden it seems almost like a Change of Heart - though I don't mean a "Conversion" - I mean a Revolution. (L678)

我問母親要送「什麼訊息」。她說：「告訴他們我希望可以用雙手把他們拎起來攜帶著走。」

I ask Mother "what message" she sends - She says, "Tell them I wish I could take them both in my Arms and carry them - " (L687)

母親一成不變地躺在她一成不變的床，抱著一分希望，九分恐懼。

Mother is lying changeless on her changeless Bed, hoping a little, and fearing much.　(L689)

博士：

您如何誘捕到豪威爾斯[4]的？

艾蜜莉

艾蜜莉：

賄賂來的，孔方兄出的力。

賀蘭德

Doctor -

How did you snare Howells?

Emily -

"Emily -

Casc of Bribery - Money did it -

Holland -〔"〕

3. 這封短箴是寫給蘇，當時才五歲的吉爾伯特是蘇的小兒子，他惹毛了貓癡薇妮。
4. 豪威爾斯是當時著名的寫實小說、批評家與劇作家。J. G. 賀蘭德是 Scribner's Monthly 的總編，他的妻子與艾蜜莉通信頻繁。

(L714)

就算最簡單的慰問，只要心中有愛，就具有神聖的性質。

Even the simplest solace, with a loved aim, has a heavenly quality. (L783)

我說不上來永恆是怎麼個樣子。它襲捲我，像大海。

I cannot tell how Eternity seems. It sweeps around me like a sea. (L785)

一封信總給我不死之感，因為它像是沒有肉體的純心靈，不是嗎？

A Letter always seemed to me like Immortality, for is it not the Mind alone, without the corporeal friend? (L330 & L788)

記憶是一個奇怪的鐘，先是歡騰，繼之哀鳴。

Memory is a strange Bell - Jubilee, and Knell. (L792)

請海涵聖誕老公公這麼早就登門拜訪，實在是高齡 1882 歲的紳士對夜氣有那麼點害怕。

Please excuse Santa Claus for calling so early, but Gentleman 1882 years old are a little fearful of the Evening Air - (L793)

書是心的畫像，每一頁是一個脈動。

But a Book is only the Heart's Portrait - every Page a Pulse - (L794)

我向來對球莖很瘋狂，朋友們幫忙不讓這事傳出去，因為對任何東西的瘋狂最好不要洩露，話說愛默生與他的蜜蜂那般親密就只會讓他不朽。

I have long been a Lunatic on Bulbs, though screened by my friends, as Lunacy on any theme is better undivulged, but

Emerson's intimacy with his "Bee" only immortalized him - (L823)

大學畢業典禮的此時，感傷忙得不可開交。

It is Commencement now. Pathos is very busy. (L830)

我現在可以走動了，不過走一步要一世紀。

I can go but a Step a Century now - (L832)

昨晚我們有一場瀟灑的雨，是許多天來的第一場，結果路上都是小鏡子，當沒人看見時，小草就對著鏡子裝扮自己。

We had a gallant Rain last Night, the first for many Days, and the Road is full of little Mirrors, at which the Grass adorns itself, when Nobody is seeing - (L833)

一開始的黑暗最暗，親愛的，之後，光顫巍巍進來。

The first section of Darkness is the densest, Dear – After that, Light trembles in - (L874)

悲痛是平靜的過去。

Pang is the Past of Peace - (L911)

當耶穌跟我們說他的天父，我們不相信他。當他跟我們指他的家，我們別過臉，不過當他跟我們透露他「熟悉悲傷」，我們傾聽，因為那也是我們熟悉的。

When Jesus tells us about his Father, we distrust him. When he shows us his Home, we turn away, but when he confides to us that he is "acquainted with Grief", we listen, for that also is an Acquaintance of our own. (L932)

若你問我對星輝之夜的感受，我唯一的答案是驚歎，這也是我對強大書冊的感受——它止息、鼓動、讓人迷戀——祝福與譴責一如。

Should you ask me my comprehension of a starlight Night, Awe were my only reply, and so of the mighty Book - it stills, incites, infatuates - blesses and blames in one. (L965)

傳記首先讓我們確信的是被寫者的消失。

Biography first convinces us of the fleeing of the Biographied - (L972)

從深淵浮現，又再進入，這就是生命，不是嗎，親愛的？

Emerging from an Abyss, and reentering it - that is Life, is it not, Dear? (L1024)

—— 附錄二 ——

有容乃大——海倫．韓特．傑克森

閱讀海倫．韓特．傑克森（Helen Hunt Jackson）寫給艾蜜莉的信，看著看著，真喜歡她！好一個有器度又直爽的作家！她年少時與艾蜜莉曾是安默斯特書院的同學，但兩人不熟，主要是彼此氣質相差很遠。

海倫好動叛逆喜歡冒險，活像個男生，還列名安默斯特書院不受教學生之一。她任教安默斯特學院的教授父親眼看十一歲的女兒適應不良，於是安排她念其他學校。在輾轉念了六所學校後，海倫於十九歲完成學業，而這時她的父母皆已過世。

海倫二十一歲時在紐約遇見她第一任丈夫愛德華．韓特少校（Captain Edward Bissell Hunt），二十二歲結婚，婚後兩人住在華盛頓，後來移居羅德島新港。海倫僅在畢業季節回到她的出生地安默斯特，而就在 1860 年八月，她與夫婿拜訪了艾蜜莉。這次的拜訪讓艾蜜莉異常欣喜，對韓特少校留下很深的印象。作家與文評家希更生第一次拜訪艾蜜莉時，艾蜜莉曾跟他提起韓特少校是她見過最有趣的人。

這樣有趣的人卻在 1863 年因軍中一起事故喪命，而他們的兒子也在兩年後於九歲的稚齡離開人世。受到這樣毀滅性打擊的海倫拿起筆，以寫作療傷。她寫詩、寫散文，用筆名投稿，1866 年決定成為作家。因為就在這年希更生剛好與海倫住在同一個供膳的寄宿公寓，他們的認識促使海倫走上專業作家之路，後來更成為知名暢銷小說家。

海倫認識希更生後才知道艾蜜莉也寫詩。再看了艾蜜莉寄給希更生的詩作後，認定艾蜜莉是偉大詩人，於是積極說服她出版詩集。

海倫讓人覺得可愛的地方是，她大方讚美艾蜜莉的詩，但也坦白直率地跟艾蜜莉說看不懂她信裡附上的詩究何所指。除了奧斯汀，她大概是艾蜜莉的通信者裡唯一這麼誠實說看不懂她附在信裡的詩句，還請艾蜜莉解釋：

感謝妳沒有因我鹵莽請求解釋而不悅。

雖然我真的希望能瞭解妳說的「命定」是什麼意思！

但願有那麼一天，在某一點我能找到妳，在那裡我們可以瞭解彼此。我極願妳能常跟我寫信，當妳不覺得寫信讓妳厭煩。我手邊有一本手抄本小詩冊，裡面有妳幾首詩，我常常拿來唸。妳是一位偉大詩人，不過妳之吝於發表，實在對不起妳同時代的人，當妳撒手塵寰時，將會因自己在世時的吝嗇而難過。

（節錄自信 444a）

這一封是目前已知她們通信存留下來海倫的首封覆函，寫於 1876 年三月二十日，寄自科羅拉多的多泉市。患有肺結核的海倫到多泉市休養，結果在那裡遇到她的第二春。1875 年，她與多金的銀行家兼鐵路公司行政主管威廉．傑克森（William S. Jackson）結婚。命運很奇妙，祂給海倫重擊，也帶給她意想不到的幸運。

寫這封信時的海倫已出版了四本小說，在報章雜誌發表超過四百篇作品，是文藝界的熱門人物，不過從她的信裡看不到任何得意之情，而且她不是僅在這封信敦促艾蜜莉出版詩集，可以說幾乎每封都這麼做。只是艾蜜莉持續固執，而她依舊堅持。

1876 年十月她甚至親自登門拜訪艾蜜莉，請她割愛一首詩收錄到一本匿名詩人選集，拜訪後她很快寫了一封信給艾蜜莉：

深感抱歉若我一副粗枝大葉的樣子，但願還可以再聽到妳的音訊。我感覺那天對妳說的話很不得體，竟指責妳不多曬陽光，還說妳看起來病懨懨，生病的時候被人家指責有病人相，是生病最要命的代價，不過說真的妳看起來很蒼白，像蛾！妳的手在我手裡彷如一縷絲，真把我嚇壞了。我感覺像是一隻大牛跟一隻白蛾講話，求它來跟我一起吃草，看看它能不能因此長出牛肉！真是愚蠢得可以。

今天早上再次展讀妳上次寄給我的詩：我發現比之前看的更清楚。部分不清楚必定是我個人因素。不過我較喜歡妳的其他詩作，尤其是妳那些最簡潔、最單刀直入的詩行。

妳說閱讀我的詩時有著很大的喜悅。那麼讓在某處某個妳不認識的人也享有閱讀妳的詩的樂趣。

（節錄自信 476c，1876 年）

海倫還是沒有成功說服艾蜜莉，所以繼續努力：

跟妳再次索求一兩首詩收錄到不久將由「羅伯特兄弟」出版的「無名」詩集，會有結果嗎？若蒙允許，我會抄錄下來，以我的筆跡寄出，並跟妳保證不會向任何人透露是誰寫的，甚至是發行人。這樣的公開妳也無法承受嗎？只有妳跟我認得這些詩。我非常希望妳可以割愛，而且，我認為妳看著那些毒舌的批評者將妳的詩作歸給某個人寫的，應該會看得很興味。

（節錄自信 573a，1878 年）

結果還是未獲首肯，於是再接再勵：

現在，妳會把詩寄過來吧？搖頭。那妳能讓我把「成功」這首我銘記於心的詩寄給「羅伯特兄弟」放在《詩人假面劇》一書嗎？若蒙首肯，我會很開心。我這是給自己求的。妳會拒絕這可能是我唯一懇求妳的東西嗎？

（節錄自信 573b）

這招終於奏效，艾蜜莉點頭了，詩被收錄在《詩人假面劇》裡一個醒目的位置，而艾蜜莉也收到贈書。這首詩（J#67）一面倒地被評論者認為是出自愛默生之手，詩是這樣：

成功銘心之甜

惟向隅者深知。
欲知甘露滋味
需荒漠的乾渴。

所有戰勝的軍隊
今日高舉旌旗者
無人能如此清楚道出
勝利的真諦

像他這樣戰敗的垂死者——
他不可聽聞勝利的耳朵
遠方凱歌的旋律隱然作響
極端痛苦而清晰！

幾年過去了，時序來到 1884 年，這年兩人身體都不好，艾蜜莉於六月十四日做著蛋糕時突然昏倒，直到深夜才醒過來，兩個月後方可寫字。十月，她去信給海倫以幽默口吻問候海倫的傷勢，還說要帶著嫉妒的眼神看她從拄著拐杖到拿著手杖。而海倫則以輕鬆口吻談自己受傷的過程，順便開自己噸位的玩笑，當然最後仍不免又敦促艾蜜莉出版詩集：

那說不上是一場「殺戮」，就僅折斷一條腿，不過也夠慘烈——大骨有兩吋粉碎性骨折，小骨折斷：既然是複雜性骨折通常都嘛複雜！

不過很感謝都已癒合。我現在是拄著拐杖，幾個禮拜後就可拿拐杖走路：對一個年過五十歲、體重一百七十磅的老女人而言，這真是個了不起的成就。

我從我家的樓梯頂摔到樓梯底，唯一的奇蹟是沒有摔斷脖子。不過頭一週我倒是希望把脖子摔斷！那之後就不再受苦了，還無比舒服呢，到明天就十週了，最後六週坐著輪椅在我家遊廊逍遙，一種天然的「休息治療」，我敢說是我這輩子難得的時光。

想必妳寫了不少詩了。

妳之吝於發表，實在很對不起妳同時代的人。若我活得比妳久，我真希望能當妳的文學遺產受贈人與執行人。無疑地在妳死後，妳當願意那些還活著的人因為妳的詩獲得喜悅與受到鼓舞，是不是？妳當如是。我不認為我們有權利把一個字或一個想法藏起來不讓這世界知道，一個字或想法就如一個行動，可能讓一個靈魂受益。

（節錄自信 937a）

話說艾蜜莉早在 1850 年代就認識當時文壇上舉足輕重的包爾斯與賀蘭德，且非泛泛之交，是一輩子的朋友，而 1860 年代更認識了知名的希更生，兩人也通信到艾蜜莉過世。以上三人都有不少艾蜜莉寫給他們的信與詩篇，為何他們缺乏海倫的直覺與判斷？為何他們對艾蜜莉的詩如此保留？海倫對艾蜜莉詩作的欣賞與熱情，真是不同凡響！

1884 這年，海倫的小說《羅夢娜》（*Ramona*）大放異彩。

她在 1883 年以三個月完成的這本小說，主要是為世居南加州的印第安人請命，小說以浪漫的愛情與美麗的南加州風光包裝嚴肅的議題。從 1879 年到臨終，海倫一直不遺餘力為印第安人的權益奮鬥。此一職志緣於 1879 年她在波士頓聽到來自內布拉斯加州彭加族酋長的一場演講。海倫非常同情遭受殘酷遷移、不當對待的彭加族人的苦難，於是著手調查並公布政府的失職，為彭加族人散發請願書、籌集資金，並投書《紐約時報》。這期間她甚至槓上當時的美國內政部長。

這一次的遭遇讓她寫下非小說作品《世紀之恥》（*A Century of Dishonor*），1881 年出版，這是她第一次用自己的真名出書。

1885 年海倫從洛杉磯發信給艾蜜莉，說她寫信的此刻，抬頭遠望，越過銀色海洋，可以直達日本，並稍作說明她在洛杉磯為印第安人做的事。這是她給艾蜜莉的最後一封信。這一年的八月十二日海倫因胃癌過世於舊金山。遺體最後安葬在科羅拉多州多泉市的常青樹墓園。

海倫的才情與文學成就或許遠不如艾蜜莉，但她對弱勢者的豪情俠氣與對艾蜜莉詩作的看重，真是讓人印象深刻！艾蜜莉獲知海倫突然過世的消息很震驚，在給海倫先生的慰問信裡，她說：「特洛伊的海倫會死，不過科羅拉多的海倫，永不死。」

—— 附錄三 ——

艾蜜莉・狄金生大事年表

（作品相關年代以書信為主）

1830 年 12 月 10 日

艾蜜莉・狄金生誕生於麻州安默斯特，父親艾德華・狄金生（Edward Dickinson, 1803-1874）為執業律師，曾經擔任州議員與國會議員，母親是艾蜜莉・諾可羅斯（Emily Norcross Dickinson, 1804-1882），哥哥奧斯汀（William Austin Dickinson, 1829-1895），妹妹樂維妮亞（Lavinia 1833-1899），通常稱薇妮（Vinnie）。她的摯友也是嫂嫂蘇珊・吉爾伯特（Susan Gilbert, 1830-1913）也在這一年的十二月十九日出生。

1846 年

宗教復興運動席捲安默斯特與西麻州，艾蜜莉在給友人艾比亞的信裡透露出對宗教的懷疑。

約瑟夫・萊曼（Joseph Lyman）開始幫忙看守狄金生家宅，保護留在家中的艾蜜莉與薇妮，此後與薇妮展開長達五年的戀愛。

1849 年

情人節當天回信給遠親威廉（William Copper Dickinson）一封情人節書信。

1850 年

咸信是她寫給喬治．顧爾德（George Gould）的情人節書信被刊載於校園文學刊物《指標》。

贈一首打趣的情人節詩篇給她父親律師事務所合夥人包德溫（Eldridge Bowdoin），這是她的第一首詩。

班傑明．牛頓（B. F. Newton, 1821-1853）贈她愛默生的《詩選》（1847）。

蘇珊搬到安默斯特，兩人很快成為好友。

1851 年

就讀於安默斯特學院表弟約翰．格雷夫斯（John Graves）經常出入她家，並介紹她認識亨利．沃恩．艾蒙斯（Henry Vaughan Emmons）。

B. F. 牛頓結婚。

艾蜜莉與薇妮同遊波士頓。

1853 年

B. F. 牛頓染肺結核病逝。

1854 年

寫信給 B. F. 牛頓在麻州瓦爾切斯特（Worchester）的牧師海爾（Edward Everett Hale），探問牛頓是否安詳地離開人間。

與家人走訪她父親擔任國會議員所在地華府。

1855 年

與妹妹走訪賓州，遇見查爾斯・衛茲華斯（Charles Wadsworth）牧師。

艾德華買回祖宅，全家搬回到這個位於中央大街（Main street）的大宅第。

1856 年

奧斯汀與蘇珊結婚，婚後原計畫到芝加哥發展，艾德華為了留住他們，在祖宅旁為他們蓋了一棟義大利式的時尚房子，取名「常青樹」，是當地第一座有名號的房子。

四月，艾蜜莉寫了一封如哀歌的信給表弟格雷夫斯。

1857 年

在蘇珊的經營下，「常青樹」儼然成了安默斯特的文藝沙龍，這年愛默生到訪並在這裡演講。

因為 B. F. 牛頓的引介，艾蜜莉的思想深受愛默生影響，但她並未前往聽講。

1858 年

這年寫了五十二首詩，開始將自己的詩作縫成小詩冊（the fascicles），下決心以寫詩為畢生志業。從 1858 到 1865 年，一共縫製四十本小詩冊，加上未縫製的，總共寫了約八百首之譜。

寫下第一封「主人信件」

1860 年

艾蜜莉少女時代的同學海倫・韓特・傑克森（Helen Hunt Jackson）與第一任夫婿韓特少校回到安默斯特，並拜訪艾蜜莉。艾蜜莉很喜歡這次的會面，對韓特少校的幽默留下深刻印象。海倫在韓特少校過世後成為知名暢銷小說家。

1860-1863 年

艾蜜莉詩作的豐收期，不過也經驗到精神危機，到底是怎樣的精神危機，至今仍無定於一尊的說法。

湯瑪士·江森（Thomas Johnson）認為 1862 年艾蜜莉寫了 366 首詩，1863 年 141 首，而富蘭克林（Ralph W. Franklin）則認為她 1862 年寫了 227 首，1863 年為 295 首，因此 1863 年才是艾蜜莉的高峰期，而非過去所認為的 1862 年。

1861 年

寫下第二封「主人信件」。（富蘭克林認為第三封也是在這一年寫的。）

南北戰爭爆發。

1862 年

衛茲華斯前往安默斯特拜訪艾蜜莉。同年，他從費城搬到舊金山。

江森認為這年艾蜜莉寫下第三封「主人信件」。

四月十五日，她寄出第一封信給當時文學名流希更生（Thomas Wentworth Higginson），開啟兩人間終生的通信。

前往波士頓治療眼疾。

1870 年

希更生首次造訪艾蜜莉，寫下兩封描述艾蜜莉的信。

1873 年

希更生第二次造訪艾蜜莉。

1874 年

六月十六日，父親艾德華猝死於波士頓，這對艾蜜莉是一記重擊。

1876 年

與海倫．韓特．傑克森開始通信。海倫在信上說：「妳是一位偉大詩人，不過妳之吝於發表，實在對不起妳同時代的人，當妳撒手塵寰時，將會因自己在世時的吝嗇而難過。」

1878 年

山謬爾・包爾斯（Samuel Bowles）過世。

艾蜜莉寫給洛德（Otis Lord）但未寄出的十五封信當中，江森認為編號 559-563 這五封信是寫於這一年。

1880 年

衛茲華斯牧師第二次、也是最後一次拜訪艾蜜莉。

一般認為，這年艾蜜莉開始與洛德法官交往，不過是何時開始的無法確切知道。

1882 年

四月一日，衛茲華斯牧師過世。

十一月十四日，母親過世。

奧斯汀開始與有夫之婦梅柏（Mabel Loomis Todd）展開長期的婚外關係。

1883 年

最疼愛的侄子——也就是奧斯汀與蘇珊最小的兒子——吉

爾伯特（Gilbert Dickinson）死於傷寒，年僅八歲。當晚是艾蜜莉在相隔十五年後第一次踏進「常青樹」。吉爾伯特的死讓艾蜜莉出現神經性休克，臥病數週。

1884 年

三月十三日，洛德法官過世。

六月十四日，正在做蛋糕的艾蜜莉突然昏倒，直到深夜才醒過來，兩個月後方可寫字。

1885 年

八月十二日，海倫・韓特・傑克森因胃癌病逝於舊金山。

1886 年

五月十五日，清晨約六點，艾蜜莉過世於家宅。可能是腎臟炎或神經衰弱奪走她的性命。

五月十八日，蘇珊給艾蜜莉的訃文（未具名）出現在《春田共和主義者報》。

五月十九日，艾蜜莉葬於狄金生家族墓園，安息在父母的墓旁。

1894 年

梅柏編輯的《艾蜜莉・狄金生書信》（*Letters of Emily Dickinson*）出版，所有與蘇珊相關的部分全遭刪除。

1924 年

《艾蜜莉・狄金生的生活與書信》（*The Life and Letters of Emily Dickinson*）出版，由瑪莎・狄金生・畢安奇（Martha Dickinson Bianchi, 奧斯汀及蘇珊之女，婚後冠夫姓）編輯，書中包括艾蜜莉寫給蘇珊的信，以及瑪莎對家族的追憶（此時瑪莎為狄金生家族唯一在世者）。

1932 年

《與艾蜜莉・狄金生面對面：未出版的書信、筆記與回憶錄》（*Emily Dickinson Face to Face: Unpublished Letters with Notes and Reminiscence*）出版，由瑪莎・狄金生・畢安奇編輯，收錄更多原為蘇珊擁有的信，以及瑪莎對姑姑的追憶。

1950 年

艾蜜莉・狄金生文學遺產的所有權移轉到哈佛大學。

1958 年

江森與瓦德（Theodora Ward）編輯《艾蜜莉．狄金生書信全集》（*The Letters of Emily Dickinson*）共三冊，由哈佛大學出版社出版，書中共收錄 1045 封信與殘篇，每封信都附有編號。此書目前為狄金生書信標準本。

1971 年

江森編輯《艾蜜莉．狄金生書信選》（*Emily Dickinson: Selected Letters*），由哈佛大學出版社出版。此書以 1958 年三冊版為本，選輯詩人最重要的書信，以單冊形式發行，但仍保留原版書信編號，成為艾蜜莉．狄金生書信集最重要也最廣為人知的普行本。

— 附錄四 —

引用與參考書目

The Letters of Emily Dickinson, 3 volumes, edited by Thomas H. Johnson and Theodora Ward, Harvard University Press, 1986.

The Master Letters of Emily Dickinson, edited by R. W. Franklin, Amherst College Press, Amherst, MA, 1986.

The Complete Poems of Emily Dickinson, edited by Thomas H. Johnson, Little, Brown and Company, 1960.

Open Me Carefully: Emily Dickinson's Intimate Letters to Sue, edited by Martha Nell Smith and Ellen Louise Hart, Paris Press, 1998.

Reading Emily Dickinson's Letters: Critical Essays, edited by Jane Donahue and Cidy Mackenzie, University of Massachusetts Press, 2009.

Alfred Habegger, *My Wars Are Laid Away in Books: The Life of Emily Dickinson*, New York: Random House, 2001.

Brenda Wineapple, *White Heat: The Friendship of Emily Dickinson &*

Thomas Wentworth Higginson, New York: Random House, 2008.

Cristanne Miller, *Emily Dickinson: A Poet's Grammar*, Cambridge, Mass.: Harvard University Press, 1987.

Helen Vendler, *Emily Dickinson: Selected Poems and Commentaries* , Cambridge, Mass.: the President and Fellows of Harvard College, 2010.

Jerome Charyn, *A Loaded Gun: Emily Dickinson for the 21st Century* , New York: Bellevue Literary Press, 2016.

John Evangelist Walsh, *Emily Dickinson in Love: The Case for Otis Lord*, New Jersey: Rutgers University Press, 2012.

Judith Farr, *The Passion of Emily Dickinson*, Cambridge, Mass.: Harvard University Press, 1992.

Karl Keller, *The Only Kangaroo Among the Beauty: Emily Dickinson and America*, Baltimore, Md.: Johns Hopkins University Press, 1979.

Lea Newman, *Emily Dickinson: "Virgin Recluse" and Rebel: 36 Poems, Their Backstories, Her Life*, Vermont: Shires Press, 2013.

Martha Dickinson Bianchi, *The Life and Letters of Emily Dickinson.* , Boston: Little Brown, 1924.

Paraic Finnerty, *Emily Dickinson's Shakespeare*, Mass.: University of Massachusetts Press, 2006.

Richard B. Sewall, *The Life of Emily Dickinson*, Cambridge, Mass.: Harvard University Press, 1994.

Richard B. Sewall, *The Lyman Letters: New Light on Emily Dickinson and Her Family*, Amherst: U. Mass. P., 1965.

董恆秀、賴傑威（George Lytle），《艾蜜莉·狄金生詩選》，台北：木馬文化出版社，2006。

江楓，《狄金森詩選》，北京：外語教學與研究出版社，2012。

國家圖書館出版品預行編目 (CIP) 資料

這是我寫給世界的信 / 艾蜜莉 . 狄金生 (Emily Dickinson) 著 ; 董恆秀翻譯 . 賞析 . -- 第一版 . -- 臺北市 : 漫遊者文化 , 2017.09
面 ; 公分
譯自 : The Selected Letters of Emily Dickinson
ISBN 978-986-489-192-4(精裝)
874.51 106014999

這是我寫給世界的信 *The Selected Letters of Emily Dickinson*

作　　者　艾蜜莉・狄金生（Emily Dickinson）
翻譯、賞析　董恆秀
封面設計　Javick
封面圖像來源　古國萱（為樹梅坑溪環境藝術行動的創作）
文字校對　謝惠鈴
責任編輯　周宜靜
內頁排版　高巧怡
行銷企劃　林芳如、王淳眉
行銷統籌　駱漢琦
營銷總監　盧金城
業務發行　邱紹溢
業務統籌　郭其彬
副總編輯　何維民
總 編 輯　李亞南
發 行 人　蘇拾平
出　　版　漫遊者文化事業股份有限公司
地　　址　台北市松山區復興北路 331 號 4 樓
電　　話　（02）2715 2022
傳　　真　（02）2715 2021
讀者服務信箱　service@azothbooks.com
漫遊者臉書　https://zh-tw.facebook.com/azothbooks.read
發行或營運統籌　大雁文化事業股份有限公司
地　　址　台北市 105 松山區復興北路 333 號 11 樓之 4
劃撥帳號　50022001
戶　　名　漫遊者文化事業股份有限公司
初版一刷　2017 年 09 月
定　　價　台幣 400 元
I S B N　978-986-489-192-4